S.F.
V.

Kindheit im Gedicht

Deutsche Verse
aus acht Jahrhunderten

Gesammelt,
herausgegeben und kommentiert
von Dieter Richter

S. Fischer

In memoriam

Paul Richter
1907–1992

Satz: Fotosatz Gutfreund, Darmstadt
Druck: Wagner GmbH, Nördlingen
Einband: G. Lachenmaier, Reutlingen
Printed in Germany 1992
ISBN 3-10-065503-6

Inhalt

II. Schlafendes Kind

III. Auf den Tod eines Kindes

V. Vater und Sohn

VI. Mutter-Kinder

VII. Das himmlische Kind

VIII. Eroten

XI. Von den ganz armen Kindern

XII. Jüdische Kindheit

XIII. Das spielende Kind

XIV. Kinder und Tiere

XV. Gernegroß

XVI. Haus-Kinder

XVII. Kluge Kinder

XVIII. Ende der Kindheit

XIX. Erinnerte Kindheit

Einleitung des Herausgebers

1.

Kindheit im Gedicht: Nicht »Kindergedichte« sind unter diesem Titel versammelt, sondern Gedichte, in denen von Kindern die Rede ist – gleichgültig, ob sie für Kinder oder für Erwachsene, von Kindern oder von Erwachsenen geschrieben worden sind. Der Begriff Kindergedicht – oder Kinderlied – scheint spätestens seit der Romantik festgelegt: Er meint Gedichte *für* Kinder, also Wiegenlieder, Ammenreime, Spiellieder, mancherlei Belehrendes und Unterhaltendes. Und er meint Gedichte *von* Kindern, also Kinderverse, Abzählreime, Kinderpoesie. Er meint hingegen nicht Gedichte wie Goethes »Erlkönig« oder Heines »Wechselbalg«, Wedekinds »Ilse« oder Hilde Domins »Kindersarkophag«, auch wenn alle diese Gedichte von Kindern sprechen.

Die Klassifikation ist Teil des historischen Prozesses der Entstehung von Kindheit selber. Kindheit entstand durch Ab- und Ausgrenzung, durch ein schärferes Auseinanderrücken dessen, was vorher eher vermischt war. Und Kindheit entstand durch die Produktion von Kindheitsbildern[1], das heißt den gesellschaftlichen Vorstellungen davon, wie Kinder sind oder wie sie sein sollten. Die Literatur spielte bei diesem Prozeß eine wichtige Rolle: Nicht nur die Gedichte des bürgerlichen Zeitalters haben immer wieder Kinder und Kindheit zum Gegenstand. Vielmehr ist der Prozeß der Konstitution der neueren Literatur wesentlich von den neuen Kindheitsmustern geprägt: Seit der zweiten Hälfte des 18. Jahrhunderts speist sich die dichterische – auch die lyrische – Produktivität vor allem aus drei Bereichen, die zwar seit alters zum festen Motivbestand der Literatur gehören, jedoch erst in der Moderne einen zentralen Rang für die Selbstdefinition des bürgerlichen Individuums gewinnen: Natur, Liebe – und Kindheit. In diesem Sinne war die Voraussetzung für die Zusammenstellung dieser Anthologie eine Art doppelter Lektüre: Es galt, die Geschichte der deutschen Lyrik vom Mittelalter bis zur Gegenwart als Quelle von Kindheitsbildern zu lesen – und die Geschichte der Kindheit als Form der Poesie.

2.

Längst ist klar, daß »Volkslieder« weder einfach Lieder für das Volk noch Lieder vom Volk sind. Sie verdanken ihre Entstehung einer in den Zeiten Herders beginnenden Inszenierung, in der sich Faktisches mit Projektivem auf reizvolle und mitunter kuriose Weise mischt. Die Intellektuellen entdeckten das Volk als den Kosmos der anderen Gefühle, der anderen Weltsicht, der anderen Lebensweise. Und was zunächst zum eigenen Ergötzen notiert oder produziert worden war – Wunschbilder, Utopien, aber auch schwarze Träume –, ging irgendwann einmal in populäre Sammlungen, Liederbücher, Lesebücher ein und wurde so vielleicht wirklich »populär«. Ähnlich verhält es sich mit Kinderliedern und Gedichten, die von und zu Kindern sprechen und die ich, wenn Begriffe sich einfach erfinden ließen, gern *Kindheitsgedichte* nennen würde. Ihr Thema sind zunächst die Bilder, die sich Erwachsene von Kindern gemacht haben (und es gehört zur Kunst des Spurenlesens, hinter diesen Bildern die Kinder aus Fleisch und Blut zu entdecken). »Ein Kinderlied« nannte Martin Luther sein »Vom Himmel hoch, da komm ich her« (einer der frühesten Belege für das Auftauchen des Begriffs), und »Kinderlied« bezog sich hier auf das Jesuskind und auf die Verwendung des Liedes im Weihnachtsspiel der Kinder in der Kirche.[2] »Ein Kinderlied« nannte drei Jahrhunderte später Goethe sein »Lichtlein schwimmen auf dem Strome / Kinder singen auf der Brücken«, und Zelter, der das Gedicht zum Komponieren übersandt bekam, bemerkte dazu, »daß mitten in dem poetischen Wirr- und Irrwesen die Wahrheit ruht wie ein schlafendes Kind«.[3] »Lied der Arbeiterkinder« heißt, wieder ein Jahrhundert später, ein Text in der sozialdemokratischen Zeitschrift *Der Kinderfreund* (»Wir sind noch jung, wir sind noch klein / Uns lacht noch Lust und Leben«).[4] So unterschiedlich wie die Form, die Sprecherrollen, die Melodie und der Verwendungszusammenhang der drei Gedichte (die im heutigen Verständnis allesamt keine »Kindergedichte« sind) sind auch die Kindheitsvorstellungen, die in ihnen zum Ausdruck kommen. Nur von hier aus aber erschließen sie sich erst als »Kinder«- oder besser »Kindheits«-Gedichte, die deutlich einen roten Faden erkennen lassen: die Vorstellung vom Erlöser-Kind. Natürlich kommt es dabei darauf an – und auch zu dieser Lektüre möchte die Anthologie anregen –, Textformen »zusammenzusehen«, die üblicherweise (auch in einschlägigen Sammlungen) in ganz verschiedenen Sparten rubriziert werden: Gedichte über Kinder, Gedichte für Kinder, Gedichte von Kindern, Wiegenlieder, Opernarien, geistliche Lieder, Stammbuchblätter, Grabinschriften, Erotika, Gebete, Fibeltexte und viele andere lyrische Formen, in denen – so das Auswahlprinzip – von Kindern und Kindheit gesprochen wird, oder in denen ein Kind als Sprecher auftritt (Kinder-Rollengedicht). Und die – auch dies ein Auswahlkriterium – noch immer ansprechend, anrührend, anregend zu lesen sein sollten.

3.

Eine Frage, die mich bei der Arbeit an diesem Buch immer wieder beschäftigt hat, war die, ob es »lyrikspezifische« Kindheitsmuster gebe. Anders gefragt: Ob es eine Rede über Kinder und Kindheit gegeben hat, die nur als lyrische Rede, in der Form des Gedichts, geführt werden konnte. »Die Form ist das einzige Organ, mit der sich die Lyrik ihrer Inhalte bemächtigt« – dieser Satz aus den Lyrik-Essays von Oskar Loerke[5] würde, bezogen auf das Thema, ja bedeuten, daß »lyrische Kindheitsgeschichte« nicht einfach ein Sonderfall einer »allgemeinen Kindheitsgeschichte« ist, sondern Formen bereitstellt, mit denen Mitteilungen gemacht werden können, die auf andere Weise nicht möglich sind.

Ich kann die Frage in allgemeiner Weise nicht beantworten, möchte aber an einzelnen Stationen der Entwicklung deutlich machen, wo Literaturgeschichte und Kindheitsgeschichte einander nicht nur begegnen, sondern das eine jeweils eine Form des anderen wird.

4.

Das Mittelalter hatte im allgemeinen keine hohe Meinung von der Kindheit, von der gewöhnlichen jedenfalls. Das Mittelhochdeutsche setzt *alt* und *wîs* ebenso in eins wie *junc* und *tump*. Die Zeit des Jungseins, der Kindheit und der Jugend ist die Zeit der *tumpheit*, der Unerfahrenheit und »Dummheit«. »Ich war ein kint und tump als noch die jungen sint«, singt Ulrich von Lichtenstein in einem Minnelied.[6] Und in einem der Freidank-Sprüche heißt es:

Ê ich nû der spîse wolte leben,
diu kinde wirt von êrste gegeben,
eins wilden wolves æze ich ê,
es tæt mir wol oder wê.[7]

Lieber von einem wilden Wolf essen, als noch einmal Kinderspeise zu sich nehmen müssen. Die Kindheit erschien als der Zustand des Unfertigen und der Unerfahrenheit – kein vorbildhafter Zustand für einen erwachsenen Menschen. Vom »O selig, o selig ein Kind noch zu sein« des 19. Jahrhunderts sind wir noch sehr weit entfernt.

Von Kindern, von den »Jungen« war meist nachdrücklich nur dann die Rede, wenn es um »Erziehung« ging. Lehrdichtung und Spruch thematisieren das Verhältnis der Generationen in der Ordnung der Welt. Wie die Sprüche Walthers von der Vogelweide zeigen, scheint es das Bewußtsein von der *Störung* dieser Ordnung gewesen zu sein, das sprachbildend wirkte:

Die veter habent ir kint erzogen,
dar ane si bede sint betrogen:
si brechent dicke Salomonis lere.

Die Ordnung der Welt ist aus den Fugen, den Jungen mangelt die »Zucht«, den Alten die Einsicht in die Notwendigkeit der richtigen, das heißt der harten Erziehung. Und alles ist nicht mehr so, wie es einmal war:

Hie vor do was diu welt so schoene,
nust si worden also hoene.[8]

Wo im Minnesang gelegentlich »Kinderszenen« auftauchen – so in Heinrich von Morungens schönem Tagträumer-Lied –, sind die vorgestellten Bilder allegorischer Art:

Mirst geschên als eime kindelîne,
daz sîn schônez bilde in einem glase ersach
unde greif dar nâch sîn selbes schîne.[9]

Das Kind, das nach seinem Spiegelbild greift und den Spiegel dabei zerbricht, ist Bild für den verliebten Tagträumer, der von der Illusion der Liebe nicht frei wird. Und Kindheit steht auch hier für Einfalt und Torheit.

Es fiel offenbar schwer, in einer so stark konventionalisierten Form wie der mittelalterlichen Lyrik eine Sprache für das Alltägliche von Kindheit zu finden. Am besten ist es in der frühen Zeit einem süddeutschen Fahrenden gelungen, der im späten 13. Jahrhundert lebte und sich »wilder Alexander« nannte. In seinem Lied »Hie vor dô wir kinder wâren«[10] kommen zum ersten Mal ausführlich Szenen einer erinnerten Kindheit vor. Aber das Lied, das mit arkadischen Tönen beginnt und spielende und im Wald Erdbeeren suchende Kinder vorstellt, verläßt gegen Schluß hin mehr und mehr die Ebene des Anschaulichen: Der Waldhüter wird zum Warner, unter den Erdbeeren lauern die Schlangen, die Nacht wird einbrechen, auch die fünf törichten Jungfrauen haben sich zu lange versäumt, die Kinderszenen werden plötzlich hintergründig, die farbigen Bilder – wie auf einem Gemälde von Hieronymus Bosch – mit dunklem Sinn beladen. Das Gedicht muß, um weltliche Kindheit überhaupt in Worte fassen zu können, zum Geistlichen und Allegorischen seine Zuflucht nehmen; für anderes fehlt noch die Sprache.

5.

Schon an diesem durchaus außergewöhnlichen Lied des »wilden Alexander« zeigt sich, an welchem Punkt sich die Sprache einer »weltlichen« Kindheit zu entwickeln beginnt, sehr zögernd zunächst und lange Zeit noch verknüpft mit Lehrhaftem und Allgemeinem: Es ist die Erinnerung an die eigene Kindheit, der Lebensrückblick aus dem Alter, die Wahrnehmung des Wandels von »einst« und »jetzt«, die das Kindheitsthema in die Lyrik bringt. Indem Lyrik beginnt, zur persönlichen Ich-Rede zu werden, kann sie zu einer Form finden, in der allmählich auch von Kindheit, von der eigenen Kindheit die Rede sein kann:

Ouwe war sint verswunden alliu miniu jar!
ist mir min leben getroumet, oder ist ez war?
daz ich ie wande ez waere, was daz allez iht?
dar nach han ich geslafen und enweiz ez niht.

In Walther von der Vogelweides großer Alters-Elegie ist die Erinnerung an die Kindheit eingebunden in die Klage über die Vergänglichkeit des Lebens und den Wandel alles Irdischen:

Das liute und lant, dar innen von kinde ich bin erzogen,
die sint mir worden frömde als ob ez si gelogen.[11]

Auch wenn hier schon deutlich die Töne persönlicher Melancholie anklingen, bleibt Erinnerung doch in erster Linie Mittel der Zeitklage und der Zeitkritik.

Klage ist auch das zentrale Thema eines Rückblick-Gedichts von Oswald von Wolkenstein.[12] In der Erinnerung erscheint dem Dichter das Kind im Besitz eines weit höheren Gutes, als es Materielles je sein kann: des »freien

Mutes«, des ungebundenen Sinnes. Das Alter, so das Lied weiter, ist nichts als Last und Plage, Verfall der körperlichen Schönheit. Wie in dem berühmten Spruch des Toten an den Lebenden, wendet sich der Alte an den Jungen: »Wer du ietzund pist, der was ich vor.« Die Erinnerung nimmt eine geistliche Wendung, des Todes zu gedenken.

»Erinnerte Kindheit« wird über die Jahrhunderte hinweg eines der zentralen »Kindheitsmuster« im Gedicht bleiben. Zunächst an das große Thema der Eitelkeit alles Irdischen gebunden, gewinnt es im Zeitalter der Empfindsamkeit einen eigenen melancholischen Reiz:

Wo ist die Zeit, die güldne Zeit,
Wo sind die süßen Stunden…[13]
(Johann Christian Günther)

Und nach dem 19. Jahrhundert mit seiner geradezu zum Kult erhobenen Seligkeit des Erinnerns (man denke nur an Rückerts »Aus der Jugendzeit, aus der Jugendzeit…«[14]), nach Rilkes und Trakls exzessiven Kindheitsträumen bleibt die »erinnerte Kindheit« auch in den Gedichten des 20. Jahrhunderts ein großes Thema. Es ist bezeichnend, daß ein moderner Autor, der sich sonst dem »Kind« vollständig verweigert hat, es in einem einzigen Gedicht, als erinnertes Kind nämlich, beschworen hat: Gottfried Benn.

Es ist ein Garten, den ich manchmal sehe
östlich der Oder, wo die Ebenen weit,
ein Graben, eine Brücke, und ich stehe
an Fliederbüschen, blau und rauschbereit.
Es ist ein Knabe, dem ich manchmal trauere…[15]

6.

Neben der Erinnerung an die eigene Kindheit ist es der geistliche Bereich – die Jesuskind-Dichtung –, in der sich in der Lyrik zum ersten Mal eine Sprache für Kinder und Kindheit entfalten kann. Im geistlichen Lied wurde die Ankunft Christi gefeiert, und um das kirchliche Weihnachtsspiel herum entwickelten sich – vor allem in der Szene des Kindelwiegens – lyrische Formen, die das biblische Geschehen ausmalen und vergegenwärtigen wollten. Ähnlich wie das Jesuskind in der Malerei des späten Mittelalters und der Renaissance zunehmend richtiger proportioniert wird, das Interieur der »Kinderstube« eine immer größere Rolle spielt und in das Verhältnis der Gottesmutter zu dem Knaben eine stärkere persönliche Spannung kommt, so dringen auch in das Weihnachtsgedicht zunehmend Elemente des irdischen Kinderlebens ein, trägt der Erlöserknabe in der Krippe deutlicher kindliche Züge. Der kleine Jesus weint, wird gewindelt und geschaukelt, kriegt ein Müslein gekocht und bekommt eine Wärmflasche aufs Bett gelegt: Die Weihnachtsdichtung will mit solchen Bildern die wahre Menschheit des Gottessohnes bezeichnen. So gewinnt das Bild des Kindes am Bild des Jesusknaben zum ersten Mal festere Konturen.

Das protestantische Kirchenlied greift diese Entwicklung auf. Die Bedeutung, die Martin Luther dem Gemeindegesang und der Kinderlehre zugemessen hat, führt dazu, daß um das Weihnachtsfest herum eine Fülle von Chorälen entsteht, die von der Spannung leben, daß einerseits die »Gottheit« des kleinen Kindes immer prachtvoller gefeiert, andererseits die »Kindlichkeit« des großen Gottes immer merklicher hervorgehoben wird:

...daß dieses schwache Knäbelein
Soll unser Trost und Freude sein,
Dazu den Satan zwingen
Und endlich Frieden bringen.[16]

In den Weihnachtskreis gehören thematisch auch die anderen geistlichen Gedichte, in denen das Jesuskind auftaucht. Die im Barock beliebten Sammlungen der »Sonn- und Feiertagsgedichte« enthalten neben dem Gedichttypus »Auf die Geburt Christi« regelmäßig auch solche »Auf die Beschneidung Christi« und »Auf die Unschuldigen Kindlein«, die Opfer des Herodianischen Kindermords. Auch hier bietet sich ein Vergleich mit der zeitgenössischen Malerei an.

In der Weihnachtslyrik bilden nun einzelne Autoren eine Sprache und eine Haltung heraus, in der sich die Verehrung des menschlich gewordenen Gottessohnes mit dessen Vergöttlichung im eigenen individuellen Erleben auf merkwürdige Weise mischt: die Jesuskind-Mystik. Als Andachtspraxis ist sie aus ekstatischen Erfahrungsberichten von Klosterfrauen seit dem späten Mittelalter vielfach bezeugt; in der Lyrik blüht sie vor allem im 17. Jahrhundert. Die Jesuskind-Mystik entzündete sich an der persönlichen Teilnahme des Ich an den Ereignissen von Bethlehem, dem »Ich steh an deiner Krippe hier, o Jesulein, mein Leben« des Paul Gerhardtschen Weihnachtsliedes.[17] Die Versenkung in das Geschehen, sprachlich oft in Formeln der Brautmystik des Hohenliedes gefaßt, verdichtet sich bei so unterschiedlichen Autoren wie Paul Gerhardt, Andreas Gryphius oder Angelus Silesius zu einer Kinderliebe, die oft hocherotische Züge trägt. Dabei kann sich die Verehrung des *einen* Kindes zur Verehrung *des* Kindes steigern, kann – anknüpfend an das alte biblische »So ihr nicht werdet wie die Kinder« – die Kindheit selber als der ideale Zustand des Menschen erscheinen:

Weil man nunmehr Gott selbst, den größten, kleine findt,
so ist mein größter Wunsch, zu werden wie ein Kind.[18]
(Angelus Silesius)

Auch wenn diese »Kindheit« als geistliche gedacht ist, liegen hier, in der Jesuskind-Mystik, doch die Ursprünge der Verehrung von Kind und Kindheit, wie sie dann die Romantik in zunehmend weltlicher Manier kultivieren wird. Auch der Gedanke, daß das »einfache« Kind in seiner Unwissenheit den Gelehrten und Weltweisen himmelhoch überlegen sei – ein Leitmotiv der Romantik –, hat hier seine Wurzel.

7.

Die ersten Verse über ganz bestimmte irdische Kinder erscheinen in der Renaissance: als gereimte Grabschriften und als Gedichte vom Typus »Auf die Geburt eines Kindes« und »Auf den Tod eines Kindes«. Soweit ich sehe, zählt bis in das frühe 18. Jahrhundert hinein die Mehrzahl der weltlichen Gedichte über Kinder zur Kategorie der Epigrammatik und der Gelegenheitsdichtung. Die Verse gelten in erster Linie den Kindern der jeweiligen Gönner und Auftraggeber, also den Angehörigen adliger und patrizischer Familien. Wichtig für die weitere Entwicklung der Gattung werden die Gedichte auf Ankunft oder Ableben *eigener* Kinder. Obwohl wir dabei nicht ohne weiteres ein höheres Maß an persönlicher Ergriffenheit unterstellen dürfen, ist hier doch eine zunehmende »Familiarisierung« des Kindergedichts zu erkennen, die dann im 19. Jahrhundert ihre Blütezeit erleben sollte. Andreas Gryphius beispielsweise widmete der Geburt und dem Tod aller seiner fünf Kinder eigene Gedichte[19]; er verfaßte eine »Poetische Grabschrift« (eine Gattung des barocken Leich-Gedichts) auf seine kleine Nichte[20], ein Sonett über das Unglück seiner Tochter, die im Alter von fünf Jahren Sprache und Verstand verlor[21], sowie Gelegenheitsgedichte zu anderen familiären Ereignissen. Und er schrieb eine Reihe von Gedichten über seine eigene Geburt.[22]

Vor allem die Gedichte auf den Tod eines eigenen Kindes – eines der häufigsten Motive der Kinderlyrik – werden später ein Bild von Kind und Kindheit entstehen lassen, in dem zentrale Fragen des »Lebenssinns« erscheinen und dem Kind für das Leben des Erwachsenen entscheidende Bedeutung zugemessen wird:

»Du bist ein Schatten am Tage
Und in der Nacht ein Licht;
Du lebst in meiner Klage
Und stirbst im Herzen nicht.«
(Rückert, *Kindertotenlieder*[23])

8.

Ich habe schon darauf hingewiesen, welche Bedeutung das evangelische Kirchenlied und die lutherische Kinderlehre für die Entwicklung des »Kinderliedes« hatten. Im Pietismus – vor allem demjenigen Zinzendorfscher Prägung – entstand dann eine »geistliche Kinderkultur« bisher ungekannten Ausmaßes. »Überhaupt gab er sich der Kinder halben viel Mühe«, heißt es in Spangenbergs *Leben Zinzendorfs*, »und damit er mit den andern Brüdern und Schwestern, die mit ihm der Gemeine dienten, zu einerley Grundideen in dem Theil kommen möchte, so wurden die Tage vom 25 bis 29 December zu Conferenzen über die Kinderzucht besonders ausgesetzt. In ihren kleinen Versammlungen gab er ihnen selbst Anlaß zu reden, zu singen und zu beten, und erkundigte sich nach einem jeden, wie es mit dem Heilande stehe. Und auch ausserdem machte er den Kindern nach ihren Abtheilungen zuweilen Gelegenheit, mit ihm und unter einander von ihrem Herzenszustande zu reden.«[24] In den Herrnhutischen »Kinderstunden« und »Kindergesellschaften« spielte dabei – ganz anders als in der lutherischen Kinderlehre – das Thema »Kind« und »Kindheit« auch inhaltlich eine herausragende Rolle. Entsprechend den schwärmerischen Passions- und Christkind-mystischen Neigungen des Grafen Zinzendorf wurde die Kindheit Jesu – und zwar eine spirituell verstandene Freudens- und Leidenskindheit – den Herrnhuter Kindern als vorbildlich vermittelt:

Schenk uns lauter Kinderfreuden,
Laß uns wie die Kinder leiden,
Mit den Kindern fröhlich weiden
Wo der Sohn der Liebe ist.[25]

Zinzendorf prägte, um ebenjenes »Wesentliche« und Vorbildliche zu bezeichnen, in mystischer Tradition der Wortschöpfung den Begriff der »Kinderhaftigkeit«.[26] Kinderlieder nahmen in der Brüdergemeine einen wichtigen Platz ein. Zinzendorf gab eine »Sammlung der deutlichsten Verse und Redensarten, aus verschiedenen geistlichen und lieblichen Liedern, denen Einfältigen und Kindern vorgelegt«[27] heraus – vermutlich die älteste lyrische Kindersammlung überhaupt. Und er verfaßte selber eine Reihe von Liedern für Kinder und über Kinder, auch Gelegenheitsverse und Texte, die an bestimmte Kinder gerichtet waren. Schließlich enthielt das Herrnhuter Gesangbuch unter der Rubrik »Von denen heiligen Kindern« Lieder für Kinder – genauer, im Sinne des Zinzendorfschen Begriffs: Lieder über die »Kinderhaftigkeit«.

9.

Natürlich markiert die zweite Hälfte des 18. Jahrhunderts einen wichtigen Einschnitt auch auf dem Gebiet der lyrischen Kindheitsbilder. Das bürgerliche Zeitalter entdeckte in seinen Gedichten das »alltägliche« Kind und feierte es als das »natürliche«. Waren dabei in der anakreontischen Lyrik Kinderszenen zunächst noch an ein idealisiertes bukolisches Ambiente gebunden, so wird in der Folgezeit der »Raum« der Kindheit mehr und mehr das Haus, der Garten, die Landschaft. In den sechziger, siebziger und achtziger Jahren entstand – beeinflußt von der neuen »Kultur des Klaviers« und der Hausmusik – eine Reihe von Kinderlieder-Sammlungen, deren Texte sich explizit als Lieder *für* Kinder verstanden, auch gern von *kleinen* Kindern sprachen (Christian Felix Weisse, *Kleine Lieder für kleine Kinder*, 1766; Gottlob Wilhelm Burmann, *Kleine Lieder für kleine Mädchen und Jünglinge*, 1777).

Noch bin ich ein Kind,
Noch fühl ich nur Unschuld und Freuden
Und weiß nicht was Leiden
Und Kümmernis sind.[28]
(Burmann)

Im Kinder-Rollengedicht taucht jetzt zum ersten Mal ein lyrisches Kinder-Ich auf, ein einsichtiges, selbstbewußtes, empfindsames Kind. In Overbecks 1781 erschienener Sammlung *Frizchens Lieder* stilisiert sich der Autor gar als Herausgeber der Morgen- und Abendgedanken, der Einfälle, Spiele und Scherze des eigenen Sohnes: Das Kind erscheint jetzt selbst als Dichter.

Overbeck hat im Vorwort zu dem Buch den Anspruch erhoben, daß die von ihm edierten Lieder die ersten »richtigen« Kinderlieder seien: »In diesen Liedern habe ich versuchen wollen, wie weit ichs etwa im Kinderton treffen könte. Hier geb ich sie zur Beurtheilung. Ists mir ein bischen gelungen, so darf ich wol sagen, daß dies die ersten Kinderlieder unter uns sind [...] In den Liedern *für* Kinder hört man den herablassenden Lehrer, zwar meist im Ausdruck der Kinder, aber doch mit den Ideen eines Erwachsenen. Hier spricht, wenn ichs gut gemacht habe, wirklich ein Kind.«[29]

Die nachfolgenden Generationen haben sich über die angebliche »Unkindlichkeit« dieser und anderer Kinderlieder aus dem 18. Jahrhundert gern mokiert – die Kinder in ihnen seien »vernünftig«, »kleine Erwachsene«, kurzum keine »richtigen Kinder«. Natürlich ist aus historischem Abstand leicht zu erkennen, daß hinter den Masken der Kinder die Autoren-Väter Overbeck, Burmann, Weisse oder Reichardt stecken. Das gilt allerdings auch für alle künftigen Lieder »im Kinderton«. Offenbar ist jedes Zeitalter davon überzeugt, das »richtige Kind« entdeckt zu haben, wofür es sich dann von der nächsten Generation nur Spott oder Kritik einhandelt.

Fraglos hatten an diesen Liedern, sie mochten als Lieder für Kinder oder von Kindern firmieren, auch die Erwachsenen ihr Vergnügen. Sie waren im besten Sinne »Gesellschaftslieder«, wurden zum Klavier vorgetragen, rezitiert, beklatscht. Das »Kindliche« an ihnen war eher ein Medium der sozialen Verständigung. Und nicht zuletzt die Vertonungen haben viel dazu beigetragen, diese Lieder aus den bürgerlichen Kinderstuben zu emanzipieren. Wer würde bei Mozart-Overbecks »Komm lieber Mai und mache die Bäume wieder grün...« an ein historisches Kinderlied denken, auch wenn in diesem Lied vom neuen Steckenpferdchen, von der strengen Mama und von Lottens Kinderstühlchen die Rede ist?

10.

In der zweiten Hälfte des 18. Jahrhunderts bemerkten Schriftsteller und Erzieher die Affinität von Kindern und Versen. (Die Sprache der Kinder entsteht ja aus dem Rhythmus, und Kindersprache findet immer wieder zum Vers, allen Sinnzwängen zum Trotz.) Das erste »Lesealtersstufen«-Konzept der Pädagogik – aus der Feder von Joachim Heinrich Campe – sah daher für die unterste Altersstufe als Kinderlektüre neben kleinen Erzählungen vornehmlich Gedichte vor. »Ich theilte [. . .] die ganze Kindheit in drei Absätze, deren erster bis ans siebende, der andre bis ans zehnte, und der dritte endlich bis ans zwölfte Jahr des Kindes und darüber reicht. In Hinsicht auf diese so bestimmten Stufen habe ich die sämtlichen Stükke dieser Sammlung angeordnet«, schrieb Campe im Vorwort seiner *Kleinen Kinderbibliothek*.[30] Sie umfaßte zwölf Oktavbändchen und blieb mit ihren zahlreichen Gedichten, in denen oft Kinder die Protagonisten sind, lange Zeit ein vielbewundertes Werk der Kinderpoesie, die erste klassische »Kinderanthologie«, die durch das ganze 19. Jahrhundert hindurch immer wieder als Quellenfundus für jeweils neue Sammlungen, für Almanache, Heftchen und Lesebücher diente.

11.

Neues für Kinderpoesie und Kinderbild kündigte sich mit der Entdeckung des »Volkes« und der »Volksliteratur« an. Herder sprach von seinem »Enthusiasmus für die Wilden« und nannte in einem Atemzuge damit »unverdorbne Kinder, Frauenzimmer, Leute von gutem Naturverstande« als die Schatzhüter der wahren Poesie.[31] Das »unverbildete Kind« wurde zum Kindheitsmuster der Zeit um 1800; dasjenige vom »ungebildeten«, also durch Härte erst zum Menschen zu erziehende, bestand daneben ebenso weiter, wie »edler« und »barbarischer« Wilder im Prozeß der Zivilisation stets nebeneinander existierten. Prägend für die Folgezeit wurde die 1805 und 1808 erschienene Sammlung *Des Knaben Wunderhorn* mit einem separat angeschlossenen Teil »Kinderlieder«. Der Untertitel »Alte deutsche Lieder« signalisierte die Richtung der Stilisierung durch die Herausgeber Arnim und Brentano – die »wahre« Kinderpoesie sei die der »ungelehrten« Vergangenheit. Die Suche nach ihr wird zur Suche nach der Urkindheit der Menschheit, auch zur Suche nach der eigenen verlorenen Kindheitsepoche.

»Jede Stufe der Bildung fängt mit Kindheit an; daher ist der am meisten gebildete irdische Mensch dem Kinde so ähnlich«: Mit diesem Aphorismus deutet Novalis[32] einen »Bildungsbegriff« an, in dem das Kind zum Leitbild wird: »O wie heilig ist ein Kind!« (Brentano)[33]. In der Romantik erscheint es als Chiffre von Natur und Poesie, als Erlöser der verlorenen Menschheit, als Verkündiger des kommenden Reiches, in dem nicht mehr »Zahlen und Figuren sind Schlüssel aller Kreaturen«.[34] In diesem Sinne haben vor allem Novalis und Brentano die Utopie Kindheit besungen; auch bei Eichendorff, Rückert, Uhland und anderen romantischen Dichtern nimmt das Kind einen Ehrenplatz ein. Es ist oft das geheimnisvolle Wesen aus einer anderen Welt, »verstoßen in ein fremdes Land« (Novalis)[35], im Bund mit der Natur und mit den Engeln, der letzte Bewohner des verlorenen Paradieses.

12.

Das 19. Jahrhundert wird dann das eigentliche goldene Jahrhundert der Kindheit – das heißt eines *Kindheitsmythos*, der auch in einer Fülle von dichterischen Zeugnissen Gestalt angenommen hat. »Es klingt ein Ton durch unser Leben, so hehr und heilig wie Harfen- und Orgelton: es ist die Kindheit, die in der Seele des Menschen nachbebt, so lange er nicht ganz entartet ist, und auch der Bösewicht, der Räuber und Mörder gedenkt der Tage, die er im heiligen Frieden der Unschuld dahin lebte.« So beginnt ein Lieblingsbuch des 19. Jahrhunderts, Bogumil Goltz' 1847 erschienenes *Buch der Kindheit*.[36] Politische Abstinenz und die Beschränkung aufs Private, auch das von Heinrich Heine gegeißelte Syndrom der »deutschen Misere« gehören wohl zu den Voraussetzungen dafür, daß hier eine »Kinderseligkeit« sich herausbilden konnte, die ihre buntesten und schillerndsten Blüten in Biedermeier und Vormärz trieb. »Das Persönliche«, Hauswesen und Kinderwelt werden jetzt »gedichtfähig« wie nie zuvor. »Entschuldigung des Persönlichen« nennt Friedrich Rückert ein kleines Gedicht von 1834, in dem es heißt:

Warum ich Weib und Kinder nenne
So oft in meinen Liedern?
Weil ich sie im Gefühl nicht trenne
von meinen eignen Gliedern.
Und wie man spricht von seinem Leibe
Von seinem Aug' und Herzen,
So sprech' ich auch von Kind und Weibe
In Freuden und in Schmerzen.[37]

Das eigene Glück wird an das Glück der Kindheit geknüpft. Das familiäre Dichten und Bedichten kommt in Schwang. Mörike ist dafür ein herausragendes Beispiel; er nimmt in scherzhaft-spielerischer Form auch Muster des barocken Gelegenheitsgedichts wieder auf.

Auch in der Kinderpoesie des 19. Jahrhunderts steht, wie wir heute klar sehen, das Kind nicht »für sich selber«. Gedichte über Kinder, auf Kinder, Kinderlieder und Kinder-Rollengedichte waren Teil einer »Kinderkultur der Erwachsenen«. In jenem kindheits- und erinnerungsseligen Jahrhundert, in dem Heinrich Schliemann vor die gelehrte Welt der Archäologen treten und den Herren in Gehrock und Vatermörder ernsthaft versichern konnte, er habe Troja ausgegraben, weil er ein Leben lang an die kleine Minna, seine Kinderliebe, gedacht habe, der er einst dieses Versprechen gegeben habe[38] – in jenem Jahrhundert wird auch das »Dichten im Kinderton« zum Rollenspiel, es weist den Weg zurück in die eigene Kindheit, in die verlorene Zeit der Harmonie, der Geborgenheit, der Ursprünglichkeit:

So singe wieder, immer wieder
In deine Kindheit dich zurück!
Es wollen diese Kinderlieder
Erneun' dir nur dein Jugendglück –

So leitet Hoffmann von Fallersleben eine Ausgabe seiner *Kinderlieder* ein.[39] Das »Dichten im Kinderton« war der Versuch einer rhetorischen Antwort auf die von Klaus Groth gestellte rhetorische Frage:

O wüßt ich doch den Weg zurück,
Den lieben Weg ins Kinderland![40]

13.

Gewiß laden die Kindheitsgedichte des 19. Jahrhunderts auch zu einer Lektüre »gegen den Strich« ein. Man kann sie an der sozialen Wirklichkeit der Epoche und der »Realgeschichte« der Kindheit messen. Man kann – wenn man bei den Gedichten selber bleiben will – »Glückskinder« und »Unglückskinder« nebeneinanderstellen: Es ist die gleiche Zeit, die wie keine andere Kinder in Gedichten verehrt und sie zugleich in anderen Gedichten wegen lächerlicher Verfehlungen und Unarten auf grausame Weise quält und zu Tode bringt. Auch eine andere »Ungleichzeitigkeit« fällt auf: Es waren dem politischen Fortschritt, der Aufklärung und der Menschenwürde verpflichtete Männer wie beispielsweise der mutige Adolf Glaßbrenner, die gleichwohl in ihren Gedichten für Kinder das Arsenal der »schwarzen Pädagogik« mobilisiert haben. Man kann sich schließlich in die Sprache und die Bildwelt der einzelnen Gedichte selber hineinbegeben und wird bald bemerken, wie verquer, hintergründig oder auch nur von grausamer Lustigkeit sich heute manches liest, was ehedem »nur« heiter gemeint war.

14.

Es ist dann die Zeit um 1900, in der sich das (lyrische) Kindheitsmuster erneut ändert. Es scheint, als rächten sich jetzt die Kinder für all die Zumutungen, Projektionen, Glückserwartungen und Schreckensappelle, die ihnen die vergangenen Generationen hatten zuteil werden lassen. Schon in den Gedichten von Annette von Droste-Hülshoff, von Theodor Storm und vor allem von Friedrich Hebbel beginnen sich die Kinderbilder zu verschatten. Conrad Ferdinand Meyers ätherisch schöne Knaben tragen den Keim des Todes in sich. Und in Hugo von Hofmannsthals Terzinen »Über Vergänglichkeit« fällt auf die eigene Kindheit kein freundlicher Blick mehr:

Dies ist ein Ding, das keiner voll aussinnt,
Und viel zu grauenvoll, als daß man klage:
Daß alles gleitet und vorüberrinnt
Und daß mein eignes Ich, durch nichts gehemmt
Herüberglitt aus einem kleinen Kind
Mir wie ein Hund unheimlich stumm und fremd.[41]

»Heiter« und »unbeschwert« ist diese Kindheit nicht mehr, die bei Hofmannsthal, Rilke und Trakl besungen wird (und in den Gedichten dieser Autoren ein großes Thema ist). Kindheit ist jetzt die Zeit des Traums und der Verwirrung, der süßen Ahnungen des Kommenden. Und Kindheit ist die Zeit der Angst, der Einsamkeit, der Unbestimmtheit:

Da rinnt der Schule lange Angst und Zeit
mit Warten hin, mit lauter dumpfen Dingen.
O Einsamkeit, o schweres Zeitverbringen...[42]
(Rilke)

Die Kinder dieser Gedichte sind die kleinen Sensiblen, die poetischen Naturen, die an der Wirklichkeit leiden und denen schon der Gang zur Schule zum Martyrium wird:

Uhren schlagen grausam um die Wette,
Stürzend sich auf ihn mit kaltem Lärme,
Und es brennen Magen und Gedärme.
Ach daß er nur nicht verschlafen hätte![43]
(Franz Werfel, Schulgang)

Diese Kinder sind die Verwandten von Hanno Buddenbrook und Heiner Lindner (Emil Strauß, *Freund Hein*), von Hesses Hans Giebenrath (*Unterm Rad*) und Musils Törleß. Aber Gedichte erzählen keine Geschichten, und so gelingt es den schönsten Gedichten der Zeit, fast zeitlose Momente von Kindheit festzuhalten:

Voll Früchten der Hollunder; ruhig wohnte die Kindheit
In blauer Höhle. Über vergangenen Pfad,
Wo nun bräunlich das wilde Gras saust,
Sinnt das stille Geäst; das Rauschen des Laubs
Ein gleiches, wenn das blaue Wasser im Felsen tönt...[44]
(Trakl, Kindheit)

Aber nicht nur die »vollkommene«, die noch ganz in der »blauen Höhle« geborgene Kindheit hat die Dichter der Zeit um 1900 fasziniert; es war auch das Kind an der Grenze der Kindheit, das halbwüchsige Mädchen, der »Mann-Knabe«. Das Kind erscheint als die Verkörperung der »Schönheit«, einer zum Untergang verurteilten Schönheit, die auch den körperlichen Reiz meint, das erotische Verlangen weckt. Wedekinds Gedichte drücken das besonders deutlich aus:

Wie schade, daß alles Schöne vergeht,
Auch deine Hoheit. Die Pubertät
Macht dich den übrigen Flegeln ähnlich,
Der Duft ist hin, und du wirst gewöhnlich.[45]
(Wedekind, Vergänglichkeit)

15.

Was dann folgt, ist schwer zu beschreiben. In der Lyrik des Expressionismus spielt das Thema »Kindheit« keine Rolle. Auch viele Autoren der klassischen Moderne haben sich ihm verweigert: Georg Heym beispielsweise oder Gottfried Benn oder – aus jüngerer Zeit – Paul Celan oder Ingeborg Bachmann. Und blättert man in den repräsentativ angelegten Lyrik-Anthologien des 20. Jahrhunderts, begegnet man dem Thema allenfalls am Rande.

Ergiebiger mag die Betrachtung einzelner Autoren-Œuvres sein, obschon sich hier Verallgemeinerungen verbieten. Einer der großen »Kindheits-Lyriker« des 20. Jahrhunderts war Bertolt Brecht. Überhaupt hat auch in diesem Jahrhundert die »Utopie Kindheit« bis in die 68er-Generation hinein ihren Platz behauptet. Das »antiautoritäre« Kindheitsmuster erscheint dabei schon bei Ringelnatz – auch er ein großer Autor von Kindheits-Gedichten. Ein anderer Kontext, in dem Kindheit im 20. Jahrhundert immer wieder auftaucht, ist der der Klage und der Erinnerung. Franz Werfel, Peter Huchel und Gertrud Kolmar, Nelly Sachs, Marie Luise Kaschnitz und Hilde Domin sind hier zu nennen. Heute gibt es bei Ernst Jandl die witzigsten und zugleich traurigsten Verse von Vater und Sohn, von Mutter und Tochter zu lesen. Und es gibt eine ganze Reihe von Autoren, die – in der Tradition von Brecht und Kästner – die Schranke zwischen »Kinder«- und »Erwachsenen«-Gedichten aufzuheben suchen: Peter Härtling, Christine Nöstlinger, Peter Hacks.

16.

Im Sinne des hier angedeuteten historischen Längsschnittes hätte vieles dafür gesprochen, die Texte dieser Anthologie in chronologischer Folge anzuordnen. Ich habe mich jedoch für ein anderes Verfahren entschieden. Die anthologische Tradition kennt seit langem den Begriff der »Themenkreise«. In diesem Sinne ist auch der vorliegende Band gegliedert. Er enthält einzelne, in sich historisch angelegte Kapitel, die mit kurzen Essays eingeleitet sind. Kommentare zu den Gedichten möchten erläutern und Zusammenhänge herstellen. Vielleicht kann auf diese Weise ein neues Licht auf die Geschichte der Kindheit fallen – und auf die Geschichte der Poesie.

Anmerkungen

1 Vgl. Dieter Richter, *Das fremde Kind. Zur Entstehung der Kindheitsbilder des bürgerlichen Zeitalters*, Frankfurt am Main 1987.
2 Vgl. S. 361 in diesem Band.
3 S. 574
4 S. 98
5 Oskar Loerke, *Essays über Lyrik*, Frankfurt am Main 1965, S. 48.
6 *Ulrich von Lichtenstein*, hrsg. v. Karl Lachmann, Berlin 1841 (Neudruck Hildesheim 1974), S. 3.
7 S. 42
8 S. 41
9 *Des Minnesangs Frühling*, hrsg. v. Carl von Kraus, 32. Aufl., Leipzig 1959, S. 191 (MF 145, 1 ff.).
10 S. 43
11 S. 41
12 S. 800
13 S. 803
14 S. 820
15 S. 847
16 Aus dem Choral »Ermuntre dich, mein schwacher Geist« von Johann Rist, 1641, und von Johann Sebastian Bach in der 2. Kantate des Weihnachtsoratoriums verwendet (»Brich an, du schönes Morgenlicht…«).
17 S. 368
18 S. 372
19 S. 157
20 S. 167
21 Andreas Gryphius, *Sonette*, Tübingen 1963, Nr. XXXVII.
22 S. 48 sowie Andreas Gryphius, *Oden und Epigramme*, Tübingen 1964, Nr. XXI ff.
23 S. 182
24 August Gottlieb Spangenberg, *Leben des Herrn Nicolaus Grafen und Herrn von Zinzendorf*, Bd. III/IV, Nachdruck Hildesheim 1971, S. 669.
25 S. 374
26 Spangenberg, a. a. O., S. 429 f.
27 ebenda, S. 430.
28 S. 55
29 *Frizchens Lieder*, hrsg. v. Christian Adolf Overbeck, Hamburg 1781, S. III.
30 *Kleine Kinderbibliothek*, hrsg. v. Joachim Heinrich Campe, Bd. I, Hamburg 1784, S. 7.
31 Johann Gottfried Herder, Auszüge aus einem Briefwechsel über Ossian und die Lieder alter Völker, in: *Werke*, hrsg. v. A. Kurz, Bd. 2, Leipzig, o. J., S. 27 f.
32 Novalis, *Werke, Tagebücher und Briefe*, hrsg. v. H.-J. Mähl und R. Samuel, Bd. II, München 1978, S. 247 (»Blüthenstaub«, Nr. 48).
33 S. 68
34 Novalis, *Schriften*, hrsg. v. Paul Kluckhohn und Richard Samuel, Bd. I, Stuttgart 1960, S. 344.
35 S. 66
36 Bogumil Goltz, *Buch der Kindheit*, 5. Aufl., Berlin 1905, S. XIII.
37 Friedrich Rückert, *Werke*, hrsg. v. Georg Ellinger, Leipzig und Wien 1897, Bd. 1, S. 193.
38 Heinrich Schliemann, *Ilios. Stadt und Land der Trojaner*, Leipzig 1881, S. 6.
39 Kinderlieder, Berlin 1877, S. V
40 S. 827
41 Hugo von Hofmannsthal, *Sämtliche Werke*, hrsg. v. Eugene Weber, Bd. I, Frankfurt am Main 1984, S. 45.
42 S. 90
43 S. 751
44 S. 91
45 S. 94

I.

Menschenalter, Lebenszeit

Menschen sind Männer oder Frauen, und Menschen sind alt oder jung. Aber die Eindeutigkeit der Geschlechterdifferenz gilt für die Unterscheidung der Lebensalter nicht. Wann endet das Jungsein, und wann beginnt das Altsein? Die Frage hat in den traditionalen Gesellschaften juristische und soziale Brisanz; die Übergänge von einem Lebensabschnitt zum anderen werden rituell markiert. Man kann, so will es die Logik des Ritus, nicht das eine und das andere zugleich sein.

Der Prozeß der Zivilisation geht einher mit einer Verlängerung und Intensivierung der Phase der Kindheit. Jede Hochkultur ist, zumindest in ihrer Spätphase, auch Kindheits-Kultur. In der Literatur tritt schon früh neben das große Thema der Geschlechterdifferenz – die Liebe – das ebenso große Thema der Differenz von Alten und Jungen. Im Gegensatz zu aller nostalgischen Verklärung (ebenfalls frühes Thema der Literatur) zeigen die Texte, daß dieses Verhältnis in Unordnung ist, immer wieder neuer Bestimmung bedarf. Wo die eingespielten gesellschaftlichen Rituale noch funktionieren mögen, meldet die Lyrik Zweifel an: »Die jungen habent die alten so verdrungen« (Walther von der Vogelweide). Die Ordnung der Lebensalter ist gestört. Die Hoffnung auf das Ende des Chaos in der Welt macht sich fest an der Forderung nach der rechten Erziehung.

Es wird lange dauern, bis die Alten die Jungen in anderer Weise entdecken. Die Lyrik, sofern sie zur Ich-Rede findet, hat dieser Entdeckung eine Sprache gegeben – die Erinnerung an die eigene Kindheit läßt die Lebensalter-Differenz als Differenz innerhalb der eigenen Lebenszeit erscheinen. Das Kind, das man selber einmal war, wird zu einer der kräftigsten Potenzen der lyrischen Produktion. Am Verschwinden der Kindheit wird die Kürze des Lebens, die Vergänglichkeit der Zeit thematisiert. Zugleich wird die Mahnung, die kostbare Lebenszeit nicht zu vergeuden, den Kindern ins Stammbuch geschrieben. »Ihrer sechzig hat die Stunde / Mehr als tausend hat der Tag / Söhnlein, werde dir die Kunde / Was man alles leisten mag« (Goethe). Die Zeit wird jetzt zum großen Thema im Kindergedicht: Lebenszeiten, Jahreszeiten, der Tageslauf.

Mit der wachsenden Entfremdung zwischen Erwachsenen und Kindern erscheint Kindheit in der Erinnerung aber auch zunehmend als das »Andere«: als Zeit der Sehnsucht, als verlorenes Paradies. Das »Kind voll Wehmut und voll Treue / Verstoßen in ein fremdes Land« (Novalis) wird in der Romantik zur Chiffre der Welterlösung, der Poesie: »Kam ein Kind, uns zu erlösen« (Brentano). Das »Alte« und das »Neue«, Vorzeit und Zukunft scheinen in der romantischen Kindheitsutopie versöhnt. Am Kind soll sich die Welt bilden, wenn sie wahrhaftig werden will.

Das 19. Jahrhundert macht die Idee der Kindheit gemein. Der romantische Kindheits-Entwurf wird jetzt zur Gewißheit: »Der Kindheit Welt ist eine schöne Welt« (Hoffmann von Fallersleben). Und rasch folgt die Trivialisierung: »O selig, o selig, ein Kind noch zu sein« (Lortzing). Kaum ein Autor, der sich mit Groll an die Zeit der eigenen Kindheit erinnerte, selbst wenn er dazu Grund gehabt hätte. Längst hatte sich Kindheit in den Traum verflüchtigt: den Traum von Geborgenheit, Häuslichkeit, Schönheit. Und das Kindergedicht bekommt eine neue Funktion; es soll den Erwachsenen den Weg in die Kindheit weisen: »So magst du dich an diesem Büchlein freun / Und dir die eigne Jugendzeit erneun.« (Hoffmann von Fallersleben).

Die Lyrik der Zeit um 1900 entdeckt dann die »Kinder, welche anders sind« (Rilke): »O Kindheit, o entgleitende Vergleiche.« Die Dichter beschwören die Differenz zwischen den empfindsamen, zerbrechlichen und ganz in sich verstrickten Kinder-Figuren und der Welt des Geschäfts, des Geldes und der Macht. Das »Jahrhundert des Kindes« (Ellen Key) wird proklamiert, und Jugendbewegung und Sozialismus setzen erneut auf das Kind als Chiffre der Zukunft. »Uns ruft die Zeit, wir brechen vor« (Lied der Arbeiterkinder). Zugleich werden zunehmend skeptische und ironische Töne vernehmlich.

Von Kindheits-Träumen ist auch in der Lyrik der zweiten Hälfte des 20. Jahrhunderts die Rede: »Wenn ich dich nachts in Träumen schau...« (Krolow). Noch immer ist Kindheit Zeit der Erinnerung: »Manchmal im Ohre hör ichs noch heute« (Eich). Und Kindheit wird, vorläufig zum letzten Mal, zur Chiffre der antiautoritären Revolte gegen die Welt, wie sie ist: »Wir werden immer größer / Jeden Tag ein Stück / Wir werden immer größer / Das ist ein Glück« (Grips-Theater). Daß die dergestalt ihrer selbst bewußten Kinder kaum noch Kinder sind, ist schnell bemerkt. Menschenalter, Lebenszeit, Mann und Frau und Kind und Greis – wer weiß?

Walther von der Vogelweide

Die veter habent ir kint erzogen

Die veter habent ir kint erzogen,
dar ane si bede sint betrogen:
si brechent dicke Salomonis lere.
Der sprichet, swer den besmen spar,
daz der den sun versume gar:
des sint die ungeberten gar an ere.
Hie vor do was diu welt so schoene,
nust si worden also hoene:
des enwas niht wilent e.
Die jungen habent die alten so verdrungen.
spottent also dar der alten!
est iu selben noch behalten,
beit unz iuwer jugent zerge!
swaz ir in tuot, daz rechent iuwer jungen.
daz weiz ich wol und weiz noch me.

Die Väter haben die Kinder erzogen
So daß sie beide sind betrogen:
Sie freveln wider Salomonis Lehre.
Der spricht, wer seine Rute spar,
Daß der den Sohn mißachtet gar:
Wer nicht geschlagen wird, dem mangelt Ehre.
Vordem da stand es um die Welt so gut,
Jetzt ist sie voller Übermut,
Das gab es früher nicht in unsrem Land.
Die Alten sind verdrängt jetzt von den Jungen.
Nur weiter so, verspottet nur die Alten!
Das gleiche wird euch aufbehalten
Wenn eure eigne Jugend schwand.
Was ihr den Alten tut, das rächen einst an euch die Jungen.
Dies und noch mehr ist mir bekannt.

Die Verderbnis der Welt als Folge des falschen Umgangs mit den Kindern: »Salomos Lehre«, deren Mißachtung Walther von der Vogelweide hier um 1200 beklagt, findet sich im biblischen Buch der Sprüche: »Wer seine Rute schont, der haßt seinen Sohn, wer ihn aber lieb hat, der züchtigt ihn beizeiten« (13, 24). Die Zeitklage mündet in die Prophezeiung der Wiederkehr des Gleichen im Generationenkreislauf: Die Kinder der Kinder werden einst die Väter rächen.

Freidank

Ê ich nû der spîse wolte leben

Ê ich nû der spîse wolte leben,
diu kinde wirt von êrste gegeben,
eins wilden wolves æze ich ê,
ez tæt mir wol oder wê.

um 1230

Ehe ich mich von Kinderspeise nähren (d. h. wieder Kind werden) wollte, würde ich, wenn es sein muß, lieber von einem wilden Wolf essen (O schrecklich, o schrecklich, ein Kind noch zu sein!).

Der wilde Alexander

Hie vor dô wir kinder wâren

Hie vor dô wir kinder wâren
und diu zît was in den jâren
daz wir liefen ûf die wisen
her von jenen wider ze disen,
dâ wir under stunden
vîol vunden,
dâ siht man nu rinder bisen.[1]

Ich gedenk wol daz wir sâzen
in den bluomen unde mâzen
welch diu schoenest möhte sin.
dô schein unser kintlich schîn
mit dem niuwen kranze
zuo dem tanze.
alsus gêt diu zît von hin.

Seht, dô lief wir ertber suochen
von der tannen zuo der buochen
über stoc und über stein
der wîl daz diu sunne schein.
dô rief ein waltwiser[2]
durch diu rîser
›wol dan, kinder, und gêt hein!‹

Wir enpfiengen alle mâsen[3]
gestern, dô wir ertber lâsen;
daz was uns ein kintlich spil.
dô erhôrten wir sô vil
unsern hirte ruofen
unde wuofen[4]
›kinder, hie gêt slangen vil.‹

Es gienc ein kind in dem krûte,
daz erschrak und rief vil lû te
kinder, hie lief ein slang în,
der beiz unser gfeterlîn;
daz enheilet nimmer,
er muoz immer
sûren unde unsaelic sîn.‹[5]

›Wol‚dan, gêt hin ûz dem walde!
unde enîlet ir niht balde,
iu geschiht als ich iu sage:
werbet[6] ir niht bî dem tage
daz ir den walt rûmet,
ir versûmet
iuch und wird iur vröude ein klage.‹

Wizzet ir daz vünf juncfrouwen
sich versûmten in den ouwen
unz der künic den sal beslôz?
ir klag unde ir schade was grôz;
wande die stocwarten[7]
von in zarten[8]
daz si stuonden kleider blôz.

1 laufen 2 Waldhüter 3 Flecken 4 warnen 5 dahinsiechen und verloren sein
6 handelt 7 Stockmeister, Aufseher 8 zerrten.

»Wilder Alexander« nannte sich ein süddeutscher Fahrender aus dem späten 13. Jahrhundert. Sein Lied von den spielenden und im Wald Erdbeeren suchenden Kindern ist das älteste deutsche Gedicht, in dem Kinderszenen auftauchen. Die heitere Atmosphäre des Beginns verdüstert sich allerdings zunehmend: ein Waldhüter warnt die Kinder, sich im Wald nicht zu verspäten, Schlangen lauern, ein Kind ist schon gebissen worden und wird sterben müssen. Die »5 Jungfrauen« der letzten Strophen erinnern an die »törichten Jungfrauen« des biblischen Gleichnisses (Matthäus 25). Um für Kinderszenen eine Sprache finden zu können, muß der Dichter Allegorisch-Moralisches zu Hilfe nehmen.

Martin Luther

Liebes Kind, lernest du wohl

Liebes Kind, lernest du wohl,
So wirst du guter Hühner voll,
Lernest du aber übel,
So mußt du mit den Sauen essen aus dem Kübel.

Der Lockvogel in der Kindererziehung: Vater Luther verspricht Brathähnchen für braves Lernen. Allgemeiner: Wenn das Kind gut lernt, wird es später einmal gut zu essen haben.

Jacob Cats

Kastanien und die zarte Jugend zerspringen leicht aus ihrer Tugend

Wann unbeschnitten man Kastanien meint zu braten,
Wird einem es gewiß damit nicht wohl geraten,
Dann man befindet es, daß nutz und nötig sei,
Daß man die Haut zuvor derselben schneid' entzwei.

Es muß die Rute dir der Kinder Haut verletzen,
Wilt du nicht, daß sie sich hernach dir widersetzen,
Daß sie durch Liebesbrunst man weiß nicht wo hinspringen
Noch bersten fast von Wahn und übel dir gelingen.

Aus einem barocken Emblembuch (1627): So wie man den Kastanien, bevor man sie brät, die Haut einschneidet, damit sie nicht aus der Pfanne springen, so muß man auch mit der Rute die Haut der Kinder verletzen, wenn sie wohl geraten sollen.

Abraham a Santa Clara

Der Kinder-Narr

An Tugend, Schönheit und Verstand
Sein keine Kinder in dem Land
Wie meine, dann ein jeder spricht,
Sie wären trefflich unterricht.
So liebt der Aff die Jungen sein,
Die Eul lobt ihre Bübelein.

1709

Zu den »hundert ausbündigen Narren«, die der Volksprediger Abraham a Santa Clara geißelt, gehört auch der »Kinder-Narr«, der sich viel auf seine Kinder einbildet. Er gleicht dem Affen, der sein Junges in der Umarmung erdrückt.

Andreas Gryphius

Über die Nacht meiner Geburt

IIa Octobris hora XII p. m.

Die Erden lag verhüllt mit Finsternüs und Nacht,
Als mich die Welt empfing, der hellen Lichter Pracht,
Der Sternen goldne Zier umbgab des Himmels Auen.
Warumb? Umb daß ich nur soll nach dem Himmel schauen.

1643

Angelus Silesius

Die Kindheit und die Gottheit

Weil sich die Gottheit hat in Kindheit mir erzeigt,
Bin ich der Kindheit und der Gottheit gleich geneigt.

1657

Friedrich von Logau

Der Mensch

Neun Monden wird ein Mensch zum Leben zubereitet,
Darf einen Augenblick, der ihn zum Tode leitet.

1654

Die Lebensalter

Populärer Spruch

Zehen Jahr ein Kind,
Zwanzig Jahr ein Jüngling,
Dreißig Jahr ein Mann,
Vierzig Jahre wohl getan,
Fünfzig Jahre stille stahn
Sechzig Jahre abegahn.
Siebzig Jahr ein Greis,
Achtzig Jahr schneeweiß,
Neunzig Jahr der Kinder Spott,
Hundert Jahre Gnad dir Gott!

Der Lebensalter-Spruch gehört zum Bild der auf- und absteigenden Lebensalter-Treppe. Er ist seit dem 15. Jahrhundert belegt und kursiert in verschiedenen Fassungen.

Johann Gottfried Herder

Die Lebensalter

Kindlein, Du genießest noch,
Und weißt nicht.
Jüngling, und Du hoffest doch,
Und hast nicht.
Aber, Greis, was soll Dein Streben,
Bangen und Beben,
Ewig zu leben?

Friedrich Matthisson

Die Kindheit

Wann die Abendröte
Dorf und Hain umwallt,
Und die Weidenflöte
Hell zum Reigen schallt:
Deine Lenzgefühle
Wähn' ich dann erneut,
Du, der Knabenspiele
Süße Blumenzeit!

Wie der Mond aus grauer
Nebeldämmrung Flor,
Hebt aus öder Trauer
Sich mein Geist empor,
Wann, mit Spiel und Tanze
Mir dein Maigefild
Sich im Rosenglanze
Zauberisch enthüllt.

Ach! mit welchem Reize
Dämmert das Revier
Stiller Totenkreuze,
Kindheit, neben dir!
Deine Nacht voll Sorgen
Dunkelt schon von fern:
Der Vollendung Morgen
Folgt kein Abendstern.

Johann Heinrich Christoph Hölty

Die Knabenzeit

Wie glücklich, wem das Knabenkleid
   Noch um die Schultern fliegt,
Wem lächelnde Zufriedenheit
   Den jungen Busen wiegt!

Der Kreisel und das Steckenpferd,
   Auf dem er herrisch sitzt,
Das hölzerne Husarenschwert
   Belustigen ihn itzt.

Den Ball, des Knaben Busenfreund,
   Der durch die Lüfte rollt,
Sobald der Blumenmond erscheint.
   Vertauscht' er nicht um Gold.

Nie malt der Harm, die Pest der Welt,
   Sein blühendes Gesicht,
Als wenn sein Ball ins Wasser fällt,
   Als wenn sein Schwert zerbricht.

Er hüpfet oft, vom Schweiße naß,
   Den halben Sommertag
Im Garten durch das bunte Gras
   Den Schmetterlingen nach.

So spielt er, bis das Mittagsbrot
   Ihn in die Stube winkt,
Und tändelt, bis das Abendrot
   Durch Silberwolken blinkt.

Vergnügen hüpft um ihn herum,
   Wenn Morpheus Mohn verstreut,
Er tanzet im Elysium:
   Beglückte Knabenzeit!

Gottlob Wilhelm Burmann

Die Kindheit

Noch bin ich ein Kind
Noch fühl ich nur Unschuld und Freuden
Und weiß nicht was Leiden
Und Kümmernis sind.

Noch seh ich die Welt
So lachend wie Blumengefilde
Voll göttlicher Milde,
Die Alles erhält.

Ich kenne noch nicht
Des Lebens betäubende Sorgen
Die Nacht und der Morgen
Hat Freud im Gesicht!

O laß mich als Kind,
Gott! Leben und Dasein empfinden
Und Seligkeit finden,
Wo Tugenden sind!

Burmanns Kleine Lieder für kleine Mädchen und Jünglinge *(1777) ist eine der ersten weltlichen Sammlungen von Gedichten für Kinder. Burmann hat zahlreiche seiner Lieder selbst vertont.*

Christian Adolf Overbeck

Abendgedanken

Der Tag ist weg; und seht, die Augenlider
Sind matt und fallen zu.
Der schöne Tag! – doch morgen kömmt er wieder;
Ich eil' indes zur Ruh.

Gespielet hab' ich heut', gelacht, gesungen;
Gewiß, das freut mich sehr.
Doch ist mirs auch im Lernen wohlgelungen,
Und das, das freut mich mehr.

Ich habe meinen Eltern viel Vergnügen
Mit meinem Fleiß gemacht;
O schön! das soll mich süß in Schlummer wiegen,
Und würzen mir die Nacht.

Mir wird von frommen lieben Kindern träumen,
Die nun im Himmel sind
Und spielen unter schönen Äpfelbäumen –
Komm, süßer Traum, geschwind!

Nein, komm noch nicht! Laß mich vor allen Dingen
Hinauf zum Himmel sehn
Und meinen Dank dem lieben Gotte bringen,
Vor dem die Engel stehn.

Du, lieber Gott, hast alles das gegeben,
Was mich so sehr erfreut,
Gesundheit, Eltern, Lehrer, und daneben
Die liebe Sommerzeit.

Den schönen Garten, Wiesen, Bach und Lauben,
Mein liebes Blumenbeet,
Mein allerliebstes kleines Haus voll Tauben,
Und all mein Spielgerät.

Du hast mir auch den schönen Tag gegeben,
Und Lernezeit und Spiel,
Und dies vergnügte, süße, süße Leben,
Und noch so tausend viel.

O lieber Gott, ich danke dir, ich danke!
O sei mir ferner gut!
Du Gütiger! nochmal: ich danke, danke!
Sei mir doch ferner gut!

Gib, daß ich dich und meine Eltern liebe,
Und gerne folgsam sei,
Und immer mich in allem Guten übe;
Und steh mir immer bei!

Ach! was erfleht man nicht von dir für Gaben!
O Gott, ich faß es kaum!
Laß alle Teil an deinem Segen haben!
Und – komm nun, schöner Traum!

*Die empfindsamen Abendgedanken macht sich der kleine Fritz. Vater Overbeck hat – so sagt es das Titelblatt – dessen Verse herausgegeben (*Frizchens Lieder, *1781).*

Joachim Heinrich Campe

Der Ochs und das Öchslein

Öchslein
Ach, wär ich doch erst auch so groß,
Wie du, Papa, und hätte solche Hörner!
Ochs
Und dann?
Öchslein
Riß ich mich von der Krippe los
Und lief aufs freie Feld und speiste Halm und Körner.
Ochs
O bilde dir, mein Sohn, kein solches Leben ein!
Du wünschest, traun! wie ich, einst wieder Kalb zu sein,
Denn bist du groß, so wird auf deinen Nacken
Ein schweres Joch gelegt; man spannt dich morgens früh
Vor deinen Pflug und schreit in einem fort: Ochs zieh!
Das Korn, das du gewinnst, das wird zu Brot gebacken;
Dich aber speiset man mit Stroh und Prügeln ab;
Und hast du ausgedient, so schenkt man dir ein Grab
Zum Lohn für saure Müh in deines Herren Magen.
O freu dich deines Glücks in deinen jungen Tagen!

Ein Fibeltext zum Buchstaben O, aus Campes Neues Abeze- und Lesebuch *von 1778/1807.*

Jacob Michael Reinhold Lenz

Willkommen, kleine Bürgerin

Willkommen, kleine Bürgerin,
Im bunten Tal der Lügen!
Du gehst dahin, du Lächlerin!
Dich ewig zu betrügen.

Was weinest du? die Welt ist rund
Und nichts darauf beständig.
Das Weinen nur ist ungesund
Und der Verlust notwendig.

Einst wirst du, kleine Lächlerin!
Mit süßerm Schmerze weinen,
Wenn alle deinen treuen Sinn
Gott! zu verkennen scheinen.

Dann wirst du stehn auf deinem Wert
Und blicken, wie die Sonne,
Von der ein jeder weg sich kehrt,
Zu blind für ihre Wonne.

Bis daß der Adler kommen wird
Aus fürchterlichen Büschen,
Der Welten ohne Trost durchirrt –
Wie wirst du ihn erfrischen!

Lenz schrieb das Gedicht 1777 aus Anlaß der Geburt seines Patenkindes, der Tochter seines Freundes Johann Georg Schlosser und dessen Frau Cornelia, der Schwester Goethes; die Mutter starb an den Folgen der Geburt.

Nimm hin, mein Pat, dies klein Geschenk

Fränkischer Patenbrief 1806

Nimm hin, mein Pat, dies klein Geschenk
Und bleib dabei mein eingedenk.
Das Geschenk ist klein, die Gnad ist groß
Die du jetzund erlanget hast
Durch das Bad der heiligen Tauf,
Da du bist worden genommen auf
Zum Kinde der ewigen Seligkeit,
Darzu hilf dir die heilige Dreieinigkeit.

Dieses wünschet von Herzen am Tage deiner Wiedergeburt deine treue Taufzeugin Friederika Müllerin. Neugattendorf, den 20. Juni 1806.

Patenbriefe in farbigem Faltpapier bekamen die kleinen Kinder in Franken am Tauftag von ihren Paten.

Ein neues Jahr beginnet wieder

Bremer Neujahrsglückwunsch 1824

Teuerste Eltern.

Ein neues Jahr beginnet wieder
Im Strom der Zeiten seinen Lauf.
Ich blicke schweigend dankbar nieder,
Ich blicke dankbar schweigend auf:
Erhalte mir, was Gott mir gab
Bis an mein kühles stilles Grab.
Vor allem geb er Heil und Segen
Dir, mein geliebtes Eltern-Paar,
Er führe euch auf sanften Wegen
An seiner Hand auch durch dies Jahr.
Mir aber gebe seine Hand,
Euch zu erfreun, Glück und Verstand.

Neujahr 1824.

Vielerorts schrieben die Kinder im 18. und 19. Jahrhundert an Neujahr gereimte Glückwunschadressen auf Schmuckpapier an Eltern und Großeltern.

Johann Wolfgang von Goethe

Ihrer sechzig hat die Stunde

In das Stammbuch des Enkels Walter von Goethe
April 1825

Unter die Worte Jean Pauls: »Der Mensch hat hier dritthalb Minuten: eine zu lächeln, eine zu seufzen und eine halbe zu lieben; denn mitten in dieser Minute stirbt er.«

Ihrer sechzig hat die Stunde,
Über tausend hat der Tag.
Söhnchen, werde dir die Kunde,
Was man alles leisten mag!

Ammen-Uhr

Aus *Des Knaben Wunderhorn*

Der Mond, der scheint,
Das Kindlein weint,
Die Glock schlägt zwölf,
Daß Gott doch allen Kranken helf!

Gott alles weiß,
Das Mäuslein beißt,
Die Glock schlägt Ein,
Der Traum spielt auf dem Küssen dein.

Das Nönnchen läut
Zur Mettenzeit,
Die Glock schlägt zwei!
Sie gehn ins Chor in einer Reih.

Der Wind, der weht,
Der Hahn, der kräht,
Die Glock schlägt drei,
Der Fuhrmann hebt sich von der Streu.

Der Gaul, der scharrt,
Die Stalltür knarrt,
Die Glock schlägt vier,
Der Kutscher siebt den Haber schier.

Die Schwalbe lacht,
Die Sonn erwacht,
Die Glock schlägt fünf,
Der Wandrer macht sich auf die Strümpf.

Das Huhn gagackt,
Die Ente quackt,
Die Glock schlägt sechs,
Steh auf, steh auf du faule Hex.

Zum Bäcker lauf,
Ein Wecklein kauf,
Die Glock schlägt sieben,
Die Milch tu an das Feuer schieben.

Tu Butter nein,
Und Zucker fein,
Die Glock schlägt acht,
Geschwind dem Kind die Supp gebracht.

Aus den »Kinderliedern« in Des Knaben Wunderhorn *(1808); Melodie von Johann Nikolas Böhl (1810). Ludwig Richter und die Dresdner Künstlerrunde illustrierten die einzelnen Strophen in farbigen Holzschnitten (1843). Melodie und Kinderbuch machten das Gedicht im 19. Jahrhundert populär. Auch der kleine Hanno Buddenbrook hat es in seinem Lesebuch gefunden: »Über den Anfang, die Stelle, bei der er sogar eben im Schlafe schluchzte, kam er beim Aufsagen nie hinweg [...] und auch nachher über den Fuhrmann, der sich schon um drei von der Streu erhebt, hat er geweint.« (Thomas Mann,* Buddenbrooks *VIII, 3)*

Friedrich Hölderlin

Da ich ein Knabe war

Da ich ein Knabe war,
Rettet' ein Gott mich oft
Vom Geschrei und der Rute der Menschen,
Da spielt' ich sicher und gut
Mit den Blumen des Hains,
Und die Lüftchen des Himmels
Spielten mit mir.

Und wie du das Herz
Der Pflanzen erfreust,
Wenn sie entgegen dir
Die zarten Arme strecken,

So hast du mein Herz erfreut
Vater Helios! und, wie Endymion,
War ich dein Liebling,
Heilige Luna!

O all ihr treuen
Freundlichen Götter!
Daß ihr wüßtet,
Wie auch meine Seele geliebt!

Zwar damals rief ich noch nicht
Euch mit Namen, auch ihr
Nanntet mich nie, wie die Menschen sich nennen
Als kennten sie sich.

Doch kannt' ich euch besser,
Als ich je die Menschen gekannt,
Ich verstand die Stille des Aethers
Der Menschen Worte verstand ich nie.

Mich erzog der Wohllaut
Des säuselnden Hains
Und lieben lernt' ich
Unter den Blumen.

Im Arme der Götter wuchs ich groß.

1796/98

Novalis

An Tieck

Ein Kind voll Wehmut und voll Treue,
Verstoßen in ein fremdes Land,
Ließ gern das Glänzende und Neue,
Und blieb dem Alten zugewandt.

Nach langem Suchen, langem Warten,
Nach manchem mühevollen Gang,
Fand es in einem öden Garten
Auf einer längst verfallnen Bank

Ein altes Buch mit Gold verschlossen,
Und nie gehörte Worte drin;
Und wie des Frühlings zarte Sprossen,
So wuchs in ihm ein innrer Sinn.

Und wie es sitzt, und liest, und schauet
In den Kristall der neuen Welt,
An Gras und Sternen sich erbauet,
Und dankbar auf die Kniee fällt:

So hebt sich sacht aus Gras und Kräutern
Bedächtiglich ein alter Mann,
Im schlichten Rock, und kommt mit heitern
Gesicht ans fromme Kind heran.

Bekannt doch heimlich sind die Züge,
So kindlich und so wunderbar;
Es spielt die Frühlingsluft der Wiege
Gar seltsam mit dem Silberhaar.

Das Kind faßt bebend seine Hände,
Es ist des Buches hoher Geist,
Der ihm der sauern Wallfahrt Ende
Und seines Vaters Wohnung weist.

»Du kniest auf meinem öden Grabe«,
So öffnet sich der heilge Mund,
»Du bist der Erbe meiner Habe,
Dir werde Gottes Tiefe kund.

»Auf jenem Berg als armer Knabe
Hab ich ein himmlisch Buch gesehn,
Und konnte nun durch diese Gabe
In alle Kreaturen sehn.

»Es sind an mir durch Gottes Gnade
Der höchsten Wunder viel geschehn;
Des neuen Bunds geheime Lade
Sahn meine Augen offen stehn.

»Ich habe treulich aufgeschrieben,
Was innre Lust mir offenbart,
Und bin verkannt und arm geblieben,
Bis ich zu Gott gerufen ward.

»Die Zeit ist da, und nicht verborgen
Soll das Mysterium mehr sein.
In diesem Buche bricht der Morgen
Gewaltig in die Zeit hinein.

»Verkündiger der Morgenröte,
Des Friedens Bote sollst du sein.
Sanft wie die Luft in Harf' und Flöte
Hauch ich dir meinen Atem ein.

»Gott sei mit dir! Geh hin und wasche
Die Augen dir mit Morgentau.
Sei treu dem Buch und meiner Asche,
Und bade dich im ewgen Blau.

»Du wirst das letzte Reich verkünden,
Das tausend Jahre soll bestehn;
Wirst überschwenglich Wesen finden,
Und *Jakob Böhmen* wiedersehn.«

1800

Clemens Brentano

Ermunterung zur Kinderliebe und zum Kindersinne

Wer ist ärmer als ein Kind?
An dem Scheideweg geboren,
Heut geblendet, morgen blind,
Ohne Führer geht's verloren;
Wer ist ärmer als ein Kind?
Wer dies einmal je empfunden,
Ist den Kindern durch das Jesukind verbunden!

Welch Geheimnis ist ein Kind?
Gott ist auch ein Kind gewesen;
Weil wir Gottes Kinder sind,
Kam ein Kind, uns zu erlösen.
Welch Geheimnis ist ein Kind?
Wer dies einmal je empfunden,
Ist den Kindern durch das Jesukind verbunden!

Die im Himmel, waren Kind,
Die auch, die der Fluch getroffen;
Ach! so such' ein Kind geschwind,
Lehr' es glauben, lieben, hoffen.
Die im Himmel, waren Kind!
Wer dies einmal je empfunden,
Ist den Kindern durch das Jesukind verbunden!

Welche Würde trägt ein Kind!
Sprach das Wort doch selbst die Worte:
»Die nicht wie die Kinder sind,
Gehn nicht ein zur Himmelspforte.«
Welche Würde trägt ein Kind!
Wer dies einmal je empfunden,
Ist den Kindern durch das Jesukind verbunden!

O wie heilig ist ein Kind!
Nach dem Wort von Gottes Sohne
Aller Kinder Engel sind
Wachend vor des Vaters Throne.
O wie heilig ist ein Kind!
Wer dies einmal je empfunden,
Ist den Kindern durch das Jesukind verbunden!

Welch ein Bote ist ein Kind!
Denn das Wort, das es erquicket,
Bis zum Himmelsgarten rinnt,
Wo das Wort ward ausgeschicket,
Welch ein Bote ist ein Kind!
Wer dies einmal je empfunden,
Ist den Kindern durch das Jesukind verbunden!

Willst du segnen, lehr' ein Kind!
Aus dem Körnlein werden Ähren;
Wie dein Körnlein war gesinnt,
Wird einst eine Welt sich nähren.
Willst du segnen, lehr' ein Kind!
Wer dies einmal je empfunden,
Ist den Kindern durch das Jesukind verbunden!

In der Krippe lag ein Kind!
Ochs und Esel es verehren.
Wo ich je ein Kindlein find',
Will ich's pflegen, lieben, lehren.
In der Krippe lag ein Kind!
Wer dies einmal je empfunden,
Ist den Kindern durch das Jesukind verbunden!

Zu mir sendet Gott das Kind,
Das nicht weiß, was tun, was lassen;
Wie ich gebend bin gesinnt,
Wird sein Herz die Gabe fassen.
Zu mir sendet Gott das Kind!
Wer dies einmal je empfunden,
Ist den Kindern durch das Jesukind verbunden!

Keine Blume kennt das Kind!
Giftige sind meistens bunter;
Wenn es Lust am Bunten findt,
Ißt's die Frucht und gehet unter.
Keine Blume kennt das Kind!
Wer dies einmal je empfunden,
Ist den Kindern durch das Jesukind verbunden!

O was soll ein schwaches Kind!
Höll' und Himmel stehen offen;
Daß das Lamm dem Wolf entrinnt,
Hat es mich wohl angetroffen.
O was soll ein schwaches Kind!
Wer dies einmal je empfunden,
Ist den Kindern durch das Jesukind verbunden!

Wie so leicht lehrt sich ein Kind!
Ob zum Guten, ob zum Bösen,
Wie den Schlüssel es gewinnt,
Wird sich ihm das Rätsel lösen.
Wie so leicht lehrt sich ein Kind!
Wer dies einmal je empfunden,
Ist den Kindern durch das Jesukind verbunden!

Wie gar fleißig ist ein Kind!
So wie du es lehrest lesen,
In dem Buch, in dem wir sind,
Wird das Buch zu seinem Wesen.
Wie gar fleißig ist ein Kind!
Wer dies einmal je empfunden,
Ist den Kindern durch das Jesukind verbunden!

Wie gar folgsam ist ein Kind!
Daß es sich ein Krönlein winde,
Daß es selbst sich Ruten bind',
Lehrest du gewiß dem Kinde.
Wie gar folgsam ist ein Kind!
Wer dies einmal je empfunden,
Ist den Kindern durch das Jesukind verbunden!

Herr, wie lenk' ich dieses Kind!
An dem Faden meiner Hände
Geht es durch das Labyrinth,
Es wird wandeln wie ich's sende.
Herr, wie lenk' ich dieses Kind!
Wer dies einmal je empfunden,
Ist den Kindern durch das Jesukind verbunden!

Sei nicht bange um das Kind!
Laß es alles selbst verdienen.
Sei barmherzig, streng und lind,
Sei, wie Gott mit dir, mit ihnen.
Sei nicht bange um das Kind!
Wer dies einmal je empfunden,
Ist den Kindern durch das Jesukind verbunden!

Werden muß ich wie ein Kind,
Wenn ich will zum Vater kommen;
Kinder, Kinder! kommt geschwind,
Ich will gern sein mitgenommen.
Ich muß werden wie ein Kind!
Wer dies einmal je empfunden,
Ist den Kindern durch das Jesukind verbunden!

Brentano hat das Gedicht 1822 für die 23jährige Freundin Apollonia Diepenbrock verfaßt. Sie erinnert sich an die Situation der Entstehung: »Um mir Freude zu machen, sagte Brentano, ich solle ihm einen Gegenstand angeben, darüber wolle er mir ein Gedicht machen. [. . .] Der kleine Alois stand gerade neben mir, als er dieses sagte. Schon oft fühlte ich, daß ich gegen die Kinder, deren wir oft viele im Hause haben, nicht liebreich genug bin und mich ungern mit ihnen abgebe; ihnen etwas zu erzählen, sie zu erfreuen oder sie lange um mich zu haben, ist mir oft so lästig, daß ich darüber verdrießlich werde; so gern möchte ich diesen Fehler bessern! Kaum hatte er es gesagt, da fiel mir gleich ein, er solle mir den Wert eines Kindes, wie Jesu die Kinder liebte, und wie wir auf sie wirken können usw., darstellen.«

Friedrich Rückert

An die Kleingebliebenen

Heranzualtern ist der Jugend Los,
Und kleine Kinder wachsen mählich groß,
Dann machen sie sich von den Eltern los,
Und wiegen kannst du sie nicht mehr im Schoß.

Doch ihr, die mir geraubt ein frühes Los,
Bleibt immer klein, nie werdet ihr mir groß,
Ihr reißt euch nie von meinem Herzen los,
Und wiegen kann ich euch wie sonst im Schoß.

1834

Ludwig Uhland

Glück der Kindheit

Zu stehn in frommer Eltern Pflege,
Welch schöner Segen für ein Kind!
Ihm sind gebahnt die rechten Wege,
Die vielen schwer zu finden sind.

1815

Die Lämmer fragen

Kindervers

Die Lämmer fragen:
    Jehn mir bale hem?

Die Alten sagen:
    's wird bale weren.

*Den Kindervers mit heimlichem Tiefsinn hat Karl Simrock (*Das deutsche Kinderbuch, *1848) aufgezeichnet.*

Friedrich Güll

Spruch

von der Glocke und von der Uhr

Es schlägt die Glocke Kling und Klang!
Du Knab', die Stunden sind nicht lang,
Du Knab', die Stunden fliehen schnell,
Sei du ein fleißiger Gesell!

Wer träg und faul die Zeit vertut,
Der borgt zuletzt sein'n Schuh und Hut.
Und hat er Hunger, hat er Durst:
Ihm fehlen Bier und Brot und Wurst.

Mit ihrem Ticktack spricht die Uhr:
Mein Kind, du lebst ein Weilchen nur,
Ein jeder neue Stundenschlag
Gemahnt dich an den letzten Tag.
Von deiner Wiege bis zum Grab
Ist kurz der Weg, dies merk dir, Knab'!

Aus Friedrich Gülls Kinderheimath in Liedern und Bildern, *1846 mit Illustrationen von Franz Pocci erschienen.*

Eduard Mörike

An Gretchen

Jüngst, als unsere Mädchen, zur Fastnacht beide verkleidet,
Im Halbdunkel sich scheu erst an der Türe gezeigt,
Dann sich die Blonde als Schäferin dir, mir aber die kleine
Mohrin mit Lachen zumal warf in den offenen Arm,
Und du, Liebste, von fern mein Gefühl nicht ahnend, ins Ohr mir
(Der ich verblüfft dasaß) flüstertest »lobe sie doch« –:
O wie gedacht ich der Zeit, da *diese* nicht waren, und *wir* uns
Beide noch fremd, ja du selber noch hießest ein Kind.
Einst und Jetzt im Wechsel – ein fliegender Blitz der Gedanken
Machte mich stumm, und hoch wallte vor Freuden mein Herz.

1864

Heinrich Hoffmann von Fallersleben

Der Kindheit Welt ist eine schöne Welt

Der Kindheit Welt ist eine schöne Welt,
Wohl dem, wer dafür Herz und Sinn behält!
Und oft und spät noch in Erinnerung
Den Traum der Kindheit träumet frisch und jung!

So magst Du Dich an diesem Büchlein freu'n
Und Dir die eigne Jugendzeit erneu'n,
Die Jugendzeit, drin jedes Blümchen spricht,
Das einst für Dich geblüht: vergiß mein nicht!

Das Kindergedicht als Traum-Wegweiser in die eigene Kindheit: Motto der Kinderlieder-*Ausgabe.*

Albert Lortzing

Sonst spielt ich mit Szepter, mit Krone und Stern

Sonst spielt ich mit Szepter, mit Krone und Stern;
Das Schwert schon als Kind, ach, ich schwang es so gern!
Gespielen und Diener bedrohte mein Blick;
Froh kehrt ich zum Schoße des Vaters zurück.
Und liebkosend sprach er: Lieb' Knabe, bist mein!
O selig, o selig, ein Kind noch zu sein!

Nun schmückt mich die Krone, nun trag' ich den Stern,
Das Volk, meine Russen, beglückt' ich so gern.
Ich führ' sie zur Größe, ich führ' sie zum Licht,
Mein väterlich Streben erkennen sie nicht.
Umhüllet von Purpur nun steh' ich allein –
O selig, o selig, ein Kind noch zu sein!

Und endet dies Streben und endet die Pein,
So setzt man dem Kaiser ein Denkmal von Stein.
Ein Denkmal im Herzen erwirbt er sich kaum,
Denn irdische Größe erlischt wie ein Traum.
Doch rufst du, Allgüt'ger: »in Frieden geh' ein!«
So werd' ich beseligt dein Kind wieder sein.

Lied des Zaren aus der Oper Zar und Zimmermann *(1837). Der historische Zar Peter der Große (1672–1725) wurde allerdings in seinen Kinderspielen militärisch hart trainiert: Aus Liliputanern und Bojarenkindern ließ der Vater eine »Spielkompanie« zusammenstellen, in der das Kind, mit Schwert und Miniaturrüstung ausgestattet, kämpfen mußte.*

Franz Grillparzer

Als ich noch ein Knabe war

Als ich noch ein Knabe war,
Rein und ohne Falte,
Klang das Lied mir wunderbar,
Jenes »Gott erhalte«.

Selbst in Mitte der Gefahr
Von Getös umrungen,
Hört' ichs weit entfernt, doch klar
Wie von Engelszungen

Und nun müd und wegeskrank,
Alt, doch auch der alte,
Sprech' ich Hoffnung aus und Dank
Durch das: Gott erhalte!

1853

Heinrich Hoffmann

Die Tage fliehn. Es war vor vielen Jahren

Die Tage fliehn. Es war vor vielen Jahren,
Als eure Eltern selbst noch Kinder waren,
  Da schrieb ich diesen manch ein buntes Buch.
Ich wurde alt, und all der Herrlichkeiten
Gedachte ich als längst vergangner Zeiten,
  Die weit hinab der Strom des Lebens trug.

Da kamet ihr, und euer kindlich Treiben
Lehrt mich auf's neue bunte Verse schreiben,
  Und freudig nahm das Herz den alten Schwung;
Und mir gelang's, so meine ich, nicht minder.
Nehmt diese Blätter, Kinder meiner Kinder!
  Die alte Liebe wurde wieder jung.

Ihr dankt mir wohl? – Ich selbst hab' euch zu danken.
Oft sah ich eure Kinderschritte wanken,
  Und war zu führen euch dann treu bestrebt;
Jetzt aber wißt ihr mir den Weg zu sagen,
Den Weg zurück zu sonnig hellen Tagen;
  Der altert nicht, wer mit der Jugend lebt.

13. Juni 1870

Heinrich Hoffmann, Verfasser des Struwwelpeter, *widmete mit diesem Gedicht an seinem 61. Geburtstag den Enkeln Heiner und Carl sein neues Buch* Prinz Grünewald und Perlenfein mit ihrem lieben Eselein.

Gottfried Keller

Von Kindern

1

Man merkte, daß der Wein geraten war:
Der alte Bettler wankte aus dem Tor,
Die Wangen glühend, wie ein Rosenflor,
Mutwillig flatterte sein Silberhaar.

Und vor und hinter ihm die Kinderschar
Umdrängt' ihn, wie ein Klein-Bacchantenchor,
Draus ragte schwank der Selige empor,
Sich spiegelnd in den hundert Äuglein klar.

Am Morgen, als die Kinderlein noch schliefen,
Von jungen Träumen drollig angelacht,
Sah man den braunen Wald von Silber triefen.

Es war ein Reif gefallen über Nacht;
Der Alte lag erfroren in dem tiefen
Gebüsch, vom Rausch im Himmel aufgewacht.

2

Die Abendsonne lag am Bergeshang,
Ich stieg hinan und auf den goldnen Wegen
Kam weinend mir ein zartes Kind entgegen,
Das, mein nicht achtend, schreiend abwärts sprang.

Ums Haupt war duftig ihm ein Schein gelegen
Von Abendgold, das durch die Löcklein drang.
Ich sah ihm nach, bis ich den Gramgesang
Des Kleinen nur noch hörte aus den Hägen.

Zuletzt verstummte er; denn freundlich Kosen
Hört ich den Schreihals liebevoll empfangen;
Dann tönt' empor der Jubelruf des Losen.

Ich aber bin vollends hinauf gegangen,
Wo oben blühten just die letzten Rosen,
Fern, wild und weh der Falken Stimmen klangen.

3

Ich sah jüngst einen Schwarm von frischen Knaben,
Gekoppelt und gezäumt wie ein Zug Pferde;
Sie wieherten und scharrten an der Erde
Und taten sonst, was Pferde an sich haben.

Und mehr noch; was sonst diesen ist Beschwerde,
Das schien die Buben köstlich zu erlaben;
Denn lustig sah ich durch die Gasse traben
Auf einen Peitschenknall die ganze Herde.

Das Leitseil war in eines Knirpses Händen,
Der, klein und schwach, nicht sparte seine Hiebe
Und launisch das Gespann ließ gehn und wenden.

Wenn nur dies frühe Sinnbild niedrer Triebe,
Anstatt mit schlimmer Wirklichkeit zu enden,
Einst mit den Kinderschuhn verloren bliebe!

Theodor Fontane

Die Alten und die Jungen

»Unverständlich sind uns die Jungen«
Wird von den Alten beständig gesungen;
Meinerseits möcht ich's damit halten:
»Unverständlich sind mir die Alten.«
Dieses am Ruderbleibenwollen
In allen Stücken und allen Rollen,
Dieses sich Unentbehrlichvermeinen
Samt ihrer »Augen stillem Weinen«,
Als wäre der Welt ein Weh getan –
Ach ich kann es nicht verstahn.
Ob unsre Jungen, in ihrem Erdreisten,
Wirklich was Besseres schaffen und leisten,
Ob dem Parnasse sie näher gekommen
Oder bloß einen Maulwurfshügel erklommen,
Ob sie, mit andern Neusittenverfechtern,
Die Menschheit bessern oder verschlechtern,
Ob sie Frieden sä'n oder Sturm entfachen,
Ob sie Himmel oder Hölle machen –
Eins läßt sie stehn auf siegreichem Grunde:
Sie haben den Tag, sie haben die Stunde;
Der Mohr kann gehn, neu Spiel hebt an,
Sie beherrschen die Szene, *sie* sind dran.

Friedrich Hebbel

Bubensonntag

Wenn ich einst, ein kleiner Bube,
Sonntags früh im Bette lag,
Und die helle Kirchenglocke
All das Schweigen unterbrach:

O wie schlüpft' ich dann so hurtig
Aus dem Bett ins Kleid hinein,
Und wie gern ließ ich das Frühstück,
Um zuerst bei Gott zu sein!

Ein Gesangbuch unterm Arme,
Eh' ich's Lesen noch verstand,
Ging ich fort, gebeugten Hauptes,
Fromm verschränkend Hand in Hand.

Kam mein Hündchen fromm gesprungen,
Schalt' ich: komm mir nicht zu nah!
Kaum, daß ich, zur Seite schielend,
Nach der Vogelfalle sah.

Fiel die Kirchentür nun knarrend
Hinter meinem Rücken zu,
Sprach ich furchtsam-zuversichtlich:
Jetzt allein sind Gott und Du!

Längst mit ganzem, vollem Herzen
Hing ich ja an meinem Gott,
Doch, daß niemand ihn erblicke,
Hielt ich stets für eitel Spott.

Und so hofft' ich jeden Morgen,
Endlich einmal ihn zu sehn;
War's denn Nichts in meinen Jahren,
Stets um Fünfe aufzustehn?

Auf dem hohen Turm die Glocke
War schon lange wieder stumm,
Der Altar warf düstre Schatten,
Gräber lagen rings herum.

Drang ein Schall zu mir herüber,
Dacht' ich: jetzt wirst du ihn schaun!
Aber meine Augen schlossen
Sich sogleich vor Angst und Graun.

Und dies Zittern, dies Erbangen,
Und mein kalter Todesschweiß –
Daß der Herr vorbei gewandelt,
Galt mir alles für Beweis.

Still und träumend dann zu Hause
Schlich ich mich in süßer Qual,
Und mein klopfend Herz gelobte
Sich mehr Mut fürs nächste Mal.

Arno Holz

Unvergeßbare Sommersüße

Rote Dächer!

Aus den Schornsteinen,
hier und da
Rauch;
oben, hoch, in sonniger Luft,
ab und zu
Tauben!

Es ist Nachmittag.

Aus
Mohdrickers Garten her
gackert
eine Henne;
Bruthitze
brastet;
die ganze Stadt … riecht nach Kaffee.

Daß mir doch dies alles noch so lebendig geblieben ist!

Ich bin ein kleiner achtjähriger Junge,
liege,
das Kinn in beide Fäuste,
platt auf dem Bauch
und
kucke durch die Bodenluke.

Unter mir … steil, der Hof … hinter mir,
weggeworfen,
ein Buch.

… Franz Hoffmann …

»Die
Sklavenjäger.«

Wie still das ist!

Nur drüben,
in Knorrs Regenrinne,
zwei Spatzen, die sich um einen Strohhalm zanken,
irgendwo ein Mann, der sägt,
und,
dazwischen,
deutlich von der Kirche her,
in kurzen Pausen regelmäßig hämmernd,
der Kupferschmied Thiel.

Wenn ich unten runter sehe,
sehe ich gerade auf Mutters Blumenbrett.

Ein Topf Goldlack,
zwei
Töpfe Levkojen, eine Geranie,
Fuchsien
und,
mittendrin,
zierlich, in einem Zigarrenkistchen,
ein
Hümpelchen Reseda.

Wie ... das ... riecht!
Bis
zu ... mir ... rauf!

Und
die ... Farben ... die
Farben!

Jetzt!

Wie der Wind drüber weht!

Die wunder-,
wunder-, wunder-
... schönen ...
Farben!

Nie ... blinkten ... mir
schönere!

Ein
halbes Leben,
ein
ganzes Menschenalter
verrann!

Ich
schließe die Augen.

Ich
sehe sie ... noch immer!

1898/99

Hugo von Hofmannsthal

Wir sind aus solchem Zeug wie das zu Träumen

Wir sind aus solchem Zeug wie das zu Träumen,
Und Träume schlagen so die Augen auf,
Wie kleine Kinder unter Kirschenbäumen,

Aus deren Krone den blassgoldnen Lauf
Der Vollmond anhebt durch die grosse Nacht.
... Nicht anders tauchen unsre Träume auf.

Sind da und leben, wie ein Kind, das lacht,
Nicht minder gross im Auf- und Niederschweben
Als Vollmond, aus Baumkronen aufgewacht.

Das Innerste ist offen ihrem Weben,
Wie Geisterhände im versperrten Raum
Sind sie in uns und haben immer Leben.

Und drei sind eins: ein Mensch, ein Ding, ein Traum.

1894

Rainer Maria Rilke

Kindheit

Da rinnt der Schule lange Angst und Zeit
mit Warten hin, mit lauter dumpfen Dingen.
O Einsamkeit, o schweres Zeitverbringen...
Und dann hinaus: die Straßen sprühn und klingen
und auf den Plätzen die Fontänen springen
und in den Gärten wird die Welt so weit –.
Und durch das alles gehn im kleinen Kleid,
ganz anders als die andern gehn und gingen –:
O wunderliche Zeit, o Zeitverbringen,
o Einsamkeit.

Und in das alles fern hinauszuschauen:
Männer und Frauen; Männer, Männer, Frauen
und Kinder, welche anders sind und bunt;
und da ein Haus und dann und wann ein Hund
und Schrecken lautlos wechselnd mit Vertrauen –:
O Trauer ohne Sinn, o Traum, o Grauen,
o Tiefe ohne Grund.

Und so zu spielen: Ball und Ring und Reifen
in einem Garten, welcher sanft verblaßt,
und manchmal die Erwachsenen zu streifen,
blind und verwildert in des Haschens Hast,
aber am Abend still, mit kleinen steifen
Schritten nachhaus zu gehn, fest angefaßt –:
O immer mehr entweichendes Begreifen,
o Angst, o Last.

Und stundenlang am großen grauen Teiche
mit einem kleinen Segelschiff zu knien;
es zu vergessen, weil noch andre, gleiche
und schönere Segel durch die Ringe ziehn,
und denken müssen an das kleine bleiche
Gesicht, das sinkend aus dem Teiche schien –:
O Kindheit, o entgleitende Vergleiche.
Wohin? Wohin?

1902

Georg Trakl

Kindheit

Voll Früchten der Hollunder; ruhig wohnte die Kindheit
In blauer Höhle. Über vergangenen Pfad,
Wo nun bräunlich das wilde Gras saust,
Sinnt das stille Geäst; das Rauschen des Laubs

Ein gleiches, wenn das blaue Wasser im Felsen tönt.
Sanft ist der Amsel Klage. Ein Hirt
Folgt sprachlos der Sonne, die vom herbstlichen Hügel rollt.

Ein blauer Augenblick ist nur mehr Seele.
Am Waldsaum zeigt sich ein scheues Wild und friedlich
Ruhn im Grund die alten Glocken und finsteren Weiler.

Frömmer kennst du den Sinn der dunklen Jahre,
Kühle und Herbst in einsamen Zimmern;
Und in heiliger Bläue läuten leuchtende Schritte fort.

Leise klirrt ein offenes Fenster; zu Tränen
Rührt der Anblick des verfallenen Friedhofs am Hügel,
Erinnerung an erzählte Legenden; doch manchmal erhellt sich die Seele,
Wenn sie frohe Menschen denkt, dunkelgoldene Frühlingstage.

Christian Morgenstern

Heut ritt ich im Traum

Heut ritt ich im Traum
auf schneeweißem Pferde
ohne Zügel und Zaum
rings um die Erde.
Und wo ein Dach,
war ein Treiben
hinter den Scheiben:
Alles war wach!
Großäugig, tieflockig,
schmalfüßig, kurzrockig
lugten die Kindlein
der Menschen mir nach.

O, euch süße Gesichter
vergeß ich nie mehr,
euch glückliche Lichter
durch Nacht zu mir her,
euch Näschen, vom Fensterdruck
schelmisch gestumpft,
euch Wädchen und Kniechen
nur dürftig bestrumpft,
euch rosige Händchen,
ans Glas angestützt,
euch kosige Mündchen,
neugierig, gespützt!

Ihr Kindlein, ich segn euch
viel tausend, tausend Mal!
Nur Großes begegn euch
im Sonn- und Mondenstrahl!
Euer Lachen, euer Weinen
sei edler Frucht geschwellt!
Ihr seid ja, ihr Kleinen,
die Zukunft unserer Welt!
Euch reifen die Lieder
auf meines Lebens Baum...
Einst sehn wir uns wieder –
und nicht mehr im Traum!

Frank Wedekind

Vergänglichkeit

Streck deine Beine, mein hübscher Genoß;
Deine schwarzen Strümpfe aus Fil d'Ecosse
Reichen dir weit bis über die Kniee,
Wenn ich sie dir nicht noch höher ziehe.

Sie sind das Verfänglichste wohl an dir,
Deine schwarzen Strümpfe; ich sterbe dafür.
Hell schimmert die Haut durch die weiten Maschen,
Man möchte von außen schon daran naschen.

Dabei legst du deine Füße so friedlich
Uebereinander, die blanken Lackschuhe appetitlich
Gestreckt – die Seligkeit, sie dir zu binden,
Kann im Himmel nicht ihresgleichen finden.

Dein schwarzer Lockenkopf, deine blassen Wangen,
Dein splitternackter Mund, deine bangen
Tiefschwarzen Augen sind eine Pracht,
Doch haben nicht sie mich verrückt gemacht.

Deine Unwiderstehlichkeit liegt in den Beinen.
Seh' ich dich kommen, so möcht' ich weinen.
Du hebst die Knie in einem Takt,
Der würgend mich an der Kehle packt.

Ich will dir zum ewigen Angedenken
Ein Paar Strumpfbänder in zartem Lila schenken
Mit goldenem Wappen, denn du bist in der Tat
Ein Mädchen und ein junger Aristokrat.

Ein Knabe, der in seiner Anmut nicht leidet,
Wenn er sich zuweilen als Mädchen verkleidet;
Aber deine Mutter sagt mir, du seist
Durchdrungen von ritterlichem Geist.

Du bestehest mit Glanz die schwierigsten Examen
Und schwärmest auch schon für die allerreizendsten Damen.
Niemand glaubt mir in dieser Welt,
Wie mir das an dir, meinem Schützling gefällt.

Noch bist du Cherub. Wenige Wochen,
Dann ist wohl die Knospe schon aufgebrochen;
Dann blickst du mit grimmigem Schauder auf mich,
Der dir so zärtlich die Locken strich.

Wie schade, daß alles Schöne vergeht,
Auch deine Hoheit. Die Pubertät
Macht dich den übrigen Flegeln ähnlich.
Der Duft ist hin und du wirst gewöhnlich.

1895/98 entstanden und von Wedekind selber in Melodie gesetzt (Lautenlieder).

Else Lasker-Schüler

O, deine Hände

O, deine Hände
Sind meine Kinder.
Alle meine Spielsachen
Liegen in ihren Gruben.

Immer spiel ich Soldaten
Mit deinen Fingern, kleine Reiter,
Bis sie umfallen.

Wie ich sie liebe
Deine Bubenhände, die zwei.

Für den Freund Gottfried Benn, 1917.

Karl Kraus

Der ungeborene Sohn

Wir, der Untat spätere Zeugen,
Bitten euch, uns vorzubeugen.
Lasset nimmer uns entstehn!
Wären eurer Schmach Verräter.
Wolln nicht solche Heldenväter.
Ruhmlos möchten wir vergehn!

Wehlust irdischen Getues!
Liebend hinterläßt die Lues
Mir mein Vater, dieser Schuft.
Ruft uns nicht in diese Reiche!
Wir entstammen einer Leiche.
Ungesund ist hier die Luft.

1922

Bertolt Brecht

Von der Freundlichkeit der Welt

1

Auf die Erde voller kaltem Wind
Kamt ihr alle als ein nacktes Kind.
Frierend lagt ihr ohne alle Hab
Als ein Weib euch eine Windel gab.

2

Keiner schrie euch, ihr wart nicht begehrt
Und man holte euch nicht im Gefährt.
Hier auf Erden wart ihr unbekannt
Als ein Mann euch einst nahm an der Hand.

3

Von der Erde voller kaltem Wind
Geht ihr all bedeckt mit Schorf und Grind.
Fast ein jeder hat die Welt geliebt
Wenn man ihm zwei Hände Erde gibt.

1927

Lied der Arbeiterkinder

Aus einer Kinderzeitschrift

Wir sind noch jung, wir sind noch klein,
Uns lacht noch Lust und Leben.
Wir wachsen in die Zeit hinein,
Der wir ein Antlitz geben.

Der Vater werkt, die Mutter schafft,
Die Not hat sie verkümmert.
Wir wachsen in die große Kraft,
Die alle Not zertrümmert.

Die Welt ist morsch, die Welt ist alt,
Es gilt, sie jung zu rütteln.
Wir wachsen wie der junge Wald,
Den die Gewitter schütteln.

Wenn wir so groß wie Vater sind –
Hei-ho! dann weh den Schindern!
Wir wachsen wie der Wirbelwind,
Wenn ihn die Berge hindern.

Uns ruft die Zeit, wir brechen vor
Mit donnernden Gesängen.
Wir wachsen, bis wir einst das Tor
Der alten Ordnung sprengen.

Aus Der Kinderfreund, *1930.*

An die neue Jugend

Aus einer Schulzeitung

Seht, wie das Licht euch begrüßt,
Kinder der wandelnden Zeit, Jünger des neuen Geschlechts!
Vieles, was mächtig bis heut, vieles, was traurig und wüst,
Aber es wächst in der Welt Ordnung des reineren Rechts.

Seht, wie der Kampf euer harrt!
Schlechtes noch schreckt euren Schritt, Schatten der Dämmerung sinkt.
Zwietracht und niedriger Wahn grauer Vergangenheit starrt.
Aber ihr fürchtet euch nicht. Seht, wie die Zukunft euch winkt!

Kommende Männer und Fraun!
Bildet in Glück euch und Leid, formt euch in Lust und in Pein!
Wandert zu Höhen, weithin, Ströme des Lebens zu schaun!
Schaut und schreitet und wirkt, kühn eine Welt zu befrein!

Aus Unsere Schule, *Jahrgang 1929, der Schulzeitung einer reformpädagogischen Versuchsschule in Bremen (Verfasser: Karl Henkell).*

Joachim Ringelnatz

Babies

Daß eure Windeln wie Segel sind,
Das wißt ihr Kinder noch nicht.
Ihr kümmert euch nicht um den eigenen Wind,
Um den fremden Wind, um das fremde Licht.
Ihr reist wie Passagiere.
Und wenn das Schiff mit euch ersauft,
Dann seid ihr himmeltief getauft,
Unschuldige, glückliche Tiere.

1931

Erich Kästner

Die Großeltern haben Besuch

Für seine Kinder hat man keine Zeit.
(Man darf erst sitzen, wenn man nicht mehr gehn kann.)
Erst bei den Enkeln ist man dann soweit,
daß man die Kinder ungefähr verstehn kann.

Spielt hübsch mit Sand, und backt euch Sandgebäck!
Ihr seid so fern und trotzdem in der Nähe,
als ob man, über einen Abgrund weg,
in einen fremden bunten Garten sähe.

Spielt brav mit Sand und baut euch Illusionen!
Ihr und wir Alten wissen ja Bescheid:
Man darf sie bauen, aber nicht drin wohnen.
Ach, bleibt so klug, wenn ihr erwachsen seid.

Wir möchten euch auch später noch beschützen.
Denn da ist vieles, was euch dann bedroht.
Doch unser Wunsch wird uns und euch nichts nützen.
Wenn ihr erwachsen seid, dann sind wir tot.

1932

Franz Werfel

Elternlied

Kinder laufen fort.
Langher kann's noch garnicht sein,
Kamen sie zur Tür herein,
Saßen zwistiglich vereint
Alle um den Tisch.

Kinder laufen fort.
Und es ist schon lange her.
Schlechtes Zeugnis kommt nicht mehr.
Stunden Ärgers, Stunden schwer:
Scharlach, Diphtherie!

Kinder laufen fort.
Söhne hangen Weibern an.
Töchter haben ihren Mann.
Briefe kommen, dann und wann,
Nur auf einen Sprung.

Kinder laufen fort.
Etwas nehmen sie doch mit.
Wir sind ärmer, sie sind quitt,
Und die Uhr geht Schritt für Schritt
Um den leeren Tisch.

1927

Oskar Loerke

Besuch

Bisweilen kommt der Knabe mich besuchen,
Der einst mit meinem Namen hieß.
Er kommt und schweigt; nur seine Brauen fluchen,
Weil ich so viel aus ihm verderben ließ.

Von Grame glühend, gleicht er keinem Schemen,
Doch mir welkt gramverwandelt die Gestalt.
Ein Dritter aus uns, minder jung und alt
Als wir, ist da, uns bei der Hand zu nehmen.

Das Leben wie das Jahr hat seine Mitte,
Den schönen Monat haben wir versäumt.
Das Leben wie der Tag hat seine Mitte,
Da haben wir von früh und spät geträumt.
Das Leben wie der Nu hat seine Mitte,
Davon zu kosten haben wir versäumt.
Vergeßt es nun, vergeßt, und seine Mitte
Hat euch das Leben wieder eingeräumt.

1930

Peter Huchel

Kindheit in Alt-Langerwisch

Kindheit, o blühende Zauch,
wo wir im nußweißen Tag,
klein im Holunderrauch
waren den Hummeln nach.

Vor uns die Wolken schön
liefen wie jappende Doggen.
Dengeln und Wetzsteingetön
herrschten im Roggen.

Mund und Tasche war froh,
wenn ich ins Kellerloch kroch,
wo es unten nach Winterstroh,
Nüssen und Äpfeln roch.

Barfuß im Sauerampfer
lief ich zum Brombeertische,
Weide, der morsche Zaun
warf mich in Brennesselbüsche.

Abends die Pumpe schrie,
drämmernde Eimer füllte.
Groß an der Tränke das Vieh
stampfte und brüllte.

Nacht kroch an, von Spinnen bewohnt,
blakte das weiße Stallicht aus.
Und wir huschten grau im Mond
noch mit Hund und Fledermaus.

Hörten den Knecht beschwören die Kuh,
Kranke von Schierling und Klee:
Milch, blaue Milch, Satansmilch du,
im Namen des Vaters vergeh!

Seufzte am Maul der Kühe das Heu,
Gott, wie schliefen im Schlafe wir treu,
nachts im strohwarmen Bette.

Und die Träume flogen wie Spreu,
warfen ins Haar die duftende Klette.

1930

In Alt-Langerwisch in der Mark Brandenburg lag der Bauernhof des Großvaters, wo Huchel aufwuchs.

Karl Krolow

Für mein Kind

Regst du dich im Blut der liebsten Frau,
Manches ist dir schon bereitet hier.
Wenn ich nächtens dich in Träumen schau,
Weiß ich nahe dich und viel von dir,

Hör ich deinen ersten, knappen Schrei,
Den die bange Stille endlich trug.
Daß ich nicht ans Nichts verraten sei,
Spür ich deinen ersten Atemzug.

Daß mein Leben noch ein kleines währt,
Rede ich mit dir zur Nacht, mein Kind,
Wenn die leise Kerze sich verzehrt
Und die Sterne hoch und einsam sind.

Daß du zu mir kommst und bei mir bleibst,
Wimpernernst, in zartem Gliederspiel,
Und mit Baum und Tier dein Wesen treibst:
Bitte ich, mein Kind, für mich zuviel?

Wünscht ich dich nicht heimlich immer so?
Wußt ich nicht von dir seit Anbeginn?
Sieh, dein kleines Leben macht mich froh,
Und ich gebe meines willig hin.

1943

Günter Eich

Die Knaben im Boot

Seerosen, Teichrosen
an fleischigen Stielen,
der Wasserspiegel
gefärbt von den vielen.

So denk ich den Kahn
und die polternden Ruder,
– den Freund auf der Bank,
am Steuer den Bruder, –

in diese Welt
von Binsen geglitten.
Sieh Namen und Tage
ins Bootsholz geschnitten.

Teichrosen, Seerosen,
die gelben, die weißen,
am schlüpfrigen Stiel
aus der Tiefe zu reißen,

sie hängen im Haar
den Nymphen und Feien,
die prahlenden Blüten, –
wie graut es uns dreien!

Vom wartenden Ruder
fallen die Tropfen.
Tönt an den Kiel nicht
ein zaghaftes Klopfen?

Manchmal im Ohre
hör ichs noch heute,
späh ich ins Röhricht,
was es bedeute.

Dort ankert in Rosen
der Nachen noch immer,
vom Haare der Nymphen
beglänzt ihn ein Schimmer.

Verschilftes Gewässer,
am Steuer der Bruder,
so schnitt es das Messer
vorzeiten ins Ruder.

1949

Nelly Sachs

Kind

Kind
Kind
im Orkan des Abschieds
stoßend mit der Zehen weißflammendem Gischt
gegen den brennenden Horizontenring
suchend den geheimen Ausweg des Todes.

Schon ohne Stimme – ausatmend Rauch –

Liegend wie das Meer
nur mit Tiefe darunter
reißend an der Vertauung
mit den Springwogen der Sehnsucht –

Kind
Kind
mit der Grablegung deines Hauptes
der Träume Samenkapsel
schwer geworden
in endlicher Ergebung
bereit anderes Land zu besäen.

Mit Augen
umgedreht zum Muttergrund –

Du
in der Kerbe des Jahrhunderts gewiegt
wo Zeit mit gesträubten Flügeln
fassungslos ertrinkt
in der Überschwemmung
deines maßlosen Untergangs.

1959

Marie Luise Kaschnitz

Wenn aber die Kinder

Verächtlich ist mir
Zu widerrufen
An der Schwelle des Alters
Die Angst und den Aufschrei
Den ungebärdigen
Meinen früher.

Ich bin nicht geneigt
Zu vergessen die Wundmale
Die verstümmelten Glieder
Die abgesunkenen Augen
Der von mir Verratenen.

Ich will mich nicht einzwängen in
Den spärlichen Sonnenschein
Grade für mich nur
Meines Erntetages
Und übersehen
In der Mulde des Kirchenstuhls
Die Unmasse der Feindschaft.

Wenn aber die graue
Welle der Waisenknaben
Über den Hügel herab

Weiße kleine
Dreiecksgesichter
In meine Hecke gedrückt

Äpfel rot
Blühendes Herbstblatt
Zeig ich den Kindern
Und den fremden glänzenden Vogel
Am Rande des Teichs.

Paul Celan

Lauter Einzelkinder

Lauter
Einzelkinder
mit leisen, moorigen
Muttergerüchen im Hals,
zu Bäumen – zu Schwarz-
erlen – erkoren,
duftlos.

1970

Wolf Biermann

Das Barlach-Lied

Ach Mutter mach die Fenster zu
Ich glaub es kommt ein Regen
Da drüben steht die Wolkenwand
Die will sich auf uns legen

Was soll aus uns noch werden
Uns droht so große Not
Vom Himmel auf die Erden
Falln sich die Engel tot

Ach Mutter mach die Türe zu
Da kommen tausend Ratten
Die hungrigen sind vorne weg
Dahinter sind die satten

Was soll aus uns noch werden
Uns droht so große Not
Vom Himmel auf die Erden
Falln sich die Engel tot

Ach Mutter mach die Augen zu
Der Regen und die Ratten
Jetzt dringt es durch die Ritzen ein
Die wir vergessen hatten

Was soll aus uns noch werden
Uns droht so große Not
Vom Himmel auf die Erden
Falln sich die Engel tot

1965

Hilde Domin

Kindersarkophag

Die Kinder tragen im Spiel
die unnützen Burgen ab
mit ihren Kinderhänden.

Ich habe es verstanden.

Die Ölbäume wachsen einen Zentimeter
ihrer langsamen Zeit
wenn wir lang genug leben.

Du brauchst es mir nicht zu sagen.

Manche der Kinder sterben
zehnjährig
und liegen auf ihrem Sarg.

Wir sehen uns nicht wieder.

Sarg von Vögeln und Blumen,
Jahrhunderte,
erstaunten Auges.

Wir sind schon andere.

Prinzenkinder.
Ohne die Liebe zu kennen.

Wir lernen Verlernen.

1965

Ernst Jandl

sieben kinder

wieviele kinder haben sie eigentlich? – sieben
zwei von der ersten frau
zwei von der zweiten frau
zwei von der dritten frau
und eins
ein ganz kleins
von mir selber

h. c. artmann

mit einem jahr ein kind

mit einem jahr ein kind,
mit zweien jahr ein jüngling,
mit dreien jahr ein mann,
mit vier jahr wohlgetan.
mit fünfen geht es auch noch an,
mit sechsen rückt das alter an.
mit sieben jahr ein greis,
mit acht jahr schneeweiß,
mit neun jahr leucht das morgenrot,
mit zehen jahr, ja grüß dich gott!

Wir werden immer größer

Grips-Theater für Kinder

Wir werden immer größer
Jeden Tag ein Stück
Wir werden immer größer
Das ist ein Glück
Große bleiben gleich groß
Oder schrumpeln ein
Wir werden immer größer
Ganz von allein.

Wir werden immer größer
Das merkt jedes Schaf
Wir werden immer größer
Sogar im Schlaf
Ganz egal ob's regnet
Donnert oder schneit
Wir werden immer größer
Und auch gescheit.

Wir werden immer größer
Darin sind wir stur
Wir werden immer größer
In einer Tour
Auch wenn man uns einsperrt
Oder uns verdrischt
Wir werden immer größer
Da hilft alles nischt.

Lied der Kinder in Ruhe im Karton *(Grips-Theater, Berlin 1973). Text: Volker Ludwig.*

Herbert Grönemeyer

Kinder an die Macht

Die Armeen aus Gummibärchen,
Die Panzer aus Marzipan,
Kriege werden aufgegessen,
Einfacher Plan,
Kindlich genial.

Es gibt kein GUT
Es gibt kein BÖSE,
Es gibt kein SCHWARZ
Es gibt kein WEISS,
Es gibt Zahnlücken statt zu unterdrücken
Gibt's Erdbeereis auf Lebenszeit,
Immer für 'ne Überraschung gut.

Gebt den Kindern das Kommando,
Sie berechnen nicht
Was sie tun.
Die Welt gehört in Kinderhände,
Dem Trübsinn ein Ende.
Wir werden in Grund und Boden gelacht,
Kinder an die Macht.

Sie sind die wahren Anarchisten,
Lieben das Chaos,
Räumen ab,
Kennen keine Rechte,
Keine Pflichten.
Noch ungebeugte Kraft,
Massenhaft,
Ungestümer Stolz.

Gebt den Kindern das Kommando...

1985

Robert Gernhardt

Ein Abschied

»Vater, lieber Vater mein,
willst du meine Mutter sein?«

Verlegen fährt sich
der Bub durch den Schopf
und schaut auf den Vater,
doch der schüttelt den Kopf,
blickt in das Licht,
das im Fenster sich bricht,
und spricht:

»Mein Kind, was du da von dir gibst
klingt im Detail zwar allerliebst,
jedoch im großen Ganzen –«

Musik erklingt,
der Knabe winkt:
»Komm Vater, laß uns tanzen!«

Vier Stunden später. Leer ist der Saal.
Der Vater hat müde zum hohen Portal
die Schritte gelenkt
und denkt,
den Blick auf den schlafenden Buben gesenkt:

»Ich hab's erwogen, hab geschwankt,
hätt' gern erfüllt, was er verlangt,
es war nicht drin.
Was er wahrscheinlich erst begreift,
wenn er vom Knaben zum Weibe gereift,
leb wohl, Katrin!«

Und behutsam setzt er
das Kind in den Schnee
und geht in die Nacht,
die hereinbrechende …

Julia, die Welt ist schön

Julia, die Welt ist schön,
Auch wenn wir uns nicht wiedersehn.

Albumvers eines Kindes, Frankfurt 1992.

II.

Schlafendes Kind

Kleine Kinder sind so gut wie die einzigen Menschenwesen, die ausgiebig im Schlaf betrachtet werden können. Der Blick auf das schlafende Kind hat die Schriftsteller ebenso wie die Maler und Zeichner des bürgerlichen Zeitalters immer wieder fasziniert. Das Kind im Schlaf ist in besonderer Weise das fremde, rätselhafte Geschöpf. Schlafend scheint es in jene geheimnisvolle Welt zurückzukehren, aus der es gekommen ist. Sein Lächeln – in Ammensprüchen vielfach gedeutet – scheint ein Signal von dort zu sein. Und in jener den Erwachsenen verschlossenen Anderswelt – Reich der Engel, Natur, Unendlichkeit der Möglichkeiten – scheint der Schlüssel der Erkenntnis zu liegen: »Dürft' ich in deine Träume schauen / So wär mir alles, alles klar!« (Hebbel, »Auf ein schlummerndes Kind«).

Aber das schlafende Kind ist nicht nur das geheimnisvolle Kind der Dichter. Es ist auch das bequeme Kind der Mütter und der Ammen. Schlafende Kinder stören nicht. Das Wiegenlied erzählt von dem Wunsch der Erwachsenen, das Kind so rasch wie möglich aus der eigenen Welt zu entfernen. »Mein Kindchen soll schlafen und schweigen« (*Wunderhorn*). Während die einschmeichelnden Melodien der Wiegenlieder das Kind in den Schlaf singen, zeugen die Texte (die den kleinen Kindern ja nicht verständlich sind) oft von der Ungeduld, von der Melancholie und von den Haßgefühlen der Mütter und Ammen gegen die Kinder. In den älteren volksläufigen Traditionen werden Verwünschungen, Drohungen und Todeswünsche häufig noch direkt zum Ausdruck gebracht, in jüngeren gefälligeren Versionen sind sie oft entstellt, verstecken sich hinter der Maske der mütterlichen Zärtlichkeit. »Morgen früh, wenn Gott will / Wirst du wieder geweckt«: Könnte es vielleicht Gottes Wille sein, daß das Kind den ewigen Schlaf schliefe?

Nicolaus Peucker

Wiegen-Lied bei der Wiege des Vier-Wochen-Kindes Katharina Nicolai

Wiegen-Lied, ward angestimmet, aber nicht ausgesungen, als am 16. Julii 1663 DOROTHEA jung, aber auch wieder begraben ward, wird nun zu Ende gesungen bei der Wiege des Vier-Wochen-Kindes KATHARINA, Herrn Christiani Nicolai, Predigern bei der Peters-Kirchen allhier zu Cölln an der Spree, neugebornen Töchterleins am 8. Julii 1666

Der Hunds-Stern Sirius hat nu zum vierten Mal
Sein Feuer ausgesteckt, als Dörtchen in die Zahl
Der Menschen Kinder kam, und ich ein Lied begunnte,
Das aber nicht sein End und Zweck erhalten kunnte.
Geehrtes Eltern-Paar! Die Krankheit hats getan,
Daß solches Lied nicht klang, es fing sich aber an:

Schlaf ein, herzliebes Töchterlein,
Schlaf ein, die Mutter soll
Bald wieder bei dem Kinde sein,
Schlaf, liebes Dörtchen, wohl.

Schlaf wohl, die Mutter ist nicht weit,
Wann sie vom Markte kömmt
Und hört, daß ihre Dörtchen schreit,
Wer weiß, ob sie dich nimmt?

Betrübe deine Mutter nicht,
Sie hat schon großen Gram,
Weil man so viel vom Türken spricht,
Der nächst in Ungarn kam...
usw.

Ich wollte dieses Lied domalen weiter singen
Und, als ich zugesagt, dem Vater überbringen;
Ich stimmt und stimmt und stimmt und stimmte doch nicht rein,
Die Ursach war: es wollt kein Wiegen-Lied mehr sein.
Wieso? Kind Dörtchen starb, Kind Dörtchen ward begraben,
Ich konnte nicht Verlaub von meiner Krankheit haben,
Daß ich ein Sterbelied anstimmt, ich konnt auch nicht
Mit ihm zu Grabe gehn. Geborgt ist, wie man spricht,
Noch lange nicht geschenkt. Blieb Dörtchen unbesungen,
Kind Käthchen, so wird dir, nachdem es dir gelungen,
Gesund und frisch den Bau der Eitelkeit zu sehn,

Ein Wiegen-Lied gestimmt, wohlan, es ist geschehn.
Hör Käthchen, also klingts:

Schlaf, allerliebstes Käthchen, schlaf,
Die Mutter ist nicht weit,
Sie kauft ein Viertelteil vom Schaf,
Das Bäh Bäh Lämmchen schreit.

Sie geht den Fischmarkt hin und her
Und kauft, was dir gefällt,
An Schoten, Kirschen, dein Begehr,
Seht, wie sich Käthchen stellt!

Sie schreit und schreit. Was mangelt ihr?
Der Hunger plagt sie wohl.
Schweig still, die Mutter ist schon hier
Und hat die Schlüppe[1] voll.

Nimm deine Dütt[2] und sauge satt
Und schweig, wann Vater kömmt,
Der Kordewatzsch[3] und Ruten hat,
So wird er nur ergrimmt.

Schweigt all im ganzen Hause still,
Daß Käthchen schlafen kann.
Nimm, Hänschen, deine Mantel-Hüll,
Die Schul ist aufgetan.

Kind Käthchen schläft. Gott gebe, daß
Du wohl und lange ruhst,
Mach aber nicht die Windeln naß
Als wie du pflegst und tust.

Schlaf wohl! Und werde bald so groß
Daß dich ein Mann umfängt
Und bald auf deinem eignen Schoß
Ein Dörtchen wird getränkt.

1 Schürze 2 Brust 3 Degen

Johann Gottfried Herder

Wiegenlied

Schlaf Deines Lebens erste Zeit,
O Kleiner, nur in Ruh!
Noch nicht zu Trübsal eingeweiht,
Ließ Dir Dein Gott sie zu.

Von Sorgen noch, von Furcht und Reu
Bebt nicht Dein kleines Herz;
Doch wärst Du auch so gänzlich frei
Von uns verborgnem Schmerz?

Vielleicht, wenn wir Dich lächeln sehn,
Da Dich der Schlaf verhüllt,
Beklemmen Dich geheime Wehn,
Des künft'gen Schicksals Bild.

Und ach! auch nicht frei von Gefahr,
Die unsre Hoffnung stört;
Vielleicht hängt über Dich am Haar
Ein ungesehnes Schwert.

Doch Der, der Dir den Schlaf befahl,
Hält's von der Scheitel ab,
Und seiner Diener starke Zahl
Verschließet noch Dein Grab.

Schlaf ruhig, ohne Wissenschaft!
Bei uns mag Sorge sein;
Du sauge schlummernd frischen Saft
In Deine Nerven ein!

Und werde dadurch groß und blüh,
Der Eltern süßste Lust!
Und Gott und Tugend fühle früh
Die milchgenährte Brust!

Einst sei ein Mann, der seinem Stand
Mit Treu ergeben war!
Dies seufzete und überwand
Den Schmerz, die Dich gebar.

1768 von Herder einem befreundeten Brautpaar zugeeignet.

Johann Wilhelm Ludwig Gleim

Wiegenlied

Schlaf' und träume, liebes Kind,
Träume, daß die heil'gen Engel,
Kinder Gottes ohne Mängel,
Deine Spielgesellen sind.

Schlaf' und träume, liebes Kind,
Daß die Kinder hier auf Erden
Sterblich sind und Engel werden,
Wenn sie fromm gewesen sind!

Joachim Heinrich Campe

Fiekchen's Wiegenlied

ihrer Puppe vorzusingen

Schlaf, Kindchen, schlaf!
Da draußen ist ein Schaf;
Das ist dir gar ein frommes Blut,
Das keinem was zu Leide tut;
Schlaf, Kindchen, schlaf!

Schlaf, Kindchen, schlaf!
Wie freundlich ist das Schaf!
Es knurrt, es lärmt, es zanket nicht,
Zeigt immerdar ein froh Gesicht;
Schlaf, Kindchen, schlaf!

Schlaf, Kindchen, schlaf!
Wie still ist unser Schaf!
Nie weinen seine Äugelein;
Nie hört man es gewaltig schrei'n!
Schlaf, Kindchen, schlaf!

Schlaf, Kindchen, schlaf!
Wer liebt nicht unser Schaf!
Es speist vergnügt das grüne Gras;
Zu Leide tut ihm keiner was;
Schlaf, Kindchen, schlaf!

Schlaf, Kindchen, schlaf!
Sei sanft, wie unser Schaf,
Sei immerdar ein frommes Blut,
So sind dir alle Menschen gut;
Schlaf, Kindchen, schlaf!

Aus Campes Kleiner Kinderbibliothek *(1779) und von Johann Friedrich Reichardt vertont (*Lieder für Kinder, *1781). Zugrunde liegt das alte Wiegenlied vom Schlaf-Schaf, das in Brentanos* Wunderhorn*-Fassung und in der Vertonung von Johannes Brahms bekannt werden sollte (»Schlaf, Kindlein, schlaf / Der Vater hüt die Schaf…«).*

Matthias Claudius

Ein Wiegenlied beim Mondschein zu singen

So schlafe nun du Kleine!
Was weinest du?
Sanft ist im Mondenscheine
Und süß die Ruh'.

Auch kommt der Schlaf geschwinder,
Und sonder Müh';
Der Mond freut sich der Kinder,
Und liebet sie.

Er liebt zwar auch die Knaben,
Doch Mädchen mehr,
Gießt freundlich schöne Gaben
Von oben her

Auf sie aus, wenn sie saugen,
Recht wunderbar;
Schenkt ihnen blaue Augen
Und blondes Haar.

Alt ist er wie ein Rabe,
Sieht manches Land;
Mein Vater hat als Knabe
Ihn schon gekannt.

Und bald nach ihren Wochen
Hat Mutter mal
Mit ihm von mir gesprochen:
Sie saß im Tal.

In einer Abendstunde,
Den Busen bloß,
Ich lag mit offnem Munde
In ihrem Schoß.

Sie sah mich an, für Freude
Ein Tränchen lief,
Der Mond beschien uns beide,
Ich lag und schlief;

Da sprach sie: »Mond, o! scheine,
Ich hab' sie lieb,
Schein Glück für meine Kleine!«
Ihr Auge blieb

Noch lang am Monde kleben,
Und flehte mehr.
Der Mond fing an zu beben,
Als hörte er,

Und denkt nun immer wieder
An diesen Blick,
Und scheint von hoch hernieder
Mir lauter Glück.

Er schien mir unterm Kranze
Ins Brautgesicht,
Und bei dem Ehrentanze;
Du warst noch nicht.

1770

Friedrich Schiller

Das Kind in der Wiege

Glücklicher Säugling! Dir ist ein unendlicher Raum noch die Wiege,
Werde Mann, und dir wird eng die unendliche Welt.

1796

Vertont von Reichardt, 1798.

Die arme Bettelfrau singt das kranke Kind in Schlaf

Aus *Des Knaben Wunderhorn*

Eya popeya popole,
Unser Herrgottche wird dich bald hole,
Kömmt er mit dem gulderne Lädche[1],
Legt dich hinunter ins Gräbche:
Ueber mich,
Ueber dich,
Kummer mitnander ins Himmelrich!

1 Goldene kleine Totenlade, Sarg

Die Magd an der Wiege

Aus *Des Knaben Wunderhorn*

Hab ich mirs nicht längst gedacht,
Sitz ich an der Wiegen,
Hab den Wedel in der Hand,
Wehr dem Kind die Fliegen.

Wenn die Leut spazieren gehn,
Muß ich an der Wiege stehn,
Muß da machen knick und knack,
Schlaf du kleiner Habersack.

Gute Nacht, mein Kind!

Aus *Des Knaben Wunderhorn*

Guten Abend, gute Nacht,
Mit Rosen bedacht,
Mit Näglein besteckt,
Schlupf' unter die Deck,
Morgen früh, wenns Gott will,
Wirst du wieder geweckt.

Vertonung von Johannes Brahms, 1868.

Joseph von Eichendorff

Gottes Segen

Das Kind ruht aus vom Spielen,
Am Fenster rauscht die Nacht,
Die Engel Gotts im Kühlen
Getreulich halten Wacht.

Am Bettlein still sie stehen,
Der Morgen graut noch kaum,
Sie küssens, eh sie gehen,
Das Kindlein lacht im Traum.

Nikolaus Lenau

Stimme des Kindes

Ein schlafend Kind! o still! in diesen Zügen
Könnt ihr das Paradies zurückbeschwören;
Es lächelt süß, als lauscht' es Engelschören,
Den Mund umsäuselt himmlisches Vergnügen.

O schweige, Welt, mit deinen lauten Lügen,
Die Wahrheit dieses Traumes nicht zu stören!
Laß mich das Kind im Traume sprechen hören
Und mich, vergessend, in die Unschuld fügen!

Das Kind, nicht ahnend mein bewegtes Lauschen,
Mit dunklen Lauten hat mein Herz gesegnet,
Mehr als im stillen Wald des Baumes Rauschen;
Ein tiefres Heimweh hat mich überfallen,
Als wenn es auf die stille Heide regnet,
Wenn im Gebirg die fernen Glocken hallen.

1838

Heinrich Hoffmann von Fallersleben

Nun gute Nacht!

Nun gute Nacht!
Du hast für heut genug gelacht,
Doch hast du auch geweint gar sehr,
Als ob dir Leids geschehen wär'.

Das kann nicht sein!
Drum, liebes Kind, schlaf' ruhig ein.
Was deiner Mutter widerfuhr,
Das war dein ganzes Leiden nur.

So schlaf' denn ein!
Die Wieg' ist deine Welt allein,
Drin Sonn' und Mond nicht untergeh'n,
Noch Wolken zieh'n und Winde weh'n.

Das kennst noch nicht,
Und kennst, mein Kind, gar vieles nicht;
Doch weißt genug, wenn eins du weißt,
Was Vater und was Mutter heißt.

Friedrich Rückert

Schlummerlied

Ich war ein böses Kind
Und schlief nie ungesungen.
Doch schlief ich ein geschwind,
Sobald ein Lied erklungen,
Das meine Mutter sang gelind.

Und also bin ich noch,
Ein Schlaflied muß mir klingen;
Nur dieses lernt' ich doch,
Es selber mir zu singen,
Seit ich der Mutter wuchs zu hoch.

Und was mir tief und hoch
Nun mancherlei erklungen,
Ist nur ein Nachklang doch
Von dem, was sie gesungen;
Die Mutter singt in Schlaf mich noch.

1834

Friedrich Hebbel

Auf ein schlummerndes Kind

Wenn ich, o Kindlein, vor dir stehe,
Wenn ich im Traum dich lächeln sehe,
Wenn du erglühst so wunderbar,
Da ahne ich mit süßem Grauen:
Dürft' ich in deine Träume schauen,
So wär' mir alles, alles klar!

Dir ist die Erde noch verschlossen,
Du hast noch keine Lust genossen,
Noch ist kein Glück, was du empfingst;
Wie könntest du so süß denn träumen,
Wenn du nicht noch in jenen Räumen,
Woher du kamest, dich erging'st?

Wilhelm Raabe

Trauriges Wiegenlied

Schaukeln und Gaukeln –
Halb wachender Traum!
Schläfst du, mein Kindlein?
Ich weiß es kaum.

Halt zu dein Äuglein,
Draußen geht der Wind;
Spiel fort dein Träumlein,
Mein herzliebes Kind!

Draußen geht der Wind,
Reißt die Blätter vom Baum,
Reißt die Blüten vom Zweig –
Spiel fort deinen Traum!

Spiel fort deinen Traum,
Blinzäugelein!
Schaukelnd und gaukelnd
Sitz ich und wein.

1858

Wilhelm August Corrodi

An der Wiege des Schwesterleins

Liebes gutes Schwesterlein
In dem netten Wiegelein!
Schlafe sanft und ruhig da,
Denn ich bleib dir immer nah.
Fliege! hörst du, komme nicht
Auf das freundliche Gesicht;
Brumme nicht und bleibe still,
Weil ich Ruhe haben will.
Schöne Blumen legt euch hin
Zu der kleinen Schläferin!
O wie lieb kannst du mir sein,
Kleines gutes Schwesterlein!
Lieber Gott, erhalt' es mir,
Täglich dank' ich dir dafür.

Paula Dehmel

Geht leise

Geht leise –
Es ist müd von der Reise.
Es kommt weit her:
Vom Himmel übers Meer,
Vom Meer den dunklen Weg ins Land,
Bis es die kleine Wiege fand –
Geht leise.

1903

Rainer Maria Rilke

Zum Einschlafen zu sagen

Ich möchte jemanden einsingen,
bei jemandem sitzen und sein.
Ich möchte dich wiegen und kleinsingen
und begleiten schlafaus und schlafein.
Ich möchte der Einzige sein im Haus,
der wüßte: die Nacht war kalt.
Und möchte horchen herein und hinaus
in dich, in die Welt, in den Wald.
Die Uhren rufen sich schlagend an,
und man sieht der Zeit auf den Grund.
Und unten geht noch ein fremder Mann
und stört einen fremden Hund.
Dahinter wird Stille. Ich habe groß
die Augen auf dich gelegt;
und sie halten dich sanft und lassen dich los,
wenn ein Ding sich im Dunkel bewegt.

1902

Bertolt Brecht

Wiegenlieder

I

Als ich dich gebar, schrieen deine Brüder
Schon um Suppe, und ich hatte sie nicht.
Als ich dich gebar, hatten wir kein Geld für den Gasmann.
So empfingst du von der Welt wenig Licht.

Als ich dich trug all die Monate
Sprach ich mit deinem Vater über dich.
Aber wir hatten das Geld nicht für den Doktor
Das brauchten wir für den Brotaufstrich.

Als ich dich empfing, hatten wir
Fast schon alle Hoffnung auf Brot und Arbeit begraben
Und nur bei Karl Marx und Lenin stand
Wie wir Arbeiter eine Zukunft haben.

II

Als ich dich in meinem Leib trug
War es um uns gar nicht gut bestellt
Und ich sagte oft: Der, den ich trage
Kommt in eine schlechte Welt.

Und ich nahm mir vor, zu sorgen
Daß er sich da etwa auch nicht irrt.
Den ich trage, der muß sorgen helfen
Daß sie endlich besser wird.

Und ich sah da Kohlenberge
Mit 'nem Zaun drum. Sagt' ich: Nicht gehärmt!
Den ich trage, der wird dafür sorgen
Daß ihn diese Kohle wärmt.

Und ich sah Brot hinter Fenstern
Und es war den Hungrigen verwehrt.
Den ich trage, sagt' ich, der wird sorgen
Daß ihn dieses Brot da nährt.

Und sie holten seinen Vater
In den Krieg, und ist nicht heimgekehrt.
Den ich trage, sagt' ich, der wird sorgen
Daß ihm das nicht widerfährt.

Als ich dich in meinem Leib trug
Sprach ich leise oft in mich hinein:
Du, den ich in meinem Leibe trage
Du mußt unaufhaltsam sein.

III

Ich hab dich ausgetragen
Und das war schon Kampf genug.
Dich empfangen hieß etwas wagen
Und kühn war es, daß ich dich trug.

Der Moltke und der Blücher
Die könnten nicht siegen, mein Kind
Wo schon ein paar Windeln und Tücher
Riesige Siege sind.

Brot und ein Schluck Milch sind Siege!
Warme Stube: gewonnene Schlacht!
Eh ich dich da groß kriege
Muß ich kämpfen Tag und Nacht.

Denn für dich ein Stück Brot erringen
Das heißt Streikposten `stehn
Und große Generäle bezwingen
Und gegen Tanks angehn.

Doch hab ich im Kampf dich Kleinen
Erst einmal groß gekriegt
Dann hab ich gewonnen einen
Der mit uns kämpft und siegt.

IV

Mein Sohn, was immer auch aus dir werde
Sie stehn mit Knüppeln bereit schon jetzt
Denn für dich, mein Sohn, ist auf dieser Erde
Nur der Schuttablagerungsplatz da, und der ist besetzt.

Mein Sohn, laß es dir von deiner Mutter sagen:
Auf dich wartet ein Leben, schlimmer als die Pest.
Aber ich habe dich nicht dazu ausgetragen
Daß du dir das einmal ruhig gefallen läßt.

Was du nicht hast, das gib nicht verloren.
Was sie dir nicht geben, sieh zu, daß du's kriegst.
Ich, deine Mutter, hab dich nicht geboren
Daß du einst des Nachts unter Brückenbögen liegst.

Vielleicht bist du nicht aus besonderem Stoffe
Ich habe nicht Geld für dich noch Gebet
Und ich baue auf dich allein, wenn ich hoffe
Daß du nicht an Stempelstellen lungerst und deine Zeit vergeht.

Wenn ich nachts schlaflos neben dir liege
Fühle ich oft nach deiner kleinen Faust.
Sicher, sie planen mit dir jetzt schon Kriege –
Was soll ich nur machen, daß du nicht ihren dreckigen Lügen
traust?

Deine Mutter, mein Sohn, hat dich nicht betrogen
Daß du etwas ganz Besonderes seist
Aber sie hat dich auch nicht mit Kummer aufgezogen
Daß du einst im Stacheldraht hängst und nach Wasser schreist.

Mein Sohn, darum halte dich an deinesgleichen
Damit ihre Macht wie ein Staub zerstiebt.
Du, mein Sohn, und ich und alle unsresgleichen
Müssen zusammenstehn und müssen erreichen
Daß es auf dieser Welt nicht mehr zweierlei Menschen gibt.

Vertont von Hanns Eisler.

Ilse Aichinger

Marianne

Es tröstet mich,
daß in den goldenen Nächten
ein Kind schläft.
Daß sein Atem neben der Schmiede geht
und seine Sonne
schon früh
mit Hahn und Hennen
über das nasse Gras steigt.

1978

Breit aus die Flügel beide

Gebet zum Einschlafen

Breit aus die Flügel beide
O Jesu, meine Freude,
Und nimm dein Küchlein ein.
Will Satan mich verschlingen,
So laß die Englein singen:
Dies Kind soll unverletzet sein.

Aus der vorletzten Strophe von Paul Gerhardts Abendlied »Nun ruhen alle Wälder« zum Kindergebet geworden. Beim Einschlafen darf auch der Erwachsene wieder »dies Kind« sein.

III.

Auf den Tod eines Kindes

Der Tod war in den Häusern und Kinderstuben der Vergangenheit ein ständiger Gast. Viele Kinder starben, sehr viele schon kurz nach der Geburt. Es fällt heute schwer zu begreifen, welche Konsequenzen dies für die Einstellung gegenüber Kindern und Kindheit hatte. Die naheliegende Vermutung, man habe damals vom Tod eines Kindes nicht allzuviel Aufhebens gemacht, trügt: Gedichte auf den Tod eines Kindes gehören neben Geburtsgedichten bis ins 18. Jahrhundert zu den häufigsten Beispielen der Kindheitslyrik. Die Versuchung liegt nahe, in ihnen nach frühen Spuren von »Gefühl« zu suchen – oder, umgekehrt, gerade in der Abwesenheit von »Gefühl« das Charakteristische der älteren Lyrik zu sehen. Dabei wird (ähnlich wie beim Begriff der »Mutterliebe«) allerdings immer ein modernes Verständnis von »Gefühl« absolut gesetzt. Es fällt offenbar schwer, sich in *historische* Gefühlslagen zu versetzen.

Die ältesten Verse zum Thema »Kind und Tod« stammen aus den spätmittelalterlichen Totentänzen. In ihrem ursprünglichen Zusammenhang gelesen, haben sie dem Kindertod keine besondere Bedeutung beigemessen. Sie sprechen von der Allmacht und Allgemeinheit des Todes, der alle Menschen ohne Ansehen von Person, Stand oder Alter in seinen Tanz zwingt. Alle müssen sterben, auch das kleine Kind.

Seit der Renaissance nehmen die (gereimten) Grabinschriften für Kinder und die Gedichte vom Typus »Auf den Tod eines Kindes« zu. Sie sind Teil barocker Gelegenheitsdichtung und Epigrammatik und gelten den Kindern hochgestellter Herrschaften, den eigenen Kindern oder bestimmten Kinder-»Typen«.

Klage – Trauer – Trost: Das sind und das bleiben die drei Grundakkorde der Gedichte auf den Tod eines Kindes. Ihre jeweilige Intonation wechselt allerdings von Epoche zu Epoche. In den früheren Jahrhunderten ist der Cantus firmus derjenige der Heilsgeschichte. Das Schicksal des Kindes ist Teil eines Allgemeinen: der Sünde der Welt, der Vergänglichkeit alles Irdischen. Trost kommt aus der Taufe, die dem Kind den Zugang zur ewigen Seligkeit sichert, und aus der Hoffnung der Zurückbleibenden, dereinst im Himmel vom vorangegangenen Kind empfangen zu werden.

Die Gefühle, die aufscheinen, sind an Haus- und Familienvorstellungen gebunden: Der Tod des Kindes erscheint als Weggang ins himmlische Vaterhaus, als Einzug in die Familie der himmlischen Spielgesellen, der Engel. Das Kind bleibt Vater-Kind, es vertauscht nur das Haus des irdischen mit dem des himmlischen Vaters. In den Kindertotenliedern pietistischer Prägung werden diese Bilder »kollektiviert«, prägen, als Gemeindegesang, auch die Vorstellungswelten anderer sozialer Schichten als der der großbürgerlichen Dichter.

In der Zeit um 1800 hat sich die Bild- und Gefühlswelt geändert. Die sich säkularisierende Gesellschaft erlebt den Tod des Kindes nicht als Bestätigung, sondern als Verstörung der Ordnung: »Daß ich wie im Wahnsinn sprechen / Nun in irren Bildern muß« (Eichendorff). Der Tod des Kindes setzt jetzt den Sinn des Lebens selber aufs Spiel, zerstört das Zentrum der eigenen Existenz: »Sie haben das Herz aus der Brust mir genommen« (Rückert). Die Worte des Trostes kommen jetzt aus den Stimmen der Natur, mit deren Blühen und Vergehen der Kindertod mehr und mehr verbunden wird. Oder aus einer ins Weltliche gewendeten Frömmigkeit, die, noch immer im Familienbild, Kinder in andere Häuser entläßt: »Wir armen, armen Toren! / Wir irren ja im Graus / Des Dunkels ganz verloren / Du fandst dich längst nach Haus« (Eichendorff).

Und der Trost kommt aus der Poesie selber. Die »irren Lieder«, die Gedichte, werden für die Bearbeitung der schmerzlichen Erfahrung wichtiger als je zuvor, wenden sich zugleich vom Öffentlichen ins Private. Eichendorff (»Auf meines Kindes Tod«, 1832) und Rückert (*Kindertotenlieder*, 1833/34) widmen dem Thema ausführliche Gedichtzyklen, die das Ereignis in wechselnden lyrischen Formen und Stimmungslagen umkreisen. (Noch im 20. Jahrhundert wird es Stefan Andres in seinem Zyklus *Requiem für ein Kind* [1948] tun.)

Im 20. Jahrhundert formuliert die Lyrik eine neue Erfahrung: Neben die individuelle Totenklage tritt – im Zeitalter der großen Kriege – die Klage über den Tod *der* Kinder. Peter Huchel und Bertolt Brecht kleiden diese Klage in das Bild des Kinderkreuzzugs. Und bei Nelly Sachs heißt es, mit Blick auf die Toten der Konzentrationslager: »Immer / dort wo Kinder sterben / werden Stein und Stern / und so viele Träume / heimatlos.« In dieser Welt bleibt, weil Kinder sterben müssen, keine Heimat mehr – und kein Trost.

Das Kind und der Tod

Aus dem Würzburger Totentanz

Daz Kint
O wê, liebiu muoter mîn,
ein swarzer man ziuht mich dahin
Wie wiltu mich alsô verlân?
Muoz ich tanzen und kan nit gân?

Der tôte
Kriuch her, du muozt hie tanzen lern!
Wein oder lach, ich hôr dich gern.
Haetestu den dutten[1] in dem munt
es hülf dich nit an diser stunt.

Diu Muoter
O kint, ich wolt dich haben erlôst.
Sô ist entvallen mir der trôst
Der tôt hât daz fur komen[2]
und hêt mich mit dir genomen.

Der tôte
Nu swîgt und lat iuwer kriegen!
Louft dem kint nâch mit der wiegen!
Ihr müezt alle beide an disen tanz.
Frou, lacht, sô wirt der schimpf[3] ganz!

1 Brust 2 verhindert 3 Scherz

Der Totentanz in seiner älteren Version: als Tanz der Toten, die die Lebenden in ihren Reigen zwingen (um 1350). In der Abfolge der Stände und Berufe erscheint das Wiegenkind mit der Mutter meist am Ende. Hans Holbein hat die Szene im Holzschnitt dargestellt; Matthias Claudius hat sich davon inspirieren lassen (vgl. S. 173).

Martin Luther

Grabschrift Magdalenchin Luthers, Doctoris Martini Luthers Töchterlin, vom Vater selber

Dormio cum sanctis hic Magdalena, Lutheri
  Filia, et hoc strato tecta quiesco meo.
Filia mortis eram, peccati semine nata,
  Sanguine sed vivo, Christe redempta tuo.

Hie schlaf ich Lenichen, D. Luthers Töchterlein,
Ruh mit allen Heiligen in mein Bettlein;
Die ich in Sünden war geborn,
Hätt ewig müssen sein verlorn,
Aber ich leb nun und habs gut,
Herr Christe, erlöst mit deinem Blut.

Luthers Tochter Lenchen starb 1542 im Alter von 13 Jahren nach längerer Krankheit. Über ihr Sterben berichten die Tischreden: *»Ad filiam decumbentem dixit: Magdalenichen, mein döchterlein, du bliebest gerne hie bei mir, bei deinem Vater, und du gehest auch gerne tzu jenem vater? – Respondit aegrota: Ja, hertzer vater, wie got wil. – Pater dixit: Du liebes döchterlein. « – »Und da das Volk kam, die Leiche helfen zu bestatten, und den Doctor nach gemeinem Brauch und Gewohnheit anredten und sprachen, ›es wäre ihnen sein Betrübniß leid‹, sprach er: ›Es soll euch lieb seyn! Ich hab einen Heiligen gen Himmel geschickt.‹«*

Andreas Gryphius

Auf seines Sohnes Theodori Absterben

Du forderst, Herr, von uns zum Neu-Jahr dein Geschenke
Das du auf kurze Frist uns und der Welt vertraut.
Nimm denn! Ich laß es hin; es hat die Welt geschaut
Und wie sich in der Welt ein Mensch in Schmerzen kränke.

Es schaut nun freudig an, wie liebreich Gott bedenke
Den er durchs reine Bad abwusch, wofür ihm graut,
Dem er ein Grab allhier und dort ein Schloß aufbaut
Und zu sich ruft, daß er sich nicht von ihm ablenke.

Zeuch hin! Zeuch fröhlich hin! Ob schon mein Herze bricht,
Beklag ich, liebes Kind, doch deinen Abschied nicht,
Weil dir weit besser ist als ich je wünschen können.

Du forderst, großer Gott, dies werte Pfand von mir;
Ich weigre ferner nicht. Wohlan, es zeucht zu dir:
Was wirst hergegen du mir vor ein Neu-Jahr gönnen?

Von Andreas Gryphius' sieben Kindern starben vier schon in ganz jungem Alter, darunter der hier genannte Theodor. Die Tochter Anna Rosina verfiel in ihrem 5. Lebensjahr in eine körperliche und geistige Starre und mußte den Rest ihres Lebens in einem Hospital zubringen. Der Sohn Daniel starb mit 24 Jahren auf einer Reise in Neapel. Nur ein Kind hat den Vater überlebt.

Grabsteine der Geschwister Christian und Erdmuthe Sophie von Podewils

gestorben am 22. Juli 1615 im Alter von 43 Wochen und 4 Tagen und am 3. Januar 1619 im Alter von 29 Wochen und 1 Tag

Am Tag Maria Magdalen
Den zeitlichen Tod tät ausstehn
Dies edle Kind zwar allzu frühe
Doch ists benommen aller Mühe.
Mitten in der Ernt die Engelein
Diese Garb trugen in Gottes Scheun.

Es liegt allhie
Erdmuth Sophie
Von Pudewels,
Ruht auf dem Fels
Christ Gottes Sohn,
Hat Freud und Wonn,
Ist recht erlöst,
Ewig getröst.

Stadtkirche Bayreuth

Georg Rudolf Weckherlin

Über den frühen Tod Fräuleins Anna Augusta Markgräfin zu Baden

Dein Leben, dessen End uns plaget,
War wie ein Tag schön und nit lang,
Ein Stern vor des Morgens Aufgang,
Die Rötin während weil es taget,
Ein Seufz aus einer edlen Brust,
Ein Klag aus Lieb, nicht aus Unlust,
Ein Nebel, den die Sonn verjaget.

Ein Staub, der mit dem Wind entstehet,
Ein Tau in des Sommers Anbruch,
Ein Luft mit lieblichem Geruch,
Ein Schnee, der Frühlingszeit abgehet,
Ein Blum, die frisch und welk zugleich,
Ein Regenbog von Farben reich,
Ein Zweig, welchen der Wind umbwehet.

Ein Schaur in Sommers-Zeit vergossen,
Ein Eis an heissem Sonnenschein,
Ein Glas also brüchig als rein,
Ein Wasser über Nacht verflossen,
Ein Blitz zumal geschwind und hell,
Ein Strahl schießend herab gar schnell,
Ein Gelächter mit Leid beschlossen.

Ein Stimm die lieblich dahin fähret,
Ein Widerhall der Stimm in Eil,
Ein Zeitvertriben mit Kurzweil,
Ein Traum der mit dem Schlaf aufhöret,
Ein Flug des Vogels mit Begier,
Ein Schatt wann die Sonn sticht herfür
Ein Rauch, welchen der Wind zustöret.

Also dein Leben (schnell verflogen)
Hat sich nicht anderst dann ein Tag,
Stern, Morgenröt, Seufz, Nebel, Klag,
Staub, Tau, Luft, Schnee, Blum, Regenbogen,
Zweig, Schaur, Eis, Glas, Blitz, Wasserfall,
Strahl, Gelächter, Stimm, Widerhall,
Zeit, Traum, Flug, Schatt und Rauch verzogen.

Das Fräulein Anna Augusta von Baden starb 1616 im Alter von 12 Jahren.

Simon Dach

Einfältige Trauer- und Trost-Reimchen bei Ableiben des liebreichen Kindes Agnes,

des Herrn Reinhold Derschauen, der Rechten Doctor, und Frau Sophien von Stein jüngsten Töchterleins, welches 1650, 21. Weinmond geboren und den 28. Christmond selig eingeschlafen, an die hochbetrübten Eltern geschrieben

Wie ich berichtet werde
Mag, Kindlein, wohl die Erde
Dein Allerbestes sein,
Hie endst du deine Schmerzen
Und machst der Eltern Herzen
Nicht mehr so große Pein.

Der Weinmond[1] hat gegeben
Dich diesem armen Leben,
O kurzer Lust Gewinn!
Neun Wochen nur verflissen,
Dein Faden wird zerrissen,
Der Christmond nimmt dich hin.

So wenig Zeit verlaufen
Kam doch dein Leid mit Haufen,
Wann ruhtst du eine Nacht
In diesen vierzehn Tagen?
Du hast mit harten Plagen
Die ganze Zeit verbracht.

Wir wissen uns, wir Alten,
Auf den Fall schlecht zu halten,
Wer trägt bisher die Not
Des Hustens ganz bescheiden?
Wie mancher wünscht für Leiden
Des Dampfes[2] ihm[3] den Tod?

Wir können durch die Nasen
Schier nicht den Atem blasen
Für zähem Schlamm und Wust:
Wir taugen kaum zu sprechen,
Die Kraft will uns gebrechen
Aus großem Weh der Brust.

Wie sollt' in solchen Fällen
Ein zartes Kind sich stellen,
Das außerhalb der Treu
Der Eltern, die es laben,
Nichts kann zum Vorteil haben
Als einig sein Geschrei?

Es weiß nicht Ruh zu finden,
Muß wie ein Wurm sich winden:
Was all Arznei-Kunst hat,
Die Milch, sonst sein Verlangen,
Kann nichts allhie verfangen,
Hie ist kein Hülf, kein Rat.

Man hebt es an zu wiegen,
Es kann für Angst nicht liegen,
Man wiegt es auf der Hand
Mit ängstigen Gebärden,
Was daraus solle werden
Ist Gott allein bekannt.

Den Eltern will zerspringen
Das Herz bei solchen Dingen,
Sie gehn oft Schämen[4] gleich:
Bis Gott ein Mittel findet,
Des Kindes Geist entbindet
Und nimmt ihn in sein Reich.

Wie kömmt es, daß ohn Leiden
Kein Kind auch ab kann scheiden?
Bei dem kein Wunsch, kein Wahn
Und kein Verstand zu spüren,
Von dem kann nichts auch rühren
Was übel sei getan.

Es muß für allen Sachen
Es ja der Himmel machen,
Der ist so heilig-rein,
Daß nichts ihm taug[5] zu werden,
Es muß von Sünd und Erden
Zuvor gesäubert sein.

Will wer mit Christo erben,
Der muß mit ihm auch sterben,
Muß manchen Krankheit-Wind
Und ander Leid ertragen,
Auch wär es so zu sagen
Noch so ein zartes Kind.

Herr, den das Recht muß ehren
Und dessen Spruch wir hören
Mit sonderlicher Lust,
Laß deinen Sinn nicht wanken,
Komm bald auf die Gedanken
Des Trosts, der dir bewußt.

Das Kind hat überwunden
Der Krankheit lange Stunden
Und alle Not dazu,
Da, wo es jetzund lebet
Dem reinen Geist nach, schwebet
Die stets gesunde Ruh.

Es ist dem Leid entgangen
Und hat nun angefangen
Das rechte neue Jahr,
Das rein von allen Zähren
Und aller Angst soll währen
Ohn End und immerdar.

Und du, o Preis der Frauen,
Laß deine Hoffnung schauen,
Dein Kind, wenn mit der Zeit
Du wirst zu ihm genommen,
Wird dir entgegen kommen
Mit höchster Fröhlichkeit.

Jetzt läßt es dort sich küssen
Und tausend Engel grüßen,
Es lobt den heilgen Christ
Mit süßem Freuden Schalle,
Der willig für uns alle
Ein Mensch geboren ist.

Sprecht nach den langen Schmerzen
Auch Trost ein euren Herzen!
Senkt es im Glauben ein,
Folgt nach der Kleinen Leichen
Und laßt die Trauer Zeichen
Auch mit begraben sein!

1 Oktober 2 Atemnot 3 sich 4 Schemen 5 vermag

Paul Gerhardt

Trost-Gesang in der Person eines verstorbenen Kindes

Mein herzer Vater, weint ihr noch?
Und ihr, die mich geboren,
Was grämt ihr euch? was macht ihr doch?
Ich bin ja unverloren:
Ach sollt ihr sehen wie mirs geht
Und wie mich der so hoch erhöht
Der selbst so hoch erhoben,
Ich weiß, ihr würdet anders tun
Und meiner Seele süßes Ruhn
Mit eurem Munde loben.

Der saure Kampf, den ich dort hab
In eurer Welt empfunden,
Der ist durch Gottes Gnad und Gab
All glücklich überwunden.
Es ging mir wie es pflegt zu gehn
All denen, die bei Christo stehn
Und von der Welt sich scheiden:
Wer Christo folgt, der muß mit ihm
Das Kreuz und alles Ungestüm
Auf seinen Wegen leiden.

Nun bin ich durch. Gott Lob und Dank,
Hier kömmt ein ander Leben.
Hier wird mir, was mein Leben lang
Ich nicht gesehn, gegeben:
Ein ganzer Himmel voller Licht,
Ein Licht, davon mein Angesicht
So schön wird als die Sonne:
Hier ist ein ewges Freuden-Meer,
Wohin ich nur die Augen kehr
Ist alles voller Wonne.

Nun lobt ihr Menschen wie ihr wollt
Des Erden-Lebens Güte.
Was ist darinnen, das mir sollt
Jetzt neigen mein Gemüte?
Was ist das Beste, das ihr liebt?
Was gibt die Erde, wann sie gibt,
Als Angst und bittre Schmerzen?
Was ist das güldne Gut und Geld?
Was bringt der Schein und Pracht der Welt
Als Kummer euren Herzen?

Was ist der großen Leute Gunst
Als Zunder großes Neides?
Was ist das Wissen vieler Kunst
Als Ursprung vieles Leides?
Denn wer viel weiß, der grämt sich viel
Und welcher andre lehren will
Muß leiden und viel tragen:
Seht alles an, Ruhm, Lob und Ehr,
Habt Freud und Lust, was habt ihr mehr
Als endlich Weh und Klagen?

Nichts ist so schön und wohlbestellt,
Da man hier wohl aufstehe,
Drumb nimmt Gott was ihm wohlgefällt
Bei Zeiten in die Höhe
Und setzet es in seinen Schoß,
Da ist es alles Kummers los,
Darf nicht, wie ihr, sich kränken:
Die ihr oft denket, wie doch wohl
Dies oder jenes werden soll
Und könnets nicht erdenken.

Wer selig stirbt, der schleußet zu
Die schwarzen Jammer-Tore,
Hingegen schwingt er sich zur Ruh
Im güldnen Engel-Chore,
Legt Aschen weg, kriegt Freuden-Öl,
Zeucht aus das Fleisch und schmückt die Seel
In reiner weißer Seiden:
Er läßt die Erd und nimmet ein
Die Lust, da Christi Schäfelein
In lauter Rosen weiden.

So gebt ihr Liebsten euch doch schlecht[1]
Dahin in Gottes Willen,
Sein Rat ist gut, sein Tun ist recht,
Und wird wohl wieder stillen
Den Schmerzen, den er euch gemacht
Und hiemit sei euch gute Nacht
Von eurem Sohn gegönnet.
Es kommt die Zeit, da mich und euch
Vereingen wird in seinem Reich
Der euch und mich getrennet.

Da will ich eure Treu und Müh
Und was ihr eurem Kranken
Erwiesen habt, im Himmel hie,
So bald ihr kommt, verdanken.
Ich will erzählen wie ihr habt
Euch selbst betrübt und mich gelabt,
Vor Christo und vor allen:
Und vor der heißen Tränen Fluß
Will ich mit mehr als einem Kuß
Um euren Hals euch fallen.

1 einfach

Aus Paul Gerhardts Geistliche Andachten in hundert und zwanzig Liedern, *1667.*

Andreas Gryphius

Grabschrift Marianae Gryphiae, seines Brudern Pauli Töchterlein

Geboren in der Flucht, umbringt mit Schwert und Brand,
Schier in dem Rauch erstückt, der Mutter herbes Pfand,
Des Vatern höchste Furcht, die an das Licht gedrungen
Als die ergrimmte Glut mein Vaterland verschlungen.
Ich habe diese Welt beschaut und bald gesegnet:
Weil mir auf einen Tag all Angst der Welt begegnet.
Wo ihr die Tage zählt, so bin ich jung verschwunden,
Sehr alt, wofern ihr schätzt, was ich für Angst empfunden.

Marianne Gryphius wurde 1637 während des großen Brandes von Freystadt geboren, wo Gryphius' Bruder Paul als Pfarrer tätig war.

Nikolaus Ludwig von Zinzendorf

Auf seiner Tochter Theodore, von zwei Jahren, Heimberufung

Herz der göttlichen Natur,
Herz der offenbarten Liebe,
Herz der Triebe,
Meine Seele opfert dir
Diese hier,
Und im brennenden Verlangen
Deine Salburg zu empfangen
Öffnet sich des Geistes Tür.

Dieses war des Glaubens Wort,
Welches meiner Tochter Seele
Aus der Höhle
Und aus alle ihrem Drang
Aufwärts schwang;
Dieser Stimme stilles Tönen
Und der Theodore Krönen
Waren ein Zusammenhang.

Teurer Heiland! sage mir:
Wie gerat ich arme Made
Zu der Gnade,
Daß du meiner Kinder Last
Selber faßt?
Denn sie kann so bald nicht drücken,
So befreist du meinen Rücken,
Den du sonst beladen hast.

Theodora Caritas
War zwar eins der ungemeinen
Edlen Kleinen,
Ihrer Hütte engen Raum
Merkt man kaum,
Und ihr Kinder-Sinn und Wille
Reget sich in solcher Stille,
Daß man denkt, es sei ein Traum.

Eben drum, du teures Herz!
Spricht der Hirt der kleinen Schafe:
Dorel schlafe;
Weil es ewig schade wär,

Wenn die Ehr
Einer unbefleckten Seele
Über der Gefahr der Hölle
Sich ein einigs Mal verlör.

Falle hurtig, viertes Los[1]
So mir lieblich ausgefallen;
Unter allen
Findest du das schönste Teil.
Fahr in Eil,
Und bleib im zerspaltnen Herzen
Des verklärten Manns der Schmerzen
Stecken als ein reiner Pfeil!

Hörst du deines Vaters Rat
Oder singst du seine Lieder
Etwa wieder?
Daß dir ja der Worte Sinn
Nicht entrinn!
Laß dich deinen König küssen;
Will er aber sonst was wissen,
Statt der Antwort, sinke hin.

Meine Sorg ist aus für dich.
Drum, du Fürst der Seelen-Pflege,
Teurer Hege!
Es erstreckt sich ja die Macht
Meiner Wacht
Nur auf die in Hütten wohnen;
Du bist Hüter bei den Thronen;
Nimm die Dorel gut in Acht!

1 Theodora war Zinzendorfs viertes Kind

Zinzendorfs Tochter Theodora Caritas war eine Art geistliches Wunderkind der herrnhutischen Liederbewegung: »Noch ehe die kleine Comtesse ein Jahr alt war, lernte sie ziemlich reden, und da sie ein wenig älter ward, war ihr nichts lieber, als Verse von dem Heilande zu singen, und zwar aus eigenem Triebe. Sie hatte aber viele Verse, und sogar ganze Lieder von selbst, und blos durch Zuhören des Gesanges der Schwestern gelernet. Nicht nur leichte, sondern auch die schweren Liedermelodien waren ihr so geläufig, daß man sich darüber wundern mußte. Zum Exempel: Sie sang den Vers ›Du bist ja mein Licht und Stern, der mir bald ist aufgegangen usw.‹ ohne einen Ton darinn zu verfehlen, ganz allein. Gewisse Verse waren ihr vor andern besonders lieb, zum Exempel ›Halte, halte meine Augen, holder Freund in dieser Zeit, daß sie nichts zu sehen taugen, als den Tag der Ewigkeit.‹« (Spangenberg, 1773) – Theodora starb 1732 im Alter von zwei Jahren und sechs Wochen.

Wenn kleine Himmelserben

Kinderbegräbnislied aus dem Herrnhuter Gesangbuch

Wenn kleine Himmelserben
In ihrer Unschuld sterben,
So büßt man sie nicht ein,
Sie werden nur dort oben
Vom Vater aufgehoben,
Damit sie unverloren sein.

Sie sind ja in der Taufe
Zu ihrem Christen-Laufe
Vor Jesum eingeweiht
Und noch bei Gott in Gnaden,
Was sollt es ihnen schaden,
Daß ihnen Jesus aufgebeut.

Die Unschuld einzubüßen,
Stets an das kämpfen müssen,
Gar leicht verloren gehn,
Das Sterben schwerer machen,
Sind wahrlich keine Sachen
Nach welchen kluge Leute stehn.

Ist einer alt an Jahren,
Hat er oft viel erfahren,
Das ihn noch heute kränkt
Und unter so viel Stunden
Kaum etliche gefunden,
Daran er mit Vergnügen denkt.

Zwar wer in seiner Jugend
Den Weg zur wahren Tugend
Durch Jesum Christum findt
Und sich den heilgen Glauben
Hat niemal lassen rauben,
Der lebt und stirbt ein glücklich Kind.

Allein wo sind die Kleinen,
Die jetzund so erscheinen,
Wie sie das Wasser-Bad
Für Gottes Augen stellte
Und die die Welt nicht fällte
Ja wohl noch jetzt im Garne hat.

Sich Jesu zu verschreiben
Und in der Welt zu bleiben
Und doch nicht von ihr sein,
Erfordert größre Kräfte
Als menschliche Geschäfte,
Das muß alleine Gott verleihn.

Wie leichtlich geht bei Kindern
Von uns erwachsnen Sündern
Das fremde Feuer an!
O Glücke, wenn wir wissen,
Daß nichts mehr einzubüßen,
Daß sie kein Tod mehr töten kann.

O wohl auch diesem Kinde,
Es stirbt nicht zu geschwinde,
Zeuch hin, du liebes Kind,
Du gehest ja nur schlafen
Und bleibest bei den Schafen
Die ewig unsers Jesu sind.

1735

Johann Georg Jacobi

Grabschrift

Gutes Mädchen, Antonette!
Bist am Ende deiner Bahn;
Ruhst alhier im kühlen Bette,
Was du nimmer sonst getan;
Wirst mit deinem blassen Munde
Nichts erzählen, nicht dich freun,
Weinen, hoffen, und bereun;
Alles in derselben Stunde;
Wallst auf einer andern Flur,
Küssest dich mit Engeln nur;
Sollst dereinst mit lautem Singen
Tanzend aus dem Grabe springen,
Der Posaun' entgegen lachen,
Und den Himmel lustig machen.

Aus dem Hamburger Musenalmanach auf das Jahr 1784.

Matthias Claudius

Der Tod und das Mädchen

Das Mädchen

Vorüber! Ach, vorüber!
Geh, wilder Knochenmann!
Ich bin noch jung, geh, Lieber!
Und rühre mich nicht an.

Der Tod

Gib deine Hand, du schön und zart Gebild!
Bin Freund und komme nicht zu strafen.
Sei gutes Muts! ich bin nicht wild,
Sollst sanft in meinen Armen schlafen!

Aus dem Göttinger Musenalmanach *1775. Vertont von Franz Schubert (op. 7, no. 3).*

Es ging ein Fräulein frühmorgens

Volkslied

Es ging ein Fräulein frühmorgens
Wohl in der Morgenstund
In ihres Vaters Lustgarten,
Sie war ja frisch und gesund.
Rot Röslein tät sie abbrechen,
Ein Kränzlein wollt sie flechten
Von schönen Blümelein.

Was daher geschlichen
Ein alt eisgrauer Mann,
Den Tod ist er verblichen,
Kein Kleid hat er nicht an.
Er bleckte seine Zähn so weiß,
Er hat ja weder Blut noch Fleisch,
Gleich wie ein Totengeist.

Schürze dich, schürze dich, jung Fräulein,
Du mußt mit mir zu Tanz,
Ich will dir heunt noch binden
Ein wunderschönen Kranz.
Der soll so schön gebunden sein
Von allerhand schönen Blümelein,
Du zartes Fräuelein.

Ach Tod, laßt mich nur leben,
Nimm hin das Hausgesind,
Mein Vater wird dirs schon geben,
Wenn er mich beim Leben findt.
Bin ich das einzige Töchterlein,
Soll ich dann schon gestorben sein?

Er nahm sie in der Mitten,
Wo sie am schwächsten war,
Und warf es hinter sich nieder
Ins Laub, ins grüne Gras.
Sie fangt bitterlich an zu weinen:
Hilf mir, mein Gott u Herr,
Soll ich so schnell denn scheiden
Schon von dir o Welt?

Ein Glöcklein hört man läuten,
Man fragt, wer gestorben sei?
Des Königs sein Töchterlein,
Die soll gestorben sein,
Des Königs sein Töchterlein,
Die soll gestorben sein.

Von Jacob Grimm 1815 in Wien aufgezeichnet.

Joseph von Eichendorff

Auf meines Kindes Tod

1

Das Kindlein spielt' draußen im Frühlingsschein,
Und freut' sich und hatte so viel zu sehen,
Wie die Felder schimmern und die Ströme gehen –
Da sah der Abend durch die Bäume herein,
Der alle die schönen Bilder verwirrt.
Und wie es nun ringsum so stille wird,
Beginnt aus den Tälern ein heimlich Singen,
Als wollts mit Wehmut die Welt umschlingen,
Die Farben vergehn und die Erde wird blaß.
Voll Staunen fragt's Kindlein: Ach, was ist das?
Und legt sich träumend ins säuselnde Gras;
Da rühren die Blumen ihm kühle ans Herz
Und lächelnd fühlt es so süßen Schmerz,
Und die Erde, die Mutter, so schön und bleich,
Küßt das Kindlein und läßts nicht los,
Zieht es herzinnig in ihren Schoß
Und bettet es drunten gar warm und weich,
Still unter Blumen und Moos. –

»Und was weint ihr, Vater und Mutter, um mich?
In einem viel schöneren Garten bin ich,
Der ist so groß und weit und wunderbar,
Viel Blumen stehn dort von Golde klar,
Und schöne Kindlein mit Flügeln schwingen
Auf und nieder sich drauf und singen. –
Die kenn ich gar wohl aus der Frühlingszeit,
Wie sie zogen über Berge und Täler weit
Und mancher mich da aus dem Himmelblau rief,
Wenn ich drunten im Garten schlief. –
Und mitten zwischen den Blumen und Scheinen
Steht die schönste von allen Frauen,
Ein glänzend Kindlein an ihrer Brust. –
Ich kann nicht sprechen und auch nicht weinen,
Nur singen immer und wieder dann schauen
Still vor großer, seliger Lust.«

2

Als ich nun zum ersten Male
Wieder durch den Garten ging,
Busch und Bächlein in dem Tale
Lustig an zu plaudern fing.

Blumen halbverstohlen blickten
Neckend aus dem Gras heraus,
Bunte Schmetterlinge schickten
Sie sogleich auf Kundschaft aus.

Auch der Kuckuck in den Zweigen
Fand sich bald zum Spielen ein,
Endlich brach der Baum das Schweigen:
»Warum kommst du heut allein?«

Da ich aber schwieg, da rührt' er
Wunderbar sein dunkles Haupt,
Und ein Flüstern konnt ich spüren
Zwischen Vöglein, Blüt und Laub.

Tränen in dem Grase hingen,
Durch die abendstille Rund
Klagend nun die Quellen gingen,
Und ich weint aus Herzensgrund.

3

Was ist mir denn so wehe?
Es liegt ja wie im Traum
Der Grund schon, wo ich stehe,
Die Wälder säuseln kaum

Noch von der dunklen Höhe.
Es komme wie es will,
Was ist mir denn so wehe –
Wie bald wird alles still.

4

Das ists, was mich ganz verstöret:
Daß die Nacht nicht Ruhe hält,
Wenn zu atmen aufgehöret
Lange schon die müde Welt.

Daß die Glocken, die da schlagen,
Und im Wald der leise Wind
Jede Nacht von neuem klagen
Um mein liebes, süßes Kind.

Daß mein Herz nicht konnte brechen
Bei dem letzten Todeskuß,
Daß ich wie im Wahnsinn sprechen
Nun in irren Liedern muß.

5

Freuden wollt ich dir bereiten,
Zwischen Kämpfen, Lust und Schmerz
Wollt ich treulich dich geleiten
Durch das Leben himmelwärts.

Doch du hasts allein gefunden,
Wo kein Vater führen kann,
Durch die ernste, dunkle Stunde
Gingst du schuldlos mir voran.

Wie das Säuseln leiser Schwingen
Draußen über Tal und Kluft
Ging zur selben Stund ein Singen
Ferne durch die stille Luft.

Und so fröhlich glänzt' der Morgen,
's war als ob das Singen sprach:
Jetzo lasset alle Sorgen,
Liebt ihr mich, so folgt mir nach!

6

Ich führt dich oft spazieren
In Wintereinsamkeit,
Kein Laut ließ sich da spüren,
Du schöne, stille Zeit!

Lenz ists nun, Lerchen singen
Im Blauen über mir,
Ich weine still – sie bringen
Mir einen Gruß von dir.

7

Die Welt treibt fort ihr Wesen,
Die Leute kommen und gehn,
Als wärst du nie gewesen,
Als wäre nichts geschehn.

Wie sehn ich mich aufs neue
Hinaus in Wald und Flur!
Ob ich mich gräm, mich freue,
Du bleibst mir treu, Natur.

Da klagt vor tiefem Sehnen
Schluchzend die Nachtigall,
Es schimmern rings von Tränen
Die Blumen überall.

Und über alle Gipfel
Und Blütentäler zieht
Durch stillen Waldes Wipfel
Ein heimlich Klagelied.

Da spür ichs recht im Herzen,
Daß dus, Herr, draußen bist –
Du weißts, wie mir von Schmerzen
Mein Herz zerrissen ist!

8

Von fern die Uhren schlagen,
Es ist schon tiefe Nacht,
Die Lampe brennt so düster,
Dein Bettlein ist gemacht.

Die Winde nur noch gehen
Wehklagend um das Haus,
Wir sitzen einsam drinne
Und lauschen oft hinaus.

Es ist, als müßtest leise
Du klopfen an die Tür,
Du hättst dich nur verirret,
Und kämst nun müd zurück.

Wir armen, armen Toren!
Wir irren ja im Graus
Des Dunkels noch verloren –
Du fandst dich längst nach Haus.

9

Dort ist so tiefer Schatten,
Du schläfst in guter Ruh,
Es deckt mit grünen Matten
Der liebe Gott dich zu.

Die alten Weiden neigen
Sich auf dein Bett herein,
Die Vöglein in den Zweigen
Sie singen treu dich ein.

Und wie in goldnen Träumen
Geht linder Frühlingswind
Rings in den stillen Bäumen –
Schlaf wohl mein süßes Kind!

10

Mein liebes Kind, Ade!
Ich konnt Ade nicht sagen,
Als sie dich fortgetragen,
Vor tiefem, tiefem Weh.

Jetzt auf lichtgrünem Plan
Stehst du im Myrtenkranze,
Und lächelst aus dem Glanze
Mich still voll Mitleid an.

Und Jahre nahn und gehn,
Wie bald bin ich verstoben –
O bitt für mich da droben,
Daß wir uns wiedersehn!

Der Zyklus ist im März 1832 entstanden, als Eichendorffs Töchterchen Anna mit anderthalb Jahren gestorben war.

Friedrich Rückert

Kindertotenlieder

1.

Du bist ein Schatten am Tage
Und in der Nacht ein Licht;
Du lebst in meiner Klage
Und stirbst im Herzen nicht.

Wo ich mein Zelt aufschlage,
Da wohnst du bei mir dicht;
Du bist mein Schatten am Tage
Und in der Nacht mein Licht.

Wo ich auch nach dir frage,
Find' ich von dir Bericht,
Du lebst in meiner Klage
Und stirbst im Herzen nicht.

Du bist ein Schatten am Tage
Und in der Nacht ein Licht;
Du lebst in meiner Klage
Und stirbst im Herzen nicht.

2.

Ihr habet nicht umsonst gelebt;
Was kann man mehr von Menschen sagen?
Ihr habt am Baum nicht Frucht getragen
Und seid als Blüten früh entschwebt,
Doch lieblich klagen
Die Lüfte, die zu Grab euch tragen:
Ihr habet nicht umsonst gelebt.

In unser Leben tief verwebt,
Hat Wurzeln euer Tod geschlagen
Von süßem Leid und Wohlbehagen
Ins Herz, aus dem ihr euch erhebt
In Frühlingstagen
Als Blütenwald von Liebesklagen;
Ihr habet nicht umsonst gelebt.

O, die ihr sanften Schmerz uns gebt
Statt euer an der Brust zu tragen,
Euch werden fremde Herzen schlagen,
Von Menschenmitgefühl durchbebt
Bei unsern Klagen;
Was kann man mehr von Menschen sagen?
Ihr habet nicht umsonst gelebt.

3.

Ich hatte dich lieb, mein Töchterlein!
Und nun ich dich habe begraben,
Mach' ich mir Vorwürf', ich hätte fein
Noch lieber dich können haben.

Ich habe dich lieber, viel lieber gehabt,
Als ich dir's mochte zeigen;
Zu selten mit Liebeszeichen begabt
Hat dich mein ernstes Schweigen.

Ich habe dich lieb gehabt, so lieb,
Auch wenn ich dich streng gescholten;
Was ich von Liebe dir schuldig blieb,
Sei zwiefach dir jetzt vergolten!

Zu oft verbarg sich hinter der Zucht
Die Vaterlieb' im Gemüte;
Ich hatte schon im Auge die Frucht,
Anstatt mich zu freuen der Blüte.

O hätt' ich gewußt, wie bald der Wind
Die Blüt' entblättern sollte!
Tun hätt' ich sollen meinem Kind,
Was alles sein Herzchen wollte.

Da solltest du, was ich wollte, tun,
Und tatst es auf meine Winke.
Du trankst das Bittre, wie reut mich's nun,
Weil ich dir sagte: Trinke!

Dein Mund, geschlossen von Todeskrampf,
Hat meinem Gebot sich erschlossen;
Ach! nur zu verlängern den Todeskampf,
Hat man dir's eingegossen.

Du aber hast, vom Tod umstrickt,
Noch deinem Vater geschmeichelt,
Mit brechenden Augen ihn angeblickt,
Mit sterbenden Händchen gestreichelt.

Was hat mir gesagt die streichelnde Hand,
Da schon die Rede dir fehlte?
Daß du verziehest den Unverstand,
Der dich gutmeinend quälte.

Nun bitt' ich dir ab jedes harte Wort,
Die Worte, die dich bedräuten,
Du wirst sie haben vergessen dort
Oder weißt sie zu deuten.

4.

Sie haben das Herz aus der Brust mir genommen
Und haben's gelegt in ein Grab;
Das Leben, es ist mir abhanden gekommen,
Es ist mir gegangen hinab.
Ihr Seufzer beklommen,
Ihr Augen umschwommen,
Wie seid ihr entkommen?
Ich gab
Euch alle ja mit ihr ins Grab.

5.

Ich sprach zu meinem Mädchen:
Nun fährt, schlaf' ein, schlaf' ein!
Im Wagen mit goldenen Rädchen
Am Himmel das Christkindlein.

Von viel gar schönen Sachen
Ist sein Kütschchen beschwert,
Und wenn du wirst erwachen,
Sind sie dir alle beschert.

Und so schlief ein mein Mädchen
Und sprach, als es erwacht:
Das Kütschchen mit goldnen Rädchen
Hab' ich gesehn bei Nacht.

Es fuhren die goldnen Rädchen
Im Himmel mit schnellem Lauf;
Herab hing ein goldnes Fädchen,
An dem stieg ich hinauf.

»Nein, nein, es wird sich neigen
Mit seinen Waren zu dir;
Du sollst hinauf nicht steigen,
Kind, du sollst bleiben bei mir.« –

Darauf hat mein Kind geschwiegen
Und nicht mehr gesprochen ein Wort;
Und nun ist's hinaufgestiegen
Am goldenen Fädchen dort.

Es war ein so leichtes Mädchen,
Das Herzchen zu fliegen schien!
Genug war ein goldnes Fädchen,
Um es hinaufzuziehn.

Uns aber, schwerer beladen
Von Kummer oder von Schuld,
Auch uns am goldenen Faden
Wird hinaufziehn die Huld.

6.

Ich war der Mann, dein Vater, du mein Kind;
Wo ich gebot, gehorchtest du geschwind,
Du hingest ab vom Winke dieser Hand,
Und ganz unmöglich war dir Widerstand.
Nun bist du meiner väterlichen Macht
Entnommen, einer höhern Stuf' erwacht,
Und schaust, wie ich herab einst sah auf dich,
Auf mich hernieder, lächelst über mich,
Wie ich sonst, wenn du kindisch dich betrübt
Und sträubend im Entsagen dich geübt,
Wenn dir der Vater eine Bitt' abschlug
Und sprach, wo mehr du wolltest: Nun genug!
Du weintest wohl, ergabst dich doch darein,
Du wußtest ja, nicht anders konnt' es sein.
Nun rufst du mir dein eignes Beispiel zu:
O Vater, wie ich dir gehorcht, gehorche du!

7.

Übertags kann ich den Kummer
Tragen mit Ergebung,
Dann mich hüllen in den Schlummer,
Betend mit Erhebung.

Wenn die lieben Englein lachen
Nachts in meine Träume,
Schwer ist morgens das Erwachen
In die öden Räume.

8.

Unter geht die Sonn' am Abend
Und der Mond um Mitternacht,
Doch am Morgen kommt die Sonne
Und zu Nacht der Mond zurück;
Aber ihr, o meiner Tage
Sonne, meiner Nächte Mond,
Kehret mir an keinem Morgen,
Keinem Abend mir zurück.

Schwalbe wandert im September,
Im Oktober Nachtigall,
Doch die Schwalbe kehrt im Märze,
Nachtigall im Mai zurück.
Euch, die Nachtigall und Schwalbe
Dieses Hauses, dieser Flur,
Bringt zum Haus der März nicht wieder
Noch der Mai zur Flur zurück.

Mit dem Frühling starb das Veilchen
Und die Rose vor dem Herbst;
Ros' und Veilchen in dem Garten
Bringt des Sommers Hauch zurück.
Sommerhauch, im Frost des Winters
In des Herzens Gartenbeet
Starb mein Veilchen, meine Rose,
Und du bringst sie nie zurück!

9.

Ich schäme mich fast, es zu gestehn!
Es ist so viel in der Welt geschehn
Seit diesen dreizehn Wochen,
So viel, das wert der Rede war,
Ist geschehen in dem Vierteljahr,
Seit euer Herz gebrochen;
Ich aber habe bei Tag und Nacht
Wenig andres als das gedacht
Und wenig als das gesprochen
Seit diesen dreizehn Wochen,
Daß euer Herz gebrochen.

10.

Meine Rolle, denk' ich, ist nun ausgespielt,
Ausgewuchert mit dem Pfund, das ich erhielt,
Ausgerungen, ausgestritten, ausgewagt,
Ausgesungen, ausgelitten, ausgeklagt.
Denn in Klage geht zuletzt der Jubel aus;
Laßt mich nur, denn ich bin satt, hinweg vom Schmaus!
Stecket weiter nicht hinaus mein Lebensziel!
Oder meiner Klagen würde gar zu viel!
Denn ich fühle, daß mein Herz, seit es gewann
Diesen Schaden, nur mit Seufzen atmen kann.

11.

Hoffte, daß du solltest bei mir bleiben,
Nie verlassen, Töchterchen, den Vater,
Wenn die Knaben aus dem Hause liefen,
In der Welt ihr eignes Glück zu suchen,
Losgerissen von der Eltern Herzen;
Würdest du am stillen Herde walten,
Wo du spielend jetzt dich um die Mutter
Mühst, in ihre Stell' im Ernste treten,
Wohlversüßt den Kaffee selbst mir bringen,
Wie sie jetzt ihn bringt, von dir begleitet,
Und nun bringst du diesen bittern Trank mir!
Ihn mir zu versüßen, muß ich sagen:
Ewig konntest du mir doch nicht bleiben;

Unversehens klopfet an ein Freier,
Und entgegen klopfet ihm dein Herzchen,
Und: Herein! werd' ich wohl sagen müssen.
Und die junge Gattin wird den Gatten
Lieber haben als den alten Vater,
Und die Kinder lieber dann als beide.
Denn daß über alles man ein Kind liebt,
Lern' ich eben, da ich dich verloren.
Nun ersparst du diese Eifersucht mir,
Töchterchen, nun kannst du deinen Vater
Einzig lieb, wie er dich selbst, behalten.

12.

Hast mit halbem Scherz gefragt
Und mit halbem Stolz: Gebar
Ich dir nicht ein schönes Paar?
Niemals hab' ich Ja gesagt,
Dacht', ein Unglück könnt' es geben,
Denn nichts Schönes bleibt am Leben.
Nun hat's weiter nicht Gefahr,
Und ich will dir Antwort geben:
Ja fürwahr,
Du gebarst ein schönes Paar,
Das zu schön der Erde war.

13.

Ihr zwei unglücksel'ge Folianten,
Kehrt zurück zu eueren Verwandten
In der dunklen Kammer, den Verbannten!

Ihr von allen aus dem staub'gen Neste
Wart hervorgeholt als stumme Gäste,
Beizuwohnen dem Familienfeste.

Wenn am Tisch die größern Kleinen saßen,
Deren Glieder lang genug schon maßen,
Fertig zu handhaben, was sie aßen;

Waren zwei zu klein noch für die Stühle
Und bedurften Untersätz' und Pfühle,
Daß in Gang käm' ihres Mundwerks Mühle

Und ihr beiden mit dem breiten Witze
Dientet ihnen zu erhöhn die Sitze:
Das war euerer Bestimmung Spitze.

Und ihr habt mit weislicher Anstaltung,
Ohne eurer Weisheitsschätz' Entfaltung
Beigetragen so zur Unterhaltung.

Euch bezeug' ich's, daß ihr euch verhieltet
Treu und brav im Dienst, den ihr erhieltet,
Still und fest euch ihnen unterhieltet.

Nicht durch eure Schuld sind sie gefallen,
Sondern weil es dem hat wohlgefallen,
Der gewollt, uns sollte Weh befallen.

Doch um euer Amt ist's hier geschehen,
Nicht vor Augen kann ich mehr euch sehen
Auf den Stühlen, die uns leer nun stehen.

Geht hinweg mit zugeklappter Klammer,
Euern Brüdern in der dunklen Kammer
Anzusagen unsers Hauses Jammer!

14.

Könnte Trost mir etwas geben,
Könnt' es der Gedanke,
Daß du sahst vom dorn'gen Leben
Nur die blüh'nde Ranke.

Daß ich dir so viele Freuden,
Als ich konnte, machte,
Alles an dich zu vergeuden
Niemals mich bedachte.

Wie die Sonne dich bescheinend
Und wie Tau beträufend,
Alle Lust um dich vereinend,
Schönstes auf dich häufend.

Dich mit allen Blumen schmückend,
Blume, die mich schmückte;
Dich mit jedem Spiel beglückend,
Spiel, das mich beglückte!

Ahnend in dein kurzes Leben
Viel zusammendrängend,
Es mit liebendem Bestreben
Innerlich verlängend.

Daß ich dich vor jedem Harme
Schirmend zu umstricken,
Nie dich ließ aus meinem Arme,
Nie aus meinen Blicken.

Ließ dich's fühlen allerwege,
Fühlen Nacht und Tage,
Daß dich Liebe heg' und pflege,
Liebe heb' und trage.

Daß ich dich gestrafet nimmer,
Selten dich gescholten,
Und mit Schmeicheleien immer
Wieder es vergolten.

Daß ich angetan dir habe,
Was ich Liebes wußte,
Und zuletzt dich nur dem Grabe
Hingab, weil ich mußte.

Heller würd' ich nun im Herzen
Noch dein Bild bewahren,
Hätt' ich nur des Todes Schmerzen
Können dir ersparen.

15.

Zu verschwinden, zu verschweben
Ins glanzvolle Leere;
Ohne vor dem Tod zu beben,
Könnt' ich mich darein ergeben,
Tropfen gleich im Meere.

Aber seh' ich die erblassen,
Die mir teuer waren,
Die will ich nicht schwinden lassen,
Sondern halten fest und fassen
Und nicht lassen fahren.

Eigene Persönlichkeit
Ließ ich eh'r mir rauben,
Als, da ihr gestorben seid,
Nicht an die Unsterblichkeit
Meiner Toten glauben.

16.

Ich kann hinauf nicht steigen,
Hinauf zu dir;
Du kannst herab dich neigen,
Herab zu mir.

Du kannst herab dich neigen,
Zu mir herab.
Die Sommerlüfte schweigen
Auf deinem Grab.

Die Sommerlüfte schweigen
Um deine Gruft;
O komm im Sternenreigen
Aus Himmelsduft!

O komm im Sternenreigen
Mit Äthertau!
Laß dir noch einmal zeigen
Die Erdenau!

Laß dir noch einmal zeigen
Den Frühlingsglanz!
Zeig' mir, was dort dir eigen
Ist für ein Kranz!

Zeig' mir, was dort dir eigen
Zum Spiel man gab!
Ich kann hinauf nicht steigen,
O steig' herab!

17.

Sprichst du: Wo ist Gottes Hand,
Die den ihr Vertrau'nden rettet?
Und ich bin umkettet
Von dem Schmerzensband!

Wo ist, sprichst du, Gottes Hand,
Die den Leidenden entkettet?
Und ich bin gebettet
Auf den Schmerzensbrand!

Darin ja ist Gottes Hand,
Daß, von diesem Weh geschlagen,
Kraft es zu ertragen
Deine Seele fand.

Ja, darin ist Gottes Hand,
Daß in diesen Leidenstagen
Der Verzweiflung Zagen
Nicht dein Herz umwand.

Rückerts Kinder Luise und Ernst starben, drei und fünf Jahre alt, im Winter 1833/34 innerhalb von zwei Wochen am Scharlachfieber. – Rückerts Kindertotenlieder *wurden von Gustav Mahler vertont.*

Ludwig Uhland

Auf den Tod eines Kindes

Du kamst, du gingst mit leiser Spur,
Ein flücht'ger Gast im Erdenland;
Woher? wohin? Wir wissen nur:
Aus Gottes Hand in Gottes Hand.

Emanuel Geibel

Das sterbende Kind

Wie doch so still dir am Herzen
Ruhet das Kind!
Weiß nicht, wie Mutterschmerzen
So herbe sind!
Auf Stirn und Lippen und Wangen
Ist schon vergangen
Das süße Rot;
Und dennoch heimlicherweise
Lächelt es leise –
Leise
Küsset der Tod.

Des Knäbleins Tod

Aus einem Kinderheftchen

Es spielte ein Knäblein im blumigen Klee,
Auf grünender Matte am bläulichen See.
Und sieh, in den Binsen des Ufers da lacht
Die schönste Seerose in goldener Pracht.

Mein Knäblein, das watet in waglichem Mut,
Die Blume zu pflücken, hinein in die Flut.
»Halt!« ruft ihm die Mutter mit warnendem Mund',
»Und bleibe zurücke, sonst gehst du zu Grund'!«

Das Knäblein verachtet ihr Warnen und Flehn.
»Ei,« ruft es, »es wird mir so leicht nichts geschehn!«
Schon pflückt es die Blume, – da sinkt es hinab
Und findet im Wasser ein schauerlich' Grab.

Aus der in der Schweiz verbreiteten Heftchen-Serie Freundliche Stimmen an Kinderherzen, *um 1910.*

Johannes Staub

Bei der Beerdigung eines Schülers

Schlafe wohl in deinem stillen Frieden,
In des Kirchhofs engem Kämmerlein.
Gut und schuldlos lebtest du hienieden,
Herzensrein gehst du zum Himmel ein.
Schlafe wohl! Schlafe wohl!

Schlafe wohl, Gott zählet nicht die Jahre,
Wenn er für den Himmel uns verlangt.
Morgen liegt erbleichet auf der Bahre,
Was heut' noch in voller Blüte prangt.
Schlafe wohl! Schlafe wohl!

Schlafe wohl und tröste Gott die Deinen!
Licht und Tag folgt auf die Grabesnacht;
Ruft der Himmel ja doch all die Seinen,
Und der Vater hat es wohl gemacht.
Schlafe wohl! Schlafe wohl!

Schlafe wohl in der bekränzten Erden!
Schlafe wohl in deiner Blumengruft!
Möcht' auch uns ein sanftes Ende werden,
Wenn dereinst der Todesengel ruft!
Schlafe wohl! Schlafe wohl!

Schon in der Herrnhutischen Brüdergemeine bestand die Sitte, daß »bey der Einsenkung der Kinder ins Grab« ein bestimmtes Lied gesungen wurde. Später übernahmen diese Aufgabe die Schulchöre. Auch Rezitationen von Mitschülern am offenen Grab waren üblich. Vortragsbücher enthielten eigene Mustertexte. Der obige Text stammt aus dem bis in die zwanziger Jahre verlegten Kinderbüchlein *des Schweizer Lehrers Johannes Staub (erschienen ab 1842).*

Friederike Kempner

Das scheintote Kind

(Nocturno)

Stürmisch ist die Nacht,
Kind im Grab erwacht,
Seine schwache Kraft
Es zusammenrafft.

»Machet auf geschwind!«
Ruft das arme Kind,
Sieht sich ängstlich um:
Finster ist's und stumm.

Überall ist's zu,
»Mutter, wo bist du?«
Stoßet aus den Schrei,
Horchet still dabei.

Und in seiner Qual
Klopft es noch einmal,
Sieht sich grausend um:
Finster ist's und stumm.

Streckt die Ärmlein aus,
Hämmert schnell drauf los,
Ruft entsetzt und laut:
Hört, ich bin nicht tot!

Lehnt sein Haupt an' Arm:
»Daß sich Gott erbarm',
Lebt man ewig so?
Und wo stirbt man so?

Ach, man hört mich nicht,
Gott, ach nur ein Licht!«
Sieht sich nochmals um!
Finster bleibt's und stumm.

Stier und starr es tappt,
Und am Sarg' es klappt,
Horch, da strömt sein Blut
Durch des Nagels Hut.

Aus dem warmen Quell
Sprudelt's rasend schnell:
Endlich stirbt das Kind,
Froh die Engel sind!

Stürmisch ist die Nacht,
Blätter rauschen sacht,
Niemand sah sich um:
Finster blieb's und stumm.

Conrad Ferdinand Meyer

Der schöne Tag

In kühler Tiefe spiegelt sich
Des Juli-Himmels warmes Blau,
Libellen tanzen auf der Flut,
Die nicht der kleinste Hauch bewegt.

Zwei Knaben und ein ledig Boot –
Sie sprangen jauchzend in das Bad,
Der eine taucht gekühlt empor,
Der andre steigt nicht wieder auf.

Ein wilder Schrei: »Der Bruder sank!«
Von Booten wimmelt's schon. Man fischt.
Den einen rudern sie ans Land,
Der fahl wie ein Verbrecher sitzt.

Der andre Knabe sinkt und sinkt
Gemach hinab, ein Schlummernder,
Geschmiegt das sanfte Lockenhaupt
An einer Nymphe weiße Brust.

1882

Hugo von Hofmannsthal

Ballade vom kranken Kind

Das Kind mit fiebernden Wangen lag
Rotgolden versank im Laub der Tag.
Das Fenster hing voller wilden Wein
Da sah ein fremder Jüngling herein.

»Lass, Mutter, den schönen Knaben ein,
Er beut mir die Schale mit leuchtendem Wein,
Seine Lippen sind wie Blumen rot
Aus seinen Augen ein Feuer loht!«

Der nächste Tag verglomm im Teich
Da stand am Fenster der Jüngling, bleich,
Mit Lippen wie giftige Blumen rot
Und einem Lächeln, das lockt und droht.

»Schick, Mutter, den fremden Knaben fort
Mich zehrt die Glut und mein Leib verdorrt,
Mich ängstigt sein Lächeln, er hält mir her
Die Schale mit Wein, der ist heiss und schwer!

Ach Mutter, was bist Du nicht erwacht!
Er kam mir geschlichen ans Bett bei Nacht:
Und, weh, seinen Wein ich getrunken hab
Und morgen könnt ihr mir graben das Grab!«

1892

Stefan George

In memoriam Elisabethae

Durch schauervolle auch der seelen ferne fliegt
Des liedes trauer und des gartengangs gedenk
Der voll war von versteckten kindes anmut-lachen –
Dem nun verklungnen – kommt sie zu dem leeren haus.
Sie kann nicht mehr als tränen giessen über dich
Betrübteste der hände die mit einzigem recht
Zur klage bebt! und flüstern: Ist ein ding der welt
Noch trauriger als eines jungen traumes tod?

1903, auf den Tod der achtjährigen Elisabeth, Tochter des Großherzogs von Hessen.

Else Lasker-Schüler

Margret

Der Morgen ist bleich von Traurigkeit,
Es sind so viel junge Blumen gestorben,
Und du, o du bist gestorben,
Und mein Herz klagt eine Sehnsucht weit;

Über die ziellose Flut
Der blaublühenden Meere,
Und deine Mutter höre
Ich weinen in meinem Blut.

...Muß immer träumen
Von deinen tiefen Lenzaugen,
Die blickten wie wilde Knospen
Von gottalten Bäumen.

Auf den Tod der Nichte, 1905.

Joachim Ringelnatz

Trost an eine Mutter

Starb dein Kind. Nun weine!
Und dann wirst du glücklich sein.
Denn das zarte, kleine
Leben schwand noch quellenrein.

Lausche, was mit frommen
Worten die Erinnerung spricht.
Schlimmes konnte kommen.
Nach dem Tode kommt es nicht.

Paßt ein Kinderröckchen
Niemals der erwachsenen Frau.

Abgeschnittene Kinderlöckchen
Werden nimmer grau.

Peter Huchel

Der Kinderkreuzzug

Irgendstraßher, irgendstraßein
wollten sie auch gen Bethlehems Tor.
Aber die Zehe stach Nessel und Stein
und sie lagen in Bettel davor.

Lagerten nachts im heidnischen Sand
und an den hündischen Wind verlorn,
hatten kein Hemd, kein Brot in der Hand,
schrien zum Himmel, weinten und frorn.

Riefen sie leuchtend von Hunger dort hell:
»Ducke dich Himmel nieder zu uns,
ducke dich Himmel im wolkichten Fell!« –
Rief es zurück und höllischen Munds:

»Stürzet hinab doch in finsteren Grund,
allda in Schlaf, gut dunkeles Laub.
Über den Wolken du bittender Mund,
sprich nicht so helle, es spräche uns taub!« –

Bettelten sie die Nacht nur noch an,
ließen die Magd, den himmlischen Sohn,
zogen in Schindanger nackt vondann,
ohne den Himmel, ohne den Lohn.

Und der Himmel hörte sie oft,
wie sie voll Jammer die Nacht anschrien,
sah sie abends müde verhofft,
höllisch singend ins Finstere ziehn.

Weinte die Magd da, säugend ihr Kind,
bitteres Salz, einst himmlisch gespeist.
Die sich verwiesen, wohnten im Wind.
Drinnen im Himmel saß sie verwaist.

Die sich verwiesen irgendstraßein,
rannten um Vater und Mutter nicht mehr,
hungerten wegs nicht nach Brot und Wein,
bis sie verkamen am heidnischen Meer.

1933

Bertolt Brecht

Kinderkreuzzug 1939

In Polen, im Jahr Neununddreißig
War eine blutige Schlacht
Die hatte viele Städte und Dörfer
Zu einer Wildnis gemacht.

Die Schwester verlor den Bruder
Die Frau den Mann im Heer;
Zwischen Feuer und Trümmerstätte
Fand das Kind die Eltern nicht mehr.

Aus Polen ist nichts mehr gekommen
Nicht Brief noch Zeitungsbericht.
Doch in den östlichen Ländern
Läuft eine seltsame Geschicht.

Schnee fiel, als man sich's erzählte
In einer östlichen Stadt
Von einem Kinderkreuzzug
Der in Polen begonnen hat.

Da trippelten Kinder hungernd
In Trüpplein hinab die Chausseen
Und nahmen mit sich andere, die
In zerschossenen Dörfern stehn.

Sie wollten entrinnen den Schlachten
Dem ganzen Nachtmahr
Und eines Tages kommen
In ein Land, wo Frieden war.

Da war ein kleiner Führer
Das hat sie aufgericht'.
Er hatte eine große Sorge:
Den Weg, den wußte er nicht.

Eine Elfjährige schleppte
Ein Kind von vier Jahr
Hatte alles für eine Mutter
Nur nicht ein Land, wo Frieden war.

Ein kleiner Jude marschierte im Trupp
Mit einem samtenen Kragen
Der war das weißeste Brot gewohnt
Und hat sich gut geschlagen.

Und zwei Brüder gingen mit
Die waren große Strategen
Stürmten eine leere Bauernhütt
Und räumten sie nur vor dem Regen.

Und ging ein dünner Grauer mit
Hielt sich abseits in der Landschaft.
Er trug an einer schrecklichen Schuld:
Er kam aus einer Nazigesandtschaft.

Da war unter ihnen ein Musiker
Der fand eine Trommel in einem zerschossenen Dorfladen
Und durfte sie nicht schlagen
Das hätt sie verraten.

Und da war ein Hund
Gefangen zum Schlachten
Mitgenommen als Esser
Weil sie's nicht übers Herz brachten.

Da war auch eine Schule
Und ein kleiner Lehrer für Kalligraphie.
Und ein Schüler an einer zerschossenen Tankwand
Lernte schreiben bis zu Frie…

Da war auch ein Konzert.
An einem lauten Winterbach
Durfte einer die Trommel schlagen
Da ward er nicht vernommen, ach.

Da war auch eine Liebe.
Sie war zwölf, er war fünfzehn Jahr.
In einem zerschossenen Hofe
Kämmte sie ihm sein Haar.

Die Liebe konnte nicht bestehen
Es kam zu große Kält:
Wie sollen die Blümchen blühen
Wenn so viel Schnee drauf fällt?

Da war auch ein Krieg
Denn es gab noch eine andre Schar
Und der Krieg ging nur zu Ende
Weil er sinnlos war.

Doch als der Krieg noch raste
Um ein zerschossenes Bahnwärterhaus
Da ging, wie es heißt, der einen Partei
Plötzlich das Essen aus.

Und als die andre Partei das erfuhr
Da schickte sie aus einen Mann
Mit einem Sack Kartoffeln, weil
Man ohne Essen nicht kämpfen kann.

Da war auch ein Gericht
Und brannten zwei Kerzenlichter
Und war ein peinliches Verhör.
Verurteilt wurde der Richter.

Da war auch ein Begräbnis
Eines Jungen mit samtenem Kragen
Der wurde von zwei Deutschen
Und zwei Polen zu Grab getragen.

Protestant, Katholik und Nazi war da
Ihn der Erde einzuhändigen.
Und zum Schluß sprach ein kleiner Kommunist
Von der Zukunft der Lebendigen.

So gab es Glaube und Hoffnung
Nur nicht Fleisch und Brot.
Und keiner schelt sie mir, wenn sie was stahl'n
Der ihnen nicht Obdach bot.

Und keiner schelt mir den armen Mann
Der sie nicht zu Tische lud:
Für ein halbes Hundert, da braucht es
Mehl, nicht Opfermut.

Findet man zwei oder sogar drei
Tut man gern was dafür
Aber wenn es so viele sind
Schließt man seine Tür.

In einem zerschossenen Bauernhof
Haben sie Mehl gefunden.
Eine Elfjährige band sich eine Schürze um
Und backte sieben Stunden.

Der Teig war gut gerühret
Das Feuerholz gut gehackt
Das Brot ist nicht aufgegangen
Sie wußten nicht, wie man Brot backt.

Sie zogen vornehmlich nach Süden.
Süden ist, wo die Sonn
Mittags um zwölf steht
Gradaus davon.

Sie fanden zwar einen Soldaten
Verwundet im Tannengries.
Sie pflegten ihn sieben Tage
Damit er den Weg ihnen wies.

Er sagte ihnen: Nach Bilgoray!
Muß stark gefiebert haben
Und starb ihnen weg am achten Tag.
Sie haben auch ihn begraben.

Und da gab es ja Wegweiser
Wenn auch vom Schnee verweht
Nur zeigten sie nicht mehr die Richtung an
Sondern waren umgedreht.

Das war nicht etwa ein schlechter Spaß
Sondern aus militärischen Gründen.
Und als sie suchten nach Bilgoray
Konnten sie es nicht finden.

Sie standen um ihren Führer.
Der sah in die Schneeluft hinein
Und deutete mit der kleinen Hand
Und sagte: Es muß dort sein.

Einmal, nachts, sahen sie ein Feuer
Da gingen sie nicht hin.
Einmal rollten drei Tanks vorbei
Da waren Menschen drin.

Einmal kamen sie an eine Stadt
Da machten sie einen Bogen.
Bis sie daran vorüber waren
Sind sie nur nachts weitergezogen.

Wo einst das südöstliche Polen war
Bei starkem Schneewehn
Hat man die fünfundfünfzig
Zuletzt gesehn.

Wenn ich die Augen schließe
Seh ich sie wandern
Von einem zerschossenen Bauerngehöft
Zu einem zerschossenen andern.

Über ihnen, in den Wolken oben
Seh ich andre Züge, neue, große!
Mühsam wandern gegen kalte Winde
Heimatlose, Richtungslose

Suchend nach dem Land mit Frieden
Ohne Donner, ohne Feuer
Nicht wie das, aus dem sie kamen
Und der Zug wird ungeheuer.

Und er scheint mir durch den Dämmer
Bald schon gar nicht mehr derselbe:
Andere Gesichtlein seh ich
Spanische, französische, gelbe!

In Polen, in jenem Januar
Wurde ein Hund gefangen
Der hatte um seinen mageren Hals
Eine Tafel aus Pappe hangen.

Darauf stand: Bitte um Hilfe!
Wir wissen den Weg nicht mehr.
Wir sind fünfundfünfzig
Der Hund führt euch her.

Wenn ihr nicht kommen könnt
Jagt ihn weg.
Schießt nicht auf ihn
Nur er weiß den Fleck.

Die Schrift war eine Kinderhand.
Bauern haben sie gelesen.
Seitdem sind eineinhalb Jahre um.
Der Hund ist verhungert gewesen.

1941

Nelly Sachs

Immer dort wo Kinder sterben

Immer
dort wo Kinder sterben
werden die leisesten Dinge heimatlos.
Der Schmerzensmantel der Abendröte
darin die dunkle Seele der Amsel
die Nacht heranklagt –
kleine Winde über zitternde Gräser hinwehend
die Trümmer des Lichtes verlöschend
und Sterben säend –

Immer
dort wo Kinder sterben
verbrennen die Feuergesichter
der Nacht, einsam in ihrem Geheimnis –
Und wer weiß von den Wegweisern
die der Tod ausschickt:
Geruch des Lebensbaumes,
Hahnenschrei der den Tag verkürzt
Zauberuhr vom Grauen des Herbstes
in die Kinderstuben hinein verwunschen –
Spülen der Wasser an die Ufer des Dunkels
rauschender, ziehender Schlaf der Zeit –

Immer
dort wo Kinder sterben
verhängen sich die Spiegel der Puppenhäuser
mit einem Hauch,
sehen nicht mehr den Tanz der Fingerliliputaner
in Kinderblutatlas gekleidet;
Tanz der stille steht
wie eine im Fernglas
mondentrückte Welt.

Immer
dort wo Kinder sterben
werden Stein und Stern
und so viele Träume
heimatlos.

1949

Marie Luise Kaschnitz

Veränderlich

Im Hof des Mondes scheint der Mond nicht hell
Schachpferde üben sich im Rösselsprung
Der Mädchenname der Sonne ist Morgenrot
Knallbeeren schießen einen weißen Salut
Für das tote künstliche Kind.

IV.

Die bösen Kinder

»Kein ellend tet mir nie so and / von klainer sach in fremdem land, / neur wenn ich fand die herberg voller kinder«: Die Verse Oswalds von Wolkenstein könnten ein Großes Allgemeines Kinder-Haß-Buch eröffnen – das nie geschrieben wurde und wahrscheinlich nie geschrieben werden wird. Sie formulieren in klaren und schönen Worten eine allgemeine Erfahrung, die jedoch im Prozeß der Zivilisation mehr und mehr verdrängt worden ist: daß Kinder Störenfriede sind, Unruhestifter, Quälgeister. Die theologische Anthropologie des Mittelalters kannte seit Augustinus den Satz von der »bösen Natur« schon des kleinen Kindes; die Legenden erzählten vom Teufelskind und vom Wechselbalg. Im geistlichen Sinne mochte die Taufe das sündige Fleisch reinigen – in der Praxis blieb die kindliche Natur das Einfallstor des »Anderen«. Das Zeitalter der Aufklärung formuliert diese Erfahrung im Bild des »wilden Kindes« – und es verwandelt den Haß gegen das von den Regeln der Gesittung abweichende Wesen Kind in die Forderung nach seiner Erziehung: Indem Kinder erzogen werden, werden sie gut, werden sie Menschen. Pädagogik, Kinderliteratur und Kinderlyrik des 18. und 19. Jahrhunderts mobilisieren das Arsenal des Schreckens gegen die bösen Kinder. Kinderschreck-Figuren aus dem vor-aufgeklärten Zeitalter bleiben lange Zeit weiter auf dem Plan. Daneben gewinnt die aufgeklärte Strategie auch im Gedicht an Boden: Die bösen Kinder kommen durch die »natürlichen Folgen« des eigenen Verhaltens zu Schaden. Wer nicht hören will, der muß fühlen. Kindliche Lebenswege werden zu Horror-Biographien stilisiert.

Natürlich erinnern die Taten der bösen Kinder immer auch an die Versagungen, die sich die Gesellschaft selber auferlegt hat. Bei Wilhelm Busch finden die bösen Kinder zwar immer noch ihr Ende mit Schrecken, gleichzeitig werden ihre Bosheiten liebevoll, einfühlsam und lustvoll beschrieben. Sie halten der Gesellschaft der Spießer einen Spiegel vor, in dem sich diese nur noch als Karikaturen erkennen kann. Diese Linie setzt sich im 20. Jahrhundert fort. Joachim Ringelnatz' Kindergedichte kündigen lustvoll die antiautoritäre Revolte der bösen Kleinen gegen die guten Großen an. Bei Erich Kästner ist das Kind ebenso böse wie die Erwachsenen. Und Brechts Jakob Apfelböck ist dann schon der Typus des gleichsam grundlos bösen Kindes, den mit der Welt der Erwachsenen so gut wie nichts mehr verbindet. Christine Nöstlinger oder Peter Hacks führen diese Tradition fort. Böse Kinder sind heute keine negativen Tugendhelden mehr und keine Revoluzzer. Sie sind zum Aussterben verurteilt.

Oswald von Wolkenstein

Kain ellend tet mir nie so and

Kain ellend tet mir nie so and
von klainer sach in fremdem land,
neur wenn ich fand die herberg voller kinder.
Ir schreien hat mich dick bedort,
das ich offt selber nicht gehort
mein aigen wort, und sunder gen dem winder,
So ich den langen tag erfros,
müdlichen rait, gen aubent zwar des klain genoss.
ain stauben gross, die ward mir offt zu enge.
In mancher wiegen dick ergal
ain kindlin klain, das es mir durch die oren gal;
die nachtigal mich freuet bas die lenge.

Ir rumplen gross mit hurlahai,
dafür lob ich den grünen mai,
und sunder zwai, freuntlich dorin gesellet.
Noch ist sein vil, das mir gewirt
von ainem kindlin, so es kiert
und mich veriert mein singen, und erschellet
Durch manche falsche disonanz,
falseten gross, dabei kain freuntlich concordanz;
der resonanz hat mich so dick verdrossen.
Zu swaigen ist offt ains so tratz
mit widerwärtikait recht als ain böse katz;
von meiner tatz hand si des klain genossen.

Zu Prespurg dort in Ungern zwar
ain kind mir macht vil grawe har
von dritthalb jar, und liess mich selden slauffen
Die langen nacht bis an den tag,
und ander vich, des ich da pflag,
neur ju ich jag, dick aines tet ich sträffen.
Das kind schrai offt: »wie ser mich dürst!«
man bracht im met und wein, als ob es wër ain fürst,
fisch, hüner, würst, neur wes sein herz begeret.
Dannocht gewan es selden rast.
vil manchen zwick hab ich im zu der heut getast,
haimlichen vast, das es sein stimm verkeret.

Mich wundert ser an ainem man,
das er sein kind nicht ziehen kan
und lat es gan so gar an alle rütte.
Der dunck mich sicherlich nicht weis
und möcht wol schlipfen auf dem eis
mit klainem breis an seinem aigen blütte.
Güt mütter, hand ir nie gelesen
vor langer zeit: »ie lieber kind, ie grösser besen?«
das ewig wesen mügt ir an in verhönen.
Das ir in hengt den willen nach,
da von offt ains die leng gewinnt vil ungemach;
dorumb gross rach volgt eu mit bösen lönen.

1422/24

Kein Elend ist mir so bekannt
Von kleiner Sach in fremden Land,
Als wenn ich fand die Herberg voller Kinder.
Ihr Schreien hat mich oft betört;
Kaum hab ich selber noch gehört
Mein eignes Wort. Besonders gegen Winter,
Wenn ich den ganzen Tag erst fror,
Zur Nacht nach schwerem Ritt kam mir's am schlimmsten vor,
Und Haus und Tor ward mir da oft zu enge.
Aus mancher Wiege stieg der Hall:
Ein Kindlein klein! – Und sprengte mir das Ohr mit Schall.
Die Nachtigall freut mich doch mehr auf Länge.

Die Rumpelei, das Hurlahei!
Da lob ich mir den grünen Mai,
Besonders zwei, wenn sie sich lieb gesellen.
Es ist zu viel, was mir passiert,
Wenn so ein Kindlein plötzlich kirrt
Und mir verwirrt mein Singen mit dem Gellen;
In ständig falscher Dissonanz,
Stets im Falsett und ohne jede Konkordanz:
Die Resonanz hat mich oft schwer verdrossen.
Nie schweigen sie, als wär's zum Tratz,
Voll Widerwärtigkeit wie eine böse Katz,
Und meine Tatz hat manches schon genossen.

Zu Preßburg dort in Ungarn gar
Schuf mir ein Kind fast graues Haar:
War kaum drei Jahr und ließ mich doch nicht schlafen;
Die ganze Nacht bis an den Tag,
Mitsamt den Flöhen, die ich pflag,
Stets auf der Jagd, um sie dann schwer zu strafen.
Das Kind schrie oft: »Wie sehr mich dürst!«
Man brachte Met und Wein, als wäre es ein Fürst,
Fisch, Hühner, Würst, was nur sein Herz begehrte.
Und trotzdem gab es selten Rast.
Da hab ich ihm denn manchen Kniff ins Fell verpaßt,
Still zugefaßt, bis ihm die Stimm verkehrte.

Es wundert mich bei manchem Mann,
Daß er sein Kind nicht ziehen kann,
Ganz ohne Plan und ohne Zucht und Rute.
Das scheint mir sicherlich nicht weis:
Einst liegt er hilflos auf dem Eis
Und zahlt den Preis von seinem eignen Blute.
Ihr Mütter, habt ihr nie gelesen:
»Je mehr du liebst dein Kind, je größer sei der Besen!«
Das ewige Wesen schmäht ihr so im Hohne,
Gebt ihr der Kinder Willen nach,
Und oft entsteht euch draus viel Leid und Ungemach;
Und schwere Rache folgt dem bösen Lohne.

Übertragung: Klaus J. Schönmetzler

Kinder – widerwärtige Störenfriede! Wie die Flöhe bringen sie einen in den Herbergen um die Nachtruhe und wie die Flöhe sollte man sie packen. Mit ihrem Geschrei rauben sie dem Wanderer den Schlaf und versauen dem Liedermacher die Melodie. Auch Till Eulenspiegel hat sie nicht gemocht: »Er wolt nienen [nirgends] bleiben, wa Kinder waren, wann man acht der Kinder mer ihr Nötlichkeit [Notwendigkeit] dann sein« (21. Histori). Sie stehlen einem die Ruhe und sie stehlen einem die Schau.

Ein erschröckliche Histori von einem Kind, welches kindlicher Weis ein ander Kind umbbracht

Fliegendes Blatt

Merkt auf, ihr Herren, allgemein
Ihr Mannen und ihr Frauen,
Ihr Knaben und ihr Töchterlein:
Ein klägliche Histori,
Was sich vor kurzer Zeit begeben hat
In einer Stadt Franicker genannt,
Ist fest und wohl erbauen,
Gelegen in dem West-Friesland.
Mir saget mein Memori
Von einer gar erschröcklichen Tat.
Allda fünf Junge[1] beieinander waren,
Von vier, fünf, sechs oder von sieben Jahren,
Die scherzten miteinander auf der Gassen,
Gleichwie dann tun die junge Kind,
Die noch nit so vernünftig sind
Und fingen an zu handeln solcher Maßen:

Ein Knäblein tätens ordnen[2] schon,
Das sollt der Metzger seine,
Ein anders Knäblein wohlgeton
Sollt Koch sein in dem Spiele.
Das dritt die Sau, verordnet zu dem Tod;
Das vierd ein junges Mägdlein was,
War Köchin in gemeine,
Das fünft und letzt (nun merkt fürbaß)
Machten sie in der Stille
Zu einer Unterköchin in der Not,
Die sollt des Kindes Blut gar fleissigliche
In einem Geschirr empfahen säuberliche,
Daraus sie dann die Blutwürst könnten machen.
Von Stund an nimmt der Metzger acht
Des Kindleins und bald anefacht[3]
Zu rüsten sich: des tätens alle lachen.

Und nimmt also das junge Kind
Reißts nieder zu der Erde,
Die andre Kinder unbesinnt
Hielten die Sau mit Gewalte,
Daß es sich also gar nit wehren kunnt.

Mit einem kleinen Messerlein
Schneid er ihm ohn Gefährde[4]
Den Hals ab und die Gurgel sein;
Darnach die Köchin balde
Empfing das Blut aus seinem zarten Schlund.
In dem da geht gleich ein Herr von dem Rate
Hinfür und kummt zu dieser Übeltate,
Erblickt die Kind, sicht an das groß Elende
Und nimmt alsdann den Metzger dar,
Der dieses Mords da schuldig war
Und führet ihn zum Obristen[5] behende.

Als nun der Obrist dieser Stadt
Den Grund vernommen hätte,
Versammlet er den ganzen Rat
Und saßen all zusammen
Ob diesem Handel. Doch ihr keiner wußt,
Auch keiner da aussprechen kunnt,
Wie man der Sachen täte[6],
Denn die Tat niemand recht verstund.
Sie sprachen all mit Namen:
›Das Urteil ist vergebens und umbsust‹[7].
Sie sahen wohl, daß es kindlicher Weise
Geschehen war. Indem ein alter Greise
Gab diesen Rat den Herren ingemeine,
Der oberst Richter sollte bald
Ein roten Apfel wohlgestalt
Nehmen in d' Hand und rechte Finger seine
Und in die ander Hand sollt er
Nehmen ein Gulden rote
Von Gold[8] und rufen zu ihm her
Das Kind und beide Hände
Alsdann zugleich ausstrecken gegen ihm:
Nähm dieses Kind den Apfel zart,
Sollt es schon von dem Tode
Los sein gesprochen auf der Fahrt[9];
Nähm es dann an dem Ende
Den Gulden, so sollt es mit gleicher Stimm
Ohn alle Widerred getötet werden;
Man würd wohl sehen an des Kinds Gebärden
Ob diese Tat aus Einfalt gschehen wäre
Oder aus mutwilliger Weis.
Dem wird gefolgt nach seinem Gheiß
Von Stund ergreift das Kind ohn alls Gefähre[10]

Den roten Apfel und zuhand
Hubs fröhlich an zu lachen,
Wird also von dem Rat erkannt
Quitt, ledig und auch freie,
Dann man sach wohl des Kindes Unverstand.
Aus dieser Gschicht man lernen soll
Die Kinder frumb[11] zu machen,
Daß man sie straf und ziehe wohl
Und ihn ihr Bübereie
Nit gstatt, daß sie erfahren Schmach und Schand.
Hiebei soll auch die Obrigkeit betrachten
Die Alten in dem Rat nit zu verachten
Zudem so soll sie auch nit halten ringer[12],
Daß sie zum Strafen langsam sei,
So wirt ihr Gott auch wohnen bei
Also dicht Jörg von Helmstorff der Jünger.

Anno salutis 1568, 10. aprilis

1 Kinder 2 bestimmen 3 anfängt 4 ohne böse Absicht 5 Amtmann, Richter 6 wie man in dem Prozeß verfahren könnte 7 umsonst, sinnlos 8 einen roten Goldgulden 9 sogleich 10 ohne jeden Hintersinn 11 brav 12 sie soll es auch nicht geringer achten

Eine Kindheitsprobe, die über Schuld oder Unschuld des bösen Kindes entscheidet: Noch Kind ist, wer nicht weiß, was Geld ist, wer den einen roten Apfel hier und jetzt höher schätzt als den abstrakten Wert des roten Goldes. Dieweitverbreitete Mär vom Kinderschlachtspiel taucht zum ersten Mal in Jörg Wickrams Rollwagenbüchlein *(1555) auf und wurde von dort in die Grimmschen Kinder- und Hausmärchen übernommen (aus Gründen der Schonung der kindlichen Leser in späteren Auflagen allerdings unterdrückt). Und sie hat sich durch die Jahrhunderte hindurch hartnäckig als wahre Geschichte gehalten.*

Der Kinderfresser

Fliegendes Blatt

Still, still, und werdet fromm ihr gar zu böse Kinder,
Springet und brüllt nit so als wie die dumme Rinder,
Laßt euch was wehren doch, seid nicht so ungehalten,
Folgt euren Elteren, Lehrmeister und den Alten,
Wo nit, so komm ich gar geschwind zu euch gelaufen
Und friß euch alle auf: Seht an den großen Haufen,
So ich schon bei mir hab, die Säcke sein gefüllet,
Mein Korb ist starzend voll, ein Teil trag ich verhüllet
In meinen Hosen und ein Teil in meinen Taschen,
Diese all hab ich geraubt zum Fressen und zum Naschen.
Wird mir die Zahl zu viel, daß ichs nicht kann auffressen,
So henk ich teils in Rauch, teils pflege ich zu pressen
So lang bis alles Blut aus Adern ist geflossen,
Das sauf ich maßweis aus mit meinen Hausgenossen,
Dem Wau Wau und der Bercht; viel pfleg ich klein zu hacken
Zu Knöpflein[1] oder Würst, teils aber laß ich backen
Als wie ein Birenknopf[2], zum Teil tu ich verstecken
Ins stinkend Mägdeloch, Mistgrub und bei den Hecken,
Bis mich zum Fressen mahnt mein hungeriger Magen,
Alsdann verschlingt sie auch des Kinderfressers Kragen.
So mache ichs auch euch, wenn ihr wollt bös verbleiben,
Faul sein und nichts tun denn nur Mutwillen treiben.
Ich steck euch in mein Sack und beiß ab Füß und Ärme,
Händ, Ohren, Nas und Kopf, zernage das Gedärme,
Herz, Leber, Lung und Bauch. Wollt ihr mir gleich entfliehen,
So hab ich Strick genug, womit ich kann euch zu mir ziehen.

Ich frage nichts darnach, ihr mögt zu Hülfe rufen
Der Regel, Ursul, Lies, Ann, Berbel und Margrethen,
Ich nehm euch dannoch mit, frag nichts nach eurem Klagen,
Wann ihrs gleich zehenmal wollt eurer Mutter sagen.
Drum seid gehorsam, still, gesellt euch zu den Frommen,
Daß ihr nicht dörft in Bauch des Kindleinfressers kommen.

1 Klößen 2 Birnenknödel

Der Holzschnitt (Augsburg, um 1770) zeigt den Kinderfresser-Riesen vor dem Haus, Sack und Taschen voller Kinder; zwei Kinder flüchten sich ängstlich zur Mutter unter der Haustür. – Böse Kinder werden in der populären Tradition gern mit monströsen Schreckfiguren bedroht, die, wie der Kinderfresser oder die Butzenbercht, am Haus vorbeikommen, um die Kinder in den Sack zu stecken und zu entführen. Der Wunsch, sich der bösen Kinder auf einfache Weise zu entledigen, ist ebenso unverkennbar wie die Absicht, sie dem eigenen Schutz anzuempfehlen. Kinderschreck-Figuren leben auch in den aufgeklärten Erziehungsjahrhunderten weiter. Wieweit die Funktionalisierung von kindlichen Phantasien für pädagogische Zwecke funktioniert, ist eine andere Frage.

Ninne, ninne, sause!

Ammenreim

Ninne, ninne, sause!
Der Tod steckt hinter'm Hause.
Er hat ein kleines Körbelein,
Da steckt er die bösen Kinder 'nein.
Die guten läßt er sitzen
Und kauft ihn'n rote Mützen.

Ein Wiegenlied, den Kindern zum Einschlafen zu singen.

Um die Kinder still und artig zu machen

Aus *Des Knaben Wunderhorn*

Es kam ein Herr zum Schlößly
Auf einem schönen Rößly,
Da lugt die Frau zum Fenster aus
Und sagt: »Der Mann ist nicht zu Haus

Und niemand heim als Kinder
Unds Mädchen auf der Winden.«
Der Herr auf seinem Rößly,
Sagt zu der Frau im Schlößly:

»Sinds gute Kind, sinds böse Kind?
Ach liebe Frau, ach sagt geschwind.«
Die Frau, die sagt: »Sehr böse Kind,
Sie folgen Muttern nicht geschwind.«

Da sagt der Herr: »So reit ich heim,
Dergleichen Kinder brauch ich kein.«
Und reit auf seinem Rößly,
Weit, weit entweg vom Schlößly.

Vertont von Gustav Mahler.

Johann Michael Armbruster

Der wilde Franz

Franz fing als Knabe Vögelein,
Erwürgte sie, und ihre Pein
War ihm Vergnügen. Jeder lief,
Wenn man: Der wilde Franz kömmt! rief.

Kein Tier war vor ihm sicher. Er
Ging, wie ein Mörder, stets umher.
Nie sah man heiter seinen Blick,
Beging er nicht ein Bubenstück.

Als Knabe kühlt' er seine Wut
Nur in der armen Tiere Blut.
Doch jung gewohnt, ist alt getan,
Blutdürstig war er noch als Mann.

Wie einstens Tiere, mordet er
Nun Menschen. – Kinder, sehet her.
Dort glänzt beim falben Mondenlicht
Sein Schädel nun am Hochgericht.

Aus Rosenblätter. Neue Erzählungen und Lieder für Kinder, *1791. Armbruster, aus Württemberg gebürtig, war nach seiner Flucht aus der Karlsschule Lavaters Sekretär, später österreichischer Polizeikommissar, Journalist und Verfasser zahlreicher Kinderschriften. Verschuldet und in Hofintrigen verstrickt, erschoß er sich im Alter von 54 Jahren in Wien.*

Leopold Friedrich Goeckingk

Luischen

Luischen war ein wildes Kind,
Noch wilder fast wie Knaben;
Und alle Lehren schlug's in Wind,
Die ihm die Eltern gaben.

Einst lärmte sie im Blindekuh,
Wie Bauern in der Schenke;
Schrie, wie ein Fuhrmann, he! und hu!
Und sprang auf Tisch' und Bänke.

Der Schweiß floß von der Stirn auf's Kleid
Wie große Regentropfen;
Man hörte schon zehn Schritte weit
Ihr Herz im Busen klopfen.

So schlich sie heimlich fort, und lief,
Frisch einen Trunk zu wagen,
Ihr Bruder Karl ihr nach, und rief:
Halt ein! sonst muß ich's sagen.

Luischen droht' ihm, nahm das Glas
Und trank's mit vollen Zügen
Karl, sprach sie drauf, Karl, sagst du was,
Gewiß so sollst du's kriegen.

Karl schwieg, und dacht': ein wenig Bier
Wird keinen Schaden bringen!
Und damit lief er weg von ihr,
Noch brav herumzuspringen.

Er platzt' am andern Morgen früh
In seiner Schwester Kammer;
Ach, wie erschrak er über sie!
Was sah er da für Jammer.

Die arme Kleine konnte schier
Nicht stehen, liegen, sitzen;
Bald stach sie's dort, bald wieder hier,
Wie lauter Nadelspitzen.

Karl lief in Garten, schrie und rang
Die Haut sich von den Händen;
Sah himmelwärts und schluchzte bang,
Den Tod noch abzuwenden.

Indes rührt man ihr Tropfen ein,
Die gut, nur bitter waren.
Da half kein Bitten und kein Dräu'n,
Sie ließ den Löffel fahren,

Und schrie: Ich kann unmöglich ja
Die Gall' hinunterbringen!
Doch! sagte freundlich die Mama,
Versuch's; mußt dich nur zwingen.

Ja! sprach der Doktor, liebes Kind,
Sonst dringt der Tod zum Herzen!
Was half's? Luischen schlug's in Wind,
Und litt viel lieber Schmerzen.

Erfüllt ward leider! nur zu bald,
Was hier der Doktor sagte:
Luischen lag schon starr und kalt,
Noch eh' es wieder tagte.

Karl sah sie, schrie erschrecklich: Ha!
Und fiel in Ohnmacht nieder;
Er fiel, weg war sein Atem da,
Und kam auch niemals wieder.

Man legte Beid' in einen Sarg,
Den, wenn man einstens reiset,
Man heut zu Tage noch in Warg,
Nicht weit von Leipzig, weiset.

Goeckingk stammte aus der Nähe von Halberstadt und war hoher preußischer Staatsbeamter, Herausgeber des Göttinger Musenalmanach, *Aufklärer und empfindsamer Dichter. – Die Warnung vor den tödlichen Folgen hitzigen Trinkens spielt in moralischen Kindergeschichten des 18. und 19. Jahrhunderts eine große Rolle. Unzählige Kinder mußten sterben, weil sie erhitzt getrunken hatten oder sich Wasser über den Kopf pumpen ließen, »wodurch die kleinen Blutäderchen in den Lungen, die durch einen gähen kalten Trunk geschreckt werden und sich also nothwendig verengen, folglich das Blut in sich einschließen, stocken machen und auf diese Art Entzündungen verursachen« (J. B. Strobl, 1790).*

Christian Adolf Overbeck

Malchen

Eine kleine Erzählung

Sei stets ein frommes gutes Kind,
Daß ich mich deiner freue,
Und rede nichts, und tue nichts,
Was, Malchen, dich gereue!

So sprach die gütige Mama
Zu Malchen, ihrem Kinde;
Und lehrte ihr zugleich dabei,
Das, was gereut, sei Sünde;

Und Das, was böse Sünde sei,
Das könne Jeder wissen;
Ein Stimmchen in uns sagt' es laut:
Dies Stimmchen heiß' Gewissen.

Einst kam nun Malchen ganz allein
Des Morgens in die Laube;
Stand Kaffee, Tee und Zucker da,
Auch Kuchen, wie ich glaube.

Nun kriegte unser Malchen Lust,
Und wollte Zucker essen;
Daß Zuckeressen Kindern schad't,
Das hatte sie vergessen.

Sie nahm – gleich war das Stimmchen da –
Geschwind, will's nicht genießen;
Ich will was Böses, denn das sagt
Mir laut ja mein Gewissen.

Nun kam Mama, und gern verzieh
Sie ihrem lieben Kinde.
Merk's, dein Gewissen warnte dich,
Mein Kind, vor einer Sünde.

Dies ist das Stimmchen – weißt du noch?
Es wird dich immer lehren;
Doch mußt du, liebes Malchen, auch
Dem guten Stimmchen hören.

O haltet's immer hoch und wert,
Ihr Alle, liebe Kleinen!
Daß nicht Papa, daß nicht Mama
Um böse Kinder weinen!

Aus Campes Kleiner Kinderbibliothek.

Johann Wolfgang von Goethe

Die wandelnde Glocke

Es war ein Kind, das wollte nie
Zur Kirche sich bequemen,
Und Sonntags fand es stets ein Wie,
Den Weg ins Feld zu nehmen.

Die Mutter sprach: »Die Glocke tönt,
Und so ist dir's befohlen,
Und hast du dich nicht hingewöhnt,
Sie kommt und wird dich holen.«

Das Kind, es denkt: Die Glocke hängt
Da droben auf dem Stuhle.
Schon hat's den Weg ins Feld gelenkt,
Als lief' es aus der Schule.

Die Glocke, Glocke tönt nicht mehr,
Die Mutter hat gefackelt.
Doch welch ein Schrecken! Hinterher
Die Glocke kommt gewackelt.

Sie wackelt schnell, man glaubt es kaum;
Das arme Kind im Schrecken,
Es läuft, es kommt als wie im Traum;
Die Glocke wird es decken.

Doch nimmt es richtig seinen Husch,
Und mit gewandter Schnelle
Eilt es durch Anger, Feld und Busch
Zur Kirche, zur Kapelle.

Und jeden Sonn- und Feiertag
Gedenkt es an den Schaden,
Läßt durch den ersten Glockenschlag
Nicht in Person sich laden.

In der Vertonung von Carl Loewe (op. 20, Nr. 3) hat Goethes 1813 entstandenes Gedicht Eingang in die Liederbücher an den Schulen gefunden.

August Kopisch

Die Roggenmuhme

Laß stehn die Blume!
Geh nicht ins Korn!
Die Roggenmuhme
Zieht um da vorn!
Bald duckt sie nieder,
Bald guckt sie wieder:
Sie wird die Kinder fangen,
Die nach den Blumen langen!

Heinrich Heine

Der Wechselbalg

Ein Kind mit großem Kürbiskopf,
Hellblondem Schnurrbart, greisem Zopf,
Mit spinnig langen, doch starken Ärmchen,
Mit Riesenmagen, doch kurzen Gedärmchen, –
Ein Wechselbalg, den ein Korporal,
Anstatt des Säuglings, den er stahl,
Heimlich gelegt in unsre Wiege, –
Die Mißgeburt, die mit der Lüge,
Mit seinem geliebten Windspiel vielleicht,
Der alte Sodomiter gezeugt, –
Nicht brauch ich das Ungetüm zu nennen –
Ihr sollt es ersäufen oder verbrennen!

Aus Heines 1844 erschienenen Neuen Gedichten *(»Zeitgedichte«). Der Wechselbalg (ein mißgestalteter vertauschter Säugling) ist Preußen-Deutschland, der »alte Sodomiter« Friedrich II.*

Julius Nisle

Der Faulpelz

Ei, seht mir doch den Faulpelz an,
Der aus dem Bett nicht kommen kann!
Schon dreimal rief man laut ihn wach;
Er aber tut nur ganz gemach.

Ei, seht mir doch den Faulpelz an,
Der seine Schulpflicht nicht getan!
Bei allen Kindern geht es frisch,
Nur er sitzt tief beschämt am Tisch.

Ei, seht mir doch den Faulpelz an,
Er taugt zu keinem guten Plan:
Schickt ihn der Vater einmal aus,
So kommt er ewig nicht nach Haus.

Ei, seht mir doch den Faulpelz an!
Beim Spiel selbst ist er hinten dran;
Regt sich auch Alles voller Spaß, –
Er streckt bequem sich in das Gras.

Wart' nur, du alter Faulpelz du,
Wie weit du kommst mit träger Ruh!
Mach', daß du muntern Fleiß erlernst,
Eh' dich das Leben treibt mit Ernst!

Aus Himmelblau. Lieder und Bilder für die Kinderwelt *(1850). Nisle war Zeichner und Typograph in Stuttgart und gründete 1848 das politisch-satirische Magazin* Eulenspiegel.

Friedrich Güll

Will sehen, was ich weiß Vom Büblein auf dem Eis

Gefroren hat es heuer
Noch gar kein festes Eis.
Das Büblein steht am Weiher,
Und spricht so zu sich leis':
»Ich will es einmal wagen,
Das Eis, es muß doch tragen.«
Wer weiß?

Das Büblein stampft und hacket
Mit seinem Stiefelein.
Das Eis auf einmal knacket,
Und krach, schon bricht's hinein.
Das Büblein platscht und krabbelt
Als wie ein Krebs und zappelt
Mit Arm und Bein.

O helft, ich muß versinken
In lauter Eis und Schnee,
O helft, ich muß ertrinken
Im tiefen, tiefen See.
Wär' nicht ein Mann gekommen,
Der sich ein Herz genommen,
O weh!

Der packt es bei dem Schopfe
Und zieht es dann heraus,
Vom Fuße bis zum Kopfe
Wie eine Wassermaus.
Das Büblein hat getropfet,
Der Vater hat geklopfet
Es aus,
Zu Haus.

Aus Friedrich Gülls Kinderheimath in Liedern und Bildern *(1837), einem sehr populär gewordenen Buch. Güll stammte aus Ansbach und war als Lehrer und Prinzenerzieher tätig.*

Heinrich Hoffmann

Die Geschichte vom Suppen-Kaspar

Der Kaspar, der war kerngesund,
Ein dicker Bub und kugelrund.
Er hatte Backen rot und frisch,
Die Suppe aß er hübsch bei Tisch.
Doch einmal fing er an zu schrein:
»Ich esse keine Suppe! nein!
Ich esse meine Suppe nicht!
Nein, meine Suppe eß ich nicht!«

Am nächsten Tag – ja sieh nur her!
Da war er schon viel magerer.
Da fing er wieder an zu schrein:
»Ich esse keine Suppe! nein!
Ich esse meine Suppe nicht!
Nein, meine Suppe eß ich nicht!«

Am dritten Tag, o weh und ach!
Wie ist der Kaspar dünn und schwach!
Doch als die Suppe kam herein,
Gleich fing er wieder an zu schrein:
»Ich esse keine Suppe! nein!
Ich esse meine Suppe nicht!
Nein, meine Suppe eß ich nicht!«

Aus Der Struwwelpeter oder Lustige Geschichten und drollige Bilder für Kinder von 3–6 Jahren. *Das Buch des Frankfurter Nervenarztes Heinrich Hoffmann, zunächst als Weihnachtsgeschenk für den vierjährigen Sohn Carl geschrieben und gezeichnet, erschien 1845 unter dem Pseudonym Reimerich Kinderlieb. Es ist bis heute das wohl am weitesten verbreitete deutsche Bilderbuch.*

An die Geschichte vom Suppenkaspar erinnert sich Rudolf Binding aus seiner Kindheit: »Ich weiß ganz genau, daß das erste menschliche Drama, das ich vor Augen sah und zu erleben in der Lage war – voll Schauder und Mitleid – die Geschichte des Suppen-Kaspar im Struwwelpeter war. Die großartige Kürze, die Unerbittlichkeit, mit der

Am vierten Tage endlich gar
Der Kaspar wie ein Fädchen war.
Er wog vielleicht ein halbes Lot –
Und war am fünften Tage tot.

das Schicksal sich vollzieht, der eigentliche Gewaltschritt und Gewaltmarsch dieses Schicksals mußten es mir in anderer Weise angetan haben, als alle anderen Vorgänge, die mir in dem gleichen Buch sich anboten. [. . .] Nichts hält das Schicksal auf.«

Anders hingegen Peter Weiss, der »Suppenkaspar« und »Zappelphilipp« in eins erinnert: »Da war der Suppenkaspar mit dem strengen hageren Vater und der rundlichen Mutter, und seine Worte, meine Suppe eß ich nicht, nein meine Suppe eß ich nicht, waren meine eigenen Worte, ich selbst war es, der auf dem Stuhl hin- und herschaukelte und beim Sturz das Tischtuch mit den Tellern und Gerichten in die Tiefe riß. Das war die Rache. Da hatten sie es für all ihr Zetern und Mahnen.«

Adolf Glaßbrenner

Vom Kleckerkäthchen

Käthchen, die ging stets beschmutzt,
Wie die Mutter sie auch putzt;
Hat sich immer sehr befleckt,
Hat beim Essen sich bekleckt,
Sieht nicht wie ein reinlich Mädchen,
Wie ein Ferkel aus, das Käthchen!

Aber nächsten Mittag nun,
Was hat die Mama zu tun?

Holt drei Ferkelchen herauf,
Setzt sie an dem Tische auf,
Und das Käthchen mittendrein,
Muß in der Gesellschaft sein!
Muß mit solchen kleinen Schweinen
Sich beim Mittagsbrot vereinen!
Ferkel fressen froh und frisch;
Käthchen sitzt betrübt am Tisch.

Kinder, die nie voll sich machen,
Stehen rings umher und lachen.

Aus dem Bilderbuch Lachende Kinder, *1850 mit kolorierten Holzschnitten von Theodor Hosemann erschienen. Der Berliner Journalist Adolf Glaßbrenner war einer der engagiertesten »antiautoritären« Publizisten des Vormärz und 1848er-Revolutionär.*

Auguste Cornelius

Der unordentliche Fritz

»Fritzchen,« sprach die Frau Mama,
»Räume fort die Sachen da!
Wenn man fertig hat geschrieben,
Läßt man nicht wie Kraut und Rüben
Alles auf dem Tische liegen,
Denn es macht mir kein Vergnügen,
Friederich, ich muß gestehen,
Solche Unordnung zu sehen.
Sieh, wie dort der Nikolas
Geht mit seinem großen Faß!
Wenn er käme jetzt zu dir,
Tinte, Federn, Schreibpapier,
Was er fände, das wär' sein,
In das Faß packt er's hinein.
Darum, Fritz, sei ordentlich,
Sonst besucht der Niklas dich.«
Fritzchen meint – es war zum schämen –
»Ei, ich würde mich nicht grämen,
Nähm er Federn und Papier,
Das gefiel nicht übel mir;
Brauchte dann nicht mehr zu schreiben,
Könnte mir die Zeit vertreiben
Hier im Garten, und zum Spaß
Wälzen mich im grünen Gras.«
Als er abends ging zu Bett,
Warf er seine Kleider nett
Achtlos und mit leichtem Sinn
Auf die Erde vor sich hin,
Höschen hier, und Röckchen da –
Was frägt Fritz darnach? Trala!
Warf sie fort, die Strümpf' und Schuh'
Und er legte sich zur Ruh'.
Doch es wär' wohl nicht gescheh'n,
Hätt' den Niklas er gesehn,
Der dort in der Ecke stand
Und ihm drohte mit der Hand.
Jetzt mit seinem großen Faß
Tritt hervor der Nikolas,
Nimmt die Kleider aus den Ecken,
Um sie in das Faß zu stecken,

Auch die Strümpfe packt er ein
Und die Schuhe obendrein.
Als am Morgen Fritz erwachte,
Faßt er nach den Strümpfen sachte,
Doch die Händchen blieben leer,
Strümpfe fand er da nicht mehr.
Auch die Schuhe war er los –
Sein Erstaunen, das war groß!
Seine Kleider waren weg –
Ach, das war ein rechtes Pech!
Ohne Jacke, ohne Hos',
Nur im Hemdchen, nackt und bloß,
Ging nun Fritzchen aus dem Haus.
O, wie lachten sie ihn aus
In der Schule! Alle Jungen
Sind um ihn herum gesprungen:
»Sehet doch den Nackedei!«
Riefen alle mit Geschrei.
Fritzchen aber dachte: »Das
Hat getan der Nikolas!«
Ordentlich nun wurde er,
Und der Niklas kam nicht mehr.

Aus dem Bilderbuch Peter Stehauf und andere lustige Geschichten für Kinder von 3 bis 6 Jahren *mit farbigen Lithographien von Wilhelm Schäfer. Die Nikolaus-Figur hat sich vom heiligen Kinderfreund zum weltlichen Kinderschreck gewandelt. Das Faß, in der Malerei Attribut des Heiligen, erinnerte ursprünglich an eine Kinder-Rettungsgeschichte: Bischof Nikolaus macht drei von einem habgierigen Wirt ermordete und in einem Faß eingepökelte Scholaren wieder lebendig. Dann wird das Faß zum Strafwerkzeug für die unartigen Kinder.*

H. Oswalt

Vom Zucker-Hugo

Der Hugo war ein Leckermaul,
Im Zuckernaschen gar nicht faul;
Für jedes Geldstück tauscht er lecker
Sich Süßes ein beim Zuckerbäcker.

Und kam der Zucker-Hugo her,
Freut sich der Zuckerbäcker sehr;
Und schon von weiter Ferne lacht er:
»Da kommt mein guter Kunde!« dacht' er.

So trieb's der Hugo lange Zeit.
Er nährt sich nur von Süßigkeit;
Und Honigkuchen, Zuckermandeln
Wußt' er sich täglich zu erhandeln.

Doch auf die Dauer tat's nicht gut;
Zu lauter Sirup ward sein Blut,
Und Arm' und Bein', und Händ' und Füße
Die wurden alle zuckersüße.

Von Honig glänzt sein ganzer Leib
Und floß herab in Süßigkeit.
Die Buben dies gar bald entdeckten;
Sie kamen alle her und leckten.

Der Hugo aber klebte fest.
Wie dies sich leicht begreifen läßt;
Nicht wehren konnt' er sich. Da fingen
Die Buben auch noch an zu singen:

»Hugo! Hugo! Leckermäulchen!
Setz' dich auf ein Honiggäulchen,
Nimm die Peitsch' von Zuckerkand,
Reite ins Schlaraffenland!«

Das ärgerte den Hugo sehr,
Doch konnt' er sich nicht regen mehr,
Mußt' dulden, daß man an ihm leckte
Und daß man ihn dazu noch neckte.

Lang stand er so als Zuckermann.
Da fing es einst zu regnen an;
Der Hugo wurde naß und nasser –
Zerschmolz – zerfloß – als Zuckerwasser.

Dies Märchen soll belehren Euch:
Eßt nicht zu vieles Zuckerzeug!
Enthaltsamkeit die Kinder zieret,
Doch Übermaß zum Schlimmen führet.

Aus H. Oswalts Kinderbuch Unterm Märchenbaum, *1878 mit Bildern von Eugen Klimsch erschienen. In vielen moralischen Geschichten für Kinder haben Erwachsene ihre eigenen Angstträume auf ihre Kinder projiziert.*

Karl Fröhlich

Die bösen Knaben und der Tod

Es waren einst zwei Knaben,
Die wollten Alles haben.
Wo eine schöne Blume stand,
Die brachen sie mit roher Hand.

Und wenn die Vöglein schlugen
Und froh zu Neste trugen,
Beschlossen sie voll Unart fest:
Wir nehmen aus das Vogelnest.

Doch, Kindlein, Gottes Güte
Wacht über Blatt und Blüte,
Und auch den jungen Vögelein
Will er ein lieber Vater sein.

Das hat den bösen Knaben,
Die oft gesündigt haben,
Die Mutter und der Lehrer oft
Ins Herz gerufen und gehofft.

Sie aber schlimm im Herzen,
Sie täten sehr verscherzen
Die Lieb' der Eltern, und der Herr
Bestrafte ihre Bosheit sehr.

Er rief: Ihr sollt auf Erden
Nicht ganz verloren werden;
Geh' Tod und hol' die böse Brut
Und gib sie in der Engel Hut!

Da ging mit seiner Hippe
Das klappernde Gerippe.
Er traf die Büblein wieder an,
Wie sie den Vöglein weh' getan.

Da rief der Tod mit Lachen:
»Euch will ich artig machen!«
Den Ast zerbrach sein Machtgebot;
Die Büblein stürzten, – waren tot! –

Aus Fröhlichs Fabeln und Erzählungen für kleine und große Kinder in Versen und Silhouetten, *1853. Fröhlich, Sohn eines Stralsunder Schusters, war Buchdrucker und Silhouettenschneider. Auch »Die bösen Knaben und der Tod« sind mit einer ornamentalen Silhouette geschmückt.*

Wilhelm Busch

Der Eispeter

Als Anno 12 das Holz so rar
Und als der kalte Winter war,
Da blieb ein jeder gern zu Haus;
Nur Peter muß aufs Eis hinaus.
Da draußen, ja, man glaubt es kaum,
Fiel manche Krähe tot vom Baum.
Der Onkel Förster warnt und spricht:
»Mein Peter, heute geht es nicht!«
Auch ist ein Hase bei den Ohren
Ganz dicht am Wege festgefroren.
Doch Peter denkt: Tralitrala!
Und sitzt auf einem Steine da.
Nun möchte Peter sich erheben;
Die Hose bleibt am Steine kleben,
Der Stoff ist alt, die Lust ist groß;
Der Peter reißt sich wieder los.
Na, richtig! Ja, ich dacht' es doch!
Da fällt er schon ins tiefe Loch.
Mit Hinterlassung seiner Mütze
Steigt Peter wieder aus der Pfütze.
Bald schießt hervor, obschon noch klein,
Ein Zacken Eis am Nasenbein.
Der Zacken wird noch immer besser
Und scharf als wie ein Schlachtermesser.
Der Zacken werden immer mehr,
Der Nasenzacken wird ein Speer.
Und jeder fragt: Wer mag das sein?
Das ist ja ein gefrornes Stachelschwein!
Die Eltern sehen nach der Uhr:
»Ach, ach! Wo bleibt denn Peter nur?«
Da ruft der Onkel in das Haus:
»Der Schlingel ist aufs Eis hinaus!«
Mit einer Axt und stillem Weh
Sucht man den Peter hier im Schnee.
Schon sieht man mit betrübtem Blick
Ein Teil von Peters Kleidungsstück.
Doch größer war die Trauer da,
Als man den Peter selber sah.
Hier wird der Peter transportiert,

Der Vater weint, die Träne friert.
Behutsam läßt man Peters Glieder
Zu Haus am warmen Ofen nieder.
Juchhe! Die Freudigkeit ist groß;
Das Wasser rinnt, das Eis geht los.
Ach, aber ach! Nun ist's vorbei!
Der ganze Kerl zerrinnt zu Brei.
Hier wird in einen Topf gefüllt
Des Peters traurig Ebenbild.
Jaja! In diesem Topf von Stein,
Da machte man den Peter ein.
Der, nachdem er anfangs hart,
Später weich wie Butter ward.

Aus den Bilderpossen, *1864.*

Wenn's Büblein unartig ist

Aus einem Kinderheftchen

Horch – vor der Tür, da steht ein Mann,
Mit langem Mantel angetan
Und sieben Taschen sind darin. –
Was hat wohl dieser Mann im Sinn?

Wenn irgendwo ein Büblein schreit,
So öffnet er die Tasche weit
Und steckt es dann hinein im Nu
Und schließt die Tasche wieder zu.

Und hat er alle Taschen voll,
So rennt der Mann davon wie toll,
Und rennt und rennt, bis in den Rhein.
Gelt, Büblein, du willst artig sein!

um 1900

Johannes Staub

Wen trifft es?

So schrieb bei seinem Schulbesuch
Der Pfarrer in sein Taschenbuch:

»Der Fridolin ist schmutzig
Und Heinrich gar zu trutzig;
Lisette rutscht und Lina schwatzt,
Die Berta beißt, Susanna kratzt.
Der Jakob sitzt beim Schreiben krumm,
Und Eduard antwortet dumm.
Babette ist zu täppisch
Selina tut zu läppisch.
Luise hat zerzaustes Haar.
Verena schlampet ganz und gar.
Hans, Veit und Martin allzumal
Tun gar so wüst und leid.
Der Michel trägt vom Mittagsmahl
Noch Suppe auf dem Kleid.
Die Marie ist zu närrisch
Und Margareth zu herrisch.
Elisabeth gehorchet nicht.
Karl macht ein rechtes Schafsgesicht.
Der Gottlieb ist zu hitzig,
Und Ulrich ist nicht witzig.
Die Dorothe, die Salome,
Die treiben tolle Sachen;
Die Buben schreien Ach und Weh;
Die Mädchen hört man lachen.
Fritz schreibt auch gar zu fehlerhaft.
Der Rudolf zankt und Konrad gafft;
Franz hat kein Buch, Klaus kein Papier,
Und Paul und Peter schlafen schier.
Kathrine rechnet schlecht.
Pauline liest nicht recht!
Rosina rümpft das Näschen stolz,
Und Sophie ist so steif wie Holz.
Der Kaspar ist zu faul.
Die Anna hängt das Maul.
Der Albert treibt verboten Spiel,
Und Josef schwatzt auch gar zu viel.«

So schrieb bei seinem Schulbesuch
Der Pfarrer in sein Taschenbuch.

Rudolf Löwenstein

Die traurige Geschichte von dem dummen Hänschen

Hänschen will ein Tischler werden, ist zu schwer der Hobel,
Schornsteinfeger will er werden, doch das ist nicht nobel.
Hänschen will ein Bergmann werden, mag sich doch nicht bücken;
Hänschen will ein Müller werden, doch die Säcke drücken;
Hänschen will ein Weber werden, doch das Garn zerreißt er, –
Immer, wenn er kaum begonnen, jagt ihn fort der Meister.
Hänschen, Hänschen, denke dran, was aus dir noch werden kann.

Hänschen will ein Schlosser werden, sind zu heiß die Kohlen;
Hänschen will ein Schuster werden, sind zu hart die Sohlen.
Hänschen will ein Schneider werden, doch die Nadeln stechen;
Hänschen will ein Glaser werden, doch die Scheiben brechen.
Hänschen will Buchbinder werden, riecht zu sehr der Kleister.
Immer, wenn er kaum begonnen, jagt ihn fort der Meister.
Hänschen, Hänschen, denke dran, was aus dir noch werden kann.

Hänschen hat noch viel begonnen, brachte nichts zu Ende;
Drüber ist die Zeit verronnen, schwach sind seine Hände.
Hänschen ist nun Hans geworden, und er sitzt voll Sorgen,
Hungert, bettelt, weint und klagt, abends und am Morgen;
»Ach, warum nicht war ich Dummer in der Jugend fleißig?
Was ich immer auch beginne, dummer Hans nur heiß ich.
Ach, nun glaub ich selbst daran, daß aus mir nichts werden kann!«

Aus einem Vortragsbuch zu häuslichen und festlichen Gelegenheiten, 1921.

Paula und Richard Dehmel

Der kleine Sünder

Gestern lief der Peter weg,
spinnefix verstohlen.
Setzt sich Mutter den Bänderhut auf:
wart, ich will dich holen!
Sausepeter,
Flausepeter,
kleiner Sünder, wo bist du?

Hahnematz steht auf der Wiese,
»kiek ins Grüne!« kräht er;
sag mir, bunter Kickeriki,
wo ist unser Peter?
Bummelpeter,
Schummelpeter,
kleiner Sünder, wo bist du?

Wie sie sich im Garten umkuckt,
ist er nicht zu sehen;
bleibt sie neben dem Spargelbeet
unterm Pflaumenbaum stehen.
Aber Peter,
nirgends steht er;
kleiner Sünder, wo bist du?

Hört sie etwas lachen, horch,
oben aus dem Baume,
sitzt der Peter seelenvergnügt,
pflückt sich eine Pflaume.
Wirft ein Steinchen,
schwenkt die Beinchen,
wupptich –: Mutter, da bin ich!

Aus dem Fitzebutze-*Bilderbuch von Paula und Richard Dehmel, 1900 mit Illustrationen von Ernst Kreidolf erschienen.*

Wilhelm Erdmann

Das Zigeuner-Lieschen

»Lieschen, Lieschen!« rief die Mutter,
»Hängt da wieder ein Stück Futter?
Möcht' doch wirklich einmal wissen,
Wo du dir das Kleid zerrissen!«
Kaum als so die Mutter fragte,
Lieschen gleich von dannen jagte.
Von der Mutter guten Lehren
Wollte niemals sie was hören,
Lief umher dann überall,
Täglich auch zum Hühnerstall,
Ging zu Mittag nicht nach Haus,
Trank dafür die Eier aus;
Meistens dann zum Abendschmause
Kam das Lieschen erst nach Hause,
Sagt zur Mutter ganz vermessen:
»Ich bin krank, ich kann nicht essen.«
So bracht' Lieschen mit Vergnügen
Vor die allergrößten Lügen.
Mutter war dann gut geschwind,
Glaubte dem verlog'nen Kind;
Wenn der Vater, das kam selten,
Fing dann einmal an zu schelten,
Daß die Hühner gar nicht legen,
Ward das Lieschen noch verwegen,
Sagte dann, sie hätt' gesehn
Meier's Fritz zum Stalle gehn,
Müller's Frida und Sophiechen
Säh' sie oft im Stall rumkriechen
Und durch alle diese Lügen
Wußte sie dann Recht zu kriegen.
Lange nun, wie allbekannt,
Hält so etwas doch nicht Stand,
Lügen sind von kurzer Dauer,
Strafe liegt schon auf der Lauer,
Diese war, wie's oft geschah,
Schon am andern Tage da,
Denn da rief des Morgens einer:
»In der Stadt sind die Zigeuner.«
Hin nun liefen alle Kinder,

Lieschen war noch viel geschwinder,
War die erste, die sie fand,
Lagernd an des Waldes Rand;
Ganz allein stand sie noch da,
Als das Unglück schon geschah.
Einer nun, ein großer Brauner,
Lange Haare hat der Gauner,
Faßt das Lieschen bei dem Kragen
Zieht's in den Zigeunerwagen,
All ihr Weinen, all ihr Schrei'n
Half nichts mehr, sie mußt hinein. –
Fort zog nun sogleich die Bande
In die fernen fremden Lande,
Lieschen konnt' nicht wieder fort
Mußte mit von Ort zu Ort
Und ihr Herz ward gar so schwer,
Hat kein Vater, Mutter mehr;
Später hat man sie geschaut
Nur noch als Zigeunerbraut. –
So nun habt Ihr es vernommen,
Wie's mit Lieschen ist gekommen,
Kinder, denkt an's Strafgericht,
Darum stehlt und lüget nicht!

Aus Wilhelm Erdmanns Bilderbuch Der Tiftelmax und andere Geschichten, *1901.*

Erich Kästner

Die Ballade vom Nachahmungstrieb

Es ist schon wahr: Nichts wirkt so rasch wie Gift!
Der Mensch, und sei er noch so minderjährig,
ist, was die Laster dieser Welt betrifft,
früh bei der Hand und unerhört gelehrig.

Im Februar, ich weiß nicht am wievielten,
geschah's, auf irgend eines Jungen Drängen,
daß Kinder, die im Hinterhofe spielten,
beschlossen, Naumanns Fritzchen aufzuhängen.

Sie kannten aus der Zeitung die Geschichten,
in denen Mord vorkommt und Polizei.
Und sie beschlossen, Naumann hinzurichten,
weil er, so sagten sie, ein Räuber sei.

Sie steckten seinen Kopf in eine Schlinge.
Karl war der Pastor, lamentierte viel
und sagte ihm, wenn er zu schreien anfinge,
verdürbe er den anderen das Spiel.

Fritz Naumann äußerte, ihm sei nicht bange.
Die andern waren ernst und führten ihn.
Man warf den Strick über die Teppichstange.
Und dann begann man, Fritzchen hochzuziehn.

Er sträubte sich. Es war zu spät. Er schwebte.
Dann klemmten sie den Strick am Haken ein.
Fritz zuckte, weil er noch ein bißchen lebte.
Ein kleines Mädchen zwickte ihn ins Bein.

Er zappelte ganz stumm, und etwas später
verkehrte sich das Kinderspiel in Mord.
Als das die sieben kleinen Übeltäter
erkannten, liefen sie erschrocken fort.

Noch wußte niemand von dem armen Kinde.
Der Hof lag still. Der Himmel war blutrot.
Der kleine Naumann schaukelte im Winde.
Er merkte nichts davon. Denn er war tot.

Frau Witwe Zickler, die vorüberschlurfte,
lief auf die Straße und erhob Geschrei,
obwohl sie doch dort gar nicht schreien durfte.
Und gegen Sechs erschien die Polizei.

Die Mutter fiel in Ohnmacht vor dem Knaben.
Und beide wurden rasch ins Haus gebracht.
Karl, den man festnahm, sagte kalt: »Wir haben
es nur wie die Erwachsenen gemacht.«

1932

Anmerkung: Der Ballade liegt ein Pressebericht aus dem Jahre 1930 zugrunde.

Joachim Ringelnatz

Eine Erfindung machen

(Nur für Kinder, die keinen Schiß haben)

Wer was erfindet, wird furchtbar reich.
Was man erfindet, ist ganz gleich.
Wenn man nur allerlei Dinge zusammenmischt,
Noch länger, als bis es zischt, und das Richtige rausfischt,
Dann wird man in wenigen Stunden
Berühmt oder macht Gold.
Ich hab auch schon mal was zur Hälfte erfunden,
Aber Wolfgang, mein Bruder, wollte nicht mehr. –
Wenn ihr das etwa fertig erfinden wollt,
Will ich's euch sagen. Aber es ist sehr, furchtbar sehr schwer.
Das allerwichtigste ist die teure
Furchtbar gefährliche Salzsäure.
Entweder findet ihr die im Klosett
Hoch oben auf einem Brett.
Oder ihr müßt euch unter das Dienstmädchen stecken.
Dürft aber ja nicht dran lecken.

Erst legt ihr einen Goldfisch oder anderen Fisch –
Es kann auch ein Rollmops sein –
Nicht etwa auf den Tisch,
Sondern: Auf Elfenbein.
Und zwar auf die weißen Tasten von dem Klavier.
Müßt aber die Fische vorher mit Bier
Und Zahnpulver kneten,
Und auch erst tottreten,
Damit sie auch liegenbleiben.
Nun müßt ihr Seife, dann Zwiebel darüber reiben.
Dann müßt ihr Pfennige, Nachtleuchterstücken
Und anderes Kupfer tief in die Fische drücken,
Und nun darüber langsam Salzsäure träufeln.
Dann holt ihr schnell eine Schaufel (eigentlich zwei Schäufeln)
Voll glühender Kohlen.
Wolfgang ließ mich damals die zweite Schaufel nicht holen.
Der dumme Ochse ist ja zu unverschämt.
Aber ihr müßt das zu Ende bringen.
Wenn ihr noch Soda und Wachs und sowas zu nehmt
Dann wird's schon gelingen.
Und wenn eure Eltern was wollen,

Dann müßt ihr zum Trotz in die glühenden Kohlen fassen.
Und sagt nur ganz barsch: Sie sollen
Sich lieber und recht bald begraben lassen.

Aus Geheimes Kinder-Spiel-Buch, *1924.*

Bertolt Brecht

Apfelböck oder die Lilie auf dem Felde

1

In mildem Lichte Jakob Apfelböck
Erschlug den Vater und die Mutter sein
Und schloß sie beide in den Wäscheschrank
Und blieb im Hause übrig, er allein.

2

Es schwammen Wolken unterm Himmel hin
Und um sein Haus ging mild der Sommerwind
Und in dem Hause saß er selber drin
Vor sieben Tagen war es noch ein Kind.

3

Die Tage gingen und die Nacht ging auch
Und nichts war anders außer mancherlei
Bei seinen Eltern Jakob Apfelböck
Wartete einfach, komme was es sei.

4

Es bringt die Milchfrau noch die Milch ins Haus
Gerahmte Buttermilch, süß, fett und kühl.
Was er nicht trinkt, das schüttet Jakob aus
Denn Jakob Apfelböck trinkt nicht mehr viel.

5

Es bringt der Zeitungsmann die Zeitung noch
Mit schwerem Tritt ins Haus beim Abendlicht
Und wirft sie scheppernd in das Kastenloch
Doch Jakob Apfelböck, der liest sie nicht.

6

Und als die Leichen rochen durch das Haus
Da weinte Jakob und ward krank davon.
Und Jakob Apfelböck zog weinend aus
Und schlief von nun an nur auf dem Balkon.

7

Es sprach der Zeitungsmann, der täglich kam:
Was riecht hier so? Ich rieche doch Gestank.
In mildem Licht sprach Jakob Apfelböck:
Es ist die Wäsche in dem Wäscheschrank.

8

Es sprach die Milchfrau einst, die täglich kam:
Was riecht hier so? Es riecht, als wenn man stirbt!
In mildem Licht sprach Jakob Apfelböck:
Es ist das Kalbfleisch, das im Schrank verdirbt.

9

Und als sie einstens in den Schrank ihm sahn
Stand Jakob Apfelböck in mildem Licht
Und als sie fragten, warum er's getan
Sprach Jakob Apfelböck: Ich weiß es nicht.

10

Die Milchfrau aber sprach am Tag danach:
Ob wohl das Kind einmal, früh oder spät
Ob Jakob Apfelböck wohl einmal noch
Zum Grabe seiner armen Eltern geht?

1927

Christine Nöstlinger

Wos kuntadns duan?

I frog mi:
Wauni in da frua
afoch lignbleibad?
Wos kundadns duan?
Da weka radschad und radschad,
und i ria mi ned.
Si kuman und beiln mi,
und i ria mi ned.
Si schrein und keben,
und i ria mi ned.
Si frogn:
Bis depad oda graung?
Und i ria mi ned.
Di augn hedi ofn,
oba schaun dedi ned,
den mund hedi ofn
oba redn dedi ned.
Und wauns ma an oam ind he hebadn,
nocha folada owe
ois wira nosa fezn in kiwe.
Wos dedadns daun?
Wos kundadns duan?
Wauni in da frua afoch lignbleibad?

1974

Peter Hacks

Das Kind am Alexanderplatz

– Armes Kind, was weinest du?
– Hab mein Streichhölzlein verloren.
– Ei, wer wird denn gar so schrein
Wegen einem Streichhölzlein!

– Reibeflächlein hab ich schon,
Schwefelfädlein hab ich schon,
Bömbchen liegt schon unterm Alex,
Fehlt mir nur das Streichhölzlein.

1988

V.

Vater und Sohn

Unter den Versen, die familiäre Geschlechterkonstellationen thematisieren, sind jene vom Typus »Vater und Sohn« die am frühesten und die am reichsten belegten. Der Begriff der Ehre spielt dabei lange Zeit eine zentrale Rolle: Ewige Ehre gebührt dem Sohn, der *pietas* gegen den Vater walten läßt, ihn aus der Gefahr rettet – das ist die Botschaft des barocken Aeneas-Anchises-Emblems. Da ist der Vater alt und schwach. Solange er noch kräftig ist, pocht er seinerseits auf ein ehrenhaftes Verhalten des Sohnes: Er möge ihm »keine Schande« machen, so wie er selber dem eigenen Vater keine Schande gemacht habe. Die Vater-Sohn-Gedichte beschwören immer wieder solche Kontinuitäten. Daß der Sohn anders werden könne als der Vater, scheint undenkbar (in Hebbels düsterer Ballade »Vater und Sohn« wird sich die Vorstellung von genealogischer Kontinuität in den Alptraum verwandeln). Hinter den ehernen Tönen, die die Vater-Sohn-Lyrik anschlägt, lät sich Unsicherheit ausmachen. Wo in der Welt alles drunter und drüber geht, soll wenigstens die Vater-Sohn-Linie verläßlich bleiben. »Seither des Krieges Arg das Gute fast vertrieben / So ist uns, wahrer Freund, dies einig überblieben, / Das lieblich heißen mag: Wir zeugen Kind auf Kind / Ein Denkmal hinter uns, das wir gewesen sind« (Friedrich von Logau). Für die Söhne kann diese Erwartung der Väter zur Last werden: »Erfüllst du diese Hoffnung nicht / So wird die Welt mit Fingern auf dich zeigen« (Goeckingk). Den Vätern wiederum – spätestens seit der zweiten Hälfte des 18. Jahrhunderts in scharfer Konkurrenz mit Erlkönig und seinen Töchtern – mag ein toter Sohn noch näher stehen als ein verführter. Oder hat gar Goethes »Erlkönig«-Vater den eigenen Sohn selbst erdrückt, nur um ihn *in seinen Armen* behalten zu dürfen? Erst spät gewinnt das Vaterbild »weibliche« Züge. Die Väter entdecken die Kindersprache, beginnen mit den kleinen Buben zu lallen, zu zärteln. Die Mütter, die Frauen, bleiben dabei meist aus dem Spiel. Die »Mutter zu dem Kind« (Erich Kästner) fehlt nicht ohne Grund. Es scheint, als seien die schönsten Söhne immer noch Wunschkinder, phantastische Bilder eigener Hoffnungen auf die Zukunft. »Und wenn dir einst von Sohnespflicht / Mein Sohn, dein alter Vater spricht / Gehorch ihm nicht, gehorch ihm nicht« (Richard Dehmel): Das alte Muster scheint verkehrt – die imperativische Redeform bleibt. Und erst spät ergreifen die Söhne selber das Wort. Aber auch ihre Redeweise kann sich meist nicht von der Ahnung freimachen, daß aus Söhnen einmal Väter werden können: »Eines Tages bist du so krumm wie ich / dann wissen wir beide nicht, was / wir mit uns anfangen sollen« (Nicolas Born).

Andreas Alciatus

Pietas filiorum in parentes

Barockes Emblem

Per medios hosteis patriae cum ferret ab igne,
  Aeneas humeris dulce parentis onus.
Parcite dicebat, vobis sene adorea rapto
  Nulla erit, erepto sed patre summa mihi.

Eines Kinds Treue gegen seinen Eltern

Aeneas das frumb redlich Blut,
Als Troia Feind und Feurs voll war,
Sein alten Vater auf sich lud,
Trug ihn aus Not, schrei laut und klar:
Ihr Feind verschont, euch nutzt kein Haar,
So ihr erschlagt den alten Greis,
Aber so ich sein Leib bewahr,
Erlang ich ewig Lob und Preis.

1542

In der barocken Emblematik ist Aeneas, der seinen alten Vater Anchises rettet, indem er ihn auf den Schultern aus dem brennenden Troia trägt (Vergil, Aeneis *II, 705ff.), das Sinnbild der Pietät der Söhne gegen die Eltern. Die Rettung des Vaters bringt dem Sohn ewigen Ruhm.*

Friedrich von Logau

An einen Freund, über der Geburt eines Söhnleins

Seither des Krieges Arg das Gute fast vertrieben,
So ist uns, wahrer Freund, dies einig überblieben,
Das lieblich heißen mag: wir zeugen Kind auf Kind,
Ein Denkmal hinter uns, das wir gewesen sind.
Gut, gut! was kann uns sonst aus Wermut Zucker machen,
Als wann das liebe Kind mit Kürmeln und mit Lachen
An unser Haupt sich drückt, uns lieber Vater nennt
Und macht, daß man in ihm sich wie im Spiegel kennt.
Sie sind die andren wir; wir leben nach dem Leben
In ihnen; unser Sein ist darumb uns gegeben,
Daß sie so künnen sein, wie wir von denen sind,
Von welchen wir ererbt den süßen Namen Kind.
Wohlan! wohlan mein Freund! so muß man dann nur dämpfen
Den Rauch der bittren Zeit; so muß man lernen kämpfen
Mit dieser Sterblichkeit, auf daß ihr strenger Krieg
Nicht über uns erhält so gar geschwinden Sieg!
Gott gebe dieses nur, daß kein Kind uns mag gleichen
Und nämlich nicht wie wir für solcher Not erbleichen!
Nach dem, so wünsch ich mir, daß nach uns so dein Kind
Und mein Kind, wie auch du und ich, vertreulich[1] sind.

1654

1 vertraut, einander verbunden

Andreas Gryphius

Auf die Geburt seines ältesten Sohnes Christiani

Willkommen, süßes Kind, der Mutter höchste Lust,
Doch die sich schier mit beider Tod erkäuft,
Willkommen, Kind, das, weil die Nacht umläuft
Mit neuer Freud erquickt des Vaters trübe Brust.

Wie? gleich um Mitternacht, ist dir denn nicht bewußt
Was Mitternacht, in der nur Furcht sich häuft
Und Wahn in Angst und Angst in Weh sich täuft,
Wie? daß du denn gleich itzt das Leben grüßen mußt.

Dies ist der Engel Fest, die oft bei Nacht erschienen,
Die führen dich ins Licht, mit diesen sollst du dienen
Dem, welcher dich aus Nacht hat in den Tag gebracht.

Die Engel kommen mit! O daß sie dich begleiten!
O daß sie durch die Welt, durch die gesetzten Zeiten
Dich führen wo ihr Heer um deinen Schöpfer wacht.

Christian Gryphius, 1649 geboren, wurde später Rektor des Gymnasiums in Breslau.

Simon Dach

Bitt-Reimen umb ein Stipendium für seinen Sohn, an die Herren Regiments-Räte

Wie die jungen Vögelein,
Wenn sie noch ohn Federn sein
Und die Alten sehen fliegen,
Ihnen Lust zu folgen kriegen,

Also hebt mein Sohn, der Tor,
Auch sich, noch nicht flügg, empor,
Sieht er mich die Sinnen-Flügel
Schwingen über Berg und Hügel.

Lieber, sprach ich, bleib zurück,
Bis dir fügen Zeit und Glück,
Denk an Ikars Niederlage,
Setz mich nicht in seine Klage.

Ihr, des großen Fürsten Rat,
So dies Land zu Vätern hat,
Laßt mein armes Kind nicht liegen,
Helft, daß es mag Federn kriegen.

Laßt auch ihm sein zugewandt
Unsers Fürsten reiche Hand,
Die er gnädig beut der Jugend
Welche strebt nach Kunst und Tugend.

Mancher flöge wolkenein,
Möcht es ohn die Armut sein,
Die uns schwer hangt an den Füßen,
Daß wir stracks herunter müssen.

Dieses wißt ihr gnug ohn mich,
Macht, daß auch mein Sohn, wie ich
Fristet ihm nur Gott das Leben,
Dankbarlich euch mög erheben.

Gott, der Kur-Fürst, nachmals ihr,
Dies bleibt seiner Seiten Zier,
Er wird Bessers nichts gewähren
Und ihr Bessers nichts begehren.

Leopold Friedrich Goeckingk

Epistel an seinen Fritz

An seinem Geburtstage, den 18ten Junius 1780

Vielleicht, daß schon die Hände dann verwesen,
Die dies itzt schreiben, liebes Kind!
Wann du dereinst dies Blatt wirst lesen;
Vielleicht, daß schon der Abendwind
Mit den Vergißmeinnicht und Veilchen
Auf meines Grabes Hügel spielt,
Wenn erst dein Herz das volle Leben fühlt! –
Dann, guter Junge, setz ein Weilchen
Dich auf den Rasenhügel hin
Und denke, daß mein Leib in Millionen Teilchen
Allein zerflog, ich aber selbst noch bin.
Und ists erlaubt dem unsichtbaren Wesen,
Das in mir denkt: O so umschweb ich dich,
Wenn du dies Blatt gerührt wirst lesen
Und nicht erröten darfst, daß heut dein Vater sich
Umsonst gefreut, umsonst für dich
Ein halber Eremit gewesen!
Du wirst es dann schon längst vergessen haben,
Wie mir das Herz vor Freuden schlug,
Als heut dein Händchen unserm Raben
Dein Morgenbrot halb nach dem Käfig trug,
Und wahrlich wars kaum ganz für dich genug.
Du wirst es längst vergessen haben,
Wie deine Mutter liebevoll
Dich an sich drückt, daß sie den kleinen Schwaben
Zu deinem Kuchen bitten soll.
Du wirst es längst vergessen haben,
Daß fast dein Herz dir, trotz dem Kuchen! brach,
Als deine Tante scherzend sprach,
Du sollst mein Erbe sein, wenn sie mich einst begraben!
Ich schrieb dies auf, nicht, Kind!, um dich zu preisen,
Denn dieses Herz ist Gabe der Natur,
Und deine Eltern durften nur
Am Scheideweg zurecht dich weisen.
Doch könntest du dereinst dies Herz
Und ach! mit ihm dein ganzes Glück verspielen:
Dann werd ich zwar im Grabe keinen Schmerz,
Du aber sollst die Schande doppelt fühlen.
Denn wisse, daß dein Vater selten Wein

Nur trank, zum Reitpferd seine Füße
Und seine Hände zum Lakain
Gern für sich machte, selbst die süße
Begierde, seinen fernen Freund nach Jahr
Und Tag zu küssen, unterdrückte,
Daß deine Mutter sich das Haar
Mit Veilchen, statt der Perlen schmückte,
Sich oft dem Schlaf, so fest er hielt, entriß,
Zu halben Tagen zwischen ihren Knien
Dich horchend stehen hatt': und alles dies,
Zum braven Mann dich zu erziehen.
Erfüllst du diese Hoffnung nicht,
So wird die Welt mit Fingern auf dich zeigen,
Denn, sollt auch schon mein Mund im Grabe schweigen,
So schweiget doch vielleicht nicht mein Gedicht.
Sohn! werde was du willst im Staat!
Sei seines Schutzes wert durch deines Geistes Rat,
Durch deine Barke, die der fernsten Insel
Gewächse holt, durch deiner Flöte Ton,
Durch deinen Griffel oder Pinsel:
Nur werd ein Biedermann, o Sohn!
Und bist du dies, so wirst du sicher finden
Was du bedarfst; denn Kind, ein Biedermann
Besetzt die Tafel nicht mit Sünden
Und Ränke kleiden ihn nicht an.
Bist du nur dies, so wirst du Freunde finden
Wie überall sie noch dein Vater fand
Und o vielleicht wird eines Mädchens Hand
Das deiner Mutter gleicht, sich dann mit dir verbinden.
Erfülle dies! denn sieh! zu deinem Richter
Macht ich die Welt; o fröhlicher macht schon
Die Hoffnung mich, als dich die bunten Lichter
Auf deinem Kuchen, lieber Sohn.
Auch ich will heute mich zum Kinde wieder machen,
Will springen, wenn wir unsern Drachen
Hoch in den Lüften fliegen sehn,
Will mit den bleiernen Soldaten
Krieg führen, und mit Äpfeln statt Granaten
Los auf des Feindes Schanze gehn.
Wird endlich denn der Schlaf dir Händ und Füße lähmen,
So sollst du noch ein süßes Traumbild sehn,
Denn, Fritz, du sollst das Buch mit dir zu Bette nehmen,
Worin die schönen Pferde stehn.

Georg Christoph Lichtenberg

Geburtstagslied für den Sohn Wilhelm

Blauaugigt' Gesichtchen!
Guck, ach! welche Lichtchen!
Guck, guck: Eine, Zweie
Und übers Jahr, No wei –
So sind es Ein, zwei, drei!

Was fällt den Leuten ein?
Es soll wohl gar mein Burz-Tag sein?

Ja, ja er ists,
Geschwisterchen wißts,
Stürzt lustig und munter
Die Treppen hinunter!
Auf der Welt ist kein Spaß
Ohne blitzblauen Hintern und Grind auf der Nas'.

Laßt die Tee-Tassen rasseln und die Trink-Gläser klingen!
O! gingen! O! gingen! O! gingen!
Seht wie ich trinke! Es fließt mir so nett
Bei Tag in den Magen, wie des Nachts in das Bett.

Nun Wilhalmchen, komm,
Leb lange frisch, trocken und fromm.
Und iß (man wird nur einmal geboren)
Dir heut einen Schnurrbart bis hinter die Ohren.

Echo, das ist,
Repetier-Arie
(Mit Trompeten Schwärmer und Raketen)

In der Welt ist kein Spaß
ohne blitzblauen Hintern und Grind auf der Nas'
Nett
ins Bett,
– Nur einmal geboren –
Schnurrbart bis hinter die Ohren,
Ein Leben das den Schnurrbart entbehrt
Ist keine Steckluladel wert

Leben ohne Bärt'
keine Stecknadel wert!
Vivat.

1793

Das Gedicht gilt dem 2jährigen Sohn Christian Wilhelm (1791–1860). Und es ist ein frühes, wenn nicht das erste Beispiel des literarischen Kinderstils: aus der Perspektive des Kleinkinds geschrieben und voll mit kinder- und familiensprachlichen Wendungen. Paula und Richard Dehmel werden hundert Jahre später Gedichte im literarischen Kinderstil schreiben; zu Zeiten Lichtenbergs war ein solcher Text kaum druckfähig (er wurde auch erst 1972 zum ersten Mal veröffentlicht).

Ludwig Christoph Heinrich Hölty

Der alte Landmann an seinen Sohn

Üb' immer Treu und Redlichkeit,
Bis an dein kühles Grab;
Und weiche keinen Fingerbreit
Von Gottes Wegen ab.
Dann wirst du, wie auf grünen Aun,
Durchs Pilgerleben gehn;
Dann kannst du, sonder Furcht und Graun,
Dem Tod' ins Auge sehn.

Dann wird die Sichel und der Pflug
In deiner Hand so leicht;
Dann singest du, beim Wasserkrug,
Als wär dir Wein gereicht.
Dem Bösewicht wird alles schwer,
Er tue was er tu!
Der Teufel treibt ihn hin und her,
Und läßt ihm keine Ruh!

Der schöne Frühling lacht ihm nicht,
Ihm lacht kein Ährenfeld;
Er ist auf Lug und Trug erpicht,
Und wünscht sich nichts als Geld.
Der Wind im Hain, das Laub am Baum,
Saust ihm Entsetzen zu;
Er findet, nach des Lebens Traum,
Im Grabe keine Ruh.

Dann muß er, in der Geisterstund',
Aus seinem Grabe gehn;
Und oft, als schwarzer Kettenhund,
Vor seiner Haustür stehn.
Die Spinnerinnen, die das Rad
Im Arm, nach Hause gehn,
Erzittern wie ein Espenblatt,
Wenn sie ihn liegen sehn.

Und jede Spinnestube spricht
Von diesem Abenteur,
Und wünscht den toten Bösewicht
Ins tiefste Höllenfeur.
Der alte Kunz war, bis ans Grab,
Ein rechter Höllenbrand;
Er pflügte seinem Nachbar ab,
Und stahl ihm vieles Land.

Nun pflügt er, als ein Feuermann,
Auf seines Nachbars Flur;
Und mißt das Feld, hinab hinan,
Mit einer glühnden Schnur.
Er brennet, wie ein Schober Stroh,
Dem glühnden Pfluge nach;
Und pflügt, und brennet lichterloh,
Bis an den hellen Tag.

Der Amtmann, der im Weine floß,
Die Bauern schlug halbkrumm,
Trabt nun, auf einem glühnden Roß,
In jenem Wald herum.
Der Pfarrer, der aufs Tanzen schalt,
Und Filz und Wuchrer war,
Steht nun, als schwarze Spukgestalt,
Am nächtlichen Altar.

Üb' immer Treu und Redlichkeit,
Bis an dein kühles Grab,
Und weiche keinen Fingerbreit
Von Gottes Wegen ab.
Dann suchen Enkel deine Gruft,
Und weinen Tränen drauf,
Und Sommerblumen, voll von Duft,
Blühn aus den Tränen auf.

1776

Das Gedicht wurde über Lese- und Liederbücher bis ins 20. Jahrhundert sehr bekannt, nicht zuletzt durch Mozarts Zauberflöten-*Melodie. (Schon in Campes* Kleiner Kinderbibliothek *fehlen die Mittelstrophen vom Schicksal der Bösewichter.) Als Glockenspiel an der Garnisonkirche in Potsdam wurde es zu einer Art von preußischem Glaubensbekenntnis. Über seiner Stilisierung zu einer allgemeinen Lebenslehre hat man Höltys Titelzeile allerdings völlig vergessen.*

Der Knabe und sein Vater

Aus der *Kleinen Kinderbibliothek*

Ein Schüler aß, wie viele Knaben,
Die Datteln für sein Leben gern;
Und um des Guten viel zu haben,
Pflanzt' er sich einen Dattelkern
In seines Vaters Blumengarten.
Der Vater sah ihm lächelnd zu,
Und sagte: Datteln pflanzest du?
O Kind, da mußt du lange warten!
Denn wisse, dieser edle Baum
Trägt oft nach zwanzig Jahren kaum
Die ersten seiner süßen Früchte.
Karl, der sich dessen nicht versah,
Hielt ein, und krauste das Gesichte.
Ei, sprach er endlich zum Papa,
Das Warten soll mich nicht verdrießen,
Belohnt die Zeit nur meinen Fleiß,
So kann ich ja dereinst, als Greis,
Was jetzt der Knabe pflanzt, genießen.

Christian Fürchtegott Gellert

Das heldenmütige Kind

Ein Knabe war noch nicht acht Jahr,
Als ihn auf's nächste Dorf, wo etwa Kirchmeß war,
Um auch einmal ihm eine Lust zu machen,
Der Vater mit zu Pferde nahm.
Der Knabe, der vorher nicht aus der Stube kam,
Sah lauter wunderbare Sachen.
Neugierig war er von Natur,
Denn das ist überhaupt den kleinen Leuten eigen.
Wie vielmal bat er nicht den Vater, abzusteigen,
Und ihm bald das, bald jenes recht zu zeigen.
Bald sah er eine große Flur,
Die war ihm schon ein Reich; ein Hügel – Pirenäen;
Ihm waren Teiche große Seen,
Ein Birkenbusch ein ungeheurer Wald.
Zum Unglück kam aus einem Bauergute
Ein großer Pudelhund daher.
Was ist das? sprach das Kind, das nie mit Fragen ruhte.
Ach! – rief im Scherz der Vater – Sohn! ein Bär! ein Bär!
Umarme mich! Er lechzt nach unserm Blute!
Hier müssen wir des Todes sein.
Gut, sprach das Kind, mir fällt ein Mittel ein:
Gleich, Vater, wirf mich von dem Pferde!
Indem ich mich nun fressen lassen werde,
So jage du davon. Das wird doch dich befrein.
O, welch ein Mut in scheinbaren Gefahren
Für einen Knaben von acht Jahren!

Matthias Claudius

Anselmuccio

Ist gar ein holder Knabe, er,
Als ob er's Bild der Liebe wär':
Sieht freundlich aus und weiß und rot,
Hat große Lust an Butterbrot,
Hat blaue Augen, gelbes Haar,
Und Schelm im Nacken immerdar,
Hat Arm' und Beine, rund und voll!
Und alles, wie man's haben soll.
Nur eines fehlt dir, lieber Knabe!
Eins nur: daß ich dich noch nicht habe.

1778

Johann Wolfgang von Goethe

Erlkönig

Wer reitet so spät durch Nacht und Wind?
Es ist der Vater mit seinem Kind;
Er hat den Knaben wohl in dem Arm,
Er faßt ihn sicher, er hält ihn warm. –

Mein Sohn, was birgst du so bang dein Gesicht? –
Siehst, Vater, du den Erlkönig nicht?
Den Erlenkönig mit Kron' und Schweif? –
Mein Sohn, es ist ein Nebelstreif. –

»Du liebes Kind, komm, geh mit mir!
Gar schöne Spiele spiel' ich mit dir;
Manch' bunte Blumen sind an dem Strand;
Meine Mutter hat manch' gülden Gewand.«

Mein Vater, mein Vater, und hörest du nicht,
Was Erlenkönig mir leise verspricht? –
Sei ruhig, bleibe ruhig, mein Kind!
In dürren Blättern säuselt der Wind. –

»Willst, feiner Knabe, du mit mir gehn?
Meine Töchter sollen dich warten schön;
Meine Töchter führen den nächtlichen Reihn
Und wiegen und tanzen und singen dich ein.«

Mein Vater, mein Vater, und siehst du nicht dort
Erlkönigs Töchter am düstern Ort? –
Mein Sohn, mein Sohn, ich seh' es genau;
Es scheinen die alten Weiden so grau. –

»Ich liebe dich, mich reizt deine schöne Gestalt;
Und bist du nicht willig, so brauch' ich Gewalt.« –
Mein Vater, mein Vater, jetzt faßt er mich an!
Erlkönig hat mir ein Leids getan! –

Dem Vater grauset's, er reitet geschwind,
Er hält in den Armen das ächzende Kind,
Erreicht den Hof mit Müh und Not;
In seinen Armen das Kind war tot.

1782

Nicht nur Franz Schubert hat die Ballade vertont (op. 1). Im Jahr 1827 wurde Goethe in Weimar das 7 Jahre alte musikalische Wunderkind Karl Eckert vorgeführt, der den »Erlkönig« in Musik gesetzt hatte. »Goethe unterhielt sich mit dem Kinde freundlich über seine Leistung, besonders über die Stimme des Erlkönigs, und sagte dann, ihm freundlich die Wange streichelnd: ›Du mußt ja am besten wissen, wie so einem Bürschchen, das der Vater zur Nachtzeit vor sich auf dem Pferde in den Armen hält, zu Mute ist, wenn der Erlkönig ihn verlockt.‹«

Tell und sein Kind

Aus *Des Knaben Wunderhorn*

Tell.

Zu Ury bei den Linden
Der Vogt steckt auf den Hut,
Und sprach: Ich will den finden,
Der dem kein Ehr antut.
Ich tat nicht Ehr dem Hute,
Ich sah ihn kühnlich an,
Er sagt: Du traust dem Mute,
Will sehn, ob du ein Mann! –
Er faßt den Anschlag eitel,
Daß ich nun schieß geschwind
Den Apfel von dem Scheitel
Meinem allerliebsten Kind.

Kind.

Ach Vater, was hab' ich getan,
Daß du mich also bindest an?

Tell.

Mein Kind schweig still, mein Herz schonst groß,
Ich hoff, es soll mein Pfeilgeschoß
Kein Schaden dir bereiten,
Du trägst kein Schuld und ich kein Sünd,
Ruf nur zu Gott mit mir mein Kind,
Gott wird den Pfeil schon leiten.
Halt auf dein Haupt, richt dich nur auf,
In Gottes Namen schieß ich drauf,
Der gerechte Gott soll leben!

Kind.

Ach Vater mein, Gott mit uns hält,
Der Apfel von dem Scheitel fällt,
Gott hat den Segen geben.

Nach einer Hausinschrift in Arth am Zuger See.

Der unschuldige Tod des jungen Knaben

Volkslied

Es liegt ein Schloß in Österreich,
Das ist ganz wohl gebauet,
Von Silber und von rotem Gold,
Mit Marmorstein gemauert.

Darinnen liegt ein junger Knab,
Auf seinen Hals gefangen,
Wohl vierzig Klafter unter der Erd,
Bei Ottern und bei Schlangen.

Sein Vater kam von Rosenberg,
Wohl vor den Turm gegangen:
»Ach Sohne, liebster Sohne mein,
Wie hart liegst du gefangen!«

»Ach Vater, liebster Vater mein,
So hart lieg ich gefangen,
Wohl vierzig Klafter unter der Erd,
Bei Ottern und bei Schlangen.«

Sein Vater zu dem Herrn hinging,
Sprach: »Gebt mir los den Gefangnen,
Drei hundert Gulden geben wir,
Wohl für des Knaben Leben.«

»Drei hundert Gulden die helfen euch nicht,
Der Knabe der muß sterben,
Er trägt von Gold eine Kett' am Hals,
Die bringt ihn um sein Leben.«

»Trägt er von Gold eine Kett' am Hals,
Die hat er nicht gestohlen,
Hat ihm ein zart Jungfrau verehrt;
Dabei sie ihn erzogen.«

Man bracht den Knaben aus dem Turm,
Gab ihm die Sakramente:
»Hilf reicher Christ vom Himmel hoch,
Es geht mit mir am Ende.«

Man bracht ihn zum Gericht hinaus,
Die Leiter muß er steigen:
»Ach Meister, liebster Meister mein,
Laß mir eine kleine Weile!«

»Eine kleine Weile laß ich dir nicht,
Du möchtest mir entrinnen,
Langt mir ein seiden Tüchlein her,
Daß ich seine Augen verbinde.«

»Ach meine Augen verbinde mir nicht,
Ich muß die Welt anschauen,
Ich seh sie heut und nimmermehr,
Mit meinen schwarzbraunen Augen.«

Sein Vater beim Gerichte stand,
Sein Herz wollt ihm zerbrechen:
»Ach Sohne, liebster Sohne mein,
Dein'n Tod will ich schon rächen.«

»Ach Vater, liebster Vater mein,
Meinen Tod sollt ihr nicht rächen,
Brächt meiner Seele schwere Pein,
Um Unschuld will ich sterben.

Es ist nicht um das Leben mein,
Noch um meinen stolzen Leibe,
Es ist um meine Frau Mutter daheim,
Die weinet also sehre.«

Es stund kaum an den dritten Tag,
Ein Engel kam vom Himmel,
Sprach: Nehmt ihn vom Gerichte ab,
Sonst wird die Stadt versinken!

Es währet kaum ein halbes Jahr,
Der Tod, der ward gerochen,
Es wurden auf drei hundert Mann
Des Knaben wegen erstochen.

Wer ists, der uns das Liedlein sang,
So frei ist es gesungen?
Das haben getan drei Jungfräulein,
Zu Wien im Österreiche.

Das traurige Lied vom Vater, der der Hinrichtung seines Sohnes beiwohnen muß, ist seit dem 15. Jahrhundert bekannt – hier in der Fassung aus Des Knaben Wunderhorn. *Das »Vergehen« des Knaben wird in den Strophen 6 und 7 nur angedeutet: Ein adeliges Mädchen hat ihm ein Liebesgeschenk gemacht.*

Das vierte Gebot

Volkslied

›Horch! mein Sohn, das ist genug!
Wir messen mit gleicher Elle:
Ich hab mein'n Vater auch geschleppt
Bis auf die Stubenschwelle.‹

Die Wirtin war ein zornigs Weib,
Sie meint: er fräße wie ein Schwein,
Das tät ihr grauen beim Essen;
Sie meint, wenn er ein Tröglein hätt',
Daß er daraus könnt fressen.

Der Wirt war ein geschwinder Mann,
Schaut, daß er ein Holzscheit bekäm,
Gar fleißig tät ers behauen;
Er hat ein einzigs Söhnelein,
Das tät dabei zuschauen.

›Ach Vater, liebster Vater mein,
Ihr haut ja gar behende drein,
Was wollt ihr denn da machen?‹
›Ich mach dem Großvater ein Trögelein,
Daraus so kann er essen.‹

›Wenn ihr so alt und schwach werd't sein,
Mach ich euch auch ein Trögelein,
Daß ihr daraus könnt essen!‹ –
Die Arbeit ließ er liegen und stahn,
Die Arbeit tät er vergessen.

Das Exempel vom undankbaren Sohn, der dem alten Vater ein Holzgeschirr zum Essen schnitzen will und dabei durch das eigene Knäblein beschämt und gebessert wird, ist aus den Kinder- und Hausmärchen der Brüder Grimm bekannt (Nr. 78).

Friedrich Rückert

Der Vater gibt seine Uhr dem Sohne

Deine Tag' und Stunden flossen,
Nicht gemessen, nur genossen,
Nicht gezählt nach Schlag und Uhr,
Wie ein Bach durch Blumenflur.

Aber ernster wird das Leben,
Und ich will die Uhr dir geben;
Trage sie, wie ich sie trug,
Unzerbrochen lang' genug!

Daß sie dir mit keinem Schlage
Von verlornen Stunden sage!
Unersetzlich ist Verlust
Des Geschäfts und auch der Lust.

Sohn! der Tag hat Stunden viele,
So zur Arbeit wie zum Spiele;
Gib das seine jedem nur,
Und du freuest dich der Uhr.

Selber hab' ich mit den Stunden
Mich soweit nun abgefunden,
Daß ich ohne Glockenschlag
Sie nach Notdurft ordnen mag.

Zähle du für mich die Stunden!
Und auch jene, die geschwunden,
Kehren schöner mir zurück,
Wie du sie dir zählst zum Glück.

Franz Grillparzer

Am Grabe Mozart, des Sohnes

So bist du endlich hingegangen,
Wohin der Geist dich ewig zog,
Und hältst den Großen dort umfangen,
Der adlergleich zur Sonne flog.

Daß Keiner doch dein Wirken messe,
Der nicht der Sehnsucht Stachel kennt,
Du warst die trauernde Cypresse
An deines Vaters Monument.

Wovon so Viele einzig leben,
Was Stolz und Wahn so gerne hört,
Des Vaters Name war es eben,
Was deiner Tatkraft Keim zerstört.

Begabt, um höher aufzuragen,
Hielt ein Gedanke deinen Flug;
»Was würde wohl mein Vater sagen?«
War, dich zu hemmen, schon genug.

Und wars zu schaffen dir gelungen,
Was manchen Andern hoch geehrt,
Du selbst verwarfst es, kaum gesungen,
Als nicht des Namens Mozart wert.

Nun öffnen sich dem guten Sohne
Des großen Vaters Arme weit,
Er gibt, der Kindestreu zum Lohne,
Ein Teilchen dir Unsterblichkeit.

Der Name, dir ein Schmerzgenosse,
Er wandelt sich von heut in Glück;
Tönt doch von Salzburgs Erzkolosse
Ein Echo auch für dich zurück.

Wenn dort die Menge sich versammelt,
Ehrfürchtig Schweigen alle bannt,
Wer dann den Namen Mozart stammelt,
Hat ja den deinen auch genannt.

Das Gedicht bezieht sich auf Mozarts jüngsten Sohn Franz Xaver Wolfgang (1791–1844). Er, den Constanze »ermahnt hatte, ihr und seinem verstorbenen Vater nicht die Schande anzutun, ein mittelmäßiger Musiker zu werden, wurde ein mittelmäßiger Musiker« (Wolfgang Hildesheimer, Mozart*).*

Heinrich Hoffmann von Fallersleben

Als Vater zu lange ausblieb

Habe Blumen gepflücket
Und gelernt manchen Sang
Habe schön mich geschmücket
Oft zu deinem Empfang.

Bin so lustig gesprungen,
Habe stets mich gefreut,
Habe fröhlich gesungen:
Komm doch, Väterchen, heut!

Schaue anderthalb Wochen
Schon zum Fenster hinaus –
Und du hast's mir versprochen,
Und du kommst nicht zu Haus.

Geh' schon anderthalb Wochen
Stets entgegen nur dir –
Und du hast's mir versprochen,
Und du kommst nicht zu mir.

Bei Ankunft eines Vaters von langer Reise

Gelegenheitsgedicht

Lieber Vater, sei willkommen
Nach so langer Zeit.
O, wie hat das Herz des Kindes
Sich auf Dich gefreut!

Nimm in der ersehnten Stunde
Meinen Jubelgruß,
Und empfang' aus ganzer Seele
Inn'ger Liebe Kuß!

Aus einer 1868 erschienenen Sammlung von Gelegenheitsgedichten zum Aufsagen für Kinder.

Theodor Storm

Abends

Auf meinem Schoße sitzet nun
Und ruht der kleine Mann;
Mich schauen aus der Dämmerung
Die zarten Augen an.

Er spielt nicht mehr, er ist bei mir,
Will nirgend anders sein;
Die kleine Seele tritt heraus
Und will zu mir herein.

Theodor Fontane

Herr von Ribbeck auf Ribbeck im Havelland

Herr von Ribbeck auf Ribbeck im Havelland,
Ein Birnbaum in seinem Garten stand,
Und kam die goldene Herbsteszeit
Und die Birnen leuchteten weit und breit,
Da stopfte, wenn's Mittag vom Turme scholl,
Der von Ribbeck sich beide Taschen voll,
Und kam in Pantinen ein Junge daher,
So rief er: »Junge, wiste 'ne Beer?«
Und kam ein Mädel, so rief er: »Lütt Dirn,
Kumm man röwer, ick hebb 'ne Birn.«

So ging es viel Jahre, bis lobesam
Der von Ribbeck auf Ribbeck zu sterben kam.
Er fühlte sein Ende. 's war Herbsteszeit,
Wieder lachten die Birnen weit und breit,
Da sagte von Ribbeck: »Ich scheide nun ab.
Legt mir eine Birne mit ins Grab.«
Und drei Tage drauf, aus dem Doppeldachhaus,
Trugen von Ribbeck sie hinaus,
Alle Bauern und Büdner mit Feiergesicht
Sangen »Jesus meine Zuversicht«,
Und die Kinder klagten, das Herze schwer:
»He is dod nu. Wer giwt uns nu 'ne Beer?«

So klagten die Kinder. Das war nicht recht,
Ach, sie kannten den alten Ribbeck schlecht,
Der *neue* freilich, der knausert und spart,
Hält Park und Birnbaum strenge verwahrt.
Aber der *alte*, vorahnend schon
Und voll Mißtrauen gegen den eigenen Sohn,
Der wußte genau, was damals er tat,
Als um eine Birn' ins Grab er bat,
Und im dritten Jahr, aus dem stillen Haus
Ein Birnbaumsprößling sproßt heraus.

Und die Jahre gehen wohl auf und ab,
Längst wölbt sich ein Birnbaum über dem Grab,
Und in der goldenen Herbsteszeit
Leuchtet's wieder weit und breit.
Und kommt ein Jung' übern Kirchhof her,
So flüstert's im Baume: »Wist 'ne Beer?«
Und kommt ein Mädel, so flüstert's: »Lütt Dirn,
Kumm man röwer, ich gew di 'ne Birn.«

So spendet Segen noch immer die Hand
Des von Ribbeck auf Ribbeck im Havelland.

Friedrich Hebbel

Vater und Sohn

»Wer hat die Kerze in's Dach gesteckt?«
Mein Sohn, dein Knabe tat's!
»Sein Arm ist zu kurz, wie hoch er ihn reckt!«
Ich hob ihn empor, er erbat's.

»Er weiß noch nicht, was Feuer ist,
Du lehrtest ihn dies Spiel,
Und wenn du denn ganz ein Teufel bist,
So steck' ich dir heut das Ziel.«

Nun packt er den Vater beim weißen Schopf
Und schleift ihn hinaus in die Nacht,
Das Knäblein, mit dem blonden Kopf,
Schaut nach, der Alte lacht.

»Du höhnst mich noch? Ich schlag' dich, Hund!«
Schlag' zu, mir tut's nicht weh!
»Ich trete dich!« – Das ist gesund!
Juchhe! Juchhe! Juchhe!

So kommen sie an die schwarze Schlucht,
In der es ewig braust,
Weil sie in unterirdischer Flucht
Der wildeste Strom durchsaust.

»Mein Sohn, mein Sohn, nicht dort hinein,
Halt an in deinem Lauf!
Dort fault schon menschliches Gebein,
Dort droht ein Schatten herauf!«

Wer fault denn dort? – »Mein Vater, Sohn,
Schau, eben zeigt er sich!«
Wem droht der Schatten? – »Wem sollt' er droh'n?
Dem Mörder, und das bin ich!

Es war wie heut, kalt pfiff der Wind,
Die Wolken hingen schwer,
Du standest dabei, ein stummes Kind,
Dein Zucken kommt daher.

Ich wehr' mich nicht, mach's ab, mach's ab,
   Hier ist ein Messer dazu,
Nur gönne mir ein eignes Grab,
   Dort fänd' ich nimmer Ruh'!«

Der Mond ergießt sein blaues Licht
   Durch eine Wolke schwach,
Es trifft ein blasses Kindergesicht,
   Das Knäblein schlich sich nach.

Ihn graust, er zieht mit der Rechten schnell
   Sein Kind zu sich heran,
Und reicht die Linke auf der Stell'
   Dem bösen Vater dann.

»Steh auf, und steckst du auch morgen mir
   Die Hütte ganz in Brand,
Ich setze den Stuhl in der neuen dir,
   Der in der alten stand.«

Paula und Richard Dehmel

Wie Fitzebutze seinen alten Hut verliert

Lieber, ßöner Hampelmann!
fing die kleine Detta an;
ich bin dhoß und Du bist tlein,
willst du Fitzebutze sein?
tomm!

Tomm auf Haterns dhoßen Tuhl,
Vitzliputze, Blitzepul!
Hater sagt, man weiß es nicht,
wie man deinen Namen sp'icht;
pst!

Pst, sagt Hater, Fitzebott
war einmal ein lieber Dott,
der auf einem Tuhle saß
und sebratne Menßen aß;
huh! –

Huh, da sah der Hampelmann
furchtbar groß die Detta an,
und sein alter Bommelhut
kullerte vom Stuhl vor Wut,
plumps.

Plumß, sprach Detta; willste woll!
sei doch nich so ßrecklich doll!
Mutter sagt, der liebe Dott
donnert nicht in einem fo't;
nein!

Nein, sagt Mutta, Dott ist dut,
wenn man a'tig beten thut;
Fitzebutze, hör mal an,
was tlein Detta alles tann,
ei! –

Ei, da saß der Blitzepul
mäuschenstill auf seinem Stuhl,
und sprach heimlich alles nach,
was die kleine Detta sprach;
hört!

Aus Fitzebutze. Allerlei Schnickschnack für Kinder, *1900. Illustrationen: Ernst Kreidolf.*

Zu Vaters Geburtstag

Aus einem Kinder-Vortragsbuch

Ich will dir heut ein Sprüchlein sagen,
Das sich von selbst ins Herz mir schrieb.
Das klingt so hell zu allen Tagen:
Ich hab dich lieb, ich hab dich lieb!

Es soll dir immer wieder klingen!
Und wenn mein Mund verschlossen blieb,
Müßt es aus meinen Augen springen:
Ich hab dich lieb, ich hab dich lieb!

Und fleißig will ich sein und streben,
Mann werden und kein Tagedieb;
Dann sagt dir froh mein ganzes Leben:
Ich hab dich lieb, ich hab dich lieb!

1921

Der Kaiser

Kaisergeburtstags-Lied

Der Kaiser ist ein lieber Mann
Und wohnet in Berlin,
Und wär es nicht so weit von hier,
So ging ich heut noch hin.

Und was ich bei dem Kaiser wollt?
Ich gäb ihm meine Hand
Und brächt die schönsten Blumen ihm,
Die ich im Garten fand.

Und sagte dann: Der liebe Gott,
Der schickt die Blumen dir;
Und dann lief ich geschwinde fort
Und wär gleich wieder hier.

Nach der Melodie der Papageno-Arie aus Mozarts Zauberflöte *zu singen. Das Gratulationslied zu Kaisers Geburtstag stammt aus dem Schulbuch und wurde oft auswendig gelernt.*

Richard Dehmel

Lied an meinen Sohn

Der Sturm behorcht mein Vaterhaus,
mein Herz klopft in die Nacht hinaus,
laut; so erwacht' ich vom Gebraus
des Forstes schon als Kind.
Mein junger Sohn, hör zu, hör zu:
in deine ferne Wiegenruh
stöhnt meine Worte dir im Traum der Wind.

Einst hab ich auch im Schlaf gelacht,
mein Sohn, und bin nicht aufgewacht
vom Sturm; bis eine graue Nacht
wie heute kam.

Dumpf brandet heut im Forst der Föhn,
wie damals, wenn ich sein Getön
vor Furcht wie meines Vaters Wort vernahm.

Horch, wie der knospige Wipfelsaum
sich sträubt, sich beugt, von Baum zu Baum;
mein Sohn, in deinen Wiegentraum
zornlacht der Sturm – hör zu, hör zu!
Er hat sich nie vor Furcht gebeugt,
horch, wie er durch die Kronen keucht:
Sei *Du*! sei *Du*!

Und wenn dir einst von Sohnespflicht,
mein Sohn, dein alter Vater spricht,
gehorch ihm nicht, gehorch ihm nicht:
horch, wie der Föhn im Forst den Frühling braut!
Horch, er bestürmt mein Vaterhaus,
mein Herz tönt in die Nacht hinaus,
laut...

um 1910

Joachim Ringelnatz

An meinen längst verstorbenen Vater

Ach steh noch einmal auf ins Leben,
Du toter Papa!
Der Krieg ist aus. Dann hat sich viel begeben.
Ob du wohl weißt, was mir geschah?

Ach, wenn du kommst, gibt es die Frage nicht:
Wer von uns hatte recht in seiner Meinung?
Wenn du nur kommst – doch komm nicht als Erscheinung.
Komm in mein reingeweintes Augenlicht.

Wenn du nur kommst! Ganz greifbar, nicht geträumt.
Wir werden wie zwei Wellen uns umschlingen.
Was uns durch Alter trennte, was versäumt
War, würde groß und unbefangen schwingen.

Ach weiß ich, daß kein Toter aufersteht.
Doch wenn es das, woran ich glaube, gibt,
Papa, dann hauche in mich ein Gebet.
Wir haben uns bisher nur fremd geliebt.

Erich Kästner

Brief an meinen Sohn

Ich möchte endlich einen Jungen haben,
so klug und stark, wie Kinder heute sind.
Nur etwas fehlt mir noch zu diesem Knaben.
Mir fehlt nur noch die Mutter zu dem Kind.

Nicht jedes Fräulein kommt dafür in Frage.
Seit vielen langen Jahren such ich schon.
Das Glück ist seltner als die Feiertage.
Und deine Mutter weiß noch nichts von uns, mein Sohn.

Doch eines schönen Tages wird's dich geben.
Ich freue mich schon heute sehr darauf.
Dann lernst du laufen, und dann lernst du leben,
und was daraus entsteht, heißt Lebenslauf.

Zu Anfang schreist du bloß und machst Gebärden,
bis du zu andern Taten übergehst,
bis du und deine Augen größer werden
und bis du das, was man verstehen muß, verstehst.

Wer zu verstehn beginnt, versteht nichts mehr.
Er starrt entgeistert auf das Welttheater.
Zu Anfang braucht ein Kind die Mutter sehr.
Doch wenn du größer wirst, brauchst du den Vater.

Ich will mit dir durch Kohlengruben gehn.
Ich will dir Parks mit Marmorvillen zeigen.
Du wirst mich anschaun und es nicht verstehn.
Ich werde dich belehren, Kind, und schweigen.

Ich will mit dir nach Vaux und Ypern reisen
und auf das Meer von weißen Kreuzen blicken.
Ich werde still sein und dir nichts beweisen.
Doch wenn du weinen wirst, mein Kind, dann will ich nicken.

Ich will nicht reden, wie die Dinge liegen.
Ich will dir zeigen, wie die Sache steht.
Denn die Vernunft muß ganz von selber siegen.
Ich will dein Vater sein und kein Prophet.

Wenn du trotzdem ein Mensch wirst wie die meisten,
all dem, was ich dich schauen ließ, zum Hohn,
ein Kerl wie alle, über einen Leisten,
dann wirst du nie, was du sein sollst: mein Sohn!

1932

Joachim Ringelnatz

Kuttel Daddeldu und die Kinder

Wie Daddeldu so durch die Welten schifft,
Geschieht es wohl, daß er hie und da
Eins oder das andre von seinen Kindern trifft,
Die begrüßen dann ihren Europapa:
»Gud morning! – Sdrastwuide! – Bong Jur, Daddeldü!
Bon tscherno! Ok phosphor! Tsching – tschung! Bablabü!«
Und Daddeldu dankt erstaunt und gerührt
Und senkt die Hand in die Hosentasche
Und schenkt ihnen, was er so bei sich führt,
– – Whiskyflasche,
Zündhölzer, Opium, türkischen Knaster,
Revolverpatronen und Schweinsbeulenpflaster,
Gibt jedem zwei Dollar und lächelt: »Ei, ei!«
Und nochmals: »Ei, ei!« – Und verschwindet dabei.

Aber Kindern von deutschen und dänischen Witwen
Pflegt er sich intensiver zu widmen.
Die weiß er dann mit den seltensten Stücken
Aus allen Ländern der Welt zu beglücken.
Elefantenzähne – Kamerun,
Mit Kognak begoßnes malaiisches Huhn,
Aus Friedrichroda ein Straußenei,
Aus Tibet einen Roman von Karl May,
Einen Eskimoschlips aus Giraffenhaar,
Auch ein Stückchen versteinertes Dromedar.

Und dann spielt der poltrige Daddeldu
Verstecken, Stierkampf und Blindekuh,
Markiert einen leprakranken Schimpansen,
Lehrt seine Kinderchen Bauchtanz tanzen
Und Schiffchen schnitzen und Tabak kauen.
Und manchmal, in Abwesenheit älterer Frauen,
Tätowiert er den strampelnden Kleinchen
Anker und Kreuze auf Ärmchen und Beinchen.

Später packt er sich sechs auf den Schoß
Und läßt sich nicht lange quälen,
Sondern legt los:
Grog saufen und dabei Märchen erzählen;
Von seinem Schiffbruch bei Helgoland,
Wo eine Woge ihn an den Strand
Auf eine Korallenspitze trieb,
Wo er dann händeringend hängenblieb.

Und hatte nichts zu fressen und saufen;
Nicht mal, wenn er gewollt hätte, einen Tropfen Trink-
  wasser, um seine Lippen zu benetzen,
Und kein Geld, keine Uhr zum Versetzen.
Außerdem war da gar nichts zu kaufen;
Denn dort gab's nur Löwen mit Schlangenleiber,
Sonst weder keine Menschen als auch keine Weiber.
Und er hätte gerade so gern einmal wieder
Ein kerniges Hamburger Weibstück besucht.
Und da kniete Kuttel nach Osten zu nieder.
Und als er zum drittenmal rückwärts geflucht,
Da nahte sich plötzlich der Vogel Greif,
Und Daddeldu sagte: »Ei wont ä weif.«
Und der Vogel Greif trug ihn schnell
Bald in dies Bordell, bald in jenes Bordell
Und schenkte ihm Schlackwurst und Schnaps und so weiter. –
So erzählte Kuttel Daddeldu heiter, –
Märchen, die er ganz selber erfunden.
Und säuft. – Es verfließen die Stunden.
Die Kinder weinen. Die Märchen lallen.
Die Mutter ist längst untern Tisch gefallen,
Und Kuttel – bemüht, sie aufzuheben –
Hat sich schon zweimal dabei übergeben.
Und um die Ruhe nicht länger zu stören,
Verläßt er leise Mutter und Gören.
Denkt aber noch tagelang hinter Sizilien
An die traulichen Stunden in seinen Familien.

Bertolt Brecht

Mein junger Sohn fragt mich

Mein junger Sohn fragt mich: Soll ich Mathematik lernen?
Wozu, möchte ich sagen. Daß zwei Stück Brot mehr ist als eines
Das wirst du auch so merken.
Mein junger Sohn fragt mich: Soll ich Französisch lernen?
Wozu, möchte ich sagen. Dieses Reich geht unter. Und
Reibe du nur mit der Hand den Bauch und stöhne
Und man wird dich schon verstehen.
Mein junger Sohn fragt mich: Soll ich Geschichte lernen?
Wozu, möchte ich sagen. Lerne du deinen Kopf in die Erde stecken
Da wirst du vielleicht übrigbleiben.

Ja, lerne Mathematik, sage ich
Lerne Französisch, lerne Geschichte!

1940

Peter Huchel

Der Garten des Theophrast

Meinem Sohn

Wenn mittags das weiße Feuer
Der Verse über den Urnen tanzt,
Gedenke, mein Sohn. Gedenke derer,
Die einst Gespräche wie Bäume gepflanzt.
Tot ist der Garten, mein Atem wird schwerer,
Bewahre die Stunde, hier ging Theophrast,
Mit Eichenlohe zu düngen den Boden,
Die wunde Rinde zu binden mit Bast.
Ein Ölbaum spaltet das mürbe Gemäuer
Und ist noch Stimme im heißen Staub.
Sie gaben Befehl, die Wurzel zu roden.
Es sinkt dein Licht, schutzloses Laub.

1962

Der griechische Philosoph Theophrast vermachte seinen Schülern den Garten, in dem er sich mit ihnen versammelt hatte.

Ernst Jandl

vater komm erzähl vom krieg

vater komm erzähl vom krieg
vater komm erzähl wiest eingrückt bist
vater komm erzähl wiest gschossen hast
vater komm erzähl wiest verwundt wordn bist
vater komm erzähl wiest gfallen bist
vater komm erzähl vom krieg

1966

Peter Härtling

Für Fabian

Wenn du es willst,
lasse ich es für dich
schneien, mein Sohn,
nur kann ich die Toten
nicht wegdenken
unterm Schnee.
Es ist Schnee
aus meiner Zeit:
da gab es noch viel,
da dauerten die Winter
einen Winter lang,
da wurden Schlittschuh
gebraucht, die Rodel
liefen nicht nur im Januar.
Deine Winter sind
keine Winter, mein Sohn.
Ich lasse es schneien,
meinen ausdauernden Schnee
für meine Toten. Doch
welchen Schnee für deine?

1977

Nicolas Born

Kind

ich weiß nicht was ich
mit dir anfangen soll
überall stehen mir im Weg
deine roten blauen und gelben Würfel
ich bin zu alt
deine Geschichten noch zu verstehn
ich merke schon
meine Antworten sind zu dumm
wenn du wirklich was lernen willst
geh weg
aber das ist ja nicht alles
soll ich vielleicht
deutlicher werden (?)
da siehst du mich nur ganz groß
an
eines Tages bist du so krumm wie ich
dann wissen wir beide nicht was
wir mit uns anfangen sollen
ein großer Autobus fährt mit uns weg
du wirst sehen daß die Ordnung
aus lauter Unordnungen besteht
und an einigen Wörtern (entschuldige)
wirst du dir den Kopf stoßen
aber
vorläufig stehen wir zusammen auf
haben zusammen eine Erkältung
du ißt mit mir
du schläfst bei mir
du sprichst mit mir und manchmal
siehst du mich an
als wüßtest du schon alles

Ludwig Greve

Mein Vater

Spät komme ich zu dir.
Wenn Staub mich riefe – aber ich höre nur
im Spiel der feuchten, meiner Lippen,
diese gehorsame Stimme rufen.

Wo niemand wartet, Vater, im Schweigen, wo
in Salz und Asche kenne ich deinen Mund,
der nach den Kindern ruft und ächzend
bittet um Gnade die Menschensöhne.

Die ehmals gute Jacke verriet den Herrn.
Du ohne Mantel, war auch kein Tier dabei
noch Gott: wie sorgsam führtest du in
zwiefacher Kälte dein Kind zur Grube.

Dein Aug, die Stirne, Tafel vom Sinai,
der Nase starker Bogen – ich sehe nichts
und halte Nase, Stirn und deine
Bitternis doch in den hohlen Händen.

Ja, diese Hand, die unschlüssig Wort auf Wort
hier fügt, sie ahmte lange die Bögen nach
von deinem Namen, übte heimlich
Strenge und Mut des gerechten Mannes,

dem ich nie sagen konnte: ich bin dein Sohn.
Man hieß uns Fremde. Unsere Sprache war
ein Blick, ein Händetausch, und später
Auflehnung, bleiche Gewalt des Zornes.

Genügt die Trauer? Atem, Begeisterung,
die Liebesnächte danke ich deinem Grab
und auch die Kinder: unerschöpflich
höre sie lachen… Ich komme, Vater.

VI.

Mutter – Kinder

Lyrische Mutter-Kinder sind nicht nur geliebte Kinder. Es sind auch verwünschte Kinder, verlassene Kinder, getötete Kinder. Der Geschichte der Mutterliebe korrespondiert eine Geschichte des Kinderhasses. Und Mutter-Kinder sind auch nach Brot schreiende und verhungernde Kinder. Die Symbiose von Mutter und Kind war lange Zeit die der Not.

Die Lyrik seit der Romantik hat dann das Mutter-Kind-Verhältnis zunehmend in Richtung der »heiligen Familie« stilisiert: als ein hochaffektives Verhältnis in bürgerlicher Nestidylle: »O Mutter halte dein Kindlein warm / Die Welt ist kalt und helle« (Brentano). In Brentanos Gedicht erscheint das Mutter-Kind-Verhältnis als das einer »keuschen Erotik«; auch später spiegeln sich die liebenden Dichter gern im Mutter-Kind-Bild. In den lyrischen Mutter-Kind-Szenen werden, ähnlich wie im Liebesgedicht, Welt- und Traumharmonien beschrieben, scheinen die Gegensätze der Welt in einer Zwei-Einsamkeit aufgehoben: »Die Mutter, über mich gebeugt, sah still mich an / O einz'ge Stund, wo Traum und Sein in Eins zerrann« (Hebbel).

Zu den Mutter-Kind-Szenen gehören das Tändeln, das Schöntun, das Spiel. Die Mütter des bürgerlichen Zeitalters haben mehr Zeit für ihre Kinder – und sie müssen mehr Zeit für sie haben: Mutterliebe wird zur Mutterpflicht. Pflichten absolvieren dann auch die Kinder: Sie werden angehalten zur Dankbarkeit. Und ihre Liebe ist Liebe auf Zeit: »Hänschen klein ging allein / In die weite Welt hinein.« Daß die Mutter weint, ist nicht zu vermeiden.

Gottfried von Neifen

Sol ich disen sumer lanc

Sol ich disen sumer lanc
bekumbert sîn mit kinden,
sô wær ich vil lieber tôt.
Des ist mir mîn fröide kranc,
sol ich niht zen linden
reien, owê dirre nôt!
Wigen wagen, gugen gagen,
wenne wil ez tagen?
minne, minne, trûte minne, swîc, ich wil dich wagen.

Amme, nim daz kindelîn,
daz ez niht enweine,
alse liep als ich dir sî.
Ringe[1] mir die swære mîn:
du maht mich alleine
mîner sorgen machen frî.
Wigen wagen, gugen gagen,
wenne wil ez tagen?
minne minne, trûte minne, swîc, ich wil dich wagen.

um 1250

1 lindere

Soll ich mich den ganzen Sommer lang mit Kindern plagen …: Die Klage einer Mutter, die zum Tanz unter den Linden gehen möchte und ihr Kind der Amme übergibt; die soll es versorgen und so die Beschwerden der Mutter lindern.

Auf daß der Kindesmord nicht künftig werd verübet

Inschrift am Torno des Hamburger Waisenhauses

Auf daß der Kindesmord nicht künftig werd verübet,
Der von tyrannischer Hand der Mutter oft geschicht,
Die gleichsam Molochs Wut ihr Kindlein übergibet,
Ist dieser Torno hier auf ewig aufgericht.

1709

Der Torno (Drehlade) war, nach dem Vorbild italienischer Findelhäuser, zur Aufnahme von Neugeborenen bestimmt, deren man sich auf diese Weise entledigen konnte, ohne sie aussetzen oder töten zu müssen. Der Hamburger Torno wurde bereits 1714 wegen großer Inanspruchnahme wieder abgeschafft.

Friedrich von Logau

Mütterliche Liebe

Die Mutter trägt im Leibe das Kind drei Viertel-Jahr;
Die Mutter trägt auf Armen das Kind, weils schwach noch war;
Die Mutter trägt im Herzen die Kinder immerdar.

Johann Wilhelm Ludwig Gleim

Die Mutter des Neugebornen

Wie denn nennen wir ihn, den Knaben? fragte der Vater;
»*Leopold* nennen wir ihn!« – sagte die Mutter und starb.

Johann Wolfgang von Goethe

Vor Gericht

Von wem ich's habe, das sag' ich euch nicht,
Das Kind in meinem Leib.
Pfui, speit ihr aus, die Hure da!
Bin doch ein ehrlich Weib.

Mit wem ich mich traute, das sag' ich euch nicht,
Mein Schatz ist lieb und gut,
Trägt er eine goldne Kett' am Hals,
Trägt er einen strohernen Hut.

Soll Spott und Hohn getragen sein,
Trag' ich allein den Hohn.
Ich kenn' ihn wohl, er kennt mich wohl,
Und Gott weiß auch davon.

Herr Pfarrer und Herr Amtmann ihr,
Ich bitt', laßt mich in Ruh!
Es ist mein Kind und bleibt mein Kind,
Ihr gebt mir ja nichts dazu.

Des Pfarrers Tochter von Taubenheim

Aus *Des Knaben Wunderhorn*

Da drunten auf der Wiesen
Da ist ein kleiner Platz,
Da tät ein Wasser fließen,
Da wächst kein grünes Gras.

Da wachsen keine Rosen,
Und auch kein Rosmarein,
Hab ich mein Kind erstochen
Mit einem Messerlein.

Im kühlen Wasser fließet
Sein rosenrotes Blut,
Das Bächlein sich ergießet
Wohl in die Meeresflut.

Vom hohen Himmel sehen
Zwei blaue Äugelein,
Seh ich mein Englein stehen
In einem Sternelein.

Dort droben auf dem Berge
Da steht das hohe Rad,
Will ich mich drunter legen,
Und trauern früh und spat.

Hast du mich denn verlassen
Der mich betrogen hat,
Will ich die Welt verlassen,
Bekennen meine Tat.

Der Leib der wird begraben,
Der Kopf steht auf dem Rad,
Es fressen den die Raben,
Der mich verführet hat.

Verspätung

Aus *Des Knaben Wunderhorn*

Mutter, ach Mutter! es hungert mich
Gib mir Brot, sonst sterb ich.
  Warte nur mein liebes Kind!
  Morgen wollen wir säen geschwind.

Und als das Korn gesäet war,
Rief das Kind noch immerdar:
Mutter, ach Mutter es hungert mich
Gib mir Brot, sonst sterb ich.
  Warte nur mein liebes Kind!
  Morgen wollen wir ernten geschwind.

Und als das Korn geerntet war
Rief das Kind noch immerdar:
Mutter, ach Mutter! es hungert mich,
Gib mir Brot, sonst sterb ich.
  Warte nur mein liebes Kind!
  Morgen wollen wir dreschen geschwind.

Und als das Korn gedroschen war,
Rief das Kind noch immerdar:
Mutter, ach Mutter! es hungert mich,
Gib mir Brot, sonst sterbe ich.
  Warte nur mein liebes Kind!
  Morgen wollen wir mahlen geschwind.

Und als das Korn gemahlen war,
Rief das Kind noch immerdar:
Mutter, ach Mutter! es hungert mich,
Gib mir Brot, sonst sterbe ich.
  Warte nur mein liebes Kind!
  Morgen wollen wir backen geschwind.

Und als das Brot gebacken war,
Lag das Kind schon auf der Bahr.

Vertont von Gustav Mahler (Das irdische Leben, 1905).

Gottfried August Bürger

Muttertändelei

Für meine Dorette

Seht mir doch mein schönes Kind
Mit den goldnen Zottellöckchen,
Blauen Augen, roten Bäckchen!
Leutchen, habt ihr auch so eins? –
Leutchen, nein, ihr habet keins!

Seht mir doch mein süßes Kind!
Fetter als ein fettes Schneckchen,
Süßer als ein Zuckerweckchen!
Leutchen, habt ihr auch so eins? –
Leutchen, nein, ihr habet keins!

Seht mir doch mein holdes Kind!
Nicht zu mürrisch, nicht zu wählig!
Immer freundlich, immer fröhlich!
Leutchen, habt ihr auch so eins? –
Leutchen, nein, ihr habet keins!

Seht mir doch mein frommes Kind!
Keine bitterböse Sieben
Würd' ihr Mütterchen so lieben.
Leutchen, möchtet ihr so eins? –
O ihr kriegt gewiß nicht meins!

Komm' einmal ein Kaufmann her!
Hunderttausend blanke Taler,
Alles Gold der Erde zahl' er!
O er kriegt gewiß nicht meins!
Kauf' er sich wo anders eins!

Matthias Claudius

Die Mutter bei der Wiege

Schlaf, süßer Knabe, süß und mild!
Du deines Vaters Ebenbild!
Das bist du; zwar dein Vater spricht,
Du habest seine Nase nicht.

Nur eben itzo war er hier
Und sah dir ins Gesicht,
Und sprach: Viel hat er zwar von mir,
Doch meine Nase nicht.

Mich dünkt es selbst, sie ist zu klein,
Doch muß es seine Nase sein;
Denn wenn's nicht seine Nase wär',
Wo hätt'st du denn die Nase her?

Schlaf, Knabe, was dein Vater spricht,
Spricht er wohl nur im Scherz;
Hab' immer seine Nase nicht,
Und habe nur sein Herz!

1771

Clemens Brentano

Gesang der Liebe als sie geboren war

O Mutter halte dein Kindlein warm
Die Welt ist kalt und helle,
Und leg' es sanft in deinen Arm
An deines Herzens Schwelle.

Leg' still es wo dein Busen bebt
Und hold herabgebücket,
Harr' liebvoll, bis es die Äuglein hebt,
Zum Himmel selig blicket.

Du strahlender Augenhimmel du,
Du taust aus Mutteraugen
Ach Herzenspochen, ach Lust, ach Ruh'!
An deinen Brüsten saugen.

Ich schau' zu dir, so Tag als Nacht
Muß ewig zu dir schauen
Du mußt mir, die mich zur Welt gebracht,
Auch eine Wiege bauen.

Um diese Wiege laß Seide nicht,
Laß deinen Arm sich schlingen
Und nur deiner milden Augen Licht
Laß zu mir niederdringen.

Und in deines keuschen Schoßes Hut
Sollst du dein Kindlein schaukeln,
Daß deine Worte so mild so gut
Wie Träume es umgaukeln.

Da träumt mir, wie ich so ganz allein,
Gewohnt dir unterm Herzen
Wie nur die Freuden und Leiden dein
Mich freuten und mich schmerzten.

Oft rief ich dir, komm! o Mutter komm!
Kühl' dich in Liebeswogen,
Da fühltest du dich so sanft, so fromm
Zu dir hinabgezogen.

Mit meiner Seele hielt treu und warm
Ich dich in dir umschlungen,
Und hab' dir kindisch Sorg' und Harm
In Liedern weggesungen.

Was heilig in dir zu aller Stund,
Das bin ich all gewesen
O küß mich süßer Mund gesund,
Weil du an mir genesen.

So lallt zu dir mein frommes Herz,
Und nimmer lernt es sprechen,
Blickt ewig zu dir, blickt himmelwärts
Und möcht' in Freude brechen.

Bricht's nicht in Freud', bricht's doch in Leid,
Bricht es uns alle beiden
Denn Wiedersehn geht fern und weit,
Und nahe geht das Scheiden.

O Mutter halte dein Kindlein warm
Die Welt ist kalt und helle
Und leg' es leis, bist du zu arm,
Hin an des Grabes Schwelle.

Leg' es in Linnen, die du gewebt,
Zu Blumen, die du gepflücket,
Stirb mit, daß wenn's die Äuglein hebt,
Bei Gott es dich erblicket.

Das Gedicht wurde 1803 für Sophie Mereau geschrieben, als die Liebenden sich für kurze Zeit trennten. Wer als Kindlein und wer als Mutter spricht, macht die Überschrift der späteren Fassung des Gedichts deutlicher: »Meine Liebe an Sophien, die ihre Mutter ist.«

Johann Peter Hebel

Die Mutter am Christabend

Er schlooft; er schlooft! Do lyt er, wie ne Groof!
Du lieben Engel, was i bitt,
by Liib un Lebe verwach mer nit!
Gott gitt's de Synen im Schloof!

Verwach mer nit, verwach mer nit!
Dy Muetter goht mit stillem Tritt,
si goht mit zartem Muettersinn
un holt e Baum im Chämmerli dinn.

Was henk i der denn dra?
Ne schöne Lebchuechemaa,
ne Gitzeli, ne Mummeli
un Blüemli, wyß un rot un gel,
alles vo süeßem Zuckermehl.

's isch gnueg, du Muetterherz!
Viil Süeß macht numme Schmerz.
Gib's sparsem, wie der liebi Gott,
er helset nit alli Tag Zuckerbrot.

Jetz Rümmechrüüsliger her,
die allerschönste, wo n i ha!
's isch nummen au kai Möseli dra.
Wer het si schöner, wer?

's isch wohr, es isch e Pracht,
was so en Öpfel lacht;
un isch der Zuckerbeck e Maa,
se mach er so ain, wenn er cha!
Der lieb Gott het en gmacht.

Was han i echt no meh?
Ne Fazenetli, wyß un rot,
un das ais vo de schöne.
O Chind, vor bittre Träne
biwahr di Gott, biwahr di Gott!

Un was isch meh do inn?
ne Büechli, Chind! 's isch au no dy.
I leg der schöni Helgeli drii,
un schöni Gibettli sinn selber dinn.

Jetz chönnt i, trau i, goh;
es fehlt nüt meh zuem Guete –
Potz tausig, no ne Ruete!
Do isch si scho, do isch si scho!

's cha sii, si freut di nit,
's cha sii, si haut der's Vüdeli wund;
doch witt nit anderst, sen isch's der gsund;
de muesch nit, wenn d' nit witt.

Un witt's nit anderst ha,
in Gottis Name seig es drum!
Doch Muetterliebi isch zart un frumm:
si windet roti Bendeli drii
un macht e Letschli dra.

Jetz wär er uusstaffiert
un wie ne Maibaum ziert;
un wenn bis früeih der Tag verwacht,
het 's Wiehnechtchindli alles gmacht.

De nimmsch's un danksch mer's nit;
drum waisch nit, wer der's gitt.
Doch macht's der nummen e frohe Muet,
un schmeckt's der numme, sen isch's scho guet.

Bym Bluest, der Wächter rüeft
scho ölfi! Wie doch d'Zyt verrinnt,
un wie me si vertieft,
wenn's Herz an näumis Nahrig findt!

Jetz bhüet di Gott der Heer!
En anderi Chehri mehr!
Der hailig Christ isch hinecht choo,
het Chindes Flaisch un Bluet agnoo!
Wärsch au so brav wie er!

1803

Jacob Grimm

Neujahrsglückwunsch an die Mutter

O Mutter! die mit Achtung zu verehren
Mir immer meine Pflicht gebeut,
Nichts kann die Ehrfurcht gegen Sie vermehren,
Die Ihnen stets mein Herz geweiht.
Und heute steigt mein Wunsch für Sie aufs neue
Zu Gott, daß er Ihr edles Herz erfreue.

Kassel am 1ten Jenner 1800. Von Ihrem gehorsamen
Sohn J. L. K. Grimm.

Im Alter von 13 Jahren geschrieben.

Eduard Mörike

Selbstgeständnis

Ich bin meiner Mutter einzig Kind,
Und weil die andern ausblieben sind
– Was weiß ich wieviel, die sechs oder sieben –,
Ist eben alles an mir hängen blieben;
Ich hab müssen die Liebe, die Treue, die Güte
Für ein ganz halb Dutzend allein aufessen,
Ich wills mein Lebtag nicht vergessen.
Es hätte mir aber noch wohl mögen frommen,
Hätt ich nur auch Schläg für sechse bekommen!

1837

Heinrich Heine

Die Wallfahrt nach Kevlaar

1

Am Fenster stand die Mutter,
Im Bette lag der Sohn.
»Willst du nicht aufstehn, Wilhelm,
Zu schaun die Prozession?«

»Ich bin so krank, o Mutter,
Daß ich nicht hör und seh;
Ich denk an das tote Gretchen,
Da tut das Herz mir weh!« –

»Steh auf, wir wollen nach Kevlaar,
Nimm Buch und Rosenkranz;
Die Mutter Gottes heilt dir
Dein krankes Herze ganz.«

Es flattern die Kirchenfahnen,
Es singt im Kirchenton;
Das ist zu Köllen am Rheine,
Da geht die Prozession.

Die Mutter folgt der Menge,
Den Sohn, den führet sie,
Sie singen beide im Chore:
Gelobt seist du, Marie!

2

Die Mutter Gottes zu Kevlaar
Trägt heut ihr bestes Kleid;
Heut hat sie viel zu schaffen,
Es kommen viel kranke Leut.

Die kranken Leute bringen
Ihr dar, als Opferspend,
Aus Wachs gebildete Glieder,
Viel wächserne Füß und Händ.

Und wer eine Wachshand opfert,
Dem heilt an der Hand die Wund;
Und wer einen Wachsfuß opfert,
Dem wird der Fuß gesund.

Nach Kevlaar ging mancher auf Krücken,
Der jetzo tanzt auf dem Seil,
Gar mancher spielt jetzt die Bratsche,
Dem dort kein Finger war heil.

Die Mutter nahm ein Wachslicht,
Und bildete draus ein Herz.
»Bring das der Mutter Gottes,
Dann heilt sie deinen Schmerz.«

Der Sohn nahm seufzend das Wachsherz,
Ging seufzend zum Heiligenbild;
Die Träne quillt aus dem Auge,
Das Wort aus dem Herzen quillt:

»Du Hochgebenedeite,
Du reine Gottesmagd,
Du Königin des Himmels,
Dir sei mein Leid geklagt!

Ich wohnte mit meiner Mutter
Zu Köllen in der Stadt,
Der Stadt, die viele hundert
Kapellen und Kirchen hat.

Und neben uns wohnte Gretchen,
Doch die ist tot jetzund –
Marie, dir bring ich ein Wachsherz,
Heil du meine Herzenswund.

Heil du mein krankes Herze –
Ich will auch spät und früh
Inbrünstiglich beten und singen:
Gelobt seist du, Marie!«

3

Der kranke Sohn und die Mutter,
Die schliefen im Kämmerlein;
Da kam die Mutter Gottes
Ganz leise geschritten herein.

Sie beugte sich über den Kranken,
Und legte ihre Hand
Ganz leise auf sein Herze,
Und lächelte mild und schwand.

Die Mutter schaut alles im Traume,
Und hat noch mehr geschaut;
Sie erwachte aus dem Schlummer,
Die Hunde bellten so laut.

Da lag dahingestrecket
Ihr Sohn, und der war tot;
Es spielt auf den bleichen Wangen
Das lichte Morgenrot.

Die Mutter faltet die Hände,
Ihr war, sie wußte nicht wie;
Andächtig sang sie leise:
Gelobt seist du, Marie!

1823/24

Heinrich Heine schrieb zu diesem Gedicht: »Als ich ein kleiner Knabe war, und im Franziskaner-Kloster zu Düsseldorf die erste Dressur erhielt, und dort zuerst Buchstabieren und Stillsitzen lernte, saß ich oft neben einem andern Knaben, der mir immer erzählte: wie seine Mutter ihn nach Kevlaar (der Akzent liegt auf der ersten Silbe und der Ort selbst liegt im Geldernschen) einstmals mitgenommen, wie sie dort einen wächsernen Fuß für ihn geopfert, und wie sein eigner schlimmer Fuß dadurch geheilt sei. Mit diesem Knaben traf ich wieder zusammen in der obersten Klasse des Gymnasiums, und als wir, im Philosophen-Kollegium bei Rektor Schallmeyer, nebeneinander zu sitzen kamen, erinnerte er mich lachend an jene Mirakel-Erzählung, setzte aber doch etwas ernsthaft hinzu: jetzt würde er der Muttergottes ein wächsernes Herz *opfern. Ich hörte später, er habe damals an einer unglücklichen Liebschaft laboriert, und endlich kam er mir ganz aus den Augen und aus dem Gedächtnis. – Im Jahr 1819, als ich in Bonn studierte, und einmal, in der Gegend von Godesberg, am Rhein spazieren ging, hörte ich in der Ferne die wohlbekannten Kevlaar-Lieder, wovon das vorzüglichste den gedehnten Refrain hat: ›Gelobt seist du, Maria!‹, und als die Prozession näher kam, bemerkte ich unter den Wallfahrtern meinen Schulkameraden mit seiner alten Mutter. Diese führte ihn. Er aber sah sehr blaß und krank aus.«*

Adelbert von Chamisso

An meinem Herzen, an meiner Brust

An meinem Herzen, an meiner Brust,
Du meine Wonne, du meine Lust!

Das Glück ist die Liebe, die Lieb' ist das Glück.
Ich hab' es gesagt und nehm's nicht zurück.

Hab' überglücklich mich geschätzt,
Bin überglücklich aber jetzt.

Nur die da säugt, nur die da liebt
Das Kind, dem sie die Nahrung gibt;

Nur eine Mutter weiß allein,
Was lieben heißt und glücklich sein.

O wie bedaur' ich doch den Mann,
Der Mutterglück nicht fühlen kann!

Du schauest mich an und lächelst dazu,
Du lieber, lieber Engel du!

An meinem Herzen, an meiner Brust,
Du meine Wonne, du meine Lust!

Robert Schumann, Frauen-Liebe und -Leben, *op. 42, no. VII.*

Friedrich Fröbel

Kindchen verstecke Dich!

Fünf Reiter kommen im vollen Traben,
Sie woll'n so gern mein Kindchen haben.
»Du, mein Kindchen, verstecke Dich,
Daß die Reiter nicht finden Dich.«
  »Reiter, liebe Reiter,
  Reitet immer weiter;
  Will's Euch kurz verkünden,
  Könnt mein Kind nicht finden.«
  Hopp, hopp; hopp, hopp; hopp, hopp.
  So reiten sie fort im Galopp.
»Kindchen, schau nun fröhlich auf,
Die Reiter reiten davon im Lauf.«

Aus den Mutter- und Kose-Liedern, *1844.*

Die Rabenmutter

Volkslied

Es trieb ein Schäfer oben rein,
Er hört ein kleines Kindlein schrein.

»Ich hör dich schrein, ich seh dich nicht,
Ich höre, daß du ein kleines Kindlein bist.«

»Ich bin im hohlen Baum versteckt,
Mit Dorn und Disteln zugedeckt.«

»Mein Kind, wer hat denn dich ernährt,
Daß dich nicht haben die Würmer verzehrt?«

»Mich hat der heilge Geist ernährt,
Daß mich nicht haben die Würmer verzehrt.«

Er nahm das Kind aus dem Wald heraus
Und trug es in das Hochzeitshaus.

»Gott grüß, Gott grüß, ihr Gäste mein!
Die Braut soll meine Mutter sein.«

»Wie kann die Braut deine Mutter sein?
Sie trägt ein grünes Kränzelein?«

»Unter ihrem grünen Kränzelein,
Hat sie gezeugt drei Söhnelein;

Zwei hat sie im tiefen Meer ersäuft,
Und mich hat sie im hohlen Baum versteckt,
Mit Dorn und Disteln zugedeckt!«

»Mein Kind, sollt ich deine Mutter sein,
So wollt ich, daß der Satan käm
Und mir das grüne Kränzlein nähm.«

Kaum war das Wort aus ihrem Mund,
Der Satan in der Türe stund.

Er griff sie bei ihrer schneeweißen Hand,
Er tanzt mit ihr einen höllischen Tanz.

Er flog mit ihr zum Fenster hinaus,
Er fuhr mit ihr über ein Dornenstrauch.

»O weh, o weh, mein zarte Haut!
Hätt ich meim Vater und Mutter getraut!

Hätt ich getraut dem Vater mein,
So dürft ich nicht verloren sein!«

Ach an deines Grabes Rande

Grabschrift für eine Mutter

Ach an deines Grabes Rande
Bewein ich deinen frühen Tod.
Jüngst knüpften uns erst heilge Bande
Und nun liegst du schon in der Gruft.
Wo jüngst zwei Knaben du beweintest
Die uns der Tod entriß so jung und zart
Da bist du selbst so schleunig hingeeilet,
Ein böser Fall streckt plötzlich dich in Sarg.
Nichts half des Doktors schleuniges Eilen,
Dein Mund blieb matt und still.
Ach könnt ich doch das Los noch mit dir teilen
Zu sein bei dir, wo unsre Kinder sind.

Grabstein auf dem Friedhof in Steinhude, 19. Jahrhundert.

Friedrich Hebbel

Leben und Traum

Ich lag, ein kleines Kind, in meiner Mutter Schoße
Und spielte, still entzückt, mit Lilie und Rose,
Und, von dem Duft berauscht, versank ich allgemach
In Schlummer, lind und süß, wie jener Maientag.

Ich lag auch noch im Traum in meiner Mutter Schoße
Und spielte, wie vorher, mit Lilie und Rose,
Und sah, wie Ros' auf Ros' dem Himmel sanft entquoll,
Indes die Erde leis zum Lilienbeet erschwoll.

Ach rings nun, statt der Welt, nur Lilie und Rose,
Dazu der Mutter Blick und ihres Hauchs Gekose!
Selbst in der Seele war kein andres Bild mehr da,
Ich wußte nur von dem, was rings mein Auge sah.

Ich lag erwachend noch in meiner Mutter Schoße,
In Händen hielt ich fest die Lilie und die Rose,
Die Mutter, über mich gebeugt, sah still mich an;
O einz'ge Stund', wo Traum und Sein in Eins zerrann!

Anna Ritter

Mein Bübchen

Ich ging hinaus und fragte die Wolken:
»Liebe Wolken, ich bitt' euch schön –
Habt ihr mein Bübchen nicht gesehn?
Ist gar ein lieber kleiner Kerl,
Singt und springt den ganzen Tag,
Hat ein Stimmchen wie Lerchenschlag,
Zwei Augen so blau wie der Himmel
Und lacht,
Sobald er sie morgens aufgemacht.«

Die Wolken brummten: »Den kennen wir nicht!
Wir sahen ein Bübchen, das schrie nach der Mutter,
Wollte von Singen und Springen nichts wissen,
Lag am Abend so blaß in den Kissen
Und schlief doch vor lauter Jammer nicht ein,
Nein –
Das kann dein lustiges Bübchen nicht sein.«

Ich weiß nicht, wie mir ist ...
Als ob ich weinen müßt!
Was gab ich auch mein Bübchen hin,
Daß ich nun so alleine bin,
Er dorten und ich hier –
Ach Gott, behüt ihn mir!

Aus Der deutsche Spielmann, *1903.*

Otto Ernst

Nis Randers

Krachen und Heulen und berstende Nacht,
Dunkel und Flammen in rasender Jagd –
Ein Schrei durch die Brandung!

Und brennt der Himmel, so sieht man's gut:
Ein Wrack auf der Sandbank! Noch wiegt es die Flut;
Gleich holt sich's der Abgrund.

Nis Randers lugt – und ohne Hast
Spricht er: »Da hängt noch ein Mann im Mast;
Wir müssen ihn holen.«

Da faßt ihn die Mutter: »Du steigst mir nicht ein:
Dich will ich behalten, du bliebst mir allein,
Ich will's, deine Mutter!

Dein Vater ging unter und Momme, mein Sohn;
Drei Jahre verschollen ist Uwe schon,
Mein Uwe, mein Uwe!«

Nis tritt auf die Brücke. Die Mutter ihm nach!
Er weist nach dem Wrack und spricht gemach:
»Und seine Mutter?«

Nun springt er ins Boot, und mit ihm noch sechs:
Hohes, hartes Friesengewächs;
Schon sausen die Ruder.

Boot oben, Boot unten, ein Höllentanz!
Nun muß es zerschmettern…! Nein: es blieb ganz!…
Wie lange? Wie lange?

Mit feurigen Geißeln peitscht das Meer
Die menschenfressenden Rosse daher;
Sie schnauben und schäumen.

Wie hechelnde Hast sie zusammenzwingt!
Eins auf den Nacken des andern springt
Mit stampfenden Hufen!

Drei Wetter zusammen! Nun brennt die Welt!
Was da? – Ein Boot, das landwärts hält –
Sie sind es! Sie kommen! – –

Und Auge und Ohr ins Dunkel gespannt …
Still – ruft da nicht einer? – Er schreit's durch die Hand:
»Sagt Mutter, 's ist Uwe!«

Hänschen klein

Kinderlied

Hänschen klein
Ging allein
In die weite Welt hinein,
Stock und Hut
Steht ihm gut,
Ist ganz wohlgemut.
Aber Mama weinet sehr,
Hat ja nun kein Hänschen mehr.
»Wünsch' dir Glück!«
Sagt ihr Blick;
»Kehr nur bald zurück!«

Sieben Jahr,
Trüb' und klar,
Hänschen in der Fremde war.
Da besinnt
Sich das Kind,
Eilet heim geschwind.
Doch nun ist's kein Hänschen mehr,
Nein, ein großer Hans ist er,
Schwarz gebrannt
Stirn und Hand –
Wird er wohl erkannt?

Eins, zwei, drei
Gehn vorbei,
Wissen nicht, wer das wohl sei,
Schwester spricht:
»Welch Gesicht!«,
Kennt den Bruder nicht.
Kommt daher die Mutter sein,
Schaut ihm kaum ins Aug' hinein,
Spricht sie schon:
»Hans, mein Sohn!
Grüß dich Gott, mein Sohn!«

Auf die verbreitete Melodie eines Jägerliedes im 19. Jahrhundert gedichtet. In seiner Kurzfassung eines der bekanntesten deutschen Kinderlieder.

Else Lasker-Schüler

Mein Kind

Mein Kind schreit auf um die Mitternacht
Und ist so heiss aus dem Traum erwacht
Wie meine sehnende Jugend.

Gäb' ihm so gern meines Blutes Mai,
Spräng' nur mein bebendes Herz entzwei.

– Der Tod schleicht im Hyänenfell
Am Himmelsstreif im Mondeshell.

Aber die Erde im Blütenkeusch
Singt Lenz im kreisenden Weltgeräusch.

Und wundersüss küsst der Maienwind
Als duftender Gottesbote mein Kind.

1902

Ricarda Huch

An ein Kind

Leg deine Kinderhand in meine,
Und geh mit mir auf kurze Zeit;
Den Weg, der gar so lang alleine,
Verkürzt dein liebliches Geleit.

Aus deinem tiefen Augensterne
Drängt forschend eine Frage sich:
»Warum, hätt'st du es doch so gerne,
Hast du kein Bübchen, so wie ich?«

Geh wieder heim nun, kleine Seele,
Die Dämmerung bricht schnell herein;
Der Engel, dem ich dich befehle,
Wird liebreich schützend bei dir sein.

Und ich, indem ich weiter schreite,
Vergesse, daß der Traum schon schwand,
Hör' noch den Schritt an meiner Seite
Und fühle noch die kleine Hand.

Joachim Ringelnatz

Schlummerlied

Will du aufs Töpfchen?
Fühlst du ein Dürstchen?
Oder ein Würstchen?

Senke dein Köpfchen.

Draußen die Nacht, die kalte
Ist düster und fremd.
Deine Hände falte.
Der liebe Gott küßt dein Hemd.

Gute Ruh!
Ich bin da,
Deine Mutter, Mama;
Müde wie du.

Nichts mehr sagen –
Nicht fragen –
Nichts wissen –
Augen zu.

Horch in dein Kissen:
Es atmet wie du.

Gertrud Kolmar

Die Kinderdiebin

Der Häher schreit, will die nestjunge Brut.
Der Häher schweigt, lauert im Nußgesträuch.
Die Diebin streift! Mütter, o hütet euch,
Ruft eure Kleinen an, und wahret sie gut!

Kinderdiebin hält, was sie schmeichelnd gefaßt,
Netzt ihm Lippen mit einem süßen Seim;
Worte sterben: »Eltern« und »Möchte heim«.
Und es bleibt ihr lieber, fröhlicher Gast,

Huscht und lächelt auf saftgrünem Schnabelschuh
Mit den Freunden durch gläserne Zimmer umher,
Dreizehn Zimmer; im vierzehnten aber, das leer,
Sitzt die Kinderdiebin und nickt ihnen zu,

Bäckt in mächtigem Herd ihnen Hutzelbrot,
Führt sie zu Schlagrahmhügeln, wölbig und weiß,
Großen, schönen Orangen und Pfirsicheis
In Kristallbechern, quellblau und finkenrot.

Ja, und sie haben auch Tiere: den Seidenspitz,
Scheckenkatze und den Neufundlandshund;
Vöglein durchflimmern spiegelndes Kuppelrund,
Flaggensylphe, Schmuckelf, fünffarbiger Blitz.

Graupapagei kann herzliche Rede verstehn,
Greift die Nußfrucht, dankt, zerknabbert den Kern,
Hockt am Rande sprudelnder Schale gern,
Drin die Zwergfische blättrige Flossen wehn.

Wenn die Glasuhr von siebenter Stunde spricht,
Kommt die Diebin mit dem Drachenzahnkamm,
Goldener Schüssel und einem Meeresschwamm,
Strählt das Haar und wäscht das runde Gesicht.

Da der Mond in das plätschernde Becken scheint,
Kindlein dämmern, traumnah, müdegespielt,
Kniet sie wispernd an allen Betten und stiehlt
Letzten Kuß, um den eine Mutter weint.

1938

Marie Luise Kaschnitz

Die Mutter spricht

Komm, sagt die Mutter, zur Welt, Kind.
Ich will Dich nähren.
Wozu wir auf dieser Welt sind,
Kann ich Dir nicht erklären.
Das sagt Dir der Vater morgen
Oder irgendwann.
Ich habe zu tun und zu sorgen,
Mich geht's nichts an.

Ich will, daß Du immer satt hast
Und kein Regen auf Dich fällt
Und Du eine bleibende Statt hast
Hier in der Welt.
Und daß Du das Schmutzige meidest
Und den rechten Freund Dir erwählst
Und daß Du nicht krank wirst und leidest
Und mir immer alles erzählst.

Ich will Dich nicht gar so mutig
Und auch nicht besonders schön,
Weil die allzu Kühnen und Schönen
So oft zugrunde gehn.
Ja, am liebsten behielt ich Dich immer
Klein und bei mir.
Ich heizte Dir das Zimmer
Und ließe Dich nicht vor die Tür.

Denn draußen ist sehr viel Böses,
Weiß nicht, wo das Gute blieb.
Komm auf die Welt, Kind,
Sieh selbst, Kind.
Vergiß nicht, wir haben Dich lieb.

Ernst Jandl

die mutter und das kind

üch
wüll
spülen

spül düch
meun künd

1957

Christine Nöstlinger

Mutter

Mutter:
Bitte Betti,
Betti bitte,
bitte Betti,
sog do BITTE!
BITTE!
BETTI!
Bitte muas ma sogn!
Bitte
is Sitte.
Daun bist a mei Schnuckal,
                    mei Muckal,
                    mei Puckal
und griagst a guads Zuckal.
Oba BITTE muast sogn.
Bitte Betti,
Betti bitte,
Handifoitn is ned gnua!
Gib an Rua,
hurch do zua:
B-i-t-t-e!
Herst du Luada,
foig da Muada!
BITTE, sogst jetzt
auf da Stö!
I spea di ins Kamal,
oiso sogs dem Mamal!

Betti:
Be be, Betti bi bi!

1975

VII.
Das himmlische Kind

»Uns ist ein Kind geboren / Ein Sohn ist uns gegeben«: Die Verse aus dem Propheten Jesaja preisen das Kind, mit dessen Geburt das neue Zeitalter des Friedens beginnen wird. Das Bild des göttlichen Kindes, das die Welt erlösen wird, gehört zu den großen utopischen Entwürfen der orientalischen und der griechisch-römischen Mythologie. Dabei vermischen sich schon früh religiöse und politische Hoffnungen. »Ultima Cumaei venit iam carminis aetas«: Mit der Prophezeiung des »letzten Zeitalters«, die Vergils 4. Ekloge der Sibylle von Cumae in den Mund legt, wird die Ankunft eines irdischen Menschenkindes in die Utopie von der Wiederkehr des Goldenen Zeitalters verwoben. (Peter Hacks nimmt das Thema 1968 wieder auf.) Das Mittelalter hat die Vergilschen Verse auf das Christuskind gedeutet und der heidnischen Sibylle ihren Platz in der christlichen Ikonographie zugewiesen. Die Feier der Christgeburt wird in der Geschichte der deutschen Lyrik dann der erste Ort, an dem sich Kindheitsbilder entwickeln können: von den frühen, noch ganz heilsgeschichtlich zentrierten Strophen zu immer »irdischer« kolorierten Versen, in denen Windeln, Bettlein, Wiegenband, Schlafhäublein und andere Accessoires einer weltlichen Kindsgeburt eine immer größere Rolle spielen. Der Sprache der Mystik gelingt dann die innige Verschmelzung von Geistlichem und Weltlichem. Die Versenkung in das heilige Geschehen führt zu neuen Formen der Anschauung. Das biblische »So ihr nicht werdet wie die Kinder«, ursprünglich noch auf das Christuskind bezogen, gewinnt neue Qualität: »Weil man nunmehr Gott selbst, den größten, kleine findt / So ist mein größter Wunsch, zu werden wie ein Kind« (Angelus Silesius).

Die Romantik greift das utopische Bild auf: »Fern im Osten wird es helle« (Novalis) – die Ankunft des göttlichen Kindes erscheint als Wiederkehr der Poesie, durch die sich die Welt erneuern wird: »Schaffend im Gesang weht wieder / Um die Erde Lebenswind.« Philipp Otto Runge hat den Mythos vom Erlöserkind in Farben gesetzt, die biedermeierliche Dichtung hat ihn popularisiert, die Dichtung der Jahrhundertwende hat ihn in ästhetisch schönen Bildern versteckt. Auch in der modernen Lyrik hat er seine Spuren hinterlassen. Soll und muß die böse Welt noch immer von den Kindern erlöst werden? Hilde Domins Gedicht »Banges Neujahr« ist skeptisch: »Das Kind, das Neue Jahr / regt sich nicht in der Krippe. / Wir warten auf sein Lächeln, / wir warten auf seinen Schrei / wir halten den Atem vor Angst.«

Mechthild von Magdeburg

Maria nam von Josephs sattel ein hertes tuoch

Maria nam von Josephs sattel ein hertes tuoch,
Das der esel uf sim ruggen under dem sattel truog,
Und darzuo das oberste teil von irme hemde,
Da si unsern herren under hatte getragen,
Das ander teil bant
Si wider um iren lichamen[1] zesamne.
In disiu tuoch want
Die cleinliche[2] juncfrouwe den grossen heilant
Und leit in in die krippfen. Do weinete er alzehant,
Als ein niuwegeboren kint.
Wan diewile das diu kint sprachlos sint,
So weinent si niemer ane rehte not[3].
Also tet unser herre,
Das er wider siner edelen art
In eime vihestalle
Also herte gebettet wart.

1 Leib 2 zierlich 3 niemals ohne Grund

Freie Rhythmen aus einer christkind-mystischen Szene im Buch der Offenbarungen Mechthilds von Magdeburg, um 1250.

Es kompt ein Schiff geladen

Weihnachtslied

Es kompt ein Schiff geladen
Bis an sein höchste Bord,
Es trägt Gottes Sohn vollr Gnaden,
Des Vaters ewigs Wort.

Das Schiff geht still im Triebe,
Es trägt ein teure Last;
Der Segel ist die Liebe,
Der heilig Geist der Mast.

Der Anker haft auf Erden,
Und das Schiff ist am Land:
Gotts Wort tut uns Fleisch werden,
Der Sohn ist uns gesandt.

Zu Bethlehem geboren
Im Stall ein Kindelein,
Gibt sich für uns verloren:
Gelobet muß es sein.

Und wer dies Kind mit Freuden
Küssen, umbfangen will,
Der muß vor mit ihm leiden
Groß Pein und Marter viel,

Darnach mit ihm auch sterben
Und geistlich auferstehn,
Ewigs Leben zu erben
Wie an ihm ist geschehn.

Eines der ältesten deutschen Christkind-Lieder, in seiner ursprünglichen Form auf Johannes Tauler zurückgehend, hier nach der Fassung eines Drucks in Straßburg 1626.

In dulci jubilo
Weihnachtslied

In dulci jubilo
Nu singet und seid froh:
Unsers Herzen Wunne
Leit in presepio,
Leuchtet für die Sunnen
Matris in gremio.
Alpha es et O,
Alpha es et O.

O Jesu parvule,
Nach dir ist mir so weh.
Trost mir mein Gemůte,
O puer optime,
Durch aller Jungfrau Gůte,
O princeps gloriae.
Trahe me post te,
Trahe me post te!

Ubi sunt gaudia?
Niendert mehr denn da
Da die Engel singen
Nova cantica
Und die Schellen klingen
In regis curia.
Eia wärn wir da,
Eia wärn wir da!

Mater et filia
Ist Jungfrau Maria.
Wir wären all verloren
Per nostra crimina,
So hat sie uns erworben
Coelorum gaudia.
Quanta praemia,
Quanta praemia!

15. Jahrhundert

Joseph, lieber Neffe min

Joseph, lieber Neffe[1] min,
Hilf mir wiegen min Kindelin,
Daß Gott müsse dein Lohner sin
Im Himmelreich,
Der Maide Kind Maria.

Gerne, liebe Muhme min,
Ich helf dir wiegen din Kindelin,
Daß Gott müsse min Lohner sin
Im Himmelreich,
Der Maide Kind Maria.

Nu freu dich, christenliche Schar,
Der himmelische König klar
Nahm die Menschheit offenbar,
Den uns gebar
Die reine Maid Maria.

1 Onkel, Verwandter

Kindelwiegen-Lied aus einem mittelalterlichen Krippenspiel.

Martin Luther

Ein Kinderlied, auf die Weihenachten, vom Kindlein Jesu, aus dem 2. Kapitel des Evangelii S. Lukas gezogen

Vom Himmel hoch da komm ich her,
Ich bring euch gute neue Mär,
Der guten Mär bring ich so viel,
Davon ich singen und sagen will.

Euch ist ein Kindlein heut geborn,
Von einer Jungfrau auserkorn,
Ein Kindelein so zart und fein,
Das soll eur Freud und Wonne sein.

Es ist der Herr Christ unser Gott,
Der will euch führn aus aller Not,
Er will eur Heiland selber sein,
Von allen Sünden machen rein.

Er bringt euch alle Seligkeit,
Die Gott der Vater hat bereit,
Daß ihr mit uns im Himmelreich
Sollt leben nu und ewigleich.

So merket nu das Zeichen recht,
Die Krippen, Windelein so schlecht,
Da findet ihr das Kind gelegt,
Das alle Welt erhält und trägt.

Des laßt uns alle fröhlich sein
Und mit den Hirten gehn hinein,
Zu sehn, was Gott uns hat beschert,
Mit seinem lieben Sohn verehrt.

Merk auf, mein Herz, und sich dort hin,
Was liegt doch in dem Krippelin?
Wes ist das schöne Kindelin?
Es ist das liebe Jesulin.

Bis willekomm du edler Gast,
Den Sünder nicht verschmähet hast
Und kömmst ins Elend her zu mir,
Wie soll ich immer danken dir?

Ach Herr, du Schöpfer aller Ding,
Wie bistu worden so gering,
Daß du da liegst auf dürrem Gras,
Davon ein Rind und Esel aß.

Und wär die Welt viel mal so weit
Von Edelstein und Gold bereit,
So wär sie doch dir viel zu klein
Zu sein ein enges Wiegelein.

Der Sammet und die Seiden dein,
Das ist grob Heu und Windelein,
Darauf du König so groß und reich
Her prangst, als wärs dein Himmelreich.

Das hat also gefallen dir,
Die Wahrheit anzuzeigen mir,
Wie aller Welt Macht, Ehr und Gut
Für dir nichts gilt, nichts hilft noch tut.

Ach, mein herzliebes Jesulin,
Mach dir ein rein sanft Bettelin,
Zu ruhen in meins Herzen Schrein,
Daß ich nimmer vergesse dein.

Davon ich allzeit fröhlich sei,
Zu springen, singen immer frei
Das rechte Sussaninne schon
Mit Herzen Lust den süßen Ton.

Lob, Ehr sei Gott im höchsten Thron,
Der uns schenkt seinen einigen Sohn,
Des freuen sich der Engel Schar
Und singen uns solchs neues Jahr.

Maria saß in ihrem Saal

Kindelwiegen-Lied

Maria saß in ihrem Saal,
Sie wieget ihren lieben Sohn.

Sie nahm ihn auf ihr Schoße,
Das Kindlein nackent und bloße.

Das Wasser, das aus ihren Augen gaht,
Daraus macht Maria ihrem Kind ein Bad.

Unser Herz soll das Krippelein sein,
Darein legt Maria ihr Kindelein.

Unser Glaub soll das Nabelbündlein sein,
Darein bindt Maria ihr Kindelein.

Unser Weisheit soll das Schlafhäuble sein,
Damit deckt Maria ihr Kindelein.

Unser Armut soll das Strohsäcklin sein
Darauf legt Maria ihr Kindelein.

Unser Demut soll das Spreuersäcklin sein
Darauf legt Maria ihr Kindelein.

Unser Standhaftigkeit soll das Liegbettlein sein,
Darauf legt Maria ihr Kindelein.

Unser Trübsal soll das Windelein sein,
Darein wicklet Maria ihr Kindelein.

Unser Geduldigkeit soll das Handbändlin sein,
Die legt Maria ihrem Kind an die Händelein.

Unser Fürsichtigkeit soll das Küsselein sein
Das legt Maria ihrem Kind unter das Häuptelein.

Unser Gerechtigkeit soll das Deckbettlin sein,
Das deckt Maria auf ihr Kindelein.

Unser Hoffnung soll das Götterlein[1] sein
Das deckt Maria auf ihr Kindelein.

Unser Liebe soll das Wiegenband sein,
Damit bindt Maria ihr Kindelein.

Unser Mäßigkeit soll das Imbelein[2] sein,
Damit tränkt Maria ihr Kindelein.

Unser Barmherzigkeit soll das Muspfändlein sein,
Darin macht Maria ihrem Kind ein Müselein.

Unser Mildigkeit soll das Hemmedlein sein,
Darin schläft Maria ihr Kindelein.

Unser Reinigkeit soll das Röcklein sein,
Darmit kleidet Maria ihr Kindelein.

Nu wieget,
Nun wiegen wir Jesum den aller Höchsten,
Wir wiegen Jesum.

Und so er der Wiegen entwachsen,
So sei dem Herren ein Bettlein bereit.

Nu wieget,
Nun wiegen wir Jesum in unserem Herzen,
Wir wiegen Jesum.

Augsburg 1590

1 Wärmfläschlein 2 »Bienlein«, kindersprachlich für Trinkfläschchen?

Maria durch 'nen Dornenwald ging

Volkslied

Maria durch 'nen Dornenwald ging
Kyrieleison.
Maria durch 'nen Dornenwald ging,
Der hat in sieben Jahren kein Laub getragen!
Jesus und Maria!

Was trug Maria unter ihrem Herzen?
Kyrieleison.
Ein kleines Kindlein ohne Schmerzen,
Das trug Maria unter ihrem Herzen!
Jesus und Maria!

Da haben die Dornen Rosen getragen,
Kyrieleison.
Als das Kindlein durch den Wald getragen! –
Da haben die Dornen Rosen getragen!
Jesus und Maria!

Wie soll dem Kind sein Name sein?
Kyrieleison.
Der Name der soll Christus sein
Das war von Anfang der Name sein.
Jesus und Maria!

Wer soll dem Kind sein Täufer sein?
Kyrieleison.
Das soll der Sanct Johannis sein,
Der soll dem Kind sein Täufer sein!
Jesus und Maria!

Was kriegt das Kind zum Patengeld?
Kyrieleison.
Den Himmel und die ganze Welt,
Die kriegt das Kind zum Patengeld!
Jesus und Maria!

Wer hat erlös't die Welt allein?
Kyrieleison.
Das hat getan das Christkindlein,
Das hat erlös't die Welt allein! –
Jesus und Maria!

Ein Kindlein in der Wiegen

Ein Kindlein in der Wiegen
Ein kleines Kindelein,
Das gleißt gleich wie ein Spiegel
Nach adelichem Schein,
Das kleine Kindelein.

Das Kindlein, des wir meinen,
Das heißt Herr Jesus Christ,
Das verleich uns Fried und Einigkeit
Wohl heuer zu dieser Frist,
Das geb Herr Jesus Christ.

Und wer das Kindlein will küssen
An seinen roten Mund,
Der soll beichten und büßen
Aus seines Herzen Grund,
Sein Sünden machen kund.

Und wer das Kindlein will speisen,
Das selig Kindelein,
Der müß sich alles Gutes befleißen,
Und leben keusch und rein
Wie das selig Kindelein.

Und wer das Kindlein will tränken,
Das selig Kindelein,
Der muß dem sein Willen schenken,
Dem seligen Kindelein,
Und muß sein eigen sein.

Und wer das Kindlein will baden,
Das selig Kindelein,
Der muß sich aller Sünden entladen
Wohl in dem Leben sein,
Eins reines Herzen sein.

Und wer das Kindlein will lieben,
Das selig Kindelein,
Der muß das nit betrieben
In allem Leben sein
Mit seinem Leben unrein.

Und wer das Kindlein will umbtragen,
Das selig Kindelein,
Der muß ein keusch Herz haben,
Gleich wie ein Jungfrau rein,
Maria der Mutter sein.

Maria wir wöllen dich bitten
Mit deinem Kindelein,
Du wöllest uns nit verlassen,
Wöllest allzeit bei uns sein
Mit deinem Kindelein.

Maria, aller Jungfrauen ein Ziere,
Dein Lob geht weit und breit,
Kein Meister kanns aus studieren,
Deine große Heiligkeit,
Dein Lob geht weit und breit.

Dies Liedlein sei gesungen
Maria, der reinen Magd,
Und ihrem lieben Sohne,
Des Lob kein End nit hat
So lang der Himmel staht.

Augsburg 1590

Paul Gerhardt

Weihnacht-Lied

Ich steh an deiner Krippen hier
O Jesulein, mein Leben,
Ich stehe, bring und schenke dir
Was du mir hast gegeben.
Nimm hin, es ist mein Geist und Sinn,
Herz, Seel und Mut, nimm alles hin
Und laß dirs wohlgefallen.

Du hast mit deiner Lieb erfüllt
Mein Adern und Geblüte,
Dein schöner Glanz, dein süßes Bild
Liegt mir stets im Gemüte,
Und wie mag es auch anders sein,
Wie könnt ich dich, mein Herzelein,
Aus meinem Herzen lassen?

Da ich noch nicht geboren war,
Da bist du mir geboren
Und hast mich dir zu eigen gar
Eh ich dich kannt, erkoren.
Eh ich durch deine Hand gemacht,
Da hat dein Herze schon bedacht
Wie du mein wolltest werden.

Ich lag in tiefer Todes-Nacht,
Du wordest meine Sonne,
Die Sonne, die mir zugebracht
Licht, Leben, Freud und Wonne.
O Sonne, die das werte Licht
Des Glaubens in mir zugericht,
Wie schön sind deine Strahlen!

Ich sehe dich mit Freuden an
Und kann mich nicht satt sehen,
Und weil ich nun nicht weiter kann,
So tu ich was geschehen.
O daß mein Sinn ein Abgrund wär
Und meine Seel ein weites Meer,
Daß ich dich möchte fassen!

Vergönne mir, o Jesulein,
Daß ich dein Mündlein küsse,
Das Mündlein, das den süßsten Wein,
Auch Milch und Honig-Flüsse
Weit übertrifft in seiner Kraft,
Es ist voll Labsal, Stärk und Saft,
Der Mark und Bein erquicket.

Wann oft mein Herz im Leibe weint
Und keinen Trost kann finden,
Da ruft mirs zu: Ich bin dein Freund,
Ein Tilger deiner Sünden.
Was traurest du, mein Fleisch und Bein,
Du sollst ja guter Dinge sein,
Ich zahle deine Schulden.

Wer ist der Meister, der allhier
Nach Würdigkeit ausstreichet
Die Händlein, so das Kindlein mir
Anlachende zureichet!
Der Schnee ist hell, die Milch ist weiß,
Verlieren doch beid ihren Preis
Wenn diese Händlein blicken.

Wo nehm ich Weisheit und Verstand,
Mit Lobe zu erhöhen
Die Äuglein, die so unverwandt
Nach mir gerichtet stehen!
Der volle Mond ist schön und klar,
Schön ist der güldnen Sternen Schar,
Dies' Äuglein sind viel schöner.

O daß doch ein so lieber Stern
Soll in der Krippen liegen!
Vor edle Kinder großer Herrn
Gehören güldne Wiegen.
Ach Heu und Stroh ist viel zu schlecht,
Samt, Seid und Purpur wären recht
Dich, Kindlein, drauf zu legen.

Nehmt weg das Stroh, nehmt weg das Heuch,
Ich will mir Blumen holen,
Daß meines Heilands Lager sei
Auf Rosen und Violen,
Mit Tulpen, Nelken, Rosmarin
Aus frischen Gärten will ich ihn
Von oben her bestreuen.

Zur Seiten will ich hier und dar
Viel weiße Lilgen stecken,
Die sollen seiner Äuglein Paar
Im Schlafe sanft bedecken.
Doch liebt vielleicht das dürre Gras
Dir Kindlein mehr, als alles das
Was ich hier nenn und denke.

Du fragest nicht nach Lust der Welt
Noch nach des Leibes Freuden,
Du hast dich bei uns eingestellt
An unsrer Statt zu leiden,
Suchst meiner Seelen Trost und Freud
Durch allerhand Beschwerlichkeit,
Das will ich dir nicht wehren.

Eins aber, hoff ich, wirst du mir,
Mein Heiland, nicht versagen,
Daß ich dich möge für und für
In, bei und an mir tragen,
So laß mich doch dein Kripplein sein,
Komm, komm und lege bei mir ein
Dich und all deine Freuden.

Zwar sollt ich denken, wie gering
Ich dich bewirten werde,
Du bist der Schöpfer aller Ding,
Ich bin nur Staub und Erde,
Doch bist du so ein lieber Gast,
Daß du noch nie verschmähet hast
Den, der dich gerne siehet.

Aus den Geistlichen Andachten in hundert und zwanzig Liedern, *1667. Choralfassung von Johann Sebastian Bach.*

Andreas Gryphius

Über die Geburt Christi 1657

Kind, dreimal süßes Kind, in was bedrängten Nöten
Bricht dein Geburts-Tag ein! Der Engel-Scharen Macht
Bejauchzet deine Kripp' und singt bei stiller Nacht,
Die Hirten preisen dich mit hellgestimmten Flöten.

Ach um mich klingt der Hall der rasenden Trompeten,
Der rauhe Pauken Klang, der Büchsen Donner kracht:
Du schläfst, der tolle Grimm der schnellen Zwietracht wacht
Und dräut mit Stahl und Schwert und Flamm und Haß und
Töten.

O Friede-Fürst lach uns aus deinen Windeln an!
Daß mein bestürztes Herz, das nichts als seufzen kann,
Dir auch ein Freuden-Lied, o Sohn der Jungfrau bringe.

Doch wenn ich, Gott, durch dich mit Gott in Friede steh,
So kann ich fröhlich sein, ob auch die Welt vergeh,
Indem du in mir ruhst. O Kind, mein Wunsch gelinge!

Die Geburt Christi fiel 1657 in den »Nordischen Krieg«, in dessen Verlauf auch Schlesien von durchziehenden Truppen verwüstet wurde. Im selben Jahr vernichtete eine Feuersbrunst Gryphius' Haus.

Angelus Silesius

Geistreiche Sinn- und Schlußreime

An den Gelehrten

Du grübelst in der Schrift und meinst mit Klügelei
Zu finden Gottes Sohn: ach mache dich doch frei
Von dieser Sucht und komm in'n Stall, ihn selbst zu küssen,
So wirst du bald der Kraft des werten Kinds genießen.

Das unerhörte Wunder

Schaut doch, ihr Lieben, schaut: die Jungfrau säugt ein Kind,
Von welchem ich und sie und ihr gesäuget sind.

Er mir, ich ihm

Wißt: Gott wird mir ein Kind, liegt in der Jungfrau Schoß,
Daß ich ihm werde Gott und wachs ihm gleich und groß.

Die selige Überformung

Ich rate dir, verformt ins Jesulein zu werden,
Weil du begehrst zu sein erlöset von Beschwerden.
Wem Jesus helfen soll vom Teufel, Tod und Pein,
Der muß wahrhaftig auch ganz eingejeset sein.

Gott ist ein Kind, warum?

Der ew'ge Gottessohn wird heut erst Kind genannt,
Da er doch tausend Jahr den Vater schon gekannt.
Warum? Er war nie Kind. Die Mutter macht's allein,
Daß er wahrhaftiglich kann Kind gegrüßet sein.

Ein Kind sein ist am besten

Weil man nunmehr Gott selbst, den größten, kleine findt,
So ist mein größter Wunsch, zu werden wie ein Kind.

Aus dem Cherubinischen Wandersmann, *1657.*

Nikolaus Ludwig von Zinzendorf

Auf seiner Tochter Benigne zweiten Geburts-Tag

Jesulein, man hat gelesen
Daß Du auch ein Kind gewesen,
Und daß wir durch Dich genesen,
Weil wir gar verdorben sind.

Und darnach so steht geschrieben,
Daß Du sollst die Kinder lieben,
Und es immer sehr getrieben,
Daß man Dir sie bringen soll.

Heute sind unschuldge Kindlein,
Gestern sah man dich in Windlein,
Jesu bind in dieses Bündlein
Der Benigne Seele ein.

Mache Du sie Dir zum Lamme,
Und gewöhn zum Kreuzes-Stamme
Ihr dem Seelen-Bräutigame
Ohnedem geweihtes Herz.

Weil du ja die Eltern liebest,
Und auf ihr Gebet was gibest,
Und sie nicht mit Lust betrübest;
So beleb auch dieses Kind.

Diesem Lämmlein von der Herde,
Die Du weidest auf der Erde,
Gib, daß es gehorsam werde,
Und Dir völlig angenehm.

Lehre dieses Kindes Eltern,
Unter Deines Kreuzes Zeltern,
Ihren Eigenwillen keltern
Und der Tochter Eigensinn.

Wasche sie in Deinem Blute,
Halt ihr mancherlei zu gute,
Das aus einem schwachen Mute
Und aus keiner Bosheit kömmt.

Wo Du ihr willst Arbeit geben,
Jesulein, so laß sie leben;
Sonst kannst Du sie bald erheben
In das Reich der Kinderlein.

König aller Königreiche,
Der Du bist dem Vater gleiche,
Gib, daß dieses Kind erreiche
Die geliebte neue Stadt.

Laß doch auch uns andre Kleine
In des Lammes Blute reine,
Und bei Deines Lichtes Scheine,
Eine Weile fröhlich sein.

Schenk uns lauter Kinder-Freuden,
Laß uns wie die Kinder leiden,
Mit den Kindern fröhlich weiden,
Wo der Sohn der Liebe ist.

Das für Zinzendorfs Tochter Benigne verfaßte Lied wurde in den Herrnhuter »Kindergesellschaften« täglich gesungen.

Augustinus und der Engel

Aus *Des Knaben Wunderhorn*

Mit der Muschel schöpft das Büblein,
Aus dem Meer in ein Sandgrüblein;
Augustinus stille stand,
Und das Kind zu ihm begann.

Engel.

Augustinus, Licht des Glaubens,
Fromm und rein gleich wie die Tauben;
Sag mir an, wo gehst du hin?
Du hast Neues wohl im Sinn.

Tust vielleicht was Neu's studieren,
Oder gehst du nur spazieren?
Augustinus sag es gleich,
Sonst ich nicht von dir abweich.

Augustinus.

Liebes Kind, ich tu betrachten,
Ach und kann doch nimmer fassen,
Die allerheiligste Dreifaltigkeit
Als eine wahre Einigkeit.

Engel.

Eh will ich das groß Weltwasser
In dies klein Sandgrüblein fassen;
Eh du dir wirst bilden ein,
Wie die Sach kann möglich sein.

Augustinus.

O wie hoch bin ich geflogen,
Wie hat mich das Gemüt betrogen;
Als ich nach dem Kindlein sah,
War es fort, war nicht mehr da.

Nimmer werd ich so hoch fliegen,
Nimmer michs Gemüt betrügen;
Bis zergehen wird die Erd,
Und ich nicht mehr denken werd.

Die weitverbreitete Geschichte von Augustinus, der das Geheimnis der Dreieinigkeit ergründen möchte, und dem Knäblein, das das große Meer ausschöpfen will, gehört in die mittelalterliche Augustinus-Legende und wurde auch in der Tafelmalerei verschiedentlich dargestellt. Das Kind entpuppt sich dann als Engel und, gerade in seinem törichten Verhalten, als Lehrer des großen Heiligen.

Werd ein Kind

Aus *Des Knaben Wunderhorn*

Klein und arm an Herz und Munde
Mußt du sein, wenn Christus soll
Gehen auf in deinem Grunde:
Denn die Rose und Viol
Wächst im Tal der niedern Seelen,
Die nichts Hohes hier erwählen!

Mögst du nur so sein demütig,
Wie die niedre Sarons Blum,
Dennoch stehen ehrerbietig
Und vor Gott gebücket krumm:
Also mögst du bald die Gaben
Seines Geistes in dir haben.

Wenn dich aber hoch beflecket
Deiner Weisheit stolzer Witz,
Sich alsdann vor dir verstecket
Wahrer Wahrheit klarer Blitz:
Wenn der Buchstab dich gefangen,
Kannst du nicht zum Geist gelangen.

Werd ein Kind, werd arm und kleine,
Sei nicht hoch noch weis' bei dir,
Setze dich in Staub und weine,
Bis dich Gott zur Schule führt,
Da sein Geist die Arm' und Blöden
Weislich lehret von ihm reden.

Das Gedicht von der Überlegenheit des Kindersinnes über irdische Weltweisheit wurde aus der mystischen Sammlung Historie der Wiedergebohrnen *von 1742 in das* Wunderhorn *übernommen. Goethe dazu in seiner Rezension: »Ein schönes Motiv, pfaffenhaft verschroben.«*

Novalis

Fern im Osten wird es helle

Fern im Osten wird es helle,
Graue Zeiten werden jung;
Aus der lichten Farbenquelle.
Einen langen tiefen Trunk!
Alter Sehnsucht heilige Gewährung,
Süße Lieb' in göttlicher Verklärung.

Endlich kommt zur Erde nieder
Aller Himmel selges Kind,
Schaffend im Gesang weht wieder
Um die Erde Lebenswind,
Weht zu neuen ewig lichten Flammen
Längst verstiebte Funken hier zusammen.

Überall entspringt aus Grüften
Neues Leben, neues Blut,
Ewgen Frieden uns zu stiften,
Taucht er in die Lebensflut;
Steht mit vollen Händen in der Mitte
Liebevoll gewärtig jeder Bitte.

Lasse seine milden Blicke
Tief in deine Seele gehn,
Und von seinem ewgen Glücke
Sollst du dich ergriffen sehn.
Alle Herzen, Geister und die Sinnen
Werden einen neuen Tanz beginnen.

Greife dreist nach seinen Händen,
Präge dir sein Antlitz ein,
Mußt dich immer nach ihm wenden,
Blüte nach dem Sonnenschein;
Wirst du nur das ganze Herz ihm zeigen,
Bleibt er wie ein treues Weib dir eigen.

Unser ist sie nun geworden,
Gottheit, die uns oft erschreckt,
Hat im Süden und im Norden
Himmelskeime rasch geweckt.
Und so laßt im vollen Gottesgarten
Treu uns jede Knosp' und Blüte warten.

Aus den Geistlichen Liedern, *1799/1800.*

Johann Wolfgang von Goethe

Lied des Kindes

Aus den Gruben, hier im Graben
Hör ich des Propheten Sang;
Engel schweben, ihn zu laben,
Wäre da dem Guten bang?
Löw und Löwin, hin und wider,
Schmiegen sich um ihn heran;
Ja, die sanften, frommen Lieder
Habens ihnen angetan.

Engel schweben auf und nieder,
Uns in Tönen zu erlaben,
Welch ein himmlischer Gesang!
In den Gruben, in den Graben
Wäre da dem Kinde bang?
Diese sanften, frommen Lieder
Lassen Unglück nicht heran;
Engel schweben hin und wider,
Und so ist es schon getan.

Denn der Ewge herrscht auf Erden,
Über Meere herrscht sein Blick;
Löwen sollen Lämmer werden,
Und die Welle schwankt zurück.
Blankes Schwert erstarrt im Hiebe,
Glaub und Hoffnung sind erfüllt;
Wundertätig ist die Liebe,
Die sich im Gebet enthüllt.

Und so geht mit guten Kindern
Selger Engel gern zu Rat,
Böses Wollen zu verhindern,
Zu befördern schöne Tat.
So beschwören, fest zu bannen
Liebem Sohn ans zarte Knie
Ihn, des Waldes Hochtyrannen,
Frommer Sinn und Melodie.

Aus Goethes Novelle, *1827.*

Joseph von Eichendorff

Der Schalk

Läuten kaum die Maienglocken
Leise durch den lauen Wind,
Hebt ein Knabe froh erschrocken
Aus dem Grase sich geschwind,
Schüttelt in den Blütenflocken
Seine feinen blonden Locken,
Schelmisch sinnend wie ein Kind.

Und nun wehen Lerchenlieder,
Und es schlägt die Nachtigall,
Rauschend von den Bergen nieder
Kommt der kühle Wasserfall,
Rings im Walde bunt Gefieder: –
Frühling, Frühling ist es wieder
Und ein Jauchzen überall.

Und den Knaben hört man schwirren,
Goldne Fäden zart und lind
Durch die Lüfte künstlich wirren –
Und ein süßer Krieg beginnt:
Suchen, Fliehen, schmachtend Irren,
Bis sich alle hold verwirren. –
O beglücktes Labyrinth!

Vertonung: Fanny Mendelssohn, op. 1.

Eduard Mörike

Gesang Weylas

Du bist Orplid, mein Land!
Das ferne leuchtet;
Vom Meere dampfet dein besonnter Strand
Den Nebel, so der Götter Wange feuchtet.

Uralte Wasser steigen
Verjüngt um deine Hüften, Kind!
Vor deiner Gottheit beugen
Sich Könige, die deine Wärter sind.

1832

Ludwig Uhland

Auf ein Kind

Aus der Bedrängnis, die mich wild umkettet,
Hab' ich zu dir mich, süßes Kind, gerettet,
Damit ich Herz und Augen weide
An deiner Engelfreude,
An dieser Unschuld, dieser Morgenhelle,
An dieser ungetrübten Gottesquelle.

Heinrich Heine

Deutschland!

Deutschland ist noch ein kleines Kind,
Doch die Sonne ist seine Amme;
Sie säugt es nicht mit stiller Milch,
Sie säugt es mit wilder Flamme.

Bei solcher Nahrung wächst man schnell
Und kocht das Blut in den Adern.
Ihr Nachbarskinder, hütet euch
Mit dem jungen Burschen zu hadern!

Es ist ein täppisches Rieselein,
Reißt aus dem Boden die Eiche,
Und schlägt euch damit den Rücken wund
Und die Köpfe windelweiche.

Dem Siegfried gleicht er, dem edlen Fant,
Von dem wir singen und sagen;
Der hat, nachdem er geschmiedet sein Schwert,
Den Amboß entzwei geschlagen!

Ja, du wirst einst wie Siegfried sein,
Und töten den häßlichen Drachen,
Heisa! wie freudig vom Himmel herab
Wird deine Frau Amme lachen!

Du wirst ihn töten, und seinen Hort,
Die Reichskleinodien, besitzen.
Heisa! wie wird auf deinem Haupt
Die goldne Krone blitzen!

1842

Heinrich Hoffmann von Fallersleben

Ein Gärtlein weiß ich noch auf Erden

Ein Gärtlein weiß ich noch auf Erden,
Drin wandl' ich gern bei Tag und Nacht;
Das kann mir nie verwüstet werden,
Es ist von Engeln stets bewacht.

Da zeigt sich noch den Augen immer
Der Himmel wolkenleer und blau,
Da äugelt noch wie Demantschimmer
An Gras und Blättern Himmelstau.

Da fließen noch die Brünnlein helle,
Nichts hemmt noch trübet ihren Lauf;
Da sprießen noch an jeder Stelle
Die schönsten Blumen morgens auf.

Da schwirren noch auf güldnen Schwingen
Die Käfer Freud' und Lust uns zu;
Und aus den dunklen Büschen singen
Uns Nachtigallen Fried' und Ruh.

Da müssen noch die Klagen schweigen,
Da ist das Herz noch allzeit reich;
Da hängt an immer grünen Zweigen
Noch traulich Blüt' und Frucht zugleich.

Da gibt's noch keine finstern Mienen,
Nicht Zank noch Neid, nicht Haß noch Zorn;
Da summen stachellos die Bienen
Und Rosen blühen ohne Dorn.

Da lächelt schöner noch die Sonne,
Und heller blinkt uns jeder Stern;
Nur nahe sind uns Freud' und Wonne,
Und alle Sorgen bleiben fern.

O sucht das Gärtlein nicht auf Erden!
Es ist und bleibt uns immer nah:
Wir dürfen nur wie Kinder werden –
Und sieh, gleich ist das Gärtlein da.

Das Gedicht vom irdischen Paradiesgärtlein der Kindheit stammt aus dem Vorwort von Hoffmanns von Fallersleben Kinderliedern *(1877).*

Friedrich Hebbel

An ein schönes Kind

Du blickst, um deiner Mutter Hals dich schmiegend,
Mich hold und lächelnd an, ein sel'ger Stummer;
Die Wonne schließt den Mund, ihn löst der Kummer,
Du brauchst die Sprache nicht, in Lust dich wiegend.

Doch jetzt, der Kraft des Lenzes still erliegend,
Durch Bienen eingesurrt und andre Summer,
Von Duft betäubt, fällst du in tiefen Schlummer,
Ein Rosenblatt, in einen Brunnen fliegend.

O! würdest du der Maler und der Dichter
Gewaltigster, du wirst durch all dein Ringen
Das Höchste nie, wie jetzt im Spiel, verraten,

Nie so das Schöne durch der Farbe Lichter,
Nie so das Reine durch dein frömmstes Singen,
Nie so das Menschlich-Göttliche durch Taten!

Stefan George

Die Kindheit des Helden

Gram dem spiel von freund und schwester
Sprengt er einsam über schluchten ·
Felsen-an die drohend wuchten
Hebt er aus der geier nester.

Nur ein schurz um brust und schenkel ·
Hoch das haupt vom wind umstrichen
Steht er da und spannt den sprenkel
Auf das tier das er umschlichen.

Ungelehrt erschallt sein klares
Singen durch die wüsteneien ·
Spielt zum jauchzen der schalmeien
Flattern seines hellen haares.

Schlafend trifft er ungeheuer ·
Kämpft von reichgeschirrtem pferde
Und den mund voll abenteuer
Kehrt er selten heim zum herde.

Von dem bad in eisiger quelle
Von der rast in sonniger flur
Ist er ganz vom braun der felle ·
Nur sein aug ist von azur.

Männer die die schulter rücken
Hinter ihm · ihn schmähn und schelten
Werden einst vor seinen zelten
Sich in angst und ehrfurcht bücken

Zieht er siegend durch die länder..
Zitternd wanken sie durch gleissen
Seiner waffen beuten pfänder ·
Sinken nieder ungeheissen –

Stirn und bart bestreut mit russ –
Vor den blicken die versengen ·
Flehn um gnade den Gestrengen ·
Lecken ihm den staub vom fuss.

1907

Rainer Maria Rilke

Kind im Wald

Du banges Reh, es kann dir nichts geschehen.
Ich bin wie du. Und der dir Sterben sinnt,
wird weinen müssen, wenn wir beide flehen:
Du und ein Kind.

Ich bin ein Kind – und kannst du das begreifen?
Den Tagen seh ich wie im Traume zu;
ich kann nur blühn, die andern müssen reifen.
Ich bin wie du.

Wir sind zu Haus in *einem* Heimbezirke,
und nur der Frühling tut uns leise weh; –
so sind wir heilig: Ich, die blasse Birke
und du – das Reh.

1897

Franz Werfel

Nach dem Tode

Vielleicht ist unsre Seele dann
Das Kind, dem Sonntags nach dem Bade
Die Mutter Wäsche bringt frisch aus der Lade
Und zieht ihm Hemd und Strümpfe an.
Der Knabe aber, sonst so wild,
Sitzt ruhig jetzt und ernst-gestillt
Und spürt, die schnell vergehn wird, eine Gnade.
O reines frisches Hemdgefühl,
O kurzer Schreck, o Lust, nicht lang zu halten,
Wenn sich der Leinwand fast noch feuchte Falten
Dem Leib anschmiegen, fremd und kühl.
Weiß dann die Seele ernst-gestillt,
Daß unser strenger Vater mild
Auch unsre Mutter ist mit ewigem Sorgewalten?

1927

Oskar Loerke

Kindergott

Nun hat er seinen Mantel abgestreift
Und über mich geworfen zum Ersticken.
Wo ist er? Weiß er? Ob er niedergreift?
Er ist gegangen, und ich muß mich schicken.

Der Überwurf ist nichts als Finsternis,
Voll Schlupf und Schlucht gebirgiger Gewalten,
Am nackten Fleische lauern Stich und Biß,
Gewitter kriechen aus den schwülen Falten.

Und als die Augen endlich sich entkrampfen,
Die Welt sich quält aus Mitgefangenschaft:
Vergeistigt sehen sie den Mantel dampfen,
Bis plötzlich ringsum leerer Abgrund klafft.

1930

Peter Hacks

Die vierte Ekloge des Vergil

Laßt uns etwas Hohes singen
Für den König, unser Kind,
Von den neuen Zeitendingen,
Von dem Weltjahr, das beginnt.
Winter schleicht sich aus den Zedern,
Frühling kommt mit goldnen Rädern,
Rädern, die wie Sonnen sind.

Keine Armut drückt den Knaben,
Keine Furcht sein Herz ergrimmt.
Strauch und Wiese läßt ihn haben,
Was er in die Hände nimmt.
Nüsse, Zweige, Efeuranken,
All die kleinen Erdgedanken
Sind zum Spielzeug ihm bestimmt.

An dem Dornbusch hängt die Traube.
Honig aus dem Eichbaum träuft.
Flor entwindet sich dem Staube,
Bis sich Blüt an Blüte häuft.
Und die Ziege ohne Scheuen
Weidet mit dem Riesenleuen.
Lämmlein an der Wölfin säuft.

Friedlich geht des Schiffes Wandel.
Friedlich geht des Pfluges Spur.
Enden werden Trug und Handel.
Eins wird Arbeit und Natur.
Alles jauchzet frohverwundert
Dem erscheinenden Jahrhundert.
Frieden tränkt als Au als Flur.

Lächle du. Die Lippen schürze
Du zum Lächeln, kleiner Mann.
Wer bei solcher Daseinskürze
Schon den Eltern lächeln kann,
Wird mit Göttern Umgang pflegen,
Wird zu Göttinnen sich legen,
Kommt auch gut bei Dichtern an.

1968

Hilde Domin

Banges Neujahr

Das tiefere Rot der Hyazinthe die stirbt:
die Schwermut steigt in dem Stengel,
ihr dunkler Saft
Pegel des Tods in der Dolde.

Weihnachten ist dahin,
alle Kerzen sind niedergebrannt,
Wachsflecken auf dem Tischtuch.
Das Kind, das Neue Jahr,
regt sich nicht in der Krippe.
Wir warten auf sein Lächeln,
wir warten auf seinen Schrei,
wir halten den Atem vor Angst.
Die Nacht ist so naß,
so sternenlos,
die Reiser blühn,
die Hyazinthe stirbt.
Das Wunder
– kaum ein Glänzen am Horizont –
geht in weiter Ferne vorüber.

1962

VIII.

Eroten

Einer der ältesten Liebesromane der abendländischen Literatur, Longos' *Daphne und Chloe*, ist ein Kinder-Erotikon: Ein Hirtenknabe und ein Hirtenmädchen lernen miteinander die Liebe. »Inmitten ihrer kindlichen Spiele fachte Eros einen anderen Geist an.« Der besondere Reiz der Konstellation ist – und bleibt – das Ineinander von Spiel und Liebe. Kehren nicht die Erwachsenen in der Liebe zum Spiel zurück? Wie sollten sie nicht im (kindlichen) Spiel die Liebe entdecken! Und ist das große Thema der Liebe nicht der Verlust der Unschuld? Wie sollte dieses Thema nicht dort besonders reizvoll sein, wo die Unschuld gleichsam in ihrer Urgestalt erscheint: bei den Kindern, die »noch nicht wissen,was sie tun«? Schließlich war Amor selbst ein Knabe.

Kinder-Erotika spielen in der anakreontischen Lyrik des 18. Jahrhunderts eine große Rolle, ebenso wie im galanten Kupferstich der Epoche. Naivität darf dabei nicht unterstellt werden, wohl aber ein höchst kunstvolles Spiel mit eben dieser Naivität. Ohne Maskerade geht es da nicht ab – lange Zeit bleibt, neben der der geistlichen Liebe, die der Bukolik vorherrschend, seit den siebziger Jahren des 18. Jahrhunderts tritt diejenige der »Volkspoesie« hinzu, gefolgt vom Maskenspiel der familiären Liebe, vor allem der Vater-Tochter-Beziehung.

Im rationalen Diskurs der Aufklärung, der auf die Entsexualisierung des Erwachsenen-Kind-Verhältnisses zielt (und allenfalls den sublimierten pädagogischen Eros gelten lassen will), wird das Thema Kinder-Erotik tabuisiert oder kriminalisiert. Erstaunlicherweise lebt es im Gedicht weiter. Es scheint, als dürfe hier das offiziell Verdrängte in schönen Versen noch immer gesagt werden – wobei die Autoren zunehmend mit dem Reiz des Verbotenen spielen.

In lyrischen Formen tauchen dabei das Kinder-Rollengedicht ebenso wie die Bekenntnislyrik auf. Die Männer spiegeln sich gern in den Figuren des Vaters, des Lehrers, des Spielgefährten, des Verführers. Schließlich kann sich »erwachsene« Liebe gar als Kinder-Liebe imaginieren. »Gerne denk ich in dir mir ein besonderes Kind«, bekennt Goethe in einer seiner *Römischen Elegien*. Und Else Lasker-Schüler schreibt Liebesgedichte als Kindergedichte. Zu den schönsten Masken, in denen man sich den Geliebten oder die Geliebte vorstellen kann, gehört immer noch die des Kindes.

Johannes Hadlaub

Ach ich sach si triuten wol ein kindelîn

Ach ich sach sî triuten wol ein kindelîn,
dâ von wart mîn muot liebs ermant.
Sî umbvieng ez unde truchte ez nâhe an sich:
dâ von dâcht ich lieplich zehant.
Sî nam sîn antlüt in ir hende wîz
unde truchte ez an ir munt, ir wengel klâr:
owê sô gar wol kuste sîz.
Ez tet ouch zewâre als ich hæt getân:
ich sach umbvân ez ouch sî dô.
Ez tet recht als ez enstüende ir wunnen sich,
des dûchte mich, ez was sô frô.
Don mochte ich ez nicht âne nît verlân:
ich gedâchte ›owê wær ich daz kindelîn,
unz daz sî sîn wil minne hân.‹
Ich nam war doz kindelîn êrst kam von ir,
ich namz zuo mir lieplich ouch dô.
Ez dûcht mich sô guot wan sîz ê druchte an sich:
dâ von wart ich sîn gar sô frô.
Ich umbvieng ez, wan sîz ê schône umbvie
und kustz an die stat swa ez von ir kust ê was:
wie mir doch daz ze herzen gie!
Man gicht mir sî nicht als ernstlich wê nâch ir
als sîz von mir vernomen hânt,
Ich sî gesunt; ich wær vil siech und siechlich var,
tæt mir sô gar wê minne bant.
Daz manz nicht an mir sicht, doch lîde ich nôt,
daz füegt guot geding, der hilft mir al dâ her:
und liez mich der, sô wære ich tôt.

um 1300

Ach, ich sah, wie sie ein Kindlein geherzt hat,
dabei wurde mein Sinn an Frohes erinnert.
Sie umarmte und drückte es fest an sich
und brachte mich dadurch gleich auf angenehme Gedanken.
Sie nahm sein Gesicht in ihre weißen Hände
und drückte es an ihren Mund, an ihre herrlichen Wangen.
Ach und dann küßte sie es sogar.

Es tat auch ganz so wie ich selber getan hätte:
Ich sah, wie es sie wiederum umarmte
und ganz so tat als verstünde es sich auf ihre Lust;
mir schien, es war recht vergnügt.
Ich konnte das nicht ohne Eifersucht geschehen lassen:
Ach wäre ich das Kindlein, dachte ich,
solange sie von ihm Minne haben möchte!

Ich merkte darauf, als jüngst das Kindlein von ihr kam,
freundlich nahm ich es da auch an mich.
Es schien mir so angenehm weil sie es vordem an sich gedrückt hatte.
Und so hatte ich mein Vergnügen an ihm.
Ich umarmte es, wie sie es vorher auch umarmt hatte
und küßte es dort, wo sie es vorher auch geküßt hatte.
Wie mir das an mein Herz rührte!

Man behauptet, ich sei nicht wirklich liebeskrank nach ihr,
wie sie von mir gehört hätten,
ich sei gesund und müßte doch krank und blaß aussehen,
wenn mir der Liebe Band wirklich Schmerzen bereite.
Daß man's nicht an mir sieht (doch leid ich Not)
macht nur die Hoffnung, die mir hilft bisher:
Verließ sie mich, so wär ich tot.

Angelus Silesius

Sie liebkost das Jesulein

Du süßer Knabe du, wie herzlich lieb ich dich!
Wie hab ich dich so gern, wie hoch erfreust du mich!
Ach, laß mich doch gelangen,
Daß ich dich, wie ich will,
Mag herzen und umfangen
Ohn alle Maß und Ziel.

Du bist mein Augentrost, mein ewiger Gewinn,
Mein bester Aufenthalt, wo ich am liebsten bin.
Bist englisch an Geberden,
Huldselig von Gesicht,
Das schönste Kind auf Erden,
Dem nie sein Glanz gebricht.

O allerliebstes Kind, ach, drücke doch steif ein
In meinen bleichen Mund die süßen Lippelein!
Du mußt mir Atem geben,
Mein Rosenmündelein,
Mein Seelichen, mein Leben,
Mein liebstes Lämmelein.

Du bist ja voller Huld und voller Lieblichkeit,
Du bist die Liebe selbst und selbst die Freundlichkeit.
O Knabe voller Güte,
Du bist mein Brüderlein,
Du tröstest mein Gemüte,
Du schönstes Engelein.

Bleib hier mein Himmelreich und alle meine Lust,
Ich lasse dich nunmehr nicht weg von meiner Brust.
Du mußt mein eigen bleiben
Und mir die lange Zeit
Verkürzen und vertreiben
Mit deiner Lieblichkeit.

Als liebkosende »Sie« spricht die Seele (1657).

Friedrich von Logaŭ

Kinder-Werk

Hans und Greta küssen sich, da und dorte gibts Vermerk;
Was denn mehr? man weiß ja wohl, daß es nur ist Kinderwerk.

1654

Christian Adolf Overbeck

An ein Veilchen

Blühe, liebes Veilchen,
Das ich selbst erzog,
Blühe noch ein Weilchen,
Werde schöner noch!
Weißt du, was ich denke?
Lotten zum Geschenke
Pflück' ich ehstens dich;
Blümchen, freue dich!

Lotte, mußt du wissen,
Ist mein liebes Kind!
Sollt' ich Lotten missen,
Weinet' ich mich blind!
Lotte hat vor allen
Kindern mir gefallen
Die ich je gesehn,
Das muß ich gestehn!

Solch ein schmuckes Mädchen
Gibt es weiter nicht,
Zwar hat Nachbars Gretchen
Auch ein hübsch Gesicht:
Doch muß ichs nur sagen,
Würde man mich fragen:
Möcht'st du Gretchen frein?
Sicher sagt' ich Nein!

Aber da die Kleine
Liegt mir in dem Sinn!
Anders nehm' ich keine
Wenn ich älter bin.
O die süße Lotte!
Nächst dem lieben Gotte
Hab' ich doch allhie
Nichts so lieb als sie!

Manche die mich kennen,
Spotten dann und wann;
Wenn sie Lotte nennen,
Sehen sie mich an.
Tut es nur, ihr Leutchen!
Lotte bleibt mein Bräutchen.
Künftig sollt ihr schön
Mit zur Hochzeit gehn.

Aber du, mein Veilchen,
Sollst für Lotte sein;
Blüh nur noch ein Weilchen
Hier im Sonnenschein.
Bald will ich dich pflücken,
Ihre Brust zu schmücken.
Ach, dann küßt sie dich –
Und vielleicht auch mich!

Christan Adolf Overbeck

Die Hochzeit

Ich saß im Gärtchen an dem Bach
Und dacht' an tausend Dinge,
Da hüpfte mir die Lotte nach
Mit einem blanken Ringe.
Sie griff mir husch! den Finger an
Und steckte mir den Ring daran
Und lacht' und rief daneben:
»Herr Bräutigam, Sie leben!«

»Und bist du meine liebe Braut?«
»Trotz allen Siebensachen,
Komm, setze dich zu mir ins Kraut
Und laß uns Hochzeit machen!«
Und husch! raubt' ich ihr einen Kuß.
»Was eine rechte Braut ist, muß
Den Bräutigam schon küssen!«
Sie ließ sichs nicht verdrießen.

Da sprach ich: lieber Bach, und ihr
Vergißmeinnichtchen drüben
Und all' ihr Lindenbäume hier
Und was noch sonst Belieben
Zu diesem Hochzeitsfeste hat,
Seht alle her auf frischer Tat:
Es zeigen sich auch heute
Zwei kleine Eheleute.

Es schien das Bächlein wurde still,
Die Blümchen stunden grade,
Der Lindenbäume Blätterspiel
Ward ruhig am Gestade,
Da wars als ob rings um uns her
Ein Dutzend Augen offen wär.
»Und so viel Augen offen?«
Wir waren sehr betroffen.

Da nahm ich still ein wenig Gras,
Ich wollt' ein Kränzlein binden.
Die kleine Braut tat eben das,
Noch schwiegen alle Linden.
Wir flochten drauf, wir flochten dran,
Wir sahen uns einander an,
Wir sprangen auf und tauschten –
Und Bach und Linde rauschten.

Die beiden Gedichte stammen aus Overbecks Sammlung Frizchens Lieder *(1781). In der »Vorrede des Herausgebers« schreibt Overbeck: »Ist mirs ein bischen gelungen, so darf ich wol sagen, daß dies die ersten Kinderlieder unter uns sind [...] In den Liedern für Kinder hört man den herablassenden Lehrer, zwar meist im Ausdruck der Kinder, aber doch mit den Ideen eines Erwachsenen. Hier spricht, wenn ichs gut gemacht habe, wirklich ein Kind.«*

Johann Wilhelm Ludwig Gleim

An eine Tochter

Du kleine Brünette,
Du reizest uns schon,
Und trägest, ich wette,
Den Preis der Schönheit davon.

Die Freuden, die Scherze,
Sie gaukeln um dich;
Dein fröhliches Herze –
Ach hüpft', ach wüchs' es für mich!

Johann Wilhelm Ludwig Gleim

Lied des Knaben nach dem Lesen der Iris

Ich möchte wohl ein Mädchen sein;
Wie eine Rose wollt' ich blühen,
Jacobi sollte mich erziehen
Und sich des guten Kindes freu'n:
Ich möchte wohl ein Mädchen sein!

Ich möchte wohl ein Mädchen sein:
Ich wollte tanzen, scherzen, springen,
Jacobi sollte mich besingen
Und – aber ich bin ihm zu klein:
Ich möchte wohl ein Mädchen sein!

Ich möchte wohl ein Mädchen sein:
In Tugenden wollt' ich mich üben,
Jacobi sollte sich verlieben
Und ich, ich blieb' ihm nicht zu klein:
Ich möchte wohl ein Mädchen sein!

Ich möchte wohl ein Mädchen sein:
Er sollte sich mit mir vermählen,
An Freuden sollt' es ihm nicht fehlen,
An Liebe nicht, und nicht an Wein:
Ich möchte wohl *sein* Mädchen sein!

Der kleine erotische Tagträumer hat gerade in einer neuen Frauenzeitschrift geschmökert: Johann Georg Jacobis Iris *(1774).*

Johann Wolfgang von Goethe

Heidenröslein

Sah ein Knab' ein Röslein stehn,
Röslein auf der Heiden,
War so jung und morgenschön,
Lief er schnell, es nah zu sehn,
Sah's mit vielen Freuden.
Röslein, Röslein, Röslein rot,
Röslein auf der Heiden.

Knabe sprach: Ich breche dich,
Röslein auf der Heiden!
Röslein sprach: Ich steche dich,
Daß du ewig denkst an mich,
Und ich will's nicht leiden.
Röslein, Röslein, Röslein rot,
Röslein auf der Heiden.

Und der wilde Knabe brach
s' Röslein auf der Heiden;
Röslein wehrte sich und stach,
Half ihm doch kein Weh und Ach,
Mußt' es eben leiden.
Röslein, Röslein, Röslein rot,
Röslein auf der Heiden.

Herder dazu in seinem Briefwechsel über Ossian und die Lieder der alten Völker: *»Zu unseren Zeiten wird so viel von Liedern für Kinder gesprochen. Wollen sie ein älteres deutsches hören? [...] Ist das nicht Kinderton?« Das Lied wurde von Franz Schubert vertont (op. 3, Nr. 3).*

Johann Wolfgang von Goethe

Römische Elegie

Nr. IX

Wenn du mir sagst, du habest als Kind, Geliebte, den Menschen
Nicht gefallen, und dich habe die Mutter verschmäht,
Bis du größer geworden und dich entwickelt, ich glaub es:
Gerne denk ich in dir mir ein besonderes Kind.
So vermisset die Blüte des Weinstocks Farbe und Bildung,
Wenn die Beere, gereift, Menschen und Götter entzückt.

1788/90

Das schöne Kind

Aus *Des Knaben Wunderhorn*

Wie war ich doch so wonnereich,
Dem Kaiser und dem König gleich
In meinen jungen Jahren,
Als Julia das schöne Kind,
Schön wie die lieben Engel sind,
Und ich beisammen waren.

Die Mutter nannt mich Bräutigam,
Wir wurden gar nicht rot vor Scham,
Wir mochten gern so spielen,
Doch Julia das schöne Kind,
Das ging schon fort im kalten Wind,
Und mochte es nicht fühlen.

Nun bin ich gar nicht wonnereich,
Dem alten Manne bin ich gleich,
Und bin doch jung von Jahren,
Ich bin ein König ohne Land,
Denn Julia an deiner Hand,
Da tanzen Engelscharen.

Marie, Marie, Mariechen

Volkslied

Marie Marie Mariechen,
Du hast ein schweeweiß Hemdchen an,
Es geht dir bis ans Kniechen,
Komm her ich greif dir dran.

Marie Marie Mariechen,
Warum wird dir dein Rock so kurz,
Er geht dir bis ans Kniechen,
Marie Marie Mariechen.

Unter den »Volkslieder«-Aufzeichnungen von Jacob Grimm.

Joseph von Eichendorff

Die Kleine

Zwischen Bergen, liebe Mutter,
Weit den Wald entlang,
Reiten da drei junge Jäger
Auf drei Rößlein blank,
                    lieb Mutter,
Auf drei Rößlein blank.

Ihr könnt fröhlich sein, lieb Mutter,
Wird es draußen still:
Kommt der Vater heim vom Walde,
Küßt Euch, wie er will,
                    lieb Mutter,
Küßt Euch, wie er will.

Und *ich* werfe mich im Bettchen
Nachts ohn Unterlaß,
Kehr mich links und kehr mich rechts hin,
Nirgends hab ich was,
                    lieb Mutter,
Nirgends hab ich was.

Bin ich eine Frau erst einmal,
In der Nacht dann still
Wend ich mich nach allen Seiten,
Küß, so viel ich will,
                    lieb Mutter,
Küß, so viel ich will.

Clemens Brentano

An dem Feuer saß das Kind

An dem Feuer saß das Kind,
  Amor, Amor,
  Und war blind;
Mit dem kleinen Flügel fächelt
In die Flamme er und lächelt,
Fächle, lächle, schlaues Kind!

Ach, der Flügel brennt dem Kind,
  Amor, Amor
  Läuft geschwind!
»O, wie mich die Glut durchpeinet!«
Flügelschlagend laut er weinet,
In der Hirtin Schoß entrinnt
Hülfeschreind das schlaue Kind.

Und die Hirtin hilft dem Kind
  Amor, Amor,
  Bös und blind.
Hirtin, sieh, dein Herz entbrennet,
Hast den Schelm du nicht gekennet?
Sieh, die Flamme wächst geschwind,
Hüt' dich vor dem schlauen Kind!

Eduard Mörike

Lose Ware

»Tinte! Tinte, wer braucht? Schön schwarze Tinte verkauf ich!«
Rief ein Büblein gar hell Straßen hinauf und hinab.
Lachend traf sein feuriger Blick mich oben im Fenster,
Eh ich michs irgend versah, huscht er ins Zimmer herein.
Knabe, dich rief niemand! – »Herr, meine Ware versucht nur!«
Und sein Fäßchen behend schwang er vom Rücken herum.
Da verschob sich das halbzerrissene Jäckchen ein wenig
An der Schulter und hell schimmert ein Flügel hervor.
Ei, laß sehen, mein Sohn, du führst auch Federn im Handel?
Amor, verkleideter Schelm! soll ich dich rupfen sogleich?
Und er lächelt, entlarvt, und legt auf die Lippen den Finger:
»Stille! sie sind nicht verzollt – stört die Geschäfte mir nicht!
Gebt das Gefäß, ich füll es umsonst, und bleiben wir Freunde!«
Dies gesagt und getan, schlüpft er zur Türe hinaus. –
Angeführt hat er mich doch: denn will ich was Nützliches schreiben,
Gleich wird ein Liebesbrief, gleich ein Erotikon draus.

1837

Wilhelm Müller

Die Muscheln

Die letzten Meereswellen
Verschäumen um den Strand,
Und bunte Muscheln streuen
Sie auf den bleichen Sand.

Ein kleines Fischermädchen,
Zum Küssen groß genug,
Kam flink daher gegangen,
Ein Netz am Arm sie trug.

Und von den weißen Füßen
Band ihre Sohlen sie
Und gürtete das Röckchen
Sich auf bis an das Knie.

So fing sie an zu waten
Hinein in Schaum und Sand
Und suchte bunte Muscheln
Sich auf dem nassen Strand.

Sie warf sie in ihr Netzchen,
Bis daß es überquoll,
Dann nahm sie auf ihr Röckchen
Und las den Schoß sich voll.

Gleich ward das Meer lebendig,
Als hätt' es Fleisch und Blut:
Je mehr sie hub das Röckchen,
Je höher stieg die Flut.

Da fing sie an zu schreien
Und ließ die Zipfel los,
Und alle Muscheln fielen
Aus ihrem vollen Schoß.

Ich trug sie aus den Wellen
Heraus in flinkem Lauf,
Ich fischt' ihr aus dem Wasser
Die Muscheln wieder auf;

Und wollte dann sie werfen
In ihres Röckchens Schoß,
Sie aber hielt das Netzchen
Mir hin und tät sich groß.

Was soll ich mit dem Netze?
'S geht keine mehr hinein.
Ich bin ja keine Welle –
Du sollst nicht wieder schrein.

Aus den Liedern aus dem Meerbusen von Salerno *(1830). Müller hatte die Gegend, wo die Inseln der Sirenen lokalisiert werden, auf einer Reise im Frühjahr 1818 kennengelernt. Nicht wenige deutsche Reisende schwelgten in Süditalien angesichts »freier«, »natürlicher« Kinder in erotischen Phantasien.*

August Kopisch

Die kleine Kalabresin

Abend's, da sah ich das Kalabresinchen:
Stille, gar stille vom Bächelein kam sie!
Kalabresinchen,
Niedliches Kindchen!
Kalabresinchen,
Kalabresin!

Und zu ihr sagt' ich: ach, Kalabresinchen!
Gib mir ein Schlückchen, ein Schlückchen vom Wasser?
Kalabresinchen,
Niedliches Kindchen!
Kalabresinchen,
Kalabresin!

Und sie erwiderte artig und fein mir:
Nicht nur das Wasser – mich selber, mich selber!
Kalabresinchen,
Niedliches Kindchen!
Kalabresinchen,
Kalabresin!

August Kopisch lebte 1826/28 in Süditalien. Nach seiner Rückkehr veröffentlichte er seine Bearbeitungen italienischer Volkslieder.

Annette von Droste-Hülshoff

Das vierzehnjährige Herz

Er ist so schön! – sein lichtes Haar
Das möcht' ich mit keinem vertauschen,
Wie seidene Fäden so weich und klar,
Wenn zarte Löckchen sich bauschen;
Oft streichl' ich es, dann lacht er traun,
Nennt mich »seine alberne Barbe«;
Es ist nicht schwarz, nicht blond, nicht braun,
Nun ratet, wie nennt sich die Farbe?

Und seine Gebärde ist königlich,
Geht majestätisch zu Herzen,
Zuckt er die Braue, dann fürcht' ich mich,
Und möchte auch weinen vor Schmerzen;
Und wieder seh ich sein Lächeln blühn,
So klar wie das reine Gewissen,
Da möchte ich gleich auf den Schemel knien,
Und die guten Hände ihm küssen.

Heut bin ich in aller Frühe erwacht,
Beim ersten Glitzern der Sonnen,
Und habe mich gleich auf die Sohlen gemacht,
Zum Hügel drüben am Bronnen;
Erdbeeren fand ich, glüh wie Rubin,
Schau, wie im Korbe sie lachen!
Die stell' ich ihm nun an das Lager hin,
Da sieht er sie gleich beim Erwachen.

Ich weiß, er denkt mit dem ersten Blick,
»Das tat meine alberne Barbe!«
Und freundlich streicht er das Haar zurück
Von seiner rühmlichen Narbe,
Ruft mich bei Namen, und zieht mich nah,
Daß Tränen die Augen mir trüben;
Ach, er ist mein herrlicher Vater ja,
Soll ich ihn denn nicht lieben, nicht lieben!

1841/42

Theodor Storm

Die Kleine

Und plaudernd hing sie mir am Arm;
Sie halberschlossen nur dem Leben;
Ich zwar nicht alt, doch aber dort,
Wo uns verläßt die Jugend eben.

Wir wandelten hinauf, hinab
Im dämmergrünen Gang der Linden;
Sie sah mich froh und leuchtend an,
Sie wußte nicht, es könne zünden;

Ihr ahnte keine Möglichkeit,
Kein Wort von so verwegnen Dingen,
Wodurch es selbst die tiefste Kluft
Verlockend wird zu überspringen.

Conrad Ferdinand Meyer

Der Marmorknabe

In der Capuletti Vigna graben
Gärtner, finden einen Marmorknaben,
Meister Simon holen sie herbei,
Der entscheide, welcher Gott es sei.

Wie den Fund man dem Gelehrten zeigte,
Der die graue Wimper forschend neigte,
Kniet' ein Kind daneben: Julia,
Die den Marmorknaben finden sah.

»Welches ist dein süßer Name, Knabe?
Steig ans Tageslicht aus deinem Grabe!
Eine Fackel trägst du? Bist beschwingt?
Amor bist du, der die Herzen zwingt?«

Meister Simon, streng das Bild betrachtend,
Eines Kindes Worte nicht beachtend,
Spricht: »Er löscht die Fackel. Sie verloht.
Dieser schöne Jüngling ist der Tod.«

1882

Hugo von Hofmannsthal

Kleine Erinnerungen

Deine kleine Schwester
Hat ihre braunen Haare
Wie einen lebendigen Schleier
Wie eine duftende Hecke
Vornüber fallen lassen
Und schaut, mit solchen Augen!,
Durch einen duftenden Schleier
Durch eine dunkle Hecke …

Wie süß ist's, nur zu denken
An diese kleinen Dinge.

An allen sehnsüchtigen Zweigen
In Deinem nächtigen Garten
Sind Früchte aufgegangen
Lampions wie rote Früchte,
Und wiegen sich und leuchten
An den sehnsüchtigen Zweigen,
Darin der Nachtwind raschelt,
In Deinem kleinen Garten …

Wie süß ist's, nur zu denken
An diese kleinen Dinge …

1893

Das Gedicht richtet sich an Lisl Baronin Nicolics, deren kleine Schwester Michi Hofmannsthal in Salzburg kennengelernt hatte: »Ihre graciöse kleine Gestalt mit den etwas zu großen Ohren und dem wunderschönen rätselhaften Ausdruck der Augen erfreut mich auf meinem Schreibtisch zwischen den Bildern des armen russischen Mädels und einer schönen gescheidten Rococodame.«

Rainer Maria Rilke

Abisag

I

Sie lag. Und ihre Kinderarme waren
von Dienern um den Welkenden gebunden,
auf dem sie lag die süßen langen Stunden,
ein wenig bang vor seinen vielen Jahren.

Und manchmal wandte sie in seinem Barte
ihr Angesicht, wenn eine Eule schrie;
und alles, was die Nacht war, kam und scharte
mit Bangen und Verlangen sich um sie.

Die Sterne zitterten wie ihresgleichen,
ein Duft ging suchend durch das Schlafgemach,
der Vorhang rührte sich und gab ein Zeichen,
und leise ging ihr Blick dem Zeichen nach –.

Aber sie hielt sich an dem dunkeln Alten
und, von der Nacht der Nächte nicht erreicht,
lag sie auf seinem fürstlichen Erkalten
jungfräulich und wie eine Seele leicht.

II

Der König saß und sann den leeren Tag
getaner Taten, ungefühlter Lüste
und seiner Lieblingshündin, der er pflag –.
Aber am Abend wölbte Abisag
sich über ihm. Sein wirres Leben lag
verlassen wie verrufne Meeresküste
unter dem Sternbild ihrer stillen Brüste.

Und manchmal, als ein Kundiger der Frauen,
erkannte er durch seine Augenbrauen
den unbewegten, küsselosen Mund;
und sah: ihres Gefühles grüne Rute
neigte sich nicht herab zu seinem Grund.
Ihn fröstelte. Er horchte wie ein Hund
und suchte sich in seinem letzten Blute.

1907

»Als aber der König David alt war und hochbetagt, konnte er nicht warm werden, wenn man ihn auch mit Kleidern bedeckte. Da sprachen seine Großen zu ihm: Man suche unserm Herrn, dem König, eine Jungfrau, die vor dem König stehe und ihn umsorge und in seinen Armen schlafe und unsern Herrn, den König wärme. Und sie suchten ein schönes Mädchen im ganzen Gebiet Israels und fanden Abisag von Sunem und brachten sie dem König. Und sie war ein sehr schönes Mädchen und umsorgte den König und diente ihm. Aber der König erkannte sie nicht.« (1. Könige 1, 1–4).

Else Lasker-Schüler

David und Jonathan

In der Bibel stehn wir geschrieben
Buntumschlungen.

Aber unsere Knabenspiele
Leben weiter im Stern.

Ich bin David,
Du mein Spielgefährte;

O, wir färbten
Unsere weißen Widderherzen rot!

Wie die Knospen an den Liebespsalmen
Unter Feiertagshimmel.

Deine Abschiedsaugen aber –
Immer nimmst du still im Kusse Abschied.

Und was soll dein Herz
Noch ohne meines –

Dein Süßnacht
Ohne meine Lieder.

1911

Adolf Ey

Hannoversch Kind

Sie saß, das Frühstück in der Hand –
Sacht baumelten die Strakelbeine –
Hoch auf des Ufers Mauerrand
Beim Wasserturme an der Leine.

Sie hatte um den hübschen Kopf
Mit dem Gesicht, das wie geprickelt
Von Tollheit schien, den schönsten Zopf
Des dicksten gelben Haars gewickelt.

Den Spatzen streute sie ihr Brot,
Und kamen die nun scheu und sachte,
Wie da das Kind, vor Freude rot,
Mit ihren Mausezähnchen lachte!

Wie sie so morgenfrisch und froh
Dasaß im kurzen lila Kleide,
Dacht' ich, es blühe irgendwo
Solch Röslein draußen auf der Heide.

Wie aus der Lade war's, so rein!
Das war ein Blinken und ein Blänkern!
Säß' gerne bei ihr auf dem Stein
Und ließ' wie sie die Beine schlenkern!

Aus Gedichte eines Großvaters *(1908).*

Frank Wedekind

Ilse

Ich war ein Kind von fünfzehn Jahren,
Ein reines unschuldsvolles Kind,
Als ich zum erstenmal erfahren,
Wie süß der Liebe Freuden sind.

Er nahm mich um den Leib und lachte
Und flüsterte: O welch ein Glück!
Und dabei bog er sachte, sachte
Den Kopf mir auf das Pfühl zurück.

Seit jenem Tag lieb' ich sie alle,
Des Lebens schönster Lenz ist mein;
Und wenn ich keinem mehr gefalle,
Dann will ich gern begraben sein.

Das Lied, von Wedekind selber in Melodie gesetzt, war die Glanznummer am Eröffnungsabend des Münchner Kabaretts »Die elf Scharfrichter« (1901). In der ursprünglichen Fassung begann der Text »Ich war ein Kind von vierzehn Jahren«, die zweite Strophe lautete: »Er nahm mich um den Leib und lachte / Und flüsterte: Es tut nicht weh – / Und dabei schob er sachte, sachte / Mein Unterröckchen in die Höh'.«

Frank Wedekind

Mein Lieschen

Mein Lieschen trägt keine Hosen
Schon seit dem ersten April,
Weil sie von der grenzenlosen
Hitze nicht leiden will.

Das gibt mir manches zu denken.
So dacht' ich auch schon daran,
Ihr ein Paar Hosen zu schenken
Aus duftigstem Tarlatan.

Wie leicht kann sie sich beim Hupfen
Erkälten, eh' sie's gedacht;
Und bleibt ihr auch nichts als ein Schnupfen,
Man nimmt sich doch lieber in acht.

Erich Kästner

Ein Kind, etwas frühreif

Ich hab mich zu einem Kinde gebückt.
(Denn ich bin in solchen Dingen nicht stolz.)
Und ich hab ihm sein Spielzeug zurechtgerückt.
Es war ein Schimmel aus Holz.

Das Kind ging mit einer schönen Frau.
Die dachte, ich dächte, sie wäre so frei ...
Und sie zog ihr Kind wie einen Wauwau
an Laternen und Läden vorbei.

Sie fühlte sich schon zur Hälfte verführt
und schwenkte vergnügt ihr Gewölbe.
Das hätte mich nun nicht weiter gerührt.
Doch das Kind – ich hab es ganz deutlich gespürt –
das dachte bereits dasselbe ...

1928

Joachim Ringelnatz

Ein Strolch sieht spielende Kinder

Die kleinen Kinder sind so groß.
Sie umarmen sonnigen Sand.
Mir geben sie einfach einen Stoß.
Und greifen nach einer Frauenhand.
Sie jauchzen ohne Scham und Verstand
Nackt in eines Fräuleins Schoß.

Soll ich sie nach dem Wege fragen,
Weil ich mich nicht an Erwachsne getrau.
Sie wissen mir doch nichts zu sagen,
Zeigen mir nur ein fremdes Geschau,
Wie – Seehunde unter Menschen verschlagen.

Die Kinder sind so groß. Ich bin klein.
Sie sind so sauber; ich bin ein Schwein.
Ich suche Arbeit und Geld und Bett.
Sie wollen nur ins Freie.

Wenn ich Kinder – oder eine Mutter hätt' –

Wie sie es schreien, ihr Ringelreihe!
Wer möchte ihnen das Spiel verderben.
Aber doch: Jetzt – so – müßten sie sterben.

Peter Hacks

Dornröschen

In einem rosa Höschen,
Die Knie bis an dem Kinn,
So fand ich mein Dornröschen,
Die holde Schläferin.

Ich setzte auf dem Linnen
Mich nieder, wo sie lag,
Und bot, um zu beginnen,
Ihr einen schönen Tag.

Und ist es schon am Tage?,
Es wispert als ein Hauch,
Was auch die Glocke schlage,
Ich schlaf tagüber auch.

Da mußt ich mich erdreisten,
Da küßt ich sie geschwind,
Und dorthin, wo die meisten
Küsse von Wirkung sind.

Da glitt ein müder Schimmer
Ihr übers Angesicht:
Mon Prince, ich schlafe immer,
Ob man mich küßt, ob nicht.

1988

IX.

Der Mohrenknabe

Der Mohrenknabe ist der Exot unter den literarischen Kinderfiguren, eine Lieblingsgestalt der belehrenden und der unterhaltenden Literatur für Kinder, eine Ikone der Dreikönigs-Umzüge, der Kolonialwaren-Ästhetik und des Missionsgeistes. Der Mohrenknabe bezeugt die leibhaftig gewordene Angst vor dem Fremden ebenso wie die heimliche Sehnsucht nach eben diesem Fremden. Aus Anschauung ist diese Figur zu allerletzt entstanden: Schwarze Kinder bekam man, anders als in England oder Frankreich, in den deutschen Ländern kaum zu Gesicht. Der Mohrenknabe ist die Kunstfigur des ganz anderen Kindes.

Schwarz war die Farbe der Unterwelt, des Teufels, der Bosheit. Und schwarz wird, je mehr die Körperästhetik des 18. Jahrhunderts das Ideal der »reinen Haut« propagiert, die Farbe der Unreinlichkeit, des Schmutzes und der Torheit: »Vergebens wäschet sich der Mohr / Denn er bleibt schwarz. Der Tor bleibt Tor« (Fibeltext 1788). Das Exempel von der vergeblichen Mohrenwäsche (es stammt aus der barocken Emblematik) zieht sich durch die gesamte Geschichte der Kinderliteratur. Schwarz ist häßlich, und schwarz wird eingefärbt, wer bestraft werden soll.

Auch die aufgeklärte Predigt der Toleranz beginnt im Kindergedicht mit der Figur des Mohrenknaben. Heute erscheint uns, was doch gut gemeint war, als besonders vertrackt: Campes Toleranz-Fabel »Das Nasehorn und der schwarze Knabe« lehrt, daß alle Menschen so gestaltet sind, wie der Schöpfer es wollte – aber dabei blamiert sie zugleich den »kleinen schwarzen Mann« mit seiner »eingedrückten Nase«. Auch Struwwelpeter-Hoffmanns »Was kann denn dieser Mohr dafür / Daß er so weiß nicht ist wie ihr?« predigt Toleranz durch Bloßstellen (und praktiziert die Strafe des Kinder-Einschwärzens).

Aber schwarz ist auch das Geheimnis. Das »andere«, das schwarze Kind ist – wie der »edle Wilde« – der Repräsentant der Natur und der Naivität, der Bewohner des verlorenen Paradieses, der Spender exotischer Genüsse: »Schlank und schön ein Mohrenknabe / Bringt in himmelblauer Schürze / Manche wundersame Gabe / Kühlen Duft und süße Würze« (Mörike). »Tag und Nacht« – so der Titel des Gedichts –, Weiß und Schwarz bleiben einander fremd, jedoch in Sehnsucht aufeinander bezogen. Solche schönen Gedichte sind die Ausnahme. Aber noch in den kindlichen Missionstexten mit den »armen Heidensöhnen« steckt neben Überheblichkeit und Barmherzigkeit auch der Wunsch nach der Anderswelt. Paula und Richard Dehmel lokalisieren ihn an der Schwelle der kinderliterarischen Moderne im Schaufenster des Kaufmanns: »Und manchmal steht ein bunter Mohr, / der lacht, davor.«

Vergebens wäschet sich der Mohr

Fibeltext

M

Vergebens wäschet sich der Mohr,
Denn er bleibt schwarz. Der Tor bleibt Tor.

1788

Joachim Heinrich Campe

Das Nasehorn und der schwarze Knabe

Knabe
Fi, ungestaltes Tier!
Was hast du da für eine Nase?
Nasehorn
Wie? meinest etwa mich?
Knabe
Nun ja, dich mein ich, schäme dich!
Nasehorn
Warum?
Knabe
Ob deiner Nase, fi!
Die ist ja wie ein Turm.
Nasehorn
Und deine, kleiner schwarzer Mann?
Komm, sieh in diesem Bach erst selbst dich an!
Knabe
Mich selbst? Die Nase, die mich ziert,
Ist platt und breit, wie sichs gebührt,
Man hat sie eingedrückt –
Nasehorn
Und dich dadurch verziert!
Ich bin, wie der, der mich gemacht hat, wollte,
Daß ich gestaltet sein und bleiben sollte.
Der setzt' auch dieses Horn hier auf die Nase mir,
Um allen naseweisen Leuten
Des Spottes Unrecht zu bedeuten;
Sprich, Bursche, wie gefall ich dir?
Knabe
O lieber Herr, Sie sind das allerschönste Tier!
Nasehorn
Und du der größte Geck; geh, packe dich von hier!

Dialogtext zum Buchstaben **N** *aus dem 1778 erschienenen* Bilder-Abeze in drei und zwanzig Fabeln zur ersten Uebung im Lesen *des Reformpädagogen und Aufklärers Joachim Heinrich Campe.*

Am vierundzwanzigsten Jenner 1781

Im Morgenland ein König war,
Hieß nur der *kleine König*;
War Mohr, und hatte wollicht Haar
Und stotterte ein wenig.

Nun will ich! sprach er immer, nun!
Wohl recht hieß er der Kleine!
Wollt' immer große Taten tun,
Und *tat* der Taten keine!

Schlief immer, bis die Sonne hoch
Am Himmel war gestiegen;
Man weckt' ihn; laßt mich! sprach er, doch
Nur noch ein wenig liegen.

In Preußenland ein König ist,
Der ist ein großer König;
Tut Taten mit Vernunft und Mut,
Tut immer sich zu wenig!

Fragt sich, wann er zu Bette geht,
Was Gutes ist geschehen;
Kann wahrlich! seine Majestät
Sonst nicht zu Bette gehen.

Sein Fest wird heut gefeiert sehr,
In Dörfern und in Städten;
Ach! wenn ich doch sein Bauer wär,
Wie wollt' ich für ihn beten!

Der 24. Januar war der Geburtstag Friedrichs des Großen. Das Gedicht, das den Preußenkönig als Gegenbild des kleinen Mohrenkönigs feiert, stammt aus Campes Kleiner Kinderbibliothek.

Eduard Mörike

Tag und Nacht

Schlank und schön ein Mohrenknabe
Bringt in himmelblauer Schürze
Manche wundersame Gabe,
Kühlen Duft und süße Würze.
Wenn die Abendlüfte wehen,
Naht er sachte, kaum gesehen,
Hat ein Harfenspiel zur Hand.

Auch der Saiten sanftes Tönen
Kann man nächtlich lauschend hören;
Doch scheint alles seiner Schönen,
Ungetreuen, zu gehören;
Und er wandelt, bis am Haine,
Bis am See und Wiesenraine
Er die Spur der Liebsten fand.

Wohl ein Lächeln mag sich leise
Dann ins ernste Antlitz neigen,
Weiße Zähne, glänzend weiße,
Sich wie Sternenlichter zeigen.
Doch ihn faßt ein reizend Bangen,
Kommt von ferne Sie gegangen,
Und er sucht sein dunkles Haus.

Liebchen tritt von Bergeshöhen
In das Tal: da wird es Freude!
Wald und Flur wie neu erstehen
Vor dem Kind im Rosenkleide;
Alles drängt sich nach der Süßen,
Alt und jung will sie begrüßen,
Nur der Knabe bleibet aus.

Und doch ist ein tiefes Ahnen
Von dem Fremdling ihr geblieben;
Wie ein Traum will sie's gemahnen
An ein früh gehegtes Lieben.
Glänzen dann auf allen Wegen
Schmuck und Perlen ihr entgegen,
Denkt sie wohl, wer es gebracht.

Schnell den Schleier vorgezogen,
Steht das Töchterchen in Tränen,
Und der Mutter Friedensbogen
Neigt sich tauend ihrem Sehnen;
  Erd und Himmel haben Frieden,
  Aber ach, *sie* sind geschieden,
  Sind getrennt wie *Tag* und *Nacht.*

1823

Die schwarze Amsel

Kindervers

Wenn ich schon schwarz bin,
Die Schuld ist nicht mein allein:
Schuld hat mein Mutter ghabt,
Weil sie mich nicht gewaschen hat,
Da ich noch bin gewest
Im warmen Federnest.

Aus Karl Simrocks Deutschem Kinderbuch *(1848).*

Heinrich Hoffmann

Die Geschichte von den schwarzen Buben

Es ging spazieren vor dem Tor
Ein kohlpechrabenschwarzer Mohr.
Die Sonne schien ihm aufs Gehirn,
Da nahm er seinen Sonnenschirm.
Da kam der Ludwig hergerannt
Und trug sein Fähnchen in der Hand.
Der Kaspar kam mit schnellem Schritt
Und brachte seine Brezel mit.
Und auch der Wilhelm war nicht steif
Und brachte seinen runden Reif.
Die schrieen und lachten alle drei,
Als dort das Mohrchen ging vorbei,
Weil es so schwarz wie Tinte sei!

Da kam der große Nikolas
Mit seinem großen Tintenfaß.
Der sprach: »Ihr Kinder, hört mir zu
Und laßt den Mohren hübsch in Ruh!
Was kann denn dieser Mohr dafür,
Daß er so weiß nicht ist wie ihr?«
Die Buben aber folgten nicht
Und lachten ihm ins Angesicht
Und lachten ärger als zuvor
Über den armen, schwarzen Mohr.

Der Niklas wurde bös und wild,
Du siehst es hier auf diesem Bild!
Er packte gleich die Buben fest,
Beim Arm, beim Kopf, bei Rock und West
Den Wilhelm und den Ludewig,
Den Kaspar auch, der wehrte sich.
Er tunkt sie in die Tinte tief,
Wie auch der Kaspar »Feuer« rief.
Bis übern Kopf ins Tintenfaß
Tunkt sie der große Nikolas.

Du siehst sie hier, wie schwarz sie sind,
Viel schwärzer als das Mohrenkind.
Der Mohr voraus im Sonnenschein,
Die Tintenbuben hinterdrein;
Und hätten sie nicht so gelacht,
Hätt Niklas sie nicht schwarz gemacht.

Aus dem Struwwelpeter, *1845.*

H. Oswalt

Das Mohrenkind

Erzählen will ich nun geschwind
Gleich noch von einem andern Kind,
Das auch sich nicht mehr waschen ließ;
Grad wie das Kind im Glashaus schrie's.
Da ließ man's ungewaschen stehn,
Im Hemdchen mußt's spazieren gehn,
Ward schmutziger mit jedem Tag
Und immer schwärzer nach und nach.
Das Kind, einst frisch wie Milch und Blut,
Und immer sauber, lieb und gut,
Ward mit der Zeit so schwarz sogar,
Daß kaum es mehr zu kennen war.

So ließ sich's auf der Straß' einst sehn;
Da blieben alle Leute stehn,
Die Kinder kamen all' geschwind
Und riefen: »Seht das Mohrenkind!
Juchheisasa! Juchheisasa!
Ein schwarzes Mohrenkind ist da!«

Da lief das Kind voll Schreck nach Haus
Und schrie: »Zieht mir mein Hemdchen aus
Und wascht mich schnell am ganzen Leib,
Damit ich nicht so schmutzig bleib'!
Ach wascht mich nur geschwind ganz rein,
Ich will kein Mohrenkind mehr sein!«

Allein zu spät! ... Man rieb und rieb,
Man wusch das Kind, – es blieb
So schwarz und schmutzig wie zuvor,
Es blieb sein lebenlang – ein Mohr!

Merk dir's: laß waschen dich geschwind,
Daß du nicht wirst zum Mohrenkind!

Aus dem Bilderbuch Unterm Märchenbaum, *1877.*

Wilhelm Busch

Das Rabennest

Zwei Knaben, jung und heiter,
Die tragen eine Leiter.
Im Nest die jungen Raben,
Die werden wir gleich haben.

Da fällt die Leiter um im Nu,
Die Raben sehen munter zu.
Sie schreien im Vereine!
Man sieht nur noch die Beine!

Der Jäger kommt an diesen Ort
Und spricht zu seinem Hund: »Apport!«
Den Knaben apportiert der Hund,
Der Jäger hat die Pfeif' im Mund.

Nun hole auch den andern her!
Der Schlingel aber will nicht mehr.
Der Jäger muß sich selbst bemühn,
Den Knaben aus dem Sumpf zu ziehn.

Zur Hälfte sind die Knaben
So schwarz als wie die Raben.
Der Hund und auch der Jägersmann,
Die haben schwarze Stiefel an.
Die Raben in dem Rabennest
Sind aber kreuzfidel gewest.

Aus den Münchner Bilderbogen, *1869.*

Franz Graf Pocci

Spazzocamino

Die Buben laufen, wer kommt daher?
Putzocamino, der Rauchfangkehr.
»Ihr Kinder, halt! ich tu euch nichts«,
Der schwarze Mann gar freundlich spricht's.
»Bin ich auch schwarz, 's ist nur vom Ruß,
Weil ich Kamine putzen muß.
Warum seid ihr denn so geloffen,
Vor meinem Besen? – ich will's nicht hoffen!,
Habt ein Gewissen rein und gut,
Dann fürchtet ihr nicht meine Rut'.«

Ich will euch was erzählen, gebt acht

Kindervers

Ich will euch was erzählen, gebt acht, es fängt an!
Es war einmal ein schwarzer kurzer runder bunter Mann,
Der hatte schwarze kurze runde bunte Hosen an.
Er war umgürt mit einem schwarzen kurzen runden bunten Schwert
Und saß auf einem schwarzen kurzen runden bunten Pferd.
Er ritt durch die schwarzen kurzen runden bunten Straßen,
Wo die schwarzen kurzen runden bunten Kinder saßen.
O ihr schwarzen kurzen runden bunten Kinder geht hinweg,
Geht mir aus dem schwarzen kurzen runden bunten Weg,
Daß euch mein schwarzes kurzes rundes buntes Pferd nicht schlägt.
Nicht wahr, wie von dem schwarzen kurzen runden bunten Mann
Ich euch so schwarz kurz rund und bunt erzählen kann.

Aus Karl Simrocks Deutschem Kinderbuch *(1848).*

Zehn kleine Negerlein

Kinderlied

Zehn kleine Negerlein, die schliefen in der Scheun',
Da hat sich eines totgeschlafen, da waren's nur noch neun.

Neun kleine Negerlein, die gingen auf die Jagd,
Da hat sich eines totgeschossen, da waren's nur noch acht.

Acht kleine Negerlein, die aßen gerne Rüben,
Da hat sich eines totgegessen, da waren's nur noch sieben.

Sieben kleine Negerlein, die gingen zu 'ner Hex',
Da hat sie eines aufgegessen, da waren's nur noch sechs.

Sechs kleine Negerlein, die liefen ohne Strümpf',
Da hat sich eines totgelaufen, da waren's nur noch fünf.

Fünf kleine Negerlein, die tranken gerne Bier,
Da hat sich eines totgetrunken, da waren's nur noch vier.

Vier kleine Negerlein, die aßen gerne Brei,
Da hat sich eines totgegessen, da waren's nur noch drei.

Drei kleine Negerlein, die tanzten Ringelreih',
Da hat sich eines totgetanzt, da waren's nur noch zwei.

Zwei kleine Negerlein, die gingen zu 'nem Schreiner,
Das eine wurd' in'n Sarg gelegt, da war es nur noch einer.

Ein kleines Negerlein, das war entsetzlich schlau,
Das ging zurück nach Kamerun und nahm sich eine Frau,
(dann wieder von vorn).

Das Lied von den zehn kleinen Negerlein geht auf ein in den 1860er Jahren in England verbreitetes Lied »Ten little niggers« zurück, das sich dann auch in Deutschland einbürgerte, zunächst, wie es scheint, in studentischen Kreisen.

Da draußen bei den Heiden

Sonntagsschul-Lied

Da draußen bei den Heiden
Scheint die Sonne so heiß;
Da lebt manches Kindlein,
Das vom Heiland nichts weiß.

Kann nicht beten, wenn des Morgens
Vom Schlaf es erwacht;
Weiß nicht, daß ein Englein
Sein Bettchen bewacht.

Kann nicht singen unterm Christbaum
Den Weihnachtsgesang;
Sein Auge blickt traurig,
Sein Herzlein schlägt bang.

Wenn ich könnte, so ging ich
Zu dem traurigen Kind
Und erzählt' ihm, was ich wüßte
Vom Heiland geschwind.

Dann sprääch' ich: Liebes Kindlein,
O schau' nicht so trüb!
Auch dich hat der Heiland,
Der Kinderfreund, lieb!

Drum, ihr Großen und ihr Kleinen,
O hört doch das Schrei'n,
Und helft den Heidenkindern
In den Himmel hinein!

Ich war ein armer Heidensohn

Missionsnegerspruch

Ich war ein armer Heidensohn
Nun kenn ich meinen Heiland schon
Und bitte darum jedermann:
Nehmt euch der armen Heiden an.

Spruch an einem »Nickneger«, einer Missionssammelbüchse, 20. Jahrhundert.

Paula und Richard Dehmel

Die ganze Welt

Wo hängt der größte Bilderbogen?
Beim Kaufmann, Kinder! ungelogen!
Man braucht bloß draußen stehn zu bleiben,
kuckt einfach durch die Ladenscheiben,
da sieht man ohne alles Geld
die ganze Welt.

Man sieht die braunen Kaffeebohnen;
die wachsen, wo die Affen wohnen.
Man sieht auf Waschblau, Reis und Mandeln
Kamele unter Palmen wandeln,
und einen Ochsen ganz bepackt
mit Fleischextrakt.

Man sieht auch Zimt und Apfelsinen
und Zuckerhüte zwischen ihnen.
Man sieht auf rotlackierten Blechen
Matrosen mit Chinesen sprechen;
und manchmal steht ein bunter Mohr,
der lacht, davor.

Am Eingang aber lehnt ne Leiter
mit Hasen, Hühnern und so weiter.
Und manchmal hängt an ihren Sprossen
ein großer Hirsch, ganz totgeschossen.
Dann kommt so'n kleiner Hundemann
und schnuppert dran.

Gertrud Kolmar

Großmutters Stube

Ich habe sie so lange nicht betreten.
Mit ihrem silberfarbnen Ofenrohr,
Den dunkelgrünen Seidenglanztapeten –
Vorm Sofakissen noch der kleine Mohr,

Der mit den Kindern spielte, wenn sie kamen,
Im Turban, pludrig purpurnen Gewand:
Sein krummer Dolch, den gar zu gern sie nahmen
Aus blauem goldbefransten Schärpenband ...

Da hockt er schlaff, so sinnend in der Ecke,
Trüb wie am Schnabelschuh sein Diamant,
Und neben ihm auf weißer Häkeldecke,
Auf rundem Ziertisch schläft der Elefant,

Den oft und leicht mein dünner Zauberschlüssel
Aus starrem Traum ermuntert und belebt
Und der im Stampfen wirklich seinen Rüssel,
Ein schwarzes Holzgeringel, langsam hebt.

Das bunte Bergwerk, das sie so erfreute,
Harrt unterm Glassturz, bröcklig und verstaubt:
Ganz müßig stehn die kleinen Arbeitsleute,
Des Hammers der und jener schon beraubt.

Ach, wenn sie in die grüne Stube traten,
Ihr erster Blick voll Ehrfurcht fast und Scheu,
Und wie sie um das zarte Spielding baten,
Das immer wieder herrlich war und neu!

Nun schauen sie in ferne, wilde Länder,
Die sonderbarer als mein Bergwerk sind,
Und sehn die Mohren ohne blaue Bänder.
Und jeder war doch lieb und war ein Kind

Und hatte frische Augen, reif zum Wunder,
Das, Born und Blume, aus den Stoffen sprang –
Heut ist wohl alles dies ein Narrenplunder,
Der Förderkorb, das Licht im Höhlengang.

Als ich zum letztenmal es angetrieben,
Sich horchend gleichsam zu der Wandung Erz
Das Männlein beugte, ist es so geblieben
Und steht und horcht noch immer. Wie mein Herz.

1938

Peter Härtling

Der Mohr

Der Mohr, der manchmal mit mir geht:
Ich könnt ihn malen, doch er ist schon weiß –
weil er sich auf einer Kinderwunderscheibe dreht,
verlaß ich seinen Kreis.

Doch wenn ich traurig bin, da hält er an,
verbeugt sich, steigt von seiner Scheibe –
schwarz streicht er meine Finger an:
damit ich sanft von seiner Unrast schreibe.

1962

X.
Das fremde Kind

Kindheit, bürgerliche Kindheit, entsteht, indem Erwachsene und Kinder auseinanderrücken. Das vordem eher Vertraute wird einander zunehmend fremd: »Von Kindheit haben wir keine Begriffe« (Hölderlin, *Hyperion*). Der Blick der Erwachsenen fällt auf die eigenen Kinder wie die Blicke der Europäer auf jene Menschen, die ihnen an den Ufern ferner Kontinente begegnen. Und wie diese erscheinen auch die Kinder ihnen als Botschafter einer anderen Welt. In der Welt wie sie ist, der Welt der Erwachsenen, müssen sie als Fremdlinge leben. Ihres Bleibens ist nicht lange, aber in ihrem kurzen Leben prägen sie den Erwachsenen die Sehnsucht nach dem anderen ein, nach dem, was »nicht von dieser Welt« ist. Das alte »So ihr nicht werdet wie die Kinder« wird in der Zeit um 1800 zur Chiffre für das Leben, die Ganzheit, die Freiheit – für die Poesie selber.

»Fremde Kinder« bevölkern die Literatur der Epoche. Es sind zunächst Kinder »aus der Fremde«: Mignon, das Savoyardenkind, der Zigeunerknabe. Sie kommen aus dem Süden, der Schleier des Geheimnisses umgibt sie, auch das Düstere und Bedrohliche. Es sind Kind-Erwachsene, auch darin dem bürgerlichen Kindheitsmuster entgegengesetzt. Und sie rufen den Erwachsenen, der ihren Weg kreuzt, in das Unbekannte ihrer Herkunft. Mignons »Kennst du das Land« lockt in die verlorene Welt der Kindheit; zugleich ist das Gedicht zum klassischen Lied der Italien-Sehnsucht geworden.

»Fremde Kinder« sind sodann jene geheimnisvollen Wesen, die als »bucklige Männlein« die Kinder und die Kindheit begleiten: Abspaltungen eben jener »fremden« Anteile bürgerlichen Kindseins, die im Prozeß des Erwachsenwerdens verschwinden, so wie auch (Hermann Hesse hat es in der »Kindheit des Zauberers« beschrieben) jene kleinen Männlein eines Tages aus dem Leben der Kinder verschwinden, nachdem sie lange Zeit deren Begleiter und Wegweiser gewesen waren – falls ihre Schatten nicht den Erwachsenen als Wegweiser in die eigene Kindheit erscheinen, wie es Walter Benjamin in der *Berliner Kindheit um Neunzehnhundert* beschrieben hat.

»Fremde Kinder« sind schließlich jene Kinderfiguren, die – hypersensibel, nervös, Tagträumer – die Verbindung zu ihrer Ursprungswelt noch nicht unterbrochen haben. Sie hören Stimmen und sehen Gesichter, und manchmal verlassen sie mitten am Tag die Welt der Erwachsenen, um sich in jene andere aufzumachen. Dann droht ihnen Gefahr, der Tod: »Das Kindlein winkt, der Schatten geschwind / Winkt aus der Tiefe ihm wieder! / Herauf! Herauf! So meint's das Kind; / Der Schatten: Hernieder! Hernieder!« (Friedrich Hebbel).

Einige der schönsten deutschen Kindergedichte handeln von solchen »fremden Kindern«. Sah die ältere Epoche das »Fremde« dieser Kinder in ihrer Herkunft oder in ihrer Nähe zu Figuren aus Märchen, Sage und Traum, so ist das »fremde Kind« der Moderne das mit der Welt der Erwachsenen zerfallene Kind: »Nur manchmal, wenn ihn seine Eltern riefen, / Dann schrak er auf. Sein Name schien ihm fremd« (Karl Krolow). Die Faszination der Figur bleibt. Hinter der Fassade des Bürgerhauses spukt, wie in »Bulemanns Haus« von Theodor Storm, noch immer die Geisterwelt der Kinder: »Die weißen Hemden bauschen. / Vater und Mutter sagen, es geistert im Haus, / Wenn wir den Atem tauschen« (Ingeborg Bachmann).

Johann Wolfgang von Goethe

Mignons Lied

Kennst du das Land, wo die Zitronen blühn,
Im dunkeln Laub die Goldorangen glühn,
Ein sanfter Wind vom blauen Himmel weht,
Die Myrte still und hoch der Lorbeer steht,
Kennst du es wohl?
Dahin! Dahin
Möcht' ich mit dir, o mein Geliebter, ziehn!

Kennst du das Haus? auf Säulen ruht sein Dach,
Es glänzt der Saal, es schimmert das Gemach,
Und Marmorbilder stehn und sehn mich an:
Was hat man dir, du armes Kind, getan?
Kennst du es wohl?
Dahin! Dahin
Möcht' ich mit dir, o mein Beschützer, ziehn!

Kennst du den Berg und seinen Wolkensteg?
Das Maultier sucht im Nebel seinen Weg,
In Höhlen wohnt der Drachen alte Brut,
Es stürzt der Fels und über ihn die Flut:
Kennst du ihn wohl?
Dahin! Dahin
Geht unser Weg; o Vater, laß uns ziehn!

»Ihr Kind wuchs heran und zeigte bald eine sonderbare Natur. Es konnte sehr früh laufen und sich mit aller Geschicklichkeit bewegen, es sang bald sehr artig und lernte die Zither gleichsam von sich selbst. Nur mit Worten konnte es sich nicht ausdrücken, und es schien das Hindernis mehr in seiner Denkungsart als in den Sprachwerkzeugen zu liegen« (über Mignon).

Friedrich Rückert

Des fremden Kindes heiliger Christ

Es lauft ein fremdes Kind
Am Abend vor Weihnachten
Durch eine Stadt geschwind,
Die Lichter zu betrachten,
Die angezündet sind.

Es steht vor jedem Haus
Und sieht die hellen Räume,
Die drinnen schaun heraus,
Die lampenvollen Bäume;
Weh wird's ihm überaus.

Das Kindlein weint und spricht:
»Ein jedes Kind hat heute
Ein Bäumchen und ein Licht
Und hat dran seine Freude,
Nur bloß ich armes nicht.«

»An der Geschwister Hand
Als ich daheim gesessen,
Hat es mir auch gebrannt;
Doch hier bin ich vergessen
In diesem fremden Land.«

»Läßt mich denn niemand ein
Und gönnt mir auch ein Fleckchen?
In all den Häuserreih'n
Ist denn für mich kein Eckchen,
Und wär' es noch so klein?«

»Läßt mich denn niemand ein?
Ich will ja selbst nichts haben,
Ich will ja nur am Schein
Der fremden Weihnachtsgaben
Mich laben ganz allein.«

Es klopft an Tür und Tor,
An Fenster und an Laden;
Doch niemand tritt hervor,
Das Kindlein einzuladen,
Sie haben drin kein Ohr.

Ein jeder Vater lenkt
Den Sinn auf seine Kinder;
Die Mutter sie beschenkt,
Denkt sonst nichts mehr noch minder;
Ans Kindlein niemand denkt.

»O, lieber heil'ger Christ!
Nicht Mutter und nicht Vater
Hab' ich, wenn du's nicht bist;
O, sei du mein Berater,
Weil man mich hier vergißt!«

Das Kindlein reibt die Hand,
Sie ist von Frost erstarret;
Es kriecht in sein Gewand,
Und in dem Gäßlein harret,
Den Blick hinaus gewandt.

Da kommt mit einem Licht
Durchs Gäßlein hergewallet
Im weißen Kleide schlicht
Ein ander Kind; – wie schallet
Es lieblich, da es spricht:

»Ich bin der heil'ge Christ,
War auch ein Kind vordessen,
Wie du ein Kindlein bist;
Ich will dich nicht vergessen,
Wenn alles dich vergißt.«

»Ich bin mit meinem Wort
Bei allen gleichermaßen;
Ich biete meinen Hort
So gut hier auf den Straßen
Wie in den Zimmern dort.«

»Ich will dir deinen Baum,
Fremd Kind, hier lassen schimmern
Auf diesem offnen Raum,
So schön, daß die in Zimmern
So schön sein sollen kaum.«

Da deutet mit der Hand
Christkindlein auf zum Himmel,
Und droben leuchtend stand
Ein Baum voll Sterngewimmel
Vielästig ausgespannt.

So fern und doch so nah',
Wie funkelten die Kerzen!
Wie ward dem Kindlein da,
Dem fremden, still zu Herzen,
Das seinen Christbaum sah!

Es ward ihm wie ein Traum;
Da langten hergebogen
Englein herab vom Baum
Zum Kindlein, das sie zogen
Hinauf zum lichten Raum.

Das fremde Kindlein ist
Zur Heimat nun gekehret
Bei seinem heil'gen Christ;
Und was hier wird bescheret,
Es dorten leicht vergißt.

Emanuel Geibel

Der Zigeunerbube im Norden

Fern im Süd das schöne Spanien,
Spanien ist mein Heimatland,
Wo die schattigen Kastanien
Rauschen an des Ebro Strand,
Wo die Mandeln rötlich blühen,
Wo die heiße Traube winkt,
Und die Rosen schöner glühen
Und das Mondlicht goldner blinkt.

Und nun wandr' ich mit der Laute
Traurig hier von Haus zu Haus,
Doch kein helles Auge schaute
Freundlich noch nach mir heraus.
Spärlich reicht man mir die Gaben,
Mürrisch heißet man mich gehn;
Ach, den armen braunen Knaben
Will kein Einziger verstehn.

Dieser Nebel drückt mich nieder,
Der die Sonne mir entfernt,
Und die alten lust'gen Lieder
Hab' ich alle fast verlernt.
Immer in die Melodien
Schleicht der *eine* Klang sich ein:
In die Heimat möcht' ich ziehen,
In das Land voll Sonnenschein!

Als beim letzten Erntefeste
Man den großen Reigen hielt,
Hab' ich jüngst das allerbeste
Meiner Lieder aufgespielt.
Doch wie sich die Paare schwangen,
In der Abendsonne Gold,
Sind auf meine dunkeln Wangen
Heiße Tränen hingerollt.

Ach, ich dachte bei dem Tanze
An des Vaterlandes Lust,
Wo im duft'gen Mondenglanze
Freier atmet jede Brust,
Wo sich bei der Zither Tönen
Jeder Fuß beflügelt schwingt,
Und der Knabe mit der Schönen
Glühend den Fandango schlingt.

Nein! Des Herzens sehnend Schlagen
Länger halt ich's nicht zurück;
Will ja jeder Lust entsagen,
Laßt mir nur der Heimat Glück!
Fort zum Süden! Fort nach Spanien,
In das Land voll Sonnenschein!
Unterm Schatten der Kastanien
Muß ich einst begraben sein.

Die wiedergefundene Königstochter

Volkslied

Es hatt' ein König ein Töchterlein,
Mit Namen hieß es Annelein.
Es saß an einem Rainelein,
Las auf die kleinen Steinelein.

Es kam ein fremder Krämer in's Land,
Er wurf ihm dar ein seiden Band:
»Jetzt mußt du mit mir in fremde Land.«

Er trug's für einer Frau Wirtin Haus,
Er gabs für einen Bankert aus:
»Frau Wirtin, liebe Frau Wirtin mein,
Verdinget mir mein Kindelein!«

»O ja! o ja! das will ich wohl,
Ich will ihm tun doch also wohl,
Gleichwie ein' Mutter ei'm Kind tun soll.«

Und als die Jahrszeit ummen war,
Und es zu seinen Jahren kam:
Es wollt' ein Herr ausreiten,
Und er wollt ausgahn weiben.

Er ritt für einer Frau Wirtin Haus,
Die schöne Magd treit ihm Wein heraus.

»Frau Wirtin, liebe Frau Wirtin mein,
Ist das euer Töchterlein?
Oder ist es eures Sohnes Weib?
Daß es so wunderschön mag sein.«

»Es ist doch nicht mein Töchterlein,
Es ist doch nicht meines Sohnes Weib,
Es ist nur mein armes Südeli[1],
Es weist meinen Gästen die Stübeli.«

»Frau Wirtin, liebe Frau Wirtin mein,
Erlaubet mir ein' Nacht oder drei,
Solang das euer Willen mag sein!«

»O ja! o ja! das will ich wohl,
Es soll doch euch erlaubet sein,
Solang das euer Willen mag sein.«

Er nahm schön Annelein bei der Hand,
Er führt' es in eine Schlafkammer lang,
Er führt' es für ein schönes Bett,
Ob es die Nacht bei ihm schlafen wött.

Der Herr zog aus sein guldiges Schwert,
Er leit es zwischen beide Herz'.
»Das Schwert soll weder hauen noch schneiden,
Das Annelein soll ein Mägetli bleiben.

Ach Annelein, kehr dich umher!
Nun klag mir deinen Kummer schwer!
Klag' mir Alles, was du weißt,
Was du in deinem Herzen treist.

Sag', wer ist dein Vater? Sag', wer ist deine Mutter?«
»Der Herr König ist mein Vater, Frau Königin ist meine Mutter,
Ich hab' einen Bruder, heißt Mannigfalt,
Gott weiß wohl, wo er umherfahrt.«

»Und ist dein Vater ein König,
Und ist dein' Mutter ein' Königin,
Hast du ein'n Bruder, heißt Mannigfalt:
Jetzt hab ich mein Schwesterlein an meiner Hand.«

Und wie es Morgens Tage ward,
Frau Wirtin für die Kammer trat:
»Steh' auf, du schnöde Magd, steh' auf,
Füll deinen Gästen die Häfelein auf!«

»O nein! laß du schön Annelein in Ruh!
Füll deine Häfelein selber zu!
Mein Schwester Annelein muss's nimmermehr tun.«

Er saß wohl auf sein hohes Pferd,
Und er sein Schwesterlein hinter ihm nahm,
Er nahm schön Annelein beim Gürtelschloß,
Er schwung's wohl hinter ihm auf sein Roß.

Und wie er durch den Hof einritt,
Sein Mutter ihm entgegen schritt:
Bis mir Gottwillkommen, du Sohne mein,
Und auch dies zarte Fräuelein!

»Es ist doch nicht mein Fräuelein,
Es ist doch nur euer liebstes Kind,
Wo wir solang verloren gehan.«

Sie setzen schön Annelein oben an Tisch,
Sie geben ihm gesotten' und gebratene Fisch',
Sie steckten ihm an einen guldigen Ring:
»Jetzt bist du wieder mein Königskind!«

1 »Sudlerin«, Untermagd

Aus Jacob Grimms Volksliedern.

Das bucklige Männlein

Aus *Des Knaben Wunderhorn*

Will ich in mein Gärtlein gehn,
Will mein Zwiebeln gießen;
Steht ein bucklicht Männlein da,
Fängt als an zu niesen.

Will ich in mein Küchel gehn,
Will mein Süpplein kochen;
Steht ein bucklicht Männlein da,
Hat mein Töpflein brochen.

Will ich in mein Stüblein gehn,
Will mein Müslein essen;
Steht ein bucklicht Männlein da,
Hats schon halber gessen.

Will ich auf mein Boden gehn,
Will mein Hölzlein holen;
Steht ein bucklicht Männlein da,
Hat mirs halber g'stohlen.

Will ich in mein Keller gehn,
Will mein Weinlein zapfen;
Steht ein bucklicht Männlein da,
Tut mir'n Krug wegschnappen.

Setz ich mich ans Rädlein hin,
Will mein Fädlein drehen;
Steht ein bucklicht Männlein da,
Läßt mirs Rad nicht gehen.

Geh ich in mein Kämmerlein,
Will mein Bettlein machen;
Steht ein bucklicht Männlein da,
Fängt als an zu lachen.

Wenn ich an mein Bänklein knie,
Will ein bißlein beten;
Steht ein bucklicht Männlein da,
Fängt als an zu reden.

Liebes Kindlein, ach ich bitt,
Bet' für's bucklicht Männlein mit!

»Nicht streng geschieden war für mich die Welt, welche bei Tage diese Fenster bevölkerte, von der, die nachts dort auf der Lauer lag, um mich in meinem Traum zu überfallen. Ich wußte darum gleich, woran ich war, als ich in meinem ›Deutschen Kinderbuch‹ von Georg Scherer auf die Stelle stieß: ›Will ich in mein Keller gehn / Will mein Weinlein zapfen; / Steht ein bucklicht Männlein da / Tät mir 'n Krug wegschnappen.‹ Ich kannte jene Sippe, die auf Schaden und Schabernack versessen war, und daß sie sich im Keller zu Hause fühlte, war nicht wunderlich. ›Lumpengesindel‹ war es. Und gleich erinnerte ich mich der Nachtgesellen, die, so spät, draußen zum Hühnchen und zum Hähnchen stoßen: der Nähnadel sowie der Stecknadel, die beide rufen, ›es würde gleich stichdunkel werden‹. Was sie sodann am Wirt, der sie des Nachts aufnahm, verübten, dünkte sie wohl nur ein Spaß. Mich aber grauste es. Von ihrem Schlage war der Bucklige. Doch kam er mir nicht näher. Erst heute weiß ich, wie er geheißen hat. Meine Mutter verriet mir's, ohne es zu wissen. ›Ungeschickt läßt grüßen‹, sagte sie immer, wenn ich etwas zerbrochen hatte oder hingefallen war. Und nun verstehe ich, wovon sie sprach. Sie sprach vom bucklichten Männlein, welches mich angesehen hatte. Wen dieses Männlein ansieht, gibt nicht acht. Nicht auf sich selbst und auf das Männlein auch nicht. Er steht verstört vor einem Scherbenhaufen: ›Will ich in mein Küchel gehn, / Will mein Süpplein kochen; / Steht ein bucklicht Männlein da, / Hat mein Töpflein brochen.‹« (Walter Benjamin, Berliner Kindheit*)*

Friedrich Rückert

Das Männlein in der Gans

Das Männlein ging spazieren einmal
Auf dem Dach, ei seht doch!
Das Männlein ist hurtig, das Dach ist schmal,
Gib acht, es fällt noch.
Eh' sich's versieht, fällt's vom Dach herunter
Und bricht den Hals nicht, das ist ein Wunder.

Unter dem Dach steht ein Wasserzuber,
Hineinfällt's nicht schlecht;
Da wird es naß über und über,
Ei, das geschieht ihm recht.
Da kommt die Gans gelaufen,
Die wird's Männlein saufen.

Die Gans hat's Männlein 'nuntergeschluckt,
Sie hat einen guten Magen;
Aber das Männlein hat sie doch gedruckt,
Das wollt' ich sagen.
Da schreit die Gans ganz jämmerlich;
Das ist der Köchin ärgerlich.

Die Köchin wetzt das Messer,
Sonst schneidt's ja nicht:
Die Gans schreit so, es ist nicht besser,
Als daß man sie sticht;
Wir wollen sie nehmen und schlachten
Zum Braten auf Weihnachten.

Sie rupft die Gans und nimmt sie aus
Und brät sie,
Aber das Männlein darf nicht 'raus,
Versteht sich.
Die Gans wird eben gebraten;
Was kann's dem Männlein schaden?

Weihnachten kommt die Gans auf den Tisch
Im Pfännlein;
Der Vater tut sie 'raus und zerschneid't sie frisch.
Und das Männlein?
Wie die Gans ist zerschnitten,
Kriecht's Männlein aus der Mitten.

Da springt der Vater vom Tisch auf,
Da wird der Stuhl leer;
Da setzt das Männlein sich drauf
Und macht sich über die Gans her.
Es sagt: »Du hast mich gefressen,
Jetzt will ich dafür dich essen.«

Da ißt das Männlein gewaltig drauf los,
Als wären's seiner sieben;
Da essen wir alle dem Männlein zum Trotz,
Da ist nichts übergeblieben
Von der ganzen Gans, als ein Tätzlein,
Das kriegen dort hinten die Kätzlein.

Nichts kriegt die Maus,
Das Märlein ist aus.
Was ist denn das?
Ein Weihnachts-Spaß;
Aufs Neujahr lernst
Du, was?
Den Ernst.

Aus den Fünf Märlein zum Einschläfern für mein Schwesterlein.

Es war einmal ein Männchen

Kindervers

Es war einmal ein Männchen,
Das kroch ins Kännchen,
Es kroch wieder heraus
Bis an Pastors Haus,
Da war das Erzählchen aus.

Aus Karl Simrocks Deutschem Kinderbuch, *1848.*
»Von allen magischen Erscheinungen aber die wichtigste und herrlichste war ›der kleine Mann‹. Ich weiß nicht, wann ich ihn zum ersten Male sah, ich glaube, er war schon immer da, er kam mit mir zur Welt. Der kleine Mann war ein winziges, grau schattenhaftes Wesen, ein Männlein, Geist oder Kobold, Engel oder Dämon, der zuzeiten da war und vor mir herging, im Traum wie auch im Wachen und dem ich folgen mußte, mehr als dem Vater, mehr als der Mutter, mehr als der Vernunft, ja oft mehr als der Furcht. Wenn der Kleine mir sichtbar wurde, gab es nur ihn, und wohin er ging oder was er tat, das mußte ich ihm nachtun […] Einmal, auf dem Marktplatz, lief der kleine Mann vor mir her und ich ihm nach, und er lief auf den riesigen Marktbrunnen zu, in dessen mehr als mannstiefes Steinbecken die vier Wasserstrahlen sprangen, turnte an der Steinwand empor bis zur Brüstung, und ich ihm nach, und als er von da mit einem hurtigen Schwung hinein ins tiefe Wasser sprang, sprang auch ich, es gab keine Wahl, und wäre ums Haar ertrunken.« (Hermann Hesse, Kindheit des Zauberers*)*

Annette von Droste-Hülshoff

Der Knabe im Moor

O schaurig ist's übers Moor zu gehn,
Wenn es wimmelt vom Heiderauche,
Sich wie Phantome die Dünste drehn
Und die Ranke häkelt am Strauche,
Unter jedem Tritte ein Quellchen springt,
Wenn aus der Spalte es zischt und singt,
O schaurig ist's übers Moor zu gehn,
Wenn das Röhricht knistert im Hauche!

Fest hält die Fibel das zitternde Kind
Und rennt als ob man es jage;
Hohl über die Fläche sauset der Wind –
Was raschelt drüben am Hage?
Das ist der gespenstige Gräberknecht,
Der dem Meister die besten Torfe verzecht;
Hu, hu, es bricht wie ein irres Rind!
Hinducket das Knäblein zage.

Vom Ufer starret Gestumpf hervor,
Unheimlich nicket die Föhre,
Der Knabe rennt, gespannt das Ohr,
Durch Riesenhalme wie Speere;
Und wie es rieselt und knittert darin!
Das ist die unselige Spinnerin,
Das ist die gebannte Spinnlenor',
Die den Haspel dreht im Geröhre!

Voran, voran, nur immer im Lauf,
Voran als woll' es ihn holen;
Vor seinem Fuße brodelt es auf,
Es pfeift ihm unter den Sohlen
Wie eine gespenstige Melodei;
Das ist der Geigemann ungetreu,
Das ist der diebische Fiedler Knauf,
Der den Hochzeitheller gestohlen!

Da birst das Moor, ein Seufzer geht
Hervor aus der klaffenden Höhle;
Weh, weh, da ruft die verdammte Margret:
»Ho, ho, meine arme Seele!«
Der Knabe springt wie ein wundes Reh,
Wär' nicht Schutzengel in seiner Näh',
Seine bleichenden Knöchelchen fände spät
Ein Gräber im Moorgeschwele.

Da mählich gründet der Boden sich,
Und drüben, neben der Weide,
Die Lampe flimmert so heimatlich,
Der Knabe steht an der Scheide.
Tief atmet er auf, zum Moor zurück
Noch immer wirft er den scheuen Blick:
Ja, im Geröhre war's fürchterlich,
O schaurig war's in der Heide!

1841

Friedrich Hebbel

Das Kind am Brunnen

Frau Amme, Frau Amme, das Kind ist erwacht!
Doch die liegt ruhig im Schlafe.
Die Vöglein zwitschern, die Sonne lacht,
Am Hügel weiden die Schafe.

Frau Amme, Frau Amme, das Kind steht auf,
Es wagt sich weiter und weiter!
Hinab zum Brunnen nimmt es den Lauf,
Da stehen Blumen und Kräuter.

Frau Amme, Frau Amme, der Brunnen ist tief!
Sie schläft, als läge sie drinnen!
Das Kind läuft schnell, wie es nie noch lief,
Die Blumen locken's von hinnen.

Nun steht es am Brunnen, nun ist es am Ziel,
Nun pflückt es die Blumen sich munter,
Doch bald ermüdet das reizende Spiel,
Da schaut's in die Tiefe hinunter.

Und unten erblickt es ein holdes Gesicht,
Mit Augen, so hell und so süße.
Es ist sein eignes, das weiß es noch nicht,
Viel stumme freundliche Grüße!

Das Kindlein winkt, der Schatten geschwind
Winkt aus der Tiefe ihm wieder.
Herauf! Herauf! So meint's das Kind;
Der Schatten: Hernieder! Hernieder!

Schon beugt es sich über den Brunnenrand,
Frau Amme, du schläfst noch immer!
Da fallen die Blumen ihm aus der Hand,
Und trüben den lockenden Schimmer.

Verschwunden ist sie, die süße Gestalt,
Verschluckt von der hüpfenden Welle,
Das Kind durchschauert's fremd und kalt,
Und schnell enteilt es der Stelle.

Friedrich Hebbel

Der Heideknabe

Der Knabe träumt, man schicke ihn fort
Mit dreißig Talern zum Heideort,
Er ward drum erschlagen am Wege
Und war doch nicht langsam und träge.

Noch liegt er im Angstschweiß, da rüttelt ihn
Sein Meister, und heißt ihm, sich anzuziehn
Und legt ihm das Geld auf die Decke
Und fragt ihn, warum er erschrecke.

»Ach Meister, mein Meister, sie schlagen mich tot,
Die Sonne, sie ist ja wie Blut so rot!«
Sie ist es für dich nicht alleine,
Drum schnell, sonst mach' ich dir Beine!

»Ach Meister, mein Meister, so sprachst du schon,
Das war das Gesicht, der Blick, der Ton,
Gleich greifst du« – zum Stock, will er sagen,
Er sagt's nicht, er wird schon geschlagen.

»Ach Meister, mein Meister, ich geh, ich geh,
Bring' meiner Frau Mutter das letzte Ade!
Und sucht sie nach allen vier Winden,
Am Weidenbaum bin ich zu finden!«

Hinaus aus der Stadt! Und da dehnt sie sich,
Die Heide, nebelnd, gespenstiglich,
Die Winde darüber sausend,
»Ach, wär' hier ein Schritt, wie tausend!«

Und alles so still, und alles so stumm,
Man sieht sich umsonst nach Lebendigem um,
Nur hungrige Vögel schießen
Aus Wolken, um Würmer zu spießen.

Er kommt an's einsame Hirtenhaus,
Der alte Hirt schaut eben heraus,
Des Knaben Angst ist gestiegen,
Am Wege bleibt er noch liegen.

»Ach Hirte, du bist ja von frommer Art,
Vier gute Groschen hab' ich erspart,
  Gib deinen Knecht mir zur Seite,
  Daß er bis zum Dorf mich begleite.

Ich will sie ihm geben, er trinke dafür
Am nächsten Sonntag ein gutes Bier,
  Dies Geld hier, ich trag' es mit Beben,
  Man nahm mir im Traum drum das Leben!«

Der Hirt, der winkte dem langen Knecht,
Er schnitt sich eben den Stecken zurecht,
  Jetzt trat er hervor – wie graute
  Dem Knaben, als er ihn schaute!

»Ach Meister Hirte, ach nein, ach nein,
Es ist doch besser, ich geh' allein!«
  Der Lange spricht grinsend zum Alten:
  Er will die vier Groschen behalten.

»Da sind die vier Groschen!« Er wirft sie hin
Und eilt hinweg mit verstörtem Sinn.
  Schon kann er die Weide erblicken:
  Da klopft ihn der Knecht in den Rücken.

»Du hältst es nicht aus, du gehst zu geschwind,
Ei, Eile mit Weile, du bist ja noch Kind,
  Auch muß das Geld dich beschweren,
  Wer kann dir das Ausruhn verwehren?

Komm', setz' dich unter den Weidenbaum
Und dort erzähl' mir den häßlichen Traum,
  Mir träumte – Gott soll mich verdammen,
  Trifft's nicht mit deinem zusammen!«

Er faßt den Knaben wohl bei der Hand,
Der leistet auch nimmermehr Widerstand,
  Die Blätter flüstern so schaurig,
  Das Wässerlein rieselt so traurig!

Nun sprich, du träumtest – »Es kam ein Mann –«
War ich das? Sieh mich doch näher an,
  Ich denke, du hast mich gesehen!
  Nun weiter, wie ist es geschehen?

»Er zog ein Messer!« – War das, wie dies? –
»Ach ja, ach ja!« – Er zog's? – »Und stieß –«
  Er stieß dir's wohl so durch die Kehle?
  Was hilft es auch, daß ich dich quäle!

Und fragt ihr, wie's weiter gekommen sei?
So fragt zwei Vögel, sie saßen dabei,
  Der Rabe verweilte gar heiter,
  Die Taube konnte nicht weiter!

Der Rabe erzählt, was der Böse noch tat,
Und auch, wie's der Henker gerochen hat,
  Die Taube erzählt, wie der Knabe
  Geweint und gebetet habe.

Theodor Storm

In Bulemanns Haus

Es klippt auf den Gassen im Mondenschein;
Das ist die zierliche Kleine,
Die geht auf ihren Pantöffelein
Behend und mutterseelenallein
Durch die Gassen im Mondenscheine.

Sie geht in ein alt verfallenes Haus;
Im Flur ist die Tafel gedecket,
Da tanzt vor dem Monde die Maus mit der Maus,
Das setzt sich das Kind mit den Mäusen zu Schmaus,
Die Tellerlein werden gelecket.

Und leer sind die Schüsseln; die Mäuslein im Nu
Verrascheln in Mauer und Holze;
Nun läßt es dem Mägdlein auch länger nicht Ruh,
Sie schüttelt ihr Kleidchen, sie schnürt sich die Schuh,
Dann tritt sie einher mit Stolze.

Es leuchtet ein Spiegel aus goldnem Gestell,
Da schaut sie hinein mit Lachen;
Gleich schaut auch heraus ein Mägdelein hell,
Das ist ihr einziger Spielgesell;
Nun woll'n sie sich lustig machen.

Sie nickt voll Huld, ihr gehört ja das Reich;
Da neigt sich das Spiegelkindlein,
Da neigt sich das Kind vor dem Spiegel zugleich,
Da neigen sich beide gar anmutreich,
Da lächeln die rosigen Mündlein.

Und wie sie lächeln, so hebt sich der Fuß,
Es rauschen die seidenen Röcklein,
Die Händchen werfen sich Kuß um Kuß,
Das Kind mit dem Kinde nun tanzen muß,
Es tanzen im Nacken die Löcklein.

Der Mond scheint voller und voller herein,
Auf dem Estrich gaukeln die Flimmer:
Im Takte schweben die Mägdelein,
Bald tauchen sie tief in die Schatten hinein,
Bald stehn sie in bläulichem Schimmer.

Nun sinken die Glieder, nun halten sie an
Und atmen aus Herzensgrunde;
Sie nahen sich schüchtern und beugen sich dann
Und knien vor einander und rühren sich an
Mit dem zarten unschuldigen Munde.

Doch müde werden die beiden allein
Von all der heimlichen Wonne;
Sehnsüchtig flüstert das Mägdelein:
»Ich mag nicht mehr tanzen im Mondenschein,
Ach, käme doch endlich die Sonne!«

Sie klettert hinunter ein Trepplein schief
Und schleicht hinab in den Garten.
Die Sonne schlief, und die Grille schlief:
»Hier will ich sitzen im Grase tief,
Und der Sonne will ich warten.«

Doch als nun morgens um Busch und Gestein
Verhuschet das Dämmergemunkel,
Da werden dem Kinde die Äugelein klein;
Sie tanzte zu lange bei Mondenschein,
Nun schläft sie bei Sonnengefunkel.

Nun liegt sie zwischen den Blumen dicht
Auf grünem, blitzendem Rasen;
Und es schauen ihr in das süße Gesicht
Die Nachtigall und das Sonnenlicht
Und die kleinen neugierigen Hasen.

Hugo von Hofmannsthal

Mädchenlied

Was rinnen dir die Tränen,
Die Tränen stumm und heiß
Durch deine feinen Finger,
Die Finger fein und weiß?

Mein Schleier ist zerrissen
Und wehet doch kein Wind
Und bin doch nirgends gangen
Niemals, wo Dornen sind.

Die Glocken haben heute
So sonderbaren Klang
Gott weiß, warum ich weine
Mir ist zum Sterben bang.

1893

Georg Trakl

An den Knaben Elis

Elis, wenn die Amsel im schwarzen Wald ruft,
Dieses ist dein Untergang.
Deine Lippen trinken die Kühle des blauen Felsenquells.

Laß, wenn deine Stirne leise blutet
Uralte Legenden
Und dunkle Deutung des Vogelflugs.

Du aber gehst mit weichen Schritten in die Nacht,
Die voll purpurner Trauben hängt
Und du regst die Arme schöner im Blau.

Ein Dornenbusch tönt,
Wo deine mondenen Augen sind.
O, wie lange bist, Elis, du verstorben.

Dein Leib ist eine Hyazinthe,
In die ein Mönch die wächsernen Finger taucht.
Eine schwarze Höhle ist unser Schweigen,

Daraus bisweilen ein sanftes Tier tritt
Und langsam die schweren Lider senkt.
Auf deine Schläfen tropft schwarzer Tau,

Das letzte Gold verfallener Sterne.

Rainer Maria Rilke

Abendkinder

Ich liebe die leisen blassen
Stunden über dem Land:
Die Kinder in allen Gassen
stehn vor den Häusern und fassen
sich heimlich bei der Hand.

Sie müssen ein Rufen spüren,
das weit in den Wiesen beginnt;
sie wollen einander führen
fort von den schwarzen Türen,
die nicht ihre Heimat sind.

Paula Dehmel

Traumballade

Traumkönig geht durch bleiches Land,
Rings grüßen ihn verstohlen
Die braunen Nachtviolen;
Marlenchen geht an seiner Hand,
Marlenchen, jung Marlenchen.

Traumkönig geht an den Rosmarinstrauch,
Da brennen die Lebenskerzen,
Sie brennen mit roten Herzen;
Marlenchen fühlt ihren heißen Hauch,
Marlenchen, jung Marlenchen.

Traumkönig geht am See entlang,
Die Wasserelfen singen
Ein Lied von kühlen Dingen;
Marlenchen überkommt es bang,
Marlenchen, jung Marlenchen.

Traumkönig geht mit leisem Schritt
Hinein in die weichen Wellen,
Die silbern im Mond aufquellen;
Marlenchen geht in die Tiefe mit,
Marlenchen, jung Marlenchen.

Else Lasker-Schüler

Antinous

Der kleine Süßkönig
Muß mit goldenen Bällen spielen.

Im bunten Brunnen
Blaugeträufel, honiggold,
Seine Spielehände kühlen.

Antinous,
Wildfang, Güldklang,
Kuchenkorn mahlen alle Mühlen.

Antinous,
Du kleiner Spielkönig,
In den Himmel fährt es schön auf Schaukelstühlen.

O, wie lustige Falter seine Augen sind
Und die Schelme all in seiner Wange,
Und sein Herzchen beißt, will mans befühlen.

1917

Oskar Loerke

Ein Kind besucht den sterbenden Simon Dach

Ich nenne dich Annke, dir tropft der Schaum von der Nase.
Aber vom Strohhalm quillt dir die Seifenblase.
Die könnte der glänzende Himmel sein,
Und er schließt die liebe reisende Erde ein,
Ihren Pregel, ihren Amazonenstrom,
Das Kapitol, den Ulmer Dom,
Und auf ihr atmen die Kinderlungen
Deiner Igel- und Meerschweinjungen.

Jetzt quert die Blase das Staubgetreibe
Im Sonnenschachte der Fensterscheibe;
Sieh, wo Licht das Finster zerriß,
Webt Staub die Sonnenfinsternis.
Wolkig umgibt die Heimkehrherden
Aller Geschöpfe
Der gleiche Staub, zu dem unsre Köpfe
Und selbst die geliebten Augen werden.

Du neigst die Wimper, dir schäumts um die Nase –
Blase, kleine Annke, blase.

Joachim Ringelnatz

Das Hexenkind

Das junge Ding hieß Ilse Watt.
Sie ward im Waisenhaus erzogen.
Dort galt sie für verstockt, verlogen,
Weil sie kein Wort gesprochen hat
Und weil man ihr es sehr verdachte,
Daß sie schon früh, wenn sie erwachte,
Ganz leise vor sich hinlachte.

Man nannte sie, weil ihr Betragen
So seltsam war, das Hexenkind.
Allüberall ward sie gescholten.
Doch wagte niemand, sie zu schlagen.
Denn sie war von Geburt her blind.
Die Ilse hat für frech gegolten,
Weil sie, wenn man zu Bett sie brachte,
Noch leise vor sich hinlachte.

In ihrem Bettchen blaß und matt
Lag sterbend eines Tags die kranke
Und stille, blinde Ilse Watt,
Lächelte wie aus andern Welten
Und sprach zu einer Angestellten,
Die ihr das Haar gestreichelt hat,
Ganz laut und glücklich noch: »Ich danke.«

1931

Marie Luise Kaschnitz

Das Hexenkind

Als im Tal die ersten Vögel sangen
Trunken von des jungen Lichtes Schein
Kam das fremde Kind des Wegs gegangen
Kehrte in dem stillen Dorfe ein.

Singend zeigte es sich hier und dorten
Heischte freundlich Speise oder Trank
Trat um Obdach bittend an die Pforten
Wenn die Dunkelheit vom Berge sank.

Und so lieblich war es anzuschauen
Daß ein jeder es zu bleiben bat
Aber schon im ersten Morgengrauen
Stand es auf von seiner Lagerstatt

Dankte still und lächelte zum Gruße
Ließ das freie Haar im Winde wehn
Lief dahin mit flüchtig schnellem Fuße
Wurde bis zum Abend nicht gesehn.

An des Waldes Rande weilt es lange
Wo der wilde Bach vorübertrieb
Teilte mit der silbergrauen Schlange
Was ihm vom geschenkten Brote blieb.

Scheue Vögel waren ihm Begleiter
Blumen boten seiner Hand sich dar
Zu dem hohen Rebenhang und weiter
Folgte täglich ihm der Kinder Schar.

Ihm zu dienen strebten wilde Knaben
Brachten ihm ihr liebstes Spielzeug mit
Und zum Dank für ihre scheuen Gaben
Sang es ihnen manches süße Lied.

Nur am Abend bei der Glocke Tönen
Bebte es bei jedem neuen Klang
Und es folgte nur mit bittern Tränen
Wenn man es zur heilgen Messe zwang.

Wollte betend nicht die Hände heben
Saß so bleich und trotzig still im Chor
Und mit Grauen nur und tiefem Beben
Blickt' es zum Gekreuzigten empor.

Lange war es dennoch wohlgelitten
Sang der schönen Erde hohes Lob –
Bis sich drohend in des Sommers Mitten
Überm Berg ein Ungewitter hob.

Dunkle Wolken hingen überm Tale
Bleiche Hagelkörner trieb der Wind
Und von Mund zu Mund mit einem Male
Flog das dunkle Wort vom Hexenkind.

Lange nicht, da schob mit scheuem Drängen
Aus der Kirchentüre sich ein Zug
Dem mit nächtlich düsteren Gesängen
Man voran den toten Heiland trug.

Durch die Felder, durch die reifen Fluren
Auf dem dunkel steilen Waldespfad
Folgte man des fremden Kindes Spuren
Bis hinauf zum hohen Bergesgrat

Fand es endlich auf dem höchsten Gipfel,
Singend stand es dort und ganz allein
Rauschend neigten sich die Buchenwipfel
Und im Sturme flog der Wetterschein.

Lang verstand es nicht, was sie begehrten
Wollte sanft in ihrer Mitte gehn
Schien die drohend finsteren Gebärden
Der geballten Fäuste nicht zu sehn.

Plötzlich aber, da der dunkel feuchte
Stamm des Kreuzes ihm zu Häupten stand
Sah es in des Wetters greller Leuchte
Über sich die todesstarre Hand.

Jäh erschrocken hob es seine Arme
Wie um Hilfe flehend wolkenwärts
Und des ersten Blitzes weiße Flamme
Schlug ihm in das unbewehrte Herz.

Bange schwiegen, die sich ihm noch eben
Mit Verwünschung angsterfüllt genaht,
Eine Flamme sahen sie entschweben
Hügelabwärts über Wein und Saat.

Mit dem zarten Leib, des Todes Raube
Gingen sie zutal in schwerem Tritt
Doch er bebte und zerfiel zu Staube
Eh man noch die Kirchentür durchschritt.

Sturm und Hagel zogen bald von dannen
Viele Jahre reiften Saat und Wein
Die sich auf das fremde Kind besannen
Gingen alle zu den Vätern ein.

Aber dann und wann zur Mittagsstunde
Wenn das große Licht den Bogen zieht
Blüht es noch aus eines Kindes Munde
Wie ein göttlich süßes Jubellied.

um 1937

Gertrud Kolmar

Ein Kind

Wo harrt, die dich geboren hat,
Wie lächelt, die dich wiegte,
Die schwebend ein betautes Blatt
Um deine Knospe schmiegte,
Die dich in Schmerz und Erde warf
Aus ihres Schoßes Falten,
Dich mit den Lippen trinken darf
Und mit den Augen halten?

Dir hängt der Garten, liebste Frucht,
An ihres Morgens Bäumen.
O Süßigkeit! O Eifersucht!
O blonder Bäche Schäumen
Um Rasengrund und Wurzelherd
Zur fernen finstren Grube!
O Kugelnetz und Steckenpferd
Auf einer Glockenstube!

Wie willst du heißen: Nichts im All
Und Mensch aus Menschenrotte,
Ein Hüpfen deinem Gummiball,
Ein Scherzen deinem Gotte?
Was bist du? Brauner Goldfasan.
Was bist du? Blumenwespe.
Was bist du? Sonne Löwenzahn.
Was bist du? Junge Espe.

Dein Leben ist ein Kreiselpflock,
Hat rot und grüne Ränder,
Du schlägst ihn mit dem Peitschenstock
Durch hundert reiche Länder
An unsre Straße, mürrisch alt,
Mit Fenstern, die erblinden;
Da springt er in den Pflasterspalt
Und läßt sich nie mehr finden.

Peter Huchel

Der Knabenteich

Wenn heißer die Libellenblitze
im gelben Schilf des Mittags sprühn,
im Nixengrün der Entengrütze
die stillen Wasser seichter blühn,
hebt er den Hamen in die Höhe,
der Knabe, der auf Kalmus blies,
und fängt die Brut der Wasserflöhe,
die dunkel wölkt im Muschelkies.

Rot blüht um ihn die Hexenheide,
fischäugig blinkt der Teich im Kraut.
Der graue Geist der Uferweide
wird über Sumpf und Binsen laut,
wo dünn der Ruf der scheuen Unken
tönt wie ein Mund der Zauberei …
Der Knabe horcht, ins Ohr gesunken
sind Wind und Teich und Krähenschrei.

Verzaubert ist die Mittagshelle,
das glasig grüne Algenlicht.
Der Knabe kennt die Wasserstelle,
die anders spiegelt sein Gesicht.
Er teilt das Schilf, das splittrig gelbe:
froschköpfig plätschert hoch der Nick –
und summt und spritzt und ist derselbe
wie einst mit tierhaft wildem Blick.

Und auch der Teich ist noch derselbe
wie einst, da dein Mund Kalmus blies,
dein Fuß hing ins Sumpfdottergelbe
und mit den Zehen griff den Kies.
Wenn dich im Traum das teichgrüntiefe
Gesicht voll Binsenhaar umfängt,
ist es als ob der Knabe riefe,
weil noch dein Netz am Wasser hängt.

1932

Karl Krolow

Sommer eines Knaben

Oft zog er lässig mit gekrümmter Zehe
Geheimnisvolle Zeichen in den Sand.
Es jagten sich im Nußstrauch und in Schlehe
Die Sommervögel. Seine braune Hand

Bog sich zum Angelstock die starke Rute
Und schnitt die helle Flöte aus dem Rohr.
Nachts rauschten Sterne kühl in seinem Blute
Und zarte Träume wagten sich hervor.

Die wilden Beeren reiften ihm am Munde,
Wenn er sie nicht aus voller Hecke griff.
Die schnelle Wolke war mit ihm im Bunde
Und aus den Wiesen kamen Ruf und Pfiff.

Er schwamm im Flusse nackt, die Knabenhüfte
Beglänzt vom süßen, schilfig-grünen Licht.
Es mischten sich mit Staub die Grummetdüfte
Und warmer Wind trug sie wie Schwaden dicht.

Er liebte Sturm, die kurze Regenflage,
Die trommelnd in die trocknen Blätter schoß,
Die rote Dämmerung im Himbeerschlage,
Wenn rasche Nacht mit Schatten ihn umfloß.

Nur manchmal, wenn ihn seine Eltern riefen,
Dann schrak er auf. Sein Name schien ihm fremd.
Er fühlte es wie Schweiß vom Nacken triefen
Und sah beschämt auf sein zerrißnes Hemd.

1943

Ingeborg Bachmann

Das Spiel ist aus

Mein lieber Bruder, wann bauen wir uns ein Floß
und fahren den Himmel hinunter?
Mein lieber Bruder, bald ist die Fracht zu groß
und wir gehen unter.

Mein lieber Bruder, wir zeichnen aufs Papier
viele Länder und Schienen.
Gib acht, vor den schwarzen Linien hier
fliegst du hoch mit den Minen.

Mein lieber Bruder, dann will ich an den Pfahl
gebunden sein und schreien.
Doch du reitest schon aus dem Totental
und wir fliehen zu zweien.

Wach im Zigeunerlager und wach im Wüstenzelt,
es rinnt uns der Sand aus den Haaren,
dein und mein Alter und das Alter der Welt
mißt man nicht mit den Jahren.

Laß dich von listigen Raben, von klebriger Spinnenhand
und der Feder im Strauch nicht betrügen,
iß und trink auch nicht im Schlaraffenland,
es schäumt Schein in den Pfannen und Krügen.

Nur wer an der goldenen Brücke für die Karfunkelfee
das Wort noch weiß, hat gewonnen.
Ich muß dir sagen, es ist mit dem letzten Schnee
im Garten zerronnen.

Von vielen, vielen Steinen sind unsre Füße so wund.
Einer heilt. Mit dem wollen wir springen,
bis der Kinderkönig, mit dem Schlüssel zu seinem Reich im Mund,
uns holt, und wir werden singen:

Es ist eine schöne Zeit, wenn der Dattelkern keimt!
Jeder, der fällt, hat Flügel.
Roter Fingerhut ist's, der den Armen das Leichentuch säumt,
und dein Herzblatt sinkt auf mein Siegel.

Wir müssen schlafen gehn, Liebster, das Spiel ist aus.
Auf Zehenspitzen. Die weißen Hemden bauschen.
Vater und Mutter sagen, es geistert im Haus,
wenn wir den Atem tauschen.

XI.

Von den ganz armen Kindern

Mitleid und Erbarmen, in früheren Jahrhunderten Teil des institutionellen Systems geistlicher oder kommunaler Wohltätigkeit, wandeln sich im Prozeß der Neuzeit zu individuellen Gefühlen, werden »emotionalisiert«, auch sentimentalisiert. Und sie finden ihre bevorzugten Adressaten in den Kindern. Die Literatur des 19. Jahrhunderts – vor allem die populäre Novellistik, die Lyrik und die Kinderliteratur – ist voll von beklagenswerten und dabei doch höchst anmutigen kleinen Geschöpfen, die ein schlimmes Schicksal tragen: das arme Kind, das Waisenkind, das Findelkind, das Bettelkind.

Natürlich meldet sich hier die soziale Realität kräftig zu Wort: Scharen verlassener, vagabundierender Kinder bevölkerten die Straßen; die Industrialisierung hatte zur Auflösung traditioneller Strukturen geführt und insbesondere in den Städten viele Kinder in Not und Elend gestürzt. Dennoch sind die literarischen Figuren der »ganz armen Kinder« nur sehr vermittelt von hier aus zu begreifen. Mindestens ebensoviel haben sie mit dem neuen »System Kindheit« zu tun – und mit der für das 19. Jahrhundert typischen Gefühlskultur des Bürgertums. Du, Kind, bist schwach und hilflos – so erzählen die Geschichten den wohlbehüteten und gut versorgten Kindern im Bürgerhaus –, aber es gibt andere, die noch viel schwächer und hilfloser sind als du: die Kinder auf der Straße, die »ganz armen Kinder«. Die Geschichten wirken auf diese Weise als Exempel, sie lehren Dankbarkeit und Nächstenliebe, vor allem aber befestigen sie das Gefühl, daß man selber zu den »glücklichen Kindern« gehöre, und tragen so viel zur Ausbildung neuer bürgerlicher Kindheitsmuster bei. Sprachlich erinnert vieles an die Kultur der Empfindsamkeit des 18. Jahrhunderts, an die »Wonne der Tränen«, die das 19. Jahrhundert zu popularisieren scheint: »Lern Seligkeit im Mitleid finden« (G. W. Burmann). Es geht dabei um eine Art Sensibilitäts- und Gefühls»training« für Kinder und Erwachsene. Und natürlich geht es auch um Abgrenzung: Es gilt, unter den ganz armen Kindern die »richtigen« von den »falschen«, die »guten« von den »bösen« zu unterscheiden. Insofern sind die kleinen melodramatischen Texte über die kindlichen Außenseiter nicht nur Dokumente zur Geschichte des Mitgefühls, sondern auch der Selbstgefälligkeit und der Hartherzigkeit: »O, die hübschen Waisenkinder!« (Heinrich Heine).

Andreas Gryphius

Am Tage der unschuldigen Kindlin

Matthäus 2

Nicht klage Rachel, nicht! ob gleich die zarte Reben,
Dein schönste Kinderlin im Frühling ihrer Zeit
Von mehr als grausen Sturm der Schwerter abgemait,
Doch ist's noch ganz nicht aus! ach traure nicht! sie leben.

Die Lämmlin so ihr Blut fürs werte Lamm gegeben
Sind itzt nach kurzer Angst und kaum erkanntem Leid
Im ewig festen Sitz der großen Herrlikeit,
In der sie Gottes Rat und hohes Lob erheben.

O selig, wer, noch eh der Mund kann Christum nennen,
Die Glieder vor ihn gibt, wer aus der Mutter Schoß
Die Märterkron ergreift und tritt ins Himmels Schloß!

O selig wer, noch eh er seinen Feind kann kennen,
Schon überwunden hat, wer, eh er Sünde spürt
Und eh er weiß was Tod, von beiden triumphiert.

1639

»Da Herodes nun sah, daß er von den Weisen betrogen war, ward er sehr zornig und schickte aus und ließ alle Knäblein zu Bethlehem töten und in der ganzen Gegend, die da zweijährig und darunter waren, nach der Zeit, die er mit Fleiß von den Weisen erkundet hatte. Da ist erfüllt, was gesagt ist von dem Propheten Jeremia, der da spricht:

›Zu Rama hat man ein Geschrei gehört,
viel Weinen und Heulen;
Rahel beweinte ihre Kinder
und wollte sich nicht trösten lassen,
denn es war aus mit ihnen‹.«

Johann Michael Armbruster

Das arme Kind

Ich bin ein armes, armes Kind,
   Oft hab ich kaum zu essen.
Schon frühe fühl' ich manche Not,
Doch nur Geduld! Der liebe Gott
   Kann mich nicht ganz vergessen.

Mein Herz sagt mir: Sei treu und gut,
   Nie sollst du mutlos werden.
Arbeite froh und bete gern,
Dann wirst du angenehm dem Herrn
   Und glücklich sein auf Erden.

Er, der den blanken Zahn erschuf,
   Schafft für den Zahn auch Speise.
Doch findet man sie, wie man spricht,
Durch Müßiggang und Trägheit nicht,
   Und nur bei stetem Fleiße.

O gern, o gern will ich mein Brot
   Durch Arbeit mir erwerben.
Wer fromm und treu und fleißig ist,
Und Gott und Tugend nie vergißt,
   Darf nicht als Bettler sterben.

Aus Rosenblätter. Neue Erzählungen und Lieder für Kinder*, 1791.*

Gottlob Wilhelm Burmann

Die Bettelkinder

O ich beglücktes Mädchen habe
Was nur mein wünschend Herz begehrt:
Kommt kleinen Kinder, nehmt die Gabe
Die Gott und Mitleid euch beschert.

Noch leben die, die mich erhalten
Indes euch Durst und Hunger quält –
Und unter schrecklichen Gestalten
Euch Dach und Fach und Kleidung fehlt!

O du mein Herz lern es empfinden:
Wie wehe Durst und Hunger tu!
Lern Seligkeit im Mitleid finden:
Und schleuß dich nie dem Mitleid zu!

Aus Kleine Lieder für kleine Mädchen und Jünglinge, *1777.*

Das schlaflose Kind

Aus der *Kleinen Kinderbibliothek*

Mutter.
Was wälzest du dich denn im Bette?
Kannst du nicht schlafen, Kind?
Kind.
Ach nein!
Mutter.
Was fehlt dir denn?
Kind.
Mich hungert so!
Mutter.
Wie kann dich hungern, Kind? ich gab dir ja
Kurz vor dem Schlafengehn zu essen.
Kind.
Ach, liebste Mutter, sie nicht böse!
Da kam ein armes Kind vor's Haus
Und betete; das hörte keiner.
Da gab ich ihm mein Butterbrot,
Und sagt', es solle fleißig beten,
So gäb' ihm unser Herr Gott mehr.
Da freute sich das arme Mädchen,
Und sagte dreimal: Gottes Lohn!
Mutter.
Mein Herzenskind, das Allerbeste,
Was ich nur habe, geb' ich dir;
Und wolltest du mir das nicht sagen?
Kind.
Vor Freuden dacht' ich nicht daran,
Daß selbst ich nichts gegessen hatte.
Mutter.
Nun weißt du denn doch, wie das tut,
Wenn arme Kinder ungegessen
Zu Bette gehn.
Kind.
Ach, liebe Mutter,
Heb' alle Tage ja was auf
Für arme Kinder, wenn sie kommen!
Das Hungern, ach! tut gar zu weh.

Joseph von Eichendorff

Das kranke Kind

Die Gegend lag so helle,
Die Sonne schien so warm,
Es sonnt sich auf der Schwelle
Ein Kindlein krank und arm.

Geputzt zum Sonntag heute
Ziehn sie das Tal entlang,
Das Kind grüßt alle Leute,
Doch niemand sagt ihm Dank.

Viel Kinder jauchzen ferne,
So schön ists auf der Welt!
Ging' auch spazieren gerne,
Doch müde stürzts im Feld.

»Ach, Vater, liebe Mutter,
Helft mir in meiner Not! –«
Du armes Kind! die ruhen
Ja unterm Grase tot.

Und so im Gras alleine
Das kranke Kindlein blieb,
Frug keiner, was es weine,
Hat jeder seins nur lieb.

Die Abendglocken klangen
Schon durch die stille Welt,
Die Engel Gottes sangen
Und gingen übers Feld.

Und als die Nacht gekommen
Und alles das Kind verließ,
Sie habens mitgenommen,
Nun spielts im Paradies.

Julius Nisle

Die armen Kinder

O seht, das Kinderpärchen steht
So bittend vor der Tür,
Vor manchem Hause heißt es: »Geht
Nur fort! Was wollt ihr hier?«

Ach Frost und Hunger schmerzen sehr,
Und groß, groß ist die Not,
Die armen Kindlein kommen her
Nur um ein Stückchen Brot.

Wie knurrt der Hund, wie fährt das Tier
Die bangen Kinder an!
»Still, Packan, still! Was haben dir
Die Kleinen denn getan?«

Die gute Hausfrau geht und bringt:
»Gott Dank! Ich hab nicht Not!
Da Kinder, eßt, da Kinder, trinkt,
Und nehmt das ganze Brot.«

Aus Himmelblau, Lieder und Bilder für die Kinderwelt, *um 1840.*

Heinrich Heine

Erinnerung an Hammonia

Waisenkinder, zwei und zwei,
Wallen fromm und froh vorbei,
Tragen alle blaue Röckchen,
Haben alle rote Bäckchen –
O, die hübschen Waisenkinder!

Jeder sieht sie an gerührt,
Und die Büchse klingeliert;
Von geheimen Vaterhänden
Fließen ihnen reiche Spenden –
O, die hübschen Waisenkinder!

Frauen, die gefühlvoll sind,
Küssen manchem armen Kind
Sein Rotznäschen und sein Schnütchen,
Schenken ihm ein Zuckerdütchen -
O, die hübschen Waisenkinder!

Schmuhlchen wirft verschämten Blicks
Einen Taler in die Büchs –
Denn er hat ein Herz – und heiter
Schleppt er seinen Zwerchsack weiter.
O, die hübschen Waisenkinder!

Einen goldnen Louisdor
Gibt ein frommer Herr; zuvor
Guckt er in die Himmelshöhe,
Ob der liebe Gott ihn sähe?
O, die hübschen Waisenkinder!

Litzenbrüder, Arbeitsleut,
Hausknecht', Küper, feiern heut;
Werden manche Flasche leeren
Auf das Wohlsein dieser Gören –
O, die hübschen Waisenkinder!

Schutzgöttin Hammonia
Folgt dem Zug inkognita,
Stolz bewegt sie die enormen
Massen ihrer hintern Formen –
O, die hübschen Waisenkinder!

Vor dem Tor, auf grünem Feld,
Rauscht Musik im hohen Zelt,
Das bewimpelt und beflittert;
Dorten werden abgefüttert
Diese hübschen Waisenkinder.

Sitzen dort in langer Reih,
Schmausen gütlich süßen Brei,
Torten, Kuchen, leckre Speischen,
Und sie knuspern wie die Mäuschen,
Diese hübschen Waisenkinder.

Leider kommt mir in den Sinn
Jetzt ein Waisenhaus, worin
Kein so fröhliches Gastieren;
Gar elendig lamentieren
Dort Millionen Waisenkinder.

Die Montur ist nicht egal,
Manchem fehlt das Mittagsmahl;
Keiner geht dort mit dem andern,
Einsam, kummervoll dort wandern
Viel Millionen Waisenkinder.

Das Gedicht (1853) bezieht sich auf den alljährlichen »Waisengrün«-Umzug der Kinder des Hamburger Waisenhauses.

Es regelet, es schneielet
Alemannisches Wiegenlied

Es regelet, es schneielet,
es goht e chüele Wind,
es früren alle Stüdeli
und alle arme Chind.

1857

Das Kind des Missionars in Labrador an die Kinder in Deutschland

Aus einem Kinderbuch

Geboren in dem kalten Land,
Wo eis'ge Zinken ragen,
Bin ich nach Labrador verbannt,
Und hab' ein Recht zu klagen.

Da seh' ich nichts als Schnee und Eis
In kurzen Tagesstunden;
Im Sommer freilich wird es heiß;
Doch ist er bald verschwunden.

Da fährt der arme Eskimo
Im ledernen Kajake,
Und wird des Seehundsfleisches froh
Von widrigem Geschmacke.

Im Winter zieht er sich zurück
In seiner Hütte Dünste;
Da fällt auf ihn kein Sonnenblick;
Da treibt er arme Künste.

Ach wie viel Schönes sehet ihr
Im warmen Vaterlande!
Wir haben keinen Obstbaum hier,
In blühendem Gewande.

Ich sah noch nie ein Erntefeld,
Nie hört' ich Sicheln klingen;
Weiß nur, wie rauh der Wolfshund bellt,
Nicht wie die Lerchen singen.

Ich möchte doch so gern einmal
Auch eine Traube sehen,
Und wie im warmen Sonnenstrahl
Die duft'gen Rosen stehen.

Ich weiß nur aus dem Bilderbuch
  Von Kühen und von Pferden;
Und fruchtlos auf dem Eise such'
  Ich frohe Lämmerherden.

Und besser als dies Alles noch
  Wär' eine gute Schule;
Wie gerne säh' mein Auge doch
  Den Lehrer auf dem Stuhle.

Viel besser habet ihr's zu Haus,
  Im schönen Christenlande.
Wie fröhlich zög' ich heut' noch aus,
  Von diesem wilden Strande!

Zwar meine Eltern würde ich,
  Die Teuern, schmerzlich missen;
Doch wären sie nicht ewiglich
  Vom Herzen mir gerissen.

Ich könnte für den Dienst des Herrn
  Auf Erden brauchbar werden,
Und säh' sie einst, nicht mehr von fern,
  Im Kreis der Himmelsherden.

Aus dem Kinderbuch Die Missionskinder. Ein Weihnachts-Neujahrsgeschenk, herausgegeben zum Besten einer Missions-Kinderanstalt, *Basel 1841.*

Johannes Staub

Christliche Vergeltung

Der arme Knabe Franz, er kommt vor einen Garten,
Drin steh'n ein schönes Haus und Pflanzen aller Arten.

Ein Junkerlein, geputzt, in Gold und Seidenglanz,
Tritt prunkend aus der Tür und hört den armen Franz,

Wie er mit Tränen fleht um eine milde Gabe,
Damit er seine Not zu lindern etwas habe.

Doch jener hetzt den Hund. Zerrissen und zerschunden
Liegt Franz am Gartentor, bedeckt mit Blut und Wunden.

Ein schöner, runder Teich war in dem Gartenraum,
Umschattet von Gebüsch und einem Weidenbaum.

Hier wälzt das Herrlein drauf sich badend in der Flut,
Da lähmet ihn der Krampf; es stockt vor Angst sein Blut.

Sein Todesschrei ertönt, sein schriller Todesschrei,
Doch keine Hilfe naht und niemand springt herbei.

Franz hat den Schrei gehört. Er eilt zum Teiche hin:
Soll seinen Todfeind er denn aus dem Wasser zieh'n?

Er stürzt sich in die Flut; er faßt ihn am Gewande;
Er schwimmet rasch und kühn mit seinem Feind zum Lande.

Der Junker schaut sich um. Der Retter ist verschwunden,
Läßt keine Spur zurück, als Blut aus seinen Wunden.

Aus Johannes Staubs in der Schweiz sehr populärem Kinderbüchlein *(ab 1842).*

Wilhelm Busch

Das brave Lenchen

Auf einem Schlosse fern im Holz
Wohnt eine Frau gar reich und stolz.

In einem Hüttchen arm und klein
Wohnt Lenchen und ihr Mütterlein.
Das Mütterlein ist schwach und krank
Und ohne Geld und Speis und Trank.

Da denkt das Lenchen: Ach, ich lauf'
Um Hilfe nach dem Schloß hinauf!
Es nimmt sich nichts wie einen Schnitt
Vom allerletzten Brote mit.

Und wie es kommt bis an den Steg,
Sitzt da ein armer Hund am Weg.
»Ach!« ruft der Hund. »Mein Herr ist tot;
Hätt' ich doch nur ein Stückchen Brot!«

»Hier«, spricht das Lenchen, »hast du was!« –
Zieht 's Brot hervor und gibt ihm das.

Und wie es weiter fort gerannt,
Liegt da ein Fisch auf trocknem Sand.
»Ach!« ruft der Fisch und zappelt sehr.
»Wenn ich doch nur im Wasser wär'!«

Gleich bückt das Lenchen sich danach
Und trägt ihn wieder in den Bach.

Dann ist es weiter fort gerannt,
Bis es die Frau im Schlosse fand. –
»Ach, liebe Frau, erbarmt Euch mein,
Ich hab' ein krankes Mütterlein!«

»Fort!« schreit die Frau. »Nichts gibt es hier!« –
Und jagt das Lenchen vor die Tür.

Das Lenchen sieht vor Tränen kaum
Und setzt sich stumm an einen Baum.

Und horch, im hohlen Baum erklingt
Ein feines Stimmlein, welches singt:
»Mach auf, mach auf, ich bitt' gar schön,
Möcht' gern die liebe Sonne sehn!«
Im Baum, da ist ein Löchlein rund,
Ist zugesteckt mit einem Spund.

Den zieht das Lenchen aus und spricht:
»So komm ans Licht, du armer Wicht!«

Sie da, und eine Schlange schmiegt
Sich aus dem Baum hervor und kriecht
Und schlingt und schlängelt mit Gezisch
Sich in das dichte Waldgebüsch
Und raschelt da herum und kam
Und bracht' ein Blümlein wundersam.
O Krankentrost, du Blümlein rot,
Herztulipan, hilf aus der Not!

Das Lenchen nimmt das Blümlein an
Und eilt nach Haus, so schnell es kann.
Und wie es kommt bis übern Steg,
Tritt ihm ein Räuber in den Weg.
Dem armen Lenchen stockt das Blut,
Läßt's Blümlein fallen in die Flut.
Da kommt der Hund und jagt zum Glück
Den Räuber in den Wald zurück.
Und unser Fisch ist auch nicht faul;
Er trägt die Blume in dem Maul.

Jetzt läuft das Lenchen schnell hinein
Zum lieben kranken Mütterlein,
Legt's Blümlein ihr auf Herz und Mund,
macht's Mütterlein sogleich gesund;
Heilt auch noch sonst viel kranke Leut
Und ist aus aller Not befreit.

Der Räuber aber hat bei Nacht
Die Frau im Schlosse totgemacht.

Theodor Storm

Weihnachtabend

Die fremde Stadt durchschritt ich sorgenvoll,
Der Kinder denkend, die ich ließ zu Haus.
Weihnachten war's; durch alle Gassen scholl
Der Kinderjubel und des Markts Gebraus.

Und wie der Menschenstrom mich fortgespült,
Drang mir ein heiser Stimmlein in das Ohr:
»Kauft, lieber Herr!« Ein magres Händchen hielt
Feilbietend mir ein ärmlich Spielzeug vor.

Ich schrak empor, und beim Laternenschein
Sah ich ein bleiches Kinderangesicht;
Wes Alters und Geschlechts es mochte sein,
Erkannt ich im Vorübertreiben nicht.

Nur von dem Treppenstein, darauf es saß,
Noch immer hört ich, mühsam, wie es schien:
»Kauft, lieber Herr!« den Ruf ohn Unterlaß;
Doch hat wohl keiner ihm Gehör verliehn.

Und ich? – War's Ungeschick, war es die Scham,
Am Weg zu handeln mit dem Bettelkind?
Eh meine Hand zu meiner Börse kam,
Verscholl das Stimmlein hinter mir im Wind.

Doch als ich endlich war mit mir allein,
Erfaßte mich die Angst im Herzen so,
Als säß mein eigen Kind auf jenem Stein
Und schrie' nach Brot, indessen ich entfloh.

Wilhelm Raabe

An der Landstraß im Graben, da bin ich gefunden

An der Landstraß im Graben, da bin ich gefunden,
Zigeunerweib hat auf den Rücken gebunden
Mich armes verlassenes Kind.

Zog mit mir hinaus in die weite Welt,
Verhandelte mich an die Pfaffen für Geld,
Schwarzlockig, braunäugiges Kind!

Schwarz ist mein Haar, weiß ist mein Leib,
Will werden nun ein Soldatenweib,
Ich armes verlassenes Kind!

Mein feiner Geselle, schaust du auf mich,
Wirf schnell den höchsten Wurf für mich
Schwarzlockig, braunäugiges Kind!

Sie drängten sich um die Trommel her,
Es rollten die Würfel die Kreuz und die Quer.
Ach armes verlassenes Kind!

Der junge Reiter, den Hut er schwang,
Den Arm er um Feinsliebchen schlang,
Schwarzlockig, braunäugiges Kind!

Es rief die Trompete, es sank das Gezelt,
O du weite, weite, weite Welt!
O du armes verlassenes Kind!

1858

Conrad Ferdinand Meyer

Die Kapelle der unschuldigen Kindlein

Aus Henkerfäusten flogen zum Himmel sie empor,
Sie traten zwei und zweie hinein ins sel'ge Tor,
Einand am Händchen haltend und singend wohlgemut,
Sie trugen in den Locken ein leuchtend Mal von Blut.

»Wir kommen in den Himmel – und solches ist uns lieb –
Weil das gelobte Kindlein statt unser unten blieb!
Wir litten für das Büblein den herben Todeskuß,
Den es am bittern Kreuze statt unser leiden muß!«

Die Engel alle kommen heran in hellem Flug,
Sie bringen schönes Spielzeug und Blumenlust genug.
Jetzt führen sie den Reigen mit Fiedel und Schalmei …
Es klagt aus ferner Tiefe der Mütter Wehgeschrei.

1892

Rainer Maria Rilke

Ich bin eine Waise. Nie

Ich bin eine Waise. Nie
hat jemand um meinetwillen
die Geschichten berichtet, die
die Kinder bestärken und stillen.

Wo kommt mir das plötzlich her?
Wer hat es mir zugetragen?
Für ihn weiß ich alle Sagen
und was man erzählt am Meer.

1909

Frank Wedekind

Perversität

Ein Waisenkind mit nassen, blassen Wangen,
Mit hohlen Augen und mit dünnen Armen
Huscht scheu hervor, inständig mein Erbarmen
Anflehend, stotternd, schlotternd, furchtbefangen.

Eisig sein Körper, glühend sein Verlangen,
Müht sich's frostbebend, menschlich zu erwarmen.
Vergebne Qual; erschlafft in meinen Armen
Bewimmert es sein Hoffen und sein Bangen.

Beschämt schleicht sich's von hinnen, ächzend, siechend,
Nachts bettelnd und bei Tage sich verkriechend,
Heut' in Verzweiflung, morgen in Verzücktheit;

Verfällt gemach schmerzstillender Verrücktheit,
Stutzt, lacht, jauchzt todesfroh, und, der Gewandung
Vom Gischt beraubt, zerschellt es in der Brandung.

Erich Kästner

Der Streichholzjunge

Streichhölzer! Kaufen Sie Streichhölzer!
Drei Schachteln zwanzig!

Sie lachen, statt was zu kaufen.
Oder sie sind entrüstet
und knurren, während sie weiterlaufen.
Wenn ihr nur wüßtet…

Streichhölzer! Kaufen Sie Streichhölzer!
Drei Schachteln zwanzig!

Vater kriegt zehn Mark Unterstützung
und Mutter ein kleines Gesicht.
Wir haben ein Zimmer mit Küchenbenützung.
Aber wir benützen die Küche gar nicht.

Gestern trank Vater paar Flaschen Bier.
Mutter hat nicht mittrinken gemocht.
Vater sang: »Ein freies Leben führen wir!«
Und dann hat er das Fenster zerpocht.

Streichhölzer! Kaufen Sie Streichhölzer!
Drei Schachteln zwanzig!

Mein Pappkarton wird nicht leer.
Den Aufsatz muß ich noch machen.
Wenn ich bloß nicht so müde wär.
Kaufen Sie Streichhölzer, statt zu lachen!

Mit braunen und schwarzen Schnürsenkeln
verdient man natürlich mehr.
Doch da brauchte ich erst mal drei Mark.
Und wo nehm ich die her?

Streichhölzer! Braune und schwarze Streichhölzer!
Drei Paar zwanzig…

Jürgen Brand

Die Proletariermutter

Am Weihnachtsabend, trüb und matt,
Geht durch die Straßen der großen Stadt,
Dort, wo die Läden am hellsten sind,
Eine Arbeiterfrau mit ihrem Kind.

»O, Mutter, sieh! Der Weihnachtsmann
Mit Tannenbaum und Lichtern dran!«
Laß brennen, Kind, der helle Schein
Dringt nicht in unsere Not hinein.

»O, Mutter, sieh! Das Schaukelpferd,
Das wird gewiß für mich beschert!«
Laß ab, mein Kind; der schöne Tand
Ist nicht gemacht für deine Hand.

»O, Mutter, sieh! Der Nikolaus,
Der trägt ein ganzes Kuchenhaus!«
Schweig, Kind! Nicht Kuchen tut uns not;
Uns fehlt zu Haus das trock'ne Brot.

»Ach, liebe Mutter, all die Pracht,
Ist sie nicht auch für mich gemacht?«
Nein, Kind, der Glanz von diesem Licht,
Zu armen Kindern dringt er nicht.

»Ach, liebe Mutter, hilft denn Gott
Nicht auch den Armen aus der Not?«
Nein nein, mein Kind, bei meinem Schwur:
Er ist ein Gott der Reichen nur! – –

Da birgt das Kind vor Herzeleid
Das Köpfchen in der Mutter Kleid.
Und hell erklinget weit und breit
Das »Freue dich, o Christenheit!«

Aus Ernst Friedrichs Proletarischer Kindergarten. Ein Märchen- und Lesebuch für Kinder und Erwachsene, *1925. »Jürgen Brand« ist der sozialistische Bremer Lehrer Emil Sonnemann, Verfasser bekannter Lieder der Arbeiter-Jugendbewegung (»Wir sind jung, die Welt ist offen«).*

Nelly Sachs

Chor der Waisen

Wir Waisen
Wir klagen der Welt:
Herabgehauen hat man unseren Ast
Und ins Feuer geworfen –
Brennholz hat man aus unseren Beschützern gemacht –
Wir Waisen liegen auf den Feldern der Einsamkeit.
Wir Waisen
Wir klagen der Welt:
In der Nacht spielen unsere Eltern Verstecken mit uns –
Hinter den schwarzen Falten der Nacht
Schauen uns ihre Gesichter an,
Sprechen ihre Münder:
Dürrholz waren wir in eines Holzhauers Hand –
Aber unsere Augen sind Engelaugen geworden
Und sehen euch an,
Durch die schwarzen Falten der Nacht
Blicken sie hindurch –
Wir Waisen
Wir klagen der Welt:
Steine sind unser Spielzeug geworden,
Steine haben Gesichter, Vater- und Muttergesichter
Sie verwelken nicht wie Blumen, sie beißen nicht wie Tiere –
Und sie brennen nicht wie Dürrholz, wenn man sie in den Ofen wirft –
Wir Waisen
Wir klagen der Welt:
Welt warum hast du uns die weichen Mütter genommen
Und die Väter, die sagen: Mein Kind du gleichst mir!
Wir Waisen gleichen niemand mehr auf der Welt!
O Welt
Wir klagen dich an!

1946

Ernst Jandl

das blutende kind

im prater sind die vielen leute
die nicht an anderen stellen sind
die kinder sind im prater sehr
zufrieden wenn sie nicht bluten
schon eine kleine wunde erregt
den knaben daß er um sich schlägt
was kommt so rot aus meinem bein
bald werde ich ausgeronnen sein
mag der kleine denken beim schreien
keiner steht bei den essiggurken
und doch sind mehrere wagen da
mit je einem verkäufer der sicher nicht
mit allen gurken abends abzieht
wenn das volk den prater flieht

1984

Christine Nöstlinger

Iba de gaunz oaman kinda

I scheangl.
Des is fia de aundan
a hez.
Maunchmoi
bigd ma da dogda
a leugablasd
ibad ane brün.
Des haums in meina glas
bsundas gean.
Do zanegansa si.
Aum meisdn da Karli.
Dea lochd daun
sovü
und
so laud,
das de aundan
goa ned meagn,
dasa no vü mea scheangld
ois i!

I stota!
Maunchmoi stota i wenig
und maunchmoi stota i vü,
und daun,
waun i goa ned stotan wü,
daun wiads gaunz oag.
Nua wauni bei da omama bin,
daun stota i nia.
Oba grod bei dera was wuaschd,
weu de mog mi a so!

I hadsch!
I hob ned olaweu
ghadschd
und i wea a ned
olaweu
hadschad bleim,
sogd da dogda.
Oba hadschad sei

is ned leichd.
De an schaun wega,
ois dedads di
goa ned gem,
und de aundan
schaun bled
und frogn:
Wia is den basiad?
Daun dazöd
mei mama
de gaunze gschichd
und i ste danem
und huach ma des au.
Aum liabsdn
renad i daun davau,
oba des kaun i ned,
weuli hadsch!

I zuzl.
Des hasd,
i stes
beim redn
mid da zungan
aund zend.
Waun
meine briada
a hez
haum woin,
daun
mochns mi noch,
weu
des ged leichd.
I hob
an freind
dea zuzld a.
Oba es is ned sche,
wauma
mid an freind is,
nua weula zuzld!

I bin blad.
Das mi ole
blade
hasn,
stead mi ned.
Und
das iba mi
lochn,
a ned.
Und
dasma
ka gladl
mid rüschen
kaufn,
des
isma wuaschd.
Oba
aufd nochd, wauni
inda bodwaun
siz
und mein bauch
auschau,
daun
grausd ma
vua mia,
so
wia wauni
goa ned
i söba wa!

1974

XII.

Jüdische Kindheit

Jüdische Kindheit (sehr wenig ist in Deutschland davon bis heute bekannt geblieben) war in ihrer traditionellen Gestalt vor allem durch dreierlei geprägt: ein hohes Maß an – teils bewußter, teils aufgezwungener – Abgrenzung gegenüber der nichtjüdischen Umwelt; eine starke Konzentration auf die Kultur der Schrift und des Lernens; deutliche Unterschiede in der Sozialisation der Knaben und der Mädchen. »Zur Ehe, zum Thorastudium und zu guten Werken« – so lautete einer der verbreiteten Segenswünsche zur Geburt eines Knaben. Es war eine der obersten Pflichten der Eltern, das Kind frühzeitig zum Lernen anzuhalten. »Dos Kind wet lernen Tejre« (»Das Kind wird die Thora lernen«) weiß schon das jiddische Wiegenlied, und es formuliert die Erwartungen der Eltern an das Kind, das Ideal jüdischer (Knaben-)Kindheit: »In Chejder arain wet men ihn fihren, / Sforim wet er schraiben, / Ain guter un ain frummer Jid / Wet er im-irze-Schem blaiben.« (»In den Cheder wird man ihn führen, Bücher wird er schreiben, ein guter und frommer Jude wird er, so Gott will, bleiben.«) Im Cheder, dem Lehrzimmer, versammelten sich die Knaben zumeist schon vom 4. oder 5. Lebensjahr an, um am Siddur, dem Gebetbuch, lesen zu lernen. Später folgte das Studium von Thora und Talmud: »Oifn Prijpetschik brennt a Faierl, / Un in Schtub is hejss, / Un der Rebbe lernt klejne Kinderlech / Komez Alefbejss!« (»In dem Ofen brennt ein Feuer, in der Stube ist es heiß, und der Rabbi lehrt die kleinen Kinder das Alphabet.«) Kein Lied drückt schöner als dieses »Schullied« den spirituellen Wert der Buchstaben aus, die den Chederkindern in einer mühseligen und oft eintönigen Prozedur beigebracht wurden. In den Buchstaben selber, in der Schrift, so sagt es das Lied, ist die Leidensgeschichte des jüdischen Volkes eingeprägt: »Ijhr wed, Kinder, älter wern, / Wed ijhr allein varschtejn, / Wievil in die Ojssiäss liegn Trern, / Un wievil Gewain!« (»Ihr werdet, Kinder, älter werden, dann werdet ihr von allein verstehen, wieviel Tränen in den Buchstaben liegen, wieviel Weinen!«) Aber die Buchstaben enthalten nicht nur die Tränen, sondern auch den Trost des jüdischen Volkes: »As ijhr wed, Kinder, dem Gollus schleppn, Oisgemutschet sain, / Sollt ijhr vun die Ojssiäss Trejst scheppn, / Kuckt in sej arain!« (»Wenn ihr, Kinder, einmal das Los der Verbannung schleppen werdet, geplagt sein werdet, dann sollt ihr an diesen Buchstaben Trost schöpfen; schaut in sie hinein!«)

Mit der Aufklärung setzt in Deutschland ein tiefgreifender Wandel jüdischer Kindheit ein. Hatte es im jiddischen Chederlied geheißen »Glicklech is, der wos hot gelernt Toirä, / Zu darf der Mensch noch mehr?« (»Glücklich ist, wer die Thora gelernt hat, was braucht der Mensch noch mehr?«), so öffnen sich jetzt, im Zuge der Emanzipation, die jüdischen Erziehungsprogramme und Kindheitsbilder den Ideen des aufgeklärten europäischen Bürgertums. David Friedländers 1779 erschienenes *Lesebuch für jüdische Kinder*, mit Beiträgen u.a. von Moses Mendelssohn, markiert den Beginn dieser Epoche. Schulen für jüdische Kinder entstehen. Die vordem mit 13 Jahren relativ früh endende jüdische Kindheit verlängert sich. Kinderbücher und Erziehungsschriften nicht jüdischer Schriftsteller (etwa von Joachim Heinrich Campe) werden ins Hebräische übersetzt. Aus einer allgemeinen »Volksliteratur«, die moralische und religiöse Lehren sowie Legenden, Sagen, Fabeln und Sprichwörter aus Talmud und Midrasch enthält, gewinnt im 19. Jahrhundert allmählich eine eigenständige jüdische Kinder- und Jugendliteratur an Profil. In ihren Kindheitsbildern schwankt sie zwischen dem Festhalten an einer eigenen jüdischen Existenz und der Assimilation an die nichtjüdische Umwelt. Relativ spät, wie es scheint, werden auch Gedichte Teil dieser Literatur. Ihre Gegenstände verbinden sich mit dem Ritus (Chanukkagedichte) oder sind versifizierte jüdische Geschichte oder Zukunftshoffnung. Und immer wieder thematisieren sie die Alltagserfahrung jüdischer Kinder: anders zu sein und zum anderen gemacht zu werden. »Denn schon bei den unschuldigen Kinderlein / Bestehet gegen jene ein Haß. / Sie wollen mit ihnen zusammen nicht sein, / Und ihre Eltern lehren sie das. / Trockne die Tränen, du kleiner Mann / Du bist ein ganzer Held / Glücklich der Jud, der bestehen kann / Den Kampf gegen diese Welt.« (*Das jüdische Kind*, 1928).

Unter dem Kind's Wiegele

Jiddisches Wiegenlied

Unter dem Kind's Wiegele
Stejht a gilden Ziegele.
Dos Ziegele is gefohren handlen,
Rožinkes mit Mandlen –
Dos ist die beste S'chejre:
Dos Kind wet lernen Tejre;
Plezelach mit Putter wet'n ihm schmieren,
In Chejder arain wet men ihm fihren.
Sforim wet er schraiben,
Ain guter un ain frummer Jid
Wet er im-irze-Schem blaiben.
Schlof, main Kind,
Frisch un gesynd!

Unter des Kindes Wiegelein
Steht ein goldenes Ziegelein.
Das Ziegelein fuhr einst handeln
Mit Rosinen und Mandeln.
Das ist die beste Ware:
Das Kind wird lernen Thora.
Plätzchen mit Butter wird man ihm schmieren,
In den Chejder[1] wird man es führen.
Bücher wird es schreiben,
Ein guter und frommer Jud'
Wird es, so Gott will, bleiben.
Schlaf, mein Kind,
Frisch und gesund!

1 Schulstube

Eines der populärsten jiddischen Wiegenlieder, hier nach Alexander Eliasbergs Ostjüdischen Volksliedern, *1918. In anderen Fassungen ist das »goldene« ein »schneeweißes« (klor-vays) Ziegele. Rosinen und Mandeln verteilte der Knabe an seinem ersten Tag in der Schule an seine Mitschüler.*

Schlof, majn Kind, schlof kessejder

Jiddisches Wiegenlied

Schlof, majn Kind, schlof kessejder,
Singen wel ich dir a Lid:
As du, majn Kind, wesst elter wern,
Wesstu wissn an Unterschid.
As du, majn Kind, wesst elter wern,
Wesstu wissn an Unterschid.

As du, majn Kind, wesst elter wern,
Wesstu wern mit Lajtn glajch.
Demelt wesstu gewojre wern,
Woss hejsst orim un woss hejsst rajch.

Di schejnsste Palazn, di fajnsste Hajser,
Doss alz macht der Oriman.
Nor wejsstu, wer ess tut in sej wojnen?
Gor nit er, nor der rajcher Man.

Der Oriman, er wojnt in Keler,
Der Wilgotsch rint im fun di Went.
Derfun bekumt er rematis Feler,
In di Fis un in di Hent.

Schlaf, mein Kind, wie es sich gehört,
Ich werd dir ein Lied vorsingen:
Wenn du erst älter bist, mein Kind,
Wirst du den Unterschied verstehn.

Wenn du erst älter bist, mein Kind,
Wirst du wie andere Menschen,
Und dann wirst du merken,
Was es heißt, arm zu sein oder reich.

Die schönsten Paläste, die feinsten Häuser,
Alles das baut der arme Mann.
Aber weißt du, wer sie bewohnt?
Eben nicht der Arme, sondern der reiche Mann.

Der Arme, er wohnt im Keller,
Die Nässe rinnt dort von den Wänden.
Davon bekommt man Rheumatismus
In den Füßen und in den Händen.

Aus der von Hai und Topsy Frankl herausgegebenen Sammlung Jiddische Lieder, *1981.*

Oifn Prijpetschik brennt a Faierl

Oifn Prijpetschik brennt a Faierl,
Un in Schtub is hejss,
Un der Rebbe lernt klejne Kinderlech
Komez Alefbejss!
Sogt sche Kinderlech, gedenkt sche taiere,
Wos ijhr lernt do!
Sogt sche noch amol un take noch amol Komez Alef-O,
Sogt sche noch amol un take noch amol Komez Alef-O!

Lernt, Kinder, mit groiss Chejschäck,
Wie ijch sog aich on.
Wer es wed giecher vun aich kennen Yvrä,
Der bakummt a Fon!
Sogt sche Kinderlech, gedenkt sche taiere,
Wos ijhr lernt do!
Sogt sche noch amol un take noch amol Komez Alef-O,
Sogt sche noch amol un take noch amol Komez Alef-O!

Lernt, Kinder, hot nit Moirä,
Jeder Onhejb is schwer,
Glicklech is, der wos hot gelernt Toirä,
Zu darf der Mensch noch mehr?
Sogt sche Kinderlech, gedenkt sche taiere,
Wos ijhr lernt do!
Sogt sche noch amol un take noch amol Komez Alef-O,
Sogt sche noch amol un take noch amol Komez Alef-O!

Ijhr wed, Kinder, älter wern,
Wed ijhr allejn varschtejn,
Wievil in die Ojssiäss liegn Trern,
Un wievil Gewain!
Sogt sche Kinderlech, gedenkt sche taiere,
Wos ijhr lernt do!
Sogt sche noch amol un take noch amol Komez Alef-O,
Sogt sche noch amol un take noch amol Komez Alef-O!

As ijhr wed, Kinder, dem Gollus schleppn,
Oisgemutschet sain,
Sollt ijhr vun die Ojssiäss Trejst scheppn,
Kuckt in sej arain!
Sogt sche Kinderlech, gedenkt sche taiere,
Wos ijhr lernt do!
Sogt sche noch amol un take noch amol Komez Alef-O,
Sogt sche noch amol un take noch amol Komez Alef-O!

In dem Ofen brennt ein Feuer,
in der Stube ist es heiß,
und der Rabbi lehrt die kleinen Kinder
das Alphabet.
Achtet es, Kinderchen, haltet es teuer,
was ihr hier lernt!
Sagt doch noch einmal und dann noch einmal das Abc,
sagt doch noch einmal und dann noch einmal das Abc!

Lernt, Kinder, mit großem Fleiß,
was ich euch sage.
Wer von euch am schnellsten lesen lernt,
der bekommt ein Fleißfähnchen!
Achtet es, Kinderchen, haltet es teuer,
was ihr hier lernt!
Sagt doch noch einmal und dann noch einmal das Abc,
sagt doch noch einmal und dann noch einmal das Abc!

Lernt, Kinder, habt keine Angst,
jeder Anfang ist schwer;
glücklich ist, wer die Thora gelernt hat;
was braucht der Mensch noch mehr?
Achtet es, Kinderchen, haltet es teuer,
was ihr hier lernt!
Sagt doch noch einmal und dann noch einmal das Abc,
sagt doch noch einmal und dann noch einmal das Abc!

Ihr werdet älter werden, Kinder,
dann werdet ihr von allein verstehen,
wieviel Tränen in den Buchstaben liegen,
wieviel Weinen!
Achtet es, Kinderchen, haltet es teuer,
was ihr hier lernt!
Sagt doch noch einmal und dann noch einmal das Abc,
sagt doch noch einmal und dann noch einmal das Abc!

Wenn ihr, Kinder, einmal das Los der Verbannung schleppen werdet,
geplagt sein werdet,
dann sollt ihr an diesen Buchstaben Trost schöpfen;
schaut in sie hinein!
Achtet es, Kinderchen, haltet es teuer,
was ihr hier lernt!
Sagt doch noch einmal und dann noch einmal das Abc,
sagt doch noch einmal und dann noch einmal das Abc!

Das Lied über die Tränen und die Tröstungen, die in den Buchstaben des Alphabets liegen, stammt aus der 1900 erschienenen Sammlung der Jüdischen Volkslieder *von Mark Warschawsky (Odessa 1848 – Kiew 1907); in der hier abgedruckten Fassung ist es den von Elsbeth Janda und Max M. Sprecher herausgegebenen* Liedern aus dem Ghetto *(1962) entnommen.*

Kinderjohrn, sisse Kinderjohrn

Kinderjohrn, sisse Kinderjohrn,
Ejbik blaibt ijhr wach in main Sikorn,
Wenn ijch tracht vun aier Zait,
Wed mir asoj bang un laid,
Oj, wie schnell bin ijch schoin alt geworn!

Noch schtejt mir dos Schtibl var die Oign,
Wu ijch bin geboiren, oifgezoign,
Oich main Wijgl sejh ijch dort,
Schtejt noch oif demselbn Ort,
Wie a Cholläm is dos allz varfloign.

Un main Mamme, ach, wie 'ch fleg sie liebn,
Chotsch sie hot in Chejdär mijch getribn,
Jeder Knip is vun ijhr Hand
Mir noch asoj gut bekannt –
Chotsch kejn Zejchn is mir nit varblibn.

Noch sejh ijch dijch, Fejgele, du schejne,
Noch kusch ijch die roite Bäcklech daine,
Daine Oign vull mit Chejn
Dringt in main Harz arain,
'ch hob gemaint, du west amol sain maine. –

Kinderjohrn, junge schejne Blumen,
Zurick zu mir wed ijhr schoin mehr nit kummen,
Vun der Schtub nit do kejn Fleck,
Fejgele os oich aweg,
Oj, wie schnell bin ijch schoin alt geworn!

Kinderjahre, süße Kinderjahre,
ewig bleibt ihr wach in meinem Sinn,
wenn ich an die Zeiten denke,
wird mir so bang und leid.
Ach, wie schnell bin ich doch alt geworden!

Noch steht mir das Stübchen vor den Augen,
in dem ich geboren, aufgewachsen bin.
Auch meine Wiege sehe ich dort,
sie steht noch an demselben Ort;
wie ein Traum ist das alles verflogen.

Und meine Mutter, ach wie ich sie geliebt habe,
obwohl sie mich in die Schule trieb.
Jeder Kniff von ihrer Hand
ist mir noch so gut bekannt –
obwohl kein Zeichen ist zurückgeblieben.

Noch seh ich dich, Vögelchen, du Schöne,
noch küsse ich deine roten Wangen,
deiner Augen ganze Anmut
dringet mir ins Herz.
Ich dachte, du würdest einmal die meine werden.

Kinderjahre, junge schöne Blumen,
ihr werdet nicht mehr zu mir zurückkommen;
von dem Stübchen ist nichts mehr geblieben,
und's Vögelchen ist für immer fort.
Ach, wie schnell bin ich doch alt geworden!

Aus Janda / Sprechers Lieder aus dem Ghetto, *1962.*

Morris Rosenfeld

Main Jingele

Ich hob a klejnem Jingele
A Sunele gor fajn,
Wen ich derse im, dacht sich mir,
Di ganze Welt is majn.
Nor seltn, seltn se ich im,
Majn Schejnem, wen er wacht.
Ich tref im imer schlofndik,
Ich se im nor bajnacht.
Di Arbet trajbt mich fri arojss,
Un lost mich schpet zurik.
Oj fremd is mir majn eign Lajb,
Oj, fremd, majn Kind's a Blik.
Ich kum zuklemterhejt ahejm,
In Finsternisch gehilt,
Majn blaich Froj derzelt mir bald
Wi fajn doss Kind sich schpilt.
Wi siss es ret, wi klug es fregt:
Oj, Mame, gute Ma,
Wen kumt un brengt a Pene mir,
Majn guter, guter Pa?
Ich her ess zu, un jo, ess mus,
Jo, jo, ess mus geschen!
Di Foter-Libe flakert ojf,
Ess mus majn Kind mich sen!
Ich schtej baj sajn Gelegerl,
Un se un her un scha.
A Trojm bawegt di Lipelech:
Oj, wu is, wu is Pa?
Ich kusch di bloje Ojgelech,
Sej efenen sich, o, Kind!
Sej sejen mich, sej sejen mich!
– Un schlissn sich geschwind.
Do schtejt dajn Papa, tajerer,
A Penele dir, na!
A Trojm bawegt di Lipelech;
Oj, wu is, wu is Pa?
Ich blajb zuwejtogt un zuklemt,
Farbitert, un ich kler:
Wen du erwachsst amol, majn Kind,
Gefinsstu mich nit mer...

Mein Söhnchen

Ich hab' einen kleinen Jungen,
Ein gar feines Söhnchen.
Wenn ich ihn ansehe, dann scheint mir,
Daß mir die ganze Welt gehört.
Nur selten seh' ich ihn,
Meinen Schönen, wenn er wach ist.
Ich treff' ihn immer schlafend an,
Ich seh' ihn nur bei Nacht.
Die Arbeit treibt mich früh hinaus
Und läßt mich spät heimkommen.
Oh, fremd ist mir mein eigen Fleisch und Blut,
Oh, fremd ist mir der Blick meines Kindes.
Wenn ich zermürbt nach Hause komme,
In Finsternis gehüllt,
Dann erzählt mir mein blasses Weib,
Wie fein unser Kind spielt.
Wie süß es plaudert, wie klug es fragt:
Oh, Mutter, gute Mutter,
Wann bringt mir einen Penny
Mein guter, guter Papa?
Ich höre zu und ja, es muß,
Ja, ja, es muß geschehn!
Die Vaterliebe flammt in mir auf:
Mein Kind, ich muß es sehn!
Ich steh' an seinem Bettchen
Und seh' und hör' und schau'.
Ein Traum bewegt seine Lippen:
»Oh, wo ist der Papa?«
Ich küsse die blauen Äugelein,
Sie öffnen sich, oh Kind!
Sie sehen mich,
Und schließen sich geschwind.
Da steht dein Vater, Teurer.
Da hast du einen Penny!
Ein Traum bewegt die Lippen:
»Oh, wo ist der Papa?«

Ich werde traurig und bedrückt,
Verbittert denke ich:
Wenn du endlich aufwachst, mein Kind,
Findest du mich nicht mehr…

Morris Rosenfeld (1861–1923), ein polnischer Jude, 1886 nach Amerika ausgewandert, läßt einen der jüdischen Sweatshop-Arbeiter New Yorks sprechen, der seinen Jungen immer nur schlafend sieht, wenn er von seinem langen Arbeitstag nach Hause kommt.

Michael Sachs

Die vier Kinder

Der Kinder vier, von gar verschiedner Art,
Sind um des Weltenkönigs Thron geschart.
Das eine, wenn der Strafe Geißel streicht,
Nimmt hin den Schlag, es fühlt den Schmerz, und – schweigt.
So gab den einz'gen Seelenliebling hin
Einst Abraham mit stillergebnem Sinn.
Er fragte nicht: Wie? Gestern ward verkündet,
Daß mir in Isak sei ein Stamm gegründet,
Und den du eben wolltest mir verleihn,
Ihn soll ich heute dir zum Opfer weihn?
Er ging, wie's ihm geboten Gottes Wort,
Lautlos und rüstig zu Moria's Ort.
Das andre Kind, das klagt mit lautem Schrei,
Wie ihm vom Vater hart geschehen sei.
So Job, der mit scharfer Zunge spricht:
O zeige mir, warum du hältst Gericht!
Warum du mit mir haderst, mache kund!
So rufet er aus kühnem, freiem Mund.
Das dritte fühlt den Schlag, und betet still,
Ob Gott das Leid wohl von ihm wenden will.
Als Hiskia vernommen, was ihm droht,
In heißem Fleh'n ausströmt er seine Not.
Das vierte spricht zum Vater voll Verlangen:
O schlage nur! Ich will es gern empfangen!
Er schmerzet nicht, aus Vaterhand der Schlag,
Ich trage gern, was sie verhängen mag.
So David: Herr! O wasche du mich rein,
Von Sünd' und Schuld o wolle mich befrei'n! –

Aus Stimmen vom Jordan und Euphrat. Ein Buch fürs Haus, *1891. – Michael Sachs (Großglogau 1808 – Berlin 1864), Sohn eines jüdischen Kaufmanns, war Sprachforscher, Historiker und Schriftsteller. Seine* Stimmen vom Jordan und Euphrat *sind eine Sammlung poetischer Bearbeitungen von Sagen, Erzählungen und Lehren aus Talmud und Midrasch.*

Vöglein schweige tief im Schatten

Vöglein schweige tief im Schatten,
Schlafe Knabe, schlummre lind.
Sei nicht vor dem Dunkel bange,
Liebe wacht bei Dir, mein Kind.
Wieder wird der Osten glühen,
Heller Vogelsang erklingt,
Und nach tiefen Dunkelheiten
Durch die Dämmrung Sonne dringt.

Daß Du Jude bist, mein Knabe
Ist Dein Unglück, ist Dein Glück,
Junger Trieb am alten Stamme
Stolz erhebe Deinen Blick.
Wirst Du älter, so verstehst Du,
Was Dein Volk dereinst vollbringt,
Alte Kräfte wird es neuern,
Wenn durch Dämmrung Sonne dringt.

Wirst ein Mann sein! Ob der Feind auch
Böses wider Dich ersinnt.
Doch Du weißt noch nichts von Kämpfen,
Liebe wacht bei Dir, mein Kind.
Schlaf' mein Kind, der Tag sich neigte,
Finsternis uns nun umringt.
Sei nicht vor dem Dunkel bange:
Durch die Dämmrung Sonne dringt.

Wanderst Du in weiten Welten,
Blicke auf Dein Heimatland,
All Dein Hoffen, all Dein Sehnen
Sei nach Zion hingewandt,
Säumet auch der Tag der Freiheit,
Wartest lang Du auf sein Licht,
Zweifle nicht, o Sohn der Hoffnung,
Durch die Dämmrung Sonne bricht.

Sieh, am Jordan und im Saron
Jagt der Araber zu Pferd.
Dieses Land wird unser werden,
Und Du pflügst die alte Erd'!
Und am Tag, wo Fahnen wehen –
Feige ist mein Junge nicht –
In das Lager zu den Helden,
Wenn durch Dämmrung Sonne bricht!

Aus den vom »Blau-Weiß-Bund für jüdisches Jugendwandern in Deutschland« herausgegebenen Blau-Weiß-Blättern, *1915. (»Wiegenlied von S. Tschernichowsky, frei übertragen von R. Rosenblum«). Der »Blau-Weiß-Bund« stand der zionistischen Bewegung nahe.*

Abraham Gottlober

A Sifz

Gib mir man Jigend zirick!
Gib mir die kinderische Zat.
Dus is gewesen man Glick,
Jetzt is dus Glick vin mir wat.

Ich hob vin man Cuved gewisst,
Ich hob gur die Welt nit gehört;
Ich hob mich gespielt of dem Mist –
Keiner hot mich nit gestört.

Mist is auch dus wus ich will,
Azind of die ältere Täg,
Es macht mir dem Kop ober dill,
Itlecher steht mir in Weg.

Wus ich will, will jener auch,
Starker vin mir will er gur
Mir darf nor tumid der Moach,
Es wern mir grau alle Hur.

Es hot sich mir Chochme verglisst
Sie zi derlangen is schwer,
Azind seh ich – es is gur imsisst,
Narischkeit gelten doch mehr.

Menschen wus bentschen far Geld,
Loift men nuch in men schrait: nehm!
Seht nur wer gilt in der Welt,
Eniklech vin dem »Baal Schem«.

Ein Seufzer

Gib mir meine Jugend zurück!
Gib mir die Kinderzeit.
Das ist gewesen mein Glück,
Jetzt ist das Glück von mir weit.

Ich habe meine Ehre erfahren,
Ich habe gar die Welt nicht gehört,
Ich habe gespielt auf dem Mist,
Keiner hat mich gestört.

Mist ist auch das, was ich will,
Jetzt auf die alten Tage,
Es macht mir den Kopf aber verwirrt,
Jeder steht mir im Weg.

Was ich will, will jener auch,
Stärker als ich will er gar,
Mir verdorrt nur ständig der Verstand,
Es werden mir grau alle Haare.

Es hat mich nach Weisheit gelüstet
Sie zu erlangen ist schwer,
Jetzt sehe ich – es ist gar umsonst,
Närrischkeiten gelten doch mehr.

Menschen, die für Geld segnen,
Läuft man nach und man schreit: nimm!
Seh nur, wer gilt in der Welt,
Enkel von dem »Baal Schem«.

Übersetzung: J. Mugdau

Abraham Gottlober wurde 1810 in Wolhynien geboren und wurde als Publizist und durch eine hebräische Übersetzung von Lessings Nathan *bekannt. Seine Gedichte erschienen 1900 in Warschau.*

Martin Friedländer

Rosen

Dein Auge sieht mich an: ein stummes Fragen; –
Noch ist es nicht so weit – noch nicht, mein Kind,
Noch darfst du nicht im Haar die Rosen tragen,
Die deine Krone und dein Abbild sind.

Noch ist es nicht so weit, daß ich dich kröne;
Doch hörst du, wie es kommt und aufersteht,
Wie's ringt und rauscht? – Und das sind andre Töne
Als unsrer alten Demut Nachtgebet.

Die Zeit ist nicht, wie andre Zeiten waren;
Ein Grosses wächst heran und kündet sich
In Zeichen, nie erhörten, wunderbaren;
Ein Volk des Wunders sind wir sicherlich.

Das Wunder naht; und wenn es sich vollendet,
Sei auf dein Haupt und auf dein Haar die Flut,
Der Rosen Purpurflut und Pracht verschwendet – –
So führ' ich dich in deine Heimat, Ruth.

Aus einer 1902 im Jüdischen Verlag in Berlin erschienenen Sammlung jungjüdischer Gedichte.

Berthold Feiwel

Wiegenlied

(Nach einem Volksmotiv)

Schlaf, mein süßes, kleines Söhnlein,
  Schlaf, ei-lu-lju,
Schlaf, mein Trost, mein feines Krönlein,
  Schlaf, ei-lu-lju.

Sitzt dein Mütterchen an der Wiege,
Singt dem Kind ein Lied und weint.
Später, später wirst du wissen,
Was das kleine Liedchen meint.

Weit, ach weit ist Kindchens Vater,
  Schlaf, ei-lu-lju,
In Amerika ist dein Vater,
  Schlaf, ei-lu-lju.

Ei da drüben, weißt du, Liebling,
Ist das Leben wundersüß.
Überm Meere, weißt du, Liebling,
Ist es wie im Paradies.

Jeden Tag gibts Weißbrot, Schätzchen,
  Schlaf, ei-lu-lju,
Und fürs Kindchen Zuckerplätzchen,
  Schlaf, ei-lu-lju.

Vater rührt für uns die Hände,
Schickt, will's Gott, ein Briefchen her.
Zwanzig Dollar! Und wir fahren
Gleich, mein Kleinod, übers Meer.

Ei, wie wird dich Vater küssen,
Tanzt mit dir im Kreis voll Freud,
Doch dein Mütterchen, mein Liebling,
Weint und weint vor Seligkeit.

Bis das Briefchen kommt – fein stille,
  Schlaf, ei-lu-lju,
Schlafen ist die beste Pille,
  Schlaf, ei-lu-lju.

Berthold Feiwel, 1875 in der Nähe von Brünn geboren, war Mitarbeiter Theodor Herzls und als Redakteur und Schriftsteller für die zionistische Bewegung aktiv. Das »Wiegenlied« stammt aus dem von Feiwel 1902 herausgegebenen Lyrikband Junge Harfen. *Feiwel starb 1937 in Jerusalem.*

Richard Beer-Hofmann

Schlaflied für Mirjam

Schlaf mein Kind – schlaf, es ist spät!
Sieh, wie die Sonne zur Ruhe dort geht,
Hinter den Bergen stirbt sie im Rot.
Du – du weißt nichts von Sonne und Tod,
Wendest die Augen zum Licht und zum Schein;
Schlaf, es sind soviel Sonnen noch dein,
Schlaf mein Kind – mein Kind, schlaf ein!

Schlaf mein Kind – der Abendwind weht;
Weiß man, woher er kommt, wohin er geht?
Dunkel, verborgen die Wege hier sind,
Dir, und auch mir, und uns allen, mein Kind!
Blinde – so gehn wir und gehen allein,
Keiner kann Keinem Gefährte hier sein –
Schlaf mein Kind – mein Kind, schlaf ein!

Schlaf mein Kind und horch nicht auf mich!
Sinn hat's für mich nur, und Schall ist's für dich:
Schall nur, wie Windeswehn, Wassergerinn,
Worte – vielleicht eines Lebens Gewinn!
Was ich gewonnen, gräbt mit mir man ein,
Keiner kann Keinem ein Erbe hier sein –
Schlaf mein Kind – mein Kind, schlaf ein!

Schläfst du, Mirjam? – Mirjam, mein Kind,
Ufer nur sind wir, und tief in uns rinnt
Blut von Gewesnen, – zu Kommenden rollt's.
Blut unsrer Väter, voll Unruh und Stolz.
In uns sind Alle. Wer fühlt sich allein?
Du bist ihr Leben – ihr Leben ist dein –
Mirjam, mein Leben – mein Kind, schlaf ein!

Richard Beer-Hofmann, 1866 in Wien geboren, mit Hofmannsthal befreundet, war um die Jahrhundertwende einer der prominenten Vertreter der Wiener Moderne. Er emigrierte 1938 in die USA und starb 1945 in New York.

Hugo Zuckermann

Verlorene Jugend

Ich glaub', ich war wohl nie ein Kind,
Ein Kind, wie andre Kinder sind,
Das keine Sorgen kannte.
Ich freut' mich nie am Sonnenschein,
Ich freut' mich nie am blumigen Rain,
Ich spielte nie im Sande.

Denn wenn ich auf den Spielplatz ging,
Geschrei und Lärmen mich empfing:
»Geh' weg, du schmutz'ger Jude!«
Ich ging und weinte ob der Schmach.
Da warfen sie mir Steine nach:
»Schäm' dich, du feiger Jude!«

Da faßte mich ein wilder Zorn –
Ich schnitt 'nen Stecken mir von Dorn,
Ich wollt's den Kerlen zeigen.
Da rief die Mutter: »Gott bewahr'!
Du bringst uns alle in Gefahr!
Mein Kind, der Jud' muß schweigen! …«

Hugo Zuckermann wurde 1881 in Eger geboren, übersetzte ostjüdische Literatur und widmete sich dem Aufbau einer jüdischen Jugendbewegung in Österreich. Er starb 1914 an den Folgen einer Kriegsverwundung.

Max Levy

Gedicht zum Aufsagen für Chanukka

Ein Lichtchen am ersten,
Am zweiten Tag zwei,
Damit es an jedem Tag
Lichter doch sei.
Am achten Tag achte,
Wie leuchtet es hehr:
Und immer noch eines,
Und eines noch mehr!

Wir jüdischen Kinder
Sind Lichter zumal,
Wir brennen von selber
Mit fröhlichem Strahl.
Wir lachen und leuchten,
Wie jedes es kann,
Dann suchen wir andre
Und stecken sie an.

Heut freut sich nur eines
Am jüdischen Brauch,
Doch morgen schon freut sich
Ein anderes auch.
Ach, wenn's mit uns Kindern
Doch immer so wär: –
Und immer noch eines
Und eines noch mehr!

Aus dem von Emil Bernhard Cohn in Berlin herausgegebenen Jüdischen Kinderkalender, *1928/29. Max Levy (1867 Recklinghausen – 1942[?] Theresienstadt) war Lehrer am »Philanthropin«, der 1804 gegründeten Schule der Israelitischen Gemeinde in Frankfurt. Die Schule wurde 1942 geschlossen, Schüler und Lehrer, unter ihnen auch Max Levy, wurden nach Theresienstadt deportiert.*

Blanca Katz

Kleine Lichtlein

Dämmerstunde, Wolkenschleier
Hüllen noch die Erde ein;
Wart' ein Weilchen und die Stube
Wird voll sanfter Sterne sein.

Vater zündet Licht und Lichtlein
Der Menorah[1] zärtlich an,
Und die Kinder schaun befangen
Wie in einen Zauberbann.

Kleine Lichtlein, große Taten –
Ob es Kinder auch verstehn?
Warte – diese Dämmerstunde
Wird einst leuchtend auferstehn.

1 der siebenarmige Leuchter

Aus dem von Elias Gut (Hüfingen 1872 – Stockholm 1942) herausgegebenen Unterhaltungsbuch für die jüdische Jugend, *1926. – Blanca Katz wurde 1883 in Berlin geboren und ist seit 1938 verschollen.*

Emil Bernhard Cohn

Ellul

Morgendämmer. Tempelgasse.
Schofarton des ersten Ellul: –
Wie ein Klagelaut klingt immer
Dieser Name meinem Ohre.

Ellul! Ellul! Immer wieder
Könnt ich diesen Namen sprechen.
Jeder Schmerz und jede Reue
Tönt mir immer: Ellul! Ellul!

War das nicht ein Königssohn?
Lief er nicht aus Vaters Haus?
Ellul! Ellul! rief der Vater,
Doch der Junge hörte nicht.

Und der alte König sandte
Tausend Bläser in die Weite:
»Jedes Jahr zur selben Stunde
Blast mir neunundzwanzig Tage!

Blaset, blast, und ich will rufen:
Ellul! Wilder Knabe! Ellul!
Blast den Schofar, alte Bläser,
Blast mir meinen Jungen her!«

Tempelgasse, Abenddämmer.
Häuserschatten. Leises Scharren.
Vor der Tür der Synagoge
Fegt der Schammes[1] welkes Laub.

1 Synagogendiener

Emil Bernhard Cohn (1881 Berlin – 1948 Los Angeles) war 1907 Rabbiner der Berliner Jüdischen Gemeinde, mußte aber seiner zionistischen Überzeugungen wegen das Amt aufgeben. Von 1914 bis 1925 war er Rabbiner in Bonn, seit 1925 an der Grunewald-Synagoge in Berlin. Er verfaßte eine Reihe von Dramen und brachte 1928/29 im Berliner Jüdischen Verlag den ersten Jüdischen Kinderkalender *heraus, in dem auch das Gedicht »Ellul« erschien.*
Der Ellul ist der letzte Monat des jüdischen Kalenders, an dem traditionell der Schofar geblasen wird: das Widderhorn, das mit seinen klagenden Tönen zur Einkehr für die zehn Bußtage ruft, die mit dem Versöhnungsfest Jom Kippur enden.

Mascha Kaléko

Interview mit mir selbst

[Anno Zwounddreißig]

Ich bin als Emigrantenkind geboren
in einer kleinen, klatschbeflissnen Stadt,
die eine Kirche, zwei bis drei Doktoren
und eine große Irrenanstalt hat.

Mein meistgesprochnes Wort als Kind war »Nein«.
Ich war kein einwandfreies Mutterglück.
Und denke ich an jene Zeit zurück –
ich möchte nicht mein Kind gewesen sein.

Im ersten Weltkrieg kam ich in die achte
Gemeindeschule zu Herrn Rektor May.
Ich war schon sechs, als ich noch immer dachte,
daß, wenn die Kriege aus sind, Frieden sei.

Zwei Oberlehrer fanden mich begabt,
weshalb sie mich, zwecks Bildung, bald entfernten.
Doch was wir auf der Hohen Schule lernten,
ein Volk »Die Arier« ham wir nicht gehabt.

Beim Abgang sprach der Lehrer von den Nöten
der Jugend und vom ethischen Niveau.
Es hieß, wir sollten jetzt ins Leben treten.
Ich aber leider trat nur ins Büro.

Acht Stunden bin ich dienstlich angestellt
und tue eine schlechtbezahlte Pflicht.
Am Abend schreib ich manchmal ein Gedicht.
Mein Vater meint, das habe noch gefehlt.

Bei schönem Wetter reise ich ein Stück
per Bleistift auf der bunten Länderkarte.
An stillen Regentagen aber warte
ich manchmal auf das sogenannte Glück.

[Postscriptum, anno fünfundvierzig]

Inzwischen bin ich viel zu viel gereist,
zu Bahn, zu Schiff, bis über den Atlantik.
Doch was mich trieb, war nicht Entdeckergeist,
und was ich suchte, keineswegs Romantik.

Das war einmal. In einem andern Leben.
Doch unterdessen, wie die Zeit verrinnt,
hat sich auch biographisch was ergeben:
nun hab ich selbst ein Emigrantenkind.

Das lernt das Wörtchen »alien« buchstabieren
und spricht zur Mutter: »Don't speak German, dear.«
Muß knapp acht Jahr alt Diskussionen führen,
daß er »allright« ist, wenn auch nicht von hier.

Grad wie das Flüchtlingskind beim Rektor May!
Wenn ich mir dies Dacapo so betrachte...
er denkt, was ich in seinem Alter dachte:
daß, wenn die Kriege aus sind, Frieden sei.

1958

Mascha Kaléko wurde 1907 in Galizien geboren; 1918 zogen ihre Eltern nach Deutschland. Anfang der 30er Jahre arbeitete sie als Journalistin in Berlin, 1934 emigrierte sie in die USA, 1960 nach Jerusalem. Sie starb 1975 in Zürich.

Das jüdische Kind

Gedicht des dreizehnjährigen Ludwig Franz Mayer

Im Hofe spielen Kinder Ringelreihen
Ohn' Unterschied, ob von Arm oder Reich,
Teils schmutzig, zerrissen, teils propper und rein,
Unter Kindern ist das ja alles gleich.

Nur einer beteiligt sich nicht am Spiel,
Ein ärmlich, doch sauber gekleidetes Kind;
Er steht an der Seite und weinet still.
Er ist ein Jud'! das ist seine Sünd'.

Denn schon bei den unschuldigen Kinderlein
Bestehet gegen jene ein Haß.
Sie wollen mit ihnen zusammen nicht sein,
Und ihre Eltern lehren sie das.

Trockne die Tränen, du kleiner Mann,
Du bist ein ganzer Held.
Glücklich der Jud', der bestehen kann
Den Kampf gegen diese Welt.

Doch wehe dem, der den Glauben verläßt,
Um Ehre, Stellung und Geld.
Ihm fehlt die wahre Treue, das Best',
Man verachtet ihn auf der Welt.

Drum bleibe standhaft, kleiner Mann,
Bleibe treu und wahr und gut,
Damit man nichts Schlechtres dir sagen kann,
Als die Worte: Du bist ein Jud'!

Veröffentlicht im Jüdischen Kinderkalender, *1928/29.*

Selma Meerbaum-Eisinger

Schlaflied

Schlaf, mein Kindchen, so schlaf schon ein,
so schlaf doch und weine nicht mehr.
Sieh nur, im Schlaf ist die Welt ja dein,
so schlaf schon und wein nicht so sehr.

Schließe die Augen und schlafe schon,
hör nur, es rauschet der Wald.
Im Schlafe da gibt es nicht Haß, nicht Hohn,
im Schlafe, da ist es nicht kalt.

Schlafe, mein Liebling, und lächle, Kind,
höre, der Fluß singt sein Lied.
Schlafe, dann singt dir vom Glück der Wind
und singt dir vom Frühling, der blüht.

Schlafe mein Kind und vergiß, was dich schmerzt,
dunkel ist für dich der Tag.
Hell ist die Nacht, wenn der Traum dich herzt,
so schlafe mein Kindchen, so schlaf.

Januar 1941

Selma Meerbaum-Eisinger wurde 1924 in Czernowitz geboren; sie starb im Alter von 18 Jahren im Konzentrationslager Michailowska. Ein Bündel mit 57 Gedichten des jüdischen Mädchens wurde von ihrer Freundin gerettet.

Gertrud Kolmar

Mose im Kästchen

Wunder, heilige Schrecken waren keine.
Kein großer Stern schlug nächtens die Hirtensteppe,
Kein Lobpreis der Engel senkte strahlende Treppe;
Nicht sang ein Baum, noch zitterten tote Steine

In den starken, dauernden Häusern des Pharaonen.
Nur eine arme weinende Mutter irrte im Schilfe,
Wiegte das rohrene Kästchen, schrie schweigend um Hilfe
Aus der schrecklichen Welt, da die Götzen wohnen.

Golden tönte Sonne vom gnadelos blauen Himmel,
Den nur Flamingos mildern mit rosenwolkigem Wehen.
Nilschlamm quatschte träge und fett unter nackten Zehen;
Spöttisch schlängelte bunter Nattern Gekrimmel.

Und mit grünbronzen gepanzertem krokodilenen Leibe
Deckte der Wassergott Sobk eine kleine Sandbank und gähnte,
Und der Mondgott Thoth, den zerschlißnes Gefieder bemähnte,
Drehte den schwarzen Ibiskopf ernst nach dem Weibe,

Das sein Kind vom Herzen ans Ufer setzte.
Wohligschlief es, wie rück in die Mutter versunken,
In seiner warmen, winzigen Nacht: gesättigt und trunken,
Milch noch atmend, die weiche Lippe ihm netzte.

In Geschülper von Fröschen horchte die Kummervolle,
Ach, und schaute nicht, was doch flüchtig sich zeigte:
Ein Papyrus, der leicht über ihr Kästchen sich neigte,
Bog seinen Blätterschopf, den schlaffen Wedel, zur Rolle.

Aus der im Herbst 1938 im Jüdischen Buchverlag erschienenen Sammlung Die Frau und die Tiere. *Das Buch wurde bald darauf eingestampft, die Autorin 1943 deportiert.*

XIII.

Das spielende Kind

Der Knabe mit dem Steckenpferd, das Mädchen mit der Puppe, Gruppen im Freien: Bilder spielender Kinder begegnen gelegentlich schon in der Literatur des Mittelalters und der Renaissance. Dabei war Spiel ursprünglich und lange Zeit nicht nur Kinder-Werk, es war auch ritterliches Spiel, Gesellschaftsspiel, Liebesspiel. Je mehr Kindheit Schonzeit wurde, Noch-Freiheit von der Teilhabe am harten Erwerbsleben der Erwachsenen, um so mehr erschien sie im Bewußtsein der Erwachsenen als Zeit des Spielens, wurde das »Spiel« der Gegensatz der »Arbeit«. Dabei wurde in religiöser Allegorie und moralischer Didaxe das Kinderspiel gern gleichgesetzt mit Albernheit und Torheit; das spielende Kind war das Sinnbild der Eitelkeit und des falschen Tuns – auch Objekt des Spottes. »Ludicra ridemus fabricantes tecta puellos...: Wir lachen über die Kinder, die zum Zeitvertreib Häuser bauen, oder wenn sie mit einer mit Stroh ausgestopften Puppe spielen. Was tun die meisten von euch denn Besseres, wenn eitle und sträfliche Sorge für dieses Leben euch Armselige gefangen hält?« (Barockes Emblem). Auch in Malerei und Graphik der frühen Neuzeit ist die oft liebevolle und detailfreudige Darstellung von Kinderspielen immer wieder mit distanzierenden moralischen oder allegorischen Botschaften versehen – Brueghels *Kinderspiele* sind das berühmteste Beispiel.

Diese Einstellung zum spielenden Kind wird sich im 18. und dann vor allem im 19. Jahrhundert grundlegend wandeln. »Spiele, liebliche Unschuld! Noch ist Arkadien um dich, / Und die freie Natur folgt nur dem fröhlichen Trieb«: Schillers Spiel-Philosopheme rücken das spielende Kind in den Rang des »natürlichen«, des »wahren« Menschen, des *homo ludens.* »Spiel« wird der Gegenentwurf zu »Unfreiheit« und »Zwang«. Die philanthropischen Reformpädagogen entdecken das Spiel als Lernmittel. Im 19. Jahrhundert erscheint dann die »Kinderwelt« zunehmend als »Welt für sich«, als durch fröhliches Spiel mit eigenen Regeln geprägter Kosmos. Volkskundliche Sammler entdecken neben dem Kinderlied das Kinderspiel als Ausdruck »kindlichen Wesens« – und lassen in dessen Deutungen gern Mythologisches und Menschheitsgeschichtliches eingehen. Besondere Sammlungen mit »Spielgedichten« entstehen – Joachim Ringelnatz wird sie mit seinem Buch der *Geheimen Kinder-Spiele* travestieren, dabei das Kinderspiel gegen die verregelte Welt der Erwachsenen mobilisierend.

Das spielende Kind hat auch die Dichter des 20. Jahrhunderts vielfältig fasziniert. Es erscheint als das Spielkind der eigenen Erinnerung, als Sinnbild eines »anderen«, nicht-entfremdeten Lebens. Töne der Melancholie, des Verlustes und der Trauer fließen mit ein – oder solche des Witzes und der Verdrehung; kaum ein namhafter Autor, der ohne Vorbehalt die »Seligkeit des Spielens« preisen würde. Und noch immer kann das Spiel-Kind an die Täuschung erinnern, an die schöne Täuschung allerdings, manchmal sein zu können »wie ein Kind«. »Wir spielen wie die Kinder, / wir laden uns ein und aus / als hätten wir ewig Zeit. / Wir scherzen mit dem Abschied, / wir sammeln noch Tränen wie Klicker / und versuchen ob die Messer schneiden. / Da wird schon der Name / gerufen. Da ist schon die Pause / vorbei.« (Hilde Domin)

Ludicra ridemus fabricantes tecta puellos

Barockes Emblem

Ludicra ridemus fabricantes tecta puellos,
  Seu stipulis fartum si meditantur opus:
Quid melius plerique agitis, vanissima vitae
  Quos huius miseros noxia cura premit?

Wir lachen über die Kinder, wenn sie Spielzeug-Häuser bauen oder sich mit einer strohgefüllten Puppe beschäftigen. Was tun die meisten von euch Besseres, wenn eitle und verderbliche Sorge für dieses Leben euch Elende beherrscht? – Aus dem Emblembuch von Theodor Beza, 1580.

Friedrich Schiller

Der spielende Knabe

Spiele, Kind, in der Mutter Schoß! Auf der heiligen Insel
  Findet der trübe Gram, findet die Sorge dich nicht,
Liebend halten die Arme der Mutter dich über dem Abgrund,
  Und in das flutende Grab lächelst du schuldlos hinab.
Spiele, liebliche Unschuld! Noch ist Arkadien um dich,
  Und die freie Natur folgt nur dem fröhlichen Trieb,
Noch erschafft sich die üppige Kraft erdichtete Schranken,
  Und dem willigen Mut fehlt noch die Pflicht und der Zweck.
Spiele, bald wird die Arbeit kommen, die hagre, die ernste,
  Und der gebietenden Pflicht mangeln die Lust und der Mut.

1796

Christian Adolf Overbeck

Das Kinderspiel

Wir Kinder, wir schmecken
   Der Freuden recht viel!
Wir schäkern und necken
   (Versteht sich, im Spiel!)
Wir lärmen und singen
   Und rennen uns um,
Und hüpfen und springen
   Im Grase herum!

Warum nicht? – Zum Murren
   Ist's Zeit noch genug!
Wer wollte wohl knurren;
   Der wär' ja nicht klug.
Wie lustig stehn dorten
   Die Saat und das Gras!
Beschreiben mit Worten
   Kann Keiner wohl das.

Ha, Brüderchen, rennet!
   Ha, wälzt euch im Gras!
Noch ist's uns vergönnet,
   Noch kleidet uns das.
Ach! werden wir älter,
   So schickt sichs nicht mehr;
Dann treten wir kälter
   Und steifer einher.

Ei, seht doch, ihr Brüder,
   Den Schmetterling da!
Wer wirft ihn uns nieder?
   Doch schonet ihn ja!
Dort flattert noch einer,
   Der ist wohl sein Freund;
O schlag' ihn ja Keiner,
   Weil jener sonst weint!

Wird dort nicht gesungen?
   Wie herrlich das klingt!
Vortrefflich, ihr Jungen!

Die Nachtigall singt.
Dort sitzt sie! Seht, oben
Im Apfelbaum dort;
Wir wollen sie loben,
So fährt sie wohl fort.

Komm, Liebchen, hernieder,
Und laß dich besehn!
Wer lehrt dir die Lieder?
Du machst es recht schön!
O, laß dich nicht stören.
Du Vögelchen du!
Wir Alle, wir hören
So gerne dir zu.

Wo ist sie geblieben?
Wir sehn sie nicht mehr!
Da flattert sie drüben!
Komm wieder! Komm her!
Vergeblich! die Freude
Ist diesmal vorbei!
Ihr tat wer zu Leide,
Sei's, was es auch sei.

Laßt Kränzchen uns winden,
Viel Blumen sind hier!
Wer Veilchen wird finden,
Empfänget dafür
Von Mutter zur Gabe
Ein Maulchen, wohl zwei.
Juchheißa! Ich habe,
Ich hab' eins, juchhei!

Ach, geht sie schon unter,
Die Sonne, so früh?
Wir sind ja noch munter,
Ach, Sonne, verzieh!
Nun morgen, ihr Brüder!
Schlaft wohl! gute Nacht!
Ja, morgen wird wieder
Gespielt und gelacht!

Vertonung: Wolfgang Amadeus Mozart.

Christian Adolf Overbeck

An Gust

Das war ein schlimmer Tag,
Mein lieber Bruder Gust!
Ich hatte nur zum Schach,
Du nur zum Kräusel Lust.
Ich konnte alles sehn,
Nur den Erasmus nicht.
Du konntest alles sehn,
Nur die Vokabeln nicht.

Hart war im Saal die Bank,
Verzweifelt hoch der Tisch,
Die Zeit erschrecklich lang;
Das Lernen ging nicht frisch.
Verdruß saß an der Wand,
Und Sehnsucht vor der Tür;
Und ach! die harte Hand
Des Lehrers fühlten wir.

Wie ist dir nun ums Herz,
Mein lieber guter Freund?
Nicht wahr? du hast den Schmerz
Rechtschaffen abgeweint?
Dein Kräusel tröstet dich? –
Mich nicht! – Ich büße schwer;
Mein Liebstes hat für mich
Heut keine Reize mehr.

Das Schachbrett mag nur stehn,
Ich rühre keinen Stein;
Und Lotte selbst mag gehn;
Ich will nicht fröhlich sein.
O lieber Bruder Gust,
Kein Trost hat mir Gewicht,
Bin ich es mir bewußt:
Sieh, du verdienst ihn nicht!

Erst besser es gemacht,
Dann wieder auch einmal
An Zeitvertreib gedacht,
An Kräusel und an Ball.
Denk nur, wie kömmt es doch?
Ich werfe, war ich gut,
Ihn noch einmal so hoch.
Was doch's Gewissen tut!

Aus Frizchens Lieder, *1781.*

Heinrich Hoffmann von Fallersleben

Knabe und Kreisel!

Frisch, tummle dich, tummle dich, Kreisel!
und immerzu!
Du hast vor meiner Peitsche
nicht Rast noch Ruh.

»So dreh dich, so dreh dich im Kreise,
wie ich es kann!
Das Schlagen mit der Peitsche
kann Jedermann.«

Ei, tummle dich, tummle dich, Kreisel,
recht hurtiglich!
Willst du nicht schnurren und surren,
so hau' ich dich.

»Wenn immer und immer die Peitsche
auch um mich schwirrt,
Ich weiß, wer von uns beiden
erst müde wird.«

O Kreisel, o Kreisel, du hältst es
Doch länger aus,
Drum wollen wir beide gehen
anjetzt nach Haus.

Johann Wolfgang von Goethe

St. Nepomuks Vorabend

Karlsbad, den 15. Mai 1820

Lichtlein schwimmen auf dem Strome,
Kinder singen auf der Brücken,
Glocke, Glöckchen fügt vom Dome
Sich der Andacht, dem Entzücken.

Lichtlein schwinden, Sterne schwinden;
Also löste sich die Seele
Unsres Heil'gen, nicht verkünden
Durft' er anvertraute Fehle.

Lichtlein, schwimmet! Spielt, ihr Kinder!
Kinder-Chor, o singe, singe!
Und verkündiget nicht minder,
Was den Stern zu Sternen bringe.

»Ein Kinderlied zum Nepomucksfeste in Carlsbad gedichtet«, nannte Goethe das Gedicht, das er Zelter zum Komponieren sandte. Den erinnerte es an das in Prag erlebte Fest des Hl. Nepomuk, zu dessen Ehren Lichterprozessionen auf dem Wasser veranstaltet wurden. »Ich fand mich in Prag auf der Schützeninsel; die schöne Brücke vor mir, dazwischen den sanften Strom, der tausend Schiffchen mit heiligen Kerzen trägt; das Frohlocken der Kinder, das Gebimmel und Getön der Glocken – und der ruhige Gedanke: daß mitten in dem poetischen Wirr- und Irrwesen die Wahrheit ruht wie ein schlafendes Kind!«

Annette von Droste-Hülshoff

Kinder am Ufer

O sieh doch! siehst du nicht die Blumenwolke
Da drüben in dem tiefsten Weiherkolke?
O! das ist schön! hätt' ich nur einen Stecken,
Schmalzweiße Kelch' mit dunkelroten Flecken,
Und jede Glocke ist frisiert so fein
Wie unser wächsern Engelchen im Schrein.
Was meinst du, schneid' ich einen Haselstab,
Und wat' ein wenig in die Furt hinab?
Pah! Frösch' und Hechte können mich nicht schrecken –
Allein, ob nicht vielleicht der Wassermann
Dort in den langen Kräutern hocken kann?
Ich geh, ich gehe schon – ich gehe nicht –
Mich dünkt, ich sah am Grunde ein Gesicht –
Komm laß uns lieber heim, die Sonne sticht!

1842

Wilhelm Busch

Die Drachen

Schon seit mehren Wochen haben
Drei intim bekannte Knaben –
Fritz, Franz, Conrad hießen sie –
Mit Verstand, Geduld und Müh'
Schöne Drachen sich gepappt
Und zum Flug bereit gehabt,
So daß sie, bis auf den Wind,
Mit der Sache fertig sind.

Endlich weht 'ne frische Brise,
Und fort geht es auf die Wiese.
Conrad wandelt an der Spitze,
Dann kommt Franz und schließlich Fritze.

»Freund!« sprach plötzlich Franz zu Fritzen –
»Siehst du Zöpfels Äpfel sitzen?«
Und als Fritze dies bejaht,
Schreitet man sofort zur Tat.
Doch was Conrad anbetraf,
Der geht weiter klug und brav.

Trefflich gut ging die Geschichte.
Franz hat Zöpfel seine Früchte.
Lirum, larum! dachte er –
Fritze hin und Fritze her!
Ich genieße, was ich habe! –
Damit ist der freche Knabe,
Grad als wäre nichts passiert,
Äpfel essend fortmarschiert.
Saftig kann man's knirschen hören.
Soll das Fritzen nicht empören?

Mit dem Fuße und mit Krachen,
Gradeweges durch den Drachen.
Gibt er Franzen rücksichtslos
Einen wirkungsvollen Stoß.
Franz, der dieses krummgenommen,
Ist sofort herumgekommen.
Und es hebt sich und es saust
Seine zorngeballte Faust
Durch den vorgeschützten Drachen,
Gleichfalls unter großem Krachen,
Dergestalt in Fritzens Nacken,
Daß er meint, er muß zerknacken.

Jetzt sucht jeder sich zu decken,
Und es wird so mit den Pflöcken,
Wo die Schnur herumgewickelt,
Emsig hin und her geprickelt.
Franz zuerst durch kühnes Wagen
Trifft genau auf Fritzens Magen.
Dafür sticht ihn Fritz der flinke
In das Nasenloch das linke.

So entspinnt sich auf die Länge
Ein direktes Handgemenge,
Was zunächst und augenscheinlich
Für die Ohren äußerst peinlich.
Dennoch wird der Kampf zuletzt
Noch am Boden fortgesetzt.

Grad kommt Zöpfel wie gewöhnlich,
Um sich wieder mal persönlich
Und gewiß zu überzeugen,
Daß sein Obst noch an den Zweigen.
Wer – ruft er – hat dies getan?
Damit stockt sein Sprachorgan.

Ja! Jetzt wird er grausam heiter.
Er entdeckt die beiden Streiter.
Fritze kriegt den ersten Schlag,
Weil er am bequemsten lag.
Und der Franz war schon vergnügt,
Daß er siegt und oben liegt;
Bis die Peitsche wieder pfiff
Und auch ihn empfindlich kniff.

Gern entrönnen nun die beiden,
Um das Weitre zu vermeiden,
Wären nicht die nötgen Beine
Tief verwickelt in die Leine. –
Also folgt der Rest der Hiebe. –
Zöpfel tut's mit Lust und Liebe.

Sorgsam sammelt hierauf Zöpfel
Seine hochgeschätzten Äpfel.
Einer nur ist angenagt,
Was jedoch nicht viel besagt;
Und so kehrt er hocherfreut
Heim in seine Häuslichkeit.

Aber ach, wie traurig stand's
Um den Fritze und den Franz.
Soviel ist gewiß für sie:
Ihre Drachen steigen nie,
Während Conrad seiner schon,
Dieser Erdenwelt entflohn,
Höher stets und höher steigt,
Bis man vor Erstaunen schweigt.

1881

Conrad Ferdinand Meyer

Spielzeug

Liebchen fand ich spielend. Einen Kasten
Hatte sie entdeckt voll längstvergeßnen
Staubgen Kinderspielzeugs: Mauern, Tore,
Rathaus, Häuser, Häuserchen und Kirche...
Sie erbaut' das Städtchen mit gelenken
Händen, stellt' den Kirchturm in die Mitte.
Doch ein Häuschen hatt' sie vorbehalten,
Vorbehalten sieben grüne Pappeln
Für ein allerliebstes kleines Landgut.
Nicht zu nah! Im Städtchen klatscht man sündlich.
Nicht zu ferne! Man bedarf der Menschen.
»Eben sind wir eingezogen!« jubelt'
Sie und klatscht' in ihre kleinen Hände.
In der Wonne des erworbnen Heimes
Riß ich Liebchen an mich so gewaltsam,
Daß den Arm sie streckte wie ertrinkend...
Was erwischte sie mit schnellen Fingern,
Eng an meine Brust gepreßt? Die Kirche,
Ja die Kirche mit dem roten Dach war's,
Und sie stellt' sie dicht vor unser Landhaus.

1882

Conrad Ferdinand Meyer

Spiel

Denkst, Freund, des wilden Knabenspiels du noch,
Das wir getrieben einst am Bergesjoch,
Wann unser freudger Wandertag verglomm
Und höher stets und immer höher klomm?
Wir sprangen jubelnd über Stock und Stein
Bergan und wieder in das Licht hinein,
  Und noch einmal und noch einmal,
Bis uns entschlüpft' der letzte Sonnenstrahl.

Das Spiel, das wir im Alpentale dort
Getrieben, Freund, wir spielen's heut noch fort.
Wann neben uns das süße Licht erbleicht,
Wir steigen, bis von neuem wir's erreicht.
Wir springen rüstig über Stock und Stein
Und mitten wieder in den Tag hinein,
  Und noch einmal und noch einmal,
Bis uns entschlüpft der letzte Lebensstrahl.

1882

Franz Werfel

Kindersonntagsausflug

Vom Quai steigt eine Treppe zu Dampfschiff und Booten.
Oh, Kindersonntagsausflug! Wie abenteuerlich kam mir das alles vor.
Strahlender Fluß, Frühlingshimmel, Regattakähne, Eisenbahnbrücke, Gerüste und Piloten,
Blauer Rauch in der Luft. O dünnes Gewebe, o schwacher Flor!

Ein enges Brett – schaukelnder Boden – ich dachte an meine Seegeschichten.
Worte wie Backbord, zwei Glas, Wanten, Lee, Marssegel fielen mir ein.
An einen kleinen Schiffsjungen dachte ich, an Matrosengesang und Ankerlichten,
An gieblige Hafenhäuser und Schenken, in denen betrunkene Holländer und Malayen schrein.

Auf schmalem Platz saß ich in meine ganz exotischen Phantasien eingefangen.
Meine Mutter löste beim Kassier eine Kinderkarte für mich.
Ich sehe noch, wie einige Nickelstücke wieder in ihr silbernes Täschchen sprangen,
Dann riß ein Mann an der Glocke – die Maschinen unter uns stampften und rührten sich.

Was ich alles auf dem rotweißen Dampfer erlebte: Wasserhosen, Zyklone,
Am Äquator riß uns Champagner, Heimweh und Stern-Nacht zu lautem Wahnsinn fort,

Am südlichen Wendekreis aber warf man ohne
Gebete und Tränen einen steinbeschwerten Leichnam über Bord. –

Oft sahn wir Land, Vulkane, weiß zugetürmte.
Insulaner schossen um unser Schiff und krächzten zu uns empor.
Und wenn das Meer glatt war, keine Wolke, kein Windvogel stürmte,
Warf man Geldstücke in die Tiefe, und Kinder tauchten danach und holten sie hervor.

Und als die Räder langsamer schlugen und wir zum Landungsplatz glitten,
Da erkannte kaum den einfachen Hügel mein Blick.
Ich ging ans Ufer mit kleinen, ganz unsicheren Schritten,
Und hörte wie im Traume vom Restaurationsgarten her die donnernde Militärmusik.

um 1910

Joachim Ringelnatz

Himmelsklöße

Je mehr Kinder dabei mitmachen,
Um so mehr gibt es nachher zu lachen.

Dicke Papiere sind nicht zu gebrauchen.
Man muß Zeitung oder Briefe von Vaters Schreibtisch nehmen.
Keiner darf sich schämen,
Das Papier mit der Hand in den Nachttopf zu tauchen.
Wenn es ganz weich ist, wird es zu Klößen geballt
Und mit aller Wucht gegen die Decke geknallt.

Man darf auch vorher schnell noch Popel hineinkneten.
Solche Klöße bleiben oben minutenlang kleben.
Jedes Kind muß nun unter einen der Klöße treten
Und den offenen Mund nach der Decke erheben.

Vorher singen alle im Rund:
»Lieber Himmel tu uns kund,
Wer hat einen bösen Mund.«
Bis der erste Kloß runterfällt
Und trifft zum Beispiel in Fannis Gesicht.
Dann wird die Fanni umstellt.
Und alle singen (nur Fanni nicht):
»Schweinehündin, Schweinehund!
Himmelsklöße taten kund:
Du hast einen bösen Mund.
Sperrt sie in den Kleiderschrank
Wegen ihrem Mordsgestank.«

Steckt eurem Vater frech die Zunge
Heraus. Und ruft: »Prost Lausejunge!«
Dann – wenn er vorher auch noch grollte –
Vergißt er, daß er euch prügeln wollte.

Aus Geheimes-Kinder-Spiel-Buch, *1924.*

Joachim Ringelnatz

Kind, spiele

Kind, spiele!
Spiele Kutscher und Pferd!
Trommle! – Bau dir viele
Häuser und Automobile! –

Koche am Puppenherd! –
Zieh deinen Püppchen die Höschen
Und Hemdchen aus! – Male dann still! –
Spiele Theater: »Dornröschen«
Und »Kasperl mit Schutzmann und Krokodil!« –

Ob du die Bleisoldaten
Stellst in die fürchterliche Schlacht,
Ob du mit Hacke und Spaten
Als Bergmann Gold suchst im Garten im Schacht,
Ob du auf eine Scheibe
Mit deinem Flitzbogen zielst, –

Spiele! – Doch immer bleibe
Freundlich zu allem, womit du spielst.
Weil alles (auch tote Gegenstände)
Dein Herz mehr ansieht als deine Hände.
Und weil alle Menschen (auch du, mein Kind)
Spielzeug des lieben Gottes sind.

Fritz Gansberg

Freimarkt

Da tan zen die Bä ren,
da schie ßen die Af fen,
da duf ten die Ku chen,
da damp fen die Wür ste,
da spie len die Or geln,
da flie gen die Schau keln,
da drän gen die Leu te
die klei nen Kin der
mau se tot.

Aus Bei uns zu Haus. Eine Fibel für kleine Stadtleute, *um 1930.*

Peter Huchel

Kinder im Herbst

Schneebeeren weiß und schaumig knallen,
wenn sie die Kinder sich zerdrücken,
die durch den roten Herbst hinwallen
und nichts als totes Laub zerpflücken.
Mit Ruten treiben sie die Stiere
und peitschen die Kastanien locker,
und flammend auf die Vogelmiere
tropft nun der Herbst sein Gold und Ocker.

Laut singend in der Nebelfrühe
ziehn sie ins krautige Gehege,
dort wo der Ampfer für die Kühe
noch steht am alten Gleis der Wege.
Der Nebel zieht die weißen Kutten
den Kindern wie ein Laken über,
und auch das Rot der Hagebutten
verdämmert milchiger und trüber.

Die Luft verraucht, noch warm vom Öle,
dort faulen blaue Haselnüsse,
das Lied schläft in der Meisenhöhle,
die Kinder planschen durch die Güsse.
Sie hörn den ödesten der Laute,
das trübe Sickern in der Brache.
Der Zeisig schweigt, die Wiesenraute
neigt sich ins Grau der Wasserlache.

1932

Oskar Loerke

Das Segelschiff des Knaben

Es stand im elterlichen Birkenschranke
Hinter Kram und Glas,
Aber seine Planke
War vom Räubermeere naß.

Durch Bauernmohn und Balsaminen
Glückselig schwebend, schnitt sein Kiel.
Ihm nachzustaunen, war im Knabenspiel
Dein erstes ernstes Dienen.

Und saß dein Kinderschopf gefangen
In Staub- und Schulgeruch –
Schon wieder: die Matrosen sangen
Durch das Vokabelbuch.

Und einmal waren alle tot.
So kam das Schiff gezogen,
Als um dein ländlich frühes Abendbrot
Septemberwespen flogen.

Es fuhr, wo es nicht mehr den Wal gelüstet
Zu schwimmen, aber da bliebst du bei ihm,
Die Segel brausten, in den Wind gebrüstet,
Wie Haufen weißer Cherubim.

– Noch fliegt die Wespe. Noch bist du bereit,
Den alten Segler heimzusteuern
In dichte, wilde Ewigkeit:
Du hörst dorther ganz fern Salute feuern.

Karl Krolow

Elegie für ein spielendes Kind

Wähle gemach! ... Horche hin, lausch nach oben und unten!
Wähle die Zeit, unsre Zuflucht, den Kinderballon, rot aus Luft.
Schaukelnd im Leeren, im Leuchtfeuer stürzender Stunden,
Lautloser Stunden des Einst von entweichendem Duft.

Kühlt deine Achseln Verhängnis: – mit Häusern und Brücken,
Flughäfen tränenlos treibe elastisches Spiel.
Wähle die Hoffnung! Entwirf und zerschlag dein Entzücken,
Spiel mit der Straße, drauf nie ein Gewehrschuß noch fiel.

Baue Gebüsche wie Brüste, wie erste Genesung,
Drinnen Verzweiflung noch nicht ihre Schwinge gerührt,
Schädel nicht schrecken, gefaltet von rascher Verwesung.
Sammle im Blute dir Welt, die dich sänftiglich führt.

Wähle gemach! ... Schon hat uns die Erde errichtet
Grünliche Gabeln der Äste und Pfosten der Tür,
Dran man uns aufknüpft im Finstern, vom Monde belichtet,
Der wie ein rotes Gesäß rollt, ein großes Geschwür:

Pavianhintern, der glüht! – Bei Bier und Zigarren
Frieren die Mörder und treten verlegen im Kreis,
Kauen Erbrochnes im Mund hinter Zähnen und harren
Des Gerichts, das sie ausläßt, und singen ganz leis ...

1949

Wolf Biermann

Himmelfahrt in Berlin

Die Kinder spielen im Hof so schön
Prinzessin, Mörder und Volkspolizist.
Sie müssen nicht zur Schule gehn,
weil heute Himmelfahrt ist.

Die Kinder spielen im Hof so laut,
behängt mit alten Lappen.
Sie spielen Braut und Kosmonaut
im Himmelsschiff aus Pappen.

Die Kinder spielen so laut und schön,
der Hof wird ein ganzes Theater.
Die dicken Frau'n aus den Fenstern sehn
und warten auf den Vater.

1965

Peter Hacks

Die Mädchenhasser

Zwei Jungen, die schlenderten über die Heide,
Zwei schlankbraune Jungen mit lockigem Haar.
Ihr Bild war gewiß keinem Mädchen zu Leide,
Doch gingen sie dort, wo kein Mädchen dawar.
  Auf der Heide gingen die Jungen,
  Auf der Heide um Sperenberg.

Der erste hub an: die Mädchen, sie müssen
Nur immer geküßt sein, sonst hat man Gezänk;
Sprich, gäb es dir was, so ein Mädchen zu küssen?
Ich gähn, sprach der andre, wenn ich dran denk.

Der erste hub an: die Sonne brennt mächtig,
Der Schweiß und der rinnt über Schulter und Arm,
Ich zieh mir das Hemd aus, dann fühl ich mich prächtig.
Der andre erwidert: mir ist noch nicht warm.

Der erste hub an: ein Teich, wolln wir baden?
Ein Teich, sprach der andre, ist kalt und auch naß.
Geh du, alter Junge, es wird ja nicht schaden,
Wenn ich auf dein Hemd und deine Hosen aufpaß.

Der erste ging baden, der erste kam wieder.
Ein blühender Busch stand, da warf er sich hin.
Er dehnt unterm Himmel die schlankbraunen Glieder:
Du und ich und kein Mädchen, wie lustig ich bin,
  Auf der Heide, Wind in den Lungen,
  Auf der Heide um Sperenberg.

Und nun, fuhr er fort, laß uns ringen und raufen.
Ringen und raufen, frug der andre, wozu?
Warte, rief jener, ich bring dich ins Schnaufen,
Wirst sehn, alter Junge, ich bin stärker als du.
  Auf der Heide ward nun gerungen,
  Auf der Heide um Sperenberg.

Und wie sie so waren beim Raufen und Ringen,
Da wurde mit einmal dem ersten klar
An mehreren unmißdeutbaren Dingen,
Daß der zweite Junge kein Junge war.
Und sie beide innig umschlungen
Auf der Heide um Sperenberg.

Sie wälzten sich, ach, am summenden Hage
Und Brust gegen Brust und Bein über Bein.
Ich lasse in dieser ein wenig schwierigen Lage
Die Mädchenhasser ganz gern jetzt allein
Auf der Heide lerchendurchsungen,
Auf der Heide um Sperenberg.

1986

Peter Härtling

Der Spielgeist (II)

Aufgestöbert und zerbrochen,
Spielzeug an den Kleidern baumeln,
liest Musik aus seinem Taumeln,
hat den Aberwitz gerochen.

Steigt ins Lachen taucht ins Weinen,
sammelt beides streut es aus,
schickt den Sand ins Wetterhaus,
hält den andern für den einen.

Klingelt kleistert klirrt und klopft,
spottet Türen reizt die Zahlen,
jubelt wenn ein Knurrhahn tropft –
und beginnt den Laut zu malen.

1962

Hilde Domin

Das goldene Seil

Nichts ist so flüchtig
wie die Begegnung.

Wir spielen wie die Kinder,
wir laden uns ein und aus
als hätten wir ewig Zeit.
Wir scherzen mit dem Abschied,
wir sammeln noch Tränen wie Klicker
und versuchen ob die Messer schneiden.
Da wird schon der Name
gerufen.
Da ist schon die Pause
vorbei.

Wir halten
uns bange fest
an dem goldenen Seil
und widerstreben dem Aufbruch.
Aber es reißt.
Wir treiben hinaus:
hinweg aus der gleichen Stadt,
hinweg aus der gleichen Welt,
unter die gleiche,
die alles vermengende
Erde.

1962

XIV.
Kinder und Tiere

»Die Kinder haben [...] in wohleingerichteten und geordneten Häusern eine Empfindung, wie ungefähr Ratten und Mäuse haben mögen«, läßt Goethe seinen Wilhelm Meister sagen. Haus-Kinder und Haus-Tiere scheinen einander von Natur aus nahezustehen; schon die hellenistische Kunst stellte gern Kinder und Tiere zusammen dar. Die Nähe des Kindes zum Animalischen ist die Kehrseite der wachsenden Entfernung der Erwachsenen von demselben: Die literarische Bild-Geschichte der Kind-Tier-Beziehung enthält verschlüsselt die Geschichte der Domestizierung der kleinen »Wildfänge«. In der barocken Emblematik verweist das Tierbild noch unverblümt auf den Erziehungszwang: Das Kind ist wie der junge Hund – es muß den Prügel spüren, um gefügig zu werden. In der Fibel leben die »Tierlehren« lange weiter, und noch in den »niedlichen« Tiergedichten der Kinderliteratur des 18. und 19. Jahrhunderts sind die Tiere die »natürlichen« Lehrmeister der Kinder. Ihr Ungestüm kann für die Unbedachtsamkeit stehen, die das Kind zu Schaden bringt. Auch Arbeitsamkeit, Fleiß und Vorsorgewirtschaft lehren die Tiere. Dazu kommt die Vermittlung sozialer Modelle, die in vielfältiger Weise im Kinder-Tier-Gedicht versucht wird. Wie die Schwachen den Starken, wie die Kinder den Erwachsenen, so sind – oder scheinen – die Tiere den Kindern untertan. »Ich bin der Herr, du bist der Knecht« läßt Hoffmann von Fallersleben den kleinen Vogelfänger sagen, der sich an dem wehrlosen Tier vergreifen will – dieses Gedicht ist einer der zahlreichen Texte, in denen Kinder als Macht-, Herrsch- und Jagdkinder auftreten, als Fallensteller, Nesträuber und Tierquäler; dabei wird Grausamkeit bestraft, Mitgefühl und Mildtätigkeit gegenüber dem Schwachen hingegen belohnt. Es geht dabei – ähnlich wie in der Begegnung mit den »armen Kindern« – um die Übertragung von Gefühlen auf Schwache und Wehrlose.

Kinder und Tiere werden im 19. Jahrhundert dann auch in jenem Gedichttypus zusammengebracht, der alte bukolische Muster aufnimmt und ins Biedermeierliche wendet: dem vom »Hirtenknaben«. Uhlands Lied (»Die Kapelle«), durch seine sentimentale Melodie populär geworden, fand bei Heine, Fallersleben und Mörike seine Nachfolger. Alle diese Hirtenknaben sind fromm, zufrieden, ihre eigenen Herren und leben in Einheit mit einer Natur, die längst alle Härten verloren hat: Kinder und Tiere als die Bewohner des verlorenen Paradieses der Unschuld.

Mathias Holtzwart

Ut canis in silvis et agris venetur apertis

Ut canis in silvis et agris venetur apertis,
   Ac faciat domini singula iussa sui,
Transversum inprimis baculum suspendere collo
   Consuevere, pati discat ut inde iugum.
Sic puero effreni baculum suspende timoris,
   Discat ut imperium maior obire tuum.

Wann du ein Hündlein wilt gewehnen,
Daß es dir soll zum Jagen dienen
Oder daß es dir sonst verleist[1],
All ghorsam tu, was du es heißt
Und letztlich gänzlich bendig[2] werd,
Hängst ihm ein Bengel überzwerch[3]
An Hals, damit tust du's bezwingen,
Daß es nicht mag nach Willen springen
Sunder wird des Halsbands gewohn:
Also der frechen Jugend schon
Ihr Mutwill soll werden gebrochen
Mit Zucht und Maß sonder groß Pochen,
Bis sie das Halsband nehmen an
Und du an ihn mögst Freude han.

1 folgsam sei   2 gefügig   3 einen Knüppel querüber legen

Wie der Jagdhund mit einem Querknüppel um den Hals, so muß das Kind gezähmt und sein Eigenwille gebrochen werden. Aus Mathias Holtzwarts Emblem-Buch von 1581.

Caecus amor sobilis

Barockes Emblem

Saepe et amare nocet. Suffocat simia amando
Simiolum. Exemplum hoc o fugitote patres.

Blinde Liebe zum Kind: Oft schadet sogar die Liebe. Der Affe erstickt mit seiner Liebe das Äffchen. Väter, hütet euch vor diesem Beispiel! – Aus dem Emblem-Buch von Joachim Camerarius, 1595.

Christian Fürchtegott Gellert

Der Knabe und die Mücken

Mein Vater geht in's Holz, wie ich gemerket habe;
So sagte Fritz, ein kleiner muntrer Knabe,
Und hüpft, indem er dieses sprach,
Von seinem Jugendglück gerühret,
Von seinem Phylax angeführet,
Dem Vater schon von Weitem nach.
Kaum trat er in den Busch, als ihn hier eine Mücke,
Dort wieder eine Mücke stach.
Er schalt und lief ein gutes Stücke,
Dem bösen Schwarme zu entfliehn;
Allein je mehr er lief, je mehr verfolgt' er ihn.
Gut, sprach er, stecht nur immer kühn,
Ich will es nicht umsonst beteuern,
Ihr findet hier heut euer Grab.
Erbittert bricht er Ruten ab
Und kämpft mit seinen Ungeheuern;
Allein sie fanden nicht ihr Grab,
Und stachen sie zuvor aus bloßer Lust zu stechen,
So stachen sie nunmehr, um sich zu rächen.

Verwundet im Gesicht, auf beiden Händen rot,
Eilt Fritz dem Vater zu und klagt ihm seine Not.
»O sehn Sie nur, das nenn' ich stechen!
Ich hab's bald so, bald so versucht.
Ich lief, ich schlug, und doch half weder Schlag noch Flucht.«
Fritz, hub der Vater an, du hast's nicht recht versucht.
Geh' ruhig fort, so kann ich dir versprechen,
Sie werden weniger, als wenn du schlägst, dich stechen.
Ein kleiner Feind, dies lerne fein,
Will durch Geduld ermüdet sein;
Und trittst du einst gleich mir in's große Leben ein
Und wirst um dich viel kleine Feind' erblicken,
So achte nicht auf ihre Tücken!
Verfolge deinen Weg getrost, und denke fein
An die Geschichte mit den Mücken.

Das Lämmchen

Aus der *Kleinen Kinderbibliothek*

Ein junges Lämmchen, weiß wie Schnee,
Ging einst mit auf die Weide;
Mutwillig sprang es in dem Klee
Mit ausgelaßner Freude.

Hopp, hopp! ging's über Stock und Stein
Mit unvorsicht'gen Sprüngen.
Kind, rief die Mutter, Kind, halt ein,
Es möchte dir mißlingen.

Allein das Lämmchen hüpfte fort,
Berg auf, Berg ab, in Freuden;
Doch endlich mußt's am Hügel dort
Für seinen Leichtsinn leiden.

Am Hügel lag ein großer Stein,
Den wollt' es überspringen;
Seht da, es springt und – bricht ein Bein;
Aus war nun Lust und Springen!

O liebe, muntre Kinder! schreibt
Dies tief in eure Herzen:
Die Freuden, die man übertreibt,
Verwandeln sich in Schmerzen.

Vertont von Reichardt.

Christian Adolf Overbeck

Fritz und der Käfer

So, – Pünktlein! – nun hinaus ins Feld,
Der Abend ist so schön;
Nun will ich Tierchen groß und klein
Im Mondesglanze sehn!

Da kommt der schöne Mond schon her;
Willkommen, lieber Mann!
Wie man dich und die Sternelein
Doch nie gnug sehen kann.

So sagte Fritz, und sprang ins Feld,
Und freute herzlich sich;
Tat recht daran. – Mach's eben so;
Erst lern', – dann freue dich!

Stand da ein kleiner Apfelbaum,
An dessen Stämmchen kroch
Ein brauner Käfer sorgenlos,
Der nicht von dannen flog.

Gleich war nun unser Fritzchen da:
Komm her, du Räuber, her!
Empfang den Lohn; denn du zerfrißt
Mein Bäumchen gar zu sehr.

Er nahm das Tierchen, band am Fuß
Ein seid'nes Fädchen ihm!
Und wenn es angstvoll aufwärts flog,
Wollt' er's herunter ziehn.

Es flog, er zupfte, – und das Bein
Am Fädchen riß; da sprach –
Der Käfer? – nein; des Knaben Herz,
Als spräch's dem Käfer nach:

Denk', ich sei Mensch, und Käfer du;
Dich hungerte wie mich;
Und weil du deine Nahrung suchst,
Nur darum quält' ich dich!

Ein Gott hat dich und mich gemacht;
Quäl' ja kein Tierchen mehr!
Ach, wüßtest du, wie weh mir's tut,
Mein Füßchen, ach, wie sehr!

Fritz ließ den Käfer; doch für ihn
War alle Lust dahin.
Nehmt, was das Herz des Knaben sprach,
Ihr Kinder, ja zu Sinn!

Joachim Heinrich Campe

Der kleine Vogelfänger

Peter (*stürzt ins Zimmer*)

O Mutter! Mutter! sieh einmal,
Was ich hier hab'! ein Vögelchen, o sieh!
Mutter.
Ich seh'! Wer gab es dir?
Peter.
Ich selbst!
Auf seinem Neste fing ich es.
Mutter.
Und in dem Nest'?
Peter.
O, in dem Neste war
Ein ganzes Nest voll Jungen; ach, so klein,
So klein! und ohne Federn noch!
Mutter.
Und was gedenkst du ihm zu tun?
Peter.
In einen Käfig setz' ich es, und dann
Häng' ich es hier ans Fenster hin.
Mutter.
Und dann?
Peter
Geb' ich ihm Zuckerbrot,
Und Korn, und Milch, so viel es mag!
Mutter.
Und seine Jungen?
Peter.
O die hol' ich gleich;
Die sollen auch im Käfig wohnen!
Mutter.
So?
Allein ich sorge, Kind, daß man
In diesem Augenblick, dich selbst
Zu holen, kommen wird.
Peter
Wohin?
Mutter.
Zu deinem Vater.

Peter.

I, wo ist denn der?

Mutter.

In einem Loch', das man Gefängnis nennt.
Da soll er – so befiehlt der Fürst –
Zeitlebens sitzen, du mit ihm.

Peter (*weinend*).

Der böse, böse Fürst!

Mutter.

Warum?
Er will euch ja nichts tun; ihr sollt
Dort alles haben, was ihr wünscht;
Nur sollt ihr nie heraus, nie mich,
Nie unsern Garten wiedersehn. –
Du weinst? Bedenke doch, der Fürst
Tut dir ja nur, was du dem Vogel tust!

Peter.

(*noch immer weinend, indem er den Vogel fliegen läßt*).

Den Vogel mag ich nun nicht mehr.

Mutter.

Komm, armer Junge, setze dich
Auf meinen Schoß, und hör' mir zu.
Zu deinem Besten hab' ich dich
Umsonst erschreckt. Dein Vater ist
Nicht im Gefängnis: dich, mein Kind,
Wird keiner holen. Sieh, ich wollte nur,
Du solltest fühlen, daß es böse sei,
Wenn einem armen Tierchen man
So ohne Not das Leben bitter macht.
So wie jetzt dir zu Mute war,
So war's dem Vogel auch, als du
Ihn fingst; was das Gefängnis dir,
Das war der Käfig ihm. Denn, Kind,
Auch Tieren ist die Freiheit wert,
Und ein Tyrann ist der, der ohne Not
Sie ihnen raubt. Nicht wahr, mein Sohn,
Das hast du nicht bedacht?

Peter.

Ach nein!
Das hab' ich wirklich nicht bedacht!

Mutter.

So denke künftig dran, und laß
Nie aus der Acht, daß unser Vater, Gott,
Die Tiere, so wie uns, zur Freude schuf;

Und daß, wer ohne Not sie quält,
Ein Wütrich ist, der nicht verdient,
Daß unser guter Vater, Gott,
Ihm selbst ein frohes Leben schenkt.

Eduard Mörike

Unser Fritz

Unser Fritz richt't seinen Schlag,
Wollt ein Meislein fangen,
Doch weil ihm denselben Tag
Keines drein gegangen,
Wird dem Fritz zu lang die Zeit,
Denkt: ich hab umsonst gestreut,
Will ja keine kommen.

Nach acht Tagen fällt ihm ein,
Im Garten zu spazieren:
Es ist schöner Sonnenschein,
Man kann nicht erfrieren;
Und am alten Apfelbaum
Kommts ihm plötzlich wie im Traum:
Ob der Schlag gefallen?

»Ja, es sitzt ein Vogel drin!
Aber, weh! o wehe!
Das ist trauriger Gewinn:
Tot, soviel ich sehe!
– Aber was kann ich dafür?
Sicher hat das dumme Tier
Sich zutodgefressen!«

So tröst't sich dein Mörder wohl,
Der dich hungern lassen,
Aber ich vor Leid und Groll
Weiß mich nicht zu fassen!
Hast alle Körnlein aufgepickt,
Hast dann vergebens umgeblickt,
Wo noch ein Bröslein wäre!

Ihr andern Vögel allesamt
Wohl unterm blauen Himmel
Ihr habt mit Wehgesang verdammt
Den Vogelstellerlümmel.
Ach, *eines* starb so balde, bald!
Eben da in Feld und Wald
Der Frühling wollte kommen.

1827

Der Vogelsteller-Fritz war der Sohn des Pfarrers Gmelin in Möhringen, wo Mörike Vikar war.

Heinrich Hoffmann von Fallersleben

Der kleine Vogelfänger

Wart, Vöglein, wart! jetzt bist du mein,
Jetzt hab' ich dich gefangen,
In einem Käfig sollst du jetzt
An meinem Fenster hangen.

»Ach, lieber Bube, sag' mir doch,
Was hab' ich denn begangen,
Daß du mich armes Vögelein,
Daß du mich hast gefangen?«

Ich bin der Herr, du bist der Knecht:
Die Tiere, die da leben,
Die sind dem Menschen allzumal
Und mir auch untergeben.

»Das, lieber Bube, glaub' ich nicht,
Das sollst du mir beweisen!«
Schweig still, schweig still! sonst brat' ich dich
Und werde dich verspeisen. –

Der Knabe rannte schnell nach Haus,
Da fiel er von der Stiegen.
Das Vöglein flog zum Haus hinaus
Und ließ das Büblein liegen.

Johann Peter Hebel

Der Sperling am Fenster

Zaig, Chind! Wie het sell Spätzli gsait?
Waisch's nümme recht? Was luegsch mi a? –
»'s het gsait: I bi der Vogt im Dorf;
i mueß vo allem d'Vorles ha.«

Un wo der Spöötlig sait: 's isch gnueg!,
was tuet my Spatz, wo d'Vorles het? –
»Er list am Bode d'Brösli uf,
sust müeßt er hungerig ins Bett.«

Un wo der Winter d'Felder deckt,
was tuet my Spatz in syner Not?
»Er pöpperlet am Fenster a
un bettlet um e Stückli Brot.

Gang, gib em, Muetter! 's friert en sust.«
Zaig, sag mer zerst, 's pressiert nit so:
wie chunnt's der mit dem Spätzli vor?
Mainsch nit, es chönnt aim au so goh?

Chind, wird's der wohl un 's goht der guet,
sag nit: i bi ne riiche Heer,
un iß nit Brotis alli Tag!
's chönnt anderst werde, handumchehr.

Iß nit der chrosplig Ranft vom Brot
un loß die waiche Brosme stoh!
– De hesch's im Bruuch! – Es chummt e Zyt,
un wenn de's hättsch, wie wärsch so froh!

Ne blaue Möntig währt nit lang,
un d'Wuche het no menggi Stund,
un menggi Wuche lauft dur's Dorf,
bis jedem au sy letschti chunnt.

Un was men in sym Früehlig lehrt,
me trait nit schwer un het's emool,
un was men in sym Summer spart,
das chunnt aim in sym Spöötlig wohl.

Chind, denk mer dra, un halt di guet!
»O Muetter, lueg! der Spatz will goh!«
Se gang er! Leng die Hirse dört
un streu em! Er wird widerchoo!

Aus den Alemannischen Gedichten, *1803.*

Wilhelm Hey

Sperling im Schnee

Knabe: Vogel, wie ist es so kalt!
  Sprich doch, erfrierst du nicht bald?

Sperling: Bin noch ganz munter in dieser Zeit,
  Hab' ein gar warmes Federkleid,
  Fliege gar fröhlich her und hin,
  Ist mir so warm als dir wohl drin.

Kind das dachte: »So ist's schon gut«;
Faßte sich gleich einen frischen Mut,
Hatte ja auch sein warmes Kleid,
Lief und spielt' eine schöne Zeit,
Fragte gar wenig nach Eis und Schnee;
Tat ihm drum doch keine Ader weh.

Aus Noch fünfzig Fabeln für Kinder, *gezeichnet von Otto Speckter, 1837.*

Wilhelm Hey

Knabe und Eichhorn

Knabe: Eichhörnchen auf dem Baum!
  Bist so hoch, seh' dich kaum,
  Komm' doch und spiel' mit mir!
Eichhorn: Gar zu schön ist es hier;
  Will doch lieber noch steigen
  Auf und ab in den Zweigen.

Knabe der lief wohl fort,
Eichhörnchen hüpfte dort;
Knabe der kam wohl wieder:
»Höre, nun steig' hernieder!«
Eichhörnchen sprach: »Es tut mir leid,
Habe noch immer keine Zeit.«

1833

Aus Hey / Speckters Fünfzig Fabeln für Kinder, *1833, einem der beliebtesten Kinderbücher der Epoche.*

Franz Graf Pocci

Die Kinder im Walde

Es blieben einst drei Kinder stehn,
Die grad zur Schule sollten gehn.
Sie dachten dies und dachten das:
Das Lernen sei ein schlechter Spaß.

Und sprachen dann mit leichtem Sinn:
»Ei, laßt uns doch zum Walde hin!
Das Spielen ist der Tierlein Brauch;
Laßt spielen uns mit ihnen auch!«

Sie luden dann im Walde ein
Zum Spiel die Tiere groß und klein;
Doch sprachen die: »Es tut uns leid!
Wir haben jetzo keine Zeit.«

Der Käfer brummte: »Das wär schön,
Wollt ich mit euch so müßig gehn;
Ich muß aus Gras ein Brücklein baun,
Dem alten ist nicht mehr zu traun.«

Am Ameishaufen schlichen sie
Ganz leis vorbei, ich weiß nicht wie,
Und liefen vor dem Bienlein schier,
Als wär es gar ein giftig Tier.

Das Mäuslein sprach zu ihnen fein:
»Ich sammle für den Winter ein.« –
»Und ich«, das weiße Täubchen sprach,
»Zum Neste dürre Reiser trag.«

Das Häschen winkte freundlich bloß:
»Ich könnte um die Welt nicht los;
Ihr seht, mein Schnäuzchen ist nicht rein,
Das muß im Fluß gewaschen sein.«

Und auch das Erdbeerblütchen sprach:
»Ich nütze diesen schönen Tag,
Zu reifen meine süße Frucht,
Die dann der arme Bettler sucht.«

Da kam ein junger Hahn daher;
Sie riefen: »Liebster Monsieur! Er,
Er hat doch wahrlich nichts zu tun
Und kann ein bißchen bei uns ruhn.«

»Pardon, ich hab von Adel Gäst
Und arrangiere heut ein Fest!«
So spricht der Hahn voll Gravität,
Verneigt sich steif und kalt und geht.

Drauf dachten sie in ihrem Sinn:
»Du, Bächlein, plätscherst doch so hin;
Komm, spiel mit uns, sei mit uns froh!«
Das Bächlein sprach erstaunt: »Wieso?

Ei seht die faulen Kinder, seht!
Ich weiß nicht, wo der Kopf mir steht!
Sie meinen, ich hätt nichts zu tun,
Und kann doch Tag und Nacht nicht ruhn.

Menschen, Tiere, Gärten, Wälder,
Wiesen, Tal und Berg und Felder –
Alle muß das Bächlein tränken
Und die Töpfe auch noch schwenken,

Kinder wiegen, Mühlen treiben,
Bretter schneiden, Erz zerreiben,
Wolle spinnen, Schiffe tragen,
Feuer löschen, Hämmer schlagen:

Ich kann euch alles sagen nicht,
Weil mir dazu die Zeit gebricht.«
So sprachs und sprang von Ort zu Ort.
Und husch, war gleich das Bächlein fort.

Da war ihr Mut dem Sinken nah,
Als einer einen Finken sah,
Der auf dem Aste saß in Ruh
Und pfiff sein Lied und fraß dazu.

Sie riefen: »Ach, Herr Biedermann,
Der all die schönen Lieder kann,
Du hast gewiß recht viele Zeit
Und bist mit uns zum Spiel bereit!«

»Potz tausend, hab ich recht gehört?
Ihr Kinder scheint mir recht betört;
Ich hab gejagt den ganzen Tag
Den Mücken, sie zu fangen, nach.

Nun wollen auch die Jungen mein
Ins Schlafen eingesungen sein;
Drum pfeif ich mit der Brüder Chor
Den Kleinen meine Lieder vor.

Ich sing dem Wald zur hohen Lust,
Ein müder Mann aus froher Brust,
Dem Herren gibt mein Lied den Preis,
Und lobt die Arbeit und den Schweiß.

Doch sprecht, was habt denn ihr gemacht,
Die also schlecht von mir gedacht?
Kehrt um, ihr Müßiggänger ihr,
Und stört die Leut nicht länger hier!«

Von allen Tieren so belehrt,
Sind drauf die Kinder froh gekehrt
Und wußten, daß dem Fleiß allein,
Des Spielens Lust ein Preis kann sein.

Ludwig Uhland

Die Kapelle

Droben stehet die Kapelle,
Schauet still ins Tal hinab,
Drunten singt bei Wies' und Quelle
Froh und hell der Hirtenknab'.

Traurig tönt das Glöcklein nieder,
Schauerlich der Leichenchor;
Stille sind die frohen Lieder,
Und der Knabe lauscht empor.

Droben bringt man sie zu Grabe,
Die sich freuten in dem Tal.
Hirtenknabe, Hirtenknabe!
Dir auch singt man dort einmal.

Uhlands Lied vom Hirtenknaben (1815) ist durch Robert Schumanns Melodie und zwanzig andere Vertonungen im 19. Jahrhundert populär geworden und hat andere Hirtenknaben-Gedichte und -Gemälde entstehen lassen.

Heinrich Heine

Der Hirtenknabe

König ist der Hirtenknabe,
Grüner Hügel ist sein Thron;
Über seinem Haupt die Sonne
Ist die große, goldne Kron.

Ihm zu Füßen liegen Schafe,
Weiche Schmeichler, rotbekreuzt;
Kavaliere sind die Kälber,
Und sie wandeln stolzgespreizt.

Hofschauspieler sind die Böcklein;
Und die Vögel und die Küh,
Mit den Flöten, mit den Glöcklein,
Sind die Kammermusizi.

Und das klingt und singt so lieblich,
Und so lieblich rauschen drein
Wasserfall und Tannenbäume,
Und der König schlummert ein.

Unterdessen muß regieren
Der Minister, jener Hund,
Dessen knurriges Gebelle
Widerhallet in der Rund.

Schläfrig lallt der junge König:
»Das Regieren ist so schwer;
Ach, ich wollt, daß ich zu Hause
Schon bei meiner Köngin wär!

In den Armen meiner Köngin
Ruht mein Königshaupt so weich,
Und in ihren schönen Augen
Liegt mein unermeßlich Reich!«

1824

Heinrich Hoffmann von Fallersleben

Der Hirtenknabe

Eben wann der Morgen graut,
Noch in aller Frühe
Treib' ich täglich auf die Alp,
Täglich meine Kühe.

Und die Vögel singen dann
Mir die schönsten Lieder,
Und zur Antwort sing' ich dann
Ihnen freundlich wieder.

Wollen meine Kühe nicht
Mehr zu Mittag grasen,
Ruhen wir im Schatten aus
Auf den kühlen Rasen.

Und ich halte dann mein Mahl
Unter dunklen Zweigen,
Schmetterlinge tanzen dann
Vor mir ihren Reigen.

Abends treib' ich dann hinab,
Lustig wie am Morgen –
Und so lebt der Hirtenknab
Täglich ohne Sorgen.

1853

Eduard Mörike

Der Hirtenknabe

Zu einer Zeichnung L. Richters

Vesperzeit,
Betgeläut
Aus den Dörfern weit und breit.
Hirtenbüblein auf der Heide
Bei der Weide
Seine Hände alsobald
Über'm Käpplein falt't,
Schlägt die Augen unter sich,
Betet inniglich.

Sich da! Engel Hand in Hand
Ihrer viere, fahrend über Land;
Wie sie ihn erblicken,
Winken sich und nicken,
Machen halt im Nu,
Treten still herzu,
Stimmen an zum Glockenklang
Ihren Lobgesang.

1863

Heinrich Hoffmann von Fallersleben

Das Mäuselein

Still stand die Wiege, das Kind schlief fest,
Ein Mäuselein sich blicken läßt,
Wippelndes, trippelndes Ding!
Es dreht das Köpfchen hin und her,
Es hüpft und tänzelt kreuz und quer,
Hin und her, kreuz und quer.
Mach' kein Geräusch, o Mäuselein!
Sonst fängt mein Kind gleich an zu schrei'n.

Das Mäuselein nimmt sich wohl in Acht,
Es schleicht zur Wiege sacht, ganz sacht,
Wippelndes, trippelndes Ding!
Es schaut und schnuppert rings umher,
Wo wohl ein Krümchen Kuchen wär',
Kuchen wär', Kuchen wär',
Mach' kein Geräusch, o Mäuselein!
Sonst fängt mein Kind gleich an zu schrei'n.

Und alle Krümchen, die da sind,
Die gönnt dir alle gern mein Kind,
Wippelndes, trippelndes Ding!
Wie hat's geschmeckt dem Mäuslein doch!
's ist eins zwei drei in seinem Loch,
Seinem Loch, seinem Loch.
Mäuselein, hast es gut gemacht:
Mein Kindlein schläft, nun gute Nacht.

Friedrich Hebbel

Schau' ich in die tiefste Ferne

Schau' ich in die tiefste Ferne
Meiner Kinderzeit hinab,
Steigt mit Vater und mit Mutter
Auch ein Hund aus seinem Grab.

Fröhlich kommt er hergesprungen,
Frischen Muts, den Staub der Gruft,
Wie so oft den Sand der Straße,
Von sich schüttelnd in der Luft.

Mit den treuen braunen Augen
Blickt er wieder auf zu mir,
Und er scheint, wie einst, zu mahnen:
Geh' doch nur, ich folge dir!

Denn in uns'rem Hause fehlte
Es an Dienern ganz und gar,
Doch die Mutter ließ mich laufen,
Wenn er mir zur Seite war.

Besser gab auch keine Amme
Je auf ihren Schützling acht
Und er hatte schärf're Waffen
Und gebrauchte sie mit Macht.

Seine eig'nen Kameraden
Hielt er mit den Zähnen fern
Und des Nachbars Katze ehrte
Ihn von selbst als ihren Herrn.

Doch, wenn ich dem alten Brunnen
Spielend nahte hinter'm Haus,
Bellte er mit heller Stimme
Meine Mutter gleich heraus.

Er erhielt von jedem Bissen
Seinen Teil, den ich bekam,
Und er war mir so ergeben,
Daß er selbst die Kirschen nahm.

Wie die beiden Dioskuren
   Brachten wir die Tage hin,
Einer durch den andern glücklich,
   Jede Stunde ein Gewinn.

Macht' ich nicht auch halb vom Tode
   Meinen treuen Pollux frei,
Ließ ich's nur, weil ich nicht ahnte,
   Daß ich selbst der Kastor sei.

Aber allzubald nur trübte
   Uns der heitre Himmel sich,
Denn er hatte einen Fehler,
   Diesen, daß er wuchs, wie ich.

Und an ihm erschien als Sünde,
   Was an mir als Tugend galt,
Da man mich um's Wachsen lobte,
   Aber ihn um's Wachsen schalt.

Immer größer ward der Hunger,
   Immer kleiner ward das Brot,
Und der Eine konnte essen,
   Was die Mutter beiden bot.

Als ich eines Morgens fragte,
   Sagte man, er wäre fort,
Und entlaufen, wie mein Hase,
   Doch das war ein falsches Wort.

Noch denselben Abend kehrte
   Er zu seinem Freund zurück,
Den zerbiss'nen Strick am Halse,
   Doch das war ein kurzes Glück.

Denn, obgleich er mit in's Bette
   Durfte, ach, ich bat so sehr,
War er morgens doch verschwunden,
   Und ich sah ihn niemals mehr.

Ward er an die Eisenkette
   Jetzt gelegt von seinem Herrn,
Oder fiel sein Los noch härter,
   Weiß ich nicht, doch blieb er fern!

Schau' ich in die tiefste Ferne
Meiner Kinderzeit hinab,
Steigt mit Vater und mit Mutter
Auch ein Hund aus seinem Grab.

Friedrich Hebbel

Aus der Kindheit

»Ja, das Kätzchen hat gestohlen,
Und das Kätzchen wird ertränkt.
Nachbars Peter sollst du holen,
Daß er es im Teich versenkt!«

Nachbars Peter hat's vernommen,
Ungerufen kommt er schon;
»Ist die Diebin zu bekommen
Gebe ich ihr gern den Lohn!«

Mutter, nein, er will sie quälen,
Gestern warf er schon nach ihr,
Bleibt nichts and'res mehr zu wählen,
So ertränk' ich selbst das Tier.

Sieh, das Kätzchen kommt gesprungen,
Wie es glänzt im Morgenstrahl!
Lustig hüpft's dem kleinen Jungen
Auf den Arm zu seiner Qual.

Mutter, laß das Kätzchen leben,
Jedesmal, wenn's dich bestiehlt,
Sollst du mir kein Frühstück geben,
Sieh nur, wie es artig spielt!

»Nein, der Vater hat's geboten,
Hundertmal ist ihr verzieh'n!«
Hat sie doch vier weiße Pfoten!
»Einerlei! Ihr Tag erschien!«

»Nachbarin, ich folg' ihm leise,
Ob er es auch wirklich tut!«
Peter spricht es häm'scherweise,
Und der Knabe hört's mit Wut.

Unterwegs auf manchem Platze
Bietet er sein Liebchen aus,
Aber keiner will die Katze,
Jeder hat sie längst im Haus.

Ach, da ist er schon am Teiche
  Und sein Blick, sein scheuer, schweift,
Ob ihn Peter noch umschleiche –
  Ja, er steht von fern und pfeift.

Nun, wir müssen alle sterben,
  Großmama ging dir vorauf,
Und du wirst den Himmel erben,
  Kratze nur, sie macht dir auf!

Jetzt, um sie recht tief zu betten,
  Wirft er sie mit aller Macht,
Doch zugleich, um sie zu retten,
  Springt er nach, als er's vollbracht.

Eilte Peter nicht, der lange,
  Gleich im Augenblick herzu,
Fände er, es ist mir bange,
  Hier im Teich die ew'ge Ruh.

In das Haus zurückgetragen,
  Hört er auf die Mutter nicht,
Schweigt auf alle ihre Fragen
  Schließt die Augen trotzig-dicht.

Von dem Zucker, den sie brachte,
  Nimmt er zwar zerstreut ein Stück,
Doch den Tee, den sie ihm machte,
  Weist er ungestüm zurück.

Welch ein Ton! Er dreht sich stutzend,
  Und auf einer Fensterbank,
Spinnend und sich emsig putzend,
  Sitzt sein Kätzchen blink und blank.

»Lebt sie, Mutter?« Dem Verderben
  Warst du näher, Kind, als sie!
»Und sie soll auch nicht mehr sterben?«
  Trinke nur, so soll sie's nie!

Frida Schanz

Müllers Miezel

Es war einmal – es war einmal –:
Ein Kätzlein in einem schönen Tal,
Ein Kätzlein, wie ihrer viele sind,
Das Kätzlein liebte des Müllers Kind,
Lag immer schnurrend auf seiner Wiege,
So warm, als ob's in der Sonne liege.

Kätzchen haben's doch gerne warm!

Doch es kam ein Abend, – daß Gott erbarm.
Eiskalte Regenströme brachen
Vom Himmel. Scharfweiße Blitze stachen.
Der Mühlbach schwoll und wurde ein Meer,
Bäume brachen vom Hochwald her
Und haben sich über das Tal gestemmt.
Erst standen die Felder überschwemmt;
Die Gärten, die Bäume sind ertrunken,
Dann sind die Häuser ins Wasser gesunken.

Wer's konnte, rettete sich im Boot.

Des Müllers Kind hat die Wassersnot
Samt seiner Wiege hinausgetragen.
Es schwamm. Und das Wieglein wär umgeschlagen
Im wilden Wirbel, in dem es getrieben,
Wär' das Kätzlein nicht bei dem Kind geblieben.
Das Kätzchen fürwahr, das tat nichts Schlechts.

Sank das Wieglein mal sehr nach rechts,
Sprang das behende Miezel zur Linken.
(Das Miezel wollte doch nicht ertrinken!) –
Kippte das Bettlein links, so sprang's
Nach rechts, – so weiter, – und so gelang's! –
So lag das Liebchen, trocken gebettet,
Und schwamm ganz fröhlich und wurde gerettet.
Und seine Eltern bekamen's zurück! –

Aus der Wassersnot wurde Sonnenglück. –
Und Gott kann Wiegen und Dinge lenken!

(Dem Miezel möcht' man ein Kränzel schenken!)

Aus den Kinderballaden, *1909*.

Annelies Umlauf-Lamatsch

In der Katzenschule

In der Katzenschule sitzen
zwanzig Kätzchen, groß und klein,
schwarze, graue, weiße, braune, –
alle sind sie schmuck und rein.

Lehrer ist der schwarze Kater
mit der Brille auf der Nas'.
Und die Schüler müssen brav sein,
denn der Lehrer liebt nicht Spaß.

Hört, jetzt singt die ganze Klasse,
lieblich klingt's: mi – au! mi – au!
Doch da klopft es an die Türe.
Und wer ist es? Schau nur, schau!

Miezchen ist's, das weiße Kätzchen.
Wie's dort in der Türe steht!
Ach, es fürchtet sich nicht wenig,
denn es kommt ja viel zu spät.

Alle schau'n zu ihm hinüber.
O, wie wird dem Miezchen bang.
»Sag«, spricht jetzt der Lehrer strenge,
»sag, wo warst du heut so lang?«

»Ach, Herr Lehrer«, sagt das Miezchen,
»ich fing meine erste Maus!«
Und zieht aus dem Frühstückskörbchen
wirklich eine Maus heraus.

»Eine Maus hast du gefangen?«
fragt der Lehrer da und lacht.
»Na, dann wollen wir verzeihen,
Miez, das hast du gut gemacht!«

Ei, da ist das Miezchen fröhlich
husch! auf seinen Platz gesaust.
Und um zehn Uhr, in der Pause,
hat es seine Maus verschmaust.

1941

Carl Dantz

Karos Begräbnis

Komm, Karo, zur Beerdigung,
hüpf' in den Korb mit kühnem Sprung,
und recke dich und strecke dich,
denn du bist tot, verstehst du mich?

Wir Mädchen und Knaben,
wir woll'n dich begraben,
und sei nur nicht bange,
es dauert nicht lange.

Du, langer Anton, bist Pastor,
du kommst in Schwarz und führst den Chor,
ihr singt mit aufgerißnem Mund
das Klagelied vom toten Hund:

Wir Mädchen und Knaben,
Wir woll'n dich begraben,
der schwarze Pastor und
der traurige Chor und –
und sei nur nicht bange,
es dauert nicht lange.

Du, Jochen, holst dir Stock und Hut
– dem Hundevater steht das gut –
und nimmst an jede Hand ein Kind;
es macht nichts, wenn sie barfuß sind.

Wir Mädchen und Knaben,
wir woll'n dich begraben,
der schwarze Pastor und
der traurige Chor und
Papa im Zylinder,
und barfuß die Kinder,
und sei nur nicht bange,
es dauert nicht lange.

Du sollst die Mutter sein, Marie,
du jammerst: Ach, das arme Vieh!
du weinst ins Taschentuch, und Hein
schleppt das Gesangbuch hinterdrein.

Wir Mädchen und Knaben,
wir woll'n dich begraben,
der schwarze Pastor und
der traurige Chor und
Papa im Zylinder,
und barfuß die Kinder,
Mama mit dem Tuche,
und Hein mit dem Buche,
und sei nur nicht bange,
es dauert nicht lange.

Der Totengräber, Sepp genannt,
hat schon die Schaufel in der Hand,
Margret, die Totengräberfrau,
schleppt für den Sarg das dicke Tau.

Wir Mädchen und Knaben,
wir woll'n dich begraben,
der schwarze Pastor und
der traurige Chor und
Papa im Zylinder,
und barfuß die Kinder,
Mama mit dem Tuche,
Und Hein mit dem Buche,
der Sepp mit der Schippe,
Margret mit der Strippe,
und sei nur nicht bange,
es dauert nicht lange.

Da hält der Zug, da gähnt das Grab;
ihr Träger, setzt die Bahre ab.
Das Tau herum, und dann im Husch
den Sarg hinab, und, Karo, kusch!

Wir Mädchen und Knaben,
wir woll'n dich begraben,
der schwarze Pastor und
der traurige Chor und
Papa im Zylinder,
und barfuß die Kinder,
Mama mit dem Tuche,
und Hein mit dem Buche,
der Sepp mit der Schippe
Margret mit der Strippe,
hier stehn wir mit Schmerzen
und trauern von Herzen,
und sei nur nicht bange,
es dauert nicht lange.

Das geht nicht gut, das ist zuviel,
auf springt der Hund, aus ist das Spiel.
Er heult und bellt, sie fliehn und schrein,
und wütend kläfft er hinterdrein:

Ihr Mädchen und Knaben,
mögt andre begraben:
du schwarzer Pastor und
du trauriger Chor und
Papa im Zylinder,
und barfuß ihr Kinder,
du Sepp mit der Schippe,
Margret mit der Strippe,
ich danke von Herzen
für all eure Schmerzen;
liegt ihr mal so lange,
da wird euch auch bange!

1927

Bertolt Brecht

Die Vögel warten im Winter vor dem Fenster

1

Ich bin der Sperling.
Kinder, ich bin am Ende.
Und ich rief euch immer im vergangnen Jahr
Wenn der Rabe wieder im Salatbeet war.
Bitte um eine kleine Spende.
  Sperling, komm nach vorn.
  Sperling, hier ist dein Korn.
  Und besten Dank für die Arbeit!

2

Ich bin der Buntspecht.
Kinder, ich bin am Ende.
Und ich hämmere die ganze Sommerzeit
All das Ungeziefer schaffe ich beiseit.
Bitte um eine kleine Spende.
  Buntspecht, komm nach vorn.
  Buntspecht, hier ist dein Wurm.
  Und besten Dank für die Arbeit!

3

Ich bin die Amsel.
Kinder, ich bin am Ende.
Und ich war es, die den ganzen Sommer lang
Früh im Dämmergrau in Nachbars Garten sang.
Bitte um eine kleine Spende.
  Amsel, komm nach vorn.
  Amsel, hier ist dein Korn.
  Und besten Dank für die Arbeit!

1956

Brecht hat hier, bewußt oder unbewußt, ein Kinderlied von Wilhelm Hey (»Fünfzig Fabeln für Kinder«, 1833) im Kopf gehabt: »An das Fenster klopft es: ›Pick! pick! / Mach mir doch auf einen Augenblick. / Dick fällt der Schnee, der Wind geht kalt, / Habe kein Futter, erfriere bald. / Lieben Leute, o laßt mich ein, / Will auch immer recht artig sein‹...«

h. c. artmann

wenn im öflein s feuer kracht

wenn im öflein s feuer kracht,
winter durch das fenster lacht,
wenn die flocken lustig toben,
sollst den lieben werwolf loben.

fröhlich streunt er durch das feld,
fühlt den frieden dieser welt,
sträubt sein fellchen voller wonne,
frank und frei von aller sonne.

liebe kinder, nichts wie raus!
hurtig aus dem vaterhaus,
nehmt vom süßen weihnachtskuchen,
geht mit ihm den werwolf suchen.

Hilde Domin

Tauben im Regen

Meine Füße die viel gegangen sind,
meine Füße zwei Tauben
die jede Nacht
das Nest deiner Hände suchten,
meine Kinderfüße.

Die du weggewiesen hast,
sie sitzen im Regen
vor deiner Tür,
aneinander geschmiegt,
zwei Tauben im Regen,

meine Kinderfüße.

1965

Weil ich Jesu Schäflein bin

Sonntagsschullied

Weil ich Jesu Schäflein bin,
Freu ich mich nur immerhin
Über meinen guten Hirten,
Der mich wohl weiß zu bewirten,
Der mich liebet, der mich kennt
Und bei meinem Namen nennt.

Unter seinem sanften Stab
Geh ich aus und ein und hab
Unaussprechlich süße Weide,
Daß ich keinen Mangel leide,
Und so oft ich durstig bin,
Führt er mich zum Brunnquell hin.

Sollt ich da nicht fröhlich sein,
Ich beglücktes Schäfelein?
Denn nach diesen schönen Tagen
Werd ich endlich heimgetragen
In des Hirten Arm und Schoß.
Amen, ja mein Glück ist groß.

Nach dem Text der Herrnhuterin Marie Luise von Hayn (1724–1782). Ein bis vor kurzem bekanntes süddeutsches Sonntagsschullied.

Maikäfer, flieg!

Kindervers

Maikäfer, flieg!
Dein Vater ist im Krieg,
Dein Mutter ist in Pommerland,
Pommerland ist abgebrannt,
Maikäfer, flieg!

Das alte und sehr weit verbreitete Maikäfer-Lied hat unter den Volkskundlern des 19. Jahrhunderts zu Spekulationen über das Weiterleben vorchristlicher Mythologie im Kindervers geführt: »Pommerland« sollte »Hollerland« bedeuten, das Land der Fruchtbarkeitsgöttin Holle oder Hulda; und das Thema sollte der große Weltenbrand der germanischen Sage sein. – Man hätte nicht so weit ausholen müssen, um zu verstehen, daß Kriegskinder (also die Kinder fast aller Generationen) ihren Spieltieren Trauriges von Vätern und Müttern erzählen müssen.

XV.

Gernegroß

Der Kleine, der gern größer wäre, der sich größer macht, der als größerer ausstaffiert wird, ist eine der beliebtesten Kinderfiguren des 19. Jahrhunderts; vor allem Hoffmann von Fallersleben und Friedrich Güll haben diese Figur populär gemacht. »Gernegroß«, ehedem ein Spottname für den erwachsenen Angeber und in Fischarts *Gargantua* Attribut des großtuerischen Protagonisten, wird zum Kinderhelden – wobei sich das Bild dieses Helden vom zunächst eher Tadelnswerten mehr und mehr zum eher Liebenswerten wandelt. (Ähnlich ist es dem »Wildfang«, dem »Tunichtgut«, dem »Leckermaul« ergangen.) Dabei ist »Gernegroß« ein so gut wie ausschließlich männlicher Kinderheld – das Mädchen darf, wie Fallerslebens Elschen, allenfalls auf der Schaukel »hoch hinaus« wollen. Der klassische »Gernegroß« ist der Steckenpferd-Reiter – das alte Sinnbild des törichten Tuns der Menschen. Die »kleinen Gecken« (Narren) reiten in Campes *Kleiner Kinderbibliothek* und dann, zunehmend weniger »geckenhaft«, in fast allen Sammlungen von Kinder- und Volksliedern. Rasch wird »Gernegroß« dann militärisch: Er möchte werden wie Papa, und was zierte diesen wohl besser als die Attribute des Phallisch-Soldatischen: »Einen Degen möcht' ich tragen / O wie prächtig stehet der« (Burmann, 1777). Gülls »Wer will unter die Soldaten, / Der muß haben ein Gewehr« (1846) macht den Typus populär. In Paula Dehmels »Der kleine Rekrut« (1903) trägt dessen Helm aus Packpapier jetzt den Adler, gemalt »mit schwarz-weiß-roter Tusche«. Auch Lithographien, später dann Kinderphotos, zeigen den dergestalt zum Helden herausgeputzten Buben. – Aus dem Märchen kommt der »kleine Däumling« in die Kinderlyrik, Identifikationsfigur für die familiären Kleinen: »Kleiner Däumling, kleiner Däumling, allwärts ist dein Ruhm posaunet« (Uhland). Und der alte Menschheitstraum vom Fliegen kehrt, als Kinderphantasie, in der Figur des »Fliegenden Robert« (Hoffmann) und des Drachenfliegers (Blüthgen) wieder.

Schillernd wie alle diese »Gernegroß«-Figuren sind auch die Botschaften,die sie vermitteln. Viel Zärtlichkeit zwischen Erwachsenen und Kindern scheint im Spiel. Auch um die Stärkung des Selbstvertrauens der großen Kleinen geht es: »Ich bin auf immer nicht ein Kind / Es wird das Blatt sich wenden, / Die durch die Rute mächtig sind, / Die Ruten werden enden« (Chamisso). Aber es geht auch um die Warnung vor dem »Zu-hoch-hinaus-Wollen«: »Gernegroß« ist auch Karikatur, und »Gernegroß« erfährt seine Grenzen: »Da streckt das kleinste Knäbchen / Die Arm' hinaus gar weit, / Den Mond, den Mond will's haben, / Nach ihm es weint und schreit« (Fallersleben).

Heute stehen die Chancen für den »Gernegroß« schlecht. Wo das Ideal die Anpassung der Generationen ist (die des Kleinen an die Großen, die des Großen an die Kleinen), da ist die Kultur des Posierens, des Spielens und Scherzens mit den Altersdifferenzen nicht gefragt. Kinder in Erwachsenenposen (Zigarren-Kinder, Frack-Kinder, Hochzeits-Kinder) haben zwar gerade wieder einmal auf dem Markt der Ansichtskarten Konjunktur; bezeichnenderweise aber handelt es sich dabei fast ausschließlich um Nachdrucke oder Nachempfindungen historischer Vorlagen aus der Zeit der Jahrhundertwende. Und damals war »Gernegroß« eben noch nicht groß.

Johann Gottfried Herder

Der kleine Fitzli

Wie groß will nicht der kleine Fitzli sein!
Er steigt auf einen Stuhl: »Heida! bin ich noch klein?
Und bald will ich noch größer sein!«
Er steigt auf einen Berg
Und – ist ein Zwerg.

Gottlob Wilhelm Burmann

Der Degen

Einen Degen möcht ich tragen
O wie prächtig stehet der!
Schlagen wollt ich mich nicht, schlagen –
Aber stolz trät ich einher.

Zieh ich einen aus der Scheide
O, dann klopft mein ganzes Herz!
Doch, Papa kommt! – kurze Freude!
»Junge, spricht er: laß den Scherz:

Geh und lerne – kleine Knaben
Müssen Bücher in der Hand
Aber keinen Degen haben
Den erhält erst der Verstand!«

Gut; ich will den Stolz versparen,
Lernen will ich Tag und Nacht
Bis mich nach den Kinderjahren
Kopf – des Degens würdig macht.

Aus Kleine Lieder für kleine Mädchen und Jünglinge, *1777.*

Die Steckenreiter

Aus der *Kleinen Kinderbibliothek*

Auf schlanken Stecken
Reiten wir her;
Wir kleinen Gecken[1]
Können nicht mehr.

Zwar auf der Erde
Reitet sich's knapp;
Doch große Pferde
Werfen uns ab.

Indes zuweilen
Wagt man sich schon;
Trägt ein paar Beulen
Gerne davon.

Da wächst dem Knaben
Mächtig der Sinn;
Schier möcht' er traben
Meilen dahin.

Allein urplötzlich
Bäumt sich das Tier,
Erhebt entsetzlich
Helles Gewiehr.

Dann schreit der Reiter:
Weh mir! der Rapp'!
Ich mag nicht weiter,
Helft mir herab!

Und auf die Letzte
Wird's wieder wert,
Das schlechtgeschätzte
Hölzerne Pferd.

So bleibt's bei Stecken;
Wißt ihr, woher?
Wir kleinen Gecken
Können nicht mehr!

1 Narren

Friedrich Rückert

Vom Büblein, das überall mitgenommen hat sein wollen

Denk' an! das Büblein ist einmal
Spazieren gangen im Wiesental;
Da wurd's müd' gar sehr
Und sagt': »Ich kann nicht mehr;
Wenn nur was käme
Und mich mitnähme!«
    Da ist das Bächlein geflossen kommen
    Und hat's Büblein mitgenommen;
    Das Büblein hat sich aufs Bächlein gesetzt
    Und hat gesagt: »So gefällt mir's jetzt.«

Aber was meinst du? das Bächlein war kalt,
Das hat das Büblein gespürt gar bald;
Es hat's gefroren gar sehr,
Es sagt': »Ich kann nicht mehr;
Wenn nur was käme
Und mich mitnähme!«
    Da ist das Schifflein geschwommen kommen
    Und hat's Büblein mitgenommen;
    Das Büblein hat sich aufs Schifflein gesetzt
    Und hat gesagt: »Da gefällt mir's jetzt.«

Aber siehst du? das Schifflein war schmal,
Das Büblein denkt: »Da fall' ich einmal«;
Da fürcht' es sich gar sehr
Und sagt': »Ich mag nicht mehr;
Wenn nur was käme
Und mich mitnähme!«
    Da ist die Schnecke gekrochen gekommen
    Und hat's Büblein mitgenommen;
    Das Büblein hat sich ins Schneckenhäuslein gesetzt
    Und hat gesagt: »Da gefällt mir's jetzt.«

Aber denk'! die Schnecke war kein Gaul,
Sie war im Kriechen gar zu faul;
Dem Büblein ging's langsam zu sehr;
Es sagt': »Ich mag nicht mehr;
Wenn nur was käme
Und mich mitnähme!«
  Da ist der Reuter geritten gekommen,
  Der hat's Büblein mitgenommen;
  Das Büblein hat sich hinten aufs Pferd gesetzt
  Und hat gesagt: »So gefällt mir's jetzt.«

Aber gib acht! das ging wie der Wind,
Es ging dem Büblein gar zu geschwind;
Es hopst drauf hin und her
Und schreit: »Ich kann nicht mehr;
Wenn nur was käme
Und mich mitnähme!«
  Da ist ein Baum ihm ins Haar gekommen
  Und hat das Büblein mitgenommen;
  Er hat's gehängt an einen Ast gar hoch,
  Dort hängt das Büblein und zappelt noch.

Das Kind fragt:
Ist denn das Büblein gestorben?
Antwort:
Nein! es zappelt ja noch!
Morgen gehn wir 'naus und tun's 'runter.

Aus Fünf Märlein zum Einschläfern für mein Schwesterlein, *einem Weihnachtsgeschenk 1813 für die dreijährige Maria Christiane Ludovica Rückert.*

Adelbert von Chamisso

Der Knabe

Gehört vom Lindwurm habt ihr oft,
Ihr meine Spielgesellen,
Nun wird es wahr, was ich gehofft,
Den Drachen werd' ich fällen.
Er liegt gekrümmt am dunklen Ort
Im kleinen Schrank am Spiegel dort,
Da hat er seine Höhle.

Ihr seid die beiden Doggen traut,
Die ich zum Kampfe brauche,
Ich treib' euch an, ihr heulet laut
Und packt ihn unterm Bauche.
Ich geh' mit Schwert und Schild voran,
Mit Helm und Panzer angetan,
Und schrei' ihn aus dem Schlafe.

Hervor, hervor! du Höllenbrut!
Da, seht den grimmen Drachen!
Hu! wie er Feuer speit und Blut
Aus weit gesperrtem Rachen!
Wir kamen unbedachtsam nicht
Zu diesem Strauß, tut eure Pflicht,
Ihr meine guten Doggen.

Und schnappt er gierig erst nach mir,
Ich werd' ihn listig fassen,
Die aufgehäuften Bücher hier
Sind schwere Felsenmassen,
In seinen Rachen werf' ich sie,
Du Untier, erst verschlucke die,
Bevor du mich kannst beißen.

Die Schlacht beginnt, wohl aufgepaßt!
Wir wollen Gutes hoffen;
Er denkt: er hält mich schon gefaßt,
Sein weites Maul ist offen, –
Der dicke Scheller fliegt hinein,
Die andern folgen, groß und klein,
Der Bröder und der Buttmann.[1]

O Buttmann! o was tust du mir,
  Du dummer, zum Verderben?!
Du triffst den Spiegel, nicht das Tier,
  Da liegen, ach! die Scherben!
Der dumme Spiegel nur ist schuld,
Und tragen soll ich in Geduld
  Deshalb noch viele Schläge.

Das Glück hat feindlich sich erprobt,
  Getrost, ihr Spielgesellen!
Ich werde, wenn der Meister tobt,
  Mich selbst für alle stellen.
Er schlage mich nach Herzenslust,
Daß er es kann, ist mir bewußt,
  Doch wird es so nicht dauern.

Ich bin auf immer nicht ein Kind,
  Es wird das Blatt sich wenden,
Die durch die Rute mächtig sind,
  Die Ruten werden enden.
Ich hab' als Kind den Schwur getan,
Und bin ich erst erwachs'ner Mann,
  Dann weh' den Rutenführern!

[1] *»Der dicke Scheller« ist Immanuel Schellers zweibändiges lateinisches Schul-Lexikon, »der Bröder« die lateinische Grammatik von Christian Gottlob Bröder und »der Buttmann« Philipp Buttmanns griechische Schulgrammatik.*

Ludwig Uhland

Romanze vom kleinen Däumling

Kleiner Däumling, kleiner Däumling,
  Allwärts ist dein Ruhm posaunet;
  Schon die Kindlein in der Wiege
  Sieht man der Geschichte staunen.
Welches Auge muß nicht weinen,
  Wie du liefst durch Waldes Grausen,
  Als die Wölfe hungrig heulten
  Und die Nachtorkane sausten!
Welches Herz muß nicht erzittern,
  Wie du lagst im Riesenhause
  Und den Oger hörtest nahen,
  Der nach deinem Fleisch geschnaubet!
Dich und deine sechs Gebrüder
  Hast vom Tode du erkaufet,
  Listiglich die sieben Kappen
  Mit den sieben Kronen tauschend.
Als der Riese lag am Felsen,
  Schnarchend, daß die Wälder rauschten,
  Hast du keck die Meilenstiefel
  Von den Füßen ihm gemauset.
Einem vielbedrängten König
  Bist als Bote du gelaufen;
  Köstlich war dein Botenbrot:
  Eine Braut vom Königshause.
Kleiner Däumling, kleiner Däumling,
  Mächtig ist dein Ruhm erbrauset:
  Mit den Siebenmeilenstiefeln
  Schritt er schon durch manch Jahrtausend.

Der kleine Däumling mit seinen sechs Brüdern ist der Held in Charles Perraults Märchen »Le Petit Poucet«.

Friedrich Güll

Mein Büblein, sei nur fröhlich,
Vom Daumenlang erzähl ich

Kleiner Däumling, kleiner Däumling!
Bist kaum eine Spanne lang,
Ei, wie kurz sind deine Füße,
Und wie wackelnd ist dein Gang.

Kleiner Däumling, kleiner Däumling!
Hast ein gar so kleines Haus,
Größer nicht, doch noch viel kleiner
Als 'ne Falle für die Maus.

Kleiner Däumling, kleiner Däumling!
Bist doch gar so dockennet,
Fünfzehn oder zwanzig Federn,
Mehr sind nicht in deinem Bett.

Kleiner Däumling, kleiner Däumling!
Macht dich Durst und Hunger matt,
Schnabulierst und pokulierst du,
Daß kein Mücklein gnug dran hat.

Kleiner Däumling, kleiner Däumling!
Hast gar einen kleinen Hut,
Größer nicht, doch noch viel kleiner
Als des Schneiders Fingerhut.

Kleiner Däumling, kleiner Däumling!
Hast so einen kleinen Schuh,
Größer nicht, nein, nein viel kleiner
Als der kleinste Dockenschuh.

Kleiner Däumling, kleiner Däumling!
Mach nur nicht zu groß den Tritt,
Daß ich, wenn ich recht tu' laufen,
Auch noch halten kann den Schritt.

Das Gedicht, aus Güll/Poccis Kinderheimat in Liedern und Bildern *(1846), bezieht sich auf das Grimmsche Märchen »Daumerlings Wanderschaft«.*

Friedrich Güll

Büblein, wirst du ein Rekrut,
Merk dir dieses Liedchen gut

Wer will unter die Soldaten,
Der muß haben ein Gewehr,
Das muß er mit Pulver laden
Und mit einer Kugel schwer.

Der muß an der rechten Seiten
Einen scharfen Säbel han,
Daß er, wenn die Feinde streiten,
Schießen und auch fechten kann.

Einen Gaul zum Galoppieren,
Und von Silber auch zwei Sporn',
Zaum und Zügel zum Regieren,
Wenn er Sprünge macht im Zorn.

Einen Schnurbart an der Nasen
Auf dem Kopfe einen Helm.
Sonst, wenn die Trompeter blasen,
Ist er nur ein armer Schelm.

1846

Gülls Gedicht wurde in der Vertonung von Friedrich Wilhelm Kücken (1855) eines der bekanntesten Kinderlieder.

Heinrich Hoffmann von Fallersleben

Mairegen

Solltest doch lieber ins Häuschen gehn!
Wirst ja am Ende ganz naß.
Wozu doch willst du im Regen stehn?
Sag, wozu nützet dir das?

»Mairegen macht, daß man größer wird:
Größer doch möcht' ich gern sein.
Wär' ich, o Mütterchen, groß genug,
Ging ich gewiß nicht hinein.«

Heinrich Hoffmann von Fallersleben

Was er alles kann!

Seht den kleinen Franz mal an,
Seht doch, was er alles kann!
Kann artig sein,
Kann Diener machen,
Kann lärmen und schrei'n,
Kann weinen und lachen,
Kann laufen und springen,
Kann trommeln und singen,
Kann rasseln
Und prasseln,
Kann werfen und schlagen,
Kann reiten und jagen,
Exerzieren
Und marschieren,
Kann plappern und fragen,
Kann holen und tragen,
Kann Bilder beseh'n,
Spazieren geh'n,
Auf dem Kopfe steh'n,
Heißa im lustigen Tanze sich dreh'n!

Heinrich Hoffmann von Fallersleben

Der Mond

Nach einem flämischen Liede von Rosalie Loveling

Der Mond zieht durch die Wolken,
Er kommt so hell heran.
Ihr Kinder, eilt ins Freie!
O seht den Mond euch an!

Da streckt das kleinste Knäbchen
Die Arm' hinaus gar weit,
Den Mond, den Mond will's haben,
Nach ihm es weint und schreit.

Ich kann ihn dir nicht geben,
Auch wenn du größer bist,
Kann ich kein Glück dir geben,
Das nicht auf Erden ist. –

Denk' bei dem goldnen Monde,
Der hoch am Himmel schwebt,
Daß niemand hier auf Erden
Unmögliches erstrebt.

Heinrich Hoffmann von Fallersleben

Elschen

Seht mir mal mein Elschen an,
Wie mein Elschen schaukeln kann
In der Hängematte!
Elschen fern und Elschen nah,
Elschen hier und Elschen da –
Kuckuck!

Und es rauscht das Laub im Busch,
Und das Spätzlein fliegt husch husch
Um die Hängematte.
Elschen fern und Elschen nah,
Elschen hier und Elschen da –
Kuckuck!

Und es kommt der Sonnenschein,
Flimmert durch die Zweigelein
In der Hängematte!
Elschen fern und Elschen nah,
Elschen hier und Elschen da –
Kuckuck!

Georg Christian Dieffenbach

Der kleine Riese Goliath

Hoch auf Stelzen, hoch auf Stelzen
Geht mein Büblein kühn dahin,
Schaut von seinen hohen Stangen
Keck herab mit stolzem Sinn.
  Büblein, Büblein habe acht!
  Mancher ist schon hoch gestiegen
  Und muß doch, eh' er's gedacht,
  Elend auf der Erde liegen.
  Büblein, Büblein habe acht!

»Seht nur, seht, ich bin noch größer,
Als der Riese Goliath war!
Bis hinauf zum blauen Himmel
Kann ich reichen um ein Haar!«
  Büblein, Büblein habe acht!
  Mancher ist schon hoch gestiegen
  Und muß doch, eh' er's gedacht,
  Elend auf der Erde liegen.
  Büblein, Büblein habe acht!

»Kleine Zwerge seid ihr alle, –
Seht den Riesen, schaut auf mich!« –
– Patsch, da liegt der große Goliath
Auf der Nase jämmerlich!
  Büblein, gib du besser acht!
  Allzuhoch bist du gestiegen,
  Mußt nun, ehe du's gedacht,
  Elend auf der Straße liegen,
  Wirst dazu noch ausgelacht!

Aus Dieffenbachs Kinder-Liederbuch Glückliche Kinderzeit *(1883).*

Heinrich Hoffmann

Die Geschichte vom fliegenden Robert

Wenn der Regen niederbraust,
Wenn der Sturm das Feld durchsaust
Bleiben Mädchen oder Buben
Hübsch daheim in ihren Stuben. –
Robert aber dachte: Nein!
Das muß draußen herrlich sein!
Und im Felde patschet er
Mit dem Regenschirm umher.

Hui, wie pfeift der Sturm und keucht,
Daß der Baum sich niederbeugt!
Seht! den Schirm erfaßt der Wind,
Und der Robert fliegt geschwind
Durch die Luft so hoch, so weit;
Niemand hört ihn, wenn er schreit.
An die Wolken stößt er schon,
Und der Hut fliegt auch davon.

Schirm und Robert fliegen dort
Durch die Wolken immerfort.
Und der Hut fliegt weit voran,
Stößt zuletzt am Himmel an.
Wo der Wind sie hingetragen,
Ja, das weiß kein Mensch zu sagen.

Aus dem Struwwelpeter. *Peter Weiss* (Abschied von den Eltern) *erinnert sich an seine Lektüre des Buchs: »Und auch andere konnten durch die Luft fliegen, sieh nur den Jungen unterm Schirm. Meine Kindheit ist eingeätzt in die gläserne Klarheit dieses Bildes, hoch in der Luft der Fliegende am kleinen roten Schirm, fortgeweht über die Bäume und das grüne Feld und die weiße Kirche, und hinter ihm die schwarze Wolke mit dem schräg hervorbrechenden Regenguß. Der Struwwelpeter, und dann die bösen traurigen Märchen, das waren Bestandteile der Welt, in der ich aufwuchs, in ihnen war eine bedrängende, erstickende Wahrheit ausgedrückt.«*

Victor Blüthgen

Ach wer das doch könnte!

Gemäht sind die Felder, der Stoppelwind weht,
Hoch droben in Lüften mein Drache nun steht;
Die Rippen von Holze, der Leib von Papier,
Zwei Ohren, ein Schwänzlein sind all' seine Zier;
Und ich denk': so drauf liegen
Im sonnigen Strahl –
Ach, wer das doch könnte
Nur ein einziges Mal!

Da blickt' ich dem Storch in das Sommernest dort:
Guten Morgen, Frau Storchen, geht die Reise bald fort?
Ich schaut' in die Häuser zum Schornstein hinein:
Papachen, Mamachen, wie seid ihr so klein!
Tief unter mir säh' ich
Fluß, Hügel und Tal –
Ach, wer das doch könnte
Nur ein einziges Mal!

Und droben, gehoben auf schwindelnder Bahn,
Da faßt' ich die Wolken, die segelnden, an:
Ich ließ' mich besuchen von Schwalben und Kräh'n
Und könnte die Lerchen, die singenden, seh'n;
Die Englein belauscht' ich
Im himmlischen Saal –
Ach, wer das doch könnte
Nur ein einziges Mal!

Aus Illustrierte Jugendzeitung, *1898/99.*

Julius Sturm

Der Robinson, der ist mein Held

Der Robinson, der ist mein Held;
Ich schnitzte mir Pfeil und Bogen,
Hab' mir zum Hüttlein Holz gefällt,
Ein Zicklein großgezogen.

Die Einsamkeit nur schafft mir Weh';
Ach, käme doch Freitag balde,
Zu fischen mit mir im blauen See,
Zu jagen im grünen Walde!

Aus Kinderleben in Wort und Bild, *1903*.

Paula und Richard Dehmel

Staatsereignis

Hurrra, zum ersten Mal:
Mutter, der Peter,
hurra, jetzt geht er!
Kuck, ganz alleinechen
setzt er die Beinechen,
ganz wie zur Reichstagswahl,
wie Onkel Wackelpfahl!
Aua, Geschrei:
bautz, vorbei.

Aus Fitzebutz. Allerhand Schnickschnack für Kinder, *1900.*

Paula Dehmel

Der kleine Rekrut

Ich hab einen Helm aus Packpapier,
Mit einem Federbusche;
Der Wilhelm malt mir 'nen Adler drauf
Mit schwarz-weiß-roter Tusche.
Einen hölzernen Säbel hab ich auch,
Mit einem richtigen Griffe;
Wenn nur der Scherenschleifer käm,
Daß er ihn endlich schliffe!
Meine Mutter ist 'ne gute Frau,
Die schenkt mir einen Dukaten,
Dann kauf ich mir ein Schießgewehr,
Geh unter die Soldaten.

Aus Rumpumpel. Ein Buch für junge Mütter und ihre Kleinsten, *1903.*

Rainer Maria Rilke

Der Knabe

Ich möchte einer werden so wie die,
die durch die Nacht mit wilden Pferden fahren,
mit Fackeln, die gleich aufgegangnen Haaren
in ihres Jagens großem Winde wehn.
Vorn möcht ich stehen wie in einem Kahne,
groß und wie eine Fahne aufgerollt.
Dunkel, aber mit einem Helm von Gold,
der unruhig glänzt. Und hinter mir gereiht
zehn Männer aus derselben Dunkelheit
mit Helmen, die, wie meiner, unstät sind,
bald klar wie Glas, bald dunkel, alt und blind.
Und einer steht bei mir und bläst uns Raum
mit der Trompete, welche blitzt und schreit,
und bläst uns eine schwarze Einsamkeit,
durch die wir rasen wie ein rascher Traum:
Die Häuser fallen hinter uns ins Knie,
die Gassen biegen sich uns schief entgegen,
die Plätze weichen aus: wir fassen sie,
und unsre Rosse rauschen wie ein Regen.

1902

Joachim Ringelnatz

Kinder, ihr müßt euch mehr zutrauen!

Kinder, ihr müßt euch mehr zutrauen!
Ihr laßt euch von Erwachsenen belügen
Und schlagen. – Denkt mal: fünf Kinder genügen,
Um eine Großmama zu verhauen.

Aus Ringelnatz' Kinder-Verwirr-Buch, *1931.*

Peter Hacks

Kathrinchen ging spazieren

1

Kathrinchen ging spazieren
In ihrem blauen Kleid.
Die Vögel sangen Lieder.
Es war zur Sommerszeit.

Sie lief mit langen Beinen.
Die Sonne brannte heiß.
Sie kam zu einem Felde
Mit Blüten rot und weiß.

Dazwischen hingen Schoten.
Es war ein Erbsenfeld.
Kathrinchen sprach zufrieden:
Das kommt mir wie bestellt.

Weil ich seit heute morgen
Nicht mehr gefrühstückt hab.
Und pflückte von den Schoten
Sich die längste ab.

2

Kathrinchen hielt die Schote
In ihrer kleinen Hand
Und drückte mit zwei Fingern
Gegen ihren Rand.

Da gingen auf die Schalen
Und Käthchens Augen auch,
Denn mächtig aus dem Innern
Quoll ein weißer Rauch.

Und quoll und quoll und dampfte
Wie Rauch aus einem Schlot
Und roch nach Zimt und Nelken,
Der Rauch der Erbsenschot.

Und wuchs bis an den Himmel
Ohne Unterlaß.
Die Vögel mußten husten.
Die Sonne wurde blaß.

Dann wurd er immer dunkler
Und dichter, und alsbald
Stand da was vor Kathrinchen
Wie eines Manns Gestalt.

3

Kathrinchen sagte höflich:
Ich wünsche guten Tag.
Der Rauchmensch sagte dröhnend:
Vernimm, was ich dir sag.

Ich bin der Magier Xaxar
Und seit fünftausend Jahr
Gebannt in diese Schote,
Das ist gewißlich wahr.

Und bin doch keine Erbse
Und hätte doch gemußt
In die Dreschmaschine,
Hatt dazu wenig Lust.

Nun hast du aus dem Kerker,
Dem dunkeln, mich befreit.
Nun will ich dir beweisen
Enorme Dankbarkeit.

So viele grüne Erbsen
Die Schote noch umhüllt,
So viele Wünsche, höre,
Seien dir erfüllt.

Leg in den Mund die Erbse,
Sprich, was du wünschst, dazu,
Schluckst du sie dann hinunter,
Muß es geschehn im Nu.

4

Nach diesen Donnerworten
Dreht er sich um sogleich.
Das Loch von seinem Absatz
Dient heut als Badeteich.

Er machte einen Schritt
Bis übern Horizont,
Da hat man nur noch seinen
Schädel sehn gekonnt.

Bei seinem nächsten Schritte
War er schon außer Sicht.
Ob er nach rechts, nach links ging,
Sagt die Geschichte nicht.

5

Kathrinchen zählt die Erbsen.
Sie hat sich sehr gequält.
Mit allen Fingern und Ohren
Hat sie bis zwölf gezählt.

Sie steckte flink die erste
Sich in den Gaumen weit
Und sprach dazu: Ich wünsch mir
Ein schönes, neues Kleid.

Und schluckte sie herunter.
Gesprochen und geschehn,
Sie stand in einem Kleide,
Wie es die Elfen nähn.

Ein Kleid aus weißem Cordsamt
Mit einem weißen Rock,
Und eine weiße Schleife
In ihrem Haargelock.

Es flogen blaue Schwalben
Und Hummeln mit Gebrumm,
Und Schmetterlinge flogen
Um ihr Kleid herum.

6

Kathrinchen sprach: Die Sache
Hat ja ganz gut geklappt,
Nun hätte ich noch gerne
Einen Ball gehabt.

Es müßt ein gelber Ball sein,
Der wie ein Floh hochspringt
Und den doch jeder Sprung stets
Zu mir zurückebringt.

Sie schluckt die zweite Erbse,
Gesprochen und geschehn,
Der Ball, der kam gerollet
Herunter die Chausseen.

Drei Stunden lang hat sie ihn
Getatscht an eine Wand,
Und immer wieder hopst er
Zurück in ihre Hand.

7

Kathrinchen wurd das Ballspiel
Nach einer Weile leid.
Sie wollte gerne heimgehn.
Der Heimweg, der war weit.

Ein grauer Hase rannte
Vor ihr durch das Geländ.
Man konnte nicht den Kopf drehn
So schnelle, wie der rennt.

Er flog fast durch die Lüfte,
Staubwolken hinterher.
Wo er gerade war,
War er schon nicht mehr.

Ach, rief Kathrinchen, säh man
Mich rennen so wie den.
Sie schluckte eine Erbse.
Gesprochen und geschehn.

8

Kathrinchen hielt am Marktplatz
Vor einem schiefen Haus.
Zum Fenster von dem Hause
Sah Oma Pohl heraus.

Es stand ein Kohleneimer
Voll Kohlen vor dem Tor,
Und wenn ihn keiner tragen will,
Steht er noch davor.

Ich wollte, sprach Kathrinchen,
Der Eimer könnte gehn,
Sie schluckte eine Erbse.
Gesprochen und geschehn.

Der alte Eimer setzte
Mit Scheppern sich in Trab.
Er lief hinauf die Stiege.
Er lief sie auch hinab.

Die Oma hat geschrien.
Das Feuer hat geloht.
Ein Rauch hat sanft gequalmet
Aus dem Ziegelschlot.

9

Kathrinchens schönes Auge
Fiel auf ein Bild von Stein,
Das war da auf dem Platze,
Als müßte es da sein.

Es war ein dickes Fräulein,
Gelehnt an einen Bär,
Urhörner auf dem Kopfe
Und in der Hand den Speer.

Das Fräulein hieß Thusnelda,
Ein düsteres Gemäld.
Kathrinchen sprach: Ich glaube,
Ich rate, was dir fehlt.

Schon hat sie eine Erbse
In ihrem Mund verwahrt
Und rief: Für dieses Denkmal
Bestell ich einen Bart.

Dann galts nur noch zu schlucken.
Gesprochen und geschehn.
Man sah das steinerne Fräulein
Mit einem Bart dastehn.

10

Kathrinchen wandert weiter,
Die Schote in der Hand,
Bis zu der großen Eiche,
Die da gepflanzet stand.

Es fiel ein Eichelhütchen
Kathrinchen auf das Haupt.
Sie sprach: Es ist doch witzlos,
Daß man mich so bestaubt.

Wenn es ein richtiger Hut wär…
Ja, das ist aber gut.
Ich wünsche, jede Eichel
Trüg einen richtigen Hut.

Mit einer Zaubererbse
Hat sie den Baum verhext,
Daß Filzhut neben Filzhut
In seinen Zweigen wächst.

Es kamen die alten Rentner,
Die Hände ausgestreckt,
Und gingen fort und hatten
Den kahlen Kopf bedeckt.

11

Kathrinchen sprach: Ich glaube,
Ich bin europamüd.
Es zieht mich nach dem Lande,
Wo die Banane blüht.

Zum Land der Papageien,
Zum Land der Orchideen.
Nach Afrika, nach Afrika.
Gesprochen und geschehn.

Sie stand an einem Flusse,
Der war sehr gelb und breit.
In dem Fluß war eine
Krokodilhochzeit.

Der Bräutigam voll Rührung,
Die junge Braut voll Glück.
Sie biß ihm aus dem Schwanze
Ein meterlanges Stück.

Der Bräutigam, er lächelt
Und beißt sie in den Kopf.
Der Fluß fing an zu brodeln
Wie ein Suppentopf.

Sie brüllten und sie schnoben.
Ein blutiges Gerauf.
Am Ende fraß das Brautpaar
Vereint den Pfarrer auf.

12

Kathrinchen lief im Urwald,
Dort war es warm und grün.
Da ging der stolze Panther
Und der Löwe kühn.

An einem Baum voll Affen
Kam sie des Wegs vorbei.
Da hörte sie von oben
Ein furchtbares Geschrei.

Die Affensprache, dacht sie,
Die möcht ich verstehn.
Sie schluckte eine Erbse.
Gesprochen und geschehn.

Sie hört, wie eine Äffin,
Die in der Krone saß,
Den andern Affen schnatternd
Aus einem Buch vorlas:

»Kathrinchen ging spazieren
In ihrem blauen Kleid.
Die Vögel sangen Lieder.
Es war zur Sommerszeit.«

Ei was denn, sprach Kathrinchen,
Das ist ein dummes Buch.
Wird Zeit, daß ich nun einen
Andern Ort aufsuch.

13

Kathrinchen kaut am Daumen.
Was gäbs denn noch zu sehn?
Vielleicht den Mond, den guten?
Gesprochen und geschehn.

Schon saß sie auf dem Monde.
Da war es ziemlich kalt.
Ein Haufen alter Krater
Aus Gips und aus Basalt.

Es war auch ziemlich dunkel,
Von nirgends schien ein Licht.
Kathrinchen sprach verwundert:
Das versteh ich nicht.

Sieht man den Mond von unten,
Dann leuchtet er doch sehr.
Hier oben ist es finster.
Wo kommt das Leuchten her?

Ich weiß genau, der Lehrer
Hat es mir mal erzählt,
Doch als ers mir erzählt hat,
Hab ich grad gefehlt.

14

Kathrinchen sprach: Das möcht ich
Jetzt aber doch verstehn.
Sie schluckte eine Erbse.
Gesprochen und geschehn.

Es kam von rechts die Sonne
Gerannt in ihrem Lauf.
Zugleich ging links mit Glänzen
Die Erdenkugel auf.

Anschien den Mond die Sonne.
Anschien der Mond die Erd.
So wurde das Kathrinchen
Hierüber belehrt.

15

Kathrinchen sah zum Himmel,
Wo groß die Erde stand.
Die Stadt lag, wo sie wohnte,
Nicht weit vom untern Rand.

Das Haus stand, wo sie wohnte,
Gleich vorne in der Stadt.
Kathrinchens Mutter machte
Eben Kopfsalat.

Jetzt bin ich doch gespannt,
Hat sich das Kind gedacht,
Ob sie ihn mit Zitrone
Oder mit Zucker macht.

Die Mutter nimmt Zitrone
Und quetscht sie gründlich aus.
So mag ichs, sprach Kathrinchen,
ich denk, ich geh nachhaus.

Zuerst in Richtung Heimat
Schmiß sie noch ihren Ball,
Der flog wie ein Komete
Durchs schwarze Weltenall.

Dann rief sie erbsenschluckend:
Ich wollt, ich wär schon da.
Gesprochen und geschehen.
Recht guten Tag, Mama.

16

Kathrinchen lag im Bette.
Vorm Fenster lag die Nacht.
Die Lampe an der Decke
War noch nicht ausgemacht.

Die Nachtigall, sie flötet.
Von ferne bellt ein Hund.
Im blauen Himmel hingen
Zwei Monde gelb und rund.

Der eine Mond kam näher,
Fiel auf die Pflasterstein
Und sprang durchs offne Fenster
Genau ins Bett hinein.

Ah, Ball, du alter Bummler,
Wo trödeltest du bloß?
Ich bin schon längst zuhause
Und ging doch nach dir los.

17

Kathrinchen wollte schlafen.
Das Licht hat noch gebrannt.
Vom warmen Bett zu steigen,
Kathrinchen scheußlich fand.

Zum Glück fiel ihr die Schote
Des Magiers Xaxar ein.
Da stak noch in der Ecke
Eine Erbse klein.

Sie legt sie auf die Zunge:
Man soll das Licht ausdrehn.
Gesprochen und geschlucket,
Geschlucket und geschehn.

Jetzt waren alle Wünsche
Verbraucht. Kathrinchen rief:
Der Tag heut war mal lustig.
Und rollt sich ein und schlief.

18

Kathrinchen ging spazieren
in ihrem weißen Kleid.
Es war schon ein Jahr später.
Es war zur Sommerszeit.

Und als sie kam zum Marktplatz,
Da gab es ein Gedräng
Von lauter fremden Herren,
Kahlköpfig, ernst und streng.

Sie trugen schwarze Mäntel
Mit vielen Orden dran
Und starrten durch runde Brillen
Immer das Denkmal an.

Und redeten und schimpften
Auf Deutsch und auf Latein,
Auf Finnisch und Chinesisch
Auf einander ein.

Verzeihn Sie, sprach Kathrinchen,
Was geht hier bitte vor?
Ein Herr in schwarzem Mantel,
Er flüstert ihr ins Ohr:

Hier tagt die internatio-
nale Gesellschaft zum
Erforschen der Kunstdenkmä-
ler aus dem Altertum.

Vor ein verzwicktes Rätsel
Hat uns dies Bild gestellt.
Wir kamen, es zu lösen,
Gereist aus aller Welt.

Warum hat die Thusnelda
Den Bart da im Gesicht?
Kathrinchen sprach: Und wißt ihrs?
Er sprach: Wir wissens nicht.

1986

Hans Magnus Enzensberger

Der Fliegende Robert

Eskapismus, ruft ihr mir zu,
vorwurfsvoll.
Was denn sonst, antworte ich,
bei diesem Sauwetter! –,
spanne den Regenschirm auf
und erhebe mich in die Lüfte.
Von euch aus gesehen,
werde ich immer kleiner und kleiner,
bis ich verschwunden bin.
Ich hinterlasse nichts weiter
als eine Legende,
mit der ihr Neidhammel,
wenn es draußen stürmt,
euern Kindern in den Ohren liegt,
damit sie euch nicht davonfliegen.

XVI.

Haus-Kinder

Bürgerliche Kindheit war Haus-Kindheit. Vor allem das 19. Jahrhundert hat – auch in literarischen und bildkünstlerischen Zeugnissen – nicht nur die materielle, sondern auch die symbolische Bedeutung des Hauses für die Sozialisation der Kinder formuliert. Das Haus stand für Besitz. Das Haus war der Ort, an dem die neue familiäre Gefühlskultur des Bürgertums zelebriert wurde: in den Ritualen des Alltags, der Kinderfeste und vor allem des Weihnachtsfestes, das sich seit Beginn des Jahrhunderts zum klassischen bürgerlichen Familienfest entwickelte. Mehr als zuvor wurde das Haus auch der Ort des Lernens und des Spielens. Bücher und Bilder holten die »Welt« ins Haus; Ecken und Winkel boten Refugien für Tagträumerei. Vor allem für die Mädchen bekam das Haus eine immer stärkere Bedeutung; die »häuslichen Arbeiten« waren Einübung in das künftige Berufsbild der »Hausfrau«.

Die Mädchen-Gedichte der Kinderlyrik erzählen, liest man sie nur ein wenig gegen den Strich, viel von jener latent explosiven Stimmung, zu der sich das »Ans-Haus-Gefesseltsein« verdichten konnte; ein Streichholz konnte genügen, um, wie in Heinrich Hoffmanns Bildergeschichte »Paulinchen mit dem Feuerzeug«, alles in Brand zu setzen.

Denn natürlich war das Haus auch der Schauplatz der Versuchung. Wie Blaubarts Palast hatte auch das Bürgerhaus verbotene Kammern, und wie im Märchen mußte das Verbot die Übertretung geradezu provozieren. Die Speisekammer war ein solcher verbotener Ort, das elterliche Schlafzimmer ein anderer. Sexualität und Geburt waren mit dem Schleier des Geheimnisses umgeben, wie überhaupt Geheimnisse eine große Rolle spielten: Das Sich-Verschließen, das Verstecken – und die Neugier, das Lauschen an der Wand, der Blick durchs Schlüsselloch.

Schließlich war das Haus auch der Ort des »Drinnen«, der Abgrenzung gegenüber dem »Draußen«: der Straße, der Stadt, der Welt. Es war Nest und Käfig zugleich. Es versprach Wärme und Geborgenheit, aber es stand auch für die Versagung eines anderen, lockenden Lebens. Und das Fenster war nicht nur die Grenze zur Welt, sondern auch das Flugloch der Phantasie.

Christian Adolf Overbeck

An den Mai

Komm, lieber Mai, und mache
Die Bäume wieder grün,
Und laß mir an dem Bache
Die kleinen Veilchen blühn!
Wie möcht' ich doch so gerne
Ein Blümchen wieder sehn!
Ach lieber Mai, wie gerne
Einmal spazieren gehn!

In unsrer Kinderstube
Wird mir die Zeit so lang;
Bald werd' ich armer Bube
Für Ungeduld noch krank.
Ach, bei den kurzen Tagen
Muß ich mich obendrein
Mit den Vokabeln plagen,
Und immer fleißig sein.

Mein neues Steckenpferdchen
Muß jetzt im Winkel stehn,
Denn draußen in dem Gärtchen
Kann man für Schnee nicht gehn.
Im Zimmer ists zu enge
Und stäubt auch gar zu viel,
Und die Mama ist strenge,
Sie schilt aufs Kinderspiel.

Am meisten aber dauret
Mich Lottens Herzeleid;
Das arme Mädchen lauret
Auch auf die Blumenzeit.
Umsonst hol' ich ihr Spielchen
Zum Zeitvertreib heran;
Sie sitzt in ihrem Stühlchen,
Und sieht mich kläglich an.

Ach, wenns doch erst gelinder
Und grüner draußen wär!
Komm, lieber Mai, wir Kinder
Wir bitten gar zu sehr!
O komm, und bring vor allen
Uns viele Rosen mit;
Bring' auch viel Nachtigallen,
Und schöne Kuckucks mit!

Aus Frizchens Liedern *(1781), vertont von Mozart.*

Christian Adolf Overbeck

Fritzchen nach der Arbeit

Nun, wohl bekomm' es mir!
Ich bin auch endlich müde!
Doch süßer, süßer Friede
Liegt auf der Seele hier.

Ich hab' mein Werk getan,
Nun ruhet aus, ihr Glieder!
Auf Morgen ruf' ich wieder!
Dann geht's von neuem an.

Wie wohl ist mir zu Sinn!
Die Blumen alle winken,
Und wunderfreundlich blinken
Die Sternchen nach mir hin.

Der Abend ist so schön;
Mit ruhigem Gewissen
Kann ich ihn nun genießen,
Und froh zu Bette gehn.

Wie würd' es anders sein,
Hätt' ich heut nichts gelesen,
Und wäre faul gewesen:
Mich würde nichts erfreun.

Beschämt würd' ich den Kopf
Auf beide Arme stützen,
Und in der Stube sitzen
Erbärmlich wie ein Tropf.

Dann fragte mich Papa:
»Wie ist's? was kann dir fehlen?
Weißt du nichts zu erzählen?«
Kein Wörtchen wüßt' ich da.

Dann käme Fiekchen her,
Und suchte mich mit Necken
Vom bösen Traum zu wecken;
Doch Fiekchen hin und her;

Verdrießlich würd' ich dann,
Mich ärgerten die Wände,
Und, und – ich fing' am Ende
Wohl gar zu weinen an.

O, wie ist's doch so gut
Um Arbeit und Geschäfte!
Wie stärkt es Mut und Kräfte,
Wenn man was Nützes tut!

Dank sei dem lieben Gott;
Er stärkte mich auch heute,
Daß ich den Fleiß nicht scheute,
Und ehrte sein Gebot.

Nun auch, zum süßen Lohn,
Getrost zu Tisch gesessen!
Wer schaffet, darf auch essen;
Mich dünkt, ich schmeck' es schon.

Gottlob Wilhelm Burmann

Die Küche

Angenehmer Aufenthalt
Kleiner Mädchen große Ehre;
O wenn ich doch auch nun bald
Nützlich für die Küche wäre!

Niemals schämt sich die Mama
Gutes Essen zu bereiten!
Und wie niedlich schmeckt es da:
Uns und allen unsern Leuten!

O, wenn ich erst größer bin
Will ich Küch und Wirtschaft lernen:
Und mit weisem Eigensinn
Von dem Putztisch mich entfernen.

Wirtschaftlich und häuslich sein
Zieret alle Frauenzimmer;
Und bringt auch fürs Haus was ein: –
Aber Putz und Spiegel nimmer!

Aus Kleine Lieder für kleine Mädchen und Jünglinge, *1777.*

Fritz der Näscher

Aus der *Kleinen Kinderbibliothek*

Fritz war ein herzensguter Junge,
Und Lernen war ihm nur ein Spiel;
Doch auf den Wohlschmack seiner Zunge
Hielt leider! Fritzchen gar zu viel.

Ihm tat's im Erd- und Himbeersuchen
Von allen Jungen keiner nach;
Und traun! er wär' um ein Stück Kuchen
Geklettert auf das Rathausdach.

Mit Diebstahl hätt' er sein Gewissen
Um alle Welt zwar nicht beschwert;
Allein im Punkt der Leckerbissen
War's doch nicht ganz so unversehrt.

Selbst ein paar Kirschen oder Pflaumen
Zu stehlen hielt er für erlaubt;
Denn ach! ihm hatte schon sein Gaumen
Die Herrschaft über sich geraubt.

Die Speisekammer zu bemausen,
Stieg er ins Fenster einst hinein.
Da, dacht' er, gibt es was zu schmausen!
Da wird gewiß noch Torte sein!

Doch diesmal fand der gute Schlucker
Sich sehr betrogen. Wie er sah,
Stand nichts, als nur ein wenig Zucker,
In einem irdnen Näpfchen, da.

Mit seinem nassen Finger düpfte
Der Leckermund das Näpfchen aus,
Und aus dem offnen Fenster schlüpfte
Der Dieb gleich einer Katz' heraus.

Doch bald fing er sich an zu krümmen,
Gleich einem Wurm, und ächzt' und schrie;
Denn solch ein Brennen, solch ein Grimmen
In den Gedärmen fühlt' er nie.

Vergebens war's, um Hülfe flehen;
Sein Naschen bracht ihn mörd'risch um.
Was er für Zucker angesehen,
War größtenteils Arsenikum.

Am Weihnachtsabend

Aus der *Kleinen Kinderbibliothek*

Lieber heilger Christ,
Komm und hör! wir flöten,
Fiedeln und trompeten!
Komm, da's Weihnacht ist!

Bring viel Schönes mit!
Was wir gerne haben,
Bring uns kleinen Knaben
In der Tasche mit!
Fritz.
Mir ein Steckenpferdchen!
Ludwig.
Mir ein Buchsbaumgärtchen!
Hermann.
Einen Gänsewagen,
Die mit Füchsen jagen!
Hans.
Einen Harlekin
Mit der Violin!
Fritz.
Einen Grenadier
Mit der Flinte mir!
Ludwig.
Und viel Zuckerpuppen!
Alle.
Ach ja! Zuckerpuppen!
Hans.
Mandeln und Rosinen!
Alle.
Mandeln und Rosinen!
Hermann.
Nüss' und Honigkuchen!
Alle.
Eia! Honigkuchen!
Und was sonst noch ist,
Lieber heilger Christ!
Hans.
Aber keine Ruten!

Alle.
Fi! die bösen Ruten!
Fritz.
Denn wir sind ja fromm!
Alle.
Ach, so komm, so komm!
Heilger Christ, o komm!
Komm, da's Weihnacht ist,
Lieber heilger Christ!

Heinrich Hoffmann von Fallersleben

Was bringt der Weihnachtsmann?

Was bringt der Weihnachtsmann dem Fränzchen?
  Weihnachtsmann!
Eine Puppe mit dem Kränzchen
Bringt der Weihnachtsmann dem Fränzchen.
  Weihnachtsmann!

Was bringt der Weihnachtsmann Mathildchen?
  Weihnachtsmann!
Ausgeschnitt'ne bunte Bildchen
Bringt der Weihnachtsmann Mathildchen.
  Weihnachtsmann!

Was bringt der Weihnachtsmann Johannen?
  Weihnachtsmann!
Teller, Schüsseln, Näpf' und Kannen
Bringt der Weihnachtsmann Johannen.
  Weihnachtsmann!

Was bringt der Weihnachtsmann Emilien?
  Weihnachtsmann!
Einen Strauß von Ros'n und Lilien
Bringt der Weihnachtsmann Emilien.
  Weihnachtsmann!

Was bringt der Weihnachtsmann Marien?
  Weihnachtsmann!
Arien mit Melodien
Bringt der Weihnachtsmann Marien.
  Weihnachtsmann!

Was bringt der Weihnachtsmann Agathen?
  Weihnachtsmann!
Eine Schachtel voll Dukaten
Bringt der Weihnachtsmann Agathen.
  Weihnachtsmann!

Was bringt der Weihnachtsmann denn mir doch?
  Weihnachtsmann!
»Überlasse du das mir doch!
Was du wünschest, bringt auch dir noch
  Weihnachtsmann!«

Christbescherung

Aus einem Bilderbuch

Steckenpferd und Schaukelpferd,
Trommel, Flinte, Helm und Schwert,

Puppen, Zimmer, Küche,
Bilderbuch voll Sprüche,

Das beschert der heilge Christ,
Wenn das Kind recht artig ist.

Aus einem um 1850 erschienenen Bilderbuch.

Adelbert von Chamisso

Der Klapperstorch

Was klappert im Hause so laut? horch, horch!
Ich glaub', ich glaube, das ist der Storch.

Das war der Storch. Seid, Kinder, nur still,
Und hört, was gern ich erzählen euch will.

Er hat euch gebracht ein Brüderlein
Und hat gebissen Mutter ins Bein.

Sie liegt nun krank, doch freudig dabei,
Sie meint, der Schmerz zu ertragen sei.

Das Brüderlein hat euer gedacht
Und Zuckerwerk die Menge gebracht;

Doch nur von den süßen Sachen erhält,
Wer artig ist und still sich verhält.

1831

Klapperstorch ist da gewesen

Aus einem Kinderheftchen

Klapperstorch ist da gewesen,
Hat ein Schwesterlein gebracht;
Und ich hab' den lieben, bösen
Nicht gesehen in der Nacht.

Ist so leise hergeflogen
Wie ein gold'ner Wandelstern –
Bleibe stets dir nun gewogen,
Klapperstorch, dich hab' ich gern!

Aus der Schweizer Leseheftchen-Reihe Freundliche Stimmen an Kinderherzen, *um 1910.*

Adelbert von Chamisso

Das Mädchen

Mutter, Mutter! meine Puppe
Hab' ich in den Schlaf gewiegt,
Gute Mutter, komm und siehe,
Wie so englisch sie da liegt.

Vater wies mich ab und sagte:
Geh', du bist ein dummes Kind;
Du nur, Mutter, kannst begreifen,
Welche meine Freuden sind.

Wie du mit den kleinen Kindern,
Will ich alles mit ihr tun,
Und sie soll in ihrer Wiege
Neben meinem Bette ruhn.

Schläft sie, werd' ich von ihr träumen,
Schreit sie auf, erwach' ich gleich, –
Meine himmlisch gute Mutter,
O wie bin ich doch so reich!

Heinrich Hoffmann von Fallersleben

Du kriegst ihn nicht!

Du kriegst ihn nicht! Du kriegst ihn nicht!
Sei still, daß ich nicht zanke!
Der Honig ist für Kranke,
Wenn sie's im Halse sticht.
Du, Gott sei Dank!
Du bist nicht krank,
Du kriegst ihn nicht! Du kriegst ihn nicht!

»Erbarme dich, erbarme dich!
Laß mich nicht länger flehen,
Laß mich den Topf nur sehen!
Ach Gott, wie sticht es mich!
Es sticht mich sehr
Im Hals' umher –
Erbarme dich, erbarme dich!«

Du kriegst ihn nicht! Du kriegst ihn nicht!
»Laß mich nur etwas schlecken,
Ein ganz klein wenig lecken,
Weil's mich im Hals so sticht.
Wozu das Wort
Denn immerfort:
Du kriegst ihn nicht! Du kriegst ihn nicht!«

Du kriegst ihn nicht! Du kriegst ihn nicht!
»Ach Mutter, hol' das Töpflein!
Gib mir ein einzig Tröpflein!
Weil mir das Herz sonst bricht.
Bring Honig her
Und sag' nicht mehr:
Du kriegst ihn nicht! Du kriegst ihn nicht!«

Du kriegst ihn nicht! Du kriegst ihn nicht!
Du wirst noch viel begehren
Und wirst noch viel entbehren,
Und was die Mutter spricht,
Nach manchem Jahr
Wird's erst dir klar –
Vergiß es nicht! – Du kriegst ihn nicht!

Heinrich Hoffmann

Die gar traurige Geschichte mit dem Feuerzeug

Paulinchen war allein zu Haus'
Die Eltern waren beide aus.
Als sie nun durch das Zimmer sprang
Mit leichtem Mut und Sing und Sang.
Da sah sie plötzlich vor sich steh'n
Ein Feuerzeug, nett anzuseh'n.
»Ei«, sprach sie, »ei, wie schön und fein!
Daß muß ein trefflich Spielzeug sein.
Ich zünde mir ein Hölzchen an,
Wie's oft die Mutter hat getan.«

Und Minz und Maunz, die Katzen,
Erheben ihre Tatzen.
Sie drohen mit den Pfoten:
»Der Vater hat's verboten!
Miau! Mio! Miau! Mio!
Laß steh'n! Sonst brennst du lichterloh!«

Paulinchen hört die Katzen nicht!
Das Hölzchen brennt gar hell und licht,
Das flackert lustig, knistert laut,
Grad wie ihr's auf dem Bilde schaut.
Paulinchen aber freut sich sehr,
Und sprang im Zimmer hin und her.

Doch Minz und Maunz, die Katzen,
Erheben ihre Tatzen.
Sie drohen mit den Pfoten:
»Die Mutter hat's verboten!
Miau! Mio! Miau! Mio!
Wirf's weg! Sonst brennst du lichterloh!«

Doch weh! die Flamme faßt das Kleid,
Die Schürze brennt, es leuchtet weit,
Es brennt die Hand, es brennt das Haar,
Es brennt das ganze Kind sogar.

Und Minz und Maunz, die schreien
Gar jämmerlich zu zweien:
»Herbei! Herbei! Wer hilft geschwind!
In Feuer steht das ganze Kind!
Miau! Mio! Miau! Mio!
Zu Hilf'! das Kind brennt lichterloh!«

Verbrannt ist alles ganz und gar,
Das arme Kind mit Haut und Haar
Ein Häuflein Asche bleibt allein
Und beide Schuh', so hübsch und fein.

Und Minz und Maunz, die kleinen,
Die sitzen da und weinen:
»Miau! Mio! Miau! Mio!
Wo sind die armen Eltern? Wo?«
Und ihre Tränen fließen
Wie's Bächlein auf den Wiesen.

Aus dem Struwwelpeter, *1845.*

Gedicht vom 24ten August 1867 Abends

Die Verfasserin M. Mörike

Es war einmal ein Abend still,
Man mag ihn heißen wie man will,
Kurz man war froh,
Beisammen so,
Die Eltern waren nicht dahier,
Man saß zusammen bloß zu vier.
Ich weiß nicht was ich dichten soll,
Es ist das Herz mir gar zu voll,
Drum sag ich jetzt bald gute Nacht
Weil auf mich schon das Bette wacht.
Noch ein paar Worte, liebe Leut,
Laßt mich doch sagen jetzt noch heut.
Jetzt kommt Herr Rektor rein zur Tür:
Ihr Kinder seht nur, hier nur hier,
Von eurer lieblichen Mama
Bring ich euch eine Schachtel da.
Mit Brombeern war sie voll bis oben
Das war ein Jauchzen und ein Loben.
Nun beschließ ich mein Gedicht
Weil es Abend worden ist,
Meinen Dank für eure Güte,
Aber jetzt bin ich recht müde,
Daß ich nicht mehr dichten kann,
Denn ich bin sehr spät daran.

Gedicht der zehnjährigen Marie Mörike (1857–1876), der Tochter von Eduard Mörike, aus Anlaß eines Aufenthaltes im Hause von Verwandten geschrieben.

Friedrich Güll

Lied vom feinen Mädchen

Ich bin ein feins Mädchen,
Kann drehen das Rädchen,
    Kann stricken
    Die Maschen,
    Und flicken
    Die Taschen.
    Kann nädeln
    Und putzen,
    Und fädeln
    Und stutzen,
    Kann singen
    Und springen
Und braten und kochen
Das Fleisch und die Knochen.

Aus Güll/Poccis Kinderheimat in Liedern und Bildern, *1846.*

Ferdinand Gregorovius

Clärchens Glück

Die Blumen und die Sterne,
Die deine Schwestern sind,
Die haben dich immer gerne,
Du wunderliebes Kind.

Die wollen dich stets behüten
Mit ihrem vielheiligen Schein,
Mit ihren schönsten Blüten
Dir deinen Weg bestreun.

Die Blumen und die Sterne,
Die hab' ich um Clärchen befragt,
Die haben ihr Glück mir gerne,
So gerne wahr gesagt.

Königsberg, d. 15. Septbr. 1846
Abends, als wir Karten spielten

Für die zwölfjährige Clara Bornträger mit einem gemalten Blatt.

Eduard Mörike

An Fanny
mit einer Zahnbürste

Mögest du mit achtzig Jahren,
Liebe Fanny, wie anitzt,
Noch das große Glück erfahren,
Wenn man gute Zähn besitzt!
Denn du wirst doch ohne Frage,
Als ein braves, fleißges Kind
Von passabel schönen Gaben,
Immer was zu beißen haben,
Wenn es auch nicht alle Tage
Just gebrannte Mandeln sind.

Für Mörikes vierzehnjährige Tochter Fanny, 1869.

Friedrich August Glaß

Das wohltätige Kind

Das kleine, gute Julchen saß
Einmal vor ihrer Tür und aß
Ihr Stückchen Butterbrot.
Da kam ein armer, alter Mann,
Und sah das Mädchen bittend an,
Und klagte seine Not:

»Den ganzen Tag ging ich umher –
Ach, liebes Kind, mich hungert sehr!
Brich mir ein Stückchen ab!« –
Und Julchen reicht mit edlem Sinn
Ihr ganzes Vesperbrot ihm hin,
Das ihr die Mutter gab.

»Gott segne dich, du liebes Kind,
Bleib' immer froh und gut gesinnt,
So wirst du glücklich sein!
Wer gerne wohltut, wo er kann«, –
So sprach der arme, alte Mann –
»Den wird Gott auch erfreu'n.«

Aus 100 Erzählungen, Gedichte und Verschen für Kinder von 4 bis 6 Jahren, *1868*.

Adolf Glaßbrenner

Vom Horch- und Klatsch-Lorchen

Lorchen lauschte gar zu gern,
Blieb von keiner Türe fern.
Legt an's Schlüsselloch das Ohr,
Daß sie ja kein Wort verlor.

Und dann klatschte sie es schnell
Irgend Einem auf der Stell';
Das gab so viel Streit und Zank,
Daß die Mutter wurde krank.

»Lorchen«, stöhnte die Mama,
»Gestern war der Griesgram da!
Der frißt Kinder, welche horchen
Und dann klatschen. Hörst du, Lorchen?«

Aber Lorchen konnt's nicht lassen
An den Türen aufzupassen
Und zu klatschen, was sie hörte,
An den Christian und die Dörthe.

Kam der lange Griesegram!
Lorchen beim Schlafittchen nahm;
Wie sie schreit, er trägt sie doch
In sein finstres Felsenloch.

Tät' ihr d'rauf durch Lipp' und Ohren,
Weh! drei große Löcher bohren,
Hängt drei große Schlösser d'ran,
Daß sie nicht mehr klatschen kann.

Nicht mehr klatschen, nicht mehr horchen!
Mutter, komm'! Dein armes Lorchen,
Wenn Du's ihm nicht schnell entreißt,
Wird's vom Griesgram aufgespeist!

Aus Glaßbrenners Lachende Kinder, *1850 mit Zeichnungen von Karl Hosemann erschienen.*

H. Oswalt

Das Kind im Glashaus

In Frankfurt lebt ein Glasermeister,
Herr Lebrecht Scheibenmann, so heißt er;
Der hat ein kleines Töchterlein,
Das wollte nie gewaschen sein.
Und kam mit Schwamm und Seif' sein Gretchen,
Da lief davon das böse Mädchen;
Es warf sogar den Waschtisch um –
Das Wasser floß im Haus herum.

Da fing Herr Lebrecht Scheibenmann
Ein seltsam Haus zu bauen an,
Aus lauter Glas ein Haus, das, ach!
Durchsichtig war bis unters Dach.
Und in dies Glashaus setzte man
Das böse Töchterlein sodann.
Da blieben, um es anzusehn,
Die Leute auf der Straße stehn.
Von allen Seiten kamen sie,
Wenn's jetzt beim Waschen wieder schrie;
Sie sah'n ins Glashaus all hinein
Und lachten: »Ei! wer wird so schrei'n!«
Am Nähtisch saß Frau Scheibenmann
Und warnte: »Jeder sieht dich an!«
Da schämte sich das Kind und lief
Im ganzen Haus herum und rief:
»Wo soll ich mich denn nur verstecken?
Man sieht mich ja in allen Ecken!
Das Dach, der Keller, jedes Zimmer
Ist ja von Glas! man sieht mich immer!«

Die Mutter sprach: »Mein liebes Kind!
Ein Mittel gibt's, das hilft geschwind:
Wenn dich die Leute artig sehn
Dann werden sie vorübergehn;
Wirst du beim Waschen nicht mehr schrei'n,
Dann sehn sie auch nicht mehr herein:
Wirst du dich brav und gut benehmen,
Dann brauchst du dich nicht mehr zu schämen.
Ein artig Kind nur Freude macht; –
Unart'ge werden ausgelacht!« –

Das merkte sich das Töchterlein;
Es nahm sich vor, geschickt zu sein.
Und weil's beim Waschen nicht mehr schrie,
Da lachten auch die Leute nie;
Denn jeder, der ins Haus jetzt blickt,
Der sieht ein Kind, das ganz geschickt.

Und habt Ihr selbst ein Kind, Ihr Leut',
Das bei dem Waschen immer schreit,
Sagts nur Herrn Lebrecht Scheibenmann,
Der schafft Euch gleich ein Glashaus an.

Aus Unterm Märchenbaum, *mit Zeichnungen von Eugen Klimsch, 1878.*

Wilhelm Erdmann

Das neugierige Lottchen

Das Lottchen war ein gutes Kind,
Der Mutter folgte sie geschwind,
Dem Vater auch beim ersten Blick,
Zu allem hatte sie Geschick.
Zwei Jahre lang zur Schul' gewesen
Konnt' Lottchen schon ganz prächtig lesen,
Im Schreiben hat sie auch was los,
Und mit dem Rechnen ging's famos,
Kurzum gefällig, fleißig war
Stets Lottchen, das war allen klar;
Jedoch das Äuß're, merkt die Lehr,
Das täuscht bei Kindern oftmals sehr,
Besonders hier, da traf es zu,
Ihr ließ die Neugier keine Ruh',
Ganz heimlich kam ihr diese immer,
Das ist bei Kindern noch viel schlimmer,
Denn horchend saß sie mit Begier,
Zu Hause fast an jeder Tür.
Kam jemand, ach! dann stand sie da,
Unschuldig, als wenn nichts geschah. –
Wenn Weihnacht und Geburtstag war,
Dann guckte Lottchen auch sogar
Durch's Schlüsselloch, um gleich zu sehn,
Wie's mit Geschenken würde stehn.
Auf diese Weise Freud' zu stören,
Darf nimmermehr dazu gehören,
Drum folgt dem Lottchen zum Verdrusse
Die Strafe schleunigst auf dem Fuße. –
Das Weihnachtsfest kam schon heran
Und jedes Kind auf Wünsche sann;
Auch Lottchen sowie ihre Brüder,
Die schrieben ihre Wünsche nieder;
Denn Rupprecht war schon dort und hier
Und fragt auch an der Eltern Tür,
Welch' Wünsche er dem Weihnachtsmann
Von ihren Kindern bringen kann
Und auf der Eltern warme' Bitt',
Nahm er auch Lottchens Wünsche mit.
Nach kurzer Zeit, es war schon Nacht,

Hat viel Geschenke er gebracht.
Des andern Tags das Lottchen schnell
War an der Türe schon zur Stell',
Sie horcht und als sie niemand hört,
Will alles sehn sie ungestört. –
Kaum sah sie durch das Schlüsselloch,
Als ihr was in das Auge kroch,
Ein Holzwurm war's, ein kleines Vieh,
Vor Schmerzen laut das Lottchen schrie,
Zu Hülfe kam auf das Geschrei
Die Mutter dann sofort herbei.
Tinktur und Wasser half da nicht,
Auf einem Auge fehlt das Licht!
So ist der Wurm nun fast vier Wochen
In ihrem Aug' herumgekrochen,
Am Weihnachtsabend unterm Baum
Sah sie nun die Geschenke kaum. –
»Ihr Kinder nun, damit ihr's wißt,
So geht's, wenn man neugierig ist,
Drum ruf ich zu euch für und für:
Horcht nicht und guckt nicht durch die Tür!«

Aus dem 1901 erschienenen Bilderbuch Der Tiftelmax.

Wilhelm Busch

Das Bad am Samstagabend

Hier sieht man Bruder Franz und Fritzen
Zu zweit in einer Wanne sitzen.
Die alte Lene geht – und gleich
Da treibt man lauter dummes Zeug.
Denn Reinlichkeit ist für die zwei
Am Ende doch nur Spielerei. –

Jetzt will der Fritz beim Untertauchen
Nur seinen einen Finger brauchen.
Natürlich läuft ihm was ins Ohr,
Dem Franz kommt dieses lustig vor.
Das ärgert aber Bruder Fritzen,
Drum fängt er an, den Franz zu spritzen.
Doch der, mit seiner großen Zehe,
Tut Fritzen an der Nase wehe;
Dafür taucht Fritz den Kopf ihm nieder,
Was so im Wasser sehr zuwider.
Franz aber zieht an Fritzens Bein;
Der zappelt sehr und kann nicht schrei'n.
In Mund und Auge, zornentbrannt,
Greift jetzt die rachbegier'ge Hand.
Die Wanne wird zu enge
Für dieses Kampfgedränge.
Perdatsch!! – Die alte, brave Lene
Kommt leider grad' zu dieser Szene.

Sie spricht voll Würde und voll Schmerz:
»Die Reinlichkeit ist nicht zum Scherz!!«
Und die Moral von der Geschicht:
Bad zwei in einer Wanne nicht!

Julius Lohmeyer

Hänschen beim Photographen

»Hänschen, unser Photograph
Wird gewiß sich sputen;
Liebes Hänschen, halt' dich brav
Nur auf zwei Minuten.

Hänschen, sei mir nicht so wild,
Sitz' fein still und g'rade,
Sonst mißrät uns ja das Bild,
Und das wär' doch schade.

Mach' nicht solch' ein dumm' Gesicht,
Halt' dein Plappermäulchen;
Aber, Hänschen, lach' auch nicht,
Sei hübsch ernst ein Weilchen!

Schau nur gerad' ins Glas hinein,
Nicht zur Erde nieder.
Hänschen, mit dem linken Bein
Zappelst du ja wieder!«

Kam der Photograph und trug
Seine Siebensachen,
Steckt den Kopf tief unters Tuch –
Mußt' das Hänschen lachen.

»Hänschen, denk' an Großpapa,
Halt dich still, mein Schätzchen!
In dem Eckschrank, weißt du ja,
Stehn die Mandelplätzchen.«

Photograph ruft: »Aufgepaßt!«
Will das Bild jetzt machen;
Wenn er nun zum Deckel faßt
Muß das Hänschen lachen.

»Hänschen, willst du wohl ins Glas
Still und ernsthaft gucken!«
»Ach, Mama, es juckt mich 'was,
Und ich hab' den Schlucken.«

»Hinterm Spiegel, weißt du doch,
Steckt ein braunes Reischen.
Kennst du denn das Märchen noch
Von dem weißen Mäuschen?«

»Nein, Mama, das hab' ich schon
Wieder ganz vergessen.« –
»Auch das von dem Königssohn,
Den der Bär gefressen?«

Hans, der ganz im Märchen lebt,
Sitzt wie angegossen.
Photograph den Deckel hebt,
Hat ihn schon geschlossen.

Als das Bild in Pracht und Glanz
Großpapa bekommen,
Sprach er: »Seht, wie brav der Hans
Wieder sich benommen!«

Aus der Illustrierten Jugendzeitung, *Jahrgang 1898/99.*

Das Sternlein

Aus einem Leseheftchen

Still liegt das Kind auf seinem Kissen.
Und möchte gar zu gerne wissen,
Wie das leuchtende Sternlein dort oben heißt,
Das so zitternd funkelt, und glänzt und gleißt.

Ob es ein goldenes Feuerlein ist?
Ob eines der Lichtlein vom heiligen Christ?
Obs ein Stück Feuer vom Sonnenwagen?
Ob etwa Engel Laternen tragen?

Über dem Sinnen da schläft es schon ein,
Sternlein grüßt freundlich zum Fenster hinein.
Mit goldnen Augen hälts treu jede Nacht,
Über dem Kindlein auf Erden Wacht.

Aus der vom Schweizerischen Lehrerbund herausgegebenen Heftchenserie Froh und Gut, *um 1900.*

Kurt Schwitters

Auf einem blauen Kinderbuch

Auf einem blauen Kinderbuch
Lag ruhig schlummernd ein Herr Kuch.
Er kam von einer Platte Kuchen
War weggesteckt, man sollt ihn suchen.
Doch niemand hatte ihn gefunden,
Und langsam rannen ihm die Stunden.

Da schlief er ein aus Langeweile,
Kuch hatte eben keine Eile.
Da kam ein Kind und sah den Kuch
Festschlafend auf dem blauen Buch,
Das aß ihn auf mit Wohlbehagen,
Da kam der Kuchen sozusagen
Hinunter in des Kindes Magen.

Joachim Ringelnatz

An Berliner Kinder

Was meint ihr wohl, was eure Eltern treiben,
Wenn ihr schlafen gehen müßt?
Und sie angeblich noch Briefe schreiben.

Ich kanns euch sagen: da wird geküßt,
Geraucht, getanzt, gesoffen, gefressen,
Da schleichen verdächtige Gäste herbei.
Da wird jede Stufe der Unzucht durchmessen
Bis zur Papagei-Sodomiterei.
Da wird hasardiert um unsagbare Summen.
Da dampft es von Opium und Kokain.
Da wird gepaart, daß die Schädel brummen.
Ach schweigen wir lieber. – Pfui Spinne, Berlin!

Aus Ringelnatz' Kinder-Verwirr-Buch, *1931.*

Bertolt Brecht

Eines nicht wie das andere

Grün sind die Sträucher
Im Ostergarten
Indes die Pappeln
Am Wasser noch warten.
Dort eine Wolke
Will sich beeilen
Hier eine weiße
Will noch verweilen.

Bruder und Schwester
Waschen die Teller.
Bruder wäscht langsam
Schwester wäscht schneller.
Nur unser Dicker
Tut nicht desgleichen
Sitzt noch am Tische
Und ißt noch sein Breichen.

1956

Christine Nöstlinger

Im köla is ana

Maunchmoi sted bei uns ana im köla.
Mid an flochn gsichd
und gauns lare augn.
Duad in da egn,
wod mama vua weinochdn
den grisbam hiland,
duad sted a.

Vurige wochn hobi eam gsegn.
Zidad hoda mid hend
und glochd hoda bled.
Oba dasas hosntial ofn ghobd hod,
wiad gabi dazöd hod,
des hob i ned gsegn.
Dazua woas z finsda.

Des kumd davo, hod mama gsogd,
das a badei im haus is,
de n köla nia zuaschbiad.
Und wegn dera ira schlaumparei,
miasns d kinda biasn.

Biasn?
Fia mi is da depate im köla a segn.
Seid i eam drofn hob,
brauch i nima koinhoin ge.
Unsa koinkibe woa ma e ima z schwa!

1974

Reiner Kunze

Die zwei Kinder des Nachbarn

Du hörst ihr geschrei und denkst: kinder
Schon
stören sie dich nicht

Begegnest du ihnen, sind ihre kehlen
ausgetrocknet

Nicht der kleinste gruß blüht in ihnen

Wieder und wieder sprichst du sie an
Sie schweigen und blicken wie sieger

Du wirst schuldig unter ihren blicken

Auf bitten der mutter holst du den kindern
tennisbälle aus der dachrinne

Sie sammeln sie ein und gehn weg,
ihre sommerlichen rücken zwei nackte vorwürfe

1981

Nicolas Born

Zuhausegedicht

Es ist der 12. November 1970 am Morgen
18 Grad Außentemperatur
drei Briefe und eine Karte im Kasten
zum erstenmal seit Wochen
ist die Sonne wieder ganz da
der Morgen eine Sendung in Farbe
wir können uns etwas wünschen
jetzt
Piwitt pflegt im Bad seine hohe Stirn
ein Gespräch über Sozialismus haben wir
rechtzeitig abgebrochen
ein paar Flugkörper sind im Raum
wir erwarten das Kind noch diese Woche
es soll ihm einmal nicht so gut gehen wie uns
aber vielleicht bringt es uns dem Glück
einen Schritt näher
noch gestern nacht waren wir unglücklich
wir hatten zuviel vom Glück gesprochen
und den langsamen Fahrzeugen der Zukunft
sicher ist deshalb dieser Morgen so schön
einmal wollen wir für uns selber da sein
und für andere
das ist der Einsatz den wir heute wagen
Piwitt fragt mich ob er hier vorkommt
ja sage ich aber nur als Name
er ist zufrieden und bricht auf
zu einer Wanderung

Günter Eich

Kleine Tochter

1

Jahre einholen
mit Lassos aus Häkelgarn,
nachgedunkelt, spinnweben, –
die Zunge des Wolfs, blaues
Marienkleid, die
Verwandtschaft des Lehrers,

verzwirnte Jahre,
Lesejahre, spinnweben
und nachgedunkelt,
Briefschaften im Schnee,
Pappteller für Bienen,
und dir über den Rücken
folg ich den Lesezeilen,
den Häkelzeilen, –
oh Fallada, mein Pferd,
mein Gänsekiel, meine Blume, –
den eingeholten Lassos.

2

Aber wann
legen wir die Hände in den Schoß?
Erwarten die aus Köln,
aus den Silberminen,
aus dem Tal von Acherloo?
Alle die damals schrien:
wer hat gegessen, gegessen, getrunken?
Denen du Korbsessel hinstellst
bei den nicht gezählten Luftmaschen,
und Wasserbetten und Mooskessel?
Die dir den Spiegel halten
dreimal übermorgen,
wer ist die schönste hier?

3

Mirjam hat mir ein Haus gebaut
aus Bananen und Wachstuch.
Da bleibe ich,
da erwarte ich alles,
Scrabble und Atemnot,
Labskaus und jedes
andre Gericht,
auch das jüngste.

1966

XVII.

Kluge Kinder

Klugen Kindern eignet leicht etwas Groteskes. Sie sind oder sie scheinen schon am Ende ihrer Entwicklung angelangt – der Volksmund läßt sie deshalb früh sterben. Der zwölfjährige Jesus im Tempel ist ein solches Kind; die apokryphen Evangelien haben die Kindheitsgeschichte des Jesusknaben weitergesponnen und den kleinen Gottessohn zum frühreifen Wundertäter und Schwarzkünstler gemacht. Auch die mittelalterliche Legendenliteratur kennt die Figur des »erwachsenen Kindes«, das sich schon im zarten Alter durch Heiligkeit und Vorbildlichkeit auszeichnet. Um 1700 tauchen dann die ersten Wunderkinder auf – der Begriff ist von einem Christus-Attribut (»dies Wunderkind, in einem Stall geboren«) auf ein intellektuell früh entwickeltes Persönchen übertragen worden. Von der Bewunderung der Frühaufklärung für das Wunderkind rückt das späte 18. Jahrhundert allmählich ab (nur der Typus des musikalischen Wunderkindes erfreut sich noch in der Zeit der Mozart- und der Mendelssohn-Kinder aufrichtiger Bewunderung). Nun wird das natürliche Kind zum Ideal. Dabei erscheinen uns heute die »natürlichen« Kinder der Literatur der Zeit um 1800 oft als altkluge Tugendbengel und Mustermädchen: »Morgens, wenn die Sonn erwacht, / Bin ich lang schon heiter; / Frisch geh ich zur Arbeit hin, / Hell wird mir dann Aug und Sinn / Und das Herz wird weiter.« (J. M. Armbruster) Die Kinderlyrik der Zeit entwirft so ein Ideal, das ganz und gar märchenhafte Züge trägt, auch wenn diese Märchen in Dessau oder in Hamburg spielen.

Das pädagogische Zeitalter setzt dann viel daran, solche Musterkinder in Serie zu produzieren: in der »pädagogischen Fabrik« (wie Eichendorff in »Ahnung und Gegenwart« spottet), gemeint ist die Kinderliteratur. Und natürlich in der Schule. Im Rollengedicht werben jetzt die Kleinen selber dafür: »Kinder! gerne wollen wir / Nun zur Schule gehen, / Sorgt der Lehrer doch dafür, / Daß wir es verstehen.« (Rochow) Die Melodie wird durch das ganze 19. Jahrhundert gesungen – erst an seinem Ende darf sich die Schulangst der kleinen Sensiblen deutlich ausdrücken: »Uhren schlagen grausam um die Wette, / Stürzend sich auf ihn mit kaltem Lärme, / Und es brennen Magen und Gedärme. / Ach, daß er nur nicht verschlafen hätte!« (Werfel) Die grüblerischen Kinder treffen jetzt auf die Schulmeister der wilhelminischen Lehrerbildungsanstalten: »Der Herr Lehrer meint: / ›Was kümmert dich das Wesen Gottes, / sieh dir eins seiner Blumenbeete an, / das genügt.‹ / ›Ich will ja brav sein, Herr Lehrer!‹« (Paul Klee) Dann wird das proletarische Kind, der »linke« Knabe klug: »Und am liebsten liest er / Über die Betrügereien der Geldleute / Und die Schlächtereien der Generäle. / Wenn er das Wort liest, daß unsere Gesetze / Es den Armen und den Reichen verbieten, unter den Brücken zu schlafen / Höre ich sein glückliches Lachen.« (Brecht) Die antiautoritäre Erziehung der Zeit nach 1967 wird diese Figur des Kindes auferstehen lassen.

Kluge Kinder verschwinden heute leicht in der Masse. Wenn sie Ernst Jandl in seinen Gedichten auftreten läßt, erstirbt einem das Lachen im Hals. Ein guter Stoff für Satiriker und Karikaturisten. Oder für Horror- und Sciencefiction-Filmer. Oder für die alltägliche Lehrer-Plage: »Hört mal zu! / Auch

Du! / Wenn das Jahr zu Ende geht / wird es abends früher spät / alle tragen feste Schuhe / Ruhe!« (F. W. Bernstein)

Quirinus Kuhlmann

Der zwölf-jährige Lehrer Jesus

Wie? wird mein Geist entzückt? was hört mein sterblich Ohr?
Welch Lehrer donnert dort? der alles auf kann schließen!
Ein Knabe, den der Rund erstaunt hat hören müssen!
Ein Knabe, den die Zeit, eh eine Zeit, erkor!
Entweiche Salomon! du Plato wirst ein Tor!
Der große Albert schweigt! hier mag nichts Kircher wissen!
Auf Jesus' Zunge kann nur Milch und Honig fließen!
Sein Blitzen gehet euch, Athen und Rom, weit vor!
Es liebe wer da will den albern Stagiriten,
Des Itzquierdo Witz, Suaresius' Verstand,
Den tollen Sokrates, den Wahnwitz-reichen Skythen.
Entweicht! mein Jesus sei mir einzig beigewandt.
Des Knaben Mund wird mich so hohe Weisheit lehren,
Die dieser Weltkreis noch bestürzet an soll hören.

Der streitbare Exzentriker Quirinus Kuhlmann, mystischer Prophet eines kommenden heiligen Reiches (und 1689 auf Betreiben der Lutheraner als Ketzer verbrannt), läßt in seinem Gedicht von 1671 den Jesusknaben nicht nur über die klassischen Philosophen triumphieren (was niemanden gestört hätte), sondern kanzelt auch große zeitgenössische Gelehrte des Jesuitenordens ab: den Naturforscher Athanasius Kircher und den Theologen Francisco Suarez.

Andreas Gryphius

Jesus sitzet unter den Lehrern in dem 12. Jahr

Ihr lehrt was kindisch ist / drumb Lehrer / schweigt und hört:
Nun ein zwölfjährig Kind euch was nicht kindisch lehrt.

1663

»Und es begab sich, nach drei Tagen fanden sie ihn im Tempel sitzen mitten unter den Lehrern, wie er ihnen zuhörte und sie fragte. Und alle, die ihm zuhörten, verwunderten sich seines Verstandes und seiner Antworten.« (Lukas 2, 46 f.)

Georg Rudolf Weckherlin

An meine Tochter

Recht schön an Geists- und Leibs-Gestalt
Bist du ein Wunder-Kind gewesen,
So wohl als andre weiß und alt,
Dreijährig konntest du schon lesen.

Du hast die Sprachen, welche wir
Mit Müh erlernen, leicht und reichlich,
Und die Gedächtnis, welche dir
Der Himmel gab, ist kaum vergleichlich.

Mit Gottsforcht, Zucht, Gehorsam, Ehr,
Mit Fleiß und Tugend wohl gezieret,
Bist du der Spiegel und die Lehr,
Mit welchem dein Geschlecht prachtieret.

Daher bitt ich Gott, daß die Freud,
Die deinen Eltern du gegeben,
Du mögest ohn Verdruß und Leid
An deinen Kindern lang erleben!

1648

Weckherlins Gedicht für sein kluges Töchterlein Elisabeth (geb. 1618) ist aus Anlaß von dessen Hochzeit mit dem Esquire William Trumbull verfaßt worden.

Georg Philipp Telemann

Kind, dessen gleichen nie vorhin ein Tag gebar!

Auf ein Wunderkind

Kind, dessen gleichen nie vorhin ein Tag gebar!
Die Nachwelt wird dich zwar mit ew'gem Schmuck umlauben,
Doch auch nur kleinen Teils dein großes Wissen glauben,
Das dem, der dich gekannt, schon unbegreiflich war.

Telemann, der Autor der Verse, sollte recht behalten: Die Geschichte von Christian Henrich Heineken aus Lübeck, wie sie sein Lehrer Christian von Schönaich aufgeschrieben hat, klingt heute unglaublich. Der 1721 geborene Knabe konnte, noch nicht ein Jahr alt, bereits folgendes Gedicht über die Schöpfung aufsagen:

»Den ersten Tag wards Licht. Darnach stand hoch und ferne
Der Himmel. Dann die Erd. Am vierten Tag die Sterne.
Am fünften kamen Fisch und Vögel aus dem Meer.
Der sechste gab das Vieh, wie auch den Menschen her.«

Mit 13 Monaten kannte er die Geschichten des Alten und des Neuen Testaments, konnte mit dreieinhalb Jahren die Hauptfragen zu Weltgeschichte und Geographie beantworten und wurde vom dänischen König in der Genealogie der vorzüglichsten Fürstenhäuser Europas examiniert. Natürlich konnte er französisch. Und er starb – wie es das geflügelte Wort von den »klugen Kindern« sagt – schon früh: im Alter von vier Jahren.

Johann Wilhelm Ludwig Gleim

Der Bauerknabe, als er den kranken Karl erblickte

Wie? Karlchen krank? Das süße Kind,
Was gestern noch gelacht?
Daß krank auch reiche Kinder sind,
Das hätt' ich nie gedacht.

Ein solches Kind hat nimmer Not,
Darf nicht aus Hunger schrein;
Konfekt ißt es und Zuckerbrot,
Und trinkt Kaffee und Wein.

Und ich und Hannchen sind gesund,
Wie eine Rose rot;
Wir nehmen fast nichts in den Mund,
Als Käs' und Butterbrot.

Und Milch und Wasser trinken wir
Bei immer frohem Sinn.
Du lieber Gott, wie dank' ich dir,
Daß ich nicht Karlchen bin!

Der altkluge Knabe, der sich so perfekt zu verstellen weiß, könnte in Bernhard Christoph Fausts Gesundheits-Katechismus *für Kinder von 1794 gelesen haben. Dort heißt es auf die Frage »Was muß das Getränk der Kinder sein?«: »Reines, gutes, kaltes Wasser muß einzig das Getränk der Kinder sein; sie dürfen weder Bier noch Kaffee, weder Tee noch andere warme Getränke trinken.«*

Johann Michael Armbruster

Vorzug der Arbeitsamkeit

Lied eines Bauermädchens

Bin ein kleines Mädchen nur,
Schlecht und recht erzogen;
Aber wem kann's besser sein?
Tauschen sollt ich? Nein, o Nein!
Denn ich wär betrogen.

Morgens, wenn die Sonn' erwacht,
Bin ich lang schon heiter;
Frisch geh' ich zur Arbeit hin,
Hell wird mir dann Aug und Sinn,
Und das Herz wird weiter.

Bis zum letzten Sonnenblick
Werd' ich nie ermüden,
Und dabei bin ich gesund
Wie ein Fisch im Wasser und
Immerdar zufrieden.

Müßiggang und Trägheit wird
Einst Verachtung strafen.
Reich macht mich Genügsamkeit.
Nur bei Fleiß und Tätigkeit
Kann ich ruhig schlafen.

Die kleine Naive ist möglicherweise beim Pfarrer in der Kirche auf ihre Weisheiten gekommen, als dieser einmal aus Rochows Kinderfreund. Lesebuch zum Gebrauche für Landschulen *von 1776 den Dialog zwischen Bürger und Bauer über die Vorzüge des Landlebens vorgelesen hat:*
»Bürger: Nein, ich möchte kein Bauer sein! In solchem Wetter pflügen, oder sonst draußen hantieren, das mag keine kleine Plage heißen.
Bauer: Von Jugend auf sind wir härter, als die Leute in der Stadt. Wir spielen als Kinder im kalten Wasser und oft bei solchem strengen Wetter auf der Straße, da in der Stadt keiner sein Kind heraus ließe. Und übrigens sagt das Sprüchwort: Arbeit wärmt.«

Gottlieb Wilhelm Burmann

Aufstehn

Früh steh ich auf!
Früh, wenn der Morgen graut;
Lern immer immer drauf,
Damit mein Vater Freude schaut.

Aurorens Strahl
Lacht nicht umsonst so schön:
Er lacht, ins Blumental
Und in den wachen Hain zu gehn!

Dort geh ich hin,
Ein Buch in meiner Hand,
Und früh wird mein Gewinn
Ein männlich Leben und Verstand!

Wer schläft, ist tot!
Mein Dasein fordert Pflicht –
Dies heilige Gebot
Vergesse ja mein Herze nicht!

Der Schlaf ist schön,
Noch schöner Munterkeit;
Zu bald, zu bald vergehn
Die Stunden kurzer Lebenszeit!

Wer lange schnarcht
hat weniger gelebt –
Der weise Knabe kargt
Mit dem, was bald vorüberschwebt!

O meine Zeit
Sei immer angewandt:
Denn die Zufriedenheit
Reicht Pflicht und Fleiß die sanfte Hand.

Mich finde gern
Die Morgenröte wach,
Des Himmels letzten Stern
Seh schon mein muntres Auge nach.

1777

Dieser kleine Klugredner läuft nicht umsonst mit dem Buch in der Hand durch den Park. Es könnte sich dabei um Johann Sigmund Stoys Kinderbuch Goldener Spiegel für Kinder *handeln, das mit der Geschichte »Das frühe aufstehende Kind« beginnt: »Ein gewisses Kind konnte ganz untrüglich allemal das, was ihm zu lernen aufgegeben war, auswendig hersagen, wenn es der Lehrmeister darum fragte. Eben dieses Kind war auch immerfort munter und aufgeräumt. Ein anderes Kind, das beständig mit jenem umging, wunderte sich darüber, und befragte seine Eltern um die Ursache; diese erkundigten sich darnach und fanden, daß jenes Kind gewohnt wäre, bei guter Zeit aufzustehen, sich geschwinde anzukleiden und ohne Verzug seine Bücher in die Hände zu nehmen. Das Beispiel desselben ermunterte das andere Kind. Es wollte gerade eben so frühe aus dem Bette aufstehen, um völlig ebenso den Tag hinzubringen.«*

Gottlob Wilhelm Burmann

Notwendigkeit der Ordnung

Hübsch ordentlich, hübsch ordentlich
Muß man als Knabe sein!
Der Liederliche schmeichelt sich
Bei keinem Menschen ein.

Wer Alles um sich wirft und schmeißt,
Nichts auf sich selber hält,
Zeigt früh schon einen kleinen Geist,
Der Jedermann mißfällt.

Was eine Nessel wird, brennt bald,
O, die Erfahrung spricht's!
Wer jung nichts tauget, der ist alt
Gewiß ein Taugenichts!

Hübsch ordentlich, hübsch ordentlich
Will ich als Knabe sein:
Wenn ich erst groß bin, wird es mich
Gewißlich nicht gereun!

Dieser kleine Weisheitsapostel hat es mit den Sprichwörtern. Aber auch seine Weisheit ist nicht vom Himmel gefallen. In Christian August Struves Erklärung teutscher Sprichwörter in Rücksicht auf Erziehung und Behandlung der Kinder *von 1798 heißt es über »Eine faule Jugend macht ein lausiges Alter« u.a.: »Eine sehr wichtige Regel ist, daß man die Kinder an eine feste Ordnung im Arbeiten gewöhnen muß, an gewisse festgesetzte Stunden, und nicht darauf wartet, bis sie Lust haben. Diese Ordnung dient ihnen zur Vorbereitung für ihre künftige Bestimmung, da in verschiedenen Ständen und Ämtern gewisse Stunden zur Arbeit festgesetzt sind ohne daß nach der Laune oder Arbeitslust gefragt wird.«*

Christian Adolf Overbeck

Lied eines Fröhlichen

Heida! täglich freu' ich mich
Und bin guter Dinge!
Lieben Leute, seht, wie ich
Fröhlich hüpf' und springe!

Meinen Lebensweg bestreut
Unschuld noch mit Rosen:
Glücklich, wer sich stets so freut,
Stets so geht auf Rosen.

Drum, wenn ich nun älter bin,
Will ich mich bestreben,
Immer, bei vergnügtem Sinn,
Tugendhaft zu leben.

Meine Pflichten tu' ich dann
Unter frohen Scherzen,
Tue Alles, was ich kann,
Mit vergnügtem Herzen.

Vater, Mutter, Jedermann
Mag dann Fritzen leiden;
Und erlang' ich das: o dann
Spring' ich hoch vor Freuden.

Trifft dann auch ein Stürmlein mich
Einst in meinen Tagen;
Heida! was bekümmr' ich mich!
Werd's ja auch wohl tragen.

Anerkennung, kleiner Fritz! Oder müssen wir davon ausgehen, daß du in Baratiers Sittliche Gemälde guter und böser Kinder *geschmökert und dort die Geschichte »Das mürrische Kind« von der immer traurigen und weinerlichen kleinen Katherine gefunden hast, die am Ende von ihren Eltern ins Arbeitshaus gesteckt wird?*

Joachim Heinrich Campe

Christel und Chloe

Chloe
O lieber Bruder, bleib doch hier!
Ich schenk auch meine Puppe dir.

Christel
Hab Dank, du gutes Schwesterchen!
Die Glocke ruft, muß in die Schule gehn.

Chloe
Ach was willst in der Schule machen?

Christel
Da lern ich lauter schöne Sachen
Und werd ein gutes frommes Kind.

Chloe
Will mit dir gehn, geschwind, geschwind!

Aus Joachim Heinrich Campes Neues Abeze- und Lesebuch – *dort zum Buchstaben C.*

Christian Gotthilf Salzmann

Herr Kurt sprach zu dem Fritz

Herr Kurt sprach zu dem Fritz:
Spiel nicht mehr mit dem Spitz,
Sonst beißt er dich,
Dies schmerzt dann dich.
Nimm hin dies Buch,
Schlag auf und such
Dies Blatt und lies.
Fritz sprach: Dies kann ich nicht.
Du kannst es nicht? sprach drauf Herr Kurt,
Komm her und lies! Es wird schon gehn.
Herr Kurt! Herr Kurt! Du machst mir Spaß,
Nein, nein, dies kann ich nicht, so sprach
Der Fritz. Doch griff er nach dem Buch
Schlug auf und las. Siehst du?, es ging!
Drob freut er sich, ward rot und las
Ein Wort, noch eins und zwei und drei
Und neun, gar viel las er.
Siehst du, mein Fritz, sprach drauf Herr Kurt,
Siehst du, was du schon kannst?
Bald liest du mehr, bald schreibst du auch
So gut wie Ernst, dein Freund,
Und Franz und Hans und wie mein Kind.

Beginn von Conrad Kiefers ABC- und Lesebüchlein, oder Anweisung auf die natürlichste Art das Lesen zu erlernen *von Christian Gotthilf Salzmann, 1806.*

Friedrich Eberhard von Rochow

Kinderlied

Kinder! gerne wollen wir
Nun zur Schule gehen,
Sorgt der Lehrer doch dafür,
Daß wir es verstehen.
Was er lehrt, es ist nicht schwer,
Wie mans jetzo treibet,
Leichter wird es immer mehr
Wer nur fleißig bleibet.

Wenn wir groß sind, geht's uns wohl!
Jeder will uns haben,
Denn wir wissen, wie man soll
Nützen Gottes Gaben.
Wer der Herrschaft Nutzen sucht,
Dem nützt sie auch wieder,
Faulheit sei von uns verflucht,
Arbeit stärkt die Glieder.

Alles Gute kommt von Gott.
Segne du die Lehren,
Die wir, o du guter Gott!
Jetzt so reichlich hören.
Segne du an uns dein Wort,
Daß wirs tätig ehren,
Dann wird sich in unserm Ort
Tugend schnell vermehren.

Die Kinder, Bauernkinder aus Rochows Lesebuch Der Kinderfreund *(1776), singen hier eine Art Werbelied für die Schule. Weder die Bauern noch die Herrschaft waren vom Nutzen des Schulbesuchs von Bauernkindern sonderlich überzeugt.*

Auf dem Schulweg

Aus einem Anstandsbuch für Schüler

Begebt euch sämtlich nun ganz still nach euren Häusern
Und haltet ohne Not euch unterwegs nicht auf!
Auch auf der Gasse müßt ihr Sittlichkeit stets äußern!
Beschimpft euch also nicht durch Lärm, Zusammenlauf,
Durch wildes Schreien noch durch andre Bubenstücke,
Die bei der Jugend nur zu sehr im Schwange sind!
Neckt selbst einander nicht, und übt an niemand Tücke
Der euch vorübergeht – auch nicht am kleinsten Kind!
Besonders tut es Not, euch dies recht einzuschärfen,
Daß auf der Gasse ihr euch ja zu keiner Zeit
Erfrecht, so wenig euch als andre zu bewerfen,
Denn niemand mehr als ihr stört Straßen-Sicherheit,
Wenn ihr des Sommers euch im Wurf mit Steinen übet,
Des Winters eure Lust im Schneeballwerfen sucht,
Wobei ihr öfters noch erschrecklich schwört und flucht.
Wißt, daß Gesittete ihr dadurch sehr betrübet,
Vor diesem Laster nehmt daher euch wohl in Acht,
Weil großer Sünde sich ein Flucher schuldig macht.
Denn nichts ist schändlicher als Fluchen oder Schwören,
Zumal wenn ihr dabei den Namen Gottes nennt,
Den ihr doch aus der Schrift als hehr und heilig kennt!
Gesetzt, es würden euch nicht Menschen-Ohren hören,
So hört gewiß euch der, der allenthalben wohnt,
Der so den Frevler straft, wie er den Frommen lohnt.
Trifft dich zur Regenzeit dein Weg durch solche Gassen,
Wo viele Leute gehn, so mußt aus Schonung du
Das starke Springen hier hauptsächlich unterlassen
Sonst richtet dein Galopp die Wandler häßlich zu.
Begegnet dir ein Mensch, der alt ist oder schwächlich,
Blind oder lahm, auch sonst an seinem Leib gebrechlich,
So spotte seiner nicht, auch halte ihn nicht auf!
Fühl, welch ein Glück es sei, gesunde Glieder haben!
Des Krüppels spottet nur der Abschaum böser Knaben,
Auch steht der Menschheit Fluch und schwere Strafe drauf.
Wenn auf der Straße wo ein Mensch liegt, der betrunken
Und sinnlos ist, so sei nicht lieblos gegen ihn,
Mißhandle ja ihn nicht, noch stoß ihn unsanft hin!
Für ihn ist's Unglücks gnug, daß er so tief gesunken,
Die menschliche Vernunft – das göttliche Geschenk –

Ersäuft zu haben! Sei selbst deiner eingedenk
Und hüte jetzt und einst dich vor dergleichem Laster!
Dem Mäßigen bleibt stets der Söffling ein Verhaßter
Und Unerträglicher, hat doch nicht allezeit
Ein Trunkner die Vernunft durch Völlerei entweiht.
Urteile darum nicht gleich streng in solchen Sachen,
Von denen du noch nicht den Grund und Ungrund kennst,
Damit du ein Versehn nicht flugs ein Laster nennst!
Ein Gläschen Branntweins kann den betrunken machen,
Der schwaches Magens ist und nichts gegessen hat,
In freier Luft wird leicht ein schwacher Körper matt.
Doch dem sei, wie ihm sei, du mußt dich nie gewöhnen,
Den Menschen, welcher fehlt, zu necken und zu höhnen,
Weil er dein Bruder ist, weil dir – sei Weib, sei Mann! –
Dergleichen Unfall selbst dereinst begegnen kann.
Verfolg und schilt auch nie den, welcher deiner Väter
Religion nicht hat, nicht deiner Meinung ist!
Denn an der Menschheit wirst du dadurch zum Verräter,
Wenn du nicht duldsam, so wie selbst die Gottheit, bist!

Aus einem 1802 in Altona erschienenen Anstandsbuch Goldener Taschenspiegel für jedes Schulkind, das mit Recht liebenswürdig heißen will, enthaltend alle einzelnen Pflichten desselben im Hause, in der Schule, im Gotteshause und auf der Gasse, vom Augenblicke des Erwachens im Bette an bis zum Schlafengehen. *Es scheint, als hätten dergleichen Lehren Erfolg gehabt. Jedenfalls wären sie heute überflüssig. Kinder, die auf dem Schulweg mit Steinen werfen und Betrunkene mißhandeln, sind in Deutschland selten geworden.*

Johann Wilhelm Ludwig Gleim

Die Schule

Kinder! habt nur Lust zum Lernen;
Seht, es fehlt euch nicht an Lehrern:
Feuer, Wasser, Luft und Erde,
Alles kann Euch unterrichten.

Lernet denn und werdet klüger:
Löwen lehren tapfer streiten;
Adler, kühn und mutig fliegen;
Biber lehren sicher bauen,
Bienen suchen Süßigkeiten,
Spinnen lehren fein zu spinnen;
Aber ja vor allen Dingen
Lernt von mir und meinem Mädchen
Küsse geben, Küsse nehmen!
Seht nur her: wir halten Schule!

Heinrich Hoffmann von Fallersleben

Der Weg zur Schule

Im Winter, wenn es frieret,
Im Winter, wenn es schneit,
Dann ist der Weg zur Schule
Fürwahr noch mal so weit.

Und wenn der Kuckuck rufet,
Dann ist der Frühling da,
Dann ist der Weg zur Schule
Fürwahr noch mal so nah.

Wer aber gerne lernet,
Dem ist kein Weg zu fern:
Im Frühling wie im Winter
Geh' ich zur Schule gern.

Johannes Staub

Die Schule

Wer geht dort in die Schul'?
Die Knaben und die Mägdelein,
Sie stellen sich zum Lernen ein;
Die gehen in die Schul'.

Wann geht man in die Schul'?
Des Morgens, wenn man froh und frisch,
Dann wieder nach dem Mittagstisch;
Da geht man in die Schul'.

Wie geht man in die Schul'?
Das Ränzchen auf den Rücken g'schnallt,
Das Frühstück in der Tasche halt;
So geht man in die Schul'.

Was *braucht* man in der Schul'?
Ein Täfelchen und Stift und Buch,
Papier und Feder, das ist g'nug;
Das braucht man in der Schul'.

Was *lernt* man in der Schul'?
Man rechnet brav und liest und schreibt,
Damit man nicht ein Dummkopf bleibt;
Das lernt man in der Schul'.

Aus Staubs Kinderbüchlein, *das im vergangenen Jahrhundert in der Schweiz populär war.*

Friedrich Rückert

Kletter-Unterricht

Daß ihr klettert, liebe Buben,
Will ich euch erlauben.
Warum solltet ihr in Stuben
Hängen als Schlafhauben?

Mögt ihr aus dem Wipfel heben
Ein Paar Vogeleier,
Wird es eben mehr hier geben
Ein Paar Vogelgeier.

Oder wollt ihr um die Früchte
Einen Baum brandschatzen,
Mehrt ihr eben das Gezüchte
Räuberischer Spatzen.

Wenn ihr was ihr könnt erklettert,
Will ich's euch nicht wehren;
Nur daß ihr euch nicht zerschmettert,
Höret meine Lehren!

Dieses merkt euch, daß ihr keinen
Ast je fahren lasset,
Ehbevor ihr habet einen
Anderen erfasset.

Einem dürren Aste nimmer
Müßt ihr euch vertrauen;
Sicher ist es selbst nicht immer
Auf die grünen bauen.

Besser als am besten Zweige
Haltet euch am Stamme,
Ob euch jener Glätte zeige,
Dieser rauhe Schramme.

Denn die Zweige selber müssen
Nur am Stamm sich halten,
Der allein auf eignen Füßen
Steht sie zu entfalten.

Vorsicht ist die beste Schanze:
Nie auf einem Aste
Fußet so, daß drauf die ganze
Wucht des Körpers laste.

Stützt euch hier, und dort beschicket
Eine Widerlage,
Daß, wenn etwa hier es knicket,
Es euch dort noch trage.

Immer sollt ihr auf die Stärken
Euch hauptsächlich stützen,
Doch daneben, wohl zu merken,
Schwächen auch benützen.

Manche Zweiglein sind unstreitig
Für sich selbst nur schwächlich,
Sich verstärkend wechselseitig
Sind sie unzerbrechlich.

Klettert nur mit rechtem Ernste,
Machet keine Künste!
So erreichet ihr das fernste,
Und euch trägt das dünnste.

Doch indem ihr Fuß und Hände
Drängt zur Höhe munter,
Denket auch, wie ihr am Ende
Wieder kommt herunter.

Aus allem läßt sich ein Unterrichtsprogramm machen, auch aus dem Beklettern von Bäumen. Wollte uns das der Dichter sagen? Oder wollte er sich darüber lustig machen?

August Kopisch

Der Schneiderjunge von Krippstedt

(Nach alter handschriftlicher Notiz)

In Krippstedt wies ein Schneiderjunge
Dem Bürgermeister einst die Zunge:
Es war im Jahr Eintausend siebenhundert.
Der Bürgermeister sehr sich wundert
Und findt es wider den Respekt,
Weshalb er in den Turm ihn steckt.
Es war nach der Nachmittagpredigt,
Die Kirche noch nicht ganz erledigt,
Am heil'gen Trinitatis Tag,
Da geschah auf einmal ein großer Schlag!
Es schlug, mit Gedonner, im Wettersturm
Der Blitz in denselben Sanct Niklasturm.
Der Schreck durchfährt die ganze Stadt,
Die kaum sich vom Brand erhoben hat.
Was innen ist im Gotteshaus,
Das dringt mit aller Gewalt heraus:
Was außen ist, das will hinein!
Da sieht man auf einmal Flammenschein
Von außen an des Turmes Spitze:
Da rief man »Feuer! Wasser! Wo ist die Spritze?«
Die Spritze, ja, die ist dicht dabei;
Doch Kasten und Röhren sind entzwei!
Wie saure Milch lauft alles zusammen:
Man schreit und blickt auf die Feuerflammen.
Dazwischen – es war ein böser Tag –
Hallt mancher Donner- und Wetterschlag!
Nun sammelt sich der Magistrat,
Und jeder weiß etwas und keiner weiß Rat!
Der Bürgermeister, ein weiser Mann,
Sieht sich das Ding bedenklich an
Und spricht: hört mich, wir zwingens nicht!
Der Turm brennt nieder wie ein Licht,
Es kommt, wer hätte das gedacht sich,
Wie Anno sechzehnhundert achtzig!
Erst brennt der Turm, die Kirche, die Stadt sodann;
Drum ist mein Rat: rett' jeder was er kann!
Da laufen die Bürger; mit aller Kraft
Ein jeder das Seine zusammenrafft.
Das ist ein Gerenne, wie fliegen die Zöpfe,

Wie stoßen zusammen die Puderköpfe!
Auf einmal – was krabbelt dort aus dem Loch
Am Turm? – der Junge! – Nein! – Und doch!
Es ists, er klettert zu Turmes Spitze –
Der Schlingel! Er nimmt vom Kopf die Mütze,
Er schlägt auf das Feuer und – daß dich der Daus! –
Er löscht es mit seiner Mütze aus!
Er tupft am ganzen Turm umher,
Man sieht nicht eine Flamme mehr!
Und während alle jubelnd schrein,
Schlüpft er von neuem ins Loch hinein.
Er scheut des Magistrates Wesen
Und sitzt, als wär gar nichts gewesen.
Das mehrt den Jubel, die Bürger alle
Rufen ihm Vivat! mit großem Schalle;
Der Bürgermeister aber spricht,
Indem sein großer Zorn sich bricht:
Holt ihn heraus, ich erzeig ihm Ehr,
Und tu für ihn zeitlebens mehr!
»Da kommt er ganz rußig, der Knirps, der Zwerg!
Hoch lebe der kleine Liewenberg!«
Der Bürgermeister sprach: komm Junge,
Streck noch einmal heraus die Zunge!
Ich leg dir lauter Dukaten drauf!
So, sperr den Mund recht angelweit auf!
Nur immer mehr herausgereckt!
Wir haben alle vor dir Respekt!
Und morgen wird, daß nichts manquiert,
Die große Spritze hier probiert
Und was entzwei ist, repariert!

Robert Reinick

Deutscher Rat

Vor allem eins, mein Kind: Sei treu und wahr,
laß nie die Lüge deinen Mund entweihn!
Von alters her im deutschen Volke war
der höchste Ruhm, getreu und wahr zu sein.

Du bist ein deutsches Kind, so denke dran.
Noch bist du jung, noch ist es nicht so schwer,
aus einem Knaben aber wird ein Mann,
das Bäumchen biegt sich, doch der Baum nicht mehr.

Sprich Ja und Nein, und dreh und deutle nicht;
was du berichtest, sage kurz und schlicht,
was du gelobest, sei dir höchste Pflicht,
dein Wort sei heilig, drum verschwend es nicht!

Leicht schleicht die Lüge sich ans Herz heran,
zuerst ein Zwerg, ein Riese hintennach,
doch dein Gewissen zeigt den Feind dir an,
und eine Stimme ruft in dir: »Sei wach!«

Dann wach und kämpf, es ist ein Feind bereit:
Die Lüg' in dir, sie drohet dir Gefahr.
Kind! Deutsche kämpften tapfer allezeit,
du deutsches Kind, sei tapfer, treu und wahr!

Um die Mitte des vorigen Jahrhunderts entstanden, wurde Reinicks »Deutscher Rat« eines der populärsten Schul- und Vortragsgedichte der Kaiserzeit und war bis in die vierziger Jahre unseres Jahrhunderts in Anthologien verbreitet.

Sprichwörter für Kinder

Münchner Bilderbogen

Aller Anfang ist schwer

Dies, Kind, sei dir zum Trost gesagt,
Wenn heute dich das Lernen plagt.
Sogar der Herr Lehrer, so gut er's kann,
Fing einst das Lesen mit Seufzen an.

Was Hänschen nicht lernt, lernt Hans nimmermehr

Sei fleißig, Liesel, Seppel, Franz,
Daß dir's nicht geh so wie dem Hans;
Denn wer als Kind die Arbeit scheut,
Hat es als Greis schon oft bereut.

Müßiggang ist aller Laster Anfang

Gähnend sitzt er heute,
Morgen plagt er die Leute,
Übers Jahr stiehlt er, bleibt dennoch arm,
Am Galgen stirbt er, daß Gott erbarm.

Das Ei will klüger sein als die Henne

Großmutter: Wer ist wohl die Henne und wer das Ei?
Kind: Großmutter, ich denke, das sind wir zwei.

Aus einem Münchner Bilderbogen Sprichwörter für Kinder. *Sprichwörter und Sprichwörter-Verse waren auch auf »Fleißkärtchen« beliebt.*

Gebet bei Schulprüfungen für kleinere Kinder

O Vater in dem Himmel droben,
   Erhöre Deiner Kinder Fleh'n,
Die wir zu Deines Namens Ehre
   Auch heute hier versammelt steh'n.
Beklommen sind die kleinen Herzen
   In dieser Stund' der Rechenschaft,
So gib uns Deiner Güte Segen,
   Leih' unsrer Schwäche Deine Kraft!

Aus einer süddeutschen Sammlung von Gelegenheitsgedichten für Kinder, 1868.

An ein Kind

Aus einem Kinderheftchen

Kind, du mußt etwas lernen,
Wodurch du Brot gewinnst:
Die Spinne lernet spinnen,
Und lebt durch ihr Gespinst.

Der Vogel lernet fliegen,
Und fliegt nach Nahrung aus;
Das Hündlein lernet wachen,
Und wahrt des Herren Haus.

Weißt viel du oder wenig,
Treib immer es mit Fleiß;
Doch strebe viel zu lernen;
Wohl dem, der vieles weiß.

Aus Freundliche Stimmen an Kinderherzen, *Zürich um 1900.*

Franz Werfel

Schulgang

Oh, wie sehnt er sich nach seinem Bette,
Nach der süßen, kaum verlaßnen Wärme!
Ausgestoßen unter Menschenschwärme
Läuft er, rennt er durch die Gassenkette.

Uhren schlagen grausam um die Wette,
Stürzend sich auf ihn mit kaltem Lärme,
Und es brennen Magen und Gedärme.
Ach, daß er nur nicht verschlafen hätte!

Wie er springt! Er keucht und weint beim Laufen,
Bis im Schulhaus er, im Gange steht,
Und im Zimmer sieht das staubige Raufen.

Er faßt langsam: Es ist nicht zu spät...
Und er läßt sich nieder, zu verschnaufen.
Doch sein erster Laut ist ein Gebet.

1906

Edwin Bormann

Kinderszene

Morgen zum Geburtstagsfeste
Lädt sich Käthchen kleine Gäste:
Anni Hoffmann, Suse Beyer,
Minchen Walther, Doris Schreier,
Evchen Müller, Elsa Strauch –
»Kommt denn das Rebekkchen auch?« –
»Was, Rebekka Silberstein?!
Juden lad' ich niemals ein.
Gabst du in der Schul' nicht Acht,
Daß sie Jesum tot gemacht?« –
»Unser Lehrer meint das, ja;
Doch es sagt mir die Mama
(Und die weiß doch vielerlei):
Silberstein's war'n nicht dabei!«

Schlichte Kinderseele du,
All mein Herz es lacht dir zu.
Besser wär's um sie bestellt,
Zöge siegreich durch die Welt
Deine Friedensmelodei:
»Silberstein's war'n nicht dabei!«

Aus Freiheit, Liebe, Menschlichkeit! Ein Manifest des Geistes von hervorragenden Zeitgenossen, *einem 1893 erschienenen Album mit Stellungnahmen gegen den Antisemitismus.*

Paul Klee

Wenn die Natur nun selber

Wenn die Natur nun selber
keiner Persönlichkeit gehorcht,
keinem zentralen Willen,
sondern alles an ihr Gewöhnung,
Gelegenheit und Anpassung ist,
dann desto besser.

Wenn es aber einen Gott gibt?
 – Bscht!! –

Der Herr Lehrer meint:
»Was kümmert dich das Wesen Gottes,
sieh dir eins seiner Blumenbeete an,
das genügt.«

»Ich will ja brav sein, Herr Lehrer!«

»Außerdem ist es dir gesund,
du lebst und webst im Freien,
da gibt's keines Gedankens Blässe!
Du bist unter Bienen und Schmetterlingen
eine kleine ameisige Emse.«

»Herr Lehrer, darf ich daneben
auch etwas Mu-Mu-Musik machen??«

»Vielseitige Künste?
Ja! sollste, darfste!
Vielseitige Künste sind gut,
wenn se nur nicht
zu's Jesamtkunstwerke führen.«

1908

Bertolt Brecht

Schlechte Zeit für die Jugend

Statt im Gehölz zu spielen mit Gleichaltrigen
Sitzt mein junger Sohn über die Bücher gebückt
Und am liebsten liest er
Über die Betrügereien der Geldleute
Und die Schlächtereien der Generäle.
Wenn er das Wort liest, daß unsere Gesetze
Es den Armen und den Reichen verbieten, unter den Brücken zu schlafen
Höre ich sein glückliches Lachen.
Wenn er entdeckt, daß der Schreiber eines Buches bestochen ist
Leuchtet seine junge Stirn. Ich billige das
Aber ich wollte doch, ich könnte ihm
Eine Jugendzeit bieten, in der er
Ins Gehölz spielen ginge mit Gleichaltrigen.

1937

Wolf Biermann

Spielzeug

Mit der Eisenbahn
lernen wir
zur Oma fahrn.
Das macht Spaß
Mit der Puppe
essen wir
gerne unsere Suppe
Das macht Spaß
Mit dem Ball
schmeißen wir
Peters Bären um
der ist dumm
Mit den Muschikatzen
lernt der Paul
die Anne kratzen
Das macht Spaß
Mit dem Panzer lernen wir:
Wie man
Eisenbahn,
Puppe, Suppe,
Ball und Bär,
Muschikatzen
und noch mehr
Anne, Pappa,
Haus und Maus
einfach kaputt macht.

Karl Mickel

Kindermund

Was ist das für ein Krach!   Was muß ich, leider, hören?
Die Eltern sind entzweit   und wollen sich zerstören
Und mich mit ihnen mit!   Oh wollet doch bedenken
Von Schuld ist keine Spur   die Sach ist einzurenken!
Daß du, Papa, studierst   sollst du, Mama, nur loben
Wenn du, Mama, bist müd   sollst du, Papa, nicht toben.
Wer heut nicht weiter lernt   ist morgen nicht zu brauchen
Die Wissenschaft geht fort: da müssen Köpfe rauchen.
Was soll die Frau im Haus?   wo Menschen sind, ist Leben
Im Leben wird sie klug   und wird sie müde eben.
Der Staat, der seid ihr selbst   will Arbeitszeit verkürzen
Das Angebot erhöhn   die freie Zeit euch würzen
Mit Liebe, Kunst und Sport: was ist zuvor zu leisten?
Mehr Produktivität!   das wissen doch die Meisten.
Was heute kostet Kraft   ist morgen unsre Freude
Daß ihr die Kraft besitzt: erfreut euch das nicht heute?
Warst du, Mama, nicht froh   als sie Papa genommen
Zum Fernstudenten an?   Wie bist du heimgekommen
Papa, mit Blumen! als   Mama der Orden schmückte.
Jetzt schreit ihr Ach und Weh   als ob euch all nichts glückte!

Ernst Jandl

frühe übung einem einen wichtigen sachverhalt einzuprägen

merk dir
du heißt
ernst jandl
und wohnst
wien 3
landstraßer
gürtel
sagte
die mutter
9
zu mir

merk dir
du heißt
ernst jandl
und wohnst
wien 3
sagte
die mutter
landstraßer
gürtel 9
zu mir

merk dir
du heißt
ernst jandl
und wohnst
wien
sagte
die
mutter
3
landstraßer
gürtel 9
zu mir

merk dir
du heißt
ernst jandl
und wohnst
sagte
die mutter
wien 3
landstraßer
gürtel 9
zu mir

merk dir
du heißt
ernst jandl
sagte
die mutter
und wohnst
wien 3
landstraßer
gürtel 9
zu mir

merk dir
du heißt
ernst
sagte
die mutter
jandl
und wohnst
wien 3
landstraßer
gürtel 9
zu mir

merk dir
du heißt
sagte
die mutter
ernst jandl
und wohnst
wien 3
landstraßer
gürtel 9
zu mir

merk dir
sagte
die mutter
du heißt
ernst jandl
und wohnst
wien 3
landstraßer
gürtel 9
zu mir

ich heiße
sagte ich
ernst
jandl
und wohne
wien
3

1968

F. W. Bernstein

Weihnachten in der Schule

Hört mal zu!
Auch Du!
Wenn das Jahr zu Ende geht
wird es abends früher spät
alle tragen feste Schuhe
Ruhe!
Weißer Schnee füllt bald die Straßen
Markt und alles ist verlassen
will
Karlchen, sei doch still!
Willig kommt der Weihnachtsmann
hat ein rotes Röckchen an
hell wird jedes Licht
Peter, red jetzt nicht!
Und ein großer Kerzenschein
wollt Ihr endlich ruhig sein!
Hüpfet über Stock und Stein –
Karlchen, Dich sperr ich jetzt ein!
Und zu unsern Lieben
kommt aus Heu und Stroh
Ruhe endlich! Wo
bin ich steh'n geblieben?

1981

Peter Hacks

Jules Ratte
oder
selber lernen macht schlau

Ein Kind mit Namen Jule Janke
Sah eines Morgens, blaß vor Schreck,
Es warn in ihrem Bücherschranke
All die gelehrten Bücher weg.
Da lag nur noch im Hintergrunde
Eine benagte Heimatkunde,
Und ein paar Schnipsel von Papier
Die lagen traurig neben ihr.

Es hatte nämlich sich begeben,
Daß in der Nacht, als alles schlief,
Ein Zug von Wanderratten eben
Im städtischen Hauptbahnhof einlief.
Und es war eine Wanderratte,
Die Jules Schrank geleeret hatte
Und nun da saß, von Weisheit fett
Und hochzufrieden unterm Bett.

Die Jule rannte voller Galle
Zu einem Trödler, alt und krumm,
Und kaufte eine Rattenfalle
Aus Draht und Aluminium.
Und legt das Buch in das Gebauer,
Sich selbst hingegen auf die Lauer.
Die Ratte kam bei Mondenschein,
Roch an der Falle und ging hinein.

Drauf sprach die Jule zu dem Tiere:
Du Mutter der Verfressenheit,
Wer hilft mir nun, wenn ich studiere?
Wer rät mir bei der Schularbeit?
Von meinen Büchern blieben Fetzen,
Du sollst sie, denn du kannsts, ersetzen.
Willst du das tun? Die Ratte will.
Und unsre Jule lächelt still.

Die Ratte, welche alles Wissen
Der Welt in ihrem Magen trug,
Hat auf dem Schreibtisch sitzen müssen,
Sobald das Kind sein Heft aufschlug.
Sie ließ die flinken Augen eilen
Über die hingeklecksten Zeilen,
Und wo die Jule falsch geglaubt,
Da schüttelt sie ihr graues Haupt.

Oder die Jule spricht: ist 7
Und 1 wohl 8? Die Ratte nickt.
So hat die Jule 8 geschrieben
Und hat dafür ein Lob gekriegt.
Und wenn sie nicht mal raten wollte
Und sich nur faul aufs Sofa rollte,
Dann trug die Ratte ganz allein
Mit tintigem Schwanz die Antwort ein.

So gings zuhaus. Doch in der Schule,
Wie ging es da? Geduld, Geduld.
Beim Unterricht, da hatte Jule
Die weise Ratte unterm Pult.
Und ließ die Lösung aller Fragen
Sich heimlich von der Ratte sagen
Und schrieb nie Aufsatz noch Diktat
Ohne die Ratte und ihren Rat.

Der Lehrer prüfte allzu gerne
Die Jule vor der Schülerschar.
Er glaubte, daß sie fleißig lerne,
Was leider nicht die Wahrheit war.
Dann rief er freudig: danke, Janke.
Die Ratte grinste in der Banke.
Und Jule setzt sich wieder hin,
Pampig wie eine Königin.

Die Knospen waren aufgesprungen.
Es kam der Mai und kam die Zeit
Der großen Rattenwanderungen.
Und alle machten sich bereit.
Sie krochen, nimmermehr zu zählen,
Aus Küchen, Kellern und Kanälen
Und saßen schweigend, Ratz an Ratz,
Im Mondlicht auf dem Bahnhofsplatz.

Und Jules Ratte mit den andern
Bestieg den Zug um 9 Uhr 4,
Um nach Granada auszuwandern.
Dort wurde sie ein großes Tier.
Sie schrieb ein Buch, gelobt von allen,
Über den Bau von Katzenfallen
Und eine komplizierte Schrift
Zum Thema Rattengegengift.

Ihr könnt euch denken, wie der Jule
Das faule Herz im Halse stak,
Als nächsten Morgens auf dem Stuhle
Ein eng beschriebener Zettel lag:
Dies halbe Jahr mocht ich dir schenken,
Jetzt mußt du wieder selber denken.
Ergebenst, Piep. Mit trübem Sinn
Ging Jule nach der Schule hin.

Der Schulrat kam just an dem Tage
Mit einer ganzen Kommission.
An Jule ging die erste Frage.
Die Jule sagte keinen Ton.
Denn da saß niemand, ihr zu zeigen,
Was sie nicht wußt. Der Rest war Schweigen.
Der Schulrat murmelt: Das ist ja
Das dümmste Mädchen, das ich sah.

Jetzt sieht man Jule, tief die Locken
In Berge von Papier getaucht,
In einer Bücherhalle hocken.
Es ist ihr Kopf, was da so raucht.
Nur eigene Weisheit macht den Weisen.
Ratgeber können mal verreisen.
Der kluge Freund läßt dich im Stich.
Dann fragst du wen?

Dann fragst du dich.

1986

XVIII.

Ende der Kindheit

Das Ende der Kindheit – lange Zeit eher ein Problem von juristischer und berufspraktischer Bedeutung – wird in der Literatur des bürgerlichen Zeitalters zum brisanten Augenblick der Erfahrung von Zeit und Vergänglichkeit. Die zeitgenössische Autobiographik registriert dieses Ende tatsächlich immer wieder als »Augenblick«, als Blitz der Selbsterkenntnis, als Wahrnehmungsschock. »Von diesem Augenblick an genoß ich keines ungemischten Glückes mehr, und ich fühle es jetzt noch, daß das Andenken an den Reiz der Kindheit hier aufhört«, heißt es in Rousseaus *Bekenntnissen.*

Das Ende der Kindheit erscheint als Verlust der Unschuld. Relativ deutlich sprechen davon die populären Spottverse auf das junge Mädchen, dessen Rock »vorne viel zu kurz und hinten viel zu lange« ist – das Kind kriegt ein Kind. Raffinierter spielt die anakreontische Lyrik mit der Vorstellung vom Verlust der kindlichen Unschuld: »Schön ists: o wär es doch erlaubt! / Wie schön muß es erst sein, wenn man sie ganz uns raubt!« (Christian Felix Weisse) Überhaupt sind es immer wieder die kleinen Mädchen, die in den Gedichten ihre Kinderunschuld und -einfalt verlieren: die Töchterchen oder die phantasmagorierten Kinder-Geliebten: »Sie war doch sonst ein wildes Blut, / Nun geht sie tief in Sinnen.« (Storm)

Mit dem »Ende der Kindheit« kann sich auch die früheste Erfahrung der Vergänglichkeit der Zeit verbinden: »So wie ein Tropfen in dem Bach, / Folgt in der Zeit / Ein Augenblick dem andern nach / Ins Meer der Ewigkeit.« (Chr. F. Weisse) Aus dem modernen *Vanitas*-Gefühl zieht das bürgerliche Zeitalter allerdings lebenspraktische Konsequenzen: »Wie viel verscherzt' ich schon, wie viel! / Sie sind dahin! / Weg Tändelei und Puppenspiel, / Da ich kein Kind mehr bin!« Mit der Kindheit, so sagen es die Gedichte, ist auch die Zeit des Spielens, des Tändelns, der unernsthaften Geschäfte vorbei. In der Romantik setzen sich hingegen die melancholischen Töne durch: Der Abschied von der Kindheit, ein unvermeidbarer Abschied, wird zum Abbild anderer Abschiede: »Der Herbstwind schüttelt die Linde, / Wie geht die Welt so geschwinde! / Halte dein Kindlein warm. / Der Sommer ist hingefahren, / Da wir zusammen waren – / Ach, die sich lieben, wie arm!« (Eichendorff) Das Gefühl des Schmerzes und der Trauer bestimmt auch in der Zeit um 1900 den Blick der Dichter auf das Ende der Kindheit – so in Rilkes »Die Konfirmanden« oder, kesser, in Erich Kästners »Zur Fotografie eines Konfirmanden«: »Die Kindheit starb; nun trägt er Trauer / und hat den Anzug schwarz gewählt.« Und in populären Glückwunschtexten und Albumversen blühen Rührung und die Wonne der Tränen.

Auch in der Lyrik der Zeit nach 1945 sind einige der sprechendsten Kindheitsgedichte dem Ende der Kindheit gewidmet – bei Marie Luise Kaschnitz, die das flotte »Aus Kindern / Werden Leute« in des Wortes trauriger Bedeutung ernst nimmt, oder bei Nelly Sachs, in deren Versen die Kinder weiterleben, deren Kindheit in den Lagern im »Wind des Sterbens« unterging. Die Poesie tut sich, wie es scheint, mit einem schönen Ende der Kindheit schwer.

Petersiljen, Soppenkruut

Plattdeutscher Kinderreim

Petersiljen, Soppenkruut
Wasst in usem Garen,
Use Antjen de is Bruut,
Schall nig lang meer waren,
Dat se na der Karken geit
Un den Rok in Folen sleit.
Roen Win un witten Win,
Morgen schal de Hochtid sin.

Bremen 1836. Spottvers auf ein Mädchen, das heiraten muß. Sie kann die Schwangerschaft schon nicht mehr verbergen, sie muß den Rock in Falten schlagen, wenn sie in die Kirche geht.

Christian Felix Weisse

Die Unschuld

Mutter

Ja, liebes Kind, bisher hab ich dich selbst bewacht:
Nun bist du sechzehn Jahr, nun nimm dich selbst in Acht!
Flieh aller falschen Schäfer List:
Sie sagen dir, wie schön du bist,
Wie sehr ihr Herz von dir entzündet ist!
Doch darfst du ihnen niemals traun,
Und schwören sie, auf ihren Schwur nicht baun;
Denn wenn man ihnen nur den mindsten Kuß erlaubt,
So ist uns schon die Unschuld halb geraubt!

Tochter

So, Mutter, gings euch so? ei warum sagtet ihr
Mir dieses nicht schon längst: was kann ich nun dafür,
Daß sie mir halb geraubet ist?
Denn Damon hat mich, welche List!
Zehnmal, ja hundertmal geküßt.
Schön ists: o wär es doch erlaubt!
Wie schön muß es erst sein, wenn man sie ganz uns raubt!
Sagt Mutter, wie mans macht; sonst schweig ich etwan still,
Wenn Damon kömmt, und mir sie rauben will.

Aus Weisses Scherzhafte Lieder, *1758.*

Gottlob Wilhelm Burmann

Gesinnungen eines kleinen verständigen Mädchens

Daß ich mit meinen Puppen spiele
Und tausend Kinderfreuden fühle
Bringt meine Jugend noch so mit;
Man darf ja tändeln, spielen, lachen,
Und tausend Puppen fertig machen
Eh man die Kinderschuh vertritt.

Was ich für schöne Schäfer habe!
Hirtinnen mit dem bunten Stabe
Und Bräutigam und Braut sind mein!
Ich habe Grafen und Gräfinnen
Und Mädchen, welche nähn und spinnen:
Sollt ich mich nicht darüber freun?

Doch etwas fängt mich an zu kränken,
Die Puppen können ja nichts denken –
O Schade, daß ich sie geküßt;
Geschwinde gebt mir Buch und Nadel,
O ich verdiene Spott und Tadel,
Geliebt zu haben, was nichts ist!

Schon in den ersten Kindheits Jahren
Will ich des Lebens Wert erfahren
Und mich an bessern Sachen freun,
Kein Spielwerk soll mein Herz mehr rühren:
Die Zeit als Kind nicht zu verlieren:
Soll meines Alters Ernte sein!

Aus Burmanns Kleine Lieder für kleine Mädchen und Jünglinge, *1777.*

Christian Felix Weisse

Die Zeit

So wie ein Tropfen in dem Bach,
Folgt in der Zeit
Ein Augenblick dem andern nach
Ins Meer der Ewigkeit.

Der itzt noch gegenwärtig war,
(Schon itzt nicht mehr!)
Entflieht für mich auf immerdar
Ohn alle Wiederkehr.

Wie muß mir jeder Augenblick
Unschätzbar sein!
Leg ich ihn ungenützt zurück,
Niemals bring ich ihn ein.

Wie viel verscherzt ich schon, wie viel!
Sie sind dahin!
Weg Tändelei und Puppenspiel,
Da ich kein Kind mehr bin!

Aus Weisses Lieder für Kinder, *1769.*

Clemens Brentano

Sonett

Es saß ein Kind ganz still zu meinen Füßen,
Und spielte froh mit freundlichen Gedanken,
Es blickt mich an, bis ihm die Blicke sanken,
Und goldne ferne Lande sich erschließen,

Von allen Seiten dringt ein süßes Grüßen,
Das alte Leben muß nun abwärts wanken,
Daß neue frohe Zweige grün umranken
Und rund umher ihm zarte Blumen sprießen.

Das Kind erwacht, und fraget mich mit Bangen,
Ob andern wohl ein solcher Traum gelinge,
Ob ich's allein mit Zauberei umfangen,

Daß dankbar es die Arme um mich schlinge.
Da rötet mir Verwunderung die Wangen
Woher das Kind die kühne Frag' erschwinge.

Joseph von Eichendorff

Zum Abschied

Der Herbstwind schüttelt die Linde,
Wie geht die Welt so geschwinde!
Halte dein Kindlein warm.
Der Sommer ist hingefahren,
Da wir zusammen waren –
Ach, die sich lieben, wie arm!

Wie arm, die sich lieben und scheiden!
Das haben erfahren wir beiden,
Mir graut vor dem stillen Haus.
Dein Tüchlein noch läßt du wehen,
Ich kanns vor Tränen kaum sehen,
Schau still in die Gasse hinaus.

Die Gassen schauen noch nächtig,
Es rasselt der Wagen bedächtig –
Nun plötzlich rascher der Trott
Durchs Tor in die Stille der Felder,
Da grüßen so mutig die Wälder,
Lieb Töchterlein, fahre mit Gott!

Ludwig Uhland

Wunder

Sie war ein Kind vor wenig Tagen,
Sie ist es nicht mehr, wahrlich nein!
Bald ist die Blume aufgeschlagen,
Bald hüllt sie halb sich wieder ein.
Wen kann ich um das Wunder fragen?
Wie? oder täuscht mich holder Schein?
Sie spricht so ganz mit Kindersinne,
So fromm ist ihrer Augen Spiel;
Doch großer Dinge werd' ich inne,
Ich schau' in Tiefen ohne Ziel.
Ja, Wunder sind's der süßen Minne,
Die Minne hat der Wunder viel.

1805, an die vierzehnjährige Caroline Schott.

Eduard Mörike

Erinnerung

An C. N.

Jenes war zum letztenmale,
Daß ich mit dir ging, o Clärchen!
Ja, das war das letztemal,
Daß wir uns wie Kinder freuten.

Als wir eines Tages eilig
Durch die breiten, sonnenhellen,
Regnerischen Straßen, unter
Einem Schirm geborgen, liefen;
Beide heimlich eingeschlossen
Wie in einem Feenstübchen,
Endlich einmal Arm in Arme!

Wenig wagten wir zu reden,
Denn das Herz schlug zu gewaltig,
Beide merkten wir es schweigend,
Und ein jedes schob im stillen
Des Gesichtes glühnde Röte
Auf den Widerschein des Schirmes.
Ach, ein Engel warst du da!
Wie du auf den Boden immer
Blicktest, und die blonden Locken
Um den hellen Nacken fielen.

»Jetzt ist wohl ein Regenbogen
Hinter uns am Himmel«, sagt ich,
»Und die Wachtel dort im Fenster,
Deucht mir, schlägt noch eins so froh!«

Und im Weitergehen dacht ich
Unsrer ersten Jugendspiele,
Dachte an dein heimatliches
Dorf und seine tausend Freuden.
– »Weißt du auch noch«, frug ich dich,
»Nachbar Büttnermeisters Höfchen,
Wo die großen Kufen lagen,
Drin wir sonntags nach Mittag uns
Immer häuslich niederließen,
Plauderten, Geschichten lasen,

Während drüben in der Kirche
Kinderlehre war – (ich höre
Heute noch den Ton der Orgel
Durch die Stille ringsumher):
Sage, lesen wir nicht einmal
Wieder wie zu jenen Zeiten
– Just nicht in der Kufe, mein ich –
Den beliebten Robinson?«

Und du lächeltest und bogest
Mit mir um die letzte Ecke.
Und ich bat dich um ein Röschen,
Das du an der Brust getragen,
Und mit scheuen Augen schnelle
Reichtest du mirs hin im Gehen:
Zitternd hob ichs an die Lippen,
Küßt es brünstig zwei- und dreimal;
Niemand konnte dessen spotten,
Keine Seele hats gesehen,
Und du selber sahst es nicht.

An dem fremden Haus, wohin
Ich dich zu begleiten hatte,
Standen wir nun, weißt, ich drückte
Dir die Hand und –

Dieses war zum letztenmale,
Daß ich mit dir ging, o Clärchen!
Ja, das war das letztemal,
Daß wir uns wie Kinder freuten.

1822

Mörike hat das Gedicht im Alter von 18 Jahren für seine gleichaltrige Cousine und Kinderliebe Clärchen Neuffer geschrieben, die damals kurz vor ihrer Verlobung stand.

Eduard Mörike

Zum zehnten Dezember

»Sie ist mündig!« Sagt mir, Leute,
Wie versteh ich dieses Wort?
Ach ein Kind war sie bis heute,
Bleibt sie das nicht immerfort?

Hingen denn vor einem Jahre
Um dies Morgenangesicht
Kindlicher die blonden Haare
Und in goldenerem Licht?

Zögen heut zu diesem Herzen,
Fromm geartet, hold und rein,
Andre Freuden, andre Schmerzen,
Ganz ein neues Wesen ein?

Und zu glänzen allerorten,
Würde sie der großen Welt,
An Gebärde, Sitt und Worten
Ihren Schwestern gleichgestellt?

Nein! ein Engel dieser Erden
Ohne Wandel bleibet sie.
Eine Fürstin kann sie werden,
Eine Dame wird sie nie!

Zum 25. Geburtstag der Schwester Clara 1841 geschrieben. Mädchen wurden damals in Württemberg an diesem Tag volljährig.

Theodor Storm

Die Nachtigall

Das macht, es hat die Nachtigall
Die ganze Nacht gesungen;
Da sind von ihrem süßen Schall,
Da sind in Hall und Widerhall
Die Rosen aufgesprungen.

Sie war doch sonst ein wildes Blut;
Nun geht sie tief in Sinnen,
Trägt in der Hand den Sommerhut
Und duldet still der Sonne Glut,
Und weiß nicht, was beginnen.

Das macht, es hat die Nachtigall
Die ganze Nacht gesungen;
Da sind von ihrem süßen Schall,
Da sind in Hall und Widerhall
Die Rosen aufgesprungen.

um 1850

Conrad Ferdinand Meyer

Liebesflämmchen

Die Mutter mahnt mich abends:
»Trag Sorg zur Ampel, Kind!
Jüngst träumte mir von Feuer –
Auch weht ein wilder Wind.«

Das Flämmchen auf der Ampel,
Ich lösch es mit Bedacht,
Das Licht in meinem Herzen
Brennt durch die ganze Nacht.

Die Mutter ruft mich morgens:
»Kind, hebe dich! ’s ist Tag!«
Sie pocht an meiner Türe
Dreimal mit starkem Schlag

Und meint, sie habe grausam
Mich aus dem Schlaf geschreckt –
Das Licht in meinem Herzen
Hat längst mich aufgeweckt.

1882

Rainer Maria Rilke

Die Konfirmanden

(Paris, im Mai 1903)

In weißen Schleiern gehn die Konfirmanden
tief in das neue Grün der Gärten ein.
Sie haben ihre Kindheit überstanden,
und was jetzt kommt, wird anders sein.

O kommt es denn! Beginnt jetzt nicht die Pause,
das Warten auf den nächsten Stundenschlag?
Das Fest ist aus, und es wird laut im Hause,
und trauriger vergeht der Nachmittag...

Das war ein Aufstehn zu dem weißen Kleide
und dann durch Gassen ein geschmücktes Gehn
und eine Kirche, innen kühl wie Seide,
und lange Kerzen waren wie Alleen,
und alle Lichter schienen wie Geschmeide,
von feierlichen Augen angesehn.

Und es war still, als der Gesang begann:
Wie Wolken stieg er in der Wölbung an
und wurde hell im Niederfall; und linder
denn Regen fiel er in die weißen Kinder.
Und wie im Wind bewegte sich ihr Weiß,
und wurde leise bunt in seinen Falten
und schien verborgne Blumen zu enthalten –:
Blumen und Vögel, Sterne und Gestalten
aus einem alten fernen Sagenkreis.

Und draußen war ein Tag aus Blau und Grün
mit einem Ruf von Rot an hellen Stellen.
Der Teich entfernte sich in kleinen Wellen,
und mit dem Winde kam ein fernes Blühn
und sang von Gärten draußen vor der Stadt.

Es war, als ob die Dinge sich bekränzten,
sie standen licht, unendlich leicht besonnt;
ein Fühlen war in jeder Häuserfront,
und viele Fenster gingen auf und glänzten.

Franz Werfel

Der Kinderfreund

Der Herr Professor griff heute mürrisch dankend an den Hut,
Und seine Brillengläser glänzten nicht mehr freundlich und gut.

Und doch weiß ich: Als man mich noch im Kinderwagen durch den Stadtpark fuhr,
Wartete er auf mich nachmittags täglich um zwei Uhr.

Man erzählt mir auch: Dieser so gelehrte Mann
Stand vor dem weißen Wagen, trieb allerlei Unsinn und strengte sich an,

Mich zum Lachen zu bringen, machte Duziduziduz, neigte sich auf und ab,
Kaufte mir Zuckerstangen, sprach komische Worte und lief nebenher im Trab.

O wie vergaß ich das! Nur manchmal zart und kaum
Denke ich an einen letzten weiten Traum.

An Augenbrauen, an Bart und Brille, ganz verwischt und weit,
An Himmel, Baumkronen und an eine unbekannte Bangigkeit.

Sie sagen auch: Ich hatte Furcht; kam er, weinte ich schon.
Und da ging er oft betrübt und bedächtigen Schrittes davon.

Heute sah ich den Professor. O Brille, Bart und altes Gesicht!
Aber es regnete. Er war verdrießlich und erkannte den Liebling nicht!

1911

Schuleintritt und Schulaustritt

Aus einem Kinderheftchen

Mein Herzchen schlug in bangen Sorgen,
Als an der treuen Mutterhand
An einem schönen Maienmorgen
Ich zagend vor der Schule stand.

Ich fühlte meine Tränen fließen,
Da man zu *bleiben* mir befahl,
Und als ich dann die Tür sah schließen,
Schien mir das Leben eine Qual.

An einem schönen Maienmorgen
Reicht' ich dem Lehrer meine Hand,
Ihm, dessen Lieb' und treues Sorgen
Mir helfend stets zur Seite stand.

Ich fühlte heiße Tränen fließen,
Als er mich Gottes Schutz empfahl,
Und als ich sah die Türe schließen
Da war der *Abschied* eine Qual.

um 1910

Wenn einst nach langen Jahren

Stammbuchvers

Wenn einst nach langen Jahren
Mein Name wird genannt,
So denke Du und sage:
»Die hab' ich auch gekannt!«
Und wenn die Zeit entschwindet,
Wenn man auch mein vergißt,
So kannst Du hier noch finden
Von wem dies Verschen ist.

Aus einem Kinderbüchlein mit Mustertexten für Stammbuchverse, um 1900.

Ich hab dich lieb. Mit dir sei alles Glück!

Konfirmationsglückwunsch

Ich hab dich lieb! Mit dir sei alles Glück!
So tönt's heut aus der Glocken ehernem Munde.
Du läßt die Kinderzeit nun weit zurück,
O – denke immer an die ernste Stunde.
Und wenn im Leben Hoffnung dir nur blieb:
Mit dir sei doch das Glück! Ich hab dich lieb!

Glückwunschkarte zur Konfirmation eines Mädchens, um 1900.

Erich Kästner

Zur Fotografie eines Konfirmanden

Da steht er nun, als Mann verkleidet,
und kommt sich nicht geheuer vor.
Fast sieht er aus, als ob er leidet.
Er ahnt vielleicht, was er verlor.

Er trägt die erste lange Hose.
Er spürt das erste steife Hemd.
Er macht die erste falsche Pose.
Zum ersten Mal ist er sich fremd.

Er hört sein Herz mit Hämmern pochen.
Er steht und fühlt, daß gar nichts sitzt.
Die Zukunft liegt ihm in den Knochen.
Er sieht so aus, als hätt's geblitzt.

Womöglich kann man noch genauer
erklären, was den Jungen quält:
Die Kindheit starb; nun trägt er Trauer
und hat den Anzug schwarz gewählt.

Er steht dazwischen und daneben.
Er ist nicht groß. Er ist nicht klein.
Was nun beginnt, nennt man das Leben.
Und morgen früh tritt er hinein.

Erich Kästner

Mädchens Klage

(Dem Wohnungsamt gewidmet)

Wir wohnen Hinterhaus. Im vierten Stock.
Ich kriege schon die ersten Achselhaare.
Mein Bruder will mir manchmal untern Rock.
Und nächsten Juli bin ich vierzehn Jahre.

Wir haben bloß ein Zimmer, wo wir schlafen
und trotzdem einen fest möblierten Herrn.
Der ähnelt sonntags einem schönen Grafen.
Und gibt mir Geld. Da tut man manches gern.

Herr Lehrer Günther könnte mir gefallen.
Beim Turnen zieh ich drunter nicht viel an.
Erst gestern sagte er den andern allen,
wie gut ich mit den Keulen schwingen kann ...

Wenn wir Herrn Günther bei uns wohnen hätten!
Geld oder sowas nähm ich von ihm keins.
Wir lägen nachts fast in denselben Betten
und Ostern kriegte ich in »Sittlichkeit« die Eins!

Wenn ich bei uns zuhaus am Fenster sitze
und auf die Straße sehe, ist das weit!
Da spuck ich dann nach der Laternenspitze.
Und wenn mein Bruder mitspuckt, gibt es Streit.

Wenn niemand da ist, hab ich meine Ruh
und lese in der Bibel von der Liebe.
Vorgestern kam die Mutter grad dazu.
Sie fragte diesmal gar nicht, was ich triebe.
Mitunter fragt sie nämlich, was ich tu.
Dann setzt es Hiebe.

1928

Nelly Sachs

O der weinenden Kinder Nacht!

O der weinenden Kinder Nacht!
Der zum Tode gezeichneten Kinder Nacht!
Der Schlaf hat keinen Eingang mehr.
Schreckliche Wärterinnen
Sind an die Stelle der Mütter getreten,
Haben den falschen Tod in ihre Handmuskeln gespannt,
Säen ihn in die Wände und ins Gebälk –
Überall brütet es in den Nestern des Grauens.
Angst säugt die Kleinen statt der Muttermilch.

Zog die Mutter noch gestern
Wie ein weißer Mond den Schlaf heran,
Kam die Puppe mit dem fortgeküßten Wangenrot
In den einen Arm,
Kam das ausgestopfte Tier, lebendig
In der Liebe schon geworden,
In den andern Arm, –
Weht nun der Wind des Sterbens,
Bläst die Hemden über die Haare fort,
Die niemand mehr kämmen wird.

1946

Marie Luise Kaschnitz

Aus Kindern

Aus Kindern
Werden Leute
Aus den reizenden
Deutschen Kindern
Fleißige Leute
Mit Kurznacken
Krummrücken
Hamsterbacken
Da gehen sie
Plumpen Schrittes
Vom Wirtshaus
Zum Dampfersteg
An ihrer Seite
Reizende Kinder.

um 1970

Ilse Aichinger

Breitbrunn

Es neigen sich
die Tage der Kindheit
den späten Tagen zu.
Und fragst du nach der Heimat,
so sagen alle, die blieben:
Das Gras ist gewachsen.
Aber nichts davon,
daß die gewundenen Wege
die Hügel hinab
aufstanden und seufzten.
Ehe sie sterben,
ziehen die Pfarrer
in andere Dörfer.

1978

Ernst Jandl

ins theater

vater und kind
gehen ins theater.

wenn sie dort sind
beginnt das stück.

ist es aus
gehen sie zurück.

das war ein applaus!
sagen sie zur mutter.

ein anderes mal …

mutter und kind
gehen ins theater.

wenn sie dort sind
beginnt das stück.

ist es aus
gehen sie zurück.

das war ein applaus!
sagen sie zum vater.

ein anderes mal …

vater mutter und kind
gehen ins theater.

wenn sie dort sind
beginnt das stück.

ist es aus
gehen sie zurück.

das war ein applaus!
sagen sie zu einander.

ein anderes mal...

das kind
geht ins theater.

wenn es dort ist
beginnt das stück.

ist es aus
geht das kind zurück.

das war ein applaus!
sagt es zu den eltern.

XIX.

Erinnerte Kindheit

»Ouwe war sint verswunden alliu miniu jar!« Bei Walther von der Vogelweide beginnt die lyrische Klage über den raschen Flug des Lebens. Das alte *Tempus fugit* wird in der Erinnerung an die eigene Kindheit individuell erfahren: das Leben ein Traum? Sehnsucht nach der Kindheit schwingt hier noch nicht mit – sie wird ein großes Thema der Lyrik erst seit dem 18. Jahrhundert. Wo man, um erwachsen zu werden, als Kind verschwinden muß, führt kein Weg mehr zurück: »O wüßt ich doch den Weg zurück, / Den lieben Weg zum Kinderland!« (Klaus Groth) Die Kindheit erscheint als die Zeit der Seligkeit und des Glücks – merkwürdigerweise auch bei Autoren, deren Kindheit so glücklich gar nicht gewesen ist. Das 19. Jahrhundert schwelgt dann geradezu in Erinnerungsseligkeit. Eine Ausnahme auch hier ist Wilhelm Busch, der frech bekennt: »Als ich ein kleiner Bube war / War ich ein kleiner Lump / Zigarren raucht ich heimlich schon / Trank auch schon Bier auf Pump.« Häufig gibt der Besuch der alten Kindheitsorte, auch die Begegnung mit Gegenständen oder Personen aus der Kindheit, Anlaß zur Reflexion: »Und plötzlich steht man wieder in der Stadt, / In der die Eltern wohnen und die Lehrer.« (Erich Kästner) Auch Kästner gibt sich keck: »Man geht, denkt an die kleinen Eisenbetten / und fährt am besten wieder nach Berlin.« Erstaunlich ist, daß Kindheitserinnerungen oft schon im Jugendalter auftauchen: »O ihr Zeiten meiner Jugend! Immer / Matter wird die Erinnerung jetzt schon«, schreibt Bertolt Brecht im Alter von 21 Jahren. Franz Werfel widmet mit 20 Jahren seinem Kinderanzug ein Gedicht. Von beiden Autoren finden sich Erinnerungsgedichte aus sehr viel späterer Zeit – Brechts im Alter von 58 Jahren geschriebenes »Schwierige Zeiten« ist eines der schönsten.

Die Distanz gegenüber dem erinnerten Kind, dem Kindheits-Ich, wird in der modernen Lyrik deutlicher als vorher formuliert. Es scheint, als sei der »Weg zurück« auch in der Erinnerung nicht mehr zu begehen. »Gern zum Beispiel säße ich / auf einer Bank in der Kaserne / von Gleiwitz, läse in einem sehr / vergangenen Feldpostbrief.« (Jochen Lobe) Kindheit im Konjunktiv.

Walther von der Vogelweide

Elegie

Ouwe war sint verswunden alliu miniu jar!
ist mir min leben getroumet, oder ist ez war?
daz ich ie wande ez wære, was daz allez iht?
dar nach han ich geslafen und enweiz es niht.
nu bin ich erwachet und ist mir unbekant
daz mir hie vor was kündic als min ander hant.
mich grüezet maneger trage der mich bekande e wol.
diu welt ist allenthalben ungenaden vol.
daz liute und lant, dar innen von kinde ich bin erzogen,
die sint mir worden frömde als ob ez si gelogen.
die mine gespilen e waren, die sint nu træge und alt.
gebreitet ist daz velt verhouwen ist der walt.
wan daz daz wazzer fliuzet als ez wilent floz,
für war min ungelücke wande ich wurde groz,
als ich gedenke an manigen wünneclichen tac,
die mir sint enpfallen sam in daz mer ein slac,
iemer mere ouwe!

Ouwe wie jæmerliche junge liute tuont,
den e vil wünnecliche ir gemüete stuont!
die kunnen niuwan sorgen, ouwe wie tuont si so?
swar ich zer werlte kere, da ist nieman fro.
nu merkent wie den frouwen ir gebende stat.
ja tragent di stolzen ritter dörpelliche wat.
tanzen, lachen, singen zergat mit sorgen gar,
nie kristen man gesæhe so jæmerliche schar.
uns sint unsenfte brieve her von Rome komen,
uns ist erloubet truren und fröide gar benomen.
daz müet mich inneclichen, (wir lebten e vil wol)
daz ich nu für min lachen weinen kiesen sol.
die vogel in der wilde betrüebet unser klage,
waz wunders ist darumbe ob ich da von verzage?
we, waz spriche ich tumber durch minen boesen zorn,
swer dirre wünne volget, der hat sie dort verlorn,
iemer mer ouwe!

Ouwe wie uns mit süezen dingen ist vergeben!
ich sihe die bittern gallen in dem honege sweben.
diu Welt ist uzen schoene wiz, grüen unde rot,
und innan swarzer varwe, vinster sam der tot.
swen si nu habe verleitet, der schouwe sinen trost,
er wirt mit swacher buoze grozer sünde erlost.
dar an gedenkent, ritter, daz ist iuwer dinc!
ir tragent die liehten helme und manegen herten rinc,
da zuo die vesten schilte und diu gewihten swert.
wolte got, ich wære der segenunge wert.
so wolte ich armman notec verdienen richen solt:
jan meine ich niht die huoben noch der herren golt.
ich wolte sælden krone eweclichen tragen,
die mohte ein soldenære mit sime sper bejagen.
möht ich die lieben reise gevaren noch über se,
so wolte ich denne singen wol únd niemer ouwe,
niemer mer ouwe!

um 1230

Oweh wohin entschwanden alle meine Jahre!
War mein Leben ein Traum, oder ist es Wirklichkeit?
Was ich immer glaubte, es sei – war all das etwas?
Dann habe ich geschlafen, und weiß es nicht.
Nun bin ich erwacht, und ich kenne nicht mehr
was mir zuvor bekannt war wie meine eigene Hand.
Leute und Land, in deren Mitte ich von Kind an aufgezogen worden bin,
die sind mir fremd geworden, als hätte es sie gar nicht gegeben.
Mit denen ich gespielt habe, die sind jetzt müde und alt.
Bebaut ist das Land, gerodet der Wald.
Liefe der Fluß nicht wie er einstens lief –
glaubte ich wahrlich, mein Leid wäre groß.
So mancher grüßt mich überhaupt nicht mehr, der mich einst sehr wohl kannte:
Die Welt ist überall voller Undank.
Wenn ich so manchen strahlenden Tags gedenke
der spurlos mir entglitten ist, wie ins Wasser ein Schlag –
immerdar: oweh.

Oweh wie kümmerlich geben die jungen Leute sich,
die einstmals fröhlich und wohlerzogen waren,
die verstehn sich nur noch auf Sorgen – ach warum sind sie so?
Wohin auch ich mich wende – niemand ist vergnügt:
Tanzen, Lachen, Singen vergehen ganz in Sorgen.
Nie hat ein Christenmensch eine derart klägliche Gesellschaft gesehn.
Man sehe nur, wie den Damen ihr Kopfschmuck steht;
und stolze Ritter tragen bäurische Kleidung!
Böse Briefe sind uns aus Rom gekommen.
Traurigsein ist uns gestattet, Frohsinn ganz genommen.
Das schmerzt mich zutiefst, (wir lebten einst nicht übel),
daß ich jetzt mein Lachen gegen Tränen eintauschen soll.
Selbst die Vögel im wilden Wald werden bedrückt von unsrer Klage:
was Wunder daß auch ich darob alle frohe Stimmung einbüße?
Aber ach, was sage ich Narr da in meiner schlimmen Empörung!
Wer dem Glück dieser Welt nachgeht hat das ewige schon eingebüßt,
immerdar oweh.

Oweh wie wir mit süßen Dingen vergiftet sind!
Ich sehe die bittere Galle inmitten des Honigs schwimmen.
Die Welt ist außen schön, weiß, grün und rot –
und innen von schwarzer Farbe und finster wie der Tod.
Wen aber sie verführt hat, der sehe jetzt auf seine Rettung:
mit geringer Bußleistung wird er von schwerer Sünde erlöst.
Daran denkt, ihr Ritter; es ist eure Sache.
Ihr tragt die strahlenden Helme und die harten Ringpanzer,
und dazu feste Schilde und geweihte Schwerter:
wollte Gott auch *ich* wäre solcher Segnung noch wert!
Dann würde ich in meiner Dürftigkeit mir reichen Lohn erdienen.
Doch damit meine ich keinen Landbesitz noch das Gold der Großen:
die Krone der Seligkeit wollte ich ewig tragen!
Die konnte einst schon ein Söldner mit seiner Lanze erringen.
Könnte ich den ersehnten Zug mitfahren übers Meer,
dann würde ich freudig singen, und niemals mehr oweh,
niemals mehr oweh!

Übersetzung: Peter Wapnewski

Oswald von Wolkenstein

Ich sich und hör

Ich sich und hör,
das mancher klagt verderben seines guetes,
so klag ich neur die jungen tag,
verderben freies muetes,
des ich vor zeiten darinn pflag
und klain empfand, do mich die erde trueg.
Mit kranker stör
haubt, ruck und pain, hend, füess das alter meldet.
was ich verfrävelt hab an not,
her leib, den muetwill geldet
mit plaicher varb und augen rot,
gerumpfen, graw; eur sprüng sind worden klueg.
Mir swärt herz, muet, zung und die trit,
gepogen ist mein gank,
das zittern swecht mir all gelit;
awe ist mein gesank,
dasselb quintier ich tag und nacht,
mein tenor ist mit rümpfen wol bedacht.

Ain kraus, weiss har
von locken dick het ainst mein haubt bedecket,
dasselb plasniert sich swarz und graw,
von schilden kal durchschecket,
mein roter mund wil werden plaw,
darumb was ich der lieben widerzäm.
Plöd, ungevar
sind mir die zend und slaunt mir nicht ze keuen,
und het ich aller welte guet,
ich künd ir nicht verneuen,
noch kauffen ainen freien muet,
es widerfüer mir dann in wanes träm.
Mein ringen und das lauffen snell
hat ainen widersturz,
mit huesten sing ich durch die kel,
der atem ist mir kurz,
und gieng mir not der küelen ert,
seit ich pin worden swach und schier unwert.

Ach jüngelink,
nim war pei dem, tröst dich nicht deiner schöne,
gered noch sterk! halt dich empor
mit gaistlichem gedöne!
wer du ietzund pist, der was ich vor,
kumst du zu mir, dein guet tat reut dich nicht.
Für alle dink
solt ich ietz leben got zu wolgevallen
mit vasten, peten, kirchen gan,
auff knien venien vallen.
so mag ich kainem pei gestan,
seit mir der leib von alter ist enwicht.
Für ainen sich ich allzeit vier,
und hör durch groben stain.
die kinder spotten mein nu schier,
darzue die freulin rain.
mit anewitz ich das verschuld.
nu füeg uns got das end mit seiner huld. Amen.

um 1440

Ich seh und hör,
so mancher klagt, daß sein besitz verdorben.
ich klag nur um die jugendzeit
und daß der mut erstorben,
all meiner jahre lust und leid,
gering geschätzt, da mich die erde trug.
Mich quält nunmehr
haupt, rücken, bein und arm in alters schwächen.
was ich gesündigt hab ohn not,
herr leib, das wollt ihr rächen,
bleich, runzlig, grau, die augen rot.
wie wurden eure sprünge zag und klug,
Wie schwer sind zunge, herz, gemüt,
gebeugt ist all mein gang,
das zittern schwächt mir jedes glied,
»o weh« ist mein gesang.
das sing ich tag, nacht – jederzeit,
und mein tenor erkrächzt in heiserkeit.

Krausblondes haar
in lockenfülle hat mein haupt bedecket,
nun ausgelegt in schwarz und grau,
von schilden kahl durchflecket.
mein roter mund, nun wird er blau.
darum bin ich der liebsten ekelhaft.
Stumpf, unbrauchbar
sind mir die zähne, taugen nicht zum käuen,
und hätt ich alles gut der welt,
ich könnt sie nicht erneuen
noch kaufen lustigkeit für geld.
kaum daß man sie sich noch im traum errafft.
Wenn ich mich mühe, lauf und spring,
es hebt sich auf im sturz,
ein husten ist es, wenn ich sing,
der atem ist mir kurz.
es zerrt mich in die kühle erd,
seit ich geworden schwach und ohne wert.

Ach junger mann,
so acht es wohl und trau nicht deiner stärke
und schönheit! halte dich empor
mit geistlichem gewerke.
der du jetzt bist, war ich zuvor:
kommst du zu mir, die guttat reut dich nicht.
Es käm drauf an,
zu leben jetzt nach gottes wohlgefallen
mit fasten, singen, kirchengehn,
knieend gebete lallen.
ich hab nicht kraft, dir beizustehn,
seit mir das alter meinen leib zerbricht.
Statt einen seh ich allzeit vier
und hör durch groben stein;
und selbst die kinder spotten mir,
die fräulein stimmen ein:
daran ist meine torheit schuld.
jung mann und weib, versäumt nicht gottes huld!

Übersetzung: Hubert Witt

Johann Christian Günther

Die schmerzliche Erinnerung der Jugendjahre

Wo ist die Zeit, die güldne Zeit,
Wo sind die süßen Stunden,
Worin ich von der Eitelkeit
Noch wenig Gram empfunden?
Ich war ein Kind, ich trieb mein Spiel,
Das selbst der Unschuld wohlgefiel,
Und durft an keinem Morgen
Vor Kleid und Nahrung sorgen.

Die Einfalt gab mir Fried und Ruh,
Der Unverstand viel Glücke;
Es satzte mir kein Zweifel zu,
Viel minder Neid und Tücke;
Kein Ehrgeiz plagte Geist und Sinn,
Ich lebt in aller Hoffnung hin
Und fühlte kein Entzünden
Noch unbekannte Sünden.

Ich schwör es, die Zufriedenheit
Der armen Christtagsbürde
War dort von größrer Zärtlichkeit,
Als wenn ich Domherr würde.
Der Eindruck von derselben Lust
Erwacht mir noch in Mark und Brust,
So oft ich nur die Lehre
Des Weihnachttextes höre.

Von Fabeln bei der Rockenzunft
Empfand ich mehr Vergnügen
Als jetzt von Schlüssen der Vernunft,
In welchen Knoten liegen.
Ja, wenn mir auf der Ofenbank
Ein Lied vom deutschen Kriege klang,
So schien die alte Grete
Mein künstlichster Poete.

Ein Garten, den des Vaters Schweiß
Stets vor der Tauzeit netzte,
Versüßte mir den Bücherfleiß,
Womit er mich ergötzte.
Oft war ein Nest voll Vögel da,
Da klang ein froher ἕυρηχα
Als dessen kaum geklungen,
Der aus dem Bad entsprungen.[1]

Die Nachbarskinder ließen mir
Die Ehre, sie zu lenken;
Da spielt- und lacht- und sprungen wir
Auf Rasen, Berg und Bänken.
Was dieser hört und jener sah,
Das in der großen Welt geschah,
Das sucht auch ich mit vielen
Im Kleinen nachzuspielen.

Der Schweden Beispiel weckt einmal
In uns viel Andachtsflammen,
Wir knieten in gehäufter Zahl
Auch öffentlich zusammen;
Der Eifer war mehr Ernst als Schein,
Und unser täglich Himmelschrein
Hat etwa auch viel Plagen
Des Vaterlands verschlagen.

Wie ernstlich war ich dort ein Christ!
Wie brannt oft mein Verlangen,
Dich, der du unser Heiland bist,
Persönlich zu umfangen!
Wie freudig dacht ich an den Tod!
Ach Gott, gedenk einmal der Not,
Vor die ich als ein Knabe
Vorausgebetet habe.

Mit was vor Liebe, Trost und Treu
Konnt eins das andre klagen,
Wenn etwan blinde Tyrannei
Das Stiefkind hart geschlagen!
Wir stritten leicht, doch aller Streit
War stündliche Versöhnlichkeit,
Und von der Eltern Gaben
Mußt jeder etwas haben.

Jetzt lern ich leider allzufrüh
Des Lebens Elend kennen.
Es ist doch nichts als Wind und Müh,
Wornach wir sehnlich rennen;
Es gaukeln Reichtum, Stand und Kunst,
Die Wollust macht nur blauen Dunst,
Und was wir so begehren,
Muß allzeit Reu gebären.

Mein eignes Kreuz ist überhaupt
Ein Bündnüs aller Schmerzen
Und geht mir, weil es niemand glaubt,
Empfindlich tief zu Herzen.
Ach Himmel, mindre meine Qual!
Wo nicht, so laß mich doch einmal
Nur eine Gunst erwerben
Und mehre sie zum Sterben.

1 heureka = »Ich hab's gefunden«: Archimedes nach der Entdeckung der Wasserverdrängung in der Badewanne.

Johann Gaudenz von Salis-Seewis

Die Kinderzeit

O süße Zeit herzinniger Gefühle
Der Kindlichkeit!
Wie denk' ich dein so gern im Weltgewühle,
Du süße Zeit!

Schon ist in Nacht des Lebens viel geschwunden;
Du strahlst von fern
Mir heller stets, wie durch der Dämmrung Stunden
Der Abendstern.

Noch seh' ich Sie, als Kind, in holdem Sinnen,
Nach Veilchen spähn,
Ihr blondes Haar, ihr Lenzgewand von Linnen
Im Winde wehn.

Noch schwebt vor mir die grüne Seidenschleife
Die dort sie trug;
Ich wüßte noch die Farbe jeder Streife
Am Busentuch.

Vom Wiesenplan, wohin wir Knaben kamen
Zum Mädchenkreis,
Behielt ich mehr, als ich vom Kreis der Damen
Nach Tagen weiß.

O süße Zeit! Als ich von Haselhecken
Mein Pferd mir schnitt,
Und rasch einher auf dem gestreiften Stecken
Das Feld durchritt.

Da reizten mich, statt eitler Lorbeerkränze,
Violen nur.
Des Landguts Hag war meiner Wünsche Grenze,
Mein Hof die Flur.

Vergnügt, wenn ich Soldatenheer' aus Bleie
Zur Schau gestellt,
Und stolzer, als vor meiner Krieger Reihe
Im Waffenfeld.

Ganz unbekannt, war, was mein Herz begehrte,
  Zu klein dem Neid.
Mich kümmerten nicht Fürsten, nicht Gelehrte,
  Nicht beider Streit.

O süße Zeit! Durchbebt von Wehmutsschauer
  Gedenk' ich dein;
Den Blick nach dir, getrübt von spätrer Trauer,
  Hellt Abendschein.

Gespielen, wir sind nun verändert, älter
  Und weit zerstreut;
Auch mancher, ach! zu weltklug, höhnt nun kälter
  Die Herzlichkeit.

Weg ist die Bank, wo wir uns Abends setzten,
  Und öd' ihr Raum;
Der niedre Strauch, an dem wir uns ergötzten,
  Erwuchs zum Baum.

Der Zwang zerriß, am fremden Brautaltare,
  Des Herzens Plan,
Und manchen trug die schwarze Totenbahre
  Zum Ziel der Bahn.

Klein ward der Kreis! Die Abendwolken senken
  Sich tief herein;
Wer übrig blieb, muß manchem Angedenken
  Schon Seufzer weihn.

Johann Wilhelm Ludwig Gleim

Die Kinderjahre

O Himmel, wie so glücklich waren
Belind' und ich, in jenen Jahren,
In welchen man im Busen noch nicht heiß,
Von Männern nichts und nichts von Mädchen weiß,
In welchen man nicht suchet, und nicht flieht,
Zufrieden, wenn man nur sich sieht!

Viel Blümchen wurden da gefunden,
Viel Kränze wurden da gewunden,
Die setzten wir bei einem Wettelauf
Uns scherzend dann einander auf,
Und war einmal ein Tänzchen, dann war ich
Um sie herum, und sie um mich!

Damals, als ich die kleine Lose
Beim Taxus fand, und eine Rose
Zum Zierrat ihr an ihren Busen bot,
Da wurde sie zum ersten Mahle rot!
Ein Paradies war ihr verschämt Gesicht;
O Himmel, ich vergess' es nicht!

1765

Novalis

Wie selig war die Zeit der Knabenspiele

Wie selig war die Zeit der Knabenspiele
Als Kummer noch nicht nächtlich mich umschlang;
Und harmlos ich mit glücklichem Gefühle
Für Gegenwart durch Tal und Wiesen sprang
Und flink und froh ich zum gewählten Ziele
Den Wurfpfeil warf und nach dem Kranze rang.
Noch honigsüß sind die Erinnerungen
Und Wunder! daß ich sie noch nie besungen.

1790, im Alter von 18 Jahren geschrieben.

Clemens Brentano

Szene aus meinen Kinderjahren

Oft war mir schon als Knaben alles Leben
Ein trübes träges Einerlei. Die Bilder,
Die auf dem Saal und in den Stuben hingen,
Kannt' ich genau: ja selbst der Büchersaal,
Mit Sandrart, Merian, den Bilderbüchern,
Die ich kaum heben konnte, war verachtet,
Ich hatte sie zum Ekel ausbetrachtet.

So, daß ich mich hin auf die Erde legte,
Und in des Himmels tausendförm'gen Wolken,
Die luftig, Farben wechselnd oben schwammen,
Den Wechsel eines flücht'gen Lebens suchte.
Kein lieber Spielwerk hatt' ich, als ein Glas,
In dem mir alles umgekehrt erschien.
Ich saß oft stundenlang vor ihm, mich freuend,
Wie ich die Wolkenschäfchen an die Erde,
Und meines Vaters Haus, den ernsten Lehrer
Und all mein Übel an den Himmel bannte.
Recht sorgsam wich ich aus, in jenen Höhen
Den kleinen Zaubrer selbst verkehrt zu sehen.

Ich wollte damals alles umgestalten,
Und wußte nicht, daß Änderung unmöglich,
Wenn wir das Äußre, nicht das Innre wenden,
Weil alles Leben in der Waage schwebet,
Daß ewig das Verhältnis wiederkehret,
Und jeder, der zerstört, sich selbst zerstöret.

Dann lernt' ich unsern Garten lieben, freute
Der Blüten mich, der Frucht, des goldnen Laubes
Und ehrte gern des Winters Silberlocken.
An einem Abend stand ich in der Laube,
Von der die Aussicht sich ins Tal ergießt,
Und sah, wie Tag und Nacht so mutig kämpften.

Die Wolken drängten sich wie wilde Heere,
Gestalt und Stellung wechselnd in dem Streite,
Der Sonne Strahlen schienen blut'ge Speere;
Es rollte leiser Donner in der Weite,
Und unentschieden schwankt des Kampfes Ehre
Von Tag zu Nacht, neigt sich zu jeder Seite;
Dann sinkt die Glut, es brechen sich die Glieder,
Es drückt die Nacht den schwarzen Schild hernieder.

Da fühlte ich in mir ein tiefes Sehnen
Nach jenem Wechsel der Natur, es glühte
Das Blut mir in den Adern, und ich wünschte
In einem Tage so den Frühling, Sommer,
Herbst, Winter, in mir selbst, und spann
So weite, weite Pläne aus, und drängte
Sie enge, enger nur in mir zusammen.

Der Tag war hinter Berge still versunken,
Ich wünschte jenseits auch mit ihm zu sein,
Weil er mir diesseits mit dem kalten Lehrer,
Und seinen Lehren, stets so leer erschien.
Der Ekel und die Mühe drückte mich,
Ich blickte rückwärts, sah ein schweres Leben,
Und dachte mir das Nichtsein gar viel leichter.
Dann wünscht' ich mich mit allem, was ich Freude
Und wünschenswertes Glück genannt, zusammen
Vergehend in des Abendrotes Flammen.

Der Gärtner ging nun still an mir vorüber
Und grüßte mich, ein friedlich Liedchen sang er,
Von Ruhe nach der Arbeit, und dem Weibe,
Das freundlich ihn mit Speis und Trank erwarte.

Die Vöglein sangen in den dunkeln Zweigen,
Mit schwachen Stimmen ihren Abendsegen,
Und es begann sich in den hellen Teichen
Ein friedlich monotones Lied zu regen.
Die Hühner sah ich still zur Ruhe steigen,
Sich einzeln folgend auf bescheidnen Stegen.
Und leise wehte durch die ruh'ge Weite,
Der Abendglocke betendes Geläute.

Da sehnt' ich mich nach Ruhe nach der Arbeit,
Und träumte mancherlei von Einfachheit,
Von sehr bescheidnen bürgerlichen Wünschen.
Ich wußte nicht, daß es das Ganze war,
Das mich mit solchem tiefen Reiz ergriff.

Des Abends Glut zerfloß in weite Röte,
So löst der Mühe Glut auf unsern Wangen
Der Schlaf in heilig sanfte Röte auf.
Kein lauter Seufzer hallte schmerzlich wider,
Es ließ ein Leben ohne Kunst sich nieder,
Die hingegebne Welt löst' sich in Küssen,
Und alle Sinne starben in Genüssen.

Da flocht ich trunken meine Ideale,
Durch Wolkendunkel webt' ich Mondesglanz.
Der Abendstern erleuchtet, die ich male,
Es schlingt sich um ihr Haupt der Sternenkranz,
Die Göttin schwebt im hohen Himmelssaale
Und sinkt und steigt in goldner Strahlen Tanz.
Bald faßt mein Aug' nicht mehr die hellen Gluten,
Das Bild zerrinnt in blaue Himmelsfluten.

Und nie konnt' ich die Phantasie bezwingen,
Die immer mich mit neuem Spiel umflocht;
So glaubte ich auf einem kleinen Kahne
In süßer Stummheit durch das Abendmeer
Mit fremden schönen Bildern hinzusegeln.
Und dunkler, immer dunkler ward das Meer,
Den Kahn und mich, und ach, das fremde Bild,
Dem du so ähnlich bist, zog's still hinab.

Ich ruht' in mich ganz aufgelöst im Busche,
Die Schatten spannen Schleier um mein Aug',
Der Mond trat durch die Nacht, und Geister wallten
Rund um mich her, ich wiegte in der Dämmrung
Der Büsche dunkle Ahndungen, und flocht
Aus schwankender Gesträuche Schatten Lauben
Für jene Fremde, die das Meer verschlang.
Und neben mir, in toter Ungestalt,
Lag schwarz wie Grab mein Schatten hingeballt.

Und es schien das tiefbetrübte
Frauenbild von Marmorstein,
Das ich immer heftig liebte,
An dem See im Mondenschein,
Sich mit Schmerzen auszudehnen,
Nach dem Leben sich zu sehnen.

Traurig blickt es in die Wellen,
Schaut hinab mit totem Harm,
Ihre kalten Brüste schwellen,
Hält das Kindlein fest im Arm.
Ach, in ihren Marmorarmen
Kann's zum Leben nie erwarmen!

Sieht im Teich ihr Abbild winken,
Das sich in dem Spiegel regt,
Möchte gern hinuntersinken,
Weil sich's unten mehr bewegt,
Aber kann die kalten, engen
Marmorfesseln nicht zersprengen.

Kann nicht weinen, denn die Augen
Und die Tränen sind von Stein.
Kann nicht seufzen, kann nicht hauchen,
Und erklinget fast vor Pein.
Ach, vor schmerzlichen Gewalten
Möcht' das ganze Bild zerspalten!

Es riß mich fort, als zögen mich Gespenster
Zum Teiche hin, und meine Augen starrten
Aufs weiße Bild, es schien mich zu erwarten,
Daß ich mit heißem Arme es umschlinge,
Und Leben durch den kalten Busen dringe.

Da ward es plötzlich dunkel, und der Mond
Verhüllte sich mit dichten schwarzen Wolken.
Das Bild mit seinem Glanze war verschwunden
In finstrer Nacht. In Büsche eingewunden,
Konnt' ich mit Mühe von der Stelle schreiten.
Ich tappe fort, und meine Füße gleiten,
Ich stürze in den Teich. Ein Freund von mir,
Der mich im Garten suchte, hört den Fall,

Und rettet mich. Bis zu dem andern Morgen
War undurchdringlich tiefe Nacht um mich,
Doch bleibt in meinem Leben eine Stelle,
Ich weiß nicht wo, voll tiefer Seligkeit,
Befriedigung und ruhigen Genüssen,
Die alle Wünsche, alle Sehnsucht löste.

Als ich am Turm zu deinen Füßen saß,
Erschufst du jenen Traum zum ganzen Leben,
In dem von allen Schmerzen ich genas.
O teile froh mit mir, was du gegeben,
Denn was ich dort in deinem Auge las,
Wird sich allein hoch über alles heben.
Und kannst du mir auf jenen Höhen trauen,
So werd' ich bald das Tiefste überschauen.

Ich glaube, daß es mir in jener Nacht,
Von der ich nichts mehr weiß, so wohl erging,
Als ich erwachte, warf sich mir die Welt
Eiskalt und unbeweglich hart ums Herz.
Es war der tötende Moment im Leben,
Du, Tilie, konntst allein den Zauber heben.

Mein Vater saß an meinem Bette, lesend
Bemerkte er nicht gleich, daß ich erwachte.
Es stieg und sank mein Blick auf seinen Zügen
Mit solchem Forschen, solcher Neugierd', daß
Mir selbst vor meiner innern Unruh bangte.
Dann neigte er sich freundlich zu mir hin
Und sprach mit tiefer Rührung: Karl, wie ist dir?
Ich hatte ihn noch nie so sprechen hören,
Und rief mit lauten Tränen aus – O Vater!
Mir ist so wohl, doch, ach! die Marmorfrau –
Wer ist sie? – Wessen Bild? – Wer tat ihr weh?
Daß sie so tiefbetrübt aufs holde Kind,
Und in den stillen See herniederweint?

Mein Vater hob die Augen gegen Himmel,
Und ließ sie starr zur Erde niedersinken,
Sprach keine Silbe und verließ die Stube.
In diesem Augenblicke fiel mein Los.
Ein ew'ger Streit von Wehmut und von Kühnheit,
Der oft zu einer innern Wut sich hob,
Ein innerliches, wunderbares Treiben
Ließ mich an keiner Stelle lange bleiben.

Es war mir alles Schranke, nur wenn ich
An jenem weißen Bilde in dem Garten saß,
War mir's, als ob es alles, was mir fehlte,
In sich umfaßte, und vor jeder Handlung,
Ja fast, eh' ich etwas zu denken wagte,
Fragt' ich des Bildes Widerschein im Teiche.
Entgegen stieg mir hier der blaue Himmel,
Und folgte still wie die bescheidne Ferne,
Der weißen Marmorfrau, die auf dem Spiegel
Des Teiches schwamm. So wie der Wind die Fläche
In Kreisen rührte, wechselte des stillen
Und heil'gen Bildes Wille, und *so* tat ich.

Aus Brentanos Roman Godwi oder das steinerne Bild der Mutter, *1801.*

Joseph von Eichendorff

Der alte Garten

Kaiserkron und Päonien rot,
Die müssen verzaubert sein,
Denn Vater und Mutter sind lange tot,
Was blühn sie hier so allein?

Der Springbrunn plaudert noch immerfort
Von der alten schönen Zeit,
Eine Frau sitzt eingeschlafen dort,
Ihre Locken bedecken ihr Kleid.

Sie hat eine Laute in der Hand,
Als ob sie im Schlafe spricht,
Mir ist, als hätt ich sie sonst gekannt –
Still, geh vorbei und weck sie nicht!

Und wenn es dunkelt das Tal entlang,
Streift sie die Saiten sacht,
Da gibts einen wunderbaren Klang
Durch den Garten die ganze Nacht.

1839

Heinrich Heine

Mein Kind, wir waren Kinder

Mein Kind, wir waren Kinder,
Zwei Kinder, klein und froh;
Wir krochen ins Hühnerhäuschen,
Versteckten uns unter das Stroh.

Wir krähten wie die Hähne,
Und kamen Leute vorbei –
Kikereküh! sie glaubten,
Es wäre Hahnengeschrei.

Die Kisten auf unserem Hofe
Die tapezierten wir aus,
Und wohnten drin beisammen,
Und machten ein vornehmes Haus.

Des Nachbars alte Katze
Kam öfters zum Besuch;
Wir machten ihr Bückling und Knickse
Und Komplimente genug.

Wir haben nach ihrem Befinden
Besorglich und freundlich gefragt;
Wir haben seitdem dasselbe
Mancher alten Katze gesagt.

Wir saßen auch oft und sprachen
Vernünftig, wie alte Leut,
Und klagten, wie alles besser
Gewesen zu unserer Zeit;

Wie Lieb und Treu und Glauben
Verschwunden aus der Welt,
Und wie so teuer der Kaffee,
Und wie so rar das Geld! – – –

Vorbei sind die Kinderspiele,
Und Alles rollt vorbei –
Das Geld und die Welt und die Zeiten,
Und Glauben und Lieb und Treu.

1823/24, mit Widmung für die Schwester Charlotte.

Heinrich Heine

An eine Sängerin

Als sie eine alte Romanze sang

Ich denke noch der Zaubervollen,
Wie sie zuerst mein Auge sah!
Wie ihre Töne lieblich klangen
Und heimlich süß ins Herze drangen,
Entrollten Tränen meinen Wangen –
Ich wußte nicht, wie mir geschah.

Ein Traum war über mich gekommen:
Mir war, als sei ich noch ein Kind,
Und säße still, beim Lämpchenscheine,
In Mutters frommem Kämmerleine,
Und läse Märchen wunderfeine,
Derweilen draußen Nacht und Wind.

Die Märchen fangen an zu leben,
Die Ritter steigen aus der Gruft;
Bei Ronzisvall da gibts ein Streiten,
Da kommt Herr Roland herzureiten,
Viel kühne Degen ihn begleiten,
Auch leider Ganelon, der Schuft.

Durch den wird Roland schlimm gebettet,
Er schwimmt in Blut, und atmet kaum;
Kaum mochte fern sein Jagdhornzeichen
Das Ohr des großen Karls erreichen,
Da muß der Ritter schon erbleichen –
Und mit ihm stirbt zugleich mein Traum.

Das war ein laut verworrnes Schallen,
Das mich aus meinen Träumen rief.
Verklungen war jetzt die Legende,
Die Leute schlugen in die Hände,
Und riefen »Bravo!« ohne Ende;
Die Sängerin verneigt sich tief.

1817/21

Eduard Mörike

Ideale Wahrheit

Gestern entschlief ich im Wald, da sah ich im Traume das kleine
Mädchen, mit dem ich als Kind immer am liebsten verkehrt.
Und sie zeigte mir hoch im Gipfel der Eiche den Kuckuck,
Wie ihn die Kindheit denkt, prächtig gefiedert und groß.
Drum! dies ist der wahrhaftige Kuckuck! – rief ich. – Wer sagte
Mir doch neulich, er sei klein nur, unscheinbar und grau?

1837, im Alter von 33 Jahren geschrieben.

Friedrich Rückert

Aus der Jugendzeit

Aus der Jugendzeit, aus der Jugendzeit
Klingt ein Lied mir immerdar;
O wie liegt so weit, o wie liegt so weit,
Was mein einst war!

Was die Schwalbe sang, was die Schwalbe sang,
Die den Herbst und Frühling bringt;
Ob das Dorf entlang, ob das Dorf entlang
Das jetzt noch klingt?

»Als ich Abschied nahm, als ich Abschied nahm,
Waren Kisten und Kasten schwer;
Als ich wieder kam, als ich wieder kam,
War alles leer.«

O du Kindermund, o du Kindermund,
Unbewußter Weisheit froh,
Vogelsprachekund, vogelsprachekund
Wie Salomo!

O du Heimatflur, o du Heimatflur,
Laß zu deinem heil'gen Raum
Mich noch einmal nur, mich noch einmal nur
Entfliehn im Traum!

Als ich Abschied nahm, als ich Abschied nahm,
War die Welt mir voll so sehr;
Als ich wieder kam, als ich wieder kam,
War alles leer.

Wohl die Schwalbe kehrt, wohl die Schwalbe kehrt,
Und der leere Kasten schwoll,
Ist das Herz geleert, ist das Herz geleert,
Wird's nie mehr voll.

Keine Schwalbe bringt, keine Schwalbe bringt
Dir zurück, wonach du weinst;
Doch die Schwalbe singt, doch die Schwalbe singt
Im Dorf wie einst:

»Als ich Abschied nahm, als ich Abschied nahm,
Waren Kisten und Kasten schwer;
Als ich wieder kam, als ich wieder kam,
War alles leer.«

1817/18. Eines der »Lieblingslieder« des 19. Jahrhunderts – bis in die 80er Jahre in fünfzehn verschiedenen Melodien gesungen.

Ferdinand Gregorovius

Kinderhimmel

Lagst du je auf grünem Hügel
In der lieben Kinderzeit,
Wo die Welt so weit, so weit,
Und der Sinn hat Schwalbenflügel?
Um dich her die Blumendolden,
Felder die in Ähren stehn,
Und, so hoch die Blicke gehn,
Über dir der Himmel golden?

Sahst du wohl im Traumbesinnen
Seltsam da mit einem Mal
Aufgetan die Himmel all,
Und die Paradiese drinnen?
Palm' und Zeder, die sich wiegen,
Burg und Palast wunderbar,
Schwanenweiher blau und klar,
Engel, die mit Harfen fliegen?

Jene Zeit ist lang vergangen,
Kinderwelt sie liegt in Ruh',
Und die Himmel die sind zu,
Tief verschleiert und verhangen.
Abends sitz' ich dir zur Seiten,
Manch Geheimnis tust du kund,
Und ich lausche deinem Mund,
Wenn du sprichst von Kinderzeiten.

Blick' ich dann, versenkt in Träume,
In das Angesicht dir stumm,
Ist's als säh ich wiederum
Öffnen sich die Himmelsräume,
Palm' und Zeder, die sich wiegen,
Burg und Palast wunderbar,
Schwanenweiher blau und klar,
Engel, die mit Harfen fliegen.

Annette von Droste-Hülshoff

An * * *

O frage nicht was mich so tief bewegt,
Seh ich dein junges Blut so freudig wallen.
Warum, an deine klare Stirn gelegt,
Mir schwere Tropfen aus den Wimpern fallen.

Mich träumte einst, ich sei ein albern Kind,
Sich emsig mühend an des Tisches Borden;
Wie übermächtig die Vokabeln sind,
Die wieder Hieroglyphen mir geworden!

Und als ich dann erwacht, da weint' ich heiß,
Daß mir so klar und nüchtern jetzt zu Mute,
Daß ich so schrankenlos und überweis',
So ohne Furcht vor Schelten und vor Rute.

So, wenn ich schaue in dein Antlitz mild,
Wo tausend frische Lebenskeime walten,
Da ist es mir, als ob Natur mein Bild
Mir aus dem Zauberspiegel vorgehalten;

Und all mein Hoffen, meiner Seele Brand,
Und meiner Liebessonne dämmernd Scheinen,
Was noch entschwinden wird und was entschwand,
Das muß ich alles dann in dir beweinen.

1841/42

Detlev von Liliencron

Aus der Kinderzeit

In alten Briefen saß ich heut vergraben,
Als einer plötzlich in die Hand mir fiel,
Auf dem die Jahresziffer mich erschreckte,
So lange war es her, so lange schon.
Die Schrift stand groß und klein und glatt und kraus
Und reichlich untermischt mit Tintenklecksen:
»Mein lieber Fritz, die Bäume sind nun kahl,
Wir spielen nicht mehr Räuber und Soldat,
Türk hat das rechte Vorderbein gebrochen,
Und Tante Hannchen hat noch immer Zahnweh,
Papa ist auf die Hühnerjagd gegangen.
Ich weiß nichts mehr. Mir geht es gut.
Schreib bald und bleibe recht gesund.
Dein Freund und Vetter Siegesmund.«

»Die Bäume sind nun kahl«, das herbe Wort
Ließ mich die Briefe still zusammenlegen,
Gab Hut und Handschuh mir und Rock und Stock
Und drängte mich hinaus in meine Haide.

Friedrich Theodor Vischer

Ist mancher so gegangen

Ist mancher so gegangen
Und hat zurückgedacht,
Wie er mit Kinderwangen
Hier einst gespielt, gelacht.

Wird mancher noch so gehen
Und denken so zurück
Und wird sich selber sehen
In seinem Kindesglück.

Wird stehen, wie ich heute,
An seinem Vaterhaus,
Wo nun die fremden Leute
Zum Fenster schaun heraus,

Wird suchen und wird spähen,
Am hellen Tage blind,
Wird meinen, er müsse sie sehen,
Die alle nicht mehr sind.

Heinrich Hoffmann von Fallersleben

So singe wieder, immer wieder

So singe wieder, immer wieder
In deine Kindheit dich zurück!
Es wollen diese Kinderlieder
Erneu'n Dir nur Dein Jugendglück.

Es lächelt Dir aus jedem Liede
Der blaue Himmel freundlich zu,
Die ganze Welt ist Freud' und Friede,
Um Dich, in Dir nur Still' und Ruh'.

Aus jedem frischen Frühlingshauche
Und Sonnenblick' in Wald und Feld,
Aus jeder Blume, jedem Strauche
Spricht hier zu Dir die Kinderwelt.

O singe nur! In diesen Tönen
Wird schwinden aller Gram und Schmerz,
An allem Lieben, allem Schönen
Erfreut sich wiederum Dein Herz.

Klaus Groth

O wüßt ich doch den Weg zurück

O wüßt ich doch den Weg zurück,
Den lieben Weg zum Kinderland!
O warum sucht ich nach dem Glück
Und ließ der Mutter Hand?

O wie mich sehnet auszuruhn,
Von keinem Streben aufgeweckt,
Die müden Augen zuzutun,
Von Liebe sanft bedeckt!

Und nichts zu forschen, nichts zu spähn
Und nur zu träumen leicht und lind,
Der Zeiten Wandel nicht zu sehn,
Zum zweiten Mal ein Kind!

O zeigt mir doch den Weg zurück,
Den lieben Weg zum Kinderland!
Vergebens such ich nach dem Glück –
Ringsum ist öder Strand!

1854, vertont von Johannes Brahms (op. 86, no. 8).

Wilhelm Busch

Als ich ein kleiner Bube war

Als ich ein kleiner Bube war,
war ich ein kleiner Lump;
Zigarren raucht' ich heimlich schon,
Trank auch schon Bier auf Pump.

Zur Hose hing das Hemd heraus,
Die Stiefel lief ich krumm,
Und statt zur Schule hinzugehn,
Strich ich im Wald herum.

Wie hab' ich's doch seit jener Zeit
So herrlich weit gebracht! –
Die Zeit hat aus dem kleinen Lump
nen großen Lump gemacht.

Conrad Ferdinand Meyer

Die Schlittschuhe

»Hör, Ohm! In deiner Trödelkammer hangt
Ein Schlittschuhpaar, danach mein Herz verlangt!
Von London hast du einst es heimgebracht,
Zwar ist es nicht nach neuster Art gemacht,
Doch damasziert, verteufelt elegant!
Dir rostet ungebraucht es an der Wand,
Du gibst es mir!« Hier, Junge, hast du Geld,
Kauf dir ein schmuckes Paar, wie dir's gefällt!
»Ach was! Die damaszierten will ich, deine:
Du läufst ja nimmer auf dem Eis, ich meine?«
Der liebe Quälgeist läßt mir keine Ruh,
Er zieht mich der verschollnen Stube zu;
Da lehnen Masken, Klingen kreuz und quer
An Bayles staubbedecktem Diktionär,
Und seine Beute schon erblickt der Knabe
In dunkelm Winkel hinter einer Truhe:
»Da sind sie!« Ich betrachte meine Habe,
Die Jugendschwingen, die gestählten Schuhe!
Mir um die Schläfen zieht ein leiser Traum...
»Du gibst sie mir!« ...In ihrem blonden Haar,
Dem aufgewehten, wie sie lieblich war,
Der Wangen edel Blaß gerötet kaum!...
In Nebel eingeschleiert lag die Stadt,
Der See, ein Boden spiegelhell und glatt,
Drauf in die Wette flogen, Gleis an Gleis,
Die Läufer; Wimpel flaggten auf dem Eis...
Sie schwebte still, zuerst umkreist von vielen
Geflügelten wettlaufenden Gespielen –
Dort stürmte wild die purpurne Bacchantin,
Hier maß den Lauf die peinliche Pedantin –
Sie aber wiegte sich mit schlanker Kraft,
Und leichten Fußes, luftig, elfenhaft
Glitt sie dahin, das Eis berührend kaum,
Bis sich die Bahn in einem weiten Raum
Verlor und dann in schmalre Bahnen teilte.
Da lockt' es ihren Fuß in Einsamkeiten,
In blaue Dämmerung hinauszugleiten,
Ins Märchenreich; sie zagte nicht und eilte
Und sah, daß ich an ihrer Seite fuhr,

Nahm meine Hand und eilte rascher nur.
Bald hinter uns verscholl der Menge Schall,
Die Wintersonne sank, ein Feuerball,
Doch nicht zu hemmen war das leichte Schweben,
Der sel'ge Reigen, die beschwingte Flucht,
Und warme Kreise zog das rasche Leben
Auf harterstarrter, geisterhafter Bucht.
An uns vorüber schoß ein Fackellauf,
Ein glüh Phantom, den grauen See hinauf...
In stiller Luft ein ungewisses Klingen,
Wie Glockenlaut, des Eises surrend Singen...
Ein dumpf Getos, das aus der Tiefe droht –
Sie lauscht, erschrickt, ihr graut, das ist der Tod!
Jäh wendet sie den Lauf, sie strebt zurück,
Ein scheuer Vogel, durch das Abenddunkel,
Dem Lärm entgegen und dem Lichtgefunkel,
Sie löst gemach die Hand... o Märchenglück!...
Sie wendet sich von mir und sucht die Stadt,
Dem Kinde gleich, das sich verlaufen hat –
»Ei, Ohm, du träumst? Nicht wahr, du gibst sie mir,
Bevor das Eis geschmolzen?«... Junge, hier.

1882

Rainer Maria Rilke

Ich wollt, sie hätten statt der Wiege

Ich wollt, sie hätten statt der Wiege
mir einen kleinen Sarg gemacht,
dann wär mir besser wohl, dann schwiege
die Lippe längst in feuchter Nacht.

Dann hätte nie ein wilder Wille
die bange Brust durchzittert, – dann
wärs in dem kleinen Körper stille,
so still, wie's niemand denken kann.

Nur eine Kinderseele stiege
zum Himmel hoch so sacht, – ganz sacht…
Was haben sie mir statt der Wiege
nicht einen kleinen Sarg gemacht? –

1896

Georg Trakl

Sebastian im Traum

Für Adolf Loos

1

Mutter trug das Kindlein im weißen Mond,
Im Schatten des Nußbaums, uralten Hollunders,
Trunken vom Safte des Mohns, der Klage der Drossel;
Und stille
Neigte in Mitleid sich über jene ein bärtiges Antlitz

Leise im Dunkel des Fensters; und altes Hausgerät
Der Väter
Lag im Verfall; Liebe und herbstliche Träumerei.

Also dunkel der Tag des Jahrs, traurige Kindheit,
Da der Knabe leise zu kühlen Wassern, silbernen Fischen hinabstieg,
Ruh und Antlitz;
Da er steinern sich vor rasende Rappen warf,
In grauer Nacht sein Stern über ihn kam;

Oder wenn er an der frierenden Hand der Mutter
Abends über Sankt Peters herbstlichen Friedhof ging,
Ein zarter Leichnam stille im Dunkel der Kammer lag
Und jener die kalten Lider über ihn aufhob.

Er aber war ein kleiner Vogel im kahlen Geäst,
Die Glocke lang im Abendnovember,
Des Vaters Stille, da er im Schlaf die dämmernde Wendeltreppe hinabstieg.

2

Frieden der Seele. Einsamer Winterabend,
Die dunklen Gestalten der Hirten am alten Weiher;
Kindlein in der Hütte von Stroh; o wie leise
Sank in schwarzem Fieber das Antlitz hin.
Heilige Nacht.

Oder wenn er an der harten Hand des Vaters
Stille den finstern Kalvarienberg hinanstieg
Und in dämmernden Felsennischen
Die blaue Gestalt des Menschen durch seine Legende ging,
Aus der Wunde unter dem Herzen purpurn das Blut rann.
O wie leise stand in dunkler Seele das Kreuz auf.

Liebe; da in schwarzen Winkeln der Schnee schmolz,
Ein blaues Lüftchen sich heiter im alten Hollunder fing,
In dem Schattengewölbe des Nußbaums;
Und dem Knaben leise sein rosiger Engel erschien.

Freude; da in kühlen Zimmern eine Abendsonate erklang,
Im braunen Holzgebälk
Ein blauer Falter aus der silbernen Puppe kroch.

O die Nähe des Todes. In steinerner Mauer
Neigte sich ein gelbes Haupt, schweigend das Kind,
Da in jenem März der Mond verfiel.

3

Rosige Osterglocke im Grabgewölbe der Nacht
Und die Silberstimmen der Sterne,
Daß in Schauern ein dunkler Wahnsinn von der Stirne des Schläfers sank.

O wie stille ein Gang den blauen Fluß hinab
Vergessenes sinnend, da im grünen Geäst
Die Drossel ein Fremdes in den Untergang rief.

Oder wenn er an der knöchernen Hand des Greisen
Abends vor die verfallene Mauer der Stadt ging
Und jener in schwarzem Mantel ein rosiges Kindlein trug,
Im Schatten des Nußbaums der Geist des Bösen erschien.

Tasten über die grünen Stufen des Sommers. O wie leise
Verfiel der Garten in der braunen Stille des Herbstes,
Duft und Schwermut des alten Hollunders,
Da in Sebastians Schatten die Silberstimme des Engels erstarb.

1914

Arno Holz

Rücktrauer

Fern
auf der Insel
Nurapu
blüht
der Baum Bo.

In seinen Wurzeln … singt die See … durch seine Zweige
ziehen die Sterne.

Auf einem … langen Ast,
mein Gott:
Die
Hirtin und der … Schornsteinfeger?!

Die
kleinen, niedlichen, rotgestöckelten
Schühchen,
der
goldene Hut … die … schwarze Leiter,
der
Hirtenstab.

Ihr … habt also doch … nicht
zurückgefunden?

Ach Gott ja:
wenn man aus Porzellan
ist!

Das alte Stübchen mit dem Spiegeltischchen, das
verschnörkelte Spind aus Mahagoniholz,
der
blaue, trautwarme, gemütliche
Kachelofen!

Großmutters
Tulpen!

Das
waren … noch … Zeiten!

Hier
ruft keine Kuckucksuhr;
hier
duftet kein Lavendeltopf;
hier
braust die See … hier … fliehn die Sterne!

Und
…
ich …
sitze … und … weine
bitterlich!

Aus Phantasus, *1898/99.*

Frank Wedekind

An Berta Maria, Typus Gräfin Potocka

Wie stapften wir einst als Kinder so stramm
Barfuß durch alle Pfützen
Und ließen uns den kalten Schlamm
Hoch über die Knie spritzen!

Wie einst als Kinder durch Hain und Flur,
So stapfen wir heut' durchs Leben;
Der ganze Schlamm der modernen Kultur
Bleibt uns an den Beinen kleben.

Laß dir's nicht schaudern, was ist dabei!
Wir scheuen nicht Ottern und Nattern,
Solang nur der Kopf und die Brust noch frei
Und im Sturm deine Haare flattern!

Erich Kästner

Kleine Führung durch die Jugend

Und plötzlich steht man wieder in der Stadt,
in der die Eltern wohnen und die Lehrer
und andre, die man ganz vergessen hat.
Mit jedem Schritte fällt das Gehen schwerer.

Man sieht die Kirche, wo man sonntags sang.
(Man hat seitdem fast gar nicht mehr gesungen.)
Dort sind die Stufen, über die man sprang.
Man blickt hinüber. Es sind andre Jungen.

Der Fleischer Kurzhals lehnt an seinem Haus.
Nun ist er alt. Man winkt ihm wie vor Jahren.
Er nickt zurück. Und sieht verwundert aus.
Man kennt ihn noch. Er ist sich nicht im klaren.

Dann fährt man Straßenbahn und hat viel Zeit.
Der Schaffner ruft die kommenden Stationen.
Es sind Stationen der Vergangenheit!
Man dachte, sie sei tot. Sie blieb hier wohnen.

Dann steigt man aus. Und zögert. Und erschrickt.
Der Wind steht still, und alle Wolken warten.
Man biegt um eine Ecke. Und erblickt
ein schwarzes Haus in einem kahlen Garten.

Das ist die Schule. Hier hat man gewohnt.
Im Schlafsaal brennen immer noch die Lichter.
Im Amselpark schwimmt immer noch der Mond.
Und an die Fenster pressen sich Gesichter.

Das Gitter blieb. Und nun steht man davor.
Und sieht dahinter neue Kinderherden.
Man fürchtet sich. Und legt den Kopf ans Tor.
(Es ist, als ob die Hosen kürzer werden.)

Hier floh man einst. Und wird jetzt wieder fliehn.
Was nützt der Mut? Hier wagt man nicht, zu retten.
Man geht, denkt an die kleinen Eisenbetten
und fährt am besten wieder nach Berlin.

1928

Franz Werfel

Der Kinderanzug

Mein alter Matrosenanzug! In dem ich noch farbige Spielkugeln fand.
Wie erinnert sich in deinen kindlichen Taschen meine Hand!

Bröseln von Frühstücksbroten, ein kleiner Hufeisenmagnet,
Ein Notizbuch, in dem »Verzeichnis von Lehrern und Mitschülern« steht.

Ich weiß: im Vorderhof stand eine Pumpe ganz in Stroh,
Da waren wir in der Zehnuhrpause froh.

Kruzifix, Kaiserbild, Tafel, Schwamm, Kreide und Stab,
Und die liebe grüne Bank, in die ich ein Loch geschnitten hab'.

Nachmittag um vier Uhr, wie liefen wir aus dem freundlichen Haus
Mit dem Fußball in die braunen zertretenen Wiesen hinaus.

Und es war stark und roh und reißend und toll,
Niemals mehr atmete ich so lange und voll.

Eins fällt mir ein: oft schaut' ich gebückt durch die Beine, wie durch ein Tor,
Und Sonne, Erde und Himmel kamen mir anders und fremder vor. –

1910, im Alter von 20 Jahren geschrieben.

Franz Werfel

Im Haus der Kindheit

Ich trete in den Flur
Scheu von der Straße ein.
Wie waldige Natur
Umfängt mich Finstersein.
Ein wenig bangte mir,
Als sei es fast verrucht,
Daß man im Kind-Quartier
Sich mit sich selbst besucht.

Einst war so groß das Haus,
So turmhaft hoch gebaut.
Jetzt fülle ich es aus.
Mein Schritt tappt viel zu laut.
Mit mattem Scheibenblick
Das Licht noch immer krankt,
Wo sich der Mosaik
Verschlungnes »Salve« rankt.

Beim Stufensteigen hemmt
Den Schuh geheimer Leim.
So eigen ist mir fremd,
So eigen mir daheim.
Ein Geist nicht anders streicht
Ums ärmliche Gelaß,
Weil er von sich vielleicht
Den Nachgeschmack vergaß.

Ich steige steif und scheu
Von Stock zu Stock hinan.
An Türen alt und neu
Führt mich vorbei der Bann.
Hier wohnt der Arzt nicht mehr,
Ich kenn den Klingelknopf.
Auch tickt vom Hof nicht her
Des Goldschmieds Feingeklopf.

Voll fremder Jahreszeit
Und unbekanntem Lärm
Sich Wohn- an Wohnung reiht,
Es riecht nach Milch und Germ.
Mich aber zieht's empor
Zum hohen Bodenraum,
Den hundertmal beschwor
Ein treugebliebner Traum.

Liegt nicht im morschen Loch,
Verpickt von Staub und Pech,
Die Viertelgeige noch,
Mein Dampferchen aus Blech?
Das alte Kindergut,
Es ruft und lockt mich so.
Wie ist mir denn zumut?
Wo bin ich? Bin ich wo?

Noch nie war mir so dumm.
Mich hält ein Schwindel fest.
Und wie von Wind gepreßt,
Kehr ich verwunschen um.
In frischer Straßenluft
Renn ich ein gutes Stück.
Das Kind in seiner Gruft
Bleibt steif und scheu zurück.

1927, im Alter von 37 Jahren geschrieben.

Bertolt Brecht

Oh, ihr Zeiten meiner Jugend

Oh, ihr Zeiten meiner Jugend! Immer
Matter wird Erinnerung jetzt schon.
Leichte Schatten! Weiß getünchte Zimmer!
Und darinnen rot Orchestrion.

In den apfellichten Teichen karpften
Wir gefräßig leicht in windiger Flut
Und in himbeerfarbenen Hemden harpften
Wir am Abend im Melonenhut.

O Gekreisch der schnarrenden Gitarren!
Ach, du himmlisch aufgeblähter Hals!
Hosen, die von Schmutz und Liebe starren!
Und in schleimig grünen Nächten: welch Gebalz!

Schläfrig lungern zwischen Weidenstrunken!
Unter apfelgrünem Himmel, o Tabak!
Ach, wie Tauben fliegend, die vom Kirsch betrunken –
Trauriger endend als ein Rupfensack.

Zartes Lammfleisch du, in steifem Linnen!
Ach, schon sucht dich wild der gute Hirt.
Ja, noch weidest du, und rot darinnen
Sitzt ein Herz, das bald verfaulen wird.

1919, im Alter von 21 Jahren geschrieben.

Bertolt Brecht

Schwierige Zeiten

Stehend an meinem Schreibpult
Sehe ich durchs Fenster im Garten den Holderstrauch
Und erkenne darin etwas Rotes und etwas Schwarzes
Und erinnere mich plötzlich des Holders
Meiner Kindheit in Augsburg.
Mehrere Minuten erwäge ich
Ganz ernsthaft, ob ich zum Tisch gehn soll
Meine Brille holen, um wieder
Die schwarzen Beeren an den roten Zweiglein zu sehen.

1956, im Alter von 58 Jahren geschrieben.

Else Lasker-Schüler

Mutter

O Mutter, wenn du leben würdest,
Dann möcht ich spielen in deinem Schoß.

Mir ist bang und mein Herz schmerzt
Von der vielen Pein.
Überall sprießt Blutlaub.

Wo soll mein Kind hin?
Ich baute keinen Pfad froh,
Alle Erde ist aufgewühlt.

Liebe, liebe Mutter.

1917

Oskar Loerke

In den Tagen Milch und Blut

Zuckerhut und Zimmetrohre
Rochen damals vom Azur
Aus dem Jenseits dicht am Tore
Voller Bann und Geisterschwur.

In des Abends roter Blöße
Schwebten sie gespenstisch an,
Wuchsen aus zu Riesengröße,
Magisch wuchsen Wo und Wann.

Götzentürme, Gräbermale,
Hexenqualm und -Algebra,
Und die krumme Zimmetschale
Zauberschiffes Spriet und Raa.

Immer bleiben sie begraben
Unter weißem Zuckerhut,
Denen wir gehorsamt haben
In den Tagen Milch und Blut.

Braune Zimmetrohre reifen,
Süßholzhaine, um sie her.
Doch die hohlen mürben Pfeifen
Bröckeln, bittern immer mehr.

1930

Peter Huchel

Am Beifußhang

Hier lief ich barfuß einst als Kind
und trug den braunen Kaffeekrug
zur Vesper im Lupinenwind.
Der Beifuß meine Füße schlug.

Hier hielt ich oft am Roggen Rast,
zog Blüten vom Akazienast,
die schmeckten wie der Juni wild.

Und schlief im mittagsblauen Kraut,
das zitterte von Hummeln laut,
von Lerchen überschrillt.

Es rauschte aus dem Klee der Schlaf
und Beifuß meine Füße traf.
Kratzdistel stäubte blind.

Und aus dem Schlaf, der Duft annahm
vom Wind, der aus dem Sommer kam,
und aus dem Schlaf wuchs hoch der Traum
wie Beifuß aus dem Ackersaum.

Musik scholl aus dem Heidekrug.
Und Knecht und Magd, im Sensenzug,
sie zogen durch das Erntetor.
Den Strohkranz hielt ein Kind empor.

Durchs Tor fuhr auch der Bindebaum,
der trug das wilde Gras vom Traum.

Im Gras saß ich, mit müdem Haar,
das gelb verschlafen von Lupinen war.

1932

Marie Luise Kaschnitz

Kindheit

Der Kindheit Vogel ruft im lichten Haine
So leise, ach so unerreichbar weit
Der Faulbaum duftet und die Wiesenraine
Sind wie mit Sternentalern überstreut.

Wir hatten einst ein Haus im Lebensbaume
Das ist nicht mehr, ob auch der Stamm noch ragt
Und in dem dunkeln bitterkühlen Raume
Der Wind gleich einer Geisterstimme klagt.

Wir ritten einst auf einem kleinen Pferde
Sein Hufschlag ging so weich im tiefen Sand.
Der ist nicht mehr, der uns zu reiten lehrte
Und ruhig in des Kreises Mitte stand.

O strenger Klang der Geigen in der Stille,
Zum Fenster schlichen wir im Mondesstrahl
Auf Wald und Garten lag des Lichtes Fülle
Und Stimmen wogten aus dem Gartensaal.

Um Stall und Scheuer huschten dunkle Schatten
Am Brunnenrohre lag ein weißer See
Und zu der Lache drängten sich die Ratten
Und tranken gierig und verschwanden jäh.

O hüte dich, der Kindheit nachzusinnen
So schaurig ist's im tiefen stillen Tal
Der ersten Freude Glanz wirst du gewinnen
Doch auch des ersten Grauens bittre Qual.

Noch ist's wie ehedem. Die Blüten wehen
Der Kuckuck ruft im tiefen Waldesdicht,
Dem Schmerz, der Lust ein Ende abzusehen
Wir lernten's nicht.

1938

Gottfried Benn

Es ist ein Garten, den ich manchmal sehe

Es ist ein Garten, den ich manchmal sehe
östlich der Oder, wo die Ebenen weit,
ein Graben, eine Brücke, und ich stehe
an Fliederbüschen, blau und rauschbereit.

Es ist ein Knabe, dem ich manchmal trauere,
der sich am See in Schilf und Wogen ließ,
noch strömte nicht der Fluß, vor dem ich schauere,
der erst wie Glück und dann Vergessen hieß.

Es ist ein Spruch, dem oftmals ich gesonnen,
der alles sagt, da er dir nichts verheißt –
ich habe ihn auch in dies Buch versponnen,
er stand auf einem Grab: »tu sais« – du weißt.

1955

Ilse Aichinger

Meiner Großmutter

Die Doppeltüren
in den Modenapark,
die Frage
nach dem Ursprung,
nach den Religionen,
die Salesianergasse,
die Frau Major Schultz,
die Excellenz Zwitkowitsch,
das Erschrecken,
die Demut,
die Abhängigkeit,
das Fräulein Belmont,
die Zuflucht,
der fremde Flur,
das Tor,
das aufspringt,
der tolle Hund,
erschrick nicht,
er ist weiß,
noch klein
und läuft vorbei.

1974

Jochen Lobe

Die rote Woge der Kindheit

gern zum Beispiel säße ich
auf einer Bank in der Kaserne
von Gleiwitz, läse in einem sehr
vergangenen Feldpostbrief
und dächte nach über die rote Woge
der Kindheit im Kastanienbaum
der aufrauscht im Wind
und Ungenaues erzittern läßt
zwischen den vielen
und wenigen Blättern

– die Tandemfahrt mit meinem Vater
unter der Kastanienallee nach dem Krieg
ich wollte nicht wahrhaben
daß er blind war, da trieb er
Sport mit mir, mein Vater aus der
Augenklinik am Hohenzollerndamm
in Breslau augenlos verschwunden
hinter einem weißen Druckverband
um den Kopf damit der Schädel
nicht auseinanderfiel

– zittrig die Erinnerung an den Jungen
im grünen Trainingsanzug auf dem Rennrad
der auf der Raudener Straße
in die Gleisspur kam und nicht mehr raus
und die Straßenbahn amputierte ihm
beide Beine

– zittrig meine Besuche
der Freilichtboxveranstaltungen
unter dem Kastanienschatten eines
Hinterhofs, und mir war regelmäßig
schlecht, wenn einer in die Knie ging
das Blut in die Sägespäne spritzte
oder der Kopf nach einem Haken
auf die Bretter knallte /

du aber sitzest nun zerschossen
mein Vater, aufgestanden pro patria
am dritten Tage aus Balken, Steinen
und Granaten, hast dich empor-
gerappelt aus dem Umkreis der Toten
(ob es am dritten Tage war
ist egal: du lebst)

zerschossen sitzest du nun
zur Rechten deines nachgeborenen Sohns
im Stadtbus mit diesem unabweisbaren
Wundmal von Hertogenbosch
deinen entsommerten Augen aus Glas
die Intrigen der Nachhut eingeholt
in dein unwiderlegbares Gedächtnis

das ranzige Depot der Träume
eines Hieronymos Bosch
die Hauptfürsorgesätze der Ämter
die Verbandsredner
die Kriegsblindenvereine, – nichts fehlt
zu deinem Unglück und der Kriegsblinden-
ausweis garantiert mir:
Begleitperson frei /

Schnee fällt in die Kastanien
und ich rieche die Pferde
in den Ställen
und ich seh das Löschbassin
in das ich fiel
ich streife um die
Kraftfahrzeugwerkstätten
den Exerzierplatz
die Mannschaftsunterkünfte
links weg die Wachstube
vor der ich zu Weihnachten
Wache schob ich Knirps
mit hölzernem Ritterkreuz

Schnee fällt in diese Geschichte
sonntäglicher Truppenübungsplatzöde
nach Kirchgang und Friedhofsbesuch
und einmal jenseits der
backsteinroten Kasernenmauern
Schüsse
aus dem Gleiwitzer Sender /

Augen, unerschöpfliche Gräber
darin noch Fieberkurven stehn
aus einem Herbst
mit Tomatenbroten und Kastanien
Herbst wieder
wenn ich in den Spiegel schau
und seh, daß sich die Bäume
ihre Blätter zuspielten wie Atteste
hinter meinem Gesicht
als hätt's, was sich ihm zutrug
nie verloren /

die zerfetzten Pferde im See
aasfaule Pest gen Himmel
von dem die Bomben barsten
und Schlote von Zuckerfabriken
die einstürzten im Bombenhagel
brennend knisternde Giraffen
(wie auf dem Bild Salvador Dalis)
vornüber, langsam, zeitlupenreif
fallend, vornüber auf mich zu
immer schneller und berstend

jetzt, nach der Wildheit
der dampfend brutalen Sommer
spazier ich um Schlachthof
Tankstelle Bierbrauerei
bring keine Leichen mehr an den Tag
mit einer Sonne
brenn nicht mehr durch
mit dem Herbst
und geb mich zufrieden
daß der Regen ein Recht hat
die Kastanienkerzen zu löschen
wann er will

Marie Luise Kaschnitz

Die Enkel

Die Enkel werden
Von der Erde sprechen
Wie wir
Von der Stadt unsrer Kindheit
Und von unserem Sonnensystem
Wie wir von Europa
Es werden diese
Vermutlich auch liebenden
Auch sterblichen Menschen
Blicke wenden
Zurück von Unbekannt
Blicke gemischt
Aus Sehnsucht und Ekel.

1972

Anhang

Editorische Notiz

Der Herausgeber einer Anthologie mit Texten aus verschiedenen historischen Epochen, entnommen aus Ausgaben, die editorisch ganz unterschiedlich verfahren, kommt um eine Normalisierung der Texte nicht herum, auch wenn er im Prinzip der Meinung ist, daß historische Texte in ihrer historischen Form gelesen werden sollten. Von den mittelhochdeutschen Texten abgesehen (die unverändert den jeweiligen Ausgaben entnommen wurden), habe ich die Orthographie der älteren Texte dem heutigen Standard angeglichen. Das gleiche gilt (zurückhaltender) auch für die Zeichensetzung. Historischen Lautstand (»jetzund«, »Kindelin«, »umbfangen«) und historische Wortformen habe ich hingegen beibehalten. Umlautformen wurden angeglichen, Abkürzungen aufgelöst. Offenkundige Druck- oder Schreibfehler wurden stillschweigend berichtigt. Die Verse beginnen einheitlich mit Großbuchstaben. Die Überschriften der Gedichte wurden den Druckvorlagen entnommen; im Falle dort fehlender Überschriften wurde die erste Zeile des Gedichts als Überschrift gesetzt. Bei den Gedichten moderner Autoren wurden abweichende Groß- und Kleinschreibung, Interpunktion und graphische Gestalt selbstverständlich gewahrt.

Dieter Richter, März 1992

Verzeichnis der Autoren und Quellen

Die kursiv gesetzten Ziffern verweisen auf die Seiten, auf denen die einzelnen Gedichte in diesem Band zu finden sind.

A. Unveröffentlichtes, Anonymes, Zeitschriften und Sammelwerke (in der Reihenfolge der Kapitel)

I. Menschenalter, Lebenszeit

51 Die Lebensalter
Mündliche Überlieferung. Vgl. Julius Zacher, Die zehn Altersstufen des Menschen. In: Zeitschrift für deutsche Philologie 23 (1891), S. 385ff.

60 Nimm hin mein Pat
Handschriftlicher Patenbrief, Bayerisches Vogtlandmuseum Hof/Saale.

61 Ein neues Jahr beginnet wieder
Handschriftlich Focke-Museum, Bremen.

63 Ammenuhr
Des Knaben Wunderhorn. Alte deutsche Lieder. Gesammelt von L. A. v. Arnim und Clemens Brentano. Hrsg. v. Heinz Rölleke. In: Clemens Brentano, Sämtliche Werke und Briefe, Bd. 8, Stuttgart 1977, S. 297ff.

74 Die Lämmer fragen
Karl Simrock, Das deutsche Kinderbuch. Altherkömmliche Reime, Lieder, Erzählungen, Übungen, Räthsel und Scherze für Kinder, Frankfurt 1848, Nr. 389.

98 Lied der Arbeiterkinder
Der Kinderfreund, Jg. 1930, H. VII, S. 130.

99 An die neue Jugend
Unsere Schule. Schulzeitung der Versuchsschule an der Helgolander Straße, Bremen, März 1929, S. 1. (Verfasser: Kurt Henkell)

116 Wir werden immer größer
Ruhe im Karton. Textbuch. Hrsg. vom Grips-Theater, Berlin 1973, S. 14.

119 Julia, die Welt ist schön
Mündlich Julia Swoboda, 7 Jahre, Frankfurt 1992.

II. Schlafendes Kind

133 Die arme Bettelfrau singt das kranke Kind in Schlaf

134 Die Magd an der Wiege

135 Gute Nacht mein Kind
Des Knaben Wunderhorn. Alte deutsche Lieder. Gesammelt von L. A. v. Arnim und Clemens Brentano. Hrsg. v. Heinz Rölleke, Stuttgart 1977, Bd. 8, S. 297, 300, 304.

149 Breit aus die Flügel beide
Evangelisches Kirchengesangbuch, Ausgabe für die lutherischen Kirchen Niedersachsens, Hannover 1959, S. 1078 (»Abendgebete für Kinder«).

III. Auf den Tod eines Kindes

155 Das Kind und der Tod
Hellmut Rosenfeld, Der mittelalterliche Totentanz. Entstehung, Entwicklung, Bedeutung. Graz 1968, S. 317 (V. 203–219).

158 Grabsteine der Geschwister von Podewils
Stadtkirche Bayreuth.

170 Wenn kleine Himmelserben
Herrnhuter Gesangsbuch. Christliches Gesang-Buch der Evangelischen Brüder-Gemeinen von 1735 (Nachdruck Hildesheim/New York 1981), Nr. 855. Verfasser: Johann Andreas Rothe, auf den Tod seiner Tochter Christine Caritas, 1730.

174 Es ging ein fräulein frühmorgens
Brüder Grimm, Volkslieder, hrsg. v. Charlotte Oberfeld u.a., Bd. 1, Marburg 1987, S. 81f.

195 Des Knäbleins Tod
Freundliche Stimmen an Kinderherzen, 22. Heft, Zürich (Orell Füssli) o. J. (um 1910), S. 14. Autor: Christoph Schmid.

IV. Die bösen Kinder

220 Ein erschröckliche Histori
Georg Wickram, Werke, hrsg. v. Johannes Bolte, Bd. 3, Stuttgart 1903, S. 437–439. (»Ein erschröckliche histori von einem kind, welches kindlicher weiß ein ander kind umbbracht, zu einem lied gemacht durch mich J. von und zu Helmstorff den jüngeren, und ist im Hanß Sachsen oder frawen Ehrn thon zu singen.«)

223 Der Kinderfresser
Hans Boesch, Kinderleben in der deutschen Vergangenheit, Leipzig 1900, Abb. 100. Einblattdruck aus der Sammlung Gustav Freytag, Frankfurt.

225 Ninne, ninne sause
Franz Magnus Böhme, Deutsches Kinderlied und Kinderspiel. Volksüberlieferungen aus allen Landen deutscher Zunge, gesammelt, geordnet und mit Angabe der Quellen, erläuternden Anmerkungen und den zugehörigen Melodien herausgegeben. Leipzig 1897, Nr. 61a.

226 Es kam ein Herr zum Schlößly
Des Knaben Wunderhorn. Alte deutsche Lieder. Gesammelt von L. A. v. Arnim und Clemens Brentano. Hrsg. v. Heinz Rölleke, Bd. 6, Stuttgart 1977, S. 350f.

248 Wenns Büblein unartig ist
Freundliche Stimmen an Kinderherzen, H. 28, Zürich (Orell Füssli) o. J. (um 1910), S. 7.

V. Vater und Sohn

277 Der Knabe und sein Vater
Joachim Heinrich Campe, Sämmtliche Kinder- und Jugendschriften, Bd. 3 (Kleine Kinderbibliothek, 2), Braunschweig 1830, S 65f.

282 Tell und sein Kind

283 Der unschuldige Tod des jungen Knaben
Des Knaben Wunderhorn. Alte deutsche Lieder. Gesammelt von L. A. v. Arnim und Clemens Brentano. Hrsg. v. Heinz Rölleke. In: C. Brentano, Sämtliche Werke und Briefe, Bd. 6, Stuttgart 1977, S.15f., 207ff.

286 Das vierte Gebot
L. Erk/F. M. Böhme, Deutscher Liederhort, Bd. 1, Leipzig 1893, S. 187.

291 Bei Ankunft eines Vaters von langer Reise
Anna Benedikt, Gelegenheits-Gedichte für Kinder, München 1868, S.72.

299 Zu Vaters Geburtstag
Großes Kinder-Vortrags- und Glückwunsch-Buch zu allen häuslichen und festlichen Gelegenheiten, hrsg. v. Charlotte Francke-Roesing, Köln 1921, S. 86 (Verfasserin: Ch. Francke-Roesing).

300 Der Kaiser
Otto Autenrieth, Badisches Liederbuch für die Schule und Familie, 2. Heft, Mittelstufe, 4.–5. Schuljahr, Bühl, 4. Aufl., nach 1915, S. 25. (Nach: Sabine Schutte [Hrsg.]: Ich will aber gerade vom Leben singen. Über populäre Musik vom ausgehenden 19. Jahrhundert bis zum Ende der Weimarer Republik, Reinbek 1987, S. 184.)

VI. Mutter-Kinder

318 Auf daß der Kindesmord
Werner von Melle, Die Entwicklung des öffentlichen Armenwesens in Hamburg, Hamburg 1883, S. 27f.

322 Des Pfarrers Tochter von Taubenheim

323 Verspätung
Des Knaben Wunderhorn. Alte deutsche Lieder. Gesammelt von L. A. v. Arnim und Clemens Brentano. Hrsg. v. Heinz Rölleke. In: C. Brentano, Sämtliche Werke, Bd. 7, Stuttgart 1977, S. 220f., 10f.

337 Die Rabenmutter
Ludwig Erk/Franz Magnus Böhme, Deutscher Liederhort, Bd. 1, Leipzig 1893, Nr. 212.

339 Ach an deines Grabes Rande
Grabstein (19. Jh.) auf dem Friedhof in Steinhude.

344 Hänschen klein
Johann Lewalter, Deutsches Kinderlied und Kinderspiel, in Kassel aus Kindermund in Wort und Weise gesammelt, Kassel 1911, Nr. 161.

VII. Das himmlische Kind

358 Es kompt ein Schiff geladen

359 In dulci jubilo

360 Joseph, lieber Neffe min

363 Maria saß in ihrem Saal

365 Maria durch 'nen Dornenwald ging
Geistliche Volkslieder, hrsg. von August von Haxthausen, Paderborn 1850, S. 164f.

366 Ein Kindlein in der Wiegen
Philipp Wackernagel, Das deutsche Kirchenlied, Bd. 2, Leipzig 1867, Nr. 459, 605, 611, 613, 642.

375 Augustinus und der Engel

377 Werd ein Kind
Des Knaben Wunderhorn. Alte deutsche Lieder. Gesammelt von L. A. v. Arnim und Clemens Brentano. Hrsg. v. Heinz Rölleke. In: Clemens Brentano, Sämtliche Werke und Briefe, Stuttgart 1977, Bd. 8, S. 108f.; Bd. 6, S. 284 (Anmerkung nach Bd. 9, 1, S. 498).

VIII. Eroten

411 Das schöne Kind
Des Knaben Wunderhorn. In: Clemens Brentano, Sämtliche Werke und Briefe, Stuttgart 1977, Bd. 7, S. 187.

412 Marie, Marie, Mariechen
Charlotte Oberfeld u.a. (Hrsg.), Brüder Grimm, Volkslieder, Bd. 1, Marburg 1987, S. 34.

IX. Der Mohrenknabe

437 Vergebens wäschet sich der Mohr
Christian Lorenz Struck, Bilder ABC, mit einigen Leseübungen, Gedenksprüchen und Gebeten für Kinder, Leipzig 1788.

439 Am vierundzwanzigsten Jenner 1781
Joachim Heinrich Campe, Sämmtliche Kinder- und Jugendschriften, Bd. 2 (Kleine Kinderbibliothek, 1), Braunschweig 1830, S. 108f. (Verfasser: Schall).

442 Die schwarze Amsel

448 Ich will euch was erzählen, gebt acht
Karl Simrock, Das deutsche Kinderbuch, Frankfurt 1848, Nr. 348, Nr. 501.

449 Zehn kleine Negerlein
Johann Lewalter, Deutsches Kinderlied und Kinderspiel, Kassel 1911, Nr. 599.

450 Da draußen bei den Heiden
Jugend-Psalter. Liederbuch für die Sonntagsschulen der Methodistenkirche in Deutschland. München (Anker Verlag) 1950, Nr. 166.

451 Ich war ein armer Heidensohn
Süddeutsche Zeitung vom 13.9.1990.

X. Das fremde Kind

467 Die wiedergefundene Königstochter
Charlotte Oberfeld u.a. (Hrsg.), Brüder Grimm, Volkslieder, Bd. 1, Marburg 1987.

470 Das bucklige Männlein
Des Knaben Wunderhorn. In: Clemens Brentano, Sämtliche Werke und Briefe, Stuttgart 1977, Bd. 8, S. 290f. (Zitat: Walter Benjamin, GS IV, 302).

474 Es war einmal ein Männchen
Karl Simock, Das deutsche Kinderbuch, Frankfurt 1848, Nr. 496 (Zitat: Hermann Hesse, Kindheit des Zauberers, Frankfurt [Insel] 1979, S. 104f.).

XI. Von den ganz armen Kindern

506 Das schlaflose Kind
Joachim Heinrich Campe, Sämmtliche Kinder- und Jugendschriften, Bd. 2 (Kleine Kinderbibliothek, 1), Braunschweig 1830, S. 64f.

511 Es regelet, es schneielet
Ernst Ludwig Rochholz, Alemannisches Kinderlied und Kinderspiel aus der Schweiz, Leipzig 1857, S. 302f.

512 Das Kind des Missionars in Labrador
Die Missionskinder. Ein Weihnachts-Neujahrsgeschenk, herausgegeben zum Besten einer Missions-Kinderanstalt von Johann Lindner, Basel 1841, S. 68ff. (Verfasser: Dr. Barth).

XII. Jüdische Kindheit

533 Unter dem Kind's Wiegele
Ostjüdische Volkslieder, ausgewählt, übertragen und mit Anmerkungen versehen von Alexander Eliasberg, München 1918, S. 46.

534 Schlof, majn Kind, schlof kessejder
Jiddische Lieder, hrsg. von Hai und Topsy Frankl, Frankfurt (Fischer) 1981, S. 200f.

536 Oifn Prijpetschik brennt a Faierl

539 Kinderjohrn, sisse Kinderjohrn
Lieder aus dem Ghetto, hrsg. v. Elsbeth Janda und Max M. Sprecher, München 1962, S. 140ff., 41ff.

545 Vöglein, schweige tief im Schatten
Blau-Weiss-Blätter. Hrsg. v. Blau-Weiss-Bund für jüdisches Jugendwandern in Deutschland, Jg. 3 (1915), H. 4.

559 Das jüdische Kind
Jüdischer Kinderkalender, hrsg. v. Emil Bernhard Cohn, 1. Jg., Berlin 1928/29, S. 29.

XIII. Das spielende Kind

567 Ludicra ridemus fabricantes tecta puellos
Theodorus Beza, Icones, Genua 1580, Nr. 27. (Nach A. Henkel/A. Schöne, Emblemata, Stuttgart 1967)

569 Das Kinderspiel
Joachim Heinrich Campe, Sämmtliche Kinder- und Jugendschriften, Bd. 2 (Kleine Kinderbibliothek, 1), Braunschweig 1830, S. 16ff.

XIV. Kinder und Tiere

598 Caecus amor sobilis
Joachim Camerarius, Symbolorum et Emblematum [...] Centuria, Nürnberg 1595. Nach A. Henkel/A. Schöne, Emblemata, Stuttgart 1967, Sp. 430.

600 Das Lämmchen
Joachim Heinrich Campe, Sämmtliche Kinder- und Jugendschriften, Bd. 2 (Kleine Kinderbibliothek, 1), Braunschweig 1830, S. 30f.

635 Weil ich Jesu Schäflein bin
Jugend-Psalter. Liederbuch der Sonntagsschulen der Methodistenkirche in Deutschland, München (Anker) 1950, Nr. 148.

636 Maikäfer, flieg!
L. Erk/F. M. Böhme, Deutscher Liederhort, Bd. 3, Leipzig 1893, Nr. 1851.

XV. Gernegroß

643 Die Steckenreiter
Joachim Heinrich Campe, Sämmtliche Kinder- und Jugendschriften, Bd. 2 (Kleine Kinderbibliothek, 1), Braunschweig 1830, S. 36f.

XVI. Hauskinder

686 Fritz der Näscher

688 Am Weihnachtsabend
Joachim Heinrich Campe, Sämmtliche Kinder- und Jugendschriften, Bd. 2 (Kleine Kinderbibliothek, 1), Braunschweig 1830, S. 155f., 115f.

692 Christbescherung
Bilder-Geschichten, Stuttgart/Eßlingen o. J. (um 1850), Nr. 1.

694 Klapperstorch ist da gewesen
Freundliche Stimmen an Kinderherzen, H. 22, Zürich (Orell Füssli) o.J. (um 1910), S. 15.

699 Gedicht vom 24ten August 1867 Abends
Geliebte Eltern! Kinderbriefe aus 6 Jahrhunderten, hrsg. v. A. und A. Hopf, München 1987, S. 270. (Nach Friedrich Seebaß, Eduard Mörikes unveröffentlichte Briefe, Stuttgart 1945.)

712 Das Sternlein
Froh und Gut. Illustrierte Jugendschriften für das Alter von 9–12 Jahren, Heft XXXII. Hrsg. v. J. R. Müller, 3. Leutpriesterei Zürich, unter Mitwirkung einer Kommission des Schweizerischen Lehrer Bundes. Zürich o. J. (um 1900), S. 4.

XVII. Kluge Kinder

738 Auf dem Schulweg
Goldener Taschenspiegel für die Schuljugend, verfaßt und verlegt von J. C. H. Schäffer, Altona 1802, S. 19ff.

748 Sprichwörter für Kinder
Münchner Bilderbogen Nr. 303 (»Sprichwörter für Kinder«), Auswahl.

749 Gebet bei Schulprüfungen für kleinere Kinder
Anna Benedikt, Gelegenheitsgedichte für Kinder, München 1868, S. 65.

750 An ein Kind
Freundliche Stimmen an Kinderherzen, Heft 27, Zürich (Orell Füssli) o. J. (um 1910), S. 15.

XVIII. Ende der Kindheit

769 Petersiljen, Soppenkruut
[Heinrich Smidt] Kinder- und Ammenreime in plattdeutscher Mundart, Bremen 1836, Nr. 20.

783 Schuleintritt und Schulaustritt
Freundliche Stimmen an Kinderherzen, H. 31, Zürich (Orell Füssli) o. J. (um 1910), S. 15.

784 Wenn einst nach langen Jahren
Stammbuchverse, o. O., o. J. (um 1900) (= Kinderbibliothek, 3), S. 3 (Sammlung D. Richter).

785 Ich hab dich lieb
Glückwunschkarte zur Konfirmation eines Mädchens, gedruckt um 1900. Sammlung D. Richter.

B. Die Autoren

Abraham a Santa Clara (1644–1709) *47*
Hundert ausbündige Narren, Nürnberg 1709, S. 261.
Aichinger, Ilse (geb. 1921) *148, 790, 848*
Verschenkter Rat. Gedichte, Frankfurt 1978, S. 10, 31, 55.
Alciatus, Andreas (1492–1550) *267*
Emblematum libellus, Paris 1542 (Nachdruck Darmstadt 1987), S. 156f. Der deutsche Text stammt von Wolfgang Hunger.
Angelus Silesius (1624–1677) *49*
Der Cherubinische Wandersmann, München 1960, S. 54. *342, 401*
Sämtliche poetische Werke, Bd. 2, München 1949, S. 74, 60f.
Armbruster, Johann Michael (1761–1814) *227, 504, 730*
Rosenblätter. Neue Erzählungen und Lieder für Kinder, Nürnberg 1791, S. 115f., 105, 116f. (Zitat: F. E. v. Rochow, Der Kinderfreund, Th. 2, Bremen o. J., S. 65.)
Artmann, H. C. (geb. 1921) *115, 633*
ein lilienweißer brief aus lincolnshire. gedichte aus 21 jahren, Frankfurt 1969, S. 455, 457.

Bachmann, Ingeborg (1926–1973) *496*
Anrufung des Großen Bären, München 1956, S. 7f.
Beer-Hofmann, Richard (1866–1945) *552*
Junge Harfen. Eine Sammlung jungjüdischer Gedichte, hrsg. v. Berthold Feiwel, Berlin 1902, S. 41.

Klee, Paul (1879–1940) *753*
Gedichte, Zürich 1960, S. 73.
Kolmar, Gertrud (1894–1943) *348, 453, 493, 561*
Das lyrische Werk, Heidelberg 1955, S. 108f., 85f., 146, 104.
Kopisch, August (1799–1853) *233, 418, 745*
Gesammelte Werke, Bd. 1, Berlin 1856, S. 81, 201, 239ff.
Kraus, Karl (1874–1936) *96*
Die letzten Tage der Menschheit, Teil II, München 1982, S. 271.
Krolow, Karl (geb. 1915) *106, 495, 587*
Auf Erden. Frühe Gedichte, Frankfurt 1989, S. 20, 24, 120.
Kuhlmann, Quirinus (1651–1689) *725*
Himmlische Libes-Küsse, Jena 1671, S. 29f.
Kunze, Reiner (geb. 1933) *717*
auf eigene hoffnung. gedichte, Frankfurt 1981, S. 27.

Lasker-Schüler, Else (1869–1945) *95, 202, 345, 425, 487, 843*
Gedichte, München 1959 (Kösel), S. 203, 118, 51, 162, 282, 276.
Lenau, Nikolaus (1802–1850) *137*
Lenaus Werke, 1.Teil: Lyrische Gedichte, hrsg. v. Max Koch, Berlin/Stuttgart o. J., S. 273f.
Lenz, Jakob Michael Reinhold (1751–1792) *59*
Gesammelte Schriften, hrsg. v. Ernst Lewy, Bd. 2, Berlin 1909, S. 134.
Levy, Max (1867–1942?) *554*
Jüdischer Kinderkalender, 1. Jg., hrsg. v. Emil Bernhard Cohn, Berlin 1928/29, S. 78.
Lichtenberg, Georg Christoph (1742–1799) *273*
Schriften und Briefe, hrsg. v. Wolfgang Promies, Bd. 3, München 1972, S. 646f.
Liliencron, Detlev von (1844–1909) *824*
Sämtliche Werke, Bd. 8, Berlin/Leipzig 1904, S. 193f.
Lobe, Jochen (geb. 1937) *849*
Augenaudienz, Reinbek 1978, S. 11ff.
Loerke, Oskar (1884–1941) *103, 391, 844*
Atem der Erde, Berlin 1930, S. 9, 15, 10f. *488, 586*
Gedichte, Frankfurt 1968, S. 104, 49.
Löwenstein, Rudolf (1819–1891) *250*
Großes Kinder-Vortrags- und Glückwunsch-Buch zu allen häuslichen und festlichen Gelegenheiten, hrsg. v. Charlotte Francke-Roesing, Köln 1921, S. 178f.
Logau, Friedrich von (1604–1655) *50, 268, 319, 402*
Sämmtliche Sinngedichte, Stuttgart 1872, S. 244 (II, 1, 86), S. 183 (I, 8, 98), S. 244 (II, 1, 87), S. 673.
Lohmeyer, Julius (1835–1903) *710*
Illustrierte Jugendzeitung, Jg. 1898/99.
Lortzing, Albert (1801–1851) *78*
Czaar und Zimmermann. Komische Oper in drei Aufzügen. Dichtung und Musik von Albert Lortzing. Hrsg. v. Carl Friedrich Wittmann, Leipzig o. J. (um 1920), S. 83.
Luther, Martin (1483–1546) *45, 156, 361*
Dichtungen, hrsg. v. Karl Goedeke, Leipzig 1883, S. 141, 137f. (Die deutsche Übersetzung der Grabschrift ist von Erasmus Alber; die Zitate der Anmerkungen finden sich in: Luthers Werke, Weimarer Ausgabe, Tischreden Bd. 5, S. 189 und 191. [= Tischreden Nr. 5494]); S. 18f.

Matthisson, Friedrich (1761–1831) *53*
Friedrich Matthissons Gedichte, hrsg. v. G. Bölsing, Bd. 2, Stuttgart 1913, S. 135.

Pocci, Franz Graf von (1807–1876) *613*
Großes Kinder-Vortragsbuch, hrsg. v. Charlotte Francke-Roesing, Köln 1921, S. 182f. *447*
Poccis lustiges Bilderbuch, München 1852, S.10.

Raabe, Wilhelm (1831–1910) *141, 518*
Sämtliche Werke, Bd. 20, Göttingen 1968, S. 352, 328.
Reinick, Robert (1805–1852) *747*
Robert Reinick, Märchen, Lieder und Geschichten, neu hrsg. v. Karl Hobrecker, Bielefeld/Leipzig 1941, S. 11.
Rilke, Rainer Maria (1875–1926) 90, 144, 389, 423, 485, 520, 661, 781, 831
Sämtliche Werke, Bd. 1, Frankfurt 1955, S. 384f., 391; Bd. 3, S. 221f.; Bd. 1, S. 486ff., 452; Bd. 1, S. 170, 386, 387f., 78.
Ringelnatz, Joachim (1883–1934) *100, 203, 256, 302, 305, 347, 430, 489, 582, 583, 662, 714*
Und auf einmal steht es neben dir. Gesammelte Gedichte. Berlin 1959, S. 376, 452f., 121ff., 458, 90ff., 216f., 161, 379f., 117f., 376, 380, 384.
Ritter, Anna (1865–1921) *341*
Der deutsche Spielmann, hrsg. v. Ernst Weber, Bd. 1: Kindheit, München 1903, S. 17f.
Rochow, Friedrich Eberhard von (1734–1805) *737*
Der Kinderfreund. Ein Lesebuch zum Gebrauche in Landschulen, Bd. 1, Bremen o. J. (um 1790), S. 25.
Rosenfeld, Morris (1861–1923) *541*
Hai und Topsy Frankl (Hrsg.), Jiddische Lieder, Frankfurt 1981, S. 136ff.
Rückert, Friedrich (1788–1866) *72, 139, 182, 287, 462, 472, 644, 820*
Rückerts Werke, hrsg. v. G. Ellinger, Leipzig und Wien o. J. (1897), Bd. I, S. 217, 193f., 199ff., 195; Bd. II, S. 24ff.; Bd. I, S. 285ff., 275f., 304f. *742*
Friedrich Rückert, Gesammelte Gedichte, Bd. 5, Erlangen 1838, S. 100ff.

Sachs, Nelly (1891–1970) *109, 211, 524, 788*
Fahrt ins Staublose, Frankfurt 1961, S. 265f., 120f., 54f., 10.
Salis-Seewis, Johann Gaudenz von (1762–1834) *806*
Gedichte, Zürich 1821, S. 50ff.
Salzmann, Christian Gotthilf (1744–1811) *736*
Conrad Kiefers ABC- und Lesebüchlein oder Anweisung, auf die natürlichste Art lesen zu erlernen. Schnepfenthal, 2. Aufl. 1806, S. 1–3. *626*
Kinderballaden, Leipzig 1909, S. 27f.
Schiller, Friedrich (1759–1805) *132, 568*
Schillers Werke, Nationalausgabe, Bd. 1, Weimar 1943, S. 227, 233.
Schwitters, Kurt (1887–1948) *713*
Das literarische Werk, hrsg. v. Friedhelm Lach, Bd. 1, Köln 1973, S. 141.
Staub, Johannes (1813–1880) *196, 249, 514, 742*
Staubs Kinderbüchlein, 10. Aufl., St. Gallen 1928, S. 137. (Der Hinweis in den Anmerkungen nach August Gottlieb Spangenberg: Leben des Herrn Nicolaus Ludwig Grafen und Herrn von Zinzendorf und Pottendorf, 1773/75 (Nachdruck Meisenheim 1971, S. 725); S. 98f., 158, 189.)
Storm, Theodor (1817–1888) *292, 420, 481, 517, 779*
Sämtliche Werke, hrsg. v. Karl Martin Schiller, Bd. 1, Leipzig 1926, S 68f., 44f., 115f., 86f., 42.
Sturm, Julius (1816–1896) *658*
Kinderleben in Bild und Wort, Bd. 2, Leipzig 1903, S. 51.

Für Hilfe beim Bibliographieren und bei der Erstellung der Register danke ich Anja Höhmeier.

Alphabetisches Verzeichnis der Gedichtüberschriften und der Gedichtanfänge

Danksagung

Herausgeber und Verlag danken folgenden Rechte-Inhabern für freundlich erteilte Abdruckgenehmigungen:

Agora-Verlag, Berlin, für Paula Dehmel (Paula Dehmel: ›Rumpumpel. Ein Buch für junge Mütter und ihre Kleinsten‹, Berlin 1978 (Nachdruck), 4. Bd. der Reihe ›Das künstlerische Kinderbuch‹, hg. v. Monika Schlösser-Fischer); Anabas-Verlag, Günter Kämpf KG, Gießen, für F. W. Bernstein (F. W. Bernstein: ›Reimwärts‹, Gießen 1981); Arche Verlag, Raabe + Vitali, Zürich, für Paul Klee (Paul Klee: ›Gedichte‹, © 1960, 1980 by Verlags-AG Die Arche, Zürich); Artemis & Winkler Verlag, München, für Frank Wedekind (Frank Wedekind: ›Werke in zwei Bänden‹, herausgegeben, mit Nachworten, Anmerkungen und Zeittafeln von Erhard Weidl. Artemis & Winkler Verlag München 1990. – Bd. 1: ›Gedichte und Lieder/Prosa/Frühlings Erwachen und die Lulu-Dramen‹); Atrium Verlag, Zürich, für Erich Kästner (Erich Kästner: ›Gesang zwischen den Stühlen‹, ›Herz auf Taille‹, ›Dr. Erich Kästners lyrische Hausapotheke‹, © Atrium Verlag, Zürich); Dr. Alexander Böhm, Rockenberg, für Ricarda Huch (Ricarda Huch: ›Gesammelte Werke‹, Bd. 5, Köln 1971); Aufbau-Verlag, Berlin und Weimar, für Peter Hacks, ›Das Kind am Alexanderplatz‹, ›Die vierte Ekloge des Vergil‹, ›Dornröschen‹ (Peter Hacks: ›Die Gedichte‹, © Aufbau-Verlag, Berlin und Weimar 1988); Claassen Verlag, Hildesheim, für Marie Luise Kaschnitz (Marie Luise Kaschnitz: ›Neue Gedichte‹, © 1957 by Claassen Verlag GmbH, Hamburg, ›Dein Schweigen – Meine Stimme‹, © 1962 by Claassen Verlag GmbH, Hamburg, ›Gedichte‹, © 1947 by Claassen Verlag, Hamburg); DuMont Buchverlag, Köln, für Kurt Schwitters (Kurt Schwitters: ›Das literarische Werk‹, hg. v. Friedhelm Lach, Bd. 1, Köln 1973); S. Fischer Verlag, Frankfurt am Main, für Ilse Aichinger (Ilse Aichinger: ›verschenkter Rat‹, Frankfurt am Main 1978, Richard Beer-Hofmann (Richard Beer-Hofmann: ›Verse‹, Stockholm 1941), Hilde Domin (Hilde Domin: ›Rückkehr der Schiffe‹, Frankfurt am Main 1965, ›Nur eine Rose als Stütze‹, Frankfurt am Main 1962), Hugo von Hofmannsthal (Hugo von Hofmannsthal: ›Sämtliche Werke‹, Bd. 1, Frankfurt am Main 1984), Peter Huchel (Peter Huchel: ›Chausseen Chausseen‹, Frankfurt am Main 1975), Reiner Kunze (Reiner Kunze: ›auf eigene hoffnung‹, Frankfurt am Main 1981, Franz Werfel (Franz Werfel: ›Das lyrische Werk‹, Frankfurt am Main 1967); Fischer Taschenbuch Verlag, Frankfurt am Main, für Morris Rosenfeld (in: ›Jiddische Lieder‹, hg. von Hai und Topsy Frankl, Frankfurt am Main 1981); Robert Gernhardt, Frankfurt am Main, für Robert Gernhardt/F. W. Bernstein: ›Besternte Ernte‹, Frankfurt am Main 1976; Victor Goldschmidt Verlag, Basel, für Blanca Katz (in Elias Gut: ›Unterhaltungsbuch für die jüdische Jugend‹, Bd. 3, Frankfurt o. J., Copyright

© by Victor Goldschmidt Verlag, Basel 1989); Grips-Theater, Berlin, für ›Wir werden immer größer‹ von Volker Ludwig (in: › Ruhe im Karton‹, Berlin 1973); Dr. Peter Hacks, Mittenwalde, für Peter Hacks: ›Der Mädchenhasser‹, ›Kathrinchen ging spazieren‹, ›Jules Ratte oder selber lernen macht schlau‹; Henssel Verlag, Berlin, für Joachim Ringelnatz (Joachim Ringelnatz: ›Und auf einmal steht es neben dir. Gesammelte Gedichte‹, Berlin 1959); Hoffmann und Campe Verlag, Hamburg, für Selma Meerbaum-Eisinger (Selma Meerbaum-Eisinger: ›Ich bin in Sehnsucht eingehüllt. Gedichte eines jüdischen Mädchens an seinen Freund‹, hg. von Jürgen Serke, © Hoffmann und Campe Verlag, Hamburg 1980); Insel Verlag, Frankfurt am Main, für Rainer Maria Rilke (Rainer Maria Rilke: ›Sämtliche Werke‹, Bd. 1–3, © Insel Verlag, Frankfurt am Main 1955). Marie Luise Kaschnitz (Marie Luise Kaschnitz: ›Gesammelte Werke‹, Band 5, © Insel Verlag Frankfurt am Main 1985); J & V Edition Dachs-Verlag, Wien, für Christine Nöstlinger (Christine Nöstlinger: ›Iba da gaunz oaman kinda‹, Wien/München 1974, ›Das Sprachbastelbuch‹, Wien/München 1975), Annelies Umlauf-Lamatsch (Annelies Umlauf-Lamatsch ›Mein erstes Geschichtenbuch‹, Wien 1941); Jüdischer Verlag, Frankfurt am Main, für Emil Bernhard Cohn (aus ›Jüdischer Kinderkalender‹), für Berthold Feiwel (aus ›Junge Harfen‹), für Martin Friedländer (aus ›Junge Harfen‹), für Max Levy (aus ›Jüdischer Kinderkalender‹), alle Copyright © Jüdischer Verlag, Frankfurt am Main; (Ernst Kabel Verlag, Hamburg, für Otto Ernst: ›Siebzig Gedichte. Neue und alte Verse‹, Leipzig 1907); Kick/Grönland Musikverlag, Köln, für Herbert Grönemeyer (Herbert Grönemeyer: LP ›Sprünge‹, EMI 066–1471431, Köln 1985); Verlag Kiepenheuer & Witsch, Köln, für Wolf Biermann (Wolf Biermann: ›Nachlaß 1‹, © 1977 by Verlag Kiepenheuer & Witsch, Köln); Klett-Cotta, Stuttgart, für Stefan George (Stefan George: ›Werke‹. Ausgabe in zwei Bänden, hrsg. von Robert Boehringer, Klett-Cotta, Stuttgart, 4. Aufl. 1984), Gottfried Benn (Gottfried Benn: ›Sämtliche Werke‹. Stuttgarter Ausgabe. Band I: Gedichte 1, Klett-Cotta, Stuttgart 1986); Klinkhardt & Biermann, München, für Victor Blüthgen: ›Ach wer das doch könnte!‹; Kösel-Verlag, München, für Gertrud Kolmar (Gertrud Kolmar: ›Das lyrische Werk‹, Kösel-Verlag, München 1960), Else Lasker-Schüler (Else Lasker-Schüler: ›Gesammelte Werke in drei Bänden‹, Band 1 Gedichte 1902–1943, hrsg. v. F. Kemp. 4. Aufl. 1990, © 1959 by Kösel-Verlag GmbH & Co., München); Jochen Lobe, Bayreuth, für Jochen Lobe: ›Augenaudienz‹, Reinbek 1978; Luchterhand Literaturverlag, Hamburg, für Peter Härtling (Peter Härtling ›Ausgewählte Gedichte 1953–1979‹, Copyright: © 1979 by Luchterhand Literaturverlag Hamburg und Zürich), Arno Holz (Arno Holz ›Werke in 7 Bänden‹, Band 1 (Herausgegeben von Wilhelm Emrich und Manfred Linke), Copyright: © 1961 by Luchterhand Literaturverlag Hamburg und Zürich), Ernst Jandl (Ernst Jandl: ›Gesammelte Werke in 3 Bänden‹, Band 1 und 2 (Hrsg. Klaus Siblewski), Copyright: © 1985 by Luchterhand Literaturverlag Hamburg und Zürich); Karl Mickel, Berlin, für Karl Mickel: ›Eisenzeit‹, Berlin o. J.; Otto Müller Verlag, Salzburg, für Georg Trakl (Georg Trakl: ›Dichtungen und Briefe‹, hg. von